MINGUO TONGSU XIAOSHUO
DIANCANG WENKU

众醉独醒

民国通俗小说典藏文库·程瞻庐卷

程瞻庐◎著

中国文史出版社

"滑稽之雄" 程瞻庐

萧　遥

　　民国初年的文坛上，小说的创作呈现出欣欣向荣之气象，一时间，不同题材、不同风格、不同旨趣的作品层出不穷、洋洋大观。正统的文学史教材里，往往将旧派小说即章回体小说置于次之又次的地位，一笔带过而已，然而在当时的社会，这类小说的受众群体是相当广大的，其畅销程度远远超过了如今被奉为正朔的新文学。

　　旧派小说被排挤，有其自身的原因，也有时势的原因。一方面是因为旧派小说家大多依靠市场存身，为迎合世俗口味，作品中不可避免地会出现低俗下品的情节，加之这一作家群体水平参差、良莠不齐，时日愈久，而"内容愈杂，流品愈下，仅就文字而言，到后来也是庸俗浅陋，没有早先的'哀感顽艳''情文并茂'了。这也是旧派小说历史过程中必然产生的现象，预示着它的日趋没落，不能自拔"（范烟桥《民国旧派小说史略·概说》）；另一方面，"五四"新思潮挟风雷之势而起，要求以新的文学风貌来迎接新的文明，扬新必要抑旧，特别是旧风尚依然有相当数量的拥趸，为着警醒世人，必须予旧派以猛烈的打击，矫枉的同时未免过正。

　　事实上，有相当一部分旧派小说家是自尊自重，并且要求进步的，他们借着章回体小说的壳子，同样创作出号召民主共和、自由平等的作品。特别是以写世情世风、人间百态为主旨的社会小说，更是用或写实或讽喻的手法，活画出清末民初新旧思想激烈冲突下的一幕幕社会悲喜剧。其中的一位代表人物就是程瞻庐。

　　程瞻庐，名文栋，字观钦，又字瞻庐，号望云居士。苏州人。出生于1879 年，即光绪五年，1943 年因病去世，享寿六十四岁。如以 1911 年辛亥革命胜利，民国政府成立为界，其三十二岁之前身在晚清，之后三十二年身在民国，新旧两个时代刚好各占一半。关于程瞻庐的生平，于今所见资料甚稀，仅能从周瘦鹃、郑逸梅、严芙孙、赵苕狂等好友为其所作之小传或序言中窥见一二。程瞻庐生于光绪初年，其时仍以科举八股取士，程幼时即厌弃八股，喜读古文，旧学功底深厚。二十岁左右，程瞻庐考入官学。不久，清政府废除八股文，改考策论。比起僵化刻板的八股，策论更注重考生议论时政、建言献策的能力，程氏"每应书院试，辄前列"，"年二十四，入苏省高等学校，屡试第一，遂拔充该校中文学长"（赵苕狂《程瞻庐君传》），可见其与时俱进之能。毕业之后，曾执教于多所学校，兼课甚多。程瞻庐脾气随和，性格优容，国学功底深厚，又能为白话小说，加之他住在苏州十全街，因此大家赠他一个雅号曰"十全老人"。"十全老人"诸般皆善，唯不堪案牍阅卷之劳形，"每周删改之中文课卷，叠案可尺许"。恰值此时，其小说作品刊行于世，广受好评。先有《孝女蔡蕙弹词》刊于《小说月报》，其后又作《茶寮小史》正续编，迅速奠定了他在文坛的地位。说到《孝女蔡蕙弹词》，还有一则趣事。当年《小说月报》倡导新体弹词，程遂将《孝女蔡蕙弹词》寄去，主编恽铁樵粗读之后，便予以刊发，并寄去稿费。等到刊物出来，恽重读之后，"觉得情文并茂，大有箴风易俗的功用，认为前付的稿酬太菲薄了，于是亲写一信向瞻庐道歉，并补送稿酬数十元"（郑逸梅《民国旧派文艺期刊丛话》）。此事传为佳话，亦可见程氏文笔在当时是很受赞赏的。赵苕狂为其所作小传中也曾提及："恽铁樵君主任《小说月报》时，不轻赞许，独心折君所著之《孝女蔡蕙弹词》，谓为不朽之作。"有此谋生手段，程瞻庐遂弃教职，专职著文。应当说，程瞻庐为师还是很合格的，不然当其辞职之时，也不会有"校长挽留，诸生至有涕泣以尼其行者"之情状。此后他陆续在《红玫瑰》等杂志连载多部长篇小说，并发表短篇小说及小品随笔数百篇。值得一提的是，程瞻庐亦如张恨水、向恺然（平江不肖生）等一样，是被《红杂志》《红玫瑰》等刊物包下文章的。所谓包下文章，就是凡程瞻庐所写文章，均在该杂志发表，而杂志则为其提供丰厚的稿酬，足见当时程氏文章之风靡程度，以及杂志对程瞻庐的信任和推崇。须知包圆作品是有一定风险的，倘若作家不能保证质量，劣作频出，对于杂志的销量和声誉是有相当影响的。但是程瞻庐对得起这份信任，时人称其有"疾才"，不仅速度快、文笔佳，而且"字体端正，稿成，逐句加以朱圈，偶误，必细心挖补，故君稿非常清晰，终篇无涂改处也"（严芙孙《程瞻庐小传》），可见其创作态度。民国著名"补白大王"郑逸梅曾拟《花品》撰《稗品》，分别予四十八位小说家以二字考语，曰"或证其著作，或言其为人"，如"娇婉"之于周瘦鹃、"侠烈"之于向恺然、"名贵"之于袁克文等，对程瞻庐则以"洁净"二字相赠。

程瞻庐的写作风格，总体而言，为"幽默滑稽"四字，时人以"幽默笑匠""滑稽之雄"号之。周瘦鹃曾为其《众醉独醒》作序曰："吾友程子瞻庐，今之淳于、东方也。其所为文，多突梯滑稽之作，虽一极平凡事，而得君灵笔为之抒写，便觉诙谐入妙，读者每笑极至于泪泄，殆与卓别灵、罗克同其神话焉。"幽默与滑稽看似同义，其实是有差别的。有人曾这样解释："所谓幽默，乃是内容大于形式；所谓滑稽，则是形式大于内容。"形式大于内容，一般是指以反常规的夸张的行为、语言、做事方式，令人们当即意识到故事和人物的荒诞可笑，瞬间爆发出笑声；内容大于形式，则是将褒贬夹带于正常的叙事逻辑中，通过细节的描述对某一人物或现象进行戏谑或反讽，令人细品之后，心中了然，会心一笑，余味悠长。这两点，都要做到已属不易，都能做好更是难上加难，而程瞻庐恰好是其中的翘楚。

例如程瞻庐有一套仿《镜花缘》风格的小说作品，包括《滑头国》《健忘国》《小器国》等，写的是兄弟三人外出游历，一路之上的所见所闻。"滑头国"中无人不奸，无人不狡，店铺中挂了"童叟无欺"的牌匾，却是狠狠宰客，客人诘问之下，店家居然毫不讳言，并表示是客人读反了牌匾，其实是"欺无叟童"，无论老人儿童，一律欺之骗之。"健忘国"中人人记性极差，姓甚名谁、家乡何处、家中几口，等等等等，通通不记得，因此要将所有的信息记录下来，甚至包括妻子的身材相貌、穿着打扮乃至情夫是谁，都贴在身上，招摇过市，毫无顾忌。由于这几部作品规模较小，结构上虽不显其高明，其主旨也一目了然，在于讽刺当时社会见利忘义、不顾廉耻的种种怪现象，但其中情节的怪诞、语言的机变，足以令人捧腹。

茶寮，是程瞻庐作品中经常出现的一个重要场所，也是程瞻庐创作灵感的重要来源。"君得暇，啜茗于肆，闻茶博士之野谈，辄笔之于簿，君之细心又如此。"（严芙孙《程瞻庐小传》）颇有几分蒲松龄著《聊斋》的风范。茶寮酒肆是各色人等聚集之地，也是各类消息八卦的集散地。程瞻庐日常喜好到茶寮听书，并借机观风望俗，将世间百态、人情冷暖作为素材，一一写入小说。他的《茶寮小史》开篇第一句就是："小小一个茶寮，倒是人海的照妖镜、社会的写真箱。"书中借茶博士之口，将一众悭吝卑琐、有辱斯文的读书人刻画得穷形尽相。"提起那个老头儿，真恨得人牙痒痒的。他去年在这里喝了六十碗茶，临算账时，他只给我小洋四角。我说：'差得甚远，每碗茶三十文，六十碗茶该钱一千八百文。'他把脸儿一沉，说道：'我只喝你十六碗茶，哪里有六十碗茶？'我揭账簿给他看，他说：'你把十六两字写颠倒了，却来硬要人家茶钱。'我与他理论，他竟摆出乡绅架子，把我狗血喷人般地一顿毒骂。……他昨天提起嗓子，喊算茶账，纯是装腔作势，叫作缺嘴咬虱虱——有名无实。他把手插入袋内，假作摸钱钞的模样，直待人家全会了钞，他才把手伸出。要是人家不会钞，他便永远不会也不肯把手伸出，要他破费一文半文，比割他的头颅还要加倍痛苦。"程瞻庐脾气好，作文虽然尽多讽刺，但是语气并不峻切，而是不急不躁，不温不火，令人莞尔，不忍弃掷。

程瞻庐的另一代表作《唐祝文周四杰传》，以民间传说的"江南四大才子"为主角，至今仍为人津津乐道，据说很多影视作品也是以此书为底本进行改编的。四大才子虽然在历史上各有坎坷，周文宾甚至是杜撰出的人物，但传说中他们各自的风流韵事显然更是老百姓们喜闻乐见的。程瞻庐的这部小说摒弃了以往话本中明显不合逻辑的粗鄙段落，用自己特有的"绘声绘形""呼之欲出"的笔墨，将四大才子风流超逸又各具面貌的形象跃然纸上。唐伯虎的倜傥，祝枝山的老辣，文徵明的俊雅，周文宾的潇洒，栩栩如生，如在眼前。民国时期的《珊瑚》杂志曾刊登过一位读者的评论："长篇小说，总不离喜怒哀乐、悲欢离合，唯有程瞻庐的《唐祝文周四杰传》，却是一部纯粹的喜剧的小说。……瞻庐的小说，原是长于滑稽，这部纯粹的喜剧的小说，当然是他的拿手。全书一百回，处处都充满着幽默的笑料。"

程瞻庐的一生横跨清末与民国两个时期，亲身经历了辛亥革命这一重大历史变迁。新旧思潮的激烈冲突在他身上作用得非常明显。他自幼接受的是旧文化教育，一方面恪守传统道德，另一方面也见证了八股等糟粕对国家和知识分子的戕害，他的思想中有对变革的渴望和肯定。同时，晚清之后大力倡导的"西化"又令他恐慌并困惑，民国政府成立之后，各种蜂拥而起的新思潮、新现象令包括他在内的许多旧知识分子不由自主地抗拒，因此他的思想是十分矛盾的。以女子解放这一思潮为例，程瞻庐不赞成"女子无才便是德"这一说法，他认同男女都应该读书，都应该接受良好的教育，并且学有所成，报效国家；但是他并不支持女子接受西式教育，甚至对出洋的男子也颇有微词。他的作品中时常有对没有文化的老妈子的讽刺，对阻止女子读书的腐儒的不满，但也常见对留洋归来"怪模怪样"的男女的讽刺。他认同婚姻自由，反对包办，对于旧时姑表联姻等陋俗更是强烈不满，但同时又对过于自由浪漫的恋爱大加批判。他并不赞成妻子为去世的丈夫殉节，但又对真去殉节的女子啧啧赞叹。他鼓励女子放足，却又反对女子剪发……凡此种种，可见在那个特殊的过渡时期，从晚清走入民国的旧式知识分子的复杂心态。

　　总而言之，程瞻庐的小说在当时既有其进步性，也有一定的局限性；既体现了知识分子面对外忧内患的忧虑和担当，也表现出旧文人的保守和怯懦。这是由时代决定的，并不只是他个人的原因。从文学的角度，他的小说思路开阔，情节生动，可读性非常强，在"鸳鸯蝴蝶派"言情题材为主的作品中别具一格，在当时赢得了众多读者的青睐，在今天也依然有可供参考和借鉴的意义。

目　　录

周　序

　　吾友程子瞻庐，今之淳于、东方也。其所为文，多突梯滑稽之作，虽一极平凡事，而得君灵笔为之抒写，便觉诙谐入妙，读者每笑极至于泪泚，殆与卓别灵、罗克同其神话焉。君亦长于小说家言，所著《茶寮小史》《新旧家庭》诸书脍炙人口久矣。予既承乏《申报·自由谈》辑事，即以说部属君。不旬日，君以《众醉独醒》来。其描写家庭琐事、社会怪状，历历如绘。排日付刊，深为读者所喜。

　　故法兰西文豪法朗斯氏尝论毛柏桑说部曰："毛柏桑者，一描绘世故人情之大画家也。唯其描绘也，不以丹青而以文字。画家笔端所不能达者，彼能曲曲达之焉。每有所作，无不穷形尽相，如手明镜，独立天表，而世间万事、人生七情乃一一入其镜中，无有遁者。彼则运其妙笔，一一抒写之，如画家之写生也。"予于程子之《众醉独醒》亦云：全书陈意甚高，着眼于"众醉独醒"四字，一唱三叹之余，时复杂以谐语，博人笑噱，而弦外之音自可玩味得之。

　　嗟夫！举世梦梦，众人皆醉，安得以程子之《众醉独醒》遍示之而发其深省哉！

甲子季秋吴门周瘦鹃识于紫罗兰庵

顾　序

　　士君子不得志于时，目击社会污浊、人心鬼蜮，心有所感，不能自已，则退而著书，即为稗官家言，虽小道亦有可观。寓庄于谐，即小见大，所谓嬉笑怒骂皆成文章者是也。吴下程瞻庐先生，著作等身，说林前辈，其治小说善描摹社会心理，阐幽发秘，摘奸索隐，所言皆切合时弊，状物惟肖。吾星社同志无不为之倾倒，晤谈之余，每发隽言，使人解颐，殆东方、淳于之流亚欤。海内小说家以社会小说著名者，前唯李涵秋氏，今涵秋已归道山，所著《新广陵潮》《镜中人影》皆残缺未完，而瞻庐皆续成之，平添艺林佳话。盖非瞻庐亦无此妙笔以继之也。所作又有《众醉独醒》长篇曾刊《申报》，今将印单行本，索序于余。余不敏学步邯郸，望尘莫及，虽未窥此书全豹，而顾名思义，则著者之苦心灼然可见也。

　　噫！众人皆醉而我独醒，安得不当头一棒以打破夫沉沉醉梦耶？然而醒者独而醉者众，一棒之效果足以起醉者而使之醒与否，是当卜之于瞻庐之笔矣。

甲子新秋吴门顾明道序于石破天惊室

自　序

　　吾悯夫社会沉沉焉醉也，思有以起而醒之，于是乎有《众醉独醒》之作。忧黄河之浊而欲以泪清之，吾知其无效；悯社会之醉而欲以小说醒之，吾又安卜其有效耶？有效无效不可知，而吾犹连楮累幅絮絮数十万言而弗止者，盖深望夫醉人读之，向之沉沉焉醉者今则醮醮然醒耳。

　　或曰：醉人读子文，幸而不醒，醒则仇子必深。余询其故，客曰：子不见阳里华子之事乎？华子中年病忘，朝取而夕望，夕取而朝忘，在途则忘行，在室则忘坐。家人以为忧。谒史而卜，弗吉；谒巫而祷，弗止；谒医而攻，弗已。鲁儒生闻而悯之，施秘术为却其疴。华子之疾除，乃操戈以除儒生。人曰：儒生起汝疴，何仇之深也？华子曰：曩吾忘也，荡荡然不知天地之有无；今顿悟数十年来哀乐好恶，扰扰焉万绪起矣，哀乐好恶之乱吾心也如此，欲须史忘得乎？今社会之病醉，犹阳里华子之病忘也，彼方以醉为乐，荡荡然不知天地之有无，子乃起而醒之，吾恐操戈以逐，子将为鲁儒生之续也。幸而不醒，醒则宁汝福耶？

　　余闻客语，嗒焉良久，抵几而叹曰：嘻！夫复何言？

甲子仲秋吴门程瞻庐序于望云居

第一回

阔东家自有捏门诀
酸西席聊充醒酒汤

他坐在一间办事室内，靠着书案，书案上面高高地垒着许多册子。这些册子非经非史不子不集，藏书楼所不备，《四库全书》所不收，却原来是种种色色的账簿。这富翁年纪在四十左右，撇着几绺短髭，生得脑满肠肥、丰颐广耳。栲栳般的椅子满满地载着他的身躯，不留丝毫隙缝，身上的衣服却黯黯无光，马褂袖口擦破了一大块，里面的丝绵都迸露出来。这富翁生平不喜穿着，常说："衣服与贫富无关，富人穿得破了宛似败絮裹着元宝，掩不住金银气；贫人穿得好了，宛似炭篓披着锦绣，遮不住寒乞相。"这几句话，被那门客们听了，当着面叹声如雷，都说至理名言，颠扑不破；背着面却恨得牙痒痒的，说他肆口轻薄，狗嘴吐不出象牙。

闲话剪断，归入正文。且说在那书案旁边打横坐的，正是富翁所说的锦绣炭篓。这人约莫三旬年纪，浑身衣服簇簇生新，却生得深眶高颊、黄瘦面皮，好好一只宽大椅子，他只坐了一小块，同那坐脚踏车的模样相似，只因富翁在座，便觉得自己的四体百骸都不由自己做主。说一句话，两肩耸得丫杈似的；答一句话，起码要连说六七个是字。这人不是别人，却是富翁家里的书记，面前摆着六七封书信，拆一封，念一封，念毕，仰面看着富翁，专等他发号施令。富翁可可否否，这书记口里一迭声地说是，手里便把富翁的意旨一一录在袖珍册上，以便按件作复。拆到最后一封，却是布厂里的经理报告。"厂里女工要求酌加薪资"，书信没有念完，富翁早连连道着呸字，原来这个"呸"字却是重唇音，口里呸呸呸，上下嘴唇须得拼命乱碰，早有几点唾沫随着呸字直飞到书记先生面上。这书记趁富翁不注意的当儿，暗暗用袖口抹了一抹。富翁道："经理王子宾怎么这般不中用，她们要加工资，他便接二连三道出一百个不字，她们待怎样？再不然，查出几个主使的女工，出

1

条条革退了。这些穷女工，穷得狗肝都出，经这么一办，多半压得服服帖帖，连屁都不敢乱放一个。勉斋，你看他信中还有什么话？"勉斋战兢兢地答道："东翁说的，确是根本办法。王经理实在太不更事。他信中也没多说，单说'倘然拒绝了她们的请求，防她们罢工要挟'。东翁，这罢工两个字，她们说说罢了，料她们没生这泼天大胆。"说到这里，猛听得扑的一响，富翁下劲拍着书案道："勉斋，这句话可被你道着了，她们要罢工，宛比吃了砒霜去毒大虫，料想也没有这般的笨人。便算罢了工，我们开厂的怕没招女工处？招工广告没有干，做工的早成群结队而来，要多少有多少，值得放在心上？只怕那些罢工的妇女早饿得不耐烦，情愿叩头礼拜，到厂主面前讨碗饭吃。"富翁说一句，勉斋答应几个是字。富翁又道："勉斋，你写复信，只叫他放大胆子，拒绝要求便是了。"勉斋一迭声的是字，又把"放大胆子，拒绝要求"八个字写在袖珍册上。在这当儿，门役报有客到，富翁匆匆地到会客厅去了。勉斋方才透一透气，伸一伸腰，在座椅上挪进几寸，舒舒服服地坐了，便照着富翁的意旨，把应复的书信一一复了。料理完毕，富翁早已送过客，重到办事室内，慌得勉斋直立起来。富翁点了一点头，便即大模大样舒舒服服地坐了，勉斋也就小模小样伶伶仃仃地坐了，方才写就的复信，照例应请东翁过目。富翁阅信的当儿，自有小童捧着长旱烟袋，在旁边装烟，一边抽烟，一边阅信，浓烟缭绕，把这面团团似的富翁氤氲得不分明。勉斋屏着气，仰着面呆瞧着富翁，无奈被这烟气所蒙，不容易瞧见喜悦颜色。富翁抽罢旱烟，把信撂在一边，慢慢地说："照这么说法也好。"勉斋才把屏住的一口气吐了出来。

富翁又道："勉斋，还有一桩事，须得与你商议。"勉斋挺直了身体，忙问何事见谕。富翁喝了一口茶，慢慢地说道："我家西席赵荫谷，明年不蝉联了，这个消息传了出去，说也稀奇，便有许多教书匠牵亲带眷，寻门觅路，捧着八行书到我门上来投靠。我又不开什么醋坊，大批的醋罐醋甏在我门前进进出出，满屋子都沾染了酸气。要我拣选别样货色，件件都是内行，唯有拣选这种酸溜溜的东西，非但外行，还要加着一个瘟字。然而有一句捏门诀，兜上门的货色，断然不是好货。方才上门求见的，又是一个子曰店里失业朋友，向我高拱手，低作揖，咬文嚼字，歪缠了一会子。我可不耐烦，斩钉截铁般地回绝了他，说这里并不延请什么西席，他才倒抽了一口气，揎着鼻尖，蹒跚着脚步，怏怏地走了。勉斋，你想可笑不可笑？"列位，勉斋也是一个酸溜溜的东西，听着富翁嘲笑酸醋，未免有些刺心，然而问他可笑不可笑，他

2

却皮笑肉不笑地强笑了一阵。富翁道："我向来只道你是锦绣炭篓，方才听你的议论，说女工罢工不成事实，这句话却说得玲珑剔透，你不是锦绣炭篓，竟是琉璃蛋了。"勉斋得此褒奖，全身骨节轻松，臀部上都开了笑靥，忙说："承奖承奖，不敢不敢。"富翁道："明年孩子读书的事，须得与你商议，你看怎么样好？"勉斋搔头摸耳了一会子，把那"怎么样好"四字，车轮似的在肚子里打转，蓦然间思索有得，便恭恭敬敬地答道："东翁，依着门下的愚见，长公子现在京师大学校肄业，声名鹊噪，德业骈臻，二十多岁的人，居然在那最高等的学校里读书，难能可贵，钦佩莫名。次公子年龄虽幼，也是可造之才，明年既不请西席，还是从早送到学校……"说到这里，只见富翁握着拳头，重重地在案上一拍道："咦！"富翁一咦，吓得勉斋毛骨悚然，连珠般地放出许多是字，富翁道："方才称你聪明，你如今说出这般话，却又笨极不堪，怎配唤琉璃蛋，简直是浑蛋了。"一声浑蛋，勉斋虽照例答几个是字，毕竟羞恶之心，人人所有，"是是是"的声音带着三分颤动。富翁气愤愤地说道："你还提起学校，你还提起我家的大孩子！说也可恼，好好的孩子，给学校里教员们教坏了。"勉斋摸不着头脑，只有连连称是。富翁叹了一口气，又道："我家三代殷实，只守着八字格言，叫作'不杀贫人，不成富翁'，这八个字却是祖传父、父传我，我当着两个孩子，也曾三令五申，叫他们牢记祖训，便一辈子受用不尽。不料大孩子在学校里听了穷教员的胡言乱语，胆敢从北京写信前来，盈篇累幅，强词夺理，竟批评这八字格言起来，说什么自私自利，说什么损人利己，夹着什么公德长、公德短。这'公德'二字，我可不懂，大约就是俗语所说'公修公德婆修婆德'的意思。总而言之，全无一句是处，都是些浑话罢了。我看了信，气得发昏，没想到养大了儿子，倒排揎起老子来。排揎老子还不够，却把三代相传的祖训说得分文不值，这不是忤逆不孝、大逆不道吗！大孩子已这般执迷不悟，怎敢再把小孩子送进学校？这些洋学堂，分明是个酒铺子，进去时清清醒醒，出来时糊糊涂涂，许多教员都是强人喝酒的庸保，许多教科书都是迷人本性的狂药。我的小孩子，一辈子不进酒铺子，请一位旧法先生，宛然一味醒酒汤，读些四书五经，比着迷人本性的教科书受用多咧。讲到延请西席，我既说过不好混充内行，你比我内行得多，便委托你代我延请，按年束脩，同赵荫谷一样，只要坐性好、脾气好、书法好，有这三好，便可合格。今天公事已毕，你便早些回去，我因信任你，这事你可便宜行事。"

勉斋听得富翁信任他，异常感激，待要趴到地上，重重地磕几个响头。

究竟这头磕不磕，编书的说没有磕、没有磕。勉斋终是斯文中人，何至这般无耻？倘然说他磕头，未免形容过分，不过临走时，向着富翁作几个加工的揖，鞠几个双料的躬。富翁笑道："别闹这虚套儿，快快滚吧。"勉斋掉转身躯，得意扬扬地出门而去。正是：

　　一字之滚，荣于华衮；大绶勋章，嘉禾一等。

第二回

大宗师趾高气傲
小狗子手敏心灵

　　上回书中所说的富翁端的是谁？这般盛气难侵、傲慢自足的态度，虽是亏你笔下写出，然而世上的富翁未必都是这般模样，你不该一笔抹杀，含混地说着富翁富翁，也须分个泾清渭浊、甲是乙非。

　　列位，这般责备却是不错，就我生平所见的富翁，也有好行其德的，也有乐善不倦的，也有脱离火气，粥粥若无能的，也有敬礼贤才，皇皇若不及的。若像本书所说的富翁，原是少数中的少数。况且纸上文章，都是空中楼阁；眼前景物，无非脑底烟云。古语道："闭门造车，出而合辙。"论不定世上果有这般人物，与本书无心巧合。然而道是他们的历史自来凑合我的笔墨，不是我的笔墨故意描写他们的历史。若说富翁端的是谁，编书的少不得要补叙一番。但现在要写这扬扬得意的勉斋，百忙中插不下许多闲笔。

　　却说勉斋的住宅，是小小的前后四间平屋，门前贴着"东海徐第"的红纸字条。门楣本不甚高，勉斋平日出入，也不觉得什么，这天回来，便觉得门楣低了三寸，一路挺着胸，仰着面，踏着八字步，大摇大摆地踱进天井。家中八岁儿童正在天井里掘蚯蚓，见着叫将起来道："爹爹，你仰看着什么，莫非猫儿在屋面打架不成？"勉斋听了，暗自好笑，便道："小狗子，你妈妈呢？"小狗子道："妈妈在后面切菜。"说着，便一跳一跃地奔将进去，道："妈妈，爹爹回来了。"在这当儿，勉斋躺在一只破藤椅里，仰看屋梁，满肚皮打算，想到快活处，嘻着嘴咯咯地笑，冷不备有人拍着肩道："你真疯了，一个儿笑什么？回来了多时，也该把出门的行头换去，惜食有食吃，惜衣有衣穿，你只挣得一套新行头，藤椅又破了，怕不擦坏你的衣服。"勉斋被娘子提醒了，赶忙把新行头尽行卸去，折叠已毕，换着破袍子，跶着倒跟鞋，重行坐下。娘子道："你今天回来得恁般早。"勉斋道："今天有一桩喜事，报你

5

知晓，你听了也快活。"娘子忙问什么事，勉斋道："这喜事非同小可，你且猜一猜。"娘子仰眨着瞳子，呆想一会子，便道："莫非加添了薪水吗？不对不对，这刘剥皮是出名的啬鬼，一个鹅眼钱，看得车轮般大，怎肯平白无事加添你的薪水？"勉斋摇头道："加薪不加薪还是小事，现在这桩喜事，比着加薪还好。"娘子啐道："活见你的鬼，比着加薪还好，难道他肯认你做老子不成？"勉斋把头点了一点道："他虽没有认我做老子，但是这般地抬举我，比着做他的老子还体面。他今天请我到办事室里，让我上坐了，他只在下面斜签儿坐着，他说：'徐先生，你是我赤心忠胆的老友，我很仰仗你，很信托你。明年小孩子读书，要延请一位明师，叫作'坐性好、脾气好、书法好'的三好先生，我可不在行，识不得好歹，这件事须得你徐先生替我干，我便请你做一位考试西席的大宗师……"娘子不通文墨，忙问道："他叫你做什么？"勉斋一壁儿把头打个圈，一壁儿引长着声调道："大宗师啊，大宗师！"娘子听着，闷葫芦似的揣摩不出什么意思。小狗子伸着两只肮脏手儿，猴到他老子身上道："爹爹，什么大粽子？大粽子，买一只给我吃。"勉斋把他推下去，连眨了两个白眼，骂道："大人在这里说话，谁许你来插什么嘴？"小狗子讨个没趣，哇地哭起来，两只泥手在眼圈上面乱揉，揉得黑一块白一块的，同开了花脸一般。娘子要紧听勉斋讲话，便在身边摸出一个看囊铜圆，给小狗子到街上买糖吃，把他遣去了，然后移过椅子，在勉斋旁边坐定了，说道："你休打这哑谜儿，快快讲给我听。"勉斋高抬着头，大声说道："这大宗师非同小可，就是从前考进秀才的学士大人。"娘子又啐道："青天白昼，在这里说梦话，你不过是一个西贝秀才，怎么想起做起学士大人来？"勉斋向外面望了一望，低声说道："什么西贝不西贝由得你乱喊，这里房屋又浅，门前来往的又多，拆穿了西洋镜，你便没有饭吃。须知我这秀才虽是戤牌的，然而亏得是隔省人，他们不知我的底细。我自称秀才，他们也把秀才看待我，现在又把我抬到九霄云里，凭我的手里考选西席先生，这差使阔不阔，这面子大不大？那辈靠着'诗云''子曰'混饭吃的穷酸饿醋，都要到我徐大宗师门下来应考。我看得上眼，便叫他在刘剥皮家里吃碗苜蓿羹饭；我看不上眼，由他们落第回家，捧着黄瘦婆子号啕痛哭。"说到这里，不禁哈哈大笑起来。娘子把嘴一瘪道："少要快活吧，雀儿碜糠空欢喜，开什么穷心。便算他请你考试西席，也不过虚名儿好听些，到底没有什么好处到手，快活它怎的？"勉斋笑道："谁说没好处，好处正多咧！"娘子侧着耳朵，正待听他说什么好处，冷不备一阵哭声，小狗子擎着一把鼻涕赶将进来。娘子骂道："小冤家，你不去买糖，又来做什么？"小狗子哭倒在娘身上，呜呜咽咽地说道："妈妈，你哄骗我，这个私板铜圆，卖糖的不要。"娘子笑道，"呀，我真忘怀了，这个铜圆原是买物时剔退下来的，我只放在身边看囊，卖糖的不要也就罢了，我没第二个铜圆给你。不见得为你要吃糖，却把雪白的大洋去打碎了。"小狗子见娘不肯给钱，便倒在地上打滚，鼻涕眼泪和那地上的灰尘搅作一团。在这当儿，当的一声，勉斋抛下一个铜圆，小狗子伸手掏着，便嗖地立了起来，把铜圆看了又相，相了又看，见不是私板，方才欢天喜地地去了。娘子叹口气道："穷汉养了娇儿，叫花的养了画眉儿，人家越是要紧，这小冤家越来打搅。究竟你这件事怎样地有许多好处，请你快快说了，省得这小冤家又来纠缠。"勉斋道："有什么难懂，我与这辈穷酸饿醋也没甚深交，怎肯平白无端作成他们的馆地？这其间自然要些油水，按月按节，红纸包里的东西自然有我的份儿。心狠些，四六分开拆；心善些，便扣他两成三成，也是大宗师应有的权利。方才回来时，顺便在巷口小茶寮里露些风声，说刘宦延请西席，愿就的须来与我接洽。这个所在是教书匠的茶会，一得了消息，便把我团团围住，这个作揖，那个打躬，这个说仰仗仰仗，那个说拜托拜托，我被他们挤昏了，便说今天没有工夫理会这桩事，诸位有事，明早八九点钟到我家里来接洽。吩咐已毕，许多教书匠便两旁站开，同官场站班般的，口里连连道着是字，我大模大样跨出茶寮，走了三五步路，他们'是是是'的声音还没断绝。"娘子听着，骂了一声促狭鬼，便道："你休形容过分了，你在刘剥皮家里，论不定也是这般模样，却在我的面前由得你说嘴，你莫非自己形容了自己。"勉斋扑哧一笑道："彼一时，此一时，现在做了学台大人，只有人来趋奉我，难道我会去趋奉人？"娘子连连瘪嘴道："老娘生了眼睛，不曾见做了学台大人的亲到茶铺子里拉人去考试，这不是学台大人，简直是野鸡大人。"

夫妇俩调侃的当儿，小狗子托着两块糖，笑嘻嘻进来道："妈妈，这个私板铜圆给我用去了。"娘子道："呀，你倒比我还乖巧，我把这劳什子藏在袋里，半个月没有用去，怎么你一用便用去了？"小狗子坐在门槛上，一壁儿吃糖，一壁儿刁嘴欠舌般地讲给老子娘听。这种刁嘴欠舌的声音，编书的却无可形容了，大约说，这个私板铜圆，第一副糖担上不要，等了一会子，第二副糖担来了，卖糖的是个老头儿。他把好铜圆夹在指头上，坏铜圆藏在拳头里，声言要买糖，老头儿取糖时，他便使个过门，当的一声，把那坏铜圆撩在卖糖的钱盘里，把那好铜圆藏了。老头儿哪里觉察，却把一块五香百果糖给了他。这时恰有别人来买糖，乘这当儿，他声言糖不好，要换，便插手在糖盘里调换，老头儿招呼不周，他又掉个枪花，把一块换了两块，拢总一个私板铜圆，却得了价值两铜圆的糖，因此欢欢喜喜，讲给老子娘听。勉斋喜得拍手道："好啊，这么大的年纪，却能随机应变，不吃人的亏，将来一定是胜祖强爷的，这个儿子真被我们养着了。"娘子道："现在的小孩子可不比从前了，出道又早，转变又快，手段又高，将来长大时，怕不大大地挣份家私，断然不像你这么大年纪，钻头觅缝，还赚不满三十只大洋。"当下夫妇谈些闲话，不觉天晚，吃饭睡觉，不须交代。

一宵已过，明日清早，一家三口尚没起身，早听得门上砰砰砰地三响，接着一种雌鸡嗓子的声音唤道："徐先生在府上吗？"勉斋的卧室同街上只隔一堵墙，听得清切，便推着娘子道："赶快去开门，应考的来了。"娘子道："好没来由，你不去开门，倒唤我去。"勉斋低声道："做此官，行此例，没的学台大人亲去开门，迎接应考的生童。"娘子道："学台大人不开门，倒叫学台太太去开门，益发不成体统了。"夫妇争论不休，门上砰砰的声响比前更加厉害，娘子道："不好了，这牢门要被他打破了。"连忙高声唤道："门外的客人请耐性些，我们尚没起身，须等一会子，才能开门。"雌鸡嗓子的答道："嫂嫂惊吵惊吵，尽可慢慢儿起身，我只在门前恭候。"娘子在被窝里探起半个身子，披着旧皮袄，一壁儿揉眼，一壁儿埋怨道："都是你要摆这臭架子，这般大冷天气却叫老娘去开门。"说着，又打了两个呵欠，伸伸缩缩，只是舍不得离床。忽听得街上一阵脚步声渐渐走到门前，却是一个老头儿声音，气吁吁地说道："咦，文甫，你竟先在这里了，我算起得早，你竟比我……"说到这里，一阵咳嗽，接着霍落落的吐痰声，下半句说话，竟随痰液一齐吐出去了。又听得雌鸡嗓子的说道："墨亭叔，你一大把年纪，冲风冒寒到这里，莫非为了刘公馆的馆事？"老者道："有什么不是？"雌鸡嗓子道："徐先生尚没起身，我们须得等待一会子呀。这里北风大，你请到阶石上立着。"接着瑟瑟索索，似乎两人在这里发抖的声音。床上的娘子慢慢地扣衣襟，勉斋靠着枕，侧着耳静静地听。又听得老者说道："人老珠黄不值钱，这个馆地恐怕轮不到我身上，文甫，你总该有些巴望。"雌鸡嗓子的道："墨亭叔，你设帐四十多年，是顶呱呱的老牌子，刘公馆的西席合该你有份。真所谓禹门三尺浪，平地一声雷也。"老者道："若能如此，未免栏杆充数了。"勉斋在床上听得"栏杆充数"四字，很觉奇怪，仔细一想，暗自好笑，原来把"滥竽"二字读作"栏杆"，老先生却读了别字了。在这当儿，娘子衣襟已扣好，又在被窝里寻袜寻裹脚带，空笼壳落，乱掏了一会子，却把脚边卧的小狗子掏醒了。这孩子的眼睛尚没张开，嘴里却嚷着要吃大饼。娘子草草地结束好了，又替小狗子穿好衣服，听那门外时，嘈嘈切切，约莫有六七个人的声音，当下扭扭捏捏地跨出天井，拔去门闩，呀的一声，这六七个人早一拥而入。正是：

　　板扉乍启，酸气直冲；是迂夫子，是可怜虫。

第三回

曹墨亭栏杆充数
伍青岩廉价投标

门儿呀的一声，众斯文便一拥而入，娘子啊且啊且连打了两三个喷嚏，这是什么讲究？休说列位怀疑，便是编书的写到这里，却也莫名其妙。娘子举眼看时，有的套着破风帽，有的架着铜边镜，有的曲着腰，有的驼着背，有的被冷风吹红了鼻子，有的亮晶晶挂着两行清水鼻涕。娘子见这情状，又觉酸气扑鼻起来，险些儿又要啊且啊且。众斯文入门后，都站定了脚，要请徐先生相见。娘子道："诸位请到客堂里坐，略等一会子，他便出来了。"众斯文鹅行鸭步，走入客堂，举眼看时，却又面面相觑起来，原来里面只有四张椅子、一张杌子、一只破藤椅，拢总六个座位，来宾却有七人，叫他们怎样坐呢？娘子提着嗓子唤道："小狗子，快从里面搬一只椅子来，外面的考相公缺少了一个座位。"小狗子诺诺连声，不多时，竟向灶前搬出一只烧火凳来。娘子骂道："青肚皮的猴子，怎么这般没灵性？房中现放着好好的椅子你不去搬，却去搬这烧火凳来。"那个铜边眼镜的先生道："嫂嫂别动怒，有这烧火凳坐坐，很舒服的，休得错怪了令郎。"说着，便向小狗子手里接了矮凳，靠墙壁放着，一屁股坐下，远看宛比修脚匠，近看又似臭皮匠。他一坐下，其余的先生也都坐下，大家默默无声，专候徐先生出来讲话。娘子抿着嘴，走到房里，忍不住笑将出来。勉斋问笑什么，娘子悄悄地说道："我往常嫌你不脱酸气，现在见了这辈考相公，你还不好说酸，像他们这般行径真是酸头酸脑酸入骨、酸精酸鬼酸祖宗咧。"勉斋不理会，慢慢地在房中换新行头。小狗子见来了多人，贪着玩意儿，厨房里走走，客堂里跑跑，墙壁边立立，不晓得忙些什么，连大饼都不想吃了。勉斋换罢行头，洗面漱口，挫牙刮舌，一一完毕，又捧着水烟袋，剥落落，剥落落，抽了好几袋烟。拂拂衣，整整冠，又在镜子里照了多时，然后一声咳嗽，慢慢地跨出房门。

客堂里的酸朋醋友等了好一会子，有些清晨没吃过点心，肚里蛔虫不争气，咕哩咕哩鸣叫起来，毕竟斯文人还顾颜面，赶紧干咳了几声嗽，才把蛔虫声响遮掩过去。有些受了冷淡，不觉恼羞成怒，想要发作几句话，转念一想，在他门下走，怎敢不低头，只得耐着性，忍着气，再等一会子。唯有靠壁坐在矮凳上的铜镜先生，点头拨脑，态度却异常安闲。勉斋跨入客堂，慌得众斯文直立起来，勉斋大模大样，招呼了一声"请坐"，回身看时，自己却没了座位，忙唤小狗子去搬取。小狗子扯开了嘴，只向铜镜先生痴笑。那时娘子早从房里搬出一张椅子，在书案边放下，勉斋竟不推辞，朝着南面先坐了，然后众斯文慢慢地坐下。勉斋问明了姓号年岁，向众宣言道："今天敝东人委托兄弟遴选西席，兄弟便是敝东人的代表，秉公去取，一毫没有私意。"那位雌鸡嗓子的先生离座说道："晚生吕文甫，在关帝庙里设帐多年，坐性很好，文理很明白，要请勉翁栽者培之，却不要倾者覆之也耶。"勉斋见他掉书袋，正要发笑，转念一想，笑不得，笑了便失大宗师的体统，便即沉下脸说道："兄弟的宣言尚没有终结，吕先生且慢发言。"吕文甫涨红了脸，归原位坐了。勉斋又道："敝东人遴选西席，本有三项条件，第一项便是年岁问题。年纪太轻了，只怕坐性不好；年纪太老了，又怕精神不足。现在诸位里面，年轻的果然没有，但是这位曹墨亭先生，高寿已逾六旬，还有方先生和廉先生，都是望六年纪。论起来，年高德劭原是一句佳话，可惜被这条件所限，兄弟也难于为力，别件事都可通融办理，唯有年岁一层却是隐瞒不得，三位请便，恕不恭送。"方、廉二老叹了一口气，驼腰曲背地出门去了。曹墨亭哀恳道："勉翁，你在令东翁面前，替我缩短了十年，只说是五十六岁，我便可以栏杆充数了。"勉斋瞪了他一眼，理都不理。墨亭见不是头路，只得告退，临出门时，一阵咳呛，咯咯地吐出许多痰来。列位，勉斋剔退老年人，究竟什么用意？原来勉斋存了按月分肥的念头，老年人没得多年在世，他不能永享利益，所以横一横良心，把老年人多剔退了。

这时七位斯文走了三位，勉斋重又宣言道："第二项便是束脩问题。这件事，兄弟虽可便宜行事，然而敝东人抱着价廉物美的主义，按月束脩，自然愈少愈妙，现在且不说出这个数目，先要动问诸位，倘愿在敝东人处坐馆，愿得多少薪水？"众斯文听得"愈少愈妙"四字，满肚皮的高兴打消了大半，勉斋问他们要多少薪水，你看着我，我看着你，大家作声不得。文甫这时忍不住，提起雌鸡嗓子说道："徐先生，薪水多少，须得你老判断，怎好自己定价？倘然自己定价，是货之也，焉有君子而可以货取乎？俗语道：蛤蟆跳在戋盘里，自称自卖。如之何其使得也耶。"勉斋高声道："不是这般讲，现在各处包造工程都有个投标办法，标价是廉，便算合格。人家请的西席，虽然不是工匠，若论他的性质，却与工匠无异。现在兄弟的意见，便要仿照包工的投标办法，薪水要多少，由得诸位索价，合格不合格，由得兄弟做主。诸位赞成的，不妨标出一个最克己最廉贱的工价；不赞成的，尽管自由退席，兄弟也不强留。"那时四位斯文里面，有两位怒形于色，悻悻地拂衣而去，唯有坐在破藤椅上的吕文甫、坐在烧火凳上的铜镜先生希望未绝，还恋恋不肯出门。娘子闪在房门口作壁上观，嬉皮笑脸的小狗子立在门槛上，仍向铜镜先生痴笑。文甫又提起雌鸡嗓子道："徐先生一定要晚生说价，却之却之为不恭，沽之哉沽之哉，说不得求善价而沽之也耶。"勉斋皱着眉道："吕先生休得掉书袋，要说快说，用不着许多之乎者也。馆谷多少，一语可定，唠唠叨叨的之乎者也值什么钱？"文甫红着脸道："徐先生一定要晚生说价，晚生只得依实奉告，按月的馆谷，不多不少，要同方才曹墨亭先生所说的一样。"勉斋诧异道："墨亭并没有说什么价值。"文甫道："怎么没有说，明明说一句栏杆充数。栏杆者，十二之谓也，墨亭先生的意思，要按月得十二只大洋。晚生不敢讨什么虚价，承上章而言之，也是个栏杆充数，徐先生以为何如也耶？"这几句话，引得勉斋笑将出来，大宗师的体统便顾不得了。笑声未毕，矮凳上面的铜镜先生高声唤道："晚生伍青岩，格外克己，按月馆谷只取大洋十元。"文甫听着，生怕被人抢了去，便道："晚生只取八元。"青岩抢着说道："晚生尤其克己，只取大洋六元。"文甫气得不可开交，恶狠狠地瞅了青岩一眼，便道："这个馆谷只得让给你，六只大洋，再要减少，岂不把全家老小都要饿死也耶？"说罢，垂头丧气而去。

勉斋见青岩只要月薪六元，暗自欢喜，然而面色上丝毫不露，镇定异常，慢慢地说道："第三项便是学术问题。敝东人对于学术上面，虽是个门外汉，然而书法的好坏，他也有一二分的辨别力，所以西席先生的书法却也不可过于草率。还有一层，敝东人对于前清的科名异常注重，兄弟不才，十四岁时便进了学……"说到这里，眼梢一瞟，早见房门口的娘子不住地向他刮脸，勉斋不理会，接着说道，"敝东人因我是个圣门之徒，一向蒙他另眼看待，现在动问伍先生，也曾进过了学没有？"青岩在矮凳上欠身答道："晚生的书法，自问还可看得。去岁豆腐店里死了老太婆，灵前的牌位便是拙笔题的。今年左近人家的春联，晚生笔下，黄金万两，紫气东来，足足写了百数十副。书法一层，勉翁可以无虑。只是从前考过几回，不曾博得一名秀才，须得勉翁格外通融才好。"勉斋故意踌躇了一会子，便道："也罢，要做好人好到底，兄弟便替你在敝东人面前添几句好话，便是不曾进学，也没妨碍。只有尊书尚不曾请教，这里有笔砚，请伍先生写几个字样，给兄弟赏鉴赏鉴。"青岩诺诺连声从矮凳上站起身来，向着书案行进，才走得两三步，早把小狗子乐得拍手拍脚，房门口的娘子笑得肚子都痛。勉斋觉得诧异，抬头向青岩看时，只看见他的帽结上面套着一根柴草做的翎枝，摇摇摆摆，煞是好看。方才小狗子在厨房里走走、客堂里跑跑、墙壁边立立，便是弄这玩意儿，这位青岩先生却始终没有觉察。勉斋趁他伏案写字的当儿，暗暗替他取掉了。字样写毕，勉斋看了一遍，便道："尊书尚能合格，以后写字时，墨色稍浓些，敝东人见了，便无话说了。"青岩听着，一迭声地道谢。勉斋请他在书案旁边坐了，小狗子从地上拾了柴草，蹑手蹑脚地还要替青岩戴翎枝，只嫌手短，不容易套着，却想去搬那烧火凳来做接脚。勉斋连连眨着几个汤团般的白眼，才把小狗子吓退了。又同青岩敷衍了一会子，叫他明晨来听消息，这事包管有八九分把握。青岩摘去铜边眼镜，唱了几个肥喏，然后戴上眼镜，欣然而去。青岩去后，娘子兀是哧哧地笑，小狗子才觉肚里饥饿，又嚷着要吃大饼。

勉斋取了字样，到东翁处去回复，自然一说便成。馆谷本是按月十二元，青岩只取六元，其余的都是勉斋到手。明晨，青岩来讨信息，勉斋便把利益均沾的话向他说了，青岩失馆多年，一贫如洗，自然没有什么计较。不多几天，早已下了关书，择于正月十二日开馆。那时恰是隔年十二月下旬，跟着开馆还有二十天，趁他没有开馆，编书的忙里偷闲，要把富翁的家世从头叙起。正是：

以笔蘸醋，淋漓不干；月令有语，曰其味酸。

第四回

卖冬菜风凄雨苦
度春宵酒绿灯红

　　哈哈，六块大洋请到了一位三好先生，两块大洋买一好，价钱实在便宜。编书的趁那伍青岩先生没有吃开馆酒的当儿，磨磨墨，蘸蘸笔，使出年光倒转的方法，套用旧事重提的话头，且把五十余年前的富翁家世补叙一番。

　　这一年，恰是清朝克复杭州的第一年。杭州城本是好好的一处繁华所在，经此一番变乱、几载干戈，变成了残垣破瓦、断梗荒榛，朱阁烧成焦土地，苍生染就血头颅，还有许多鸠容鹄面、风栖露宿的灾民，做那兵燹的点缀品、活动的流民图，真个是伤心惨目、动魄惊魂。那时，各处避乱的人民听得家乡克复了，扶老携幼，陆续回来，眼巴巴指望整理家园，收拾田产，谁知华屋也没有了，良田也没有了。古语道，六十年风水轮流转。从前面团团的富家翁，到了那时，多半是炙肤皴足、动骨劳筋，在那苦力社会里混一碗饭吃。从前的穷朋极友，到了那时，也有一跤跌在青云里的，头上的帽子依然，丢掉八弓身，换得一口田，讲一句老实话，只说穷字变作富字罢了。

　　就中单讲城隍山麓，有几处劫火烧剩的破屋，墙坍壁倒，不成模样，却有几家小本经济的赁这破屋子住，度那惨淡刻苦的光阴。雨至灯无焰，风来壁有声，这破屋子里的况味实在不堪言状，住在里面的，也有是土著，也有是客民。就中有个镇江人唤作刘小三的，他向来挑着腌菜，沿街唤卖，这项生涯，南边人唤作卖冬菜。自从那年大营溃散，镇江残破，他带了浑家许氏，杂在难民队里拼命狂跑。跑不到几里路，蓦地里壳壳秃秃一阵马蹄声响，只见斜刺里许多马队追风掣电似的冲将过来，霎时间男哭女啼，大呼小喊，一队难民被马队冲得散沙似的，只在四处乱滚。吓得刘小三失魂落魄，尽着两只腿，不管天南地北、山高水低，跑冰似的跑去。渐渐地喊哭声远了，方才停了脚，坐在树林子里喘气，摸摸脑袋，原封不动地装在脖子上，自念挣得性命全靠着两只腿，才晓得爷娘生长我两只腿的好处，暗暗地谢几声黄泉路上的爹爹妈妈。喘息才定，蓦地里心头扑扑几跳，回头看时，只不见了浑家许氏，赶紧四下寻觅时，早如石沉大海、井落银瓶，哪里有什么影响？他浑家年岁尚轻，略有些姿色，这番被太平军冲散，眼见得已遭掳掠，永无返璧还珠的希望。小三心中虽有几分割舍不下，然而只剩了单身独自，逃难的当儿，倒可以免却许多拖累。后来东飘西荡，忍冻挨饥，居然在那毒龙颔下、猛虎牙中，逃得这条残命。

乱事已平，便在杭州城隍山麓租赁一间破屋，聊蔽风雨，日间仍理故业，挑着一副冬菜担沿街唤卖，博百十文青钱，归来馁着破行囊，胡乱度日。好在一身以外，没有其他的费用，日图三餐，夜图一觉，越是糊糊涂涂，日子越过得快，不知不觉在杭州混了半载。这天恰是秋尽冬初的天气，小三挑着担子穿街越巷，一声声地唤卖冬菜，唤了大半天，不曾做得一文半文钱的交易，肚里饿得慌，渐渐地卖冬菜三个字唤得不成腔调，两腿软绵绵不生力气，肩上这副担子比出门时加重了一倍。好容易挨到市梢头，迎面碰着了一个老头儿唤住了担子，讲明了价钱，称了三斤冬菜。临付钱时，老头儿喊声啊呀，原来出门匆忙，忘带了钱囊，三斤冬菜原物奉还，只说道："今天对不起，明天作成你。"便挥挥手走了。小三这一气非同小可，睁着两只白眼，呆瞪瞪的半个时辰，肚里的蛔虫又奋命与他做斗。他不能套着老头儿的论调，向那蛔虫说道："今天对不起，明天作成你。"便是说了，蛔虫也未必肯听他吩咐。当下叹了一口气，重又挑上担子，没精打采地取路回家，连那卖冬菜三个字也懒得唤了。偏又天公不作美，呼呼地刮起几阵风，绿豆粗的雨点迎面打来，小三没穿得几件衣服，一时又没处去躲雨，只落得淋漓尽致，同落汤鸡一般。比及望见家门，雨点也渐渐止了，一时又冻又饿，只指望三脚两步跨到家中，爬上草铺，盖上破棉被，且到黑甜乡去躲一躲，借那梦神的势力，避那饿鬼的宿债。谁知走不到两三步，蓦地里扑通一声，这副冬菜担同肩膀子脱离关系，两筐箩冬菜撒了满地。那时刘小三恰趴倒在地上，同那烂泥地皮行一个接吻礼。若说真个与地皮接吻，天下也没有这样的呆汉，都只为新雨初过，泥地太滑，小三又打从瓦砾场经过，乱砖碎石，高低不平，正在匆忙的当儿，举足不慎，吃那半掩泥里的破方砖绊得一绊，小三早扑翻在地，嘴里哟哟的几声，半晌挣扎不起。比及爬了起来，膝盖上擦去两片苦皮，额角上吃饱了大大的一个暴栗，当下暗暗叫苦道："漏屋更遭连夜雨，破船又遇打头风。今天的晦气星却跟着我走，连那地上的破砖儿也来与我作对。"便没好气地瞧了这砖儿一瞧，伸脚过去，把砖儿猛地一踢，不踢犹可，经这一踢，却踢出花样来了。

列位，编书的早已交代，这块破方砖原来半掩泥里，方才小三绊跌时，早把这砖儿撬松了，现在又加着一踢，呼的一响，长久埋在泥里的破方砖好容易翻了一个转身。说时迟，那时快，破砖底下早露出碗口般的一个空穴。小三觉得诧异，蹲了身躯，向穴里瞧个清楚。不瞧犹可，经这一瞧，便不知不觉地道出一个咦字，伸出半个舌头，再也收不进去，挂下两道馋涎，再也拉不回来，一时欢喜得什么似的，真个要向烂泥地皮亲亲热热地行一个接吻礼，应着编书的这句打诨话儿。原来逢着兵乱的时世，人家当把携带不尽的金银埋在地下，暗暗地做个标记，以便归来的时候再行掘取。这番小三瞧见的东西，不消说得，是个藏镪所在。霎时间肚子也不饿，身上也不冻，膝盖也不痛，额角也不疼，暗暗唤声侥幸道："我只道晦气星跟着我走，却原来财神菩萨随着我行。"当下搬起破方砖，把那穴口掩盖过了，收拾了冬菜，挑起了担子，兴致勃勃地回家。挨到黄昏时分，潜行出门，人不知，鬼不觉，把那穴内的藏镪搬个净尽。究竟穴内藏镪共有多少，编书的说声惭愧，小三掘镪的当儿，在下尚没出世，事非真知灼见，不能编造一个确数哄骗列位。但有一桩事须得报告列位知晓，距着小三掘镪时不到两月，杭州城里大街上新开一家京广货铺子，店里的老板穿着簇新的皮袍皮褂，大模大样地上首坐了，看那伙计们做生意。这位老板是谁？便是刘筱山先生。刘筱山又是谁？便是卖冬菜的镇江人刘小三。

原来小三得了横财，便不做小贩做老板了，做了老板，理该有个雅篆台甫，却不能小三小三地由人乱叫。他曾同一位学究先生商议，学究先生便替他取了音同字异的筱山二字，当作表德。编书的写到这里，也只好随着众人，唤他一声筱山先生了。然而筱山心里却有一桩缺憾事情，但有银子，没有妻子，但有老板，没有老板娘，终究不是个了局。从来饱暖思淫欲，筱山本是个色中饿鬼，以前没有饱暖时，尚且脱不了淫欲念头，何况今日成了小小的财主。这条街上本有一个姓尤的寡妇，很有几分姿色，家中只有一个老娘、一个六岁的儿子。这寡妇的丈夫本是招赘的，所以不用夫家的姓，娘家姓尤，这寡妇也姓尤。丈夫死后，娘家尚可度日，上奉老母，下抚幼儿，倒也可以算得冰清玉洁、古井无波。寡妇喜吃冬菜，从前筱山挑担的当儿，寡妇常常作成他的东家。筱山饱餐秀色，肚里却横了邪念，卖油郎尚占花魁女，卖冬菜的怎见得没这艳福，遇着寡妇买他的冬菜时，便失魂落魄似的。寡妇并不要讨饶头，他却横抓一把，竖抓一把，巴巴地去奉承她，称一斤，饶一斤，奉送一斤，一斤冬菜，足足有三斤多重。寡妇见他呆头呆脑，忍不住咯咯地一笑，筱山却老大地误会了。一天，趁着尤老娘在后面洗衣，他却用些风话向那寡妇勾搭，寡妇才晓得他不怀好意，咬咬牙齿，绷绷面皮，又清又脆的老大一记耳刮子顺手打去，打得筱山七荤八素，牙床里流出血来。后面洗衣的尤老娘听得清切，便高举着捣衣棒，千刀剐万刀割地骂将出来，气冲冲地前来助战。筱山见不是头路，抢着担子，挑了就跑，任是跑得快，脚踝骨上早老大地着了一下捣衣棒，回家后足足痛了三日。这番得了横财，开的店铺子恰在尤寡妇家的对门，五百年风流孽冤变成了望门对宇，毕竟筱山是有意是无意，编书的也不必下什么断语，看书的自会明白。尤寡妇家里既不是重门深户，她又时时要上街买东西，每日里至少也要与筱山会面八九次。说也稀奇，寡妇见了筱山，牙齿不咬了，却是瓠犀微启，面皮不绷了，却是桃靥生窝。从前举棒打人的尤老娘，更在筱山面前千官人、万官人，百般地赔话，说老身从前误犯了官人，老大的罪过，定要缩短十年阳寿，瞎却两只乌珠，罚在十九层地狱里受苦，五百年不得超生。一派夹七夹八的话，说得筱山前仇尽释，故态复萌。自古道，男想女，隔重山；女想男，隔层单。这么长，那么短，两口儿便成了夫妇。列位，这不是编书的贪懒，不肯多说，倘把这件事装头装尾、绘影绘声，作一篇吊膀子讲义，大约也可敷衍到一二万字，然而未免偏劳了排字的手续，肮脏了编书人的笔端，只好谨谢不敏，借着"这么长那么短"六个字包括过去。从此尤寡妇家里便成了筱山的外宅，编书的也不好唤他寡妇，只好唤他尤氏。筱山本是单身汉，现在上有老岳母，下有小孩子，中有标致浑家，三代同居，倒也不嫌寂寞。夫妇俩有说有笑，怪亲热的，自然不消说起。尤老娘得了发财女婿，睡梦里都要咪咪地笑。六岁孩子唤观保的，也晓得"踏上娘床便是爷"，亲爹爹、好爹爹地没口子混叫，筱山心里怎不欢喜。

　　有话即长，无话即短。筱山同尤氏成亲，本在十二月十五日，时光易过，一眨眼便是来年的正月十五日。这天一是满月，二是佳节，筱山把店事安排好了，便办着筵席，在家里庆赏元宵。一家四口儿在楼上传杯弄盏，从傍晚直饮到黄昏还没罢休。谁知好事多磨，良宵易误，蓦听得门上砰砰的几声，筱山掌着灯，自去应门，一时乘着酒兴，也不问叩门的是谁，便拔去门闩，呀的一声便开了。不开时万事全休，一开时目定口呆，几乎冷了半截。正是：

欢喜恐怖，都由心造；心苟不亏，何来懊恼。

第五回

觅夫君天涯地角
认姊妹人面兽心

　　章回小说本有一种老腔调，逢着回尾，故意说几句惊人话，好使看书的看过前一回，便急忙接看下一回，说书的唤作卖关子，生意场里唤作招徕之道，原是牢不可破的习惯。编书的在上回结尾，说什么筱山目瞪口呆、冷了半截，也是不脱窠臼，未能免俗罢了。若说真个冷了半截，这句话就太觉含混，不合了事实。究竟冷的是上半截，是下半截，编书的没有说明。若说是上半截，筱山这时手里还掌着灯火，没有丢掉；若说下半截，筱山这时还站在地上，没有栽倒。大凡体温一失，血脉立停，四肢百体，均失效力。冷到上半截，上半截便死了；冷了下半截，下半截便死了。筱山这时还能够掌着灯火，站立在地，足见冷了半截全非事实，不过是一句形容过甚之词。倘给学究先生见了，便要揸着鼻尖，下两句评语道："目瞪口呆则有之，冷了半截则未也。"

　　列位，筱山目瞪口呆，究竟为着什么？自古道，日间不做亏心事，夜半敲门不吃惊。这敲门的人倘在一个月前来到这里，筱山见了，便不惊慌失措到这般田地。原来筱山同尤氏没有成婚的当儿，尤氏问他可曾娶过妻子没有，筱山撒了一句谎道："有是有的，逃难时给长毛杀死了。"尤氏问他当真不当真，筱山道："有什么不当真，我曾在道旁收她的尸，掘个泥坎埋掉了，若有半句谎，嘴上害个大疔疮，舌头嚼得雪花般飞。"尤氏笑了一笑，也就信了。筱山心里以为许氏既经掠去，纵然不死，也未必再能相会，落得说她被害了，免叫那尤氏心疑，不肯放胆嫁人。这夜正在兴会淋漓地喝那元宵酒，偏偏有人敲门，开门看时，只唤得一声"啊咦"。千不来，万不来，偏偏来了这人；早不来，迟不来，偏偏这时才来。胸头扑扑地几跳，嘴上虽没生疔疮，却是开口不得，舌头虽不曾嚼作雪花儿飞，却是挢舌不下。来人是谁？便是他发妻许氏。

　　许氏见了丈夫，一时悲喜交集，眼泪簌簌地滚下，满肚皮的话儿不晓从哪一句说起，只问得一声道："你还认得我吗？"筱山呆呆地执着灯，似乎没有听得一般，许氏连问了两三声，才答得一句道："你、你、你还在世上吗？"那时楼上的尤老娘见女婿去开门，久不上楼，便乘着酒兴，咯噔噔地下了扶梯，饧着两只醉眼仔细看时，见女婿同一个三旬左右的妇人在门前白话。赶把这个妇人从上至下、从下至上打量了几遍，见她面容憔悴，衣裳暗淡，算不得什么体面人物，但是耳上挂着光油油的珠环，手上戴着黄澄澄的金钏，料想不是等闲之辈，倘非金亲，定系银戚。连忙堆着笑脸说道："贵客请到里面宽坐，待老身自来闭门。"说着便向筱山手里取了灯，呀的一声，门儿闭上，又落了闩。比及老娘回到客堂，却见方才的妇人抱着他女婿的腰，一迭声地唤"我的亲夫"，老娘觉得诧异，也不及发话，赶快跑到楼上，报与女儿知晓，谁知跑到半楼，几乎与女儿撞个满怀。原来尤氏早在半楼梯偷听讲话，赶向老娘摇摇手，叫她不要多话，又把老娘手里的灯火熄灭了，娘女两个同立半楼梯，侧着耳朵细听。只听得那妇人哭道："自从那年被马队冲散了，我是一只没脚蟹，行不得一步半步的路，给他们捉住了，要死要活，都落在他人手里，我哪里做得丝毫的主。我不是贪恋着这条苦命定要活在世上，都只为不曾访问得你一个下落，死活存亡捉摸不定，我这条痴心，总巴望皇天见怜，让我早早跳出牢笼，管什么千山万水，总要觅见了你，仍在一块儿过活。我既这般想法，所以眼前受些羞辱，我也顾不得许多，我虽住在别人家里，我哪一夜不与你梦里相会？"说到这里，凄恸凄恸地一阵哭，把以下的话儿都塞住了。立在半楼梯的尤氏恨得牙痒痒的，肚里自思：团团圆圆的元宵佳节，哪里来的哭丧鬼，在我家里挥洒这没志气的鼻涕眼泪，惹我性起时，老大耳刮子，打这婆娘出门去。又听得那妇人道："你怎么没有一句话？想是伤心过分了。你别伤心，你再听我申诉。掳我去的贼人，却是忠王李秀成部下的将官，他得了我，待我也不错，整两黄金给我使用，成匹锦缎供我衣着，肥鱼大肉尽我大嚼，只是我这一颗心宛比放在荆棘堆里一般，怎及同你做家时，你卖冬菜，我做活计，粗茶淡饭，倒也无忧无虑……"楼梯上的尤氏，暗暗地骂道："没长进的长毛婆，亏你不羞，却还说得嘴响。"在这当儿，楼上的小孩嚷道："妈妈，猫来抢鱼吃了。"尤氏悄声儿关照老娘，赶快上楼去赶猫儿、伴孩子。老娘掌着已熄的灯，蹑着脚步，摸摸索索地上楼，这只雪里拖枪的狸奴正抢着一个鱼头，躲在门角里吃，见人上楼，便一溜逃到床下，一壁儿大嚼，一壁儿呜呜地叫。老娘连骂了几声"该死的畜生"，自伴孩子吃酒，不在话下。尤氏经这一打搅，却有好几句话不曾入耳，再偷听时，那妇人道："我这番脱了牢笼，便立志要觅得了你，图个下半世安乐日子，南京、苏州，哪一处不走遍，只探听不出你的下落。逢庙烧香，遇寺拜佛，香烛钱不晓得花了多少，各庙各寺院求的签诀，有的说夫妻会重逢，有的说夫妻不会见面，叠起来约莫一二寸厚，我都藏在身边，过一会子，一张一张给你看。后来到了无锡，正是皇天见怜，碰见了一位卖粽子的张小哥，偶然提及你，他道：'卖冬菜的刘小三现在发了横财了，从前小子住在城隍山下，小三是个贴邻，朝夕总须见几回面，自从他做了财主，便搬到大街，开个京广货铺子。小子只是一世穷，却在这里卖粽子度日。'我得了这个消息，欢天喜地，便掏出几块银钱，重谢了张小哥，承他指引路程，代唤船只，才寻到这里来。又恐觅不见你，先把包裹等件寄在一家客店里，我却空身前来走一趟，皇天见怜，总算遂我心愿了。你又财多身壮，比从前气概了许多，从此两口儿无灾无晦，一辈子过那快活日子可好。"尤氏听到这里，一把无名火烘烘地冒出额门，便要赶下楼去，给些厉害手段，撵那婆娘出门。只在摩拳擦掌，准备发作，却听得筱山冷冷地说道："你说两口儿同过快活日子，不晓得怎样过法？"那妇人道："休说你现在得了横财，便是依旧两肩扛一嘴，靠这卖冬菜度日，我也可养活你下半世，包管你不愁穿着不愁吃。"尤氏在黑暗里把舌头一伸，私忖那婆娘却有些油水，亏我不曾鲁莽，使出那厉害手段，没的财神菩萨跑上门，我倒恶狠狠赶她出去。想到这里，一腔无名火早打灭了，再向下听时，絮絮答答，都是筱山在那里告诉他业已娶妻，那妇人只是凄凄恫恫地哭。

尤氏想了一想，他们俩说岔了话，可不是仍需得我下去牵拢牵拢，当下整整衣，摸摸发，扭扭捏捏地走下这半只楼梯。这夜正是灯节，楼下本点着两支红烛，明晃晃地照着，筱山见尤氏出面，便搭讪着脸儿，做出贼人心虚的模样。尤氏径跑到许氏身边，做出满面笑容，曲着腰，撅着臀，拉着袖口，深深地福了几福，慌得许氏还礼不迭。筱山老着脸儿，两下里都介绍了。尤氏请许氏坐了，千姊姊长，万姊姊短，说了许多亲热话儿，回转头来又把筱山埋怨了一番，说他太冒失，不曾打听得这位姊姊的确实下落，怎么便到我家里来求婚？许氏原是老实人，听了这话，悲痛早灭了五六分。筱山摸不着头脑，睁着两眼，只向尤氏呆看，不晓得她的葫芦里卖的什么药。那时尤氏又央告许氏道："姊姊你别烦恼，他做事果然不道地，但从前他与姊姊走散了，他也曾拼着性命，到各乡各镇去访问姊姊，后来不晓得他听了谁的谎告，说姊姊已有了三长两短，方才痛哭一声，死了这条心。比及娶了我过来，他常同我谈起姊姊的恩情，眼泪也不知挥了多少。姊姊，皇天不负苦心人，你既然千辛万苦跑到这里来，夫妇俩都见了面，从来客不僭主，新不问旧，你须是明媒正娶堂堂皇皇的刘筱山娘子，三个人抬不过一个理字，自然要让你正位中宫。我们老小三口，论理应该搬出，只恨木已成舟，我与筱山虽然一时冒失，却已做了一个月的夫妻，倘蒙姊姊放宽度量，容我们老小三口在这里吃些现成茶饭，便一辈子感激不尽。"说着，把手遮着眼，假意儿地挤眼泪。许氏心里委实过意不去，暗想天下有这般的贤惠妇人，又懂理，又服小，说出话来，记记敲在鼓当中，不落人褒贬，真是千中难选一，万中难得双。我有缘同她在一块儿住，多少总得她的帮助，也不枉我逢庙烧香，遇寺拜佛，伏着菩萨的灵感，毕竟得与好人相逢。我便不分大小，与她姊妹相称，同心合意帮小三做家，有什么不可？想到这里，便拉着尤氏的手，一是一，二是二，把肚肠里的话都倒了出来。尤氏装出感激涕零的模样，说要趁着元宵的蜡烛，在客堂里拜把子认姊妹。许氏十分欢喜，满口应承。尤氏推说上楼去取毡单，便在老娘耳边絮絮地说了许多话。老娘点点头，说道："难得你想得周到。"尤氏便在房里取了红毡单，匆匆地下楼拜把子。许氏长尤氏六岁，自然许氏是姊姊，尤氏是妹妹。筱山在旁只是痴看，料想尤氏玲珑剔透，必有一番用意。楼头的老娘先把猫儿关闭在房里，挽着孩子，也到楼下来相见。那时许氏拜干娘，孩子认妈妈，红毡单上一阵乱拜。尤氏在旁，抿着嘴咪咪地笑，许氏心里欢喜得什么似的，真个是一场泪雨化作笑风，几朵愁云幻成瑞霭。

拜见已罢，便同到楼头去饮酒，重整杯盘，加添筷箸，尤氏会做人情，亲到厨房里面烹调几样可口的东西，算作接风筵席。筱山得着当儿，跟屁股跑到厨房里，忙问尤氏什么用意。尤氏颠颠眉，眨眨眼，不慌不忙拖筱山到门角里，咬了一会子的耳朵，传授了女军师的锦囊妙计。说得筱山心悦诚服，深深地作了一个揖，说道："家有贤妻，真个是表壮不如里壮。"说毕，上楼就座。那时尤老娘正同许氏谈得起劲，老娘本是积世的虔婆，蜜做嘴唇糖做舌，干女儿长，干女儿短，絮絮叨叨，不曾停过嘴，委实是一百个肉麻，十二分亲热。筱山也把别后的情形一桩一桩地动问，不似方才冰冷的样子。厨下的尤氏搬着几色新添的菜肴，兴冲冲地上楼。那时席上五个人，个个满怀欢喜。许氏心里，因他们一见如故，都把真心相待，怎么不欢喜？尤氏娘女同着筱山，通同设计，见许氏果然钻入圈套，怎么不欢喜？七岁小孩懂不得什么，大人欢喜，他也陪着欢喜，况且蓦地里又添出了一个妈妈，怎么不欢喜？然而五个人以外，还有不欢喜的，还有老大失望的。列位试猜是谁？便是方才抢鱼吃的这只雪里拖枪的猫儿。它犯了攫物的罪名，才受了两点钟的拘刑，外面吃得饕天餮地、碗响盆鸣，它关闭在房内，嗅得着，吃不着，只是"娘乎""娘乎"地叫，实做了鱼儿挂臭、猫儿叫瘦。直到少顷席散，推开房门，它才恢复自由。编书的一经交代，便不再叙，免把无关紧要的事多占篇幅。

且说酒阑席散，时已不早，尤氏让出正房，叫筱山同许氏安卧，自己带了孩子到老娘房里去睡。一宿无话，再宿、三宿仍没有话。到了第四天，筱山一早便出门，似有什么紧要事似的。许氏梳洗方毕，尤氏在楼下高唤道："姊姊快来，有人在门前找你。"许氏急匆匆地走下，问道："谁来找我？"尤氏道："你出门便知分晓。"许氏不知就里，跨出门前，东瞧西望，不见有什么熟人。正自诧异，冷不备尤氏从背后掩上来，一把揪住发髻，高声大喝道："东邻西舍，快来看这没廉耻的贼婆！"这几句话，直吓得许氏面如土色。正是：

蛇儿之口，蜂尾之针，两者不毒，毒在妇心。

第六回

激众怒信口开河
抱奇冤走投无路

许氏慌慌张张地说道："妹妹，你做什么？"尤氏喝道："贼婆，谁是你妹妹！"啪啪！列位，这"啪啪"两字怎么讲？不消说得，便是老大的耳刮子了。"妹妹放了我，有话好说……""长毛婆你没张开眼……"啪啪！"谁是你妹妹？"啪啪！"啊呀，妹妹……""敢再叫妹妹！"啪啪啪！"啊呀，你……""你什么？"啪啪啪！"你你你你……"啪啪啪啪！尤氏拍灰似的一迭手拍了十六拍，拍得许氏两腮都肿，鲜红的鼻衄都流了出来，头上青丝披散满肩，一时气得说不出话，号啕痛哭，自悔落了毒妇的圈套。这条街上来往的人又多，一齐钉住了脚来瞧热闹，黑压压地把街都挤断了。东邻西舍听得叫唤，也都挨入人丛里，把两边劝开了，动问启衅缘由。尤氏拍得手掌都疼，落得暂时歇手，嘴里仍是贼婆长、毛婆短，流水般地叫骂。许氏坐在阶石上，捧着两爿肿腮，呼天抢地地哭。众邻舍仔细看时，又都不认识她，大家很觉奇怪。

原来那天许氏上门，已是黑夜，后来又被尤氏娘女花言巧语绊住了脚，所以不曾与众邻舍会过一面，要是与众邻舍会过一面，大家明白其中的委屈，或者还有些公论。可怜许氏是个镇江人，又是初次到杭州，说些话儿都是土白，大家不大理会得，更兼气得昏了，明明理直气壮，她竟讷讷不能出口。众邻舍不明不白，宛比丈二长的和尚一时摸不着头脑。在这当儿，老奸巨猾的尤老娘跑到门前，指手画脚，告诉众邻舍道："诸位伯伯、叔叔、嫂子、婶子，老身活了五十多岁，眼睛里瞧见的人物千奇百怪、五光十色，也说不尽许多，从来没瞧见这般十恶不赦狠心辣手的婆娘，说出来，只怕诸位听了也要动怒。"又把许氏一指道，"诸位邻舍，这婆娘便是刘官人的前妻，从前刘官人待她很不薄，谁知她不怀好意，口吃南朝饭，心向北朝人，偷鸡摸狗，

24

哪一桩事不做到。刘官人是个正人君子，凡事总忍耐几分，打落门牙和血吞，从来不会与她破过口。谁知这婆娘贼心不改，胆子比磨盘还大，长毛到镇江的一年，大小人家都忙着要逃难，她竟瞒着官人，暗地里收拾细软，一个儿逃之夭夭，风筝断了线似的永不回来。比及镇江已破，官人从虎口里逃出，待要避到乡间，保全这条性命，谁知走不到三里路，斜刺里冲出一队贼兵拦住去路，官人躲避不及，只得跪在地上连喊饶命。为头的长毛，黄袍黄鞋黄扎额，满身都是黄色，他见了官人这般可怜模样，强盗发善心，竟把官人释放了。谁知旁边钻出一个女长毛，红袍红鞋红扎额，满身都是红色，她却撺掇黄长毛，要把官人杀害。黄长毛执意不肯，红长毛大怒道：'纵不把他杀掉，也要打他一个半死！'便唤手下小长毛把官人拖翻在地，一顿毒打，打得奄奄一息，才把官人拖在田沟里，他们一窝蜂地走了。诸位高邻，这红长毛不是别人，便是这十恶不赦狠心辣手的婆娘！"

说到这里，听得人丛里一迭声地唤"岂有此理"，众人睁眼看时，只见邻舍里面挤出一位白发老者，年纪约莫六十有余，只因听了老娘的诉说，惹得他气满胸脯，颔下白须吹得同江上芦花一般，一壁儿透气，一壁儿骂道："端的岂有此理！委实岂有此理！天下竟有这般蛇蝎心肠的贼婆，该打该打，一百个该打！"嘴里说着，手里抢动长旱烟袋，竟向许氏头上打来，不偏不倚，额上打一个着，蓦地里一道金光，许氏头上跳起一件法宝，当的一声坠落在阶石上，引得众人一齐注目。原来这老人用力过猛，把铜质的烟头都打掉了，这烟袋头又是新抽过烟，烫得同烙铁似的，可怜的许氏吃了这一下痛苦，额上早起了一个焦块。老人自向阶下拾烟袋头，拾到手时，重又丢下，赶把袖子衬了，方才拾起，肚里寻思：这一下打得忒鲁莽，吾不过凭着一面之词，怎便这般没涵养？想到这里，胸头的气都平了，站在旁边，却不再打。许氏带哭带诉道："这些没来由的话，都是凭空捏造，真正冤枉煞人。他们设了毒计，做就了圈套，我有……"话没说完，尤氏高声骂道："长毛婆，你有什么？"啪啪两下耳刮子，又把许氏的话打断了。

尤氏抢一步上前，告诉众人道："方才我娘的话尚没讲完，待我接续讲吧。我丈夫遭那贼婆一顿恶打，险些儿送了性命，贼人去后，丈夫生怕她再来寻觅，便熬着疼痛，从田沟里爬了起来。才爬上岸，远远地又听得有喊杀声音，一时慌了手脚，便在道旁破棺材里权躲一躲。果然这贼婆领着三四十个小长毛，执着长枪短剑，沿着田沟搜寻剔找了一会子，几乎把这条田沟都翻了一个身。后来瞧见破棺材，老大起了疑心，首先执着明晃晃的快刀，想把棺盖挑开，瞧视一个明白……"

众人听了，一大半的人都吐出了舌头，还有一小半的人却在肚里打量，筱山既然躲在棺材里，怎能晓得贼婆手下的人数，并且怎能晓得贼婆肚里的念头？情节不符，却是老大的破绽。

"……丈夫听得脚步声，便想此番性命休矣，一定断送在贼婆手里，顿时存了绝望，伸着脖子专等她一刀劈下，好到阎罗大王案前去告状。这破棺盖原没有许多分量，被这贼婆一挑，竟挑开了。毕竟皇天有眼，不肯亏负好心人，霎时间棺材里面刮起一阵怪风，吹得飞沙走石，地黑天昏，才把这一干贼人吓退了。救苦救难的佛菩萨，救得我丈夫一命……"

这些婆婆妈妈听了，都一迭声地念那阿弥陀佛，但是方才打人的老先生听了这话，倒反疑惑起来。怎么尤氏讲的话，活像《水浒传》中回道村故事，看来事有蹊跷，方才当头一棒，只怕误打了人。

"……昨天丈夫从店里回家，正在吃夜饭的当儿，这贼婆却又寻将前来。丈夫不记前仇，留她在家，备了酒肴请她，这贼婆已三天不曾饱食，狼吞虎咽了一会子，吃得碗盏同狗舔一般。原来贼婆所嫁的长毛已被官兵打死，贼婆平日帮着长毛杀人放火，什么事不做到，官兵不肯轻饶她，出了大大的赏格，绘影图形，定要捉她到案，办一个死罪。这贼婆得了消息，野鸡藏着头地不敢出面，东奔西窜，逃到杭州。不晓得哪个耳报神生着这空闲舌头，却把丈夫所住的地址向她说了，她寻见了我的丈夫，眼睛睁得乌鸡似的，依然不怀好意，吃完了饭，她便狮子大开口，要硬借三千两银子才肯动身。可怜丈夫开得一个小铺子，怎便有许多钱给她，几番把苦衷告诉她，我们娘女俩也帮着相劝。这贼婆都不理会，从半夜直闹到天明，只是要坐索三千银两，说道倘有丝毫短欠，她有本领去召集手下小长毛，前来打我们的店，烧我们的房，剥我们的皮，抽我们的筋。丈夫吃她威吓，清早便出门躲避。这贼婆却来与我缠绕，定要从我手里交出我的丈夫，交出十足的三千银两。列位，这贼婆可恶不可恶？该打不该打？长毛世界，怕她是个贼婆，清平世界，却不怕她是个贼婆，所以特地扭她到门前，请列位评个曲直。"

众人听了这一篇捣鬼的话，都把许氏恨得牙痒痒的，只因打店烧房须要累及乡邻，一经尤氏挑拨，实在可以激动众怒。也有少数的人，见许氏这般可怜模样，不像会干杀人放火的事，然而宁可信其有，不可信其无，尤氏终是乡邻，许氏终是外路人，谁肯替那素昧平生的代抱不平？当下七手八脚，都帮着尤氏娘女，催迫许氏走路。许氏哭道："列位要我走，我也肯走，似这般人面兽心的，我本不愿意与他们同住。但是我有黄豆粗的珍珠一百三十八粒、红宝石三十二块、黄金首饰十件，都交给在筱山手里，今晨起身时，这婆娘推说出门吃喜酒，又把我的珠环金钏都借了去。他们快把这几件东西交还了我，从今以后便一辈子不上他们的门。"尤氏啐了一口道："活见你的鬼！你上门时，只有两个衣包从一家小客店里送来，谁见你的珍珠首饰？你是左手交给我们的，还是右手交给我们的？我们是左手接受你的，还是右手接受你的？可有什么收据落在你手里？开了天窗说亮话，你不妨把真凭实据呈请列位公断。老娘虽是一个女流，却公平正直，不会阴谋诡计，生平做事，摊得开，卷得拢。不像你这贼婆娘，硬要人三千银两，人家不肯出，你又使出这条毒计，什么金珠宝贝，信口开河，只管混说。你在粪坑里照照你这副尊容，可像有什么金珠宝贝？便是说浑话，也须有些分寸。似这般大吹大放，怕不把下颏都掉了下来。你倒不说有沈万三的聚宝盆、财神菩萨的摇钱树存放在我们家里。"说着，又连连唾了几口涎沫。那尤老娘又把许氏的两个衣服包砰砰两声丢在街上，口里骂道："贼婆娘快快滚吧！"当下本地的保正又执着一根藤条，从人丛插身进来，硬逼许氏上路。许氏哀哀啼啼不肯走，保正手里的藤条，雨点也似打来。许氏道："还我金珠首饰，立刻上路。"保正道："走！还敢说金珠首饰，休说你没有这东西，便是有了，也是个贼赃。本县大老爷现正缉拿贼党，捉到了加等治罪，你不好好儿回去，我送你到县衙门里，一刀砍掉了，休得怨我。"众人又随声附和道："保正老爷说的是好话，你还是走的便宜。千不是，万不是，总是做了长毛婆的不是，你赖着不走，休说筱山夫妻不答应，我们做邻居的也不答应。真个解到县里砍掉了，凭你怎样厉害，再不会长出第二个头颅。"许氏没奈何，只得号啕痛哭着走了。俗语道，物离乡贵，人离乡贱。许氏只为是异乡人，才吃了尤氏的亏。临走时，指着尤氏骂道："你这恶毒妇人，天理难容，管叫你不得好死！"又高唤着筱山的名字道："你这负心汉，我一辈子忘不了你！"说着，已走得远了。

许氏一走，路上的人都散了。这保正走到巷口茶寮内，寻见筱山，便把许氏已走的话告他知晓，却重重地得了一注酬劳。原来筱山清晨出门，便是去找保正，说赶去了许氏，自当不惜重谢，他只在茶寮里等信。这时得了信息，还过茶钱，别过保正，欢天喜地地回家，把许多金珠首饰看了又看、相了又相，夫妇俩扯开笑口，半晌合不拢来。不知趣的观保偏问新来的妈妈哪里去了，尤氏忙掩住观保的口道："以后不许再说这话。说了，天上起个大霹雳，把你活活打死，门前来只饿大虫，把你活活咬死。"小孩子听了害怕，便不敢再说新来的妈妈了。筱山见尤氏这番设计，神妙不测，水到渠成，真个是穿裙诸葛亮、裹脚刘伯温，暗想有了这位贤内助，一辈子不吃人的亏，比着懦弱无能的许氏，自有霄壤之隔。当时爱到十二分，敬到十二分，自然也要惧到十二分，事无巨细，都要请令施行。依着筱山的心里，便要买些田产，造些房屋，多开几个铺子，把局面扩充一番。尤氏道："且慢且慢，现在铺张起来，要惹人家议论，见得干没贼婆的金珠首饰却是千真万确。你要置产，须得等过两三年再说。"筱山听了，自把置产一事暂时搁起。

韶光荏苒，倏已三年。这天，筱山正坐在店堂内检查账目，忽见外面走进一个三十多岁的男子，身上衣服很觉体面，见着筱山，把手一拱道："筱山兄，多年不见了。"筱山还礼不迭，细看来人，好生面熟，只是叫不出名字。那人笑道："筱山兄，贵人多忘，连我都不认识了。"筱山仔细一想，方才想出那人的姓名，不觉耳红面赤起来。正是：

方寸灵台，黝如漆室；发见天良，电光一瞥。

第七回

访旧友试尝碧螺茗
闻妙香静证木樨禅

　　筱山道："你莫非是旧时邻舍张小哥？"小哥点点头道："难得你还认识我。"筱山蓦然想起三年前许氏寻到杭州，都是小哥指引，我既干没了许氏的财物，还把她驱逐出门，倘若小哥问及，怎生对答？想到这里，面部热烘烘，挂出两扇惭愧的招牌。亏得小哥不注意，说了几句怎样得意怎样发财的套语，筱山方才心定，请小哥到店堂里面，分宾主坐下。筱山见他衣冠楚楚，比着从前体面了许多，笑问道："老兄气色很好，想这几年来一定交了好运。"小哥道："总算天不亏人，我自从回了无锡，初时也不过靠做小贩度日，后来碰见了一位亲戚，蒙他竭力提拔，在那生意场中混了几年，虽没有筱山兄这般得意，却也积蓄了几个钱。这回重到杭州，一来探望探望旧时乡邻，二来想在这里采办几件货物。但我离了杭州已有三四年，市面情形不大熟悉，筱山兄倘有闲暇，同去走走，免得成交的时候，吃他们的暗亏。"筱山满口子地答应道："理当效劳，理当效劳。这里市面情形还算熟悉，经我提拣的货件，包管老兄不吃亏。讲到生意场中的规矩，凡是经手的货件，照例需扣些回佣，但我与老兄是素来要好的邻舍，这些上面都不计较。"小哥道："筱山兄肯相助一臂，真是感激不尽。亲兄弟，明算账，有例不可灭，无例不可增，既然劳动了筱山兄，这些应有的酬功，自然要竭力孝敬。"筱山假意儿客气了一会子，又唤小伙计送茶送烟，又问些采办货件的花样名目，谈谈说说，莫逆异常。

　　谈论中间，小哥偶然问及筱山的宝眷，筱山含糊答应道："有了家室，已有多年了。"忽见小哥仰着脑袋，似乎在脑海里搜寻什么故事，隔了片刻，却把手掌一拍道："筱山兄，提起宝眷，我却想起一桩事来了。"筱山听着，心窝里扑扑几跳。小哥道："提起这事，我当时实在粗忽，实在对不起你，到了今朝，还是老大地懊悔。"筱山听这口风，不像是来寻瘢索玷的，一寸心头早已吃了三分定神丹、两粒安心丸，忙装着笑脸问道："老兄说的是怎么一件事？"小哥抢着三个指头儿道："提起这事，早已隔着三年有零了。记得那一年的正月里，我在无锡，靠着小贩混饭吃，尚没交着好运，无意中碰见一个妇人，正在那里打听你的下落。是我一时嘴快，开口见喉咙，竟把你的住址告诉了她。这妇人说是你的妻子，千里迢迢专来寻你，她又央我指导路程，叫唤船只，竟一路向杭州去了。去后我却老大地懊悔，向人打听这妇人的来历，有人告我，说她曾做过几年贼婆，我听了几乎要把自己的嘴巴痛打一百下。做贼婆的，哪里有什么真话，哪里存什么好心，眼见得不是你的嫂子，她来寻你，只怕是来讹诈。筱山兄，这妇人到过府上没有？"筱山搭讪着道："她虽不是我的妻子，却与我有些瓜葛，三年前来到我家，我留她一夜，周济她一百块钱，她方才千恩万谢地别去。"小哥道："啊呀，我真个没见识，多讲了一句话，累你破费了一百块钱。千不好，万不好，都是我的嘴巴不好，费你一百块钱，该打嘴巴一下，费你一百块钱，不多不少，不折不扣，委实该打嘴巴一百下。"这几句话引得筱山也笑了。

说些别话，敷衍了一会儿，小哥拉他同去看货，筱山欣然乐从，推推让让，跨出店门。在这当儿，对面楼窗里发出一种清脆声音道："你到哪里去，怎不向我通知一声？"筱山立时钉住了脚，仰着脑袋儿说道："今天到了一位从前的乡邻，特来杭州采办东西，约我同去看货。"楼头的尤氏俯着窗槛，把小哥打量了几遍，便道："且慢，这几年来，从未见这位先生上过门，你又事忙，店堂里不得分身，这位先生要办东西，你便差一个伙计同去也使得。"这时小哥跑到筱山身边，咕哝了一句，筱山点点头儿，小哥赶忙整整冠、拂拂袖，对着楼窗唱了一个格外道地的喏，恭恭敬敬地唤了一声嫂子，说："小可无事不登三宝殿，只因来到贵处采办货物，小可自恨不在行，素来佩服筱山兄是天字第一号的好眼光，屈他同去走一遭。多则一时，少则片刻，绝不耽误号里的事务。应有劳金，自然照例奉纳。"尤氏听得劳金两个字，一时乱了主意，便道："叔叔，这值得什么，怎好叫叔叔破费。叔叔尊姓大名，尚没请教。"小哥道："小可便是张小哥。"这张小哥三个字飞到妇人耳朵里，觉得很熟，只是一时想不出，筱山正待告诉她，却被小哥催着便走。

妇人俯在窗槛上，支着颐，小指儿剔着牙，良久良久，只把张小哥三个字搜肠刮肺地想。蓦然间心头一跳，竟被她想得了，暗暗说声不好，记得三年前许氏前来觅夫，曾说多亏张小哥指引，今天小哥到来，多半不怀好意，莫非替那贼婆报仇，推说拉丈夫去看货，却到热闹场里揭我丈夫的痛疮，削我丈夫的面皮？想到这里，愈想愈怕，便挪动两只金莲，飞也似的赶下楼梯，跑到对门店里调兵遣将，把三五个伙计差得慌了手脚，叫他们赶快出门，分路寻觅，只拣热闹地方，店铺行栈的所在，去追筱山回来。遇见了他，只说家里有紧要事情，拖了他便转身，火速火速，不得有误。伙计们不晓得她葫芦里卖甚药，只为老板娘娘是个泼辣货，令出便行，怎敢怠慢，自然奉了令，依计行事。比及寻觅不着，白白地跑了一趟，还要受老板娘娘许多辱骂。编书的预先表明，便不再提。

却说小哥同筱山出了大门，向东转弯，迎面一个茶寮，茶烟缭绕，人语喧闹，生涯很不寂寞。小哥道："今天多跑了几里路，且到里面休息片刻也好。"筱山诺诺连声，陪着小哥同进茶寮。走不到几步路，小哥道："筱山兄，请先泡茶坐定，吾到外边解手去，少停便来。"说着，急匆匆地转身走了。筱山不在意，自向里边拣副座头，唤茶博士泡一壶碧螺春茗，安设两只茶杯，虚左以待，专候小哥来谈话。这茶寮的茶客大半都是熟人，筱山那时却是招呼不迭，隔座的白须老人握着长旱烟袋，也与筱山随意攀谈。茶博士巴结财主，泡着一壶上好的洞庭碧螺春，酽酽地倒在茶杯内，茶香四溢，沁人心脾。在这当儿，小哥早已急匆匆地走来，踏进茶寮，使唤茶博士来取茶钱。筱山赶忙离座说道："茶尚没饮一杯，哪有先还茶钱的理。况且老兄光顾敝处，这一壶粗茶理该算我的，万万不能破老兄的宝钞。"小哥哪里肯依，握着一个白手帕包，定要还钞。筱山来抢时，小哥已把白帕解开，像要付钱的模样。筱山道："区区小东道，你竟不肯赏我的脸，哈哈……"列位，这哈哈两个字，都是开口呼的喉音，筱山须得扯开了嘴，才能道这两个字。说时迟，那时快，小哥赶在白手帕里，掏出一卷油纸包裹的东西，形似放大的雪茄烟，乘着筱山哈哈的当儿，出其不意，向他嘴里用力一塞，足足塞进了三寸，还有一寸撑出在嘴唇外面。筱山觉得不妙，赶把这东西吐掉了，然而喉间舌上早已沾受了许多实惠，正待拖住小哥同他理论，哪晓得连打几个恶心，肠胃里面闹得天翻地覆，一阵哇哇的声响，翻肠倒胃地呕吐起来，荤的素的、黄的白的，黏黏地吐了一大堆。原来小哥解手的当儿，取出预备的油纸，在粪窖子里捡起一段肥料，封裹得雪茄烟一般，又把手帕包了，假作抢还茶钱，却叫筱山领略异味，应了一句"闻木樨香否"的禅语。那时许多茶客闻此妙香，人人捏着鼻子，都揣摩不出什么道理。筱山只叫茶博士看住了小哥，不要放走了，自去取了清水漱口，漱了又漱，忍不住哇哇地要吐，肠胃里恰似抄家一般，抄得锱铢不留，丝毫无剩。

小哥道："谁说我要走，走了便不是张小哥。今天当着列位面前，辨一辨是非，分一分皂白。若说是筱山错的，给他吃些脏东西，还便宜了他；若说是我张小哥错的，要杀要剐，全凭列位公断，我张小哥誓不皱眉。列位的良心便是天平，牙齿便是界石，判断的话，绝不会偏重偏轻。"筱山涨红了脸，一壁儿哇哇，一壁儿摇着手道："别听他，他都是浑话。"那时许多茶客都环绕了小哥听他发话。茶博士倒抽一口气，自认年灾月晦，一手捏着鼻子，一手把地上脏东西连同筱山嘴里呕出的都扫去了，便即插身人丛里，听小哥讲话。筱山急得什么似的，却又没法去钳住小哥的舌头。小哥朗朗地说道："我张小哥虽是一个做小贩的，却是顶天立地，斩钉截铁，生平不干一桩亏心事，不说一句昧良话。今天当着列位的面，把这狼心狗肺的财主暗地里干的伤天害理的勾当和盘托出，翻转叉袋儿，抖一抖底……"筱山顾不得什么，钻入人丛里，嘴里嚷道："我与你到公堂相会。"尽着这个头颅，拼命似的向小哥肚皮撞去。毕竟人多手快，把筱山拦住了，都说："筱山先生，你着急什么，他要讲由他，信不信由我们。有理无理，出在众人嘴里，你要同他打官司，讲过了再打，也不为迟。你且在这里看住了他，休让他逃走了，我们却不能担这干系。"筱山这时听也不好，不听也不好，走也不好，不走也不好，只少一个地洞把身子藏了。原来这几年来筱山的金钱一天一天地富厚，筱山的邻谊却一天一天地薄弱。三年前，众邻舍帮他撵逐许氏，他也不曾请过一席酒，说过一句感谢话，众人因此恨他，平日里奈何他不得，今日借这题目，落得把他捉弄捉弄。小哥道："瓶口塞得住，人口塞不住，你便把我的肚皮撞作一个窟窿，我这满肚皮的话也会从窟窿里泻将出来。列位，这卖冬菜的贼子怎会一朝交着好运？小子从前住在城隍山时，早听得纷纷议论，多说他掘得了藏金。列位，藏金不藏金，横竖有他的福命，小子也不管他，最可恨的便是他干没了发妻的金珠宝贝，还要恶狠狠把发妻打走了，害得她忧忧郁郁，一命呜呼。"说到这里，努着眼，向筱山瞅了一瞅。筱山却别转头去，逃避小哥的眼锋。

众人里有一位吸旱烟的白须老人，插嘴问道："这桩事你怎能知晓？"小哥道："老伯伯，若要人不知，除非己莫为。他瞒得本地邻舍，却瞒不得我张小哥。记得三年前，他的发妻许氏沿途寻他，小子一时嘴快，却把这贼子的住址一一告诉了，许氏便寻向杭州去。去后也不曾有什么消息，小子自肚里打算，他们逃散的夫妻重又完聚，真是天大一桩喜事。谁料那年四月里，小子有事路过北塘，蓦地里降了一阵急雨，小子就近在庵堂里躲雨，却见一个病恹恹惨凄凄的尼姑，觉得面熟，比及问起，便是这个沿途寻夫的许氏。小子十分奇怪，好好地到杭州寻夫，怎么却在这里落发做尼姑？许氏便左一把鼻涕，右一把眼泪，呜呜咽咽，带哭带诉，把那元宵怎样遇见筱山，怎样同尤氏拜姊妹，怎样老虔婆认干女、小观保拜妈妈，怎样筱山在房里甜言蜜语骗她的金饰，怎样尤氏赚她出门、百般谎话、百般恶打，怎样被保正逼走了，弄得冤愤连天，走投无路。幸亏棉袄里面还藏着几两金叶，没有被他们骗去，便变换了钱，没好气地充作剃度费用，在这里落发做尼姑。小子听着，才晓得这贼子人面兽心，当下安慰了许氏一番话。雨已停了，小子匆匆别去。过了半个月，小子忙里偷闲，到庵里探问许氏，据佛婆说，许氏已忧郁身故，草草地埋葬在庵后，小子老大地懊悔，当时不该多说一句话，断送了许氏的一命……"话没说完，蓦见人丛里舞出一根旱烟袋，照着筱山的额上砰砰两下，方才那位老者，白须又吹得似芦花一般喝道："老夫在三年前，误听了老虔婆的话，热烟袋头屈打了好人，今天也叫你尝尝这滋味。"大家都拍手道："打得好，打得好！"筱山见众怒难犯，抱着头，一溜烟地走了。小哥又道："小子与许氏非亲非戚，相见不过两面，只因旁观不平，便立志要替她出一口恶气。又因这贼子做了财主，小子却仍是个小贩，轻易地访他，恐怕他不来理会，因把卖粽子赚得的钱竭力积蓄，积了两年八个月，才买了这套行头，充一个体面的生意人，诱他出来讲话，才把这口恶气出了。"那时许多茶客都称赞他的豪侠。小哥也不稽留，付了茶钱，扬长而去，仍到无锡做小贩，不在话下。

经这一闹，这"木樨财主"的诨名传遍了一个杭州城。筱山哪里有颜面见人，亏得在这里不曾置产，便收了店，挈了家眷，搬到上海，一住竟住了十年。编书的说得慢时，一席话分作几回；说得快时，十年事包括一句。正是：

要长便长，要短便短；权非我操，操于斑管。

第八回

拜金钱幼童屈膝
送寿联妙语解颐

看书的道，你真个把十年历史一句包括了，照此比例，一部二百四十余年的《春秋》只消二十四句可包括了，一部一千余年的《资治通鉴》只消一百多句可包括了，快却是个真快，略也未免太略。列位，在下曾经表明，趁着伍青岩没有开馆，抽个空闲，把富翁的家世一叙。从第四回起，都是文法里面的补笔，倘然十回二十回地补叙下去，喧宾夺主，不但违反了文章的规范，并且这位三好先生伍青岩眼巴巴地想吃开馆酒，在下却把补笔来敷衍，岂不使伍青岩大大地失望。有此两层缘故，在下只得在砚台上筑起轨道，笔头上开足快车，逢着紧要地方，照例须得停车，其余没关紧要的地方，只得飞也似的过去。话虽如此，一句话包括十年事，毕竟包括不来，这十年里的情形，须得说个概略。

筱山搬到上海以后，产业日见发达，身体却日见衰弱，十年以内，又不曾添得一男半女。却喜观保日渐长大，受他老子娘的渐渍熏染，不知不觉也成了一个精明干练的资本家。筱山搬家时，尚在前清同治初年，上海同杭州虽然相距不远，但是交通不似今日的便利，信息不似今日的灵通，休说沪杭铁路四个字这时还梦想不到，便是资格最老出版最早的《申报》，这时也不曾发起。所以筱山的"木樨财主"诨号，在杭州时叫得沸响，一经搬到上海，便即寂寂无声。适值军兴以来，政费竭蹶，鬻爵卖官，大开捷径，筱山破费几个造孽钱，买一个六品职衔解解秽气，居然大模大样混在绅衿里面，矗着鸽卵般的顶子，拖着松毛般的翎儿，就这外貌而论，只道他是金马门下的贵人，谁知他是木樨香里的财主。观保向来跟着亲娘，是姓尤，现在跟着晚爷，便姓刘。好在尤字刘字都在下平声十一尤韵，音韵家论起来，分明是个叠韵。尤老娘得着富贵女婿，心广体胖，论理应该多活几岁，可惜她没福享受，搬

34

到上海一年，她便得病身亡，正应着缩短十年阳寿的一句话，但不知可曾在十九层地狱里受苦，恍惚渺茫，却是无从证实。观保在十六岁上便娶了妻，妻子姓柳，也是小康人家的女儿，伶俐乖巧，鉴貌辨色，筱山夫妻俩异常得意。到了来年，柳氏便产生一个肥胖孩儿，取名邦平。这个邦平，便是本书第一回所说的富翁，也是第二回所说的刘剥皮。原来邦平成人以后，异常精刻，异常吝啬，人家便不叫他邦平，却剥皮剥皮地浑叫，音韵家论起来，邦剥是双声，皮平也是双声，邦平变了剥皮，却合了双声的作用。这些都是后话。若论那时，邦平正在牙牙学语的当儿，编书的只好叫他邦平，不好叫他剥皮。筱山夫妇都不满四十岁年纪，筱山三十九岁，尤氏三十六岁，却已有了孙儿，一门三代，有什么不欢喜。然而千欢喜，万欢喜，却有一桩事大不欢喜。怎么大不欢喜？便是阎罗老子不容筱山欢喜。邦平上半年出世，筱山下半年得病，得的病症却是一个大大的背疽，什么中医西医都请过，只是束手无策。"无药可延财主命"，足足号呼了七昼夜，竟脱离尘世而去，一切殡葬排场铺张扬厉，不消说得。筱山在世的时候，尤氏本掌着重权，现在筱山死了，益发唯我独尊。当时虽是个再醮之妇，现在受了六品冠诰，享着巨万家私，有儿有媳有孙，这再醮两个字，自然不成问题。话虽如此，毕竟尤氏心里可有什么伤春的感想，闺房里面可有什么暧昧的事情，编书的既不必曲为回护，也不必过于罗织，只说一句"不知道"就是了。这些事情，便是十年以内的概略。

却说时光荏苒，邦平早已五岁，童幼无知，天真烂漫，却有一种先天带来的特性，见着银钱，嘻嘻地扯开一张小嘴，半晌合不拢来。乳妈摸熟了他的性子，遇着他啼哭时，从袋里摸出几个钱给他，便立止了哭声，眼泪没有干，早满面起了笑容，把几个钱闻闻嗅嗅、摸摸弄弄，算是天字第一号的恩物。人家小孩玩耍，无非"齐泥模"等游戏，邦平玩耍时，只把铜钱来玩弄。那时没有铜圆，只有外圆内方的铜钱，种类却也很多，有当百钱、当五十钱、当十钱种种名目。邦平便一个一个地陈设起来，仿佛开了制钱陈列会，还要屈着膝，合着掌，向那铜钱磕头礼拜，嘴里唤几声铜钱天尊、铜钱王菩萨，引得他老子娘咯咯地笑，说这个小儿真是财神菩萨的信徒、招财童子的化身。祖母尤氏把邦平揽在怀里，说这么大的年纪便晓得爱惜金钱，长大起来，怕不强爷胜祖。说到这里，便没口子地心儿肝儿宝贝儿浑叫了一会子。邦平倚在祖母怀里，仰着脸，睁着两只小眼睛，骨碌骨碌地转了多时，忽然问出一怪话道："婆婆，铜钱可吃得吗？"尤氏笑道："乖乖，这怪冷怪硬的东西，怎便可以吃得。"邦平呆想了一会子，便低低多多雏鸟翻舌般地说道："可惜铜钱吃不得，铜钱吃得，宝宝便要吃铜钱。铜钱吃在肚里，婆婆抢不得，爹爹妈妈偷不得。鱼儿肉儿都不好吃，只有铜钱好吃。"这几句话不打紧，早把众人引得哄堂大笑，观保笑得咯咯咯，柳氏笑得呵呵呵，乳妈笑出了几滴眼泪，小丫头笑得弯着腰，只把手来拍腿。尤氏推开了邦平，两手捧着肚子，嘴里哟哟哟，笑得说不出话，隔了片响，才回转一口气，指着邦平，假意儿骂道："你这小猴子，专会引人发笑，笑得婆婆的肚子都痛，你还不替婆婆揉肚。"邦平听着，张着两只小手，真个来替尤氏揉肚。尤氏道："被你揉得怪痒的，不要你揉了，你同乳妈到外边玩玩去。"乳妈听得老太太吩咐，怎敢怠慢，便收拾了大小铜钱，携着邦平到外边去，按下慢提。

观保抢着指头儿说道："四月十六日是娘的四旬寿诞，距着今朝不到十天。我家自老子死后，长久不曾干什么兴会事，趁这当儿，须得热闹一番。"尤氏道："我也是这般想。我随带了你，做了姓刘的人，费了许多心血，替你老子挣扎这一份家私。只是这几年来，你外婆死后，你老子又死了，除了你做亲的一年干过一桩喜庆事，其余的日子难得有贺客上我们的门。邦平周岁，本想热闹热闹，又因你老子的孝服未满，灵座在堂，我们大户人家，不好干什么越礼的事，讨人家笑话。现在孝服是满了，你又起家立业，比你老子强十倍，媳妇又好，邦平又聪敏伶俐。我虽是四十岁的人，却喜无病无痛，安眠健饭，没有一些儿老景，真个是一门喜庆，落得借这番寿事，热闹热闹。"柳氏插嘴道："婆婆不但是不老，还嫩得同花朵一般，人人都老了，总老不到你老人家身上。俗语道得好，青筋白脚背，年年十八岁。休说四十岁不见老态，便是五十六十，你老人家也不会老。"尤氏笑道："好媳妇，真个应了你的话，婆婆变了十八岁的大姑娘，你便比婆婆大四岁，婆婆倒要叫你一声姐姐。"小丫头插嘴道："可不是呢，前天舅少爷那边差来的妈子，见了太太，便私自向我说，哪里看得出一位是婆婆、一位是媳妇，简直是一对姊妹。"尤氏道："这话我也曾听他说过，怎么我不见老，连我自己都不明白。"小丫头道："心境宽了，自然不见老。正是家宽出了少年人，家贫出了柳树精。"柳氏骂道："促狭的鬼丫头，什么柳树精柳树精，你莫非借这话来骂我！"说着，便要拧小丫头的嘴，慌得小丫头连连讨饶，自认鲁莽。在这当儿，外面通报舅少爷来了，尤氏笑向小丫头道："说着曹操，曹操便到。你方才提起舅少爷，舅少爷竟来了，快请舅少爷里面坐，正有许多话要同舅少爷商议。"

列位，这舅少爷是谁？便是柳氏的哥哥柳用宾。他也曾读过几年书，应过几回考，只是不曾博得一名秀才，后来改习了商业，却在贸易场中出头露角，竟被他挣扎了许多产业。自从柳氏嫁了过来，至亲莫若郎舅，用宾便常到刘宅来走动。他与观保，本来性质相同，自然格外投契。他又擅长口才，惯说笑话，尤氏见了他，更是欢喜不迭，曾说常得舅少爷到这里谈谈，一天总要多开几次笑口。笑是祛病的良药，应活一百岁，也要活到二百岁。所以尤氏听得舅少爷到来，便一迭声地请他到里面谈话。用宾进来都相见了，乳妈又抱着邦平来见舅舅，小丫头送茶送烟，不必细表。用宾把尤氏瞟了几眼，说道："咦，奇怪，怎么几天不见伯母，伯母的尊容益发光彩满面。"柳氏道："人逢喜气精神爽，转眼便是婆婆的寿诞，怎不光彩满面。"尤氏在这当儿，唤小丫头取了手镜，左一照，右一照，只把自己的容颜细相，笑道："莫非舅少爷同我玩笑。我照我的面庞，没见什么光彩。"用宾道："伯母自己怎会瞧见，宛比佛菩萨头上的灵光，凡人眼里会瞧见，佛菩萨自己便不会瞧见。小侄才从外面进来，瞥眼见了伯母，便觉眼前闪地一亮，这道光彩不是寻常的光彩，伯母转眼做寿，天上的寿星跟着伯母走，伯母走到哪里，寿星便照到哪里。"尤氏大笑道："照这么说，到了夜间，我可抵得一盏灯了。"用宾道："休说一盏灯，便是千盏万盏灯，也不及伯母面上的光彩。洋场里面几十支烛光的电灯值得什么，伯母的尊容，便是十万支烛光的大电灯。"这几句话，引得大家都笑了。尤氏钳着两个指头，想要拧用宾的嘴，转念一想，当着儿子媳妇、丫头仆妇，怎便这般不稳重，因把钳着的指头儿暗暗地放了下来。柳氏抿嘴笑道："我只听得瘌痢头上放毫光，不曾听得寿母面上放毫光。"说着，便向小丫头瞅了一眼。原来这个小丫头，头发里面有洋钱般一块光疤。大家见了，重又大笑起来。小丫头晓得柳氏有意报复，臊着脸，只不作声。

观保向着用宾道："别说趣话，我们且谈正经事。你预备的泥金寿屏，须得早日送来张挂，还有应订的酒席、应唤的戏班子，以及悬灯结彩、发束请客，须得与你商议妥帖了，才好吩咐账房照单行事。"用宾道："其余的事都是咄嗟可办，唯有寿屏不能仓促立就，又要做，又要写，又要裱，却是很疙瘩的。这番孝敬伯母的一堂寿屏，是请了洋场才子撰文，拣着上好的泥金笺，请海上大书家写了，又派人到苏州，在一家著名的裱画店里加工装潢，三四天内总可赶好。"尤氏道："多谢舅少爷，又费心，又费钱，但不晓得寿屏里面是说些什么话？"用宾道："无非说伯母怎样相夫、怎样教子、怎样治家，拢总都是些好话。"尤氏沉吟了片晌，便向观保道："我可想着了，前天你背给我听的，也是说着一家老太太，相夫怎么好，教子怎么好，治家怎么好，中间还夹着什么'先慈先慈'的，这个便可叫作寿屏?"观保皱着眉道："妈妈，你老大地缠误了，这不叫作寿屏，却是寿屏的对面。"尤氏也觉得自己缠误了，便不再提。说些闲话，便已天晚，用宾告别不告别，编书的也不去管他。

　　时光匆匆，又过了四五天，早已是四月十三日，距着尤氏做寿只有三天。寿堂上面，一桩一桩地布置。用宾送的泥金寿屏，一经张挂，闪闪生光，账房里面的请帖，都已发出。自古道，贫居闹市无人问，富在深山有远亲。何况尤氏住在交通便利的地方，儿子观保又是商业场中的领袖，上海开张着几家洋货铺子，大小店伙逢着老板家里的寿事，自然格外巴结，三日以前，送寿幛的早已络绎不绝，便是店里许多小徒弟，也都凑集了钱，纷纷地送寿联，把刘宅的内外墙壁都挂满了。寿联中别字连篇，笑话百出，也有把麻姑写作麻菇的，宾婆写作宝婆的，这还不奇。最奇的是上联是淫池集会，下联萱室称伤，瑶字误作淫字，觞字误作伤字，虽则小小误点，却是大大笑柄。好在未届正日，大家都不注意。尤氏每日晚间，须饮几杯酒，临睡时，必在楼头巡察一周，然后就枕。这夜观保夫妇正在房中同邦平玩笑，蓦听得扶梯崩腾声响，彼此都大大地吃惊。正是：

　　祸兮福倚，福兮祸伏；倚伏不定，孰辨祸福。

第九回

寿母坠楼遭劫运
师爷坐轿发威风

观保夫妇听得这个声响，便知道有人跌翻楼下，忙把邦平交给了乳妈，三脚两步地跨出房门，一个儿唤妈妈可听得什么声响，一个儿唤婆婆可晓得谁跌翻了，妈妈婆婆地呼唤，却不闻尤氏答应一声。小丫头从自己房里奔将出来，掌着灯，慌慌张张地说道："不好不好，多半是太太吃跌了。"三个人哪敢迟延，照下楼时，却见这位不日称觞的寿母翻倒在楼梯下面，地下黏黏的一大块血渍，早已痛得晕去。仔细照时，血泊里面裹着一支残烛，只不见了烛盘。小丫头放着手里的灯，帮同观保夫妇，你拖我挽，好容易把尤氏拖将起来，哪里站立得住，却是摇摇欲倒。观保夫妇紧紧地把尤氏抱住了，小丫头重又取灯，要照她受伤所在，蓦听得当的一声，一只铜烛台从尤氏面部上面落将下来。小丫头赶忙来照，只见尤氏额上磕破一块，左太阳穴里有黄豆般的一个圆孔，兀自不住地淌血，把面部都染红了。显见得尤氏跌翻时，手里还掌着烛台，蜡烛跌去了，烛台上的铜钉却深深地刺入左太阳穴。这时大呼小喊，阖宅的人个个忙乱，一壁儿把尤氏抱上楼梯，一壁儿屁滚尿流。当夜请医生疗治，医生道："跌破额角还不打紧，左太阳穴受了重伤，恐怕有性命之忧。"当下勉强用些疗伤裹创药，只说不敢担保，匆匆别去。从来病急乱延医，一个去，一个来，两三天内，把上海的伤科医生都请到了，哪里有丝毫效验。尤氏一时清醒，一时糊涂。清醒时叮嘱观保，说无锡北塘尼庵后面，埋葬着筱山的前妻许氏，须得年年去祭扫，又说邦平这孩子，须得延请一位名师，认真教他读书；糊涂时嘴里便夹七夹八，什么黄豆粗的珍珠一百三十八粒、红宝石三十二块、黄金首饰十件。观保夫妇听了，一百个不明白。看书的知道前因后果，自然了如指掌。

列位，这因果二字，儒者不谈。若说尤氏昏聩的当儿，真个有许氏冤魂前来缠绕，在下编的这部书便成了陈腐霉烂的感应篇、支离破碎的阴骘文，岂不使一班阅者同时齿冷？原来凡人干过亏心事的，脑膜上面把这桩事印得最深，平日深闭固拒，唯恐人家知晓，到那临死的当儿，精神飞越，管摄不得，宛比水闸破坏了，所有的蓄水自然一齐宣泄，不留涓滴，这是生理学上现象，同魂无关。现既表明，接说尤氏奄奄一息，延到四月十六日，早向那来的一条路上去了。四十年前的生辰，恰是四十年后的死日，不是贺者盈门，竟是吊者盈室。观保究是尤氏的亲生儿子，呼号哭泣，自不待言，柳用宾瞧见姻伯母死得甚惨，也洒了许多涕泪。寿屏寿幛一股脑儿都收拾了，可怜大小店伙以及许多小徒弟，白白地送了寿礼，连那寿酒都没喝得一盅。用宾送的泥金寿屏自然也在撤除之列，后来却把这篇寿序，当作蓝本，改头换面，装上几个先慈同那呜呼哀哉的通套语，便成了一篇哀启，竟应了尤氏那天的预言。办丧的时候，自有一番排场，编书的却不去铺叙。编书的本意，原想借着尤氏做寿的题目，撰几回花团锦簇的热闹文字，不料打了这个岔儿，尤氏的生日做不成，编书的一团高兴蓦地里打消了。用宾送的寿序可以替代哀启，编书的却不能把铺叙寿事的笔墨去铺叙她的丧事。况且尤氏已死，邦平尚幼，没甚紧要事可说，这笔尖儿上的快车，落得开足了汽机，飞也似的过去。

眨一眨眼，已是二十年，邦平早娶过妻子，生了一个玉雪可爱的儿子。再眨一眨眼，又是十年，邦平的妻子早亡过了，又续娶了一个，却也诞育一个儿子。又眨一眨眼，又是十年，观保亡过了，柳氏也老了，那时的邦平便成了四十多岁的富翁。大家背着他，叫他刘剥皮，当着面，都恭恭敬敬地称他邦平先生。编书的因甚要用这般飞快加快火速火急的笔墨？列位，须知这三好先生伍青岩舔嘴咂舌，专想吃这席开馆酒，书记先生徐勉斋馋涎欲滴，专想克扣红纸包里的苜蓿粮，在下动笔的当儿，只得唤几声急急如律令，把那四十年事几句表过，免得耽误了他们俩的要事。况且在下竭力要快，远快不过书局里面的小学历史编书员，他只说"武王定鼎，数传至平王，迁于东，又数传至赧王，国亡"，拢总不过二十字，早把八百七十余年的周室兴亡一笔包扫，这才算得更快。不过学校里面的小学生，他们援笔作文，开首第一句便是"自古以来"，拢总不过四个字，上自盘古，下逮民国，都归纳在里面，一句话包扫万千年，四个字蕴藏二十四史，这才算得真快。

别谈笑话，且归正传。邦平这时的住宅在苏州不在上海。自从观保在世时，见得上海过于繁华，宜经商不宜居家，便在苏州城里建筑高大房屋，做他的住宅。俗语道，上有天堂，下有苏杭。苏州地方的情形，也就可想而知。山川明媚，风土清嘉，离着上海又近，交通又便。观保常住上海，经管自己的商业，柳氏同邦平却在苏州居住，延着一位宿学先生，教邦平认真读书。观保此举，本有两层意思：一来遵守尤氏遗嘱，要把邦平竭力栽培，博一个举人秀才；二来观保娶得一个偏房，妻妾同居，容易淘气，一个住在上海，一个住在苏州，观保往来其间，两边都不落寞，再也不会起什么醋海风波。谁知邦平这个人，只有金银气息，毫无诗书滋味，同他论到钱财上面，真是取尽锱铢，利析毫芒，滔滔汩汩地讲去，再也不会困倦；倘若把那诗云子曰灌输到他的脑海里面，比着骆驼穿针孔还加十倍的困难。所以宿学先生教授了多年，只有西瓜般的字识得几筐箩，论到文学的程度，正是擀面棒吹火——不通一窍，消息子敲锣——毫无影响。宿学先生辞退后，也曾换过几位先生，费着九牛二虎之力，休想把他满肚皮的乱茅杂草拔动一茎。后来做了亲，再无心绪去读书。然而娶的娘子却是一个闺中畏友，不独才貌双全，并且品学兼优，见丈夫这般蠢皮俗骨，不成模样，也曾劝他用功读书，巴图上进。邦平受着娘子军的鞭策，也曾告个奋勇，尽着深更半夜，在书房里读书。谁知没读几天，却又害起病来，一卧旬日，才能起床。柳氏见儿子消瘦了许多，便向媳妇发话道："儿子读得几夜书，便憔悴到这般模样，书越读得多，肉越消得快。你强逼丈夫读书，存着什么心肠？我把儿子交给你，儿子肥不肥，要你十二分留心在意；儿子读书不读书，谁要你多管？这些劳什子的诗云子曰都不是好东西，简直是一部刮肉机器。我们大户人家，又不靠着诗云子曰混饭吃，白白地把全身肌肉去换几个没要紧的诗云子曰，算什么？"娘子听了，叹了一口气，从此便不强迫丈夫读书。

说也稀奇，邦平脱离了诗云子曰，果然一天肥壮一天。生下的孩儿，却是完全肖母，并无半分肖父。小儿单名一个琪字，乳名唤作玉儿，生得眉目如画，骨秀神清。两三岁时，邦平有意把几个银洋去引逗他，玉儿正眼都不瞧一瞧；娘子给他一本书，玉儿含着笑面，小腮上起了两个窝儿，把这本书瞧了又瞧，仿佛懂得什么意思。娘子满怀欢喜，邦平却倒抽了一口气，连称不肖不肖。玉儿成童就学的时候，邦平心想，只要胡乱读几年书，识几个字便好了；娘子心里，因丈夫读书不成，便希望这个孩儿成就了读书种子，延师教授，一刻不肯放松。娘子的母家姓陆，哥哥陆子才，是苏州城里数一数二的饱学秀才，他见外甥聪颖异常，便力劝妹子好好培植，使他成一个有体有用之才。这时观保只在营业上注意，孩儿读书的事无暇前来做主，柳氏与邦平一样见解，并不要玉儿当真读书。然而玉儿出世的一年，陆氏娘子曾经禀明婆婆，说丈夫读书不读书，媳妇依着婆婆的吩咐，随他自便，不来多管，将来玉儿长大了，媳妇却不能不叫他当真读书，趁早禀明了婆婆，免得将来嗔怪。柳氏新添长孙，正在欢喜的当儿，自然容纳请求，满口应允。所以后来玉儿读书，柳氏不好十分干涉。玉儿读了几年书，那时科举已废，学校渐兴，玉儿的舅父陆子才明白事理，通达时务，主张把玉儿送入学校里读书。邦平虽不愿意，娘子却很赞成，从此以后，玉儿便在学校里肄业。后来陆氏娘子得病死了，弥留的时候，叮嘱丈夫休要间断玉儿的学业，又把玉儿唤到床前，吩咐他用功读书，做一个出类拔萃的人物。玉儿那时不满十岁，却有成人的气象，遵守遗训，历久勿忘。

　　邦平续娶的娘子，便是柳用宾的女儿、柳氏的侄女。姑娘侄女，做了婆媳，大家都是姓柳，编书的叙她婆媳不好混称柳氏，只好把老的唤作柳氏婆子，少的唤作柳氏娘子。邦平自娶了柳氏娘子，夫妇俩都是吝啬的性质，物以类聚，倒也志合道同。生下的小儿，单名一个钰字，乳名唤作金儿。从前陆氏娘子在世时，常劝邦平休得过于刻薄，遇着慈善事业，须得约略布施几文，邦平一钱如命，怎肯听从。娘子暗暗地典卖簪珥，量力捐助，捐簿上面仍写着邦平的名字，所以善堂里面的征信录、赈济偏灾的报告书，居然也有"刘邦平善士"的字样。比及娶了后妻，一对吝啬鬼做了夫妇，重利盘剥，无所不为，"刘剥皮"三字从此叫得怪响。玉儿在学校里，成绩优秀，几次开学，程度越高，学费越重。邦平心里以为这孩子专会分利，不会生利，终不是个道理，几次要叫玉儿停止读书，只是不曾实行，一来碍着前妻的遗嘱，二来碍着子才的情面，只好暂时忍痛，哑巴吃黄连，说不出的苦。后来观保死在上海，所娶的偏房不曾生过孩子，柳氏婆子既不要偏房住在一处，那个偏房也不愿寄人篱下，待到丧事已毕，即便脱离关系，下堂求去，不在话下。玉儿这几年来，从小学升到中学，从中学升到大学，二十岁左右，在那北京大学校里，已是个鼎鼎有名的高才生。金儿的性质，却同他老子一般，也是个爱财若命的人。邦平延上西席，教授金儿，金儿怎肯专心读书，长日无事，专把先生做个消遣品，不是在先生背上粘着一只纸制的乌龟，定是在先生头上插着一根颤巍巍的鸡毛。这位旧西席赵荫谷先生，教了几年书，焦头烂额，托故辞去。邦平便委托徐勉斋延订西席，却选定了这位烧火凳上的伍青岩先生，十二月里下了关书，择定来年正月十二日开馆。这事在第三回中，业已交代。现在刘氏家世补叙已毕，下文便紧接着第三回了。

这天正是正月十二日，刘公馆里派着两名轿夫，抬着一肩藤轿，去接这位三好先生伍青岩吃开馆酒。青岩没有家眷，租着一间旧屋居住，清早起身，候至十点钟，才见藤轿到来。轿夫歇着轿，走入门来，说："请伍先生上轿。"青岩睁圆了双目，喝道："胡说！你家刘老爷用着大红帖子聘请我去，是教少爷读书，不是教轿夫读书。你家少爷配唤我先生，你们低三下四的人也来唤我先生？放屁放屁，放其黄犬之屁！名不正则言不顺，先要正了名分，才能上轿。"说着，钉住了不肯走。轿夫没奈何，只得唤他一声师老爷，赔了许多好话，青岩才取出铁锁，把门户锁了，藏过锁匙，大咧咧地坐入轿内，吩咐轿夫道："你们出了本巷，转南落北，抄过一条小巷，唤你们住便住，唤你们行便行。你们听我的吩咐，少顷见了刘老爷，便把方才冒犯的事一字不提。"轿夫没奈何，也只得诺诺答应了。轿儿上了肩，转南落北，抄过一条冷僻的小巷。那时一家门首有一个中年妇人，低着头，曲着腰，正在那里洗衣服。青岩瞥眼瞧见，连连拍着扶手板，喝道："住住。"轿夫没奈何，前后四只脚一齐钉住了，石像般地不敢移动一般。青岩把头儿探出轿帘外，干咳了几声嗽，那洗衣妇人抬头见了青岩，露出很惊讶的态度，向青岩瞟了几眼。青岩又拍着扶手板，喝道："快走快走。"轿夫没奈何，飞也似的抬向刘公馆来。正是：

　　同一劳工，而分上下；师爷发威，轿夫挨骂。

第十回

屏门后丫头评学究
氍毹上夫子拜门生

劳工劳工，谁是劳工，谁不是劳工？熙熙而来，攘攘而往，有图名图利的，有谋衣谋食的，说一句概括话，无非在天壤之间，做一个劳力的工人。从前分出什么士农工商，又分出什么劳心劳力，其实细细考究，无论士农工商，哪一桩不是做工，哪一桩不是劳力？学究先生说的四民之首、四名之末，果然不成了说话。就是孟老夫子论的劳心劳力，也是强生分别，不合理论。力字范围包括很广，脑力、腕力、腿力、肩背力等，无非一个力字，劳力以外，哪里还找得出什么劳心？本书所说的刘邦平，鸡鸣而起，孜孜为利，无非替儿孙做牛马，邦平便是一个劳工。书记徐勉斋做邦平的写字匠，也是一个劳工；西席伍青岩做金儿的教书匠，也是一个劳工；抬藤轿的轿夫靠着肩背腿脚度日子，天然是个劳工。大家都是劳工，众生平等，本无阶级可言。然而邦平忘了自己是劳工，却摆出阔东家的面孔，吆喝勉斋；勉斋也忘了自己是劳工，却装出大宗师的身份，侮弄青岩；青岩也忘了自己是劳工，却发出师老爷的威风，呵斥轿夫；轿夫受了委屈，回到家里，论不定也要打男骂女，发泄这口恶气；轿夫的儿女受了委屈，论不定也要打鸡骂狗，发泄这口恶气。佛说苦恼，众生自造，我说种种阶级，也是众生自造……

且慢，编书的只管夹七夹八说些闲话，那两名劳工早已抬着一名劳工，直进刘公馆的大门。青岩的家里，离着刘公馆本来没有多少路，都只为转南落北，跑了许多冤枉路，城头上出棺材，远兜远转，又要催着轿夫快走快走，直跑得那两名劳工先生上气不接下气，绿豆粗的汗点子挂了满面。好容易抬进了大门，轿夫落了肩，轿里的劳工先生鹅行鸭步，慢慢儿踱出轿门。抬轿的劳工先生一壁儿拭汗，一壁儿肚里打算：抬轿的、坐轿的，一般都是刘公馆里雇用的人，坐轿的身价不见得怎么高，抬轿的身价不见得怎么低，蒲鞋

44

服侍草鞋，还要吃他一顿排揎，真个是穷人欺穷人，讨饭的欺难民。

不表轿夫满腹牢骚，且说看门的见西席先生来了，向青岩讨了一张名片，赶向里边去通报。那时邦平正陪着几个亲友在花厅里谈话，一个是前妻的哥哥陆子才，一个是后妻的哥哥柳小宾，一个是钱铺经手邵大年，一个是善堂董事张诚甫，这几个都是请来做陪客的。邦平正说道："怎么轿儿去了这么久，先生还没到来？"那看门的老王高举着名片，上前来回："伍师爷到了。"邦平点了一点头，便道："你去通知徐师爷，叫他出去招待便是了。"老王答应一个是字，忙到办事室里向徐勉斋说了。勉斋满怀欢喜，暗想今天又做阔东家的代表了，当下吩咐老王，去请伍师爷到大厅上坐，待我出见。老王出去，把伍青岩领入大厅。青岩踏上阶石，举目四瞧，只落得半惊半喜。惊的是这般高堂大厦，住在里面的真是天大福分，自己住的一间屋，给他们做厕所还不配；喜的是住在牛棚猪圈里的人，今天会到高堂大厦里做上宾，委实是梦想不到。在这当儿，老王说一声师爷请坐，自向外边去了。青岩瞧那两旁的椅子，都是加大放样的太师椅，上衬着大红垫子，便拣下面的一张坐了。说也奇怪，惯坐冷板凳的，坐在大红垫子上，转觉与臀部不甚接洽，侧坐也不是，正坐也不是，却不像那天坐在烧火凳上的舒服。坐了片刻，听得屏后脚声响，谅是主人翁出来了，忙即摸摸冠、拉拉襟、按按心、凝凝神，准备抢步上前，一躬到地。谁知老大的误会，这一阵乱七八糟的脚步走到屏门左近便停了，脚步一停，这唧唧哝哝的私语声、叽叽呱呱的嘻声，却又同时并作。青岩仔细听着，多半是妇女的声音，声音有润有燥，便晓得里面的妇女有老有少，那个冬烘脑袋竟似牵线的傀儡，险些儿被这妇女声音牵了转去。转念一想，今天不比往天，往天听得莺声燕语，自然要看个十二分饱满，今天在厅堂上做上宾，怎便这般轻佻，拼着委屈了这个头颈，下死劲地把那脑袋撑住，才不被里面的音带牵了转去。那时里面的窃窃私语，历历可辨，你一句，我一言，都向青岩耳朵里钻入。青岩却老大懊悔，今天匆忙出门，床席下放着的青布耳朵套不曾随带在身，要是戴上耳套，凭她们胡诌些什么话，也不会钻入我的耳朵里，现在却没法，只得伸长耳朵，听她们的批评。听得一个说，春天到了，园里的树尚没开花，先生的帽上却先开起花来。一个说，先生穿的方马褂贴满了大大小小的膏药，莫非这马褂儿害了毒疮？一个说，先生穿的套裤可做得肉店招牌，挂满了累累赘赘的猪油。这几个都像小丫头的声口。还有一个老妈子声口的说道："太太，这个先生的模样，好像……"青岩听到这里，心头扑扑地几跳，又听得一个老妇人道："王妈，你说先生像哪个？"老妈子低着声唧唧哝哝，听不明白。早有几句落在青岩耳朵里，说什么洗衣服的阿巧娘，说什么为了拆姘头在巷里打架，这几句话把青岩急得什么似的，急出了一鼻子的汗。又听得一个小孩子声口的道："这先生呆头呆脑，我去替他粘贴一只乌龟，给大家发笑。"又听得一个中年妇人道："金儿，干不得，爹爹知道了，你没便宜。"青岩肚里寻思，这高堂大厦的上宾却不是容易做的，东家尚没见面，却饱听了许多不尴不尬的话。想到这里，也有一二分生气，然而看这六尊番佛面上，只得揉揉肚子，把这一股气疏通疏通，从后闸门里发放了。

在这当儿，从备弄里面转出一阵囊囊的履声，青岩猜到，这一定是主人翁了，倏地从椅上直立起来，举目看时，出来的又不是主人翁，却是书记先生徐勉斋。勉斋见着青岩，略拱一拱手说道："伍老夫子等久了。"青岩怎敢急慢，摘去铜边眼镜，扑着两只又破又大的衣袖，兜头一揖，引得屏门背后笑声不绝。勉斋听得笑声里面也有金儿在内，忙道："金官，快来拜见先生。"金儿便一跳一跃地跑了出来，见着先生，也不叫一声，翘着嘴，扭着腮，只向先生扮鬼脸。那时自有值书房的仆役，铺着毡单，搬着椅子，请青岩上坐受拜。青岩哪里肯坐，忙道："小公子天上财星、人间贵胄，提起一个拜字，便折短了伍青岩的草料。我们只行个常礼，拜字圈起，拜字休提。"勉斋道："坐便不坐，拜却要拜。我们公馆里延请西席，这些礼节怎么可以缺得？老夫子，你谦其所不当谦了。"青岩不好再让，便在红毡单角上，斜签儿立着，金儿踏上毡单，像要下拜的模样，慌得青岩还礼不迭，实实足足，不折不扣，竟行了一个五体投地的礼。谁知先生格外道地，弟子异常取巧，先生五体投地，弟子只有一体投地。原来金儿见先生不成模样，怎肯行什么全礼，对折九扣，只屈得一只腿，比及青岩抬起脑袋，早见金儿的腿膝高高提起，立着受先生跪拜。说时迟，那时快，屏门后的笑声早已嘻嘻哈哈，搅成一片，中间还夹着老妇人的声口，说道："笑得腰窝都疼了！"金儿乘这当儿，一溜烟跑到屏后，早已加入了哈哈党、嘻嘻会，随着众人混笑了一阵，带笑带说道："往日拜先生，学生拜先生，今天拜先生，先生拜学生……"

勉斋拉着青岩道："老夫子这里来，我同你会见东翁去。"青岩拱着手道："仰仗仰仗。"这时还不敢戴上眼镜，恍恍惚惚地跟着勉斋走。比及走得远了，勉斋低低地向他责备道："你上门第一遭，怎便闹出这般笑话？方才拜先生的当儿，里面笑得嘻天哈地，成什么样儿，连我介绍人面上都失了光彩。见东家时，你须留心在意。你是在我手里考取的，须得替我争气才好。"青岩唯唯诺诺,不敢说什么。没多耽搁,早已踏上花厅,青岩眯着眼,约莫见里面有四五个人,也不辨谁是主人翁。勉斋便一个一个地替他介绍,介绍到邦平,青岩便抢步上前,深深一揖,狠命地把腰肢折下去,险些儿头颅撞痛了脚骨。一揖已毕,然后再向四位宾客一一拱手。邦平请他上坐,青岩哪里肯坐,横作一个揖,竖作一个揖,让了良久,才在勉斋的肩下坐了,慢慢儿掏出袖里的铜边眼镜,说了一声放肆,才敢架上鼻梁。邦平疏疏落落,照例说了几句仰慕的话,青岩一迭声地"不敢不敢",又说:"晚生投靠到东翁府上,宛比鲤鱼跳上龙门,知了爬上高枝,休说三生有幸,真是七世有缘,不是前生敲穿了十八个木鱼,定是隔世坐破了一百个蒲团。"那时座上的宾客听着这般粗鄙的说话,见着这般谄媚的态度,早晓得这位西席真是一文不值。陆子才心里益发大不谓然,暗想:方才邦平口口声声只说玉儿误入了学校,给教员们教坏了,语气中间怪着我从前不该妄定主张,把玉儿送入学校。其实我的主张并无错误,玉儿是有志气的孩子,不为家庭习惯所移,真算是干虫之子,哪里还有丝毫过失。他现在把石灰渗了眼睛,觅得这个东西来做金儿的先生,真把好好的孩儿挽入鬼庙里去。可惜金儿不是我妹子所生的,读书的事我却不便干涉。就是干涉,邦平也要拒绝,徒然伤了和气。金儿倘是我的嫡亲外甥,我便拼着与邦平反脸,总不使这混账东西贻误青年。

不表子才自肚里打算,单说邦平见了青岩,心里却暗暗欢喜:像这样的好先生,果然被我们请到了,足见这锦绣炭篓,办事却十分能干。我延师的条件本有三桩,一是坐性好,二是脾气好,三是书法好。现在眼见他坐在椅上,动都不会动,坐性算好了;说出话来,句句中听,脾气算好了;他的书法,勉斋曾给我看过,方方正正,不歪不斜,也还算得合格。三好完备,却又外加一好,看他衣服上面,很不考究,恰与我的性情相合,不像勉斋只爱修饰,倾家荡产都用在衣服上面,身上穿着狐嵌,床上盖着棉胎……

列位,凡事都有个缘法,一饮一啄,莫非前定。像青岩这般模样,一入了门,便笑得妇人小子前仰后倒,勉斋领他去谒东翁,端怕他闹出笑话,在这当儿,不但勉斋替他捏一把汗,便是编书的也替他捏一把汗。谁料邦平见了青岩,竟赏识在牝牡骊黄之外,这真应着青岩的话,叫作三生有幸、七世有缘。

闲文剪断。宾主敷衍了一会子,早已摆上筵席。让座的当儿,青岩当然不肯坐首席。子才道:"伍先生既是谦谦君子,我们也不须太拘,自由就座便是了。"说着,便占了第一位,原来子才肚里没好气,以为这般人物,怎配与他让座，怎配与他讲礼貌。子才一坐，大家也都坐下，挨着次序，就是陆子才、柳小宾、邵大年、张诚甫、徐勉斋、伍青岩，连着主人翁刘邦平，共有七人。席上的菜肴摆得齐齐整整，大家司空见惯，没甚稀罕。只有青岩的两道眼光从铜边眼镜里射出，似探海电灯般地只在碗儿碟儿里打转，五脏神下一道紧急动员令，三十六员牙将磨砺以待，准备做一场恶战，咽喉要隘的两口馋涎，含着冒险性质，准备缒城而下，充当那先锋决死队。说时迟，那时快，猛听得当的一声，有一个亮晶晶的东西向那酒杯打去，险些儿把酒杯打个粉碎。正是：

当的一声，不知其名；究是何物，下回说明。

48

第十一回

讲字母学究起怒容
点菜单圣人动食指

上回说当的一声，几乎把酒杯打个粉碎，究竟这酒杯粉碎不粉碎？列位，要是酒杯粉碎了，编书的便该说哗啦一声，不该说当的一声，酒杯既有当的声响，望文生训，可知这酒杯不但没有粉碎，并且连裂缝都没一条。但看在碗铺子里购买瓷器的，碗盏到手，先要试敲几下，倘有当当当的声响，便知道碗盏毫无破绽，所以在下写了一句"当的一声"，酒杯粉碎不粉碎，当然不成问题。

闲文按住。且说打在酒杯上的不是别物，便是青岩所架的铜边眼镜。原来这副眼镜，年龄已是高大，两脚犯了脱骱的症，胡乱用些铜丝缠住，腿力怎会强健。趁那青岩馋涎欲滴、眼花缭乱的当儿，这副眼镜偶一脱脚，从鼻梁上倒翻下来，先来偷尝些酒味，大家见着，都是暗暗好笑。青岩赶紧检视这副眼镜，邦平赶紧检视这只酒杯，两件东西都没有一毫伤损，彼此暗唤了一声侥幸。青岩架上眼镜，邦平放下酒杯，不必细表。

席上讲些闲话，青岩一壁儿咀嚼东西，一壁儿专与主人讲话，一五一十的高帽儿给那主人翁戴上。邦平见他识趣，却也假以颜色，不似方才疏疏落落的样子。逢着上菜，主人尚没敬客，青岩揎起破袖子，抢先夹了一筷孝敬主人，然后尽着食量，自己受用。张诚甫看不上眼，笑道："这位伍老夫子倒也有趣，让座的当儿是个谦谦君子，临食的当儿变作起起武夫。"青岩正咀嚼得起劲，见诚甫嘲笑他，便忙里偷闲，腾出一个舌头来答道："张先生，不是这般说法，坐云则坐，食云则食，怎好混在一起讲。"邦平赞道："老夫子出口成章，语语都有来历。"勉斋见东翁与西席十分投契，便凑趣说道："这位老夫子不但四书烂熟，并且讲解详明，又写得一笔好字。"青岩见人家称赞他，乘着酒兴，便向人前夸张道："晚生设帐二十多年，别的学问不敢自夸，唯有这部四书是晚生的衣食父母，课徒的当儿，不但念过几千百次，并且讲过几千百回，句句打穿后壁，字字咬出汁浆。诸位不信，可以当面试验，倘有一字错误，便把孔子打人的拐杖打我的脚胫，子游割鸡的牛刀割我的头颅，也都使得。"坐在首席的陆子才听了这话，老大的不服气，便道："伍先生，学问一道，千经万纬，单单烂熟了一部四书，有什么用？既然做了二十世纪的人物，便该……"话没说出，邦平抢着说道："子才兄，今天席上，须得定一条规则，只可谈旧学，不可谈新学。"勉斋也和着说道："倘谈新学一字，须得罚酒三杯。"子才喝了一口酒道："这也使得，你们要谈旧学，我便把旧学来讲讲。旧学两个字，范围也是极大的，不好说烂熟了四书便算是旧学。现且退一步说，便算烂熟了四书就是旧学，然而读书先要识字，识字先要晓得字的基本，字的基本是什么，就是诞育。这许多字的字母……"邦平忙举着酒壶道："罚酒罚酒，外国字有字母，中国字怎么也有字母？"青岩也嚷道："人有母子，字怎么有母子，难道这许多字也是十月怀胎，一个一个从娘肚里生育出来？难道这许多字也会在娘怀里哺乳不成？陆先生，这三杯罚酒，须得领受。"勉斋也和着说道："现在闹什么注音字母，陆先生说的字母，大约就是注音字母。须知这注音字母，原来是东洋人的字母，陆先生拟于不伦，须得罚酒三大觥。"钱铺经手邵大年道："陆先生的说话定有来历。银钱会得生息，自然文字也会生子。"子才正待回答，那时席上正上着一只蜜炙南腿，碟儿尚没摆定，青岩哪敢迟延，总握着两只筷儿，使出悬腕作书的书法，在那南腿皮上画着一个大大的十字。诚甫笑道："老夫子的尊书，大有颜鲁公的笔法，画平竖宜，笔笔中锋。"青岩听着，也不去理会，夹着一大块孝敬了主人翁，回转筷儿，赶把第二块塞在自己嘴里，比及众人下筷时，青岩的第三筷早又卷风也似的搠来，哪消片刻，碟儿已赤裸裸地见了底。邦平又催着子才饮罚酒，子才不慌不忙地说道："且慢，方才主人翁说中国字没有字母，我也不须细辩，《康熙字典》的卷首，便列着字母切音，这是人人所知的，须不是我说谎。伍先生说文字怎会哺乳，不知这个'乳'字，正是'字'字的注脚，我也不把《说文》来讲，伍先生既然烂熟四书，怎么竟忘了孟子注里一句话，叫作'时谓孕字之时'，这个'字'字，作什么解？既说字字咬出汁浆，怎么这个'字'字，竟不曾咬出汁浆？徐先生说注音字母是东洋来的，这字母明明是国货，却误认它是东洋货，徐先生的眼光真个比众不同。邵先生说银钱会生息，文字也会生子，这倒是个确论。字者滋也，子也，必先有了母，才能滋养其子于生生不穷。宋儒郑樵说：'文有子母，生字为母，从母为子.'这几句话，最是明白。论到这个母，共有三十六位，却分七种性质。许多的字都从三十六母滋生出来，有开有合；分它的氏族，有清有浊；辨它的家世，有众音独音；详它的子孙谱系，有点画反切，表它的形貌名字。既然做了老法的教书先生，挂着一扇旧学的招牌，不是哼几个诗云子曰，便算了事。教书不明字母，发音怎会正确？自欺欺人，以误传误，岂不误尽了天下苍生？"

　　子才这一席话，说得青岩涨红了脸，一时又没话去驳他，嘴里又不得空闲，隔了片晌，才向东翁说道："陆先生说的字母不字母，四书里面都不曾载明。凡是四书所不载的，都是异端，攻乎异端，斯害也已，谁耐烦去同他辩论。"子才冷笑了几声道："伍先生口口声声只说一部四书，我且问你，四书第一本是叫什么？"青岩道："谁不知是《大学》。"子才道："《大学》里面的小注，便已讲到反切。瞻彼淇澳的澳字，小注里说'澳于六反'，请问烂熟四书的伍先生，这'于六反'三字，究竟作什么解？"青岩呆了一呆，答道："有甚难解，'于六'二字，便是'澳'字的反切。"子才道："请问'于'字同'澳'字有甚关系？'六'字同'澳'字有甚关系？"青岩只顾吃菜，不来理会。子才道："待我告诉了你吧。'于'字同'澳'字是双声，'六'字同'澳'字是叠韵，'于'字'澳'字都是一母所生，它的母是谁？便是三十六母里的影母，它的等次在第三，便是影母第三胎的儿子，它的性质是喉音，它的氏族是合口音，它的家世是全清音，它的谱系是众音。单说一个'澳'字，已有这许多讲究，可见老法教书，也不是一桩容易的事。伍先生，你理会吗？"子才讲得起劲，青岩乘这当儿，什么话都不理会，只管尽量大嚼，一方面"它的它的"讲不了，一方面"饕餮饕餮"吃不了。现在子才问他可理会得吗，他便劈口答道："晚生到刘府里教书，是经徐先生推荐，刘大东翁赏识，只有这两位老人家可以考验晚生的学问。陆先生学问虽强，却不配做晚生的考官。"说着，鼻孔里哼哼的几声，大有愤然作色的模样。邦平心里也怪着子才逼人太甚，我请的西席，谁要你来多管。

　　张诚甫察言观色，生怕他们要闹什么意见，便道："席上谈学问，是一桩极闷的事，我来说一段俏皮话，博诸位一笑。今天开馆，照例应拜孔子，孔二先生听得刘公馆里请他，便率领了七十二个弟子前来赴宴，肚里寻思，我本来食不厌精，脍不厌细，食品上异常考究，今天刘公馆里的筵席定是盛馔无疑，有盛馔必变色而作，今天席上，不晓得要变几回脸……"

　　大家听着，想起青岩同子才变脸的情形，已是暗暗好笑。诚甫又道："孔二先生虽作此想，谁知竟是大大的误会，一进门来，但见宾主七人吃得饕地餮天，他同七十二个弟子只是干饿，重演那在陈绝粮的惨剧。他老人家还能挨饿，七十二个弟子早已沸沸扬扬，大闹饥荒。子路说：'我从前背负的米，可惜不曾带来，否则也好煮一锅粥，给大家胡乱充饥。'颜回说：'我的一箪食一瓢饮，自己且不够吃喝，怎好公诸众人。'子游说：'待我割一只鸡，给大家解馋。'然而觅来觅去，竟觅不到这把割鸡的牛刀，原来被伍老夫子借了去，预备割自己的头颅……"

大家听着都好笑，独有青岩打熬着只是不笑。诚甫又道："孔二先生忙说：'二三子不须着急，花厅上面的七位宾主，却可充得七样盛馔，只要如法煎熬，也可够我师徒们受用。'众弟子问怎样的煎熬才可充得盛馔，孔二先生便指着席上的七位宾主，按了次序，说出七样名目。第一样菜，便挨着首席的陆子才先生。陆先生是苏州名士，旧学新学都有根基，菜单里面本有一种'双拼鲫鱼'，名士素有鲫鱼之称，新旧贯通的名士却与双拼鲫鱼相类，所以孔二先生的菜单，第一样便是'双拼名士'。"

子才笑道："诚甫的表面很质朴，说出话来倒也滑稽可喜。"柳小宾道："死桃树开出花来，自然格外绚烂，这第二样菜，想要挨到区区身上了。"诚甫道："柳小宾先生是个岐黄专家，医生本来心狠手辣，所以孔二先生的菜单，第二样便是'辣汁医生'。邵大年先生是钱庄经手，钱业中人本有猢狲之称，所以第三样菜，孔二先生便点了'油煎猢狲'。"小宾、大年都笑道："第四样菜便轮到你自己身上，看你怎样讲。"诚甫道："这个菜点得不好，当董事的，谁不沾些油水，只合唤作'走油董事'。"诚甫笑了一笑，续讲道，"第五样菜便轮到勉斋先生，他是伍老夫子的介绍人，介绍人的性质同那媒婆一般，说合的时候，自然是甜嘴蜜舌，孔二先生点的第五样菜，唤作'蜜渍媒婆'。第六样菜，轮到伍老夫子身上，唤作'醋熘西席'。第七样菜轮到邦平先生身上，唤作'红烧富翁'。"这一席话，引得众人混笑了一阵，却把方才的意见完全消释了。酒阑席散，众人一一告辞，伍青岩自到书房里去开课，按下慢提。

陆子才别过邦平，怏怏地回家，想到伍青岩这般庸陋恶劣情形，真令人笑得肠断，气得胃痛，又想邦平枉挣着巨万家私，怎么这般地冥顽不灵，产业一份一份地增长，心窍一层一层地封固。现在劳动者与资本家正是严阵对垒、互决雌雄的当儿，全在资本家早自觉悟，早自补救，才能消弭这场恶战。觉悟与补救，须从新知识里得来，灌输新知识，全在慎选良师，把子弟引上轨道，到了长大时，才不倒行逆施，妄作乱为。现在邦平招了这个腐败霉烂的东西去做儿子的先生，茅草堆里不产好虫豸，先生如是，学生可知，旁观的见了，也替他寒心。邦平却丝毫不放在心上，误了自己，还要去误儿子。从前我妹子在时，邦平还有一线的光明，现在却说不得了，盲人骑瞎马，夜半临深池，哪有什么良好的结果。一壁走，一壁想，不知不觉，早已到了自己的门首。

原来子才的住宅离着刘公馆不到一里路，子才在十年前，也曾出过远门，在督抚衙门里做上宾，幕府高才，声名藉甚。后来见世事日亚，满运将终，他便不俟终日，高飞远引，回里以后，只是闭门养晦，专把读书灌花当作日常的清课。娘子朱氏，同庚四十五岁，膝下一女一男。女名慧姑，年交二八，正在附近女校里读书；男名聪生，恰交六岁，尚没进学校，子才自己教他识字。这时子才正跨进门限，隐隐地听得聪生在里面唱歌，便即放轻脚步，听他唱着些什么。听得唱道："新新新，我国民，快快解放旧家庭，快快改造新脑筋。"子才扑哧一笑道："乳臭未干的孩儿，也会说什么解放与改造，可见世界新潮真有一日千里之势。"说着，早已推门进去，聪生正挽着佣妇在庭心里打转，见着老子进来，便甩去佣妇的手，扑到老子身边，没口子地唤爹爹。子才携着聪生道："好孩儿，谁教你唱的新歌？"聪生道："锦姊姊教我唱的。"子才道："锦姊姊在哪里？"佣妇代答道："锦小姐来了大半天，现正在慧小姐房里谈话。"子才点了一点头，携着聪生径到里面。朱氏见丈夫回家，忙道："你回来了，锦心候了你长久，要同你辞行咧。"子才尚没坐定，只见女儿房里门帘掀动，走出一对粉搓玉琢的妙龄女郎，一个开口唤爹爹，一个启齿唤舅父。正是：

家庭良好，空气清新；携幼入室，笑语生春。

第十二回

办新村消除毒药水
赴车站邂逅酸醋瓶

子才在刘氏席上，被那铜臭熏人的邦平、腐气冲天的青岩怄气怄得够了，现在回到自己家里，见着这一对玉雪照人的女郎，宛比离却鲍鱼之肆，走入芝兰之室，周围的空气都已变换，顿觉心旷神怡，不似方才怏怏的模样。那时大家都已坐定，聪儿倚在他老子怀里，舍不得走开，子才一壁抚摩着孩子的小手，一壁问着锦心道："方才你舅母告诉我，说你来辞行，现在交着新正不过十二天，尚没过元宵，苏州城里的大小学校多数不会开课，怎么新村里面的学校开课却格外加早，你便忙着要动身？"锦心笑了一笑，正待回答，朱氏接着说道："既然唤作新村，自然不用旧习惯，否则唤作旧村，不唤作新村了。"子才也笑道："我的问话果然有些矛盾，被你轻轻一驳，我却没得话讲。"停了一会子，又问些新村里面的情形，开办新村后，有什么成效。锦心道："说到成效二字，委实惭愧。那边的新村，开办不过一年，新村里的学校，开办更不到半载，校长华女士为着学校的事，几乎把这颗心都呕了出来。然而数千年来的旧染之污，一时片刻怎能够洗涤净尽。道高一尺，魔高一丈，越是希望成效，越是横生阻力，倘若稍稍灰心，便把从前的心思血汗都抛弃在东洋大海。敝校里的华女士，无论如何，她总不肯灰心。她说万恶的社会宛似一大瓶毒药水，我们少数的同志牺牲了许多心思血汗，想把这万恶社会革故鼎新，宛似在一瓶毒药水里灌注几点清水，想把这毒性消灭，这是万万办不到的事。然而毒药水里面有了几点清水，毒性虽不曾消灭，毕竟比着从前稍稍地稀薄了，只要继续有人把清水一点一点地灌注进去，自然毒性也就一天一天地稀薄起来，终有一天，把这毒药水洗涤净尽，变成了一瓶清水。"子才连连称赞道："华女士这几句话，真是探本之论，无怪大江以南，都称她是女界明星。"说着，又想起了方才席上的事，便叹了一口气道，"人心不同

54

如其面，心地光明的，果然要把一点一点的清水灌注到毒药水瓶里；心地糊涂的，颠倒要把一点一点的毒水灌注到清水瓶里。咳，这是什么道理。"说到这里，把眉峰紧紧地一皱。聪生见老子变了脸，便甩去了手，跑到佣妇那边，仍去唱他的歌儿。

锦心忙问道："舅父，这话怎讲？"子才便把邦平延请青岩的事一一说了，大家嗟叹了一会子。慧姑道："亏得玉哥哥早入了学校，没有受那村学究的荼毒，要是当年爹爹不替他做主，只怕也成了一个浊物。"子才道："为着这事，我竟受尽了人家的埋怨。邦平哪里晓得什么好歹，口口声声只说玉儿误入了学校，竟不把老子放在眼里。上月玉儿从北京写信前来，他一拆开封皮，尚没看过信，早已气得不可开交。"朱氏道："奇了，信都没看过，他的气从何而来？"子才道："我也是这般说，然而邦平却另有一番见解。他说儿子写给老子的安禀，理该用着红信笺，理该写着工楷，理该墨色匀净。这回玉儿来信，只用几张白色的洋纸，印着一行一行的蓝色界线，字儿歪歪斜斜，半似行书，半似草书，墨色浓浓淡淡，半似墨色，半似蓝色，见得这孩子早存着歹心，故意把平安家信弄成丧帖哀启般模样。他明明多厌着老子娘，要生生地把老子娘咒死。"子才讲到这里，引得锦心、慧姑两姊妹都把手帕掩着口，哧哧地笑。笑了一会子，锦心道："邦平姨丈也是个商界有名的人物，怎么少见多怪，脑筋还这般陈旧。"子才笑道："方才你教孩子唱的新歌，说什么改造新脑筋，像邦平的脑筋，真个要改造一下子。"慧姑笑道："药房里只有人造自来血，却没有人造自来脑，要是有了，买一打送给姑丈，倒是对症良药。"子才叹道："这个人竟是不可救药，你把良药送他，他便当作砒霜一般毒。即如玉儿写的一封信，他也曾给我看过，本没有什么触犯老子的话，委婉曲折，全把许多好话来劝谏，他却勃然大怒，算是儿子排揎老子，大逆不道，该当何罪。他说得了此信，累他半夜没有睡，他说依他的心里，便要抱着此信，到县知事公署里，告玉儿的忤逆。亏他娘子识大体，竭力劝解，说这事万万干不得。干了出来，别人知道的，果然说儿子荒唐，不该目无尊长；不知道的，便说这是晚娘不贤，挑唆丈夫下这辣手。"朱氏道："别听她浑话，刘姓家里出了两个柳树精，有什么好事干出？从前小姑嫁到他家里，在老柳树精手下度日子，十年以内，受过了多少冤苦，小姑只是好耐性，闷在肚里，从不曾与婆婆面红颈赤，毕竟气坏了身子，忧忧郁郁地死了。小姑死后，小柳树精进了门，婆媳俩一吹一唱、一搭一挡，竟是无恶不作。玉儿这孩子在他们手里逃得生命，要算绝大运气，从那铜眼里拔了过来。依着小柳树精的意思，最好把玉儿折磨死了，偌大产业便归金儿一个人承受。亏得玉儿还有嫡嫡亲亲的母舅，小柳树精心里也有三分顾忌，要是没有了我们这一家亲戚，恐怕这一件芦花棉袄早给玉儿穿在身上。现在邦平对于玉儿的感情一天一天地薄弱，都是她在暗地里做拨火棒，却还要说这冠冕话儿。黄熟梅子卖什么青，便是三岁孩儿，也不受他的骗。"

子才道："邦平还有荒谬的话，令人听了又好气又好笑。他说从今以后，再不供给玉儿的学费，犯不着出了许多金钱，去买儿子的教训。他说从前的老法经书，只讲做老子的怎样教训儿子，现在的新法教科书，却讲做儿子的怎样教训老子。他说活了四十一岁，从不曾受过他人的责备，现在要受儿子的教训，却何苦来。千不该，万不该，不该把玉儿送入了学校，大儿子既已如此，这个小儿子不得不格外小心、格外谨慎，延请一位品学兼优的老法先生，专把三纲五常、三从四德的道理切切实实地教导一番。倘然冒冒失失也把小儿子送入了学校，将来兄弟两个通同一气，专把老子来教训，做老子的前后被攻、左右受敌，怕不要活活地气死。"讲到这里，又引动了众人的喧笑，锦心、慧姑更是笑不可抑。两人本并坐在一张沙发上面，慧姑把脸儿伏在锦心肩上，嘻嘻嘻，咯咯咯，笑得抬头不起。锦心手里正执着一只碧玻璃茶盏，酽酽地盛满了雨前香茗，尚没饮得几口，经这一笑，笑得玉腕颤动，这只碧玻璃盏一颤一簸，把茶儿泼翻了一半，几乎把裙裾都打湿了。

子才等她们笑定以后，又说道："你们并未身临其境，听我报告，已笑得这般模样，要是今天你们也在座，亲听着邦平的议论，只怕笑得还要热闹。邦平发出这般怪论，他的病根自然是脑筋太旧，然而换一句话，也可说他是神经过敏。现在新学界里面确有一种出乎常理的学说，说来说去，无非是'什么叫作父母，子女的奴隶罢了'。似这般的论调，凡属替儿孙做牛马的父母都逃不出这个习惯。然而这是一种习惯，不是一条公例，用来警醒世上的痴心父母，却可算得一种刺激的格言。倘说父母该是子女的奴隶，用来编在学说里面，当作天经地义、金科玉律，在那稍有见解的，当然不肯盲从这种学说，单怕没脑子的青年误听了，便认为父便是牛、母便是马，回到家里，竟实行那牛父马母的主义。可怜老子娘出了许多血汗钱，巴巴地栽培了子女读书，子女读了书，老子娘别的好处都没有，单单取得了一个做牛做马的资格。似这般没脑子的青年，学校里面不好说是没有，不过是少数中的少数，倘然因噎废食，不敢把子女送入学校，便是绝大的错着。讲到玉儿这孩子，天性是极厚的，邦平说他目中无父，谁知他只为目中有父，才有这一封谏父的书信。邦平不谅儿子的苦心，竟把学费停止了，又虑到金儿身上，怕他也来教训老子，这真是神经过敏了。"朱氏笑道："谁说父母不是牛马？牛父马母，也不好算什么新学说。记得孟子里面，早已提倡'牛羊父母'的学说。"说着，大家忍不住又笑了。当下说些闲话，锦心起身告别。子才说了几句前途珍重的话，叫她回去时，在老子娘面前代言问好，锦心诺诺答应。朱氏便吩咐佣妇陪着张小姐回府。慧姑与锦心素来投契，也送她走了一条巷，方才折回。

原来子才有两个胞妹，大妹嫁给张达夫，次妹嫁给刘邦平，这位锦心女士便是达夫的女儿。达夫的先世，也是做经纪的出身，靠着勤奋与信实，起家立业，稍稍挣扎些财产。达夫在清朝时代，也曾考取一名秀才，后来猛然觉悟，改弦易辙，说这些八股试帖都是腐肠的硝镪水、坏脑的麻醉药，便一心一意地研究实学，不遗余力。这时适值政府停罢科举振兴实学，达夫在江南高等学校里肄业，预科二年，正科三年，五度春秋，博了一个最优等毕业。一辈同毕业的，靠着这一纸文凭当作升官发财的符箓，都向这卑鄙龌龊的政界里乱跑，唯有达夫绝意仕进，把官场当作魔窟看待，不敢前去涉足。毕业以后，办过几年实业，当过几年教员，乡党之间，声誉卓卓。他本住居无锡，只因女儿锦心在苏州教会女学校里读书，往返跋涉，所以便挈眷迁居苏州，一住也有两三年。他与子才志同道合，又是郎舅之亲，自然格外莫逆。锦心同慧姑是姑表姊妹，锦心十九芳龄，慧姑比她小三岁，两个人立在一起，人家见了都认作是同胞姊妹，面貌身段、语音态度，彼此都是酷肖。锦心在去年夏季早已毕了业，无锡有一位华女士，闻她的品学超群，便聘请她去办新村学校，办过半载，成绩甚佳。年假回来，与慧姑往来甚密，谊胜同胞。这回又要分别，依依不舍，却也难怪她们。

张陆二姓既然情似胶漆，张刘两家却是性如冰炭。达夫同邦平一般都是经纪人家的子孙，彼此又是连襟之谊，论理不该疏远，然而达夫见着邦平，正眼都不瞧一瞧。邦平同他谈话，便疏疏落落答应几句；邦平不同他谈话，他也不向邦平攀话。邦平是受人趋奉惯的，无论走到哪里，都是邦翁先生长、邦翁先生短，许多声浪聚作一团热气，独有遇着达夫，却似落在冰窖子里，专把热气去换他的冷气。邦平见这冷淡情形，便也发了脾气，你既不来理我，我也不来睬你，从此两个人都生了意见，似有深仇宿恨一般。宴会场中，邂逅相遇，不但不交一语，并且彼此别转了头，连这颔首的礼节也都没有。究竟达夫因甚憎恶邦平，其中却有个原因，编书的暂缓发表。达夫同邦平既然这般疏远，两人的妻子却是亲姊妹，平日又很和气，并不为着丈夫的关系改变姊妹俩的情分，襟兄襟弟只管做冰炭，胞姊胞妹依旧似胶漆。后来邦平的妻子死了，张刘两家便完全断绝了关系，邦平既不许儿子登张姓的门，达夫也不许女儿进刘姓的宅。所以锦心与玉儿虽是姨表姊妹，却有十余年不曾见面，倘然一朝见面，彼此都不相认识。

话既表明，再说慧姑送了锦心一条巷，回到家里，便向父母告禀说："锦姊明朝动身赴锡，孩儿须得清早起身，赶到城外车站，买了月台票，送她上车。"子才夫妇道："中表情分，理当如此，便是你不去送，我们也要叫你走一趟。"当下谈些闲话，时已天晚，佣妇送过锦心，早已回来。

一宵已过，四字通套，来朝东方透亮，大家尚没起身，慧姑早在茜纱窗下、水晶帘前，整理这个发髻。高举皓腕，巧绾青丝，费了一会子工夫方才就绪，肚里自思：无怪当今时髦女子都提倡着剪发主义，女子梳头，确是一桩累赘的事，要想赶紧出门，却不能开步便走，都是这满头青丝把人束缚住了。昔人唤头发作烦恼丝，烦恼两字，确是定评。男子的烦恼丝可以剪掉，女子的烦恼丝难道剪掉不得？正在自思自想，佣妇听得小姐起身，便进房来送面汤。慧姑盥洗都毕，换了一件华丝葛的皮袄，套着裙子，秀发上面压着一顶丝绒的帽儿，拖条骆驼巾，护着蜻蜓领。自己在着衣镜前瞧瞧，却是不奢不俭、不华不朴，算得合宜的打扮。那时一轮旭日从茜纱窗外透进光彩，照得两颊绯红，同初日芙蓉一般。慧姑怎敢迟延，扣着白绒手套，挽着小革囊，径自出房，把房门反扣了，蛮桦细碎，盈盈地走到父母房里，告禀出门。聪生见姊姊打扮端正，便缠着要同去游玩，慧姑许他少顷回来买糖果给他吃，聪生方才不闹着同去。子才夫妇唤王妈伴着小姐同去，慧姑道："这倒不必，王妈走路怎及孩儿的快捷，她是缠过脚的，身躯又肥胖，孩儿走一步路，她要分作三步，两只小脚在地皮上掿得怪响，枉自掿杀了许多蚂蚁。孩儿同她走，倒要时时停步等她，倘把车站钟点错过了，便要徒劳往返。好在此地离城不多路，出了城，便可唤一辆人力车直接上车站，还是孩儿独行的爽快。"子才夫妇道："你既独自出门，须得紧去紧回，路上小心在意。"慧姑答应着，惊鸿一瞥，早已出了自己的大门。

巷里静悄悄的，尚没行人，出了巷正待转弯，蓦地里一个四十多岁的男子，戴着铜边眼镜，穿着大方马褂，故意地迎面撞来。慧姑见这人不怀好意，忙把娇躯一偏，虽没撞个满怀，然而慧姑的肩窝上早受着一挤，手腕上早受着一碰。这时路上又没第三个人，街道又很宽阔，见得这一撞全是邪意。慧

58

姑心里恼得什么似的，停了脚步，正待发作几句话，这男子见慧姑停了步，自己也停了步，两只又馋又饿的乌珠隔着玻璃，只向慧姑身上打转，嘻开上下嘴唇，露出又黄又绿又垢又腻的牙齿，恨不得生吞活剥地把慧姑咽了下去。列位，倘是湖丝阿姐、豆腐西施，遇着这般兽头兽脑的魔鬼、色眉色眼的瘟生，老大的耳刮子早已打去，便算不打，也要千刀割万刀剐地骂将出来。慧姑却不然，见着这人的模样早已作恶，谁耐烦同他多讲，轻轻地说了一句"哪里来的混账人"，掉转娇躯，匆匆地向前跑去。肚里寻思，亏得扣着手套，不曾同这混账人肌肤相触，少顷回家，拼把这手套洗了又濯、濯了又洗，只是这混账人哪里来的、姓甚名谁，以后倒要提防他。……

慧姑不知这人姓名，看书的早已洞若观火，谁不晓得他就是伍青岩。青岩见女郎早已跑去，哪里割舍得下，蹒跚着两只脚，向后追赶，尚想冒到前面挤这一挤、轧这一轧。然而鹅行鸭步的学究，和那翎燕翩鸿的少女演习那长距离赛跑，孰胜孰败，自然不消说得。可怜他跑得气喘吁吁、额汗涔涔，向前望去，已望不见女郎的背影，只得停了脚步，喘息了一会子，心里无可抱怨，却怨着那天足会里的发起人，真是作俑不仁，造孽不浅。倘然方才的女郎双翘瘦削，莲步姗姗，我便要跟她十里五里，送她一程半程，偏偏这女郎又是天然双足，皮鞋咯噔噔，宛比踏着风火轮似的，叫我哪里赶得上。又想到这女郎眉目如画，媚态横生，不觉心头扑扑地跳，转念一想，今天尚有要事，且把这女郎的模样儿留到夜间被窝子里去细想，休得落魄失魂，误了我的公干。当下用着强制功夫撇开了邪念，慢吞吞地走入一条巷里，认明了一家的门牌，便即推门进去。列位，青岩究竟走到谁人的家里？原来这家不是别家，便是陆子才的住宅。正是：

冬烘脑袋，满贮邪魔；天鹅在望，馋煞蛤蟆。

第十三回

重色彩文人结习
悔鲁莽道士通疏

　　慧姑出门后，子才笑向朱氏娘子道："孩儿的跑路真似风一般快，方才眨了眨眼，她早已跨出了大门。似这般的跑路，休说王妈赶她不上，便是我与她赛跑，只怕跑一次输一次，跑十次输十次。"朱氏道："这妮子的两条腿操练得好了，学堂里开运动会，她考过赛跑第一，你要叫王妈同她走，宛比龟儿同兔儿竞走，她怎肯依从？"子才点头道："这便是妇女解放的好处了。"朱氏道："昨天锦心在这里，也是议论些解放不解放，这解放两字的真意我可不大理会得，大约总是说妇女合该脱离束缚、自由行动的意思。据你看来，毕竟妇女该解放不该解放？"子才道："束缚两字，现在已不成了话，妇女既不该束缚，当然要谈到解放问题。然而家庭的束缚是容易解放的，社会的束缚是不容易解放的。家庭的解放，无非是限制妇女出门，限制男女公开社交，这两个问题倘要解放，家长开通一些，便可办到，没什么烦难。最难办到的，便是社会的束缚。社会上牢不可破的习惯，便是把女子当作玩物看待，现在有程度的女子，果然不甘以玩物自恃，然而在男子眼光里看来，只怕依然逃不脱这个玩物观念。原来这个观念根深蒂固，不是一朝一夕可以铲除净尽。历来的文人学士，都把妇女两字当作文章里面的一种色彩，胸头有什么牢骚，有什么恼恨，不肯爽爽快快吐出这口气，却把妇女当作一部排气机，满肚皮的牢骚恼恨都要借着妇女的口吻排泄出来，胡诌什么'思公子''忆佳期''春闺怨''秋闺恨'，说来说去，哪有什么好话说出。妇女也是一个人，男子也是一个人，妇女做了男子的排气机，怕不损了妇女的人格？然而还算把妇女当作高尚的玩物看待，等而下存之心益发不可问了。挂着香奁的招牌，傍着西昆的门户，专把妇女的一肌一容、一颦一笑做他们的消遣品。左一首'个侬'、右一首'无题'写得栩栩欲活、历历如真，词句里面总不免带着几分轻薄。果然出以蕴藉、出以含蓄，倒也罢了；那尤其不堪的，盈篇累幅，专拣秽亵上面去着笔，竟是杂事秘辛的演义、控鹤秘记的详解。我也不必套着道学先生的论调，骂他们'诬蔑闺秀引诱青年'，但就他们的设心而论，究竟算女子是什么，简直是消遣的、调侃的、戏笑的、狎侮的一种玩物罢了。文人学士尚有这般牢不可破的观念，那些没程度的人自然不消说得。每逢女学校开会，满座的男宾挨挨挤挤，表面上说是展览成绩，倘然下一句诛心的批评，只怕其中心地光明的寥寥可数。又逢女学生结伴旅行，每过一处，沿路看热闹的，常有许多不堪入耳的议论。社会上的玩物观念既然不肯解放，自然有许多妇女不敢在外面乱跑。家庭束缚妇女，束缚得松；社会束缚妇女，束缚得紧。解放妇女的束缚，家庭社会须得兼营并顾。要是家庭的束缚已解放了，社会的束缚却不曾解放，妇女的自身尽可把作男子看待，社会的待遇依然当作玩物相视，穷乡僻壤，踽踽独行，我们做男子的果然不怕什么，难道青年妇女也可同我们做男子的一般行动、一般放心托胆？"

这一席话，说得朱氏句句入耳、语语惬心，点头拨脑了一会子，便道："你的话真不错，方才你叫王妈陪慧儿出门，原来有这般用意。"子才道："慧儿这妮子并不是没宗旨的女子，从这里到车站，又不是穷乡僻壤，便没王妈陪去……"说到这里，王妈挽着聪生，急匆匆地来报道："外面有一个素不相识的男子求见主人，问他讨名片，他说不曾带来。"子才道："来人多少年纪，怎样打扮？"王妈道："年纪大约四五十岁，看他的打扮，不三不四，不上不下。说他是测字先生，又没有字盘；说他是走访郎中，又没有白布招牌。扑着两只大袖，大摇大摆地进门，聪官见了这怪状，险些儿哭将出来。"聪生忙接嘴道："爹爹，外面的老老吓人，快取门闩，打他出去。"子才听着好笑，又不明白来人是谁，连忙出去看时，不是别人，正是那个面目可憎的伍青岩。正待动问来由，青岩忙摘眼镜，高唤着"子才先生"，抢上几步，一个揖深深着地，嘴里一迭声地念道："昨天冒犯冒犯，唐突唐突，荒谬荒谬，死罪死罪，诚惶诚惶，诚恐诚恐。"这二十六个字一口气哼出，宛比道士通疏一般，嘴里念完，方才平身站立。子才益发莫名其妙，请他坐定了细述来由。青岩谦让不敢坐，推了一会子，方才勉强在上首坐定，眼观鼻，鼻观心，毕恭毕敬，连眼镜都不敢戴上。子才道："伍老夫子今日光顾敝庐，有何见谕？"青岩垂着头答道："无事不登三宝殿，晚生此来，专诚到府请罪。晚生天生一个毛病，三杯到肚，便不识天地为何物。昨天在刘东翁席上，贪饮了几杯酒，竟有眼不识泰山，嘴里没高没低，当着子才先生，说了许多放肆的话。后来酒醒了，懊悔不迭，便伸手到自己嘴巴上，着着实实地打了三下，而且自己还教训自己的嘴巴道：'戒之哉，毋多言，言多必败。'而且探听得子才先生是一位博学鸿儒，是刘府里的舅老爷。自古道，挨金似金，挨玉似玉，子才先生既是刘府里的高亲贵戚，便似金玉一般的身价。晚生是何等样人物，真似脚底下的方砖、方砖底下的泥、泥底下的磕头虫。昨天一时该死，下贱的磕头虫竟爬到贵人头上来。子才先生沧海般量，断然不会介意。但是晚生清夜扪心，断然不肯自恕，从今以后，要改过自新，立誓戒酒，倘然再饮涓滴，任凭子才先生要打要杀。今天到府，一来是请罪，二来要求子才先生在刘东翁面前竭力吹嘘，格外包荒。"

子才哈哈大笑道："老夫子开口晚生，闭口晚生，这晚生两字，大欠斟酌。论起年龄，老夫子须得十年以长，哪有年长的向年轻的称晚生的道理？晚生两字，从此休提。"青岩道："子才先生说得极是，晚生从此不敢称晚生了。"子才道："老夫子既在舍亲处教授，西席地位何等清贵，增高先生的人格，便是增高学生的人格，老夫子倘把磕头虫自待，看轻自己不打紧，只怕连那令高徒都看轻了。试问磕头虫教出来的学生，成个什么东西？"青岩涨红了脸，一迭声地道个是字。子才道："你说我与刘邦平结了亲戚，身价便同金玉一般，须知金玉不金玉，都凭着自己的人格，同那亲戚没甚关系。况且我与邦平虽是亲戚，却也各行其是，并不十分密切，金儿又不是我的嫡亲外甥，人微言轻，你叫我吹嘘些什么？"青岩听得金儿不是子才的亲外甥，赶把低着的头平抬起来，忙问道："刘少爷不是足下的亲外甥，他的亲母舅是谁？"子才道："昨天坐在第二位的柳小宾，便是金儿的亲母舅，你要托人吹嘘，还是去托他，若到这里来打干，竟是南辕北辙了。"青岩一壁儿戴起铜丝绕脚的眼镜，一壁儿自言自语道："原来这位柳小宾先生便是刘东翁的贵戚、刘少爷的嫡亲母舅，昨天坐在第二位。哦，想着了，白白净净的面皮，三十多岁的年纪，天庭又饱满，地阁又丰隆，好一个福相！咳，险啊险啊，昨天在席上，亏得没有言语伤犯他……"青岩这一派咕咕唧唧的话说得是很低的，子才坐在旁边，也有几句入耳，也有几句不曾入耳，看他这般失魂落魄的情形，又是可笑，又是可怜。青岩却高昂着头说道："有话要动问你，方才说起的柳小宾先生住在哪里，想你应当知晓。"子才冷冷地答道："谁说不知晓，小宾同着邦平，又是郎舅，又是中表。小宾的老子用宾，又是邦平的岳父，又是邦平的母舅，现在年纪老了，瘫痪在家，住在上海小东门内。小宾是行医的，门前有医生招牌，你要去找他，乘着火车，不到几点钟工夫，便可会面。"青岩又问道："这位小宾先生现在可曾回到上海？"子才道："这却不能奉答，你自去打听便了。"青岩沉吟了片响，离座告别，略把头儿点了一点，扑着两只破袖子，大摇大摆地出门而去。子才循例说了一声："恕不远送。"青岩头也不回，好像没有听得一般。

子才又好气又好笑，回到里面，便把来讲给朱氏知晓。朱氏笑得前仰后倒，说道："怪不得聪儿口口声声说要举着门闩打他出去，原来这般呆头呆脑的怪东西，门闩不打他却打谁来？"子才道："你别笑他呆头呆脑，他是一个极刁猾极势利的东西，方才同我讲话，变了三种态度，孔子说的乡愿，便是他的变相。邦平引鬼入门，不知要闹出什么闲话。"隔了一会子，慧姑从车站回来，买了一包糖果给弟弟吃，谈话中间，说及出去时候被人冲撞的事，子才便疑及青岩，忙问这人怎样打扮，怎样态度。慧姑一一说了，却是件件般般不差毫发，而且铜丝绕脚的眼镜又是大大一个证据，这人便是青岩，自然毫无异议。慧姑所御的手套，放在肥皂水里，足足浸了三昼夜，不在话下。

单说青岩从子才家里出来，连连唤了几声晦气，早知子才同邦平不大接洽，我怕他做甚，没来由登门谢罪，白白地受了一顿教训，真是掀被头去讨臭屁，倒尽了老子一百年的霉。又想昨天虽然开了馆，正式上课须在正月十六日，今天闲着无事，衣袋里还存放着一块大洋，这是学生送的贽仪，须得分一半给勉斋。趁那大洋没有打碎的当儿，放在袋里，也可讨个吉利，一而十、十而百、百而千、千而万，一个银圆，照这样地变化起来，也够了我伍青岩的下半世受用。青岩一路盘算，早已走到巷口，蓦然间想到方才遇见的女郎，不晓得是谁家闺秀，心窝里奇痒难搔。这女郎的面庞儿，又是娇，又是嫩。讲到娇字，娇得不亦乐乎；讲到嫩字，捻她一捻，只怕要捻出汁浆，呵她一口热气，只怕要融化作饧糖。她方才是向西去的，说不定便要回来，仍打从这里经过，我何妨等她一等。青岩想到这里，便把眼镜擦得净净的，在一家杂货店门前钉住了脚跟，伸着头只向西望，心窝里胡思乱想，潮水般地涌上来，一时无可奈何，只把满口的臭馋涎狂吞乱咽。究竟胡思乱想些什么，青岩肚里想得出，编书的笔下达不出，不是真个达不出，达了出来，不免唐突了这位高尚纯洁的陆慧姑小姐。

再说青岩呆呆地站在杂货店门前，颈儿伸得长，眼儿盼得酸，专望西面的人来。谁知西面的女郎没有来，对面一家的阶石上却站着一个中年妇人，双手叉着腰，只向青岩呆睐。青岩失魂落魄，并没觉得，这妇人却暗暗地冷笑。一对男女，两旁站立，早惹起了往来行人的注意。说他们是乾坤班的艺员，却没换着行头；说他们是雌雄党的说书，却没抱着弦索；说他们是站双岗的巡警，模样儿很像，只是中国没有女巡警，难道巡警的浑家帮同着丈夫在那里站岗不成？大家揣摩不出是什么道理，只落得个个侧目，人人回头。杂货店里的店伙见青岩当门而立，遮断了买客的路，便高唤道："先生要买东西，请到里面来，不买东西，请让开几步。"这几句话，才唤醒了青岩的色魂魔魄，一时觉得没趣，便回身向店伙发话道："这里立立不打紧，又不是豆腐做的阶石，怕人家踏破了不成？你道我不是买东西，哼哼，不是买东西，到这里来做甚？现在受了你的气，要买东西也不买了。有了雪白般的大洋，怕没处去买东西。"说着，掏出这一块大洋，托在掌心里，颠这一颠，银圆便翻了一个筋斗，店伙的眼光也随着这银圆翻了一个筋斗。青岩卖弄了一会子，重把银圆纳入袋里，掉转身躯，大踏步跨下阶石，却不防与那个妇人冲撞一个满怀。正是：

　　旁观眼光，不难于掌；囊内有钱，开口便响。

第十四回

跑街坊两脚斗鸡
走门路一心拍马

　　住在僻巷里的阿巧娘，年纪约莫三十多岁，寡居了几年，专替人家洗衣服度日，人人都唤她作洗衣服的阿巧娘。她只会替人家洗衣服，却不会替自己洗名声，衣服越洗越清，名声竟越洗越浑。她虽挂着寡妇商标，却是抱着多夫主义。她这身体原是公司性质，投资的股东，有的说八九人，有的说十余人，只为她不曾正式开过股东会，所以不晓得股东的确数。照着公司的章程，股东一次投资，便可永沾利益，她的公司却不然，须得源源投资，才可保守这股东资格，要是几个月不投资，这股东资格立时消灭。股东里面都是些不尴不尬的人物，这位冬烘头脑的伍青岩在三年以前也是股东一分子，红纸包裹的东西孝敬了不少，才博得这里的一纸股单。后来失了馆地，阿巧娘翻转面皮，取消了他的股东资格。青岩不服气，曾在这条僻巷里大动唇舌，继以打架，起了一个拆股风潮，来往行人传作笑柄，刘公馆里的老妈子也曾目睹情形，才有那天屏门后的一番议论。青岩失了馆地，算不得是西席，拆了股份，又算不得是股东，东不东，西不西，这几年来，简直成了个不是东西。现在青岩在刘公馆里做先生，西席的西字早已恢复了，却又偏偏同那阿巧娘狭路相逢，这便是恢复股东的动机。

　　阿巧娘才向人家送了衣服，跨出大门，却见青岩立在对面杂货店门口，别转了头向西望，只道有意不理她，忽又想起昨天青岩坐了轿，向我巷里经过，装腔作势一阵干咳嗽，卖弄他有人抬着走，难道他近来碰了好运，一跤跌在青云里，已脱换了从前的穷形极相？然而看他这副打扮，与从前没两样，苏秦仍是旧苏秦，又不像交好运的人。这事有些蹊跷，倒要探听一个下落。他不肯走，我也不肯走；他不理我，我也不理他；他立在那家门首，我便立在这家门首；他别转了头，我便叉着腰，看是他强过我，还是我强过他。后来青岩向店伙发话，掏出银圆在手掌里翻筋斗。这一道银光直向阿巧娘眼帘里射去，暗想不得了，不得了！他果然得了些油水，怀里一掏便掏出这个好东西，他怀里的好东西定然不少。有了这好东西，为什么不到我家来走动？我本待不理他，看这好东西面上，须得我去凑他。从来和气不蚀本，也是个生意之道。想定主意，便跨下阶石，正待上去招呼他，可巧青岩掉转身躯，也是跨下阶石来，两不防备，彼此都撞了一个满怀。

青岩经这一撞，铜边眼镜又直溜地落下来，幸亏抢得快，方才扶上了鼻梁，正待发话，却见是从前的情人阿巧娘，一时没做理会处。要想发话，又翻不转面皮，要想同她叙旧，又失去了自己的体统，当下不则一声，冷冷地向阿巧娘瞧了一瞧。只见她迷花着两眼，上下眼皮仅隔得一丝微缝，朵起着双颊，堆满了许多甜情蜜意，嘴唇掀动，露出焦黄的牙齿，只是吱吱咯咯地笑。青岩猛想到从前离异的当儿，这婆娘同是一双眼睛，却张得核桃般大，同是一副脸皮，却绷得皮鼓般紧，同是一张嘴，却咬牙切齿只管骂人。她现在见我交了好运，做出这般势利模样，要来趋奉我，落得不理她，耍她一耍，也好吐吐从前这口恶气。当下搬动两只腿，只向前面跑去。阿巧娘哪里肯抛舍，扭头扭颈地只在后面厮赶着。青岩鹅行鸭步，本来跑得不甚快，阿巧娘却比不上天足女郎，她是个缠脚的妇人，走起路来，脚尖相对，唤作斗鸡脚。什么礼义廉耻，她都解放了，只有一双斗鸡脚，她舍不得解放，所以跑路时候，跑一步，斗一步，越想跑得快，越是斗得厉害，跑得气喘吁吁，脚上的鸡眼阵阵作痛。前面的青岩却是大摇大摆，从容不迫，相离只在三五家门面左右。这回赛跑，当然是青岩占了先着，鹅行鸭步的男子毕竟胜过了斗鸡脚的妇人。阿巧娘再也熬不住，看这好东西面上，免不得自己先开口，迎合上去，一壁走，一壁唤道："老青，你跑到哪里去？似这般拼命地狂跑，简直要把良心都跑掉了……老青，你慢慢儿走，自古道，快刀割不断的恩情。老娘与你相识了多年，多年不好，也有一年好；多日不好，也有一日好。你怎便这般狠心，铁打肚肠铜打肺，却把老娘来捉弄。你便立停了脚，与老娘攀谈几句，也不见得失了你的体统，皇帝老子也有草鞋亲，没的这般势利，丢掉青竹竿，忘却讨饭时……"

青岩暗暗好笑：这婆娘被我捉弄得够了，再不站定脚跟，她便要恼羞成怒，赌气走了，从此一刀两断，再不会继续旧欢。我正是意马心猿，捉缚不定，同这婆娘鬼混几天，慰情聊胜于无，也是好的。这婆娘虽是势利，她的主见却很多，我正有许多事情，一时没商量处，与她商量商量，自然得益不少，区区草创之，婆娘论讨之，免得孤陋寡闻，愚蒙等诮。想到这里，脚步儿便放得慢了。阿巧娘斗动两只脚，好容易追到前面，含着笑脸道："我晓得你不是铁打肚肠铜打肺，你的心依旧是肉做的。"青岩笑道："你的心是什么做的？"阿巧娘道："我的心同你一般，也是肉做的。从前一时气愤，相骂没好声，相打没好拳，后来我这口气平了，便时时地惦念着你。你若不信，少顷到了我家里，你只消去盘问这阿巧小丫头，管叫她一五一十告诉你，什么事都瞒不过她的一双小眼睛。她也时时惦念着你，常向我说：'娘把干爷赶到哪里去了？干爷有说有笑，怪有趣的，多年不上我们家，弄得这里冷冷清清、没瞅没睬，我只要向娘讨取这个干爷，娘快把这个干爷还我。'老青，你想十二岁的孩子，直心直肚肠，想着什么说什么，再也不会花言巧语的。难得她这般惦念着你，你便不看我的薄面，看这小孩子分上，也该到我家里去坐坐，讲几句知心话儿。我有上好的红白寿眉茶叶，是堂倌小江北送我的，一向搁起着，舍不得用，原是要等你心回意转，跑到我家里来时泡给你吃。老青，快快到我家里去，我便泡一壶红白对镶的寿眉茶，酽酽地筛给你吃，也好讨些好口彩。我们两口儿齐眉到老，永远和合，同那红白对镶的寿眉茶一般，老青你道好不好？"青岩听了，明知她甜嘴蜜舌，不是真话，然而落在耳朵里怪亲热的，宛比滑头公司里的招股广告，天花乱坠，容易动人，不知不觉，便恢复了这个已经取消的股东资格。男女两个缓缓地并肩儿走，阿巧娘跑伤了鸡眼，走路时一跷一拐、一高一低，嘴里还喃喃地埋怨道："促狭的老青，今天把老娘捉弄得够了，便算从前说话时伤犯了你，但是脚上的鸡眼没有伤犯你，你不该同我鸡眼作对。"青岩笑道："你的鸡眼没有伤犯我，我的眼镜也没有伤犯你，方才把我砰地一撞，险些儿把眼镜都撞碎了，撞碎了我的眼镜，宛似挖去了我的眼睛。"阿巧娘也笑道："跑伤了我的鸡眼，宛比砍掉了我的脚。"当下两人一路打扯，向着僻巷里走。

阿巧娘问及青岩在哪里发财，老娘生了眼睛，从不曾见你坐过轿儿，怎么昨天却吆吆喝喝地在巷里出风头？青岩便把刘公馆里请他做先生，一五一十地铺张起来。阿巧娘听了，乐得什么似的，忙说："原来你交了这般的好运，所以眼睛生在额角上，大模大样不理人。刘剥皮的大门是不容易进的，你既进了他的大门，宛比身入宝山，包管你吃用不尽，不晓得你是怎样修来的。老娘也有一家亲戚，在刘公馆里执掌着重权，她说的话宛比金批御令，刘公馆里的人谁敢道个不字，直是没有髭须的主人翁、没有座位的主人婆。"青岩忙问是谁。阿巧娘道："这人便是我新拜的干娘，充当刘公馆里的管家婆，赫赫有名，你怎么不知晓？"青岩道："你原来有这位高亲，失敬失敬。你的干娘，便是我的干岳母，待我写一幅梅红全柬，用着'子婿伍青岩顿首百拜'的称呼，恭请这位老人家到你家里，朝南坐着，待我恭恭敬敬磕几个头，唤几声岳母大人。"阿巧娘道："什么岳母不岳母，怪肉麻的，你只跟着我，也叫她一声干娘便是了。这老人家每日饭后，常到我家里来坐闲，你要见她，是很容易的。她也曾向我说，公馆里新请一位先生，早晚便要开学，却不料说着的就是你。你昨天才进刘公馆的大门，新风新水，里面人都不大熟识，你若认识了我的干娘，少不得在东家面前添几句好话，你坐的冷板凳永远不会摇动。"这几句话说得青岩点头晃脑，连声道是，暗想我为着巩固板凳的问题，才向陆子才府上赔礼，怎耐金儿不是子才的亲外甥，金儿的亲舅父却是住在上海的柳小宾，我又没机会同他联络。徐勉斋虽肯替我添好话，然而这是金钱换来的，我不给他钱，他便不肯替我帮忙。现在有了这条门路，真是千载难逢的机会，要联络这管家婆，须得联络这阿巧娘，便怜怜惜惜地向阿巧娘讨好了几句，一会子说："你可慢慢儿走。"一会子说："你脚上的鸡眼，痛得怎么样了？看你这般一跛一拐的，我的心头仿佛有一万把铜刀在那里攒刺。我的阿巧娘，你可晓得我的一颗心，比你脚上的鸡眼还痛得厉害。"

两个势利人谈谈说说，不觉已到了门前。阿巧小丫头拖着黄脓鼻涕，恰立在门前玩耍，抬头见娘来了，舞手舞脚的，正待扑到身边，却见青岩陪着同走，赶忙浓浓地吐了一口涎沫，便道："这多年不上门的穷鬼，又来做甚，真个倒胃口，蹙眉头。"一壁说，一壁抓了两行鼻涕，对准了青岩要想挥将过来。她娘赶忙做眼色，大声喝住道："阿巧，休得没规矩，快快取了茶壶，马口铁瓶里的茶叶多抓两把，酽酽地泡一壶茶给干爹吃。"阿巧噘起了嘴，只不答应。她娘走到她身边，咬了一会子耳朵，阿巧方才点点头，依着她娘的话，自去泡茶。这时一对男女已到里面坐定，阿巧娘道："老青，我的话对不对？你多年不上门，把小孩子的头颈都望得长了，方才她见了你，只抱怨你不上门，她毕竟是小孩子脾气，见了你，欢喜得什么似的，一时没大没小，没规没矩，嘻开了嘴，把涎沫都淌了出来。一会子又怨着你，鼻子一酸，两管鼻涕再也留不住，她方才抓着鼻涕，要洒到你身上，真是又悲又喜，从心坎里发出的真爱。"说到这里，阿巧泡了茶来，她娘吩咐着："浓浓地筛了两碗，把茶壶放在草窠里，用你的破棉裤塞住了，下半天干外婆到来，便好筛给她吃。她是喜吃热茶的，休得再筛冷茶给她吃，惹她说话。"回转头来，又笑向青岩道："今天你横竖没事，便在我这里吃饭，吃了饭，干娘便要到来，你在

68

这里守候着，她见你来意至诚，自然便竭力提拔你。只是我这里的菜，没油的豆腐，白碟的菜，不好请客，你昨天在刘公馆里吃高了嘴，只怕这些东西不对你的老胃。你要吃什么，有钱不消周时办，你只拿出钱来，我便唤阿巧去买。"青岩正要利用阿巧娘走她干娘的门路，这个悭囊不由他不解破，方才翻筋斗的银圆翻来翻去，翻不出这个掌心，现在掏了出来，这一个筋斗便翻得远了。当下把银圆端详了一番，做个临别纪念，颤巍巍地交给了阿巧，叫她先在钱铺子里把银圆兑换了角子，再到三珍斋肉铺子里买一角顺风一角门枪，顺便买些花生瓜子白酒，剩下的钱留心拿着，早去早回，休得在路上逗留。阿巧接了银圆，没口子地答应着，提了洋瓶，欢欢喜喜地出门去了。

列位，没有住过苏州的，见着这"一角顺风一角门枪"八个字，觉得无从索解，编书的先来下个注脚。原来苏州熟肉铺子里，有两样价廉的东西：一样是烧熟的猪耳朵，唤作顺风；一样是烧熟的猪舌头，唤作门枪。每逢熟肉出锅的时候，劳动社会里的人纷纷去买这两样东西，以快大嚼。耳朵唤作顺风，当然是一句歇后语；舌头唤作门枪，编书的不得确解，只得套着注疏家的论调，说一句"其义未详"。再说阿巧出门后，尚没回来，青岩在里面坐着，阿巧娘在门外洗衣服。约莫十二点钟时候，阿巧娘忽然喊道："干娘，今天难得早来，请到里面坐坐。"接着一个老婆子的声音答道："今天走了许多路，正要到你家里讨杯茶吃。"青岩听着，觉得这声音很熟。正是：

　　说着曹操，曹操便到；捷径终南，此其先导。

第十五回

咬耳朵娓娓不休
嚼舌头津津有味

说时迟，那时快，门外的老婆子早已跨将进来，瞥眼见了青岩，便道："啊呀，老身来得不巧，府上却有……"这句话没说完，忽又诧异起来，道，"咦，这不是我们公馆里新请的先生吗？"说时，青岩已离了座，搭起唱喏的架子，提高教书的声调，兜头一个肥喏，脱口一声干娘，倒弄得老婆子不好意思，把手掩着这张干瘪嘴，只是咯咯地笑。这时阿巧娘把洗衣盆掇入里面，光着两只湿淋淋的手，便道："干娘吃刘老爷的饭，他也吃刘老爷的饭，既然同在一只锅子里吃饭，不是亲戚，也要认作亲戚。何况你老人家做得我的干娘，便也该做得他的干娘，我曾向你磕了三个响头，他也该向你磕三个响头。"说着，把抹布抹干了手，拖过椅子，便要硬撅婆子坐定了，受那青岩三拜。婆子道："不行不行。论起亲戚，你们是一张床上的人，我受得你三拜，自然也受得他三拜。但是他既已做了我们少爷的先生，红毡单上受过少爷的全礼，我虽强，毕竟是个管家婆，受干女婿的拜不打紧，受少爷师傅的拜却要折了我的草料，这事断断行不得。"青岩道："干娘说什么客气话，小子伍青岩，有缘得见你的金面，正要常常听你老人家的教训，这三个响头值得什么。就算干娘为了少爷的关系，不肯受我的响头，这三个肥喏，却是罢不成的。"说着，便一而再再而三地连唱了三个喏。婆子还想推辞，却被阿巧娘硬撅在椅子里，分毫动荡不得。

在这当儿，阿巧恰从外面进来，左手托着顺风、门枪，右手提着洋瓶，嘴角唇边挂着一分宽四五分长的两行油汁，宛比绛蜡上淌下的烛泪一般。青岩便接了她的酒瓶熟肉，忙问道："找下的钱在哪里？花生瓜子在哪里？"阿巧啐了一口道："怎便这般猴急马惶，又没有火烧到屁股头，待我一件件交给你。"说着，伸手在破棉袄袋里掏出四五个纸包，又掏出五个单角子、十个铜圆，都交清了。青岩抡指一算，还缺少一个单角子，问她要时，阿巧道："远远地跑了一趟，这一个单角子便该给我做脚步钱。"青岩疼痛在心，嘴里不好说什么，看这纸包时，却成了一种印刷品，而且不是石印，不是铅印，却是完完全全的一种油印，三个指头的箕斗纹，罗罗清疏地印在纸包上。青岩冷笑道："阿巧，你既赚了脚步钱，便不该在熟肉里面揩油。"阿巧大声道："放你七十二个连环恶毒的黄狼屁！谁稀罕你的熟肉，要揩你的油？"青岩指着油印箕斗纹道："你不揩油，何来这三个指头印？"阿巧强辩道："这是熟肉里淌下的油，沾了我的指头，才印在纸包上面。"青岩又笑道："便是淌下的油，也不会淌到你唇边嘴角。"阿巧没话可说，吐出了半个舌头，东一撩，西一撩，把唇边嘴角的油汁都舔去了，消灭那揩油的证据。阿巧娘喃喃讷讷地骂道："不争气的丫头，你今天改了志，变了相，怎么馋到这般田地？昨天买了大束阳的白毛南腿，让给你吃，你不要吃，怎么见了这些不上台盘的猪耳朵猪舌头，便引动了你的馋虫。千日不馋一日馋，往日不馋今日馋，真是一滴水落在油瓶里，叫老娘的清净耳朵去听人家嘲笑。不争气，不争气，削尽了你娘的面皮。"青岩见阿巧娘生了气，赶忙赔话道："你别生气，我与她开玩笑，正所谓前言戏之耳。"说时骈着两个指头，向鼻尖上摩擦一下。婆子也从旁打扯道："哈哈，休小觑了这揩油手段，目今世界是个揩油世界，越是揩油越交运，越是交运越揩油，你看那赫赫炎炎的文官武将，谁不是个揩油好手。阿巧会揩油，将来一定会交好运，女子家虽做不得文官武将，但这官太太的福分倒可十拿九稳。"这几句话，说得大家都笑了。阿巧赶忙倒了一碗酽酽的茶，送给婆子吃道："靠你老人家的福，依你老人家的金口。"这几句话又引得众人一阵喧笑。

青岩举着酒瓶请婆子饮酒，阿巧娘道："这些东西怎便好请客，干娘年高，牙齿不坚牢了，你请她咬嚼猪耳朵，真叫作老太太吃海蜇——嘴里闹忙。你身边还有五角多钱，干娘爱吃红烧四喜肉，你便到菜馆里唤一次来，也不费什么。"青岩听着，心头一跳，暗想：五角多钱须得分给勉斋，当时会有利益均沾的要约，均沾不均沾，将来终有一个办法，现在初次进刘公馆的大门，怎好不守要约，便拔他的短梯？欲待不拿钱出来，却恐怠慢了婆子，自己杜绝了这条门路；欲待拿出钱，又恐勉斋见怪，在东翁面前说坏话。左右为难，进退维谷，只落得半晌开不出口。阿巧娘冷笑道："干娘肯吃你的酒，便是抬举你，小钱不去，大钱不来，肯不肯由你，休得哑口无声，当着老娘扮鬼脸。"婆子道："啊呀，怎么要点了菜请我吃酒？我哪里有这般口福，免了吧。"青岩见她们用着机锋说话，热嘲冷骂，一时没奈何，只得把勉斋瓜分束修的缘由述了一遍。婆子道："呸，姓徐的这般没道理，揩油揩到醋瓶里来了。他揩别人的油不干我事，他揩我干女婿的油，我便一百个不答应。今天这一次四喜肉，我本不想吃，现在听了你的话，我老大不服气，却偏偏要吃你这一次四喜肉。你把五角钱白白地送给他，还不如孝敬你干丈母吃一样菜，男子汉大丈夫，宁可填城门，休得塞狗洞。你把这五角钱请了客，姓徐的有什么话，你只告诉我干丈母，姓徐的敢损伤你一根汗毛，自有我干丈母替你出场。哼哼，谅这姓徐的也不敢怎么样，生了他的人，没生他的胆。"阿巧娘凑过头来，同青岩咬了一会子耳朵，无非说有了干娘拍胸脯，你怕姓徐的做甚，再不唤菜，老人家要生气了。青岩听着他们的话，胆儿一壮，真个摸出五角钱，差遣阿巧去唤菜，却把徐太宗师的邀约抛撒在东洋大海。

那时搬桌子，摆椅杌，婆子朝外坐了，青岩、阿巧娘左右打横坐了，朝里的一个座位留给阿巧坐。四喜肉尚没送来，先把顺风、门枪分作两盆，花生、瓜子都打开了纸包。婆子没有咀嚼力，只拣软的吃，夹了一块猪舌头，纳在嘴里，瘪嘴一挪一挪地细细咀嚼。阿巧娘牙齿厉害，夹着猪耳朵，刺溜刺溜地乱咬。青岩见她们吃得起劲，不敢下箸，只是剥花生，嗑瓜子，胡乱充当下酒品。婆子嚼完了舌头，腾出舌头来讲话，道："你们俩的露水夫妻拆散多年了，记得那年活拆的时候，我也曾在巷里瞧热闹，那时的你们俩竟另换了两个人。男的提着锥钻拳头，请女的吃暴栗；女的扬着掌，请男的吸五支雪茄烟。早知今日仍聚在一起，当初何必恶狠狠地分拆？真是船头上相骂，船艄上白话。"阿巧娘道："干娘，亏你好记性，三四年前的事，怎样记得这般清？"婆子道："休说三四年，便是三四十年，我都记得。我们公馆里的小柳太太、老柳太太，还有上代的尤太太，我都服侍过的，三四十年里的事，我肚里有一部详细的清账。"青岩听着，敬了婆子一杯酒，连连颂扬道："老人家真是执掌朝纲的大人物，古来有三朝元老，你老人家可算得三朝元婆。"婆子道："干女婿，你别向我掉书袋，我是不识一字的，你念着这书句儿，我不晓得你是骂我，还是赞我，也许面子上赞我，暗地里却是骂我。我们老爷说，人家只道最毒妇人心，其实不对，最毒的是念书人这支笔，黑的说成白的，方的说成圆的，都是这支笔在那里作祟，都是这书句儿在那里作祟。干女婿，你提起着书句儿，我便有些寒心，你不请我吃四喜肉，倒没妨碍，你借着书句儿骂人，我可不答应。"青岩忙道："好干娘，你别疑心，伍青岩是何等样人，怎敢在干娘面前使乖巧。我敢立个誓，倘然借着书句儿唐突你老人家，嘴巴上害一个大疔疮，永远开不出口。"说时，垂着头，挺着腰，做出那毕恭毕敬的模样。婆子瞅了他一眼，笑道："你昨天坐在我们公馆里的大厅上，也是这般模样，当时老柳太太、小柳太太率领着丫鬟仆妇，都在屏门背后瞧你。我说这先生很像阿巧娘的姘夫，老柳太太却不信，说面貌相同的很多，你别认错了。"青岩猛然醒悟，暗想方才她进门时，我觉得声音很熟，原来昨天在屏门后讲话的老妈子便是她，赶忙央告道："好干娘，你好歹替我遮盖遮盖，老柳太太不信，由她不信，你别把我们的西洋镜都拆穿了。"婆子举着酒杯，咂了一咂，放下杯答道："你不须叮嘱得，既做了我的干女婿，我不帮你却帮谁来？胳膊只有向里弯，哪有向外弯的？"

阿巧娘道："干娘今天出门，怎么比往天加早？"婆子笑道："我新学得一种隔夜神数，昨夜黄昏时，便猜定干女婿要请我吃四喜肉，因此急匆匆跑上门来。"阿巧娘道："老人家惯会说笑，真个为着甚事，请讲给我们听。"婆子又咂了一咂酒道："这白酒很不弱，确是洋河高粱。"阿巧娘道："干娘别说酒，只把这件事说了，你不说时，我的肚肠根都痒痒的，一时爬搔不得。"婆子道："你别性急，我先问你一桩事。假如有人把许多钱财和许多田产授给你，问你要不要？"阿巧娘道："为人在世，只贪图些钱财田产，有什么不要。"青岩道："有人把这好东西授给我，休说举着两只手去接，便是两只脚也要捐了起来。"婆子道："假如有人说，这些东西我都不要，你们想想，天下可有这般人？"阿巧娘笑道："有是有的，只怕是泥人、木人、石人、蜡人。"婆子道："泥人、木人、石人、蜡人，虽然不会向人家要钱，但是人家有钱给他，他也不会摇手推却。现在我说的这个人，既不是泥人、木人，又不是石人、蜡人，明明是会说会笑会跑会动的人。人家把现成的钱财田产付给他，他只乱摇着手，拼命般地不要，你们想想，天下可有第二个像他这般的人？"青岩笑道："自从盘古到今朝，再没有第二个像他这般的人。这个人究竟是谁，请干娘爽爽快快地讲了，休得摇了半天船，总都没有解。他们的钱财田产，自己既然不要，可能让给别人受用？要是我伍青岩沾光得一份两份，他叫我做什么，我都答应。叫我做鸡，我便提着嗓子，喔喔地啼几声；叫我做狗，我便伏在地上，猜猜地叫几声。"说到这里，两道流泉竟向乱草堆里直淌地淌下。列位，这句话不大明了，须得注解。流泉者，涎沫之谓也；乱草者，须根之谓也；堆者，言其多也；直淌者，涎流之状也。

婆子正待开口，早见阿巧小丫头引着菜馆里的司务送菜进来，这又方又正又肥又壮又浓厚又鲜明的四喜肉，映入婆子眼帘里，真个是眼花缭乱口难言，馋虫儿飞去半天。送菜司务才出得门，这满满的一碗四喜肉早矮了半截，阿巧跑了这一趟，既没揩过油，又没赚得脚步钱，这一股怨气当然要在四喜肉上发泄。青岩同阿巧娘要让给婆子吃，下箸的当儿不敢称心适意，婆子尽量大嚼，肉儿到嘴，却缩短了十岁的年纪。列位，这话怎么讲？原来婆子的两腮干瘪得不成模样，现在嘴里塞满了肉，把两腮鼓得同皮球一般，皱纹都不见了。编书的说她缩短十岁，并非扯谎，只可惜不多一会儿，便复了旧状。在这大嚼的当儿，大家都不曾讲话。隔了一会子，青岩又问起这个不爱钱财田产的是谁，婆子只有一张嘴，又要咀嚼又要说话，呜哩呜哩，只是说不清楚。阿巧娘唾骂青岩道："你真穷昏了头脑，便算人家不贪好东西，也不见得这好东西便落在你手里，你打听他做甚？便算要打听，也等干娘吃罢了，再细细讲给你听。干娘年纪高，牙齿不牢，脾胃又薄弱，你把她吃得噎了，便怎样？"青岩受着排揎，嬉皮笑脸，只不作声。

又隔了一会子，婆子才说道："干女婿，我晓得你等得不耐烦了。原来这个人不是别人，便是我家的大少爷……"说到这里，又转变论调道，"现在主人不认他作儿子，我也不配唤他作大少爷，只说大的便了。这大的今早从北京来信，里面不晓得是什么话，老爷看了，便大怒道：'他又来教训老子了，他的胆子比磨盘还大，信里竟敢说老子的家私他一点儿都不要，只要老子肯听见儿子的话，便胜比家私十倍。哼哼！这是什么话，难道他不要了家私，做老子的便该听儿子的教训吗？'小柳太太道：'他既不要家私，难道定要给他不成？横竖有金儿在身边，将来怕没守产的人？'当下夫妇俩密议了一会子，便唤我送封书信给姓陆的过目。"青岩道："可是陆子才？"婆子道："便是他。我送信去时，姓陆的已出门，他的女儿接信看了，便说这信暂时留着，候老子回来再说。"婆子说到这里，忽问青岩道："姓陆的女儿，你可曾见过？"青岩答道："没有。"婆子道："这又奇了，我临出门时，姓陆的女儿问及我家新请的先生，可是这么样眼镜，那么样马褂，四五十岁年纪，走路时一摆一摇的。"青岩忙问道："姓陆的女儿是怎样打扮？"婆子道："这女儿模样很不弱，打扮也风光，戴着丝绒帽，围条骆驼绒巾。"青岩不等她说完，便知道方才碰见的美人就是老陆的女儿，不禁又惊又喜起来。正是：

狗苟蝇营，互为狼狈；扫地斯文，付之一慨。

74

第十六回

管闲事先生通内线
进良言游子寄家书

青岩因甚又惊又喜，编书的暂且弗论弗议。婆子道："老爷把这封家信送给姓陆的过目，自有老爷的用意。姓陆的过了目，老爷将来不把家产传给大的，他便没有话说。你们试想，这个大的又不痴，又不呆，从小时候，人人都赞他聪敏，怎么一进了洋学堂，竟似鬼摸了头脑，脂油蒙了心窍，偌大的家私断送在一封书信里面。从来说一两黄金四两福，他虽是财主人家的儿子，却没有做财主的骨头，鬼使神差，写出这般没长进的书信。毕竟我们少爷福分好，完完全全得享受这份家私。"青岩道："少爷端的好相貌，天庭饱满，地阁丰隆，真个是天上财神、人间活佛。我昨天受了他几拜，到了夜间，全身骨节都作痛，险些儿今朝不能起身……"说到这里，忽见婆子嗖地起立道："咦，春桃，你来做甚？"众人回头看时，却见门外跑进一个小丫头，约莫十六七岁，阿巧娘认得是小柳太太身边的春桃丫头，赶忙让座。春桃不肯坐，却立逼着婆子动身，眼梢一瞟，早见昨天在花厅上饮酒的西席先生也在这里饮酒，心里一百个诧异，难道洗衣服的阿巧娘也有钱延请西席先生，办了开馆酒请他？婆子乖巧，不待春桃动问，便向她耳朵边咬了一会子。春桃捱着嘴笑道："王嬷嬷，你真开着干货店了，干儿子也有，干女儿也有，干外孙也有，现在又添了一位书腐腾腾的干女婿。"青岩起立道："春桃干姊姊也坐下饮杯酒。干娘尚没用过饭，略待一会子，便好和你同走。"春桃不睬他，却向婆子道："老爷等你回复，左等也不来，右等也不来，便差我来觅你。我料得你又在什么干女儿家里打坐，把屁股粘牢了，赶来看时，果然不出我料。你究竟到过姓陆的家里没有？休恋着这几杯酒，耽误了公事。"婆子道："姓陆的家里怎么没去过。"春桃道："既是去过，便该去回复老爷，怎么称心适意地在这里饮酒？王嬷嬷快干了这杯酒便走。"婆子真个喝干了酒，摸摸嘴便走。阿巧娘道："干娘便算不吃饭，也要拧把手巾擦擦脸，才好出门。似这般油嘴油脸的，怎便去见老爷？"当下便唤阿巧拧手巾，请干娘擦脸。阿巧送过手巾，婆子见这手巾脏得同油抹布一般，怎好上脸，又却不过阿巧娘的情，只得抖了开来，在脸上擦了一擦。谁知不擦犹可，经这一擦，觉得脸上冷冰冰、湿黏黏，胶住了一条蜗牛般东西，赶把指甲剔去了，原来不是蜗牛，却是一条黄脓鼻涕干。婆子皱着眉头，连打几个恶心。阿巧娘不好意思，一迭声地骂女儿，又把手巾在洗衣盆里搓了几下，重取热水拧了一把，送给婆子。婆子只擦了一擦手，同着春桃匆匆自去，不在话下。

青岩、阿巧娘送过婆子，重归原座，残肴剩汁吃得精光。只因这一番联络早已打通了刘姓的内线，不但冷板凳上贴着保险的证书，并且里应外合，将来或有意外的机缘也未可知。青岩不免暗暗地欢喜，又想到方才姓陆的这副盛气难侵的态度却是可恶，他又不是刘少爷的亲母舅，怎配来教训我，现在暂时忍耐着，好歹要借着他女儿身上，发泄我这一口恶气。阿巧娘心里却也有一番得意，暗想青岩做了刘府里的先生，我便是刘府里的师母，将来起家发迹，都靠着这条门路。况且刘剥皮的为人，虽是一钱如命，十分精刻，然而他有一种脾气，最喜吃马屁，戴高帽儿，在他门下的，只要会得趋奉，便可当得重权。青岩这个人，外貌看来却是呆头呆脑，其实是刁滑不过的，算得拍马屁的健将、戴高帽的好手，刘剥皮一定欢喜他、相信他，将来执掌重权，真是十拿九稳，一条冷板凳上倒可以翻出花头，做出好戏。两个人心里，各有绝大的希望，所以互相笼络，互相利用，彼此打得火炭一般热。

这几天内，青岩只在阿巧娘家里鬼混，每天候着王嬷嬷前来谈话，干娘长干娘短，叫得沸天价响，把那刘公馆里的情形打听一个透彻，金儿的性情习惯，细微曲折，一一洞晓。等到正月十六日实行上课，金儿的脾气，青岩早已摸熟，教授的时候，自然容易敷衍。金儿见先生识趣，放学入内，便一迭声地赞先生好。柳娘子道："不枉你老子礼聘名师，果然请到了一位好先生。"柳婆子道："去年赵酸鬼在这里教书，孙儿偶然同他作耍，他便板起脸皮，拍戒方，骂学生，全失了做先生的体统。现在这位伍先生，打他不回手，骂他不开口，像这般的好耐性，才配做我孙儿的先生。我们大户人家的孩子，在书房里读书，不过挂一个虚名儿罢了，先生的脾气好了，孩子读得沉闷的当儿，偕着先生开开心、寻寻快乐，便不会读出什么病来。看不出姓伍的这般呆头呆脑，倒是一位品学兼优的老夫子。"王嬷嬷听在耳朵里，暗暗告诉了青岩，青岩满怀得意，不消说得。

书记徐勉斋把青岩荐进了公馆，红纸包里的东西言明利益均沾，所以他在妻子面前喜滋滋地说道："做了一次大宗师，按月多了六块钱的入款。拜师有赘敬，逢节有节敬，姓伍的取一半，我也取一半。按月束脩都在月底发给，十二块大洋分而食之，按月六块钱，真是不劳而获。"娘子道："你既多了六块钱，便该在我身上想想。我穿的一件皮袄，还是小狗子出世的一年做的，现在破得不成模样，你便不做新的给我穿，也该替我换个面子。并不是我要出什么风头，也是装你做丈夫的体面。"小狗子猴在他老子身上，也是要这样要那样地一派要求。勉斋正在得意的当儿，便容纳了他们的请求。大新年里，娘子的破皮袄果然换了假哔叽的面子，小狗子头上戴着新帽儿，手里还有金钱炮玩弄。虽然利益均沾的六块大洋尚没到手，然而迟早终是自己荷包里的东西，千稳万妥，不怕青岩变了卦，所以放心托胆买衣料、买帽儿，布店帽店里都挂了账。现在青岩开馆多天，一块钱的赘敬不曾分给他一半，第一个爆竹便不响，勉斋心里早起了恐慌，趁着没人的当儿，便向青岩理论。青岩高拱手，低作揖，只说领到了束脩，一并酬谢。勉斋防他再变卦，说领到束脩后，即日便要付款。青岩说绝不拖延，只会错时辰，不会错日子。勉斋问他交款的地点，青岩说当着学生的面，不便瓜分束脩，届时交款，只有这里最妥当。原来两人密话的所在，便是书房后面的卧室。这卧室并列两间，右一间安放青岩的卧榻，左一间堆置什物，并没人居住，果然是个妥当的所在。勉斋见青岩这般说法，谅他不敢狡赖，便也没有话说，只眼巴巴地盼望付款的日期。

　　青岩每天放了学，不是在阿巧娘家里鬼混，定是在子才住的一条巷里往来打转。慧姑的闺名年龄，早从王妈妈那里探得详细，并晓得她虽已及笄，尚未字人，又闻得两三年前，邦平想替玉儿去求亲，柳娘子心里大大地不以为然，说什么陆家的女儿在洋学堂里读了多年书，沾染了许多习气，开出口来，动不动便是文明野蛮，将来过了门，我们做翁姑的哪里看得上她的法眼，金鱼缸里出了黑鱼精，只怕家门从此便要多事了。邦平素听娘子的话，自然打消了这主意。然而娘子心里还有一层意思，他哥哥柳小宾有一个女儿，名唤翠娥，恰与玉儿同年，想把翠娥配给了玉儿，与自己却有许多便利。玉儿虽不是自己所出，翠娥却是自己的侄女，有她做了监督，便不怕玉儿生出异心。况且祖孙三代都娶了姓柳的做媳妇，倒也可算得家庭的佳话。柳娘子也曾把这层意思同婆婆柳婆子、丈夫邦平商量过几次，柳婆子同邦平满口应允，十二分赞成，柳用宾与柳小宾自然情愿，不消说得。偏偏玉儿从中作梗，斩钉截铁般地拒绝，说自己尚在求学时代，谈不到婚姻二字，便算提起婚姻，也须得看他的同意。像柳家的女儿，他决计不敢高攀，假如父母强行做主，把柳女娶了过来，柳女今朝进门，他便当夜去蹈海，柳女今夜进门，他便当朝去蹈海。这几句话不打紧，早把柳氏婆媳气得面皮铁青，邦平也是一迭声地骂畜生该死。经这一闹，柳姓的婚姻果然暂时搁浅，柳氏婆媳对于玉儿的感情也就一天薄似一天。这些话都是王嬷嬷讲给青岩听的。

　　玉儿定亲不定亲，同青岩没甚关系，只当秋风过耳一般，不起什么感想。慧姑字人不字人，同青岩也没甚关系，当然置诸脑后。然而不然，青岩听到"尚未字人"四个字，竟直钻地钻入两只耳朵里，既不置诸脑后，也不置诸脑前，偏偏位置在头脑中间。这个冬烘头脑化作了精良的珂罗版，把这"尚未字人"四个字印得清清楚楚，再也不会模糊。他想自己没有妻子，慧姑也没有丈夫，我未成名卿未嫁，前日的一度相逢，真是天作之合……列位，青岩先生就这般嘴脸，难道他没有自知之明，竟起这般妄念？原来青岩对于自己的妍丑问题始终不曾解决。他在少年时，也曾揽镜自窥其貌，觉得这副尊容委实难看，暗想：我的面貌不信这般丑陋，这面镜子靠不住。换了一面，也是这般模样，他便认作镜子有意欺侮他，一时性起把镜子摔个粉碎，当作恶魔看待。从此二三十年里，他竟避镜若仇，立誓不再接近。刘公馆里的书房左边本有一面大着衣镜，青岩每从这里经过，只是别转了头，正眼都不瞧一瞧。他自己不承认面丑，所以在慧姑门前打转的当儿，还只道是美貌潘安，定邀佳人掷果。然而青岩枉劳脚步，跑了多天，却不曾见得慧姑一面。

　　编书的丢下青岩，再把慧姑叙述一番。慧姑自从那天回来后，晓得拦路冲撞的便是刘家西席伍青岩，一寸心头怎不恼恨。这副白绒手套，濯了又洗，洗了又濯，洗濯都毕，还搁着不肯用，又催着老子去告诉邦平，把这不长进的西席辞去了，免得误人子弟。子才笑道："邦平延聘了这个东西，当作宝儿一般看待，我把这话向他说，他怎肯信？"慧姑道："信不信由他，我们同他谊关至戚，须得忠告一番，怎好坐观成败？"子才点头道："你的话也不错，我遇见邦平时，须在有意无意间点醒他的迷梦。若这时便去告诉他，一来觉得我们的器量太狭，二来昨天在席上同青岩抢白，今天便说青岩的坏话，邦平不但不信，并且要算我有意诬蔑他的良师。慧儿，你以后出门，须得注意一些。目今虽说男女立于同等的地位，然而社会上的恶习惯，仍把女子当作玩物看待。"朱氏娘子接说道："方才你没回来的当儿，你爹爹正同我谈论这个问题。"子才叹道："社会上的道德真是一败涂地，像青岩这般的人实在不可计数，还有一班没教育的儿童，见了青年妇女，也是有意地恶作剧。我昨天经过一条巷，见有一个女郎正在前面低着头行走，蓦地里跑出一个顽童，手儿一扬，撩出一个金钱炮，着地时一声响亮，吓得这女郎倒退几步，面庞失色。路旁的行人不去责怪这顽童，反而拍手大笑，笑这女郎胆怯。女郎又羞又愤，涨红了脸，踅入一条小巷里去。我见了老大不服气，唤住了孩子，待要教训他一番，谁料说得两三句，旁边钻出一个妇人，向我啐了一口道：'你走你的路，他放他的金钱包，鹅食盆里要你鸭子来插嘴，倒尽了老娘的胃口。'那妇人又向他孩子说道：'小狗子，里面来，休得听他的浑话，除了你的老子娘，谁配教训你……'我听了，晓得这妇人不可理喻，只得快快走开。你想社会上这般景象悲观不悲观？"慧姑道："刷新社会，正是我辈青年的责任。今年夏假毕业后，我也要跟着锦姊姊在社会上尽些义务。爹爹，你允许不允许？"子才道："你同锦心在一起办事，再好也没有，怎么不允许？"

闲谈了一会子，子才有事出门。去不多时，刘宅的王妈妈便捧着玉儿寄来的信，请子才过目。慧姑心里诧异，接信看时，却是洋洋洒洒的一封白话信，写得又是恳切，又是悲壮。大概说："父亲拥了这巨万家私，多财善贾，长袖善舞，经营的商业都与贫苦小民有密切的关系。苏杭两地的缎庄，上海、无锡的织布厂，父亲投资最多，魄力最厚，历年的盈余大有可观。孩儿既做了富家子，怎不巴望父亲的产业继长增高，今年多十万，明年多二十万？"看到这里，有八字旁批道："此数言者，颇有道理。"似通非通，连篇别字，想是邦平的亲笔。慧姑笑了一笑，又把这信看下去，道："古语道得好，富人的资本，穷人的性命。富人靠着穷人扩充他的资本，穷人靠着富人养活他的性命，贫富相连，全仗彼此互助，才不闹出乱子。孩儿虽是父亲的亲儿子，现在尚在分利时代，不能替父亲生利，这些贫苦的机匠、织工倒替父亲挣得许多财产，他们便是父亲的亲儿子。父亲果然把这机匠、织工常做亲儿子看待，教训时候须得教训，体贴时候只管体贴，恩威并用，才可以消弭将来的祸变。父亲上次来信，叫孩儿不要随着北京的学潮胡行乱为，老人家的深思远虑，孩儿自当受教，但据孩儿看来，目前的学潮不打紧，将来的工潮却是大大地可怕。资本家再不觉悟，将来掷入旋涡里面，只怕难以摆脱。父亲左右的人都是一班应声虫，父亲唯唯，他们也唯唯，父亲否否，他们也否否，谅来不敢说什么逆耳之言。孩儿替父亲祝福，替贫苦小民请命，才有这许多话说。明知父亲见了不喜欢，然而心所谓危，不敢不告，父亲怒我骂我，不把家产传给我，尽可使得，只要父亲肯俯纳我说的话。"慧姑看完信后，芳心可可，不住点头。然而字里行间，却被邦平竖着许多杠子，搠着许多粗点，还加着许多别字的旁批，信后还缀着几行道："子才内兄，读此小儿荒唐之来信，即以此信交付来妪之手，原物奉还，千万勿悟，千万要守此密，得便速将驾临舍间一谈。"看到这里，几乎失声而笑。因老妈子在旁，勉强忍住了。王嬷嬷要讨还这信，慧姑道："且慢，留给父亲看了，再行缴还。"王嬷嬷临走时，慧姑问及青岩的容貌衣服，果然同路上撞见的一一相符，心里恨得什么似的。王嬷嬷去后，慧姑守候父亲回家。直到傍晚，子才方才回来，看过这信，不禁浩叹。那时邦平又差仆人前来索还原信，并约子才明天到公馆里商议要事。

一宿已过，来朝正逢星期一，慧姑读书的学校即于是日开课，她便收拾书夹，检点铺陈，雇人挑了，堂前辞别父母，匆匆地赴校上课。这一去，须隔了六天方能返家。青岩在门外团团地打转，恰值慧姑在校里琅琅地读书，不见一面，却也怪无其然。正是：

　　仆仆往来，不惜脚步；眼福未修，鞋跟已破。

第十七回

误青春抱无夫主义
坐蓝舆夸中将家风

慧姑这几年来，却在平江女学校里肄业。这所女校原是私立性质，开办了十余年，曾经举行多次毕业，倒也栽培了好几个人才。向来办理私立学校，最困难的便是经济两个字，一切设备，样样需钱，就算办学的肯解悭囊，职教员肯尽义务，也只可敷衍一时，终不是个长久之计。学校的经费，全靠着官厅的补助、绅富的捐款，同那学生的学费、膳宿费，这几项不敷周应，学校便不易支持。所以平江女校里的校长十余年来换过了七八人，就中也有几位校长先生，上场的当儿，发表那最热心最坚决的意见，不是说撤除钗珥，以充经费，定是说变卖田产，以尽义务。慷慨淋漓的宣言书，用着五色纸印刷几百份，特开大会，广请来宾，稠人广坐，这一张张的宣言书分执在手，宛比五彩蝴蝶满堂飞舞，谁不说这位校长先生毅力热心，一时无两，竟是巾帼丛中的楚子文、钗裙队里的汉卜式。过了一年半载，这五色宣言书还没褪色，然而这位校长先生早已脱离学校，下台而去。便算同人把他勉强挽住了，也挨不到一个半个学期，仍归一走。上台时采烈兴高，下台时没精打采，毁家兴学的宣言书，同那脱离学校关系的广告，两篇文章相距总没多日，只要觅得替人，便把楚子文汉卜式的荣誉让给他人享受。历年平江女校里的校长，都沿着这个惯例。

现在这位校长，却是素负盛名的安子虚女士，受事以来，足足的三阅寒暑，比着从前的校长，她可算得最有热心最有恒心的了。安女士的老子本是前清的道员，换了民国，什么实业厅长、财政厅长，他都做过，新旧宦囊里面，着实挣扎些家私。他虽是河南省籍贯，只因久在江苏做官，贪着苏州山明水净、风俗清嘉，在这里置办田产、建造房屋，也有三十多年。

这位子虚女士生长苏州，现年二十九岁，也曾在教会学校里读过书，只是不曾毕业，便即自行退学。及笄的时候，他老子择婿甚苛，踵门求亲的本来不少，只是难于当选，偶然看中了，又要同女儿商议，叫她自放眼光，分别去取，初选权属于老子，复选权属于女儿。这位子虚女士又是眼高于顶的，不但注重门第品貌，而且有三大条件做那择婿的标准。一是二十万以上的家产，二是二十岁以下的年龄，三是大学毕业的程度。这三大条件，便难倒了许多待阙鸳鸯、觅偶鸾凤。休说苏州城里觅不到这般的理想夫婿，就是全国统计起来，要完全有这三项资格的，也是寥寥无几。因此把子虚女士的芳龄一年一年地蹉跎去。后来他老子业已去世，自己又过了花信年纪，平日又喜吃肥鱼大肉、胖鸭壮鸡，不知不觉地换去了全副秀骨，长就了一身痴肉，同那及笄时代的模样竟是天差地远。从前的模样，亭亭倩影，三分是精神，七分是风韵；现在的模样，团团肥面，三分是糟粕，七分是脂肪。从此安氏的阶石上面再没有求亲人的足迹，休说三大条件令人望而却步，便是无条件的说合，只怕也没人理会。子虚女士受这戟刺，便激成了她的一种不嫁主义。她有两个哥哥，一个是南京政界里的红人，一个是省会里的代议士，两房嫂嫂都住苏州，还有许多侄女儿，虽不用她管理家政，然而觉得住在家里怪麻烦的。恰好平江女校里缺了校长，有人请她承乏，她便毅然不辞，担任这教育事业。支持了三年，学额比前扩充，经费也比前充足，她又素与官场接近的，阔公馆里的太太、奶奶同她很有交情，所以她向官场募捐，凭你吝啬鬼，也须在这悭囊里面破费一二。只有登门向邦平募捐，却是一毛不拔，白白地费了许多唇舌。子虚女士把捐款做了临时费，学校里的经费全仗公款补助。好在请款的当儿，自有两个哥哥从中帮忙，官厅素重情面，不来抗驳，议会全赖疏通，哪敢否决。所以学校里的经济部分倒也不生恐慌。

平江女校的性质，包括三个阶级，一是国民小学，二是高等小学，三是中学。学生程度上的阶级，只此三种，学生贫富上的阶级，却是叠叠层层，不可计算。陆子才在这学校里也曾助过捐款，又闻得里面的科学虽不说好，尚能敷衍，但是英文、算学二科却可算得特色。慧姑的中文程度，经子才亲自指授，早有根底，入校的宗旨，原想研究英算，以补从前所不及，她插在中学级里，本届暑假，便要毕业。

这番辞别父母，拎着行李，径向学校里去。走近校门，早见门前热烘烘，同学姊妹们到了不少。坐藤轿的也有，坐包车的也有，还夹着许多送上学的仆人、佣妇，此进彼出，你去我来，几乎把门槛都要踏破。慧姑的行李自有校役照管，便把挑夫的力钱开发了，由他自去。校门里面，一片广场，两旁种几棵柳树，杈丫着空枝，尚没萌生新叶。中间一条水门汀的甬道，直达校舍。慧姑在甬道上行走，偶抬俏眼，早见对面校舍的楼上有许多姊妹们，穿得花花绿绿，都立在露台上瞭望。她们瞧见了慧姑，远远地先招呼起来，有唤慧姑姊的，有唤慧姑妹的，有唤密司陆的，也有点着头的，也有举着手的，也有扬着手帕的，慌得慧姑没口子地答应，如行山阴道上，应接不暇。就中有两个与慧姑最投契的，望见了慧姑入门，早已旋风也似的下楼，迎上甬道，你拉着慧姑的左手，我拉着慧姑的右手，操着西语，说什么"黑斑牛和盐鸭"，无非是祝颂新禧的意思。慧姑也循例答复了几句吉语，三个人并着肩，挽着手，齐着脚步，缓缓地在甬道上走，一壁儿走，一壁儿互相讲话。这挽着慧姑左手的，唤作蒋飞霞，挽着慧姑右手的，唤作沈莲芬，都是中学班里同年级的学生。当下谈谈说说，跨上阶石。左面便是校长室，右面便是应接室，中央三间并列，就是礼堂，门口交叉着国旗，堂上交叉着雏形的万国旗，五光十色，映入眼帘，好一个开学景象。飞霞、莲芬都道："你去见校长，我们在楼上等你。"说罢，释着手，穿过礼堂，径自上楼去了。

　　慧姑转入左面，走近校长室的门口。先在棕榈毯上蹭去了鞋泥，然后把纤指儿在门上弹了几下，里面坐的子虚女士操着西语，说了一声"克敏"，慧姑才旋着门钮，推将进去。室内窗明几净，陈设美丽，铺着五彩的地衣，挂着雪白的窗幔。校长背着壁炉，坐在自转椅上，阅看报纸。慧姑顺手旋上了门，觉得里面暖烘烘，同着外面的空气相比，竟是炎凉不同，便把身体正向着校长，行一个深深的鞠躬礼。校长忙即离座，还了半礼，指着旁边的沙发，请她坐了。慧姑待校长坐下，方敢就座。校长肥胖的身躯坐满了一椅子，团团的脸上架着一副克罗克眼镜，茶青色玻璃，同那浓涂雪花粉的面庞两两相映，煞是好看。当下校长旋转椅子，同慧姑寒暄了几句，且问及子才先生近日可好，慧姑欠身回答，无非是托庇安好的套语。在这当儿，又听得门上剥啄有声，校长也照例说了一声"克敏"，推门进来，却是一双姊妹，也把门随手关了。慧姑认得这姊妹俩姓林，是学校里的半费生。原来子虚女士接办这学校时，生怕读书的不能踊跃，便在章程上添一条细则，凡是贫素人家的女儿，只收半费，以示体恤。后来学额渐渐发达，这条细则便已无形地取消了，但林姓姊妹俩尚没毕业，既不能半途中止，又无力缴纳全费，校长没奈何，只得仍许她们俩享受半费的利益。好在全校的半费生只有林姓两生，收入上受些损失，却也有限。当下她们俩见了校长，也是立正了，彼此厮并着，毕恭毕敬地行个鞠躬礼。校长略点一点头，并不离座。她们俩见校长没话吩咐，便即退了出去，把门旋上了。校长笑向慧姑道："本校的生徒竟一年多似一年了，苏州的风气毕竟开通得早，赴校报名肄业的本届有六七十人，学额有限，不能够一榜尽赐及第。"说到这里，把电铃捺了两下，不多时，便有一个仆妇推门入室，校长吩咐道："你去请方师爷来，有话面议。"仆妇答应着，返身而出，把门旋上了。

慧姑见校长有事，起身告退，校长道："且慢，我有话同你讲。"慧姑只得又坐了。校长道："今年中学班里，新添一位姓方的教员，是个秀才出身，人家说他学问是很好的……"话没说完，听得室隔的电话机铃声作响，校长便去接电话。唅唅唅、哇哇哇、没有不及格一定及格地说了一会子，放下听筒，重复归座，笑向慧姑道："今年学校里又要添一位阔同学，这位同学不是等闲之辈，便是张中将的女公子。方才张太太同我通电话，说她女公子已出公馆，到我这里来投考……"说时，门上又剥啄有声，校长连说了两句"克敏"，却不见推门进来，便晓得门外的人不懂英语，换了一句"请到里面来"，才听得呀的一声，门儿洞开了，走进一位长袍方褂的先生，见着校长，连连拱手，校长欠身答礼。慧姑也站起了。校长双方介绍，这是方厚卿先生，这是陆慧姑女士。指着书案旁边的座椅，请厚卿坐了。厚卿不懂校里的习惯，不曾掩上了门，慧姑便代他旋上了，仍在沙发上坐下。看这先生时，花白胡须，黑苍苍的面庞，约莫望六年纪，驼腰曲背，像个私塾先生，却不像学校里的教员。在这当儿，校长在抽屉里取出一张名单付给厚卿。说名单上有双圈的，试验的时候，一定要录取；有单圈的，要从宽录取；没有圈的，凭着先生的法眼，秉公去取便了。厚卿藏着名单，没口子地答应，离座出室，又不曾将门儿掩上。慧姑也想告退，远远地听得校门外吆喝声响，校长揭开窗幔，从玻璃里望将出去，却见四个黄衣军士分站校门两旁，又见四个轿夫抬着一乘锡顶宝蓝呢的大轿，四平八稳地抬入甬道，后面还随着两乘轿，声势异常显赫。校长忙道："张中将的女公子来了。"便唤慧姑退出，自己直抢着出去迎接。慧姑退出室外，回头看时，校长挪动又肥又胖的身躯，迎上甬道。这时大轿已打了戳，停着不动，在后的两乘小轿先落了地，轿帘揭开，跑出两个妈子，三脚两步地抄到大轿前面，左右站立，大轿才去了轿夫戳，唤了一声落平，这乘大轿便安安稳稳地歇下。一个妈子打轿帘，一个妈子捧出这位中将女公子。从前是大脚的服侍小脚，现在是小脚的服侍大脚，这位女公子裙下一双天然脚，倒要叫那莲步姗姗的妈子从旁搀扶她。女公子见校长出接，立正了行鞠躬礼，校长赶忙答礼。校长的腰比学生折得还下，学生折成九十度的直角，校长却折成四十五度的锐角。慧姑暗暗地叹了一口气，便不耐烦再看，径自上楼，寻同学们谈话。

可巧这许多同学都在露台上瞧热闹。有些看得眼热，十分羡慕。有些连连地瘪着嘴，说她来到这里充当学生，用不着装腔作势摆这臭架子，正是人心不同如其面，论调不同如其口。慧姑找着蒋飞霞、沈莲芬二人，同到自己房里谈话。这时行李等件已经校役布置妥帖，慧姑略略整理，便请二人坐着闲谈。好在二人与慧姑同住一间宿舍，彼此坐在床沿，细诉别后状况，又渐渐说到校里的事。莲芬道："你在校长室里坐了良久，谈论些什么？"慧姑笑道："谈论些什么，把我闷得够了。才说两三句话，这个来看她，那个来看她，一会子捺电铃，一会子接电话。我要走，她又拉着我谈话，要同她谈话，她又事忙，把谈锋时时打断。现在又不是大冷天气，壁炉里烧得烈烈烘烘，我枯坐了四十分钟，烤得面部都热，跨出了门，才换了一个清凉世界。"飞霞道："方才你上楼时，我见你脸上堆着红云，心中正自诧异，校长同你谈什么值得这般羞臊，难道同你提起亲事不成？"慧姑笑道："你道我脸上飞起红霞，照这么说，我便配唤作飞霞了。"飞霞扑哧一笑道："我要取笑你，倒被你取笑了。闲话少说，今年我们的一班里又换了一个中文先生。去年的叶先生，思想颇新，又提倡新文学，我们得益很多，逢星期六作文，常令我们学作新体诗，怪有趣的，因甚校长把他辞掉了，却在旧货摊上觅得这个老古董，来做我们的教员？"慧姑道："管他呢，横竖半年以内，我们就要毕业，古董不古董，由他去混闹，我们只需在科学上用功夫，中文课堂本是我们休息脑筋的所在，认什么真。"莲芬道："你的中文本来很有根底，便不认真，也不打紧。我们的程度浅薄……"说时，楼下丁零零、丁零零一片摇铃声响，打断了楼上的说话。慧姑晓得要行开学礼了，便随着众人下楼，在操场上排了队，鱼贯似的进了礼堂，唱开学歌，行开学礼，不须细表。

校里的旧生在礼堂上行礼，投考的新生却在课堂上试验国文，监考的教员便是新来的方先生。慧姑行礼已毕，闲着无事，便偕同飞霞、莲芬各处散步。道经课堂，这时投考的新生约有三四十人，都在这里搔头摸耳，搜索枯肠。慧姑隔着玻璃窗望将进去，见这位方先生高坐讲坛，巍然不动，同入定老僧一般，黑板上写着三个文题，一是"天圆地方说"，二是"用夏变夷论"，三是"男正位乎外，女正位乎内义"。慧姑见这题目迂谬可笑，便不耐再看，正待走开，飞霞忽拉着她去看一个人。正是：

　　　到处炎凉，随地阶级；冷眼旁观，能无于邑。

第十八回

女公子姓名魁多士
老秀才著述冀千秋

　　飞霞拉慧姑去瞧一个人，慧姑便停了脚步，随着她的指点，隔着玻璃窗望将进去，原来飞霞指点的便是方才坐大轿的中将女公子。只见她也坐在课堂里面，同那新生一起试验。她的面前放着长峰双料的羊毫笔、烂银也似的墨盒，摊着一本课卷，大大地写着三字姓名，一个字要占五六个卷格，写得歪歪斜斜，不成模样，仿佛是张女权三字。人家的卷上，也有写了三四行的，也有写了五六行的，也有将近完卷的，只有张女权的卷上，除却张女权，再没有第四个字。她却从容不迫，掏出了赤金质的怀中镜盒，左一照，右一照。一会子取出象牙小梳梳理鬓角；一会子取出粉纸，在脸上一按一按地补那残粉。她不是来应考，仿佛是来试妆，几间课堂认作了妆阁，一张旧案错比了妆台。飞霞忍不住要笑，慧姑向她摇摇手，再看莲芬时，早已远远地跑开，将手帕儿按着嘴，吱吱咯咯地笑。在这当儿，却见校长安女士也到课堂里来监视，巍然不动的方先生瞧见校长进来，赶忙离着座，垂着手，站立在讲坛一边，驼背曲腰，毕恭毕敬。校长摆摆手，招呼他坐了。方先生还座后，校长摆动这肥胖身躯，却在学生的座次中间往来监视。原来学生的座次桌椅相连，是用纵列式排比，座次中间只有一尺多宽的空缝，可通往来出入。倘然校长在及笄时代，从这座次中间行走，不但毫无阻碍，且有回旋的余地，现在可不能了，只得侧着身躯，螃行蟹步地走将过去。

　　慧姑悄向飞霞道："我与你到别处去散步，立在这里算作什么？被校长见了，便要起疑，不道我是替人家传递，便道我是替人家捉刀。"说着，先自走了。飞霞赶步跟上，仍约同了莲芬，到后面校园里去闲走。莲芬道："我们的学校渐渐要变作贵胄学校了，什么县知事的侄女、旅长团长的女儿，都会跑到这里来读书，架子十足，程度毫无。平时遇着同学们，高插着眼睛，大模大样不理人，到了考试时，奴颜婢膝，四处去讨救兵。"慧姑叹道："现在各处学校都主张废去考试，却也不为无见。"飞霞道："方才黑板上写的三个题目，简直不成话。倒亏这许多新学生却会就题作文，勉强完卷。慧姑姊，你的文才是素来敏捷的，只怕遇着这般题目也要束手。"慧姑笑道："遇着这般题目，委实一句也作不出，准备交个白卷。"

三个人散步了一会子，飞霞、莲芬又被别个同学唤去游玩，慧姑性耽清静，只拣着无人处信步闲行，吸纳新鲜空气。校园左首围着一带鹿眼篱，里面两株绿萼梅都已着花，枝干权丫带着许多绿玉也似的花朵，又高洁，又幽倩，娇小玲珑，盈盈欲笑。慧姑便不知不觉地羁绊了双足，徘徊徙倚，只是舍不得走开。正在出神的当儿，忽听得背后一阵脚步响，接着"陆小姐，陆小姐"地叫唤，回身看时，却是校里的女役气吁吁地赶来，一壁喘气，一壁说道："陆小姐，把我寻得够了，楼上也寻，楼下也寻，操场上也寻，礼堂里也寻，只是寻不见你，亏得蒋小姐说起你在这里。"慧姑道："寻我做甚？"女役道："校长安小姐唤我来请你，也不晓得是什么事。"慧姑觉得诧异，赶忙去见校长。

将近校长室，校长早在室门前打转，望见了慧姑，不住地招手道："慧姑，来来来，有话与你讲。"慧姑便跟着校长入室，顺手掩了门。校长隔着玻璃窗向外面望了一望，见有许多学生在草地上行走，便道："这里不大稳便，同你到里面去谈话吧。"便引着慧姑走入里面的一间。原来校长室划分前后两间，前间是办事处，后间是存放文件处。慧姑见校长鬼鬼祟祟，心里更自委决不下。校长拉着她同在一张沙发上坐下，凑着她耳朵说道："我有几句秘密话，须得与你商议。"说时，又吞吞吐吐，似乎不好意思一般。慧姑满腹狐疑，蓦然想到方才飞霞取笑我，说什么提亲不提亲，难道校长真个有这意思不成？想到这里，不觉面红耳赤起来，低垂了粉颊，只不作声。却也奇怪，校长也不说什么，慧姑抬眼看时，校长的脸上也有微微的红云从雪花粉里透出，暗想一定是这个意思了，她也是个未出阁的闺女，替人家做戏，难怪她不便启齿。隔了片响，校长插手怀里，掏出一张字条儿，授给慧姑观看。慧姑接取在手，不晓得是说些什么，觉得有些手颤，揭开看时，方才的满腹疑云一齐解散，然而一转念间，又有许多疑云起于方寸之地。原来这张字条写着三个问题，什么"天圆地方说"，什么"用夏变夷论"，什么"男正位乎外女正位乎内义"，却与方才在黑板瞧见的一般无二，便晓得与自己亲事没关系，因此把满腹疑云解散了。转念一想，校长把题目给我看，是甚用意？难道方才我们在楼上议论这题目，却被校长听得不成？想到这里，疑云又重重叠叠地散而复合起来。校长低语道："慧姑，这三个题目，是今天试验新生的国文题目，我方才到课堂监视时，大家都是振笔疾书，陆续交卷，只有张中将的女公子，不成一字，依旧是一本白卷。张中将是有势力的人，张太太又和我拜过把子，又曾在学校里捐过巨款，他的女儿来读书，任是不及格，也要算她及格。发榜的时候，又不好奉屈这位女公子，去掮这张考试榜，这于张中将的面子有关，须得斡旋，须得把他女儿排列在前。然而不着一字的居然高高在上，又怕同考的群起不平，因此我要奉托你替她周旋，这三个题目，任凭你选择一个，随便替她作几句，也不须作得长，一二百字便够了。你是文才敏捷的，又是对于本校很热心的，周旋这位女公子，就是维持本校的常年捐，你是义不容辞的。"说着，便在慧姑肩上轻轻地拍了两下，又在薄克上撕下一张纸，衣襟上取下自来墨水笔，说道，"纸笔都有，你随意发挥几句是了。"慧姑正待推辞，忽听得外面电铃响，校长道："我要接电话去，这事拜托你，千万守秘密。"又连说了两句"生客游河"的西语，径到外间去接电话。

慧姑却不过校长的情分，没奈何，拈笔在手，嗖嗖地写了几行字，比及校长接罢电话，慧姑早已套起自来墨水笔，把这几行字用吸水纸吸干了，一并授给校长。校长没口子地称谢，慧姑道："校长命，不敢辞，写便替她写了几行，但觉对于自己的良心……"说到这里，把下半句缩住了。校长听着，雪花粉的面庞又微微地一红，忙道："不碍不碍，这是维持学校的苦衷，诉诸良心，也没惭愧。慧姑，你千万莫讲给同学知晓，拜托拜托。"说罢，扣着墨水笔，藏着文稿，呀地开了门，径向课堂那里去了。

慧姑跟着她出去，自向校园里散步，暗想校长踏上课堂，表面上监视作文，暗地里替人传递，这般举动，真不堪诉诸天良。又想校长从前的举动却也光明磊落，怎么近年以来变作这般行径？可见中将的势力，却能转移人的素志，崇拜他的势力，便是崇拜他的金钱，金钱之下，自有重重叠叠的阶级，要人怎么样便怎么样，无怪邦平姑丈靠着资财雄厚，竟一天一天地骄矜起来。他接到玉哥这封信，勃然大怒，家庭里面定要闹出绝大的风潮。玉哥玉哥，我真替你担忧不浅咧。慧姑思潮起伏的当儿，却又走到麂眼篱旁，心里有了感触，便觉得同是一棵梅树，怎样绿沉沉的花儿含着惨色，不似方才的盈盈欲笑，便不高兴驻步赏玩，径回到楼上，寻同学们闲话。

这天，除行开学礼外，并没有什么功课，须待星期二正式上课。应试的新生不到正午时分，都已交卷，就是这位中将女公子，居然提起笔来，一挥而就，随着众人去交卷。交卷出来，校长要留她午餐，张女权闷坐了大半天，早已归心如箭，怎肯俄延片刻，便推托着家中有事，要紧回去。校长也不便强留，携着她的手，相送下阶。两个妈子挪动裙下金莲，兜兜地抢到前面，伺候上轿。四名大轿夫，四名小轿夫，远远地望见小姐动身，提起嗓子，招呼了一声"走啦"，提轿到甬道中间，小心伺候。不多片刻，校长携着女权已到轿旁，分手作别。妈子打轿帘，扶小姐，校长看女权上轿，鞠躬相送，不须细表。作文用的长锋羊毫、赛银墨盒，早经妈子收拾在手帕里面，携带上轿。当下大小三乘轿儿鱼贯也似的出了校门，门外四名黄衣军士抖擞着尚武精神，抢回轿前，左右护卫，齐着脚步儿，陆军靴橐橐作响，一时扬威耀武，簇拥着这块没字碑，径向中将公馆里去，按下不提。

且说校长送过学生，催着中文教员方厚卿赶紧阅卷，下半天便要放榜。午饭后，方先生坐在教员预备室里，面前叠着试卷同那校长交下的名单，看一本，在名单上检查一次。有双圈符号的，把来都取了；有单圈符号的，取了十分之九；没有符号的，便由着他胡批乱抹，大约也取了十之四五。只有张女权一卷，名单上既圈着双圈，这篇文字又是一气到底，颇觉矫矫不群，只可惜有几个误字，稍形缺点。方先生便描摹卷上的笔迹，代她改正了，然后磨得墨浓，蘸得笔饱，链条般的圈儿层层密密，从首句直圈到末句，卷面判着几行评语，说什么"有书有笔，不蔓不枝，扬之高华，按之沉实，雷霆精锐，冰雪聪明，玉磬声声彻，金铃个个圆"。把从前八股文上的评语，一股脑儿都写上了卷面。原来八股文废止已久，八股文的评语却不曾随着八股文一齐废止，不但方先生的笔下不脱八股窠臼，便是现在学校里的国文课卷，只怕也有许多八股评语大书特书在上面，可见八股虽然废止，八股的潜势力却依然存在。国文教员里面，八股出身的谅来不少，专把教授八股的方法教授国文，选择八股的方法选择国文，评判八股的眼光评判国文。在旧学家说起来，真是一发千钧，斯文未丧，其间有绝大的关系，只可恨蓦地里闹出什么新文学，专同那些八股气息的教员作对，无怪他们叫起撞天的冤屈。

闲文剪断。且说方先生看罢试卷，排定了名次，心里异常得意，暗想：去年我同着老廉两个到徐勉斋家里谋干馆事，却遭一场奚落，说我们年逾六旬，都不合格，便下了逐客令，催我们出门。老廉回家，便气出一场大病，现在尚没复原。我算天大运气，打干得这般美缺，方才考试的当儿，高坐堂皇，看这许多女弟子作文，真所谓不世之遭逢，罕有之盛举。从前袁简齐先生广收女弟子，也没有这么样多，我在女校里多教几年书，手头宽展了，也可刻一本女弟子文选，标榜才名，提倡风雅，只怕千百年后，方厚卿三字大名也要脍炙人口，与简齐老人一般无二。想到这里，便下劲地挺一挺腰，只可惜背上压着一座山峰，依旧是驼背曲腰，不能挺直。当下捧着试卷名单，到校长那里去销差。校长见张女权一卷取列高等小学班第一名，便说："先生老眼无花，佩服佩服。今天不上课，先生请回去，明天来。"厚卿得意扬扬，自回家里，不在话下。

校长立请女书记抄录名次，张贴校前，随即摆动肥胖身躯，走到电话机边。铃声丁零零，便说："接中将第张公馆。……太太在家吗？……在家，请她谈话。……太太，恭喜你，令爱考列第一名。……太太，休得这般说，一来是令爱的大才，二来是敝校的荣光。……再会，再会。……"不提校长打电话，再说校里的生徒探听得张中将的女儿考列第一，也有羡慕的，也有疑惑的。飞霞、莲芬两个都向慧姑说道："这事诧异不诧异，方才我们在课堂外窥望，张女权的卷上并没见她写什么，怎说披露的时候却是哀然首选？"慧姑听着，暗暗好笑，吃了油火虫，肚里雪亮，却又不便说出，假意儿道："作文的习惯各各不同，文章的来源也是各各不同。有的点头拨脑，她的文章是从脑盖骨里摇出来的；有的搔发摸耳，她的文章是从太阳穴里抓出来的；有的两眼翻得白果似的，她的文章是从眼睛里眨出来的；有的嘴里嗡嗡作苍蝇声，她的文章是从牙缝里迸出来的。这些都不好算作上品。唯有安坐从容，不动声色，人家见了，只道她无所用心，谁知她暗地里预备腹稿，腹稿已成，自然一挥而就，文不加点。方才这位张女权女士，论不定也在那里起腹稿。"这一席话说得大家似信非信，都道："待她来校上课时，便知端的，我们议论她做甚。"当下散步的散步，闲谈的闲谈，温课的温课，这天容易过去。

来朝清晨，一阵铃声摇醒了各人的清梦。慧姑随着众人起身，梳洗都毕，正待上饭堂进早餐，忽听得隔壁寝舍里一个同学提高着嗓子，一迭声地唤那校役张妈，慌得张妈脚不点地地奔将过去。那个同学道："张妈，你快到新开的万源馆里，唤一碗轻面重浇宽汤免青的大鸳鸯，鱼要肚档，肉要硬膘大精头，还要底浇硬面加红油，一件都不可少，你记得吗?" 这累累赘赘的话，却把张妈缠昏了。正是：

别翻花样，巧立奇名；无怪佣妇，说嘴不清。

第十九回

鸳鸯面名目繁多
龙虾精形容毕肖

　　这位女学生吩咐张妈买一碗面，累累赘赘，说出八九个花样，并且一件都不可欠缺。张妈虽然诺诺答应，但是记得了这样，忘却了那样，一时却没做理会处，又晓得这位女学生是庞旅长的女公子，声势赫赫，很有脾气，她说怎样便怎样，校长都惧怕她三分，何况区区一个校役。当下撮着笑脸说道："贵珍好小姐，请你再说一遍，免得我临时忘却。"庞贵珍骂道："青肚皮的猴子，你耳朵里没塞黄豆，怎么听不明白？从来好曲儿不唱三遍，算我晦气，再向你说一遍，你拉长着耳朵听了。红两鲜的大鸳鸯，轻面重浇，宽汤免青，加红油，做底浇，肉要硬膘大精头，不要瘦五花，鱼要肚档，不要浮水。快去快来，休得欠缺一样。欠缺了，抽你的筋，剥你的皮。"贵珍说时，又是快，又是响，张妈听得叽叽呱呱，放着鞭炮似的，比着第一遍又多了些花样，怎敢再向她动问，只得快快地退出。

　　列位，面便面了，怎么有这许多讲究？原来苏州人的性情习惯比众不同，豆腐般的肩膀担不起重量，芝麻般的胆子受不起风险，件件桩桩都肯退让，独有一饮一啄、一茶一饭，却是掂斤拨两，标新立异，一点儿不肯将就。上海要算是繁华地方，任凭什么东西，应有尽有，然而茶点上面，没有苏州这般顶真。上海茶寮里，只有红茶、淡茶；苏州茶寮里，便分出什么君眉、寿眉、雨前、雨霖、龙团、螺春，一逢夏令，不是泡一碗洋莲汤，定是泡一碗双花点汤的红龙镶。上海面馆里，也不过直截爽快的鸡面、鸭面、鱼面、肉面；苏州面馆里，花色便多了，名目便繁了，细针密缕，五花八门。在下要把它调查清楚，一桩桩写将出来，却没有许多闲工夫，千言万语，编撰这篇面馆里的说明书。

　　现在单把庞贵珍点出的花样略加疏解，写几句简单的说明书，列位没有到过苏州的，看了也容易明白。原来苏州面馆里，凡是佐面的鸡鸭鱼肉，一例唤作浇头，一碗面堆着两样浇头，使唤作鸳鸯，堆着鸡鸭浇头，就是鸡鸭鸳鸯，堆着虾蟹浇头，就是虾蟹鸳鸯，又唤虾蟹糊涂。此外，又有小鸳鸯，大鸳鸯。把猪肉切成小方块，红汤煮熟了，唤作臊子肉，又唤作卤子肉。另把黄鳝丝镶配作浇头，唤作小鸳鸯，又唤作鳝鸳鸯。前人吴门杂咏诗道："红日半窗刚睡起，阿侬浇得鳝鸳鸯。"可以算得有诗为证。大鱼大肉镶配作浇头，唤作大鸳鸯，又唤作红两鲜。贵珍所说红两鲜的大鸳鸯，便是这般解。还有轻面重浇，是说面要减少，浇头要加多。宽汤免青，是说汤汁要宽些，葱蒜要免除。加红油，便是另加鱼油。做底浇，便是把浇头藏在面底。肉要硬膘大精头，是说拣选精肥各半的肉，不要瘦五花，是说不要一层精一层肥的五花肉。鱼要肚档，是说拣选鱼肚上的肉，不要浮水，是说不要鱼尾巴。这一篇累累赘赘的话，比着鲁智深在状元桥买肉，拣精拣壮，拣寸筋软骨，还要加倍挑剔，加倍疙瘩。贵珍虽不是苏州人，却在苏州住了多年，对于苏州的习惯早已起了同化作用，饮食上面自然异常考究。

话休累赘，接说贵珍吩咐张妈的话，隔舍的慧姑听得句句入耳，正在嗟叹的当儿，却见张妈走进自己的房里，轻轻地央告道："陆小姐，费你的贵手，替我抄写一篇账。"慧姑忙问什么账，张妈道："庞小姐点出的名目，听了两遍，委实弄不清楚。你在隔壁，料想听得碧波清，多谢你替我抄写在纸上，买面时便不会弄错。就算面馆里人不识字，也好请识字的念给他听。好小姐，千万替我写一笔，免得回来时挨骂。"慧姑见她说得可怜，真个替她抄写了。手里写时，心里却起了贫富阶级的感想，没来由做了两次捉刀人，无非受那阶级的压迫。阶级阶级，实在是一个恶魔！慧姑心里想时，手里却几乎抄错了，赶忙抛撤了念头，把这账一气抄完，付给张妈。张妈千恩万谢，接了字条便去，临走时，嘴里轻轻地说道："现在柴荒米贵，许多穷人干瘪着肚皮过光阴，富的不知穷的苦，有了面吃，还要点精点壮，装头装尾，摆这臭架子。"慧姑听着，又起了感触，现在米价飞涨，一斗米一千多钱，贫苦小民，终日勤劳，不能博一饱，资本家不但不怜念他，专在那里贩米出洋，断绝小民的生命。听得父亲说，邦平姑丈也是米蛀虫的一分子，贩米出洋，他都有份，似这般剥削穷人，怪不得玉哥要寄这封谏父书。这时，楼下一阵铃声，楼上大部分的寄宿生都到饭堂上去早餐，另有小部分的寄宿生得着校长的特许，可以不上饭堂聚餐，要吃什么，不是唤校役上街购买，定是吩咐厨房另行置办。慧姑是深恶阶级制度的，自然随着大部分去聚餐，不消说得。

餐罢，随班上课，没有什么可说。比及上了国文课堂，受那方厚卿先生的教育，大家都吃了笑药似的，这边嘻嘻嘻，那边哈哈哈，混笑了一会子。迂谬朽腐的教师，同那流利活泼的生徒聚在一堂，自然处处都见笑话，桩桩都是笑柄。这一点钟的教授，别的成绩都没有，却作成了方先生一个徽号。只为方先生第一天来上课，改换了全副行头，不知哪里借来的酱色袍褂披着在身，要想遮盖遮盖这副酸气。跨上讲坛时，弯着弧线形的背脊，背脊越弯，头颅越向前方伸出，头颅越伸出，这飘飘荡荡的白发，映着酱色袍褂，越是红白分明，论这模样，竟同放大的龙虾一般。课堂里几个刻薄学生，便替方先生上了一个徽号，唤作龙虾教员，又唤作龙虾精。其实方先生的酱色袍褂只穿得一天，到了来朝，便不像鲜红的龙虾了，无奈这个徽号已定，便永远不能取消。龙虾教员，从此叫得怪响。

匆匆数天，没有什么重要事可记。只有这位张女权女士，每天到校，总是乘着大轿，护卫着军士，吆吆喝喝，从热闹丛中冲撞过来。到校以后，也不过念几句"某儿大悦""童大哭""张生告李生，甲生语乙生"的国文教科书。午后两三点钟，学校里尚没下课，那四名黄衣军士又从中将公馆里押着蓝呢大轿，径来平江女学校，迎接小姐。女权收拾了国民教科书，大模大样上了轿，又是吆吆喝喝，从热闹丛中冲撞过去。苏州市上的街道本不甚阔，沿路又设着鱼桶菜担，以及一切赶市的东西，往来有轿有马，又加着一种当当铃声的包车，乱七八糟的当儿，突然来了四名卫兵、一乘大轿，雄赳赳气昂昂，飞也似的经过，让都不及让，避都不及避，女公子出足风头，小百姓吃尽苦头。这一册国民教科书读毕，热闹丛中，不知撞倒了几只桶，倾翻了几副担，踏烂了几棵菜，踹破了几个蛋。

校中住宿的学生都眼巴巴盼望星期六回家，以便家庭聚首，乐叙天伦。慧姑这时思家尤切，一来挂念着父母，二来挂念着刘氏家庭可有什么意外风波，到了星期六，只望完了功课，早早回家。然而光阴的迟速同那心理学有密切关系，时间最长，没有长过星期六最后一课的钟点，全级学生的眼光都注射在壁钟上面，挨过一分一秒，委实把肚肠都要磨细，头颈都要拉长。好容易一阵铃声丁零零摇将起来，直使朵朵心花一齐怒放，课堂门首，一拥而出，收拾东西，急匆匆地回去。校门左右，七纵八横的轿儿车儿，都在那里伺候，便是不用车轿，也有佣妇丫鬟前来接取小姐。就中最阔绰的，自然要推那蓝呢大轿、黄衣卫士；最可怜的，只有那半费生林姓姊妹，由她们自行返家，既没有车轿代步，又没有佣妇陪伴。人家归去，都是快快活活，度那休息日子；林姓姊妹归去，却要帮着老娘做活计，成日成夜，哪有片刻闲暇。所以休息日三个字，适用于一般生徒，却不适用于林姓姊妹，就她姊妹俩的眼光看来，说什么休息日，简直是个劳动日。这些都是后话，暂缓交代。

单说慧姑课毕以后，辞别了校长，步出校门，偶抬俏眼，却见王妈也在人丛里相待，慧姑把手一扬，王妈挪动小脚，这个肥胖身躯从人丛里挤出，赶把慧姑手里的东西接了。慧姑道："你拿了东西慢慢儿走，我自先行，不要你陪送。"王妈鬼张鬼智地说道："不行不行，太太吩咐我陪着小姐同行，休得远离。"又凑过头来，轻轻地说道，"小姐你留心着，前天上门的怪东西，今天也在这里打转，多半不怀着好意。"慧姑忙向四下看时，但见十余步外立着一个面目可憎的伍青岩，正把眼镜卸下，在破袖上擦拭玻璃。慧姑乘他没有看见，把王妈一拉，竟是匆匆地走了。王妈紧紧跟着，两只小脚支撑着肥胖身躯，气喘吁吁，哪里追赶得上，亏得慧姑时时停步等待，转弯抹角，只拣清静的地方行走。青岩擦拭眼镜，准备把慧姑看个十分饱，解他多天的眼馋，可巧慧姑出门，他正卸落眼镜，明明在他眼前，他却丝毫不觉得。比及眼镜拭净了，架上鼻梁，早见花花绿绿的女学生三三五五地从校里出来，这个也好，那个也好，青岩一双饿眼，弄得应接不暇，口里念着两句《孟子》，说什么"鱼我所欲也，熊掌亦吾……"书句不曾念完，蓦听得一阵吆喝道："站开，站开！"这护卫张女权的四名军士，见青岩障碍去路，一壁吆喝着，一壁伸手把他拦开。青岩喃喃道："仗势欺人，摆什么……"啪的一响，把青岩下半句话打断，熊掌没有吃，吃了一记巴掌，踉踉跄跄，倒退了四五步，铜丝绕脚的眼镜撞下鼻梁，又受了第二次的刖足刑，赶紧拾起，已成了独脚铜人，怎能架上鼻梁。脸上一记巴掌不打紧，这副眼镜是探艳的法宝、渔色的利器，眼镜打断，青岩怀抱的野心完全失败，只得自认晦气，摸摸索索地回去。再说王妈赶上慧姑，诉说道："这个没廉耻的东西，不晓得什么时候跑来，他方才见了我，尚盯了我几眼，便问道：'妈妈，你可是陆府上的女管家？'我说：'便是陆府上的女管家，待怎样？'他又笑问道：'可是前来接小姐的？'我说：'便是前来接小姐的，待怎样？'他隔了片刻，又问道：'你家的小姐青春几何，可曾许过亲事？'我劈口骂道：'干你甚事，谁要你来多管！你打听她做甚，歪嘴吹喇叭，一团邪气。你再絮絮叨叨，老大的巴掌给你受用！'他讨了没趣，才搭讪着走了。隔了片刻，他又折了回来，踮着脚尖，睁圆着双目，只在学堂门首张望，狗肚皮里不晓得存着什么念头。"慧姑一壁走，一壁听王妈讲话，又好气，又好笑，便道："王妈，你以后遇见这混账人，休去理睬他，他与你讲话，你只算没有听得一般。"王妈道："小姐缓步儿走，还有话讲给你听。自从小姐到了学堂，每天下午五点钟光景，总见这怪东西在门前打转，舒头探脑地张望，约莫三四天，都是这般模样。我曾回过太太，太太说：'礼拜六你去接小姐回来，须得陪着同走，这怪东西不是好人，须得防备他。'"慧姑愤愤道："似这般的下流东西，却还有人请他做西席，王妈，你想可笑不可笑？"王妈道："刘姑老爷请了这位先生，真是造屋请教箍桶匠，买眼药走进石灰店了。似这般的下流东西，休说不配做先生，便是给我王妈烧洗脚汤，我都不要。"慧姑听了，不觉扑哧一笑。

当下谈谈说说，早已到了家门。子才正同张达夫在书房里谈话，慧姑见过父亲同姨丈，略说了几句话，便到里面见母亲。朱氏早得了王妈的报告，见着女儿，便道："慧儿，亏我有主张，料定这东西不是好货，又要阴魂不散，团团地在左近打转，特地差王妈来校伴你回家。果然不出我料，这东西竟在校门外候你。他的耳朵倒长，怎的知晓你在平江女校里读书？谁有这空闲舌头，把你的读书地点告诉他？"慧姑道："管他呢，似这般肮脏男子，见了我，他敢怎么样？给他一个不理便了。越是怕他，他越要来纠缠。女子家畏首畏尾，便一步都难行，只好坐守深闺，捧着一部闺门女训混过这一世，怎能服务社会，大大地挣扎一番事业。"朱氏笑道："你拢总不过十六岁，口气却恁般阔大。小马儿学跑嫌路近，这是经历太浅的缘故。现在女子家虽不能坐守深闺，然而出门时也不能过分大意。须知这恶毒社会，步步都是荆榛，处处都是陷阱，青年女子须得格外谨慎，才是道理。"娘女俩谈些闲话。聪生多天不见姊姊，缠着慧姑讲童话，慧姑便拣几桩故事讲给他听，敷衍了一会子。慧姑问起刘氏情形，朱氏正待开谈，却闻履声橐橐，子才送过了客，走入内室。正是：

学校一周，笑谈百出；阶级重重，不可究诘。

97

第二十回

夸妙解发明宝训
设神位崇拜先师

张达夫素来热心社会事业，十余年来，对于实业与教育提倡不遗余力。他挈眷住在苏州，本为女儿锦心读书便利起见，现在锦心既经毕业，且在新村学校里服务，自己住在苏州，正想办些公益事务，发展生平的怀抱。可巧有一位同学从湖北武昌打电前来，请他去办平民工厂。达夫得了电报，正遂了自己的志愿。只为平民工厂与那实业、教育两方面都有绝大关系，生平怀抱又可借此发展一番。好在他的儿子张云士也在武昌经商，父子俩同在一处办事，很不寂寞。有此两层原因，所以立即回电，把这事应允了。他同娘子陆氏商议，说自己动身以后，家眷或住苏州，或回无锡，听凭娘子自决。娘子说："住在苏州，虽有哥哥陆子才照拂，然而女儿锦心不在左右，心里未免挂念。况且无锡本籍有住宅、有田园，丈夫同儿子都出了门，一切内场外场的事，都要自己照管，自然迁回无锡较为稳便。且与锦心亦得时时见面，免却许多挂念。"达夫听说，深为赞成。

这天，达夫去访子才，就是报告这事，且说拟在一个月内束装上道，目前先把家眷迁往无锡，布置已毕，然后按期赴鄂。子才与达夫本来志同道合，听说分袂在即，未免依依不舍。达夫又说："动身以后，只有妻女在家，一切事情，全仗内兄照拂。好在苏州与无锡交通极便，须得内兄时时光顾，不吝指导。慧姑甥女暑假毕业后，倘能同小女在一校办事，彼此都有照应。小姊妹俩素来莫逆，慧姑甥女又才德兼全，小女得他相助，庶几新村学校可以大放光明。"子才答说："彼此都是至戚，尊府的事，同寒舍的事并没两样，大驾荣行，不须内顾忧虑，自当随时赴锡，照顾一二。慧儿在暑假时，不知能否毕业，倘然侥幸合格，一定遣她到新村学校，充当令爱的助理员。况且听说新村地方办得井井有条，不愧模范乡村，寒舍久居城市，也觉有些厌倦，将来天假之缘，论不定也要迁往那边，做新村里的村民，借此可以荡涤尘嚣，变换空气。"当下郎舅两个又谈了些别话，达夫便作别回家。

子才送过达夫，转身入内，便把方才的话述了一遍。慧姑听说暑假毕业后，许她去帮助锦心，怎不欢喜。又听说日后也要移家在新村居住，益加乐得什么似的，忙道："爹爹真个要搬到新村居住，可算是适彼乐土，适彼我郊了。听得锦姊说，新村居民一例平等，不分什么阶级。孩儿这几天来，耳之所闻，目之所见，总不脱阶级二字，头脑涔涔，被这阶级闹得昏了。但愿早早住到新村里，把脑膜上印着的阶级洗涤一个净尽，便是脱胎换骨，洗髓伐毛。"子才道："你说的话，想是有感而发，莫非见着邦平的所作所为，发这不平之鸣？"慧姑道："孩儿也不专指姑丈而言。目今世界，无论智愚贤不肖，都有这牢不可破的阶级观念，越是口口不离平等的，越是念念不脱阶级。现在且置不论，先要动问爹爹，邦平姑丈得了玉哥的家书，可闹出什么乱子？"子才皱着眉道："怎说没有，变换正多咧。"说着，便唤王妈倒了一杯茶，润一润喉咙道，"原来你娘不曾讲给你听。"慧姑道："母亲正待发表，听得爹爹进来，才不说了。究竟有何变换，请爹爹告诉孩儿知晓。"子才道："你说越是讲平等的，越是重阶级，此语定有来历，你何妨讲给我听。"慧姑道："爹爹先讲了，孩儿再讲。"子才笑道："现在最流行的便是交换条件，不道此风传播到家庭，父女俩谈些闲话，也有个交换条件。"说着，又向朱氏道："你与我下个断语，究竟谁先讲，谁慢讲？"朱氏正待回答，聪生却抢着说道："我不要爹爹讲，我要姊姊讲。小王子遇见妖怪，乌鸦公主招亲，听来很有趣的，姊姊快讲，爹爹不要讲。"大家听了都好笑。朱氏笑向慧姑道："老的小的都要听你讲，你便讲了吧。"

慧姑道："方才说的几句话，是指校长安子虚女士而言。安女士莅校的宣言书，说什么'教育之下，一律平等，本此宗旨，以平等二字，为本校之校训'，这几句话，想爹爹、母亲都还记得。"朱氏道："这张宣言书是在会场上派给来宾的，我也曾见过，记得这几句话是用大号的铅字印出。"子才道："可不是呢，宣言书既这么说，并且校里的应接室也悬挂着平等二字。"聪生睁着两只小眼睛，听了片晌，一句都不懂，竟大大地失望，拖着王妈，自向别处去游玩。慧姑道："这平等二字现在依旧张挂着，笔势雄厚，墨色鲜明，一点儿不会走样。若说两字的内容，竟是背道而驰，变作了层层叠叠的阶级。可见平等名词，不过是纸面上的空谈，应接室里的点缀品。"说时，便把六日内校里经过情形一一说了。讲到张女权怎样应试、安女士怎样舞弊、庞贵珍怎样点面、女校役怎样抱怨，子才夫妇听了，不免又气又笑。又讲到龙虾教员怎样打扮、怎样谈吐、怎样曲背弯腰、怎样咬文嚼字，子才大笑道："据你说来，又是第二个伍青岩了。我且慢提邦平的家庭内幕，先把青岩的笑史讲给你听。我见了这段笑史，真是见所未见。你听了这段笑史，只怕也是闻所未闻。"朱氏笑向子才道："待你讲给慧儿听了，我也有一桩最新的青岩怪史讲给你听。"子才也笑道："好好，你也提出交换条件了。请你讲了，我再讲。"慧姑道："爹爹休得作难，赚了人家的话，你偏不讲。"

子才道："你别性急，待我讲给你听。你到学校的一天，达夫邀我小酌，邦平又连连着人来相请，我不能分身前往，便先赴达夫那边的约，把酒论文，几忘晷刻。待到酒罢，时候已不早，我想邦平是个急躁人，候我不来，定要疑我闹什么意见，所以别了达夫，便急急地去访邦平。及到刘家，邦平却已出门，原来他等得焦躁，所以自己上我的门寻我谈话，又恐彼此相左，临行吩咐门役老王，说舅老爷来时，你把他留住了，别放他走。所以我听了老王的报告，不好便走，只得到里面客厅上等候。坐了片刻，不见邦平回来，我觉得没理没睬，忽然想及青岩在书房里，不知采用什么方法教授学生，横竖没事，何妨参观参观。当即走到书房门首，探首望时，静悄悄不见一人。青岩已放了学，出外散步去了。我便走入书房，先生书案上，放着几本亡清的《缙绅录》，同那《玉匣记》《牙牌神数》《直省关墨》《柳庄相法》，只就这几部书，先生的胸襟也就可想而知。居中供着至圣先师孔子神位，神位上首粘着一条红纸，浓浓地写着八个字，仔细看时，不觉失声大笑，原来也是一个神位，这名称很奇怪，题着'极圣先师某某神位'八个字。"

慧姑抿嘴笑道："自从生了耳朵，也不曾听得有什么极圣先师。究竟这位极圣先师是谁？"子才道："你是聪明人，何妨一猜。"慧姑道："难道是周公？"子才道："倘是周公，便该称元圣先师。""难道是孟子？""倘是孟子，便该称亚圣先师。"朱氏道："慧姑，你别猜了，照这么猜，便猜一百年也猜不中。他那天回来时，也把这哑谜儿叫我猜，周公、孟子我都猜过，他说都不对。我又把孔孟的弟子都猜遍了，重又猜到伊尹、太公、诸葛亮、刘伯温，他说愈猜愈远了，左猜也不是，右猜也不是，直到他披露了，我才明白。所以你也不须白用心思，叫他直截爽快地讲了，岂不是好。"慧姑道："爹爹，真个直截爽快地说了，休得兜这远道儿。"子才道："你道他写的什么？写的是'极圣先师阳货神位'八个字。"慧姑笑道："只怕没有这般事，多半是爹爹编造的笑话。"子才道："不但你听了不信，便是我目见的，也只道是一时眼花看错了，拭目细看，却又一字不误，心里很是奇怪，且不晓得这八个字的命意所在。比及邦平回来了，我无暇谈别话，先把供奉阳货的理由向他请教。邦平不慌不忙地笑道：'这位阳货先师，我辈理当崇奉，可惜从前延请的西席多没有真才实学，却不曾把这位圣人的好处讲个透彻。亏得这位伍老夫子，才高学广，与众不同，今天第一次讲书，我也在旁边听讲，正讲着'为富不仁、为仁不富'两句话，讲得句句打穿后壁，字字咬出汁浆。那天伍老夫子席上的宣言，委实不曾撒半句谎。他说，这两句话是阳货所说的。阳货是一个大大的人物，《论语》小注云，夫子貌似阳货，貌似两个字，不专说面貌相似，便是夫子的道德文章也是貌似阳货，可见阳货这般的人物，实在没人及得他，就是孔夫子，也不过貌似他一二，具体而微，未必十分相像。阳货是老牌的圣人，孔子只算得冒牌的圣人。阳货是真正的先师，孔子只算得仿真的先师。古人不说阳货貌似夫子，却说夫子貌似阳货，可见夫子比着阳货，程度相差还远。夫子既称至圣先师，阳货便该称极圣先师。即就阳货说的为富不仁、为仁不富两句话，真是大圈而特圈，又精而又妙。一部四书里面，只有这两句话可以压倒一切，休说孔孟的弟子说不出这般爽快话，便是至圣先师，料也见得到，答不出。阳货的气象，实在是远远地胜过孔子。人家只知崇拜孔子，不知崇拜阳货，却是绝大的谬误。孔子口中，最喜与门弟子论仁，然而终究不曾把这仁字讲得清楚，只为误把仁字看得极高，所以说来说去，不免隔靴搔痒。唯有这位极圣先师独具眼光，把仁字看得透彻，知道这个仁字不是一件好东西，却是讨饭的祖师、破家的魔鬼，所以爽爽快快道出这两句话，做富翁的一定不能做仁人，做仁人的一定不能做富翁，不仁的是造物所喜，仁的是造物所忌。……我听了伍老夫子一席话，才晓得这位阳货先师实在是一位大圣人，他的见解同先祖筱山公的遗训算得一鼻孔出气。筱山公说的'不杀穷人，不成富翁'就是为富不仁的注脚。我们三代相传的祖训，无非遵守阳货先师的教训。阳货先师委实是一位极圣先师，各处都替孔子立庙，不替阳货立庙，未免不合情理。我便请伍老夫子沐手焚香，为了阳货先师的神位，写得又方又正、不歪不斜，委实是写神位的好手。把这神位粘贴在孔子神位的上首，每达朔望，准备点两支烛，烧一炉香，我要整肃衣冠，向阳货先师行三跪九叩礼，然后再唤小儿行礼。尊奉阳货，便是尊奉我们三代相传的祖训。我向来昏昏沉沉，受了迂夫子的毒，只道这个仁字是很体面的，所以心里反对仁字，嘴里却不便自认不仁。现在得了阳货先师的宝训、伍老夫子的妙解，便晓得仁字没有什么体面，不仁两字，没有什么不体面。立即吩咐书记徐勉斋，从今日起，一切函牍，不用称呼人家什么仁兄仁翁，须知这个仁字，面子上虽是颂扬，骨子里却是骂人。称人仁兄，便是骂人穷兄；称人仁翁，便是骂人贫翁……'慧儿，你想这般说话，可笑不可笑？"

慧姑听了良久，初时觉得好笑，瓠犀微露，粉腮上现着浅浅的窝儿。听到后半，倏地改变了朱颜，笑意全无，怒容满面，愤愤地说道："这一派话，简直是个醉话！"子才道："你说他醉，他却说人家醉咧。他说听了伍老夫子的话，确是一味醒酒汤，什么沉醉的人都变了清醒。可笑世上的人，酒浸了头脑，放着为富不仁的路不走，却去走那为仁不富的路，无怪触了天怒，穷得狗肝都出。"慧姑啐道："醉人却骂起醒人来了！越是醉人，他却死不认醉。"子才叹道："列御寇有两句话：'孰为盗耶，孰为不盗耶？'盗不盗是这般讲，醉不醉也是这般讲。我们眼光里，看得邦平是沉醉，邦平眼光里，也看得我们是沉醉。而且像邦平这般的滔滔皆是，像我们这般的寥寥可数，说我们醉的是多数，说他们醉的是少数。众口铄金，积毁销骨，论不定我们倒做了醉人，邦平倒做了醒人。"朱氏笑道："你那天去访邦平，本带着几分酒意，自然邦平是醒人，你是醉人。"又道，"你把青岩的笑史讲得够了，笑史已毕，便要谈他的怪史。方才王妈去接慧儿……"话没说完，王妈进来报道："刘宅打了轿儿，来接老爷去谈话，立候上轿，说有要事商议。"子才满怀诧异，只得匆匆地上轿而去。

子才去后，慧姑问娘道："究竟刘宅的事闹得怎么样了？说了半天，依旧是个闷葫芦，叫人怎不心焦？"朱氏听着，不慌不忙，说出一番话来。正是：

人谓我醉，我谓人醺；是非未定，醒醉不分。

第二十一回

绝苞苴侃侃发正言
借鞋袜申申挨毒骂

慧姑课毕返家，急急地要探问邦平接到家书做何办法，谁知老子谈了半天话，竟没有落到本题，便匆匆地乘轿去了。慧姑掉转身来，央她娘披露这事的内容，朱氏便一是一二是二地讲个透彻。编书的但求省笔，按着朱氏的报告，写几句概括的说明。

原来邦平接了他儿子的谏父书，胸头十分恼怒，一批一批地催着子才去商议，其实不是商议，竟是断绝父子关系的口头宣告。他向子才说道："小儿荒谬到这般地步，竟是不可为人，不可为子。去年寄一封信，胡诌什么公德、私德，把我气个半死。我便重申祖训，大大地把他戒饬一番。从本年起，一切学费、零用费，我便不寄分文。他敢同老子作对，他绝不敢同金钱作对，断绝了接济，手头没钱，自然会向老子赔话服罪。但使他洗心革面，力改前非，我这口气也平了，自然仍把他作儿子看待。我不是爱护幼子，薄待长子，手心也是肉，手背也是肉，大指儿咬着也痛，小指儿咬着也痛，我是存心公平，并没一毫私意。谁料这不肖子越搅越醉，第二次信来，又把我气个半死。这信已请你过目，简直胆大妄为，不成体统。料他不是鬼摸了头脑，定是邪侵了心络。他说不要我的财产，哼哼，我这财产不是容易挣来的，本不配给这小畜生。先祖筱山公空拳赤手，勤俭起家，偌大产业，全仗这位老人家信实不欺挣扎来的。先君观保公以及兄弟都是善承先志，只会增添产业，不会消耗产业，三代相传，才有今日这般财产。小畜生既不把我作老子看待，我也不把他作儿子看待，这一封信，便是绝大证据。从此断绝父子关系，好好歹歹，成人不成人，都由着他。总而言之，刘姓的产业，他休想丝毫有份。子才兄，你是孩子的亲母舅，从前孩子入校读书，又是你一力主张，今天的事，不得不请你做个证人。"

子才听了不服气，便道："财产不财产，并不是今天的先决问题，况且令郎也不是依赖财产的人。他与我通信，常说一做富家子弟，便脱不了依赖性质，专在财产上觅生活，养尊处优，什么事都不理会。金银气中，只生俗物；纨绔队里，都无俊人。他立定主见，把这许多财产看作没有一般，只知劳力博金钱，不知其他。我复信对他说，你的独立志愿很可钦佩，你虽不在财产上觅生活，然而财产继承权的惯例，现在尚没有废掉，将来的遗产，你总不能脱离关系。不是拥着财产便成了废物，只要积而能散，也可大大地干一番事业。我只望你做三散千金的陶朱公，不望你做辟兄离母的陈仲子。这信发后，长久没得他回信。上星期他又有信来，大概说，直言谏父，不蒙明察，昨得父书，大加训斥，且将本年学费停付。甥毕业在即，学费停付，自当借卖文之资，以为挹注，吾父此举，无非以独立勉其后人，甥感且不暇，曷敢怨尤。唯父子之亲，不能视同秦越，心所谓危，不敢不告。顷又以长书谏父，父能垂听大妙，父不能听，乞舅父婉喻曲讽，竭力规劝云云。这封书中，并没半句话不把你作老子看待，便是写给你的前后两封信，也没半句话，不把你作老子看待。你说他不把你作老子看待，所以你也不把他作儿子看待，这话完全没有根据。既没根据，父子的关系当然不能断绝。父子关系既没断绝，财产不财产，便不成了问题。"子才斩钉截铁地发了几句话，乘着几分酒意，怒冲冲地拂袖便去。回家告诉朱氏，说："邦平听了后妻的怂恿，竟要做这没天性的勾当，放着我陆子才在世，断不使这守财奴灭绝伦纪，混淆黑白。"朱氏听了，唯有嗟叹。

过了一天，忽然邦平来访子才，坐定以后，却不像前日的盛气侵人，转是笑欣欣地说道："子才兄说小儿信里，并没半句话不把我作老子看待，诚然诚然，但是他虽把老子看在眼里，他却不曾把金钱看在眼里。看轻老子的罪小，看轻金钱的罪大。须知刘氏三代，从筱山公、观保公传到兄弟，眼巴巴，气吁吁，图些什么？无非为着金钱二字。兄弟虽是小儿的老子，这金钱又是兄弟的老子，且不但是兄弟的老子，也是先君观保公的老子，也是先祖筱山公的老子。小儿得罪了兄弟，不过得罪了一个老子，小儿得罪了金钱，却是得罪了刘氏三代的老子。兄弟为这缘故，不得不与小儿脱离父子关系，保全刘氏三代相传的家产。好在小儿有言在先，他会劳力博金钱，并不靠着家产生活，脱离了父子关系，倒可磨炼他的志气。子才兄，你是小儿的舅父，须得请你做一个证人，立一纸证单，父子关系从此一刀两断，既可保全刘氏的家产，又可增长小儿的志气。应有报酬，自当竭尽绵力。子才兄义不容辞，万万不可推却。"

子才听他一迭声的"老子老子"，肚里暗自好笑，又听他说什么酬谢不酬谢，觉得欺人太甚，十分恼怒，然而不就发作，冷冷地候着邦平，看他做何举动。邦平误会了意思，只道子才闻有酬，意思活动，赶从怀里掏出一大卷钞票，一五一十地揭动，两手颤巍巍，嘴里还喃喃说道："从来亲兄弟明算账，虽说至亲莫若郎舅，然而子才兄果然做了证人，立了证单，这区区……"话没说完，子才的胸头愤火哪里按捺得住，倏地从座上立起，指着邦平发话道："刘邦平，你把我陆子才当作什么样人！难道图着你荷包里的东西，竟忍心害理，卖掉我的死妹，卖掉我的亲外甥？你倚仗着富有金钱，只道金钱万能，要怎样便怎样，什么丧心病狂的事都有人帮着你干。须知万能的金钱，只可诱动你门下豢养的一辈走狗，我陆子才却不受金钱诱动。万能的效力，在我陆子才面前，却是完全消失，休说万能，竟是一万个不能！你今日这般举动，我认为生平未有的奇辱，不是看着至亲分上，定要向大庭广众论个是非曲直。我陆子才只会调和人家的父子，不会破坏人家的父子。从此以后，关系调和的事，请来与我议，关系破坏的事，休来与我议。"子才这几句话说完，关了门，又落闩，拂袖入内。

邦平碰这大大的钉子，怎不懊丧，一壁收藏了钞票，一壁自言自语道："钞票、钞票，向日掏出了一张两张，便要享受人家的许多恭维，怎么今天失了风，大卷钞票送给人，不受人恭维，却大大地受了一顿排揎。子才，子才，你不该这般使性，你得罪妹婿不打紧，你得罪金钱却是罪深孽重，永远不会起家立业。你做舅父的这般没志气，无怪小畜生那般不长进。外甥不出舅家门，古老道人的话委实不曾说谎。"说着，怏怏地自去了。这便是子才、邦平交涉的近状，都从朱氏口中讲给慧姑知晓。唯有邦平自言自语一节，那天被王妈听得，故从王妈口中报告。

慧姑听罢，依旧委决不下，便说："姑丈与爹爹既然这般决裂，今天打轿来迎接，又是什么意思？"朱氏道："我也在这里疑惑，打轿迎接，算是什么意思？刘剥皮一钱如命，平白无事，怎肯破费轿钱？你爹爹有言在先，只管调和的事，不管破坏的事，他有破坏举动，断不再请你爹爹去商议。他请你爹爹去商议，定有调和的希望。从来父子天性，一时决裂了，久后自能悔悟，据我看来，莫非邦平悔悟了不成？"慧姑叹道："我们的中华民国，竟变作'意见国'了。家庭闹家庭的意见，政府闹政府的意见，家庭闹意见，要请调人，政府闹意见，也要请调人。但是政府里请的调人，经一次调和，多一次决裂，调人的效果适得其反。儿愿爹爹这番做调人，真个把刘氏父子的感情调和了，便是他们的绝大幸福。"朱氏道："我仔细思量，只怕调和的希望依旧渺茫无凭。论邦平的为人，也许激发天性，然而有这小柳树精在旁，分明是一把拨弄是非的小扇子。邦平天性发现时，经这小扇子轻轻几扇，只怕天性变作了犬性，腔子里的一颗良心，也要被她扇到胳肢窝里，本来鲜红的颜色，也要被她扇得同炭墨一般黑。"娘女俩闲谈的当儿，不知不觉，早已暮色苍茫，良心一般的赤日坠落虞渊，竟把卵色青天变作炭墨一般黑。遮莫九霄云外，也有小扇子在那里作怪，否则湛湛青天，因何黑暗到这般地步？编书的插几句诨话，借此把朱氏、慧姑两人暂时脱卸。

话分先后，书却平行。青岩受了老大一下巴掌，脸上早红肿了一大块，隐隐作痛。这一下巴掌打得青岩莫名其妙，他不晓得这人面长面短、年老年少，被打的当儿，只听得啪的一响，睁眼看时，早已似雾里看花，变作模糊一片。收拾了断脚眼镜，摸摸索索地行走，一路走，一路思量：这一下巴掌，委实是天外飞来。挨这一打不打紧，把我眼镜打断，却是老大的冤苦。打断眼镜不打紧，在这紧要当儿把我的法宝破坏了，却是冤苦中的冤苦。真所谓一点水滴在油瓶里。要看慧姑的俏容庞，这法宝偏偏坏了，坏其宝而迷其庞，如之何其可也？方才被打时，仿佛有许多女学生立停了脚，在那里笑我，她们瞧着我，清清楚楚，我瞧着她们，糊糊涂涂。这许多人里面，论不定也有慧姑在内，别人笑我，尤可说也，慧姑笑我，不可说也。这一下巴掌，都是为了你挨打，虽不是你亲手打我，仿佛是你亲手打我，果然是你亲手打我，倒也落得挨这一打，软绵绵玉致致的纤手，沾染我的皮肤，只怕要余香绕颊，三日不绝。……

这极形可掬的青岩，一路穷思极想，想昏了头脑，不知不觉，踅入了一条小巷。两眼虽然恍恍惚惚，但是走熟的门路，目力不济也无妨碍，知道阿巧娘的家里近在咫尺，且到她家里坐坐，把眼镜修理好了，再做计较。主见打定，脚下便紧了几步，约莫已到了门首，大踏步跨将进去，只听得扑通一声，把这右脚浸个透湿。青岩喊声不好，赶忙跨出时，已成了一个湿东西。阿巧见了，从里面直蹿出来，指着青岩骂道："失了你的魂，落了你的魄！你生着眼睛，只算两个出气洞，这么大的一只洗衣盆，你都瞧不见，里面的衣服都被你弄脏了。"又提高嗓子唤道，"妈妈快来，你浸着的衣服，被他弄得乌糟糟了。"

阿巧娘抖动了斗鸡脚，急急忙忙地从房里出来，瞥眼见了青岩，上下端详，老大诧异，唤了一声："啊咦？"见他眯着双眼，红肿着一块面皮，淋淋漓漓浸透了一只脚，这般穷形极相，便雇着二十四个画师，一时也描摹不出。青岩搭讪着说道："好阿巧娘，亲阿巧娘，可有鞋袜借给我一用？"阿巧娘冷冷地说道："你今天为着甚事，眼镜也没了，面皮也肿了，不尴不尬，似醉似痴，装出这般怪模样，叫老娘见了生气。"青岩不好把探艳被打的事依实奉告，正想饰词对付，怎禁得阿巧娘锐利的眼光只在他红肿的脸上打转，瞧科了七分，冷笑了一声，便道："你原来受了说不出的苦痛，面皮都给人打肿了。哼哼，这一下巴掌，受用不受用？"青岩打了一个寒噤，暗想这婆娘真是精灵鬼怪，这一下巴掌竟被她一语道破、一口咬定，难道她也在学校门首看打不成？阿巧娘见他不开口，又喃喃说道："你进了刘公馆的门，我只道你一跤跌在青云里，替老娘面上增光。你今天挨了打，却来上我的门，面皮肿得同拍熟猪肺一般，眼睛睁得同吓呆松鼠一般，三分像人，七分像鬼，叫老娘见了，怎不生气？"青岩搭讪着道："你说我给人家打肿了面皮，你且还我一个证据，打我的是男是女、是老是少？你且交代个明白。"阿巧娘气愤愤地说道："老娘的一双眼睛，便是两颗夜明珠，什么事都瞒不过我。打你的人，我怎么不晓得，这人是个男子，说老也不老，说少也不少。"青岩吐出半个舌头，佩服这贼婆娘的一双贼目委实厉害。阿巧娘又一口气说道："待我再说爽快，这人年纪在四十左右，撇着几绺短髭，大耳朵，壮下颔，双料身体，是个很有脾气的人。"

青岩肚里寻思，我吃了哑苦，伸手打我的人怎生模样，我都不晓得，这婆娘倒一一看在眼里，便是看在眼里，也不该向我怄气，难道我盘问陆宅妈子的话又被婆娘听得，猜出我不怀好意，却在那里拈酸泼醋？阿巧娘见青岩半晌没说话，觉得自己所料非虚，却把许多希望都落了空，一时没好气，使出破锣般的嗓子，大骂特骂道："千杀的，你原来是抱不上树的鸭蛋、没笼头的野马！老娘为了你的事，白白地折了许多心思，叫你认干娘，替你通内线，穷思极想地代你策划，原想你在这只冷板凳上翻出花头，做出好戏，也叫老娘面上添些光彩。谁料千杀的不长进，闹出这般乱子。命里穷，只是穷，拾着黄金要变铜！从今天起，与你一刀两断，你也不认得我阿巧娘，我也不认得你老青。你快快离开这里，再也休上我的门，左脚上我门，打断你左脚骨，右脚上我门，打断你右脚骨！"阿巧听着打脚骨，麦柴当作令箭一般，掮着一根捣衣棒授给她娘，叫她打青岩脚骨。

青岩挨了一顿臭骂，才晓得这婆娘是未明真相，完全误会，不慌不忙地说道:"且慢,你骂我的话,全是文不对题,冬瓜缠到茄门里。我且问你,打我的是谁,你可知晓?"阿巧娘道:"老娘说的话,记记敲在鼓当中,怎会缠误。打你的是谁,定是你东家刘剥皮。"青岩咯咯一笑道:"放其黄犬之屁,刘剥皮同我亲热得什么似的,今夜请亲戚,还央我去陪席,他因甚要打我?"阿巧娘听着,怒容顿变了笑容,骨碌一声,捣衣棒丢落在地。原来她神经过敏,只道青岩触怒了东翁,一下巴掌把饭碗都打碎了,所以怒形于色,恶狠狠地一顿臭骂。现在解释了误会,撮着笑脸,忙问青岩道:"打你的委实是谁?"青岩只说误冲了一个兵丁,被他拦嘴一记巴掌。阿巧娘忙唤阿巧道:"你不见干爷踏湿了脚,大冷天气,沾受了寒湿,不是要的,你快去取鞋袜,替他换上。床席下有李伯伯的破袜,床背后有张叔叔的旧鞋,你都去取出来。"阿巧答应着,自进房去。正是:

　　取诸宫中,旧鞋破袜;多夫公司,用品不竭。

第二十二回

进茶寮夸谈幸福
设筵席强订婚姻

苍狗白云，易生变幻，不及阿巧娘的面皮变幻得快，一会儿脸上堆着严霜，一会儿脸上又含着春风。峻阪走丸，急转直下，不及阿巧娘的言语转移得速，一会儿说千刀万剐，一会儿又说千恩万爱。可惜她是个洗衣妇人，没有得着一官半职在那政界里发展能力，要是阿巧娘进了政界，倒也是个见风使舵的官僚、顺水推舟的政客。见人得势时，称功颂德，献几篇拍马文章；见人失势时，落井下石，打几个讨伐电报。

闲话丢开，休生枝节。且说青岩怎能晓得慧姑在平江女校里读书，前书没有说明，这回须得交代。原来青岩屡次在陆姓门前打转，却不曾见得慧姑一面，心里诧异，免不得在干娘面前，有意无意地打探消息。王嬷嬷只说慧姑在洋学校里读书，也不晓得学校何名、坐落何地，青岩无法可施，只得暂时抛撇这个邪念。一天，放了晚学，偶到小茶寮里去喝茶。这小茶寮，就是第二回书中勉斋所说的教书匠茶会，每逢夕阳落山的当儿，酸朋醋友挤满了一茶寮，跷腿而作高谈，哆口而发阔论。醋瓮中资料，谈不了子曰诗云；面袋里货色，用不尽之乎者也。苏州有一句俗语，唤作"落山王"，像这小茶寮的一辈斯文，真所谓落山之王。夕阳落山，便可脱离束缚，在茶寮里逍遥自在，南面之王，不易此乐，这"落山王"三字可谓名副其实。青岩从前失馆时，没事可做，常常提着紫泥茶壶，到茶寮里消遣日月。自进了刘公馆的门，公私交集，一时没闲暇，却不曾到小茶寮里去走动。这番重临故地，却见胜友如云，高朋满座，去年在徐大宗师门下落第的考生，如方厚卿、廉老头儿、雌鸡嗓子的吕文甫、栏杆充数的曹墨亭，都在这里喝茶。青岩进门时，大家都忙着招呼，只有文甫与青岩为着投标问题，犯了心病，大家招呼青岩，文甫别转了头，不来理睬。青岩也知道厚卿做了学校教员，所处的地位很好，觉得众人里面，只有厚卿一人可与自己分庭抗礼、接席谈心，当即在厚卿的座位旁边泡茶坐定，有的没的只与厚卿敷衍。厚卿问他馆况，青岩夸说东翁怎样殷勤，学生怎样服从，馆馔怎样丰盛，馆仆怎样周到，厚卿听着，说了许多艳羡话儿。青岩也问厚卿学校里状况，厚卿道："学校里的供馔，虽不及尊馆万一，然而当了女学教员，也有特别的幸福。许多红粉女，伴我白头人，看这女学生分上，供馔菲薄些，打什么紧。古人不云乎，秀色可餐。与其饱于食，宁饱于色，所以不愿人之膏粱之味也。"这几句话竟有提取津液的效力，直把青岩的舌本馋涎都提到唇边嘴角，便问学生里面，谁是才貌双绝。厚卿道："才貌双绝，自然要推陆子才的女儿慧姑首屈一指。"青岩无意中得了慧姑踪迹，怎不欢喜，又探得慧姑住在校里，逢星期六归家，所以到了这天，巴巴地赶到平江学校门首，餐一餐秀色。谁料秀色没有餐得，巴巴地讨了一下巴掌，赶到阿巧娘家里，又挨了一顿臭骂。比及说明原委，阿巧娘返嗔作喜，张鞋李袜都取了出来，多夫公司的出品要算应有尽有。

青岩一壁换鞋袜，一壁又遣阿巧买铜丝，修理这副折脚眼镜。阿巧娘笑道："我也料得刘剥皮不会打你，这几天干娘来说，剥皮口口声声只道你的好处，没有半句说你不是。剥皮的脾气，你又摸熟了，断然不会讨骂讨打。方才见你吞吞吐吐，闪闪掩掩，不肯讲老实话，遣将不如激将，不是经我这一激，你怎肯吐露真情？现在权把这页书揭开，我且问你，刘剥皮请哪一个亲戚吃夜饭，要你去陪席？"青岩道："这位亲戚非同小可，老柳太太的亲侄，小柳太太的胞弟，刘东公的内弟，刘少爷的舅父，玉叶金枝，高亲贵戚，唤作柳小宾先生。"阿巧娘舐嘴咂舌般说道："老青，你的吃运真亨通，天吃星高照你的命宫。富家一席酒，穷汉半年粮，你进门没有多天，倒扰了刘剥皮两次酒席。"青岩笑道："论不定还有第三次谢媒酒吃。"阿巧娘诧异道："你替谁做媒，我倒不晓得，干娘也没有提起。"青岩道："这是东翁同我商量的秘计，现在不便泄露，过了今天同你讲。"阿巧娘道："呸，你使什么刁！丢掉青竹竿，忘却讨饭时，没有我阿巧娘这条门路，你怎会爬上台盘！从来瞒官不瞒私，瞒上不瞒下，别人都可瞒，同床共枕的人须瞒不得。"青岩道："你休得这般猴急马慌，我说便说，你不能讲给人听。东翁听了小柳太太撺掇，屡次要把大儿子驱逐，只是不曾实行，一来碍着古怪东西陆子才，二来他儿子又没有什么把柄落在他手里。自从得了两封家信，忤逆不孝，有了老大的证据，驱逐劣子自然师出有名。他唤了子才前来，宣布这层意思，谁料这古怪东西口齿厉害，说来说去，倒是做儿子的理长，做老子的理短。东翁又同小柳太太商议，小柳太太说：'皇帝不差饿兵，你没好处给他，他便和你作对。你多少给他些好处，凭他铁一般的嘴，也要软化了。'东翁听了，怀着大卷钞票，去见子才。谁料这古怪东西不识抬举，把事闹得愈决裂了。"阿巧娘道："这些话谁要你倒黄霉，干娘都和我讲了。我只道你有什么异样新闻，原来吃了新鲜饭，专在那里放隔夜屁。"青岩道："你别性急，异样新闻便来了。"说时，阿巧买了铜丝回来。

青岩一壁修理眼镜，一壁讲道："小柳太太因子才两次作梗，晓得这古怪东西很难讲话，这事颇有些棘手。可巧他兄弟柳小宾挈着女儿翠娥前来探亲，小柳太太见了翠娥，又勾起从前的心事，便与东翁商议，要把翠娥配给玉儿，趁着今年暑假里完婚，把玉儿托付给她亲侄女看管，便不怕他生出异心。东翁说：'我早有此心，叵耐小畜生寻死觅活，百般挟制。'小柳太太说：'横竖你要驱逐他，由他寻死觅活，休放在心上，我们只打定主意便了。我把花朵一般的侄女嫁给他，她不曾亏待了他，为什么要寻死觅活？他不过说说罢了。将来成亲以后，一切银钱出入，都要从我侄女手里经过。俗话说，表壮不如里壮。玉儿纵然没志气，有了贤惠娘子做了监督，自然服服帖帖，再也不会起什么风波。我侄女又是个精明强干的女子，叫她来缚丈夫，一点也不难。我也曾在翠娥面前试探口风，翠娥笑道："侄女当了家，只许男子捧了大把金银从外面搬到家里来，不许男子带着一文半文，从家里搬向外面去。"你想翠娥小小年纪，道出这两句话，真是又漂亮又能干。可见柳氏门风，做女子的总不弱，命宫里都交着帮夫好运。你错过了这个机会，凭你踏破铁鞋，再也觅不到这般大贤大德的女孩儿来做媳妇。'东翁说：'便依着你的主意，也要请子才前来商议商议。'小柳太太说：'陆酸鬼又不是你的亲老子，值得这般怕他？话虽如此，你要请他来商议，我也不阻挡。他若说好，你便请他做了男媒，伍先生做了女媒；他若说不好，你便请伍先生做了男媒，徐勉斋做了女媒。好不好由他说，男婚女嫁，须由得我们做父母的做主。'……东翁夫妇的谈话，干娘在旁听得清清楚楚。今天大清早，我才起床，干娘蹑手蹑脚，踅入旧房，从头至尾都一一告我知晓。后来东翁又招我谈话，又介绍我与柳小宾相见，又约我今晚八点钟陪小宾吃酒。你想东家这般抬举我，差不多把我作老子看待，哪有平白无端伸手打人的道理？"

阿巧娘尚想说什么，早见门外闯进一个三十多岁的男子，头上歪戴着帽儿，脚踏着皮鞋，身上穿一件黑色皮袍，只扣着下半截三个纽子，上半截的衣襟倒挂在怀里，露出一大块白羔羊皮。手里握着烂银也似的两个铁丸，一盘一转，不住地拨弄，嘴里还哼着没板眼的戏曲。阿巧见了那人，一迭声地唤张叔叔。青岩架起眼镜，离座相迎，便说："张老三，许久不见了。"张老三一壁点头，一壁睁着眼，骨溜骨溜，只向青岩的脚下注视。阿巧娘扑哧一笑，便说："这个失魂落魄的老青，折了眼镜，瞎了眼睛，扑通一声踏进了洗衣盆，弄得鞋袜湿淋淋，一时没的换，只得借你的旧鞋，做个春风人情。"青岩道："好好，你把我的事，编作滩簧唱了。"说着，大家都笑起来。青岩见时候不早，急匆匆便要回馆，临行又叮嘱阿巧娘，把湿鞋袜代为烘干，明天来调换。阿巧娘答应不迭，张老三道："老青，你坐坐不打紧，怎么我来了，你忙着要走？我又不催你动身。"青岩道："这是前客让后客。"老三道："你倒不说乌龟让嫖客。"阿巧娘听着，便要拧老三的嘴，青岩乘这当儿，早已大摇大摆出了门。原来多夫公司的股东不止青岩一人，青岩与阿巧娘结交，本来另有作用，不专图那公司里的分红给彩。张老三也是股东一分子，青岩遇着他，总是相推相让，并不计较权利。依着青岩的心思，将来还有仰仗老三的地方，落得大度宽容，做个谦谦君子。这是后话，暂时不提。

且说青岩离却阿巧娘家里，径回刘公馆，恰是上灯时候，邦平、小宾、勉斋都在花厅上谈话。彼此相见坐定，小宾见青岩颊上红肿，忙问缘由。青岩已有了准备，答说："这几天牙齿作痛，牵动了面颊，都浮肿了。"邦平听说，连道："可惜可惜。"青岩觉得突兀，睁圆了双目，只向东翁呆瞧。邦平笑道："今晚备着粗肴，正要奉屈老夫子多喝几杯酒，偏偏尊齿作怪，早不痛，迟不痛，却在紧要当儿作起痛来，所以我说可惜可惜。"这几句话，分明一记兜心拳，十分难受。青岩本是个饕餮祖师、餔啜大王，这一席盛筵怎肯轻易放过，休说牙齿不曾痛，便是真个齿痛，图着肠胃受用，也顾不得牙齿委屈。然而东翁既这么说，少顷入席，又不好吃个杯盘狼藉，肚里一阵盘转，情极计生，撮着笑脸说道："东翁，敝齿委实作怪，前几天痛得厉害，自从奉了招饮之谕，颊上便肿起一大块，虚火就此打消，牙齿便不痛了。足见东翁是一颗福星，福星招晚生饮酒，敝齿怎敢作梗，自然要立时止痛。东翁的命令，比着立止牙痛散要加一百倍灵验，以后晚生患着牙痛，只求东翁赏一份招饮的柬帖，不待药到，自然病除。这柬帖儿的效力，却与小宾先生的药方同一神效。"

邦平、小宾受了这几句恭维语，拍手大笑，夸奖老夫子的口才不弱。勉斋在旁，虽也随声附和，但这一颗心宛似浸在醋罐里面，暗想姓伍的进门没多天，处处都被他占着上风，真是人不可貌相。他虽生得这般呆头呆脑，倒是一个拍马屁的专家。东家一见了他，便没口子地赞许，半个月的新西席比我多年老书记还要格外体面。他的拍马手段委实厉害，馒头大过蒸笼。我荐引他进门，休得搬了砖头压痛自己的脚，以后倒要随时抵制，给他尝些厉害。勉斋想到这里，心窝里一阵酸溜溜，不知怎么是好。邦平告青岩道："方才唤着藤轿，接子才前来，商议这段亲事。子才也没说什么，只说婚姻大事，须得男女彼此合意，勿论舅父不能做主，便是做父母的，也只做得一二分主，大部分的主权须听男女自由。我听了自由两字，老大不快活，便和子才抢白了几句，子才没好气地走了。我本好意请他来做媒，他既没福赚我的柯仪，吃我的谢媒酒，难道除了陆子才，便没人做大媒？益发作成了两位，老夫子做了男媒，勉斋做了女媒。过几天便要行聘，行了聘，然后发信到京，谕知小儿，谅他也不敢倔强。"青岩把头颅打个圈道："父母之命，媒妁之言，如之何其倔强也。"

当下谈论一番，早已摆上筵席，分宾坐定，不待细表。一主三宾，传杯弄盏，勉斋和青岩起了一个竞争心。若问什么竞争，便是拍马竞争。逢着青岩献媚的当儿，勉斋也想出许多恭维话，一五一十，专拍东翁的马屁。青岩暗暗好笑，你要和我在马屁上争胜，却是错了主意。马屁不在多拍，全在拍得其法，现在便饶让你多拍几拍，少顷看我发放手段，少许胜你多许。青岩定了主见，只不作声，勉斋不停嘴地拍马，青岩不停嘴地吃菜。吃得饱了，疏疏落落地向邦平颂扬几句，博得东翁心许，赞不绝口。拍马时少许胜人多许，吃菜时多许胜人少许，两种竞争，都是勉斋失败。

小宾近来境况大不如前，老子柳用宾瘫痪在床，动弹不得。他虽悬壶行医，终年没有人上门看病，素来又喜挥霍，坐吃山空，经济上渐形竭蹶。柳氏婆媳暗地里常常津贴娘家，只为邦平看守得紧，也不过零星接济，没有什么大宗巨款孝敬娘家。小宾膝下只有翠娥一人，蓄意要把她嫁给刘家，做个泰山之靠，依他心里，最好把女儿嫁给亲外甥金儿，只是金儿尚没成丁，授室日期还远，和翠娥的年龄又不相当，不得已而思其次，还不如嫁给玉儿，可以从早结婚。况且邦平曾有宣言，儿子做了亲，便许分掌家中财产权。他与玉儿感情薄弱，信任儿子，不如信任媳妇，这财产权便会到我女儿手里。这是千载一时的机会，怎能轻易错过。小宾既这般存心，所以邦平答应了亲事，他便满肚里快活，席上谈话，无非一味地称功颂德。这三位宾客，你一句，我一句，车轮般地周番拍马，拍得邦平异常得意，暗想像他们三个人，才不愧识时务的俊杰。却怪老陆不识趣，不达时务，屡次与我作对，我须给他些厉害，把他摆布摆布才好。又想老陆不靠我生活，不仗我声势，不候我颜色，便要摆布他却又没法。当下一主三宾，都有各人的心事，直待酒阑席散，早已十点多钟。小宾住在邦平家里，青岩这夜也住馆中。勉斋辞别回家，青岩抢上几步，在勉斋耳边咕哝了几句，勉斋点点头，满怀欢喜地出门。正是：

颂扬之语，出于酒杯；开筵买谀，以广招徕。

第二十三回

递条子暗通关节
送轴头饱受风霜

　　勉斋介绍青岩时，本有利益均沾的特约，眼巴巴望了长久，明天才是月杪，照例发给脩俸。青岩抢上几步，附耳细语，便是向勉斋报告这个消息，并说领到脩俸，即在前日预定的地点实行瓜分，卧室里没有闲人往来，十分秘密。勉斋听了，怎不欢喜，乘着酒兴，大踏步回家，门上砰砰几声，比向日敲得格外有力。娘子掌着灯，扭扭捏捏地来应门，迎面一阵酒气，直向娘子鼻管里扑来，举灯看时，见勉斋面赭眼饧，已有七八分醉意。娘子一壁闭门落闩，一壁嗔怪道："你在外面喝黄汤，也不向家里关照一声，我们娘儿俩等你回家吃晚饭，左等也不来，右等也不来。小狗子等得不耐烦，胡乱吃了一碗，先已睡了。我又等了一下钟，肚里饿得慌，也只得胡乱吃了，忍着冷在这里等你。"娘子闩上了门，回转身来，却见勉斋昂着头，绕着破藤椅，只在里面团团地打转。娘子瞧科八九分，暗暗欢喜，原来勉斋回家有个惯例，胸头有甚得意事，面部便仰翻了，有甚失意事，头脑便倒垂了。娘子见他昂着头，早把方才的嗔怪意思一齐消释，当下撮着笑脸，便问他与何人饮酒，在何处勾留。勉斋便把两桩喜事一起报告，东翁怎样请他饮酒，怎样央他给儿子作伐，青岩怎样与他耳语，怎样约他瓜分脩俸，铺张扬厉，讲个不休。这许多话落在娘子耳朵里，化作两道甜汁奔赴心坎，却把娘子这颗心在甜汁里浸一个透。勉斋酒后口渴，要茶要汤，娘子没口子地答应，脚不停地在厨下扭出扭进，约莫走了十多次，夫妇俩的谈话也比向日格外亲热。一宵易过，不烦细表。

　　来朝勉斋出门，娘子要香粉、要肥皂、要洋袜、要洋纽扣，勉斋屈指计算，价值不满一元，惠而不费，落得满口应允。小狗子又嚷着要买金钱炮，娘子骂道："小冤家，又要弄这玩意儿，前天放了一个，受那行路没相干的一顿排揎，倒累老娘大大地怄气。"小狗子见娘这般说，便哇地哭起来。其时勉斋早已出门，娘子见小狗子哭个不休，便说："别哭别哭，我今天要出去打牌，你陪我同去，路上有好东西，我便买给你吃。"小狗子才住了哭。耽搁没多时，娘子打扮齐整，换着新制的假哔叽皮袄，小狗子戴上新帽儿，娘儿俩携手出门，这所空屋子没人看管，自有铁将军代为把守。娘子扭头扭颈，小狗子一跳一跃，路上行来，自有好一会儿工夫。

却说平江女校里的半费生林姓姊妹，境况窘迫，星期六回家，便帮着老娘做活计。这一双姊妹，姊姊唤作林善珍，妹妹唤作林善宝，一个十七岁，一个十六岁，论她们程度，却也不劣，都列入中学第二年级里读书。老子在日，是个经纪中人，只为膝下无儿，把两个女孩子当作男儿看待，血汗博来的金钱，巴巴地培植这两颗掌珠，研究些普通学识。后来老子因商业失败，郁郁而死，家中境况一落千丈。姊妹俩新从高小学校里毕业，姊姊考列第一，妹妹考列第二，读书的兴致蓬蓬勃勃，怎肯半途辍业，尽弃前功。倘然继续读书，这般家况，他娘又无力负担。讲到高小毕业的生徒，倘能考入女师范学校，便可减轻负担，一来免缴学膳等费，二来师范毕业，充当个二三十元薪水的小教员，也可津贴家用。这时与林姓姊妹同毕业的高小生徒都纷纷去考师范，善珍、善宝见状心喜，自然结了伴侣，雇了船只，同到某处最著名的女师范学校里去应考。临动身时，高小女校长私问这一双姊妹："你们去投考，可曾托人递过条子？"姊妹回说，报名条子早已递过。校长笑道："你们的程度很好，只是阅历尚浅，须知到那边去投考，不是成绩上的试验，却是条子上的试验。未考以前，须央托一班势要人物投递条子，这试验才发生效力。帽子愈大，效力愈神，或是当地绅富，或是军阀要人，或是教育厅中人员，或是省议会里议员，他们开的条子，比着会亲符箓还灵。你们要希望录取，须得自寻门路。倘专仗着一支妙笔、全副心思，要在师范学校里占取一名半名的学额，只怕拔苍龙头上的角，取猛虎口里的牙，也没有这般艰难。"善珍、善宝听了，一团起劲都掉在冰窖子里。转念一想，师范学校里的女校长是个女界明星、巾帼泰斗，未必存着这般心思，只要自己分数及格，其他的事都不须顾虑，因此不辞跋涉，依然兴冲冲地去应试。国文、算学、英语三门，一一试验，国文作得很惬意，算题个个合问，英语也不曾弄错。同伴七八人，除却善珍、善宝，谁还有一本完全的卷子？国文不必论，算学的答题，英语的翻译，不是牛头弗对马嘴，定是冬瓜缠到茄门，所以同伴诸人都说善珍、善宝这会子一定录取，便是姊妹俩心里，也道是十拿九稳。谁料发出榜来，同伴赴考的个个取在前列，从榜首数到榜尾，数了两三遍，再也觅不出林善珍、林善宝两个名字。林氏姊妹俩嗒然丧气，足足地啜泣了三夜，滔滔不竭的落第泪，几乎把枕儿席儿一齐淌去。

可怜向来这副落第泪，专属于穷途举子、康了秀才，与那女孩儿家没甚关系。自从政治维新，各省遍设了女学校，有了学校，便有考试，有了考试，便有得意与失意。女子的虚荣心胜过男子，考试得意，欢喜自不待言，考试失意，这滚滚的涕泪再也留它不住，遂使琐琐裙钗也领略穷途举子的酸味、康了秀才的苦况。女校里评定分数，厘毫丝都不得粗忽，倘然掉以轻心，少判了一分半分，背地里有人絮泣，正不知要赔却几许眼泪。旧学家说女子善怀，新学家说女子富于感情作用，寻常考试，分数略有出入，尚不免回肠荡气，饮恨吞声，何况学校招考有升学落第的关系。做校长的只知瞻徇情面，不顾屈抑人才，全案披露的当儿，挥洒这副落第泪的，恐不止林氏姊妹二人。

编书的记得某处女师范学校招考，各处高小毕业生都来应考，就中有一个女生，本是高小学校的高才生，论她考验时的成绩，绰绰有余，可以入选，只恨条子不到，遂致榜上无名。自己不入选倒也罢了，偏偏同校的低才生却个个姓氏高标，声价十倍，这女生一时没好气，便寻了短见。人家悼惜这个女生，对于师范校长啧有烦言。编书的却替校长呼冤，凭条子不凭成绩，算得大公无我，至正无私，这女生有了条子，自当也会录取，放着许多门路，谁叫她不去走？考试落第，便寻短见，谁叫她死？她自己要死，死于条子，并不死于校长，这校长当然不负责任。

善珍、善宝虽不曾觅死，这三夜啜泣，凄动心脾，险些儿哭个半死。她娘没了主见，百般劝解，不生效力。房东张老太太是个逍遥快乐的人，听得哭声，暗暗却是好笑，寻思这小姊妹真痴了，读书不读书有什么打紧，洋学堂里不要她们读书，落得无拘无束，逍遥自在，因甚哭哭啼啼，凄惨到这般地步？女孩儿家读书，究竟有什么好处，值得这般痛哭？便是要哭，也要有个道理，或者衣饰不称心，或者要紧嫁丈夫，才用得着这般痛哭。她们千不哭，万不哭，偏偏为着不能够读书哭个无休无歇，这不是浪费了许多眼泪，哭一个没交代？

不谈张太太这般设想，且说安子虚女士这时正招揽女生，特别优待林氏姊妹，许她们缴纳半费，在中学班里读书。光阴荏苒，早已两载有余，林氏的家况又一天不如一天，渐渐地缴纳半费也觉异常竭蹶，她娘便做些女工，补助女儿的学费。苏州是出产绸缎的所在，自从养蚕做丝，以及上机组织，不知要经几百回手续，才能成匹成段，中间也有许多需用女工的手续，最普通的便是掉丝一项。苏州城里的妇女，靠着掉丝生活的，不知凡几，绣娘、养蚕娘、织布娘以外，便要轮着这掉丝娘算个重要职业。掉丝的时候，一边放着丝砣，一边放着拽车，手段敏捷的，每天也可挣扎两三角钱，津贴家用。她娘做的女工，便是这个生涯。善珍、善宝每逢星期六回家，总帮着她老娘掉丝，常常挨个深更半夜，待到来日清晨，又要赶到丝帐房里缴纳已掉的丝，招揽未掉的丝。苏州城里的丝帐房也是一种重要营业，靠此起家发迹的不计其数。每日早晨，帐房家尚没开门，门外的掉丝娘挤挤挨挨，早已聚了一大堆，其间有老有少、有村有俏，都是来送轴头。什么唤作轴头？便是向帐房家里领出的丝，经掉丝娘一番手续，条分缕析，一一掉在六角边形的轴杆上，然后取了轴杆，送还帐房家，这便唤作送轴头。既送轴头，又要向帐房家领丝，掉丝时全仗手快，领丝时又靠足捷，倘然迟到了，帐房家丝都发完，枉自气吁吁地白跑了一趟。所以天方破晓，掉丝娘携了大包小裹，纷纷前来送轴头。帐房家的门又不肯早早开放，掉丝娘越聚得多，两扇大门越开得迟，逢着风和日暖不打紧，倘然风雪交加，便冻得瑟瑟索索地抖，又或雷雨并作，便打得落汤鸡一般湿，在这当儿，又要保护这包裹内的轴头，打潮衣服不打紧，打潮了轴头，败了丝色，又要惹帐房家敲柜拍凳，大声疾呼，罚去多少工资，做个相当的惩戒。掉丝娘的苦况，真是一言难尽。

这天，善珍、善宝两姊妹分携了两包轴头，低垂着头，只管向前行走，路上怎敢抬眼，端怕遇见同学，惹她们说笑。明知劳工神圣，便撞见同学，也没什么内愧，无奈这些同学姊妹都不曾了解劳工神圣四字真谛，就算一时了解，也不过当作一种新流行的口头禅，未见劳工时，唤他神圣，既见劳工时，依然任意轻蔑，谁复正眼相觑。善珍、善宝猜透同学们的心理，因此低垂着头，不敢左右顾盼，便算遇见同学，也当作没有遇见一般，免得遭人白眼，受人奚落。幸喜天气尚早，道上冷清清，并没熟人相遇，比及到了丝帐房门首，早有六七个掉丝娘都在那里站着，姊妹俩算得早起，还有起得更早的，倦眼惺忪，呆呆地守候着开门。可见金钱的权力，可以缩短人的睡眠时刻。善珍、善宝也只得在门前站定了。停了片刻，掉丝娘越来越众，婆婆妈妈，姊姊妹妹，都在门前互道劳苦，各诉艰难，但是两扇大门依然紧腾腾地闭着。

墙上的日光一寸一寸地下移，街上行人渐多，赶早市的各种商贩纷纷出担，唯有丝帐房里面依然鸦雀无声，多半是未醒清梦。况且丝帐房定出规例，门前的掉丝娘只有守候的义务，没有敲门的权利，任凭门户何时开放，谁敢敲动一声？众人等得不耐烦，嘈嘈切切，多在那里怨恨。一个婆子道："苏州城里的丝帐房，只有刘剥皮开设的几家最是十恶不赦，两扇牢门，越是等得慌，越不肯开，有时来得稍迟，这门儿偏又作怪，竟洞洞地开了。来得早也不好，来得迟也不好，这明明同我们做女工的开玩笑。还有里面管收发的小王，最不是个好东西。见了年轻妇女，便同没骨虫一般，瘫化作一堆；见了我们年老的，立时绷紧了面皮。收货时，百般挑剔，鸭蛋里要寻出骨头，动不动便是吃罚料；发货时，专把难掉的丝胡乱给人。我前几次来领丝，千求万恳，央他给我几缕浅色经，他理都不理，专把几缕佛青经给我。咳，面上添了几条皱纹，到处便吃尽了亏。"一个瘪嘴婆子道："你领得佛青经，到底不曾白跑了路，我比你上了些年纪，小王更不把我瞧在眼里，十次来领丝，倒有五六次脱空，真是人老珠黄不值钱。阎罗老子不肯收我去，放我在阳间受罪，便是十八层的活地狱。"旁边站立的年轻妇女听着二老谈话，都抿着嘴笑，唯有善珍、善宝不住地暗暗嗟叹。原来掉丝一项，分作两种，一种是掉经，一种是掉纬。经的光彩好，纬的光彩次，经以缕计，纬以绞计，无论掉经掉纬，大家都喜掉浅色的丝，不喜掉深色的丝。掉浅色的丝，目力又省，手头又爽快；掉深色的丝，目力又费，手头又黏腻。深色里面，一种佛青色最不易掉，要比着浅色丝多费一倍功夫，然而赚的工钱却只与浅色丝一律。所以掉丝娘见了佛青丝，都是横摇着头，一百个不欢迎。

闲话剪住。丝帐房的大门虽然依旧闭着，但是里面已有了声息，想都已离床起身。众人凑过头去，把耳朵贴在门缝户隙窃听动静，听得也有闲谈的，也有剥落剥落抽水烟的，里面的人只知自在逍遥，从容不迫，哪管门外的人立得脚软，盼得眼酸。又等了一会子，两扇门才呀地开了，掉丝娘一拥而进，领丝的领丝，缴轴头的缴轴头。里面执事先生也有五六人，把轴头一一收进了，只向年轻妇女有一句没一句随意攀谈，十句里面，总有六七句不堪入耳。就中一个唤作小王的，斜眯着两只水溜溜的眼睛，益发肆无忌惮，狗嘴吐不出象牙。轻佻的女工嘻嘻哈哈，也混在一起打扯；规矩的女工只是闷不开口，由他乱说。善珍、善宝是有程度的人，看在眼里，敢怒不敢言。发丝的当儿，照例年轻妇女可以享受优先权，许多浅色的丝都发付在嫩皮肤女工手里，那些黄瘦婆子依然捧着几缕佛青经，没精打采地回去。编书的只说善珍、善宝，各领了十缕妃色经，准备尽着星期日一天的工夫，要把它掉理完毕。门前站立时，枉掷了许多光阴，现在取丝回家，路上怎敢迟延，急匆匆走到自己住的一条巷里，却见迎面来了一个扭头扭颈的妇女，手里携着小孩，却把她姊妹俩唤住了。正是：

理丝终日，不满十缕；彼游手者，遍体绮罗。

第二十四回

做活计补充学费
理乱丝赔贴功夫

　　善珍、善宝正待赶快回家，趄入巷里，离着自己门前不远，偏偏被人唤住了。那人是谁？便是勉斋娘子，携的小孩便是小狗子。娘儿俩一路走来，娘子眼快，远远地看了这一双姊妹，便高唤道："珍小姐，宝小姐，一双好小姐，你们从哪里来？我正待到你家去，你们请停步，我有话要动问。"姊妹俩没奈何，只得停了脚步。娘子是裹脚妇人，移步向前，只是走不快。小狗子走路没规则，不是直线进行，却是螺旋进行，上街走到下街，只管绕远道儿。却把一双姊妹等得心焦，别事不打紧，手里十缕妃色经准备今天完工，怎敢俄延片刻。比及娘子约莫走到，巷口铛铛的几声小锣，一副卖糖担挑将过来，小狗子钉住了脚，又不肯走。善珍低语善宝道："妹妹，你且先回家，我在这里候徐伯母谈话。"善宝点了一点头，携着妃色经飞步回家。善珍又等了一会子，娘子才携了小狗子走到身边。善珍只道娘子有什么要话动问，谁料娘子倒三不着两，只是满口敷衍，先问善珍从哪儿来，善珍回说从丝帐房取经回来。娘子说："取来的经，谁掉的？"善珍回说："我们姊妹俩掉的。"娘子说："你们是洋学堂里的洋学生，怎有工夫在家里掉丝？"善珍回说："趁着礼拜日没事，做些活计。"娘子大笑道："好小姐，你既做了洋学生，怎么不懂洋学生的规矩？逢着礼拜日，谁不嘻嘻哈哈、快快活活，不是在姊妹家里打牌，定是逛花园、坐马车、吃大餐、看夜戏，再不然也要换了时式新衣服，在元妙观里打几个转，观前街上出一回风头。没的做了洋学生，依旧咕噜咕噜做那掉丝的勾当。你既要读书，掉什么丝？你既要掉丝，读什么书？好小姐，你枉自进了洋学堂，却不懂得做洋学生的规矩。"善珍听了这一派话，又是好气，又是好笑，只得勉强答道："徐伯母，我家一贫如洗，不靠着做些活计，怎能度日？"娘子把善珍身上打量了一遍，点头说道："一家不知一家的

121

事，我是喜打牌的，便道你们也喜打牌，看你这般境况艰难，自然要赶紧做活计。不比你徐伯母，吃饱了白米饭，成日在家没事做，闯到你家里来，寻张老太太打牌消遣。"善珍听到这里，才晓得她唤住自己并没有什么要话动问，不过来觅房东张老太太赌钱消遣，便说："徐伯母请里面坐，张老太太今天在家里，你不妨去会她。"娘子尚不肯走，依旧絮絮答答，说些没要紧话。小狗子吃完了糖，瞧见善珍手里的妃色经颜色鲜明，十分好玩，伸着潮湿黏腻的指头，想来拔取一缕，慌得善珍掩护不迭。正在没主张的当儿，却见房东张老太太从里面出来，招接徐娘子进门。

善珍如释重负，急急地溜入自己家里，却见善宝帮着老娘，都在那里骨碌骨碌地掉丝。善珍怎敢耽搁，赶把一缕经分作四组，绷在丝砣上，又把六角形的轴头穿上掉柄，掉柄架上捜车，捉了丝头，然后捜动捜车，姊妹俩各放手段，比较迟速。善珍一壁掉一壁说道："今天这十缕经，须让妹妹早完，碰着了长舌根的徐伯母，絮絮答答，一时脱不得身。她自没要紧，我们的光阴是金子做的，白白地为她耽误了一刻钟。"善宝笑道："姊姊，你久不进门，我料定你被她缠住了，便在张太太那边通个信，叫她出门去招待客人。张太太一出了门，你才能抽身入内。"善珍道："我原奇怪，张太太怎能晓得门外客来，却不料是你通的信。亏得你替我解围，要不是，只怕这时还不得脱身。"老娘道："近来的徐娘子不比从前了，隔了三五天，便要到这里来走动，来时便在房东那边打牌。她遇见了我，也是这般问长问短，问问不打紧，十句里面却有八九句提我心境。不是说你死了当家，怎样过活，定是说现在柴荒米贵，你十个指头儿怎能养活一家三口。她又卖弄自己运气好，算命的说她从本年起，整整地交着十年帮夫运，她丈夫在刘公馆里向来做书记，现在又兼做了什么大宗师，她说这个大宗师非同小可，却有从前学台大人的身份……"老娘话没说完，外面客堂里一阵洗牌声响，中间夹着许多嘻嘻哈哈的笑声，编书的这支笔，随着洗牌声响，要把外面四个打牌妇女叙述一番，只得暂把里面三个骨碌骨碌的掉丝娘按下慢提。

房东张太太向来嗜赌若命，她有三个儿子，大儿、次儿都在外面经商，都娶着媳妇在家。第三儿子不长进，没有正当营业，靠着拆梢讹诈，胡乱度日，也没有娶得媳妇在家。要是张太太有了三个媳妇，天天打牌，便不消去邀外客，现在一婆两媳，只有三人，须得来了一个外客才能成局，所以张太太听得徐娘子到来，兴冲冲地出门欢迎。徐娘子入门后，没多耽搁，两个媳妇赶忙搬桌子、倒骨牌、摇骰盆、定座位，骨牌一响，眼目清凉。娘子提着线结的小钱囊，向桌子角上啪地一放，笑道："今天带着两块大洋、十只小洋、三十个铜圆，谁有本事，一股脑儿都赢去。"张太太道："要赢你的钱，千难万难，你是交着帮夫运的，财神菩萨跟着你走，你这宝囊只会进货，不会出货，今天的一局牌，多半又是你做大赢家。"这几句话，引开了徐娘子的牙钳，乘着洗牌砌庄的当儿，笑说道："李铁口的算命真是千灵万验。他说我从今年大正月起交着帮夫好运，委实没有半些儿谎。当家的今年进款，比着去年要添出两三倍，这不是当家的办事能干，实在是我的命宫亨通。自从大年初一直到今朝，足足的三十天，当家的有事和我商量，只要我说一句这事干得，当家的依着我干，多少总得些利市。"张家大媳道："照这么说，徐伯母说的话也是千灵万验，不是铁口，定是金口。"次媳道："徐伯母倘挂了算命招牌，只怕徐金口的名望可以压过李铁口了。"大家听着，不由得哗笑了一阵。

开始打牌，徐娘子连赢了三副，小狗子觉得没精打采，硬要拖着娘回家，娘子在囊内掏出几个铜圆，叫他到门前买东西吃，经此一番疏通，小狗子才不来搅乱这和局。然而疏通的效力，可暂不可久，小狗子手头的钱用完了，依旧跑到娘身边，要长要短，纠缠不休。娘子道："冤家的，蚂蟥叮住鹭鸶脚，专和老娘缠绕，下次再不带你出来。"说时，又在囊内掏出两个铜圆，给了小狗子。原来娘子摸的牌正自顺手，今天的和局操着胜算，这区区疏通费，自然不须计较。小狗子三番五次窜出窜进，娘子随带的三十个铜圆被他索去了一半。

晌午时分，和局结束，徐娘子果然得了胜利，扭扭捏捏，推说要回家吃饭，吃了饭再来展局。嘴里说时，两只脚站立在地，只是不动，裙下一双六寸长的铁莲，宛比上了吸铁石，牢牢吸住，休想挪动分毫。张太太道："你不嫌怠慢，便在这里吃些东西，胡乱充饥。我早知你到来，便该吩咐媳妇们备些粗肴请你，现在可来不及了。厨房里耽耽搁搁，便要错误了打牌时刻。自古道，熟不拘礼，徐娘子要赶快展局，倒有个简捷办法，不如向面馆子里叫了几碗面，大家权时当了饱，放下面碗，便摸骨牌，尽着下半天的工夫，还可打八圈牌，一得两便，爽爽快快，免得碗儿碟儿、酒儿肴儿，闹这虚花儿。徐娘子，这一碗大面本不好算请客，好在你是杜园客人，有什么礼数不到，想你也不计较。"娘子道："面当饭，再好也没有，只是赢了你们的钱，又要你们做东道，赚了你干的，吃了你湿的，好生过意不去。"说时，大媳妇上街去叫面，二媳妇携着茶壶到外面去泡茶，客堂里人声稍静，却听得骨碌骨碌林姓那边的掉丝声，声声相续。徐娘子低声说道："这骨碌骨碌的掉丝声响钻进耳朵里，不由人不厌烦。同是一般声响，只有骨牌声、骰子声钻进耳朵里，非常适意，休说不厌烦，并且使那腔子里的心花一朵一朵地开放。"张太太也低语道："徐娘子说的话，委实是老太婆刺袜底——千真万真。掉丝声已是讨厌，读书声益发麻烦。同居家这两个女书呆，不是骨碌骨碌地掉丝，定是咕噜咕噜地读书，深更半夜，闹得人睡不稳、眠不成。她们靠着掉丝做生活，骨碌骨碌，也叫没法，这咕噜咕噜的读书，读它做甚？女子家不比男子汉，像你家的徐先生，读通了书，有大宗师做，她们俩读通了书，休说大宗师，连小宗师都没的做。成日成夜读这劳什子，正是好肉上生疮，拉个虫放在头发里搔。她们读了多年书，贪图些什么？只见她们捧了银钱从家里送到学堂里去，不见她们捧了银钱从学堂里搬向家里来，似这般的读书，越读越穷，读它做甚？女孩子家只要嫁个称心合意的丈夫，有的吃，有的着，有的打牌消遣，便半个字不识，也可快快活活，度一辈子安乐日子。"

话到这里，二媳妇泡茶回来，大家酽酽地喝了一碗茶，不多一会子，大媳妇领着送面的一同进门，热腾腾的几碗面一一搬在桌子上。送面的才答转身，小狗子先闹饥荒，伸着手在面碗里乱抓，赶向嘴里乱塞，娘子见了，却是好笑。二媳妇捧了一把筷子，先授给小狗子一双道："狗官，仔细烫着手，取了筷儿吃。"那时大家都捧了面碗，客堂里面，呼噜呼噜的声响搅作一片，却兴那边骨碌骨碌的掉丝声，声声应答。可怜她们娘女三人，掉了大半天，尚不曾吃午饭，外边霍落霍落的声响传入她们的耳朵里，触动了五脏神的欲望，肚肠里也掉起丝来，骨碌骨碌地作响。老娘道："时候不早了，待我暂时歇歇手，把昨天的冷饭倒在锅里炒一下子，胡乱充了饥，然后再做活计。这一做须做到晚，才能歇手。"善珍、善宝同声道："妈妈，烧火的当儿，赶快一下子，休误了掉丝时刻。"

编书的一支笔写两处事，客堂里四个婆娘、一个孩子都已胡乱充了饥，重摇骰盆，再定座位，纵横着八只手，把一百多张花骨头揉得怪响。列位，天下最勤奋的，莫如一班赌客。试看这四个婆娘，放下面碗，脸都没有擦，嘴都没有揩，便在那里继续打牌，三索四索、七筒八筒地乱喊，料想吐哺握发的周公也不过这般勤奋。"尚赌精神"四个字，真是中国家庭的特色。这时座位既已变动，牌风也便转移，小狗子故智复萌，几番向他娘索钱，娘子分文不给，给了他几个白眼。孩子肚里奇怪，呆呆地瞧着娘，只见娘的面庞不似方才般活动，皱紧了双眉，响都不响，两片嘴唇合得紧紧的、拱得高高的，倘使挂着油瓶，一百年都不会打碎。再看他人时，却是和颜悦色，有说有笑，不像他娘这般穷形极状。隔了一会子，听得张太太道："徐娘子放铳了。"又隔一会子，听得大媳妇道："徐伯母又铳了。"又隔一会子，听得二媳妇道："徐伯母连放三个铳了。"再看他娘时，绷紧了面皮，闷闷不开口，几次三番数签码赔给他人，额上迸出亮晶晶的汗珠，两只手瑟瑟索索地抖。小狗子不懂风云气色，依旧猴在娘身边，要讨取这钱囊里的钱。钱没讨得，讨得一顿臭骂道："小冤家，小畜生！都是你猴在娘身边，带累老娘摸不着好牌，一迭手放了三个铳。你这讨债鬼，晦气星，远一步好一步。你再在旁絮聒，仔细揭你的皮！"小狗子讨了没趣，便不向门前游玩，一溜烟闯进同居林姓的屋内。外面娘子遣开了小狗子，以为牌风转移，输钱便可恢复，谁料越赌越输，身边的签码输得一根也没有，借了一底，又输得七零八落，心中闷得什么似的，两片嘴唇尽力地耸起，和猪八戒的嘴巴一般，休说油瓶挂得，便是醋瓶酒瓶一股脑儿的瓶，也都可以挂得。

正在没好气的当儿，忽然小狗子从林姓那边哭哭啼啼地走出来，捏着一把鼻涕，哭告道："妈妈，我没有弄乱她的丝，她硬派我不是，嗳嗳，我不要！"说时，刁嘴欠舌，同怪鸟叫唤一般。座上四个人，除却娘子，大家都听不明白。娘子正待动问，早见林老娘捧着丝砣，气吁吁跑到面前，向娘子声诉道："徐娘子，你看丝砣上几组丝，被令郎弄得乱七八糟。"小狗子又哭又跳道："老太婆，活见你的鬼，你自己弄乱了，倒怪着我，嗳嗳，我不要！"娘子瞧这丝砣时，上面套着的丝果然都脱了腔，同乱发一般，便冷冷地问道："林太太，孩子弄乱你的丝，你可曾亲眼瞧见？"林老娘道："方才令郎到来，我们娘女三个正在厨下吃饭，我曾叮嘱令郎，这里逛逛不打紧，休得去弄丝砣上的丝，弄乱了，再也理不清楚，令郎没口子地答应。谁料吃完一顿饭，砣上的丝都脱了腔，不是令郎弄的，这里更没第二人。"娘子道："呸，你原来不曾亲眼瞧见，怎好咬定是我孩子干的？你那边虽没有第二个人到来，论不定是猫儿打架，把丝抓乱了。我的孩子，年纪不过九岁，却不曾说过谎，是他干，他不赖，不是他干，他也不肯胡认。"小狗子见娘帮着他，便又哭道："老太婆瞎了眼睛，明明给猫儿抓乱了丝，却说是我，嗳嗳，我不要。"娘子喝道："不许开口，今天老娘倒尽了霉，专碰这怄气的事，输了钱，谁替我认账。"说时，眼睛又瞧着牌，再也不来理会。林老娘弄得没下场，只好自认晦气，捧着丝砣，回到自己的住屋。娘女三个忍气吞声，同理这砣上的丝，直理到黄昏人静，方才就绪，却肮脏了许多掉丝时刻。这是后话，叙过不提。

再说客堂里四人打牌，直到傍晚，方才散局。娘子的钱囊都倒空了，还挂着三元五角的赌账，乘兴而来，败兴而返，携着小狗子一路归家。及到家门，只见丈夫徐勉斋垂头丧气，呆呆地立在门前。正是：

　　　　福无双至，祸不单行；嗒然丧气，夫妇同情。

第二十五回

祸延饭碗夫妇居哀
自录口供贪奴中计

　　徐勉斋噙着两眶眼泪，捧着一肚皮牢骚，准备赶回家中，抱着黄脸婆子一场痛哭，谁料跑到门前，门儿闭得紧腾腾，那职守管钥的铁将军巍然不动，把守得异常严密，看它不过三寸长，一朝得势，手段却恁般凶狠。勉斋进门不得，又不晓得他们母子俩哪里去了，动问邻居时，又都说不知。原来娘子和邻居，感情上很是冷淡，只为小狗子和邻儿拌嘴，哭哭啼啼，娘子袒护着自己孩子，十家邻居倒吵断了八九家，所以娘子出门，邻居家都不来多管。要是勉斋省得娘子爱赌钱，便自会向张太太家里寻觅，无奈娘子在家，什么事都不瞒丈夫，单有赌钱一项，却瞒得铁桶似的。勉斋回来时，只道娘子在家里料理开门七件事，谁晓娘子在外面掏摸一百三十六张花骨头。偏偏勉斋这天回家，又比向日早了一下钟，望门投止，室迩人远，这两眶眼泪，待向谁去挥洒？一肚皮牢骚，待向谁去发泄？

　　抬头望时，夕阳挂在树梢头，乌鸦从阳光里飞来，翅膀一扇一扇，满身都带着光彩，巢里小鸦一一伸出头来，咿呀咿呀，欢迎那倦飞知还的老鸦。想到自己，兴冲冲地出门，乌糟糟地归家，以前的光彩今朝刮削尽了，赶到家门，谁来欢迎我，却在这里做门外汉，可是人面不如鸟乎？勉斋满腹盘算，只在门前团团地打转，把头向两下张望，再也不见他娘儿俩回来，真是等人心焦，同热锅里蚂蚁一般，不由得信步走到巷口，想在小茶寮里敷衍片刻。进行一望，又吓得倒躲出来，原来去年在他手里应考的酸朋醋友都在这茶寮子里叙话。彼一时，此一时，去年考验时，摆足大宗师的架子，吹毛求疵，他们都落了第，今日里自己也变成丧家之犬，怎有颜面与他们相见？趁这辈酸朋醋友不注意的当儿，勉斋脚下明白，急忙退出了茶寮，一路垂着头，折回自己的门口，呆呆地站着，心里七上八下，又是闷又是气。一时失魂落魄，直等到娘儿俩跑到面前，方才觉得，不由得道出一个"哼"字。娘子没好气，也回答他一个"哈"字。哼字里面，含着愠怒，哈字里面，含着诧异。勉斋见娘子这时才来，倒抽了一口气，从鼻孔里哼出一个"哼"字。娘子见勉斋光着两手，早晨嘱买的肥皂香粉，一件都没有，老大失望，不禁落开了嘴，喉咙里哈出一个"哈"字。一哼一哈，算得夫唱妇随，彼此面面相觑，都没说话。小狗子逼着娘开门，娘子才掏出钥匙，开了锁，三个人推门入室。

　　勉斋在门外立得腿酸，跑到里面，便躺在破藤椅里，不住地长吁短叹。娘子肚里忖量：莫非他听了什么混账人的挑拨，说我在外面打牌，不管自家门户，他才板起面孔，摆出当家人的架子，想把我吓倒了，以后便不敢去赌钱。哼哼，你若这般设想，便是错了主意。亏得老娘命宫好，造化你多赚几块钱，便是老娘天天去打牌，你也不好说什么。今天老娘输了钱，正没好气，你倒要撩蜂拨蝎，火上添油，扮这鬼脸儿吓人，老娘经你这一吓，难道便瘫化作一堆？你不惹动我便罢，你若惹动我，准备同你吵个天翻地覆，闹个落花流水。娘子一壁思量，一壁换衣服、点灯火，再也不向勉斋兜搭一言半语。勉斋仍是一长一短地吁气，也不向娘子兜搭一言半语。然而这一长一短的吁气，传入娘子耳朵里，宛比火炉旁边放着一扇一拉的风箱，直把烈火熊熊，都要从脑门里透出。在这当儿，只待勉斋发出什么话，这一场恶战便要立时发作。那小狗子偏偏不知趣，拉着老子的衣袖，刁嘴欠舌般说道："爹爹每天回来，都带着好东西，今天回来，怎没有好东西吃？"勉斋瞪了一个白眼，双脚在地上一拍，自言自语道："什么好东西吃坏东西吃，老子的衣食饭碗今天都砸破了，从此以后，只怕连饭都没的吃！"这句话传到娘子耳朵里，陡地一吓，真个瘫化作一堆，当头直淋着冷水，却把脑门里面的熊熊烈火打得烟消火灭。犹恐听不清切，误会了意思，便道："你喃喃讷讷，嘈着些什么？"勉斋大声道："我在刘公馆里的饭缘满了，好好一只饭碗，打得粉一般碎。"娘子又问这话当真不当真，勉斋道："咦，这是什么事，怎好混说？我是素拘忌讳的，便是上坑缸也要讨个口彩，没的平白无端自己咒自己的饭碗打碎。"

　　娘子察言观色，觉得此事十分真确，正是万般没趣事，一一上胸来，喉咙里曷答曷答的几声，那两行急泪潮水般地淌下来，便在勉斋旁边坐了，左一把鼻涕，右一把眼泪，絮絮叨叨地哭道："你这不争气的东西呀，老娘交着帮夫运，你却犯了讨饭命，好好的一只饭碗，你为着甚事，却把它砸得粉一般碎呀？老娘嫁了你，替你撑家立户，替你烧茶煮饭，克勤克俭，有什么亏负了你？原望你也是克勤克俭，捧着这只衣食饭碗，安安稳稳地过一辈子。我的天杀的呀，你撞见了什么鬼，碰见了什么邪，平白无端干这不争气的勾当呀！"娘子哭得厉害时，捶胸拍肚，跳脚蹋地，便是死了亲爷娘、亲丈夫，也没有恁般苦楚，足见饭碗两字，关系非常重要。旧学家只理会得三纲五伦，据我看来，三纲的第一纲，五伦的第一伦，端要推着饭碗两字。勉斋经这一番哭闹，半句话都说不出，躺在藤椅里，陪着娘子淌泪，喉咙里也起了曷答曷答的声响。在这当儿，小狗子瞧瞧娘，娘也哭，瞧瞧爷，爷也哭，又听得说什么饭碗打碎，从此没饭吃，一时着了慌，也随着老子娘号啕大哭。毕竟勉斋的饭碗为着何事砸个粉碎，少顷哭罢，娘子当然要问及，勉斋当然要报告。但是现在正哭得热闹，仿佛替那饭碗举哀，须得哭个深更半夜，勉斋才把那饭碗去世的哀史依实报告。报告的当儿，呜呜咽咽，断断续续，仿佛苦块昏迷，语无伦次，须待好一会儿工夫，才能报告完毕。编书的是个急性人，爽爽快快，不如替他做个简章报告。

这天恰是正月三十日，伍青岩第一期束脩领到，须得与勉斋分而食之。勉斋屈指计算，十二元平分，便是六元，还有开馆日的赞敬半元，合计六元半，都要入我的囊橐，替人荐一个馆，月得六元半，这种生涯却也做得。所以到了刘公馆，先去会见青岩，悄悄地问他何时交款，青岩也是悄悄地答道："这束脩少顷便要送出，当着学生，不便瓜分，下午五点钟，放了晚学，便在前日预定的地方，如数奉纳。"勉斋听了，当然没有话说。待到五点钟，便向书房里去找青岩。青岩已放了学，一个人在这里守候，见了勉斋，鬼鬼祟祟地说道："勉翁先生，这里不是讲话之所，门口来往人多，被人窃听了，不大稳便。来来来，这里来。"一壁说，一壁把勉斋引入卧室。

青岩的卧室并列两间，右一间安放卧榻，左一间堆置什物，并没人居住，第十六回书中早已表过。两人进了卧室，青岩拽上了门，笑道："这里真是秘密所在，什么话都可讲，人家便要窃听，也没有这么长的耳朵。"又道，"勉翁先生，权在榻上一坐，这红纸包里的东西，我已收拾在书箱里面，待我取钥匙开书箱，把这四块大洋捧将出来。"勉斋听得数目不符，沉着脸说道："老伍，你别油嘴滑舌，把四块洋来搪塞我。去年要约的话，你难道忘了不成？"青岩道："去年怎样要约，委实有些模糊。"勉斋冷笑道："你别假痴假呆，想在我手里弄花弄巧。哼哼，你错了主见。我徐勉斋是何等样人，难道受你的拨弄？你推说前约模糊，我便重言以申明之，你且伸长耳朵听着。按月束脩，利益均沾，你取六元，我也取六元，其余赞敬节敬，都照前例，有一块钱，大家五角，有一角钱，大家五分，你省得不省得？"青岩答说："不错，不错，勉翁先生别生气，是我一时忘了。"说时，已开了书箱，取出一包银洋，纸包打开，又不即付给勉斋，先央告道："勉翁先生，这第一期酬金便依了台命，以后可否通融，减少二成数？"勉斋连连摇头道："不行不行，我定出的规例，丝毫不得情让。"青岩道："难道勉翁介绍的人都有这个规例？"勉斋愤愤道："谁说没有，刘府里上自东席西席，下至挑水打杂，凡经我徐勉斋引进的，都有这个规例。"

话到这里，猛听得呀的一声，左面空关的一间房忽然开出门来，门里踱出一个人。这人是谁？便是生得肥头胖耳、很有脾气的刘邦平。看他大模大样踱进青岩的卧房，眼睛看着屋梁，右手拈着短髭，一言不发，只是冷笑，早把两人里面吓坏了一个。邦平冷笑了一会子，渐渐把锐利的眼光注射到勉斋面上，勉斋吓得瑟瑟索索地抖。青岩拖过座椅，请东翁坐了，忙说："不知东翁在隔壁室内，方才我们说话有失检点，要求东翁原谅。"邦平道："伍老夫子，我此来并不是要探听秘密，这一间屋子本来两面都有门户，我方才寻觅一件东西，从那面开将进来。东西觅到，正待出室，却听得你们的声音，说什么秘密不秘密，我老大诧异，因此静听了一会子，被我听个透彻。原来姓徐的不是东西，竟敢讹诈你的束脩！"这几句话，说得勉斋满面通红，深恨没个地洞藏身。青岩忙分辩道："东翁，并没这般事，晚生欠着勉翁一笔款项，今天领了束脩，正待……"话没说完，邦平发怒道："伍老夫子，你不用代他掩饰，方才只隔得一层薄板，他说的话，句句入我耳朵，怎会缠误？说什么平分薪水，利益均沾，说什么上自东席西席，下至挑水打杂，他都定出这个老例。我用了他多年，只当他是个人，原来他安藏着蛇蝎心肠，背着我的面，竟做出这没廉耻的勾当。"又回头申斥勉斋道："你的奸诈伎俩都已被我瞧破，你便浑身是嘴，想已图赖不得。若是知趣的，赶快离我的两扇大门，我也不为已甚，要不然，我便送你到县知事公署，追究你历年讹诈的赃私。有了伍老夫子做证人，不怕县长不准。"勉斋听了，也顾不得什么，连连向东翁打躬作揖，哀求宽恕。青岩在旁，也是高拱手，低作揖，代为央告道："东翁看伍某薄面，饶恕他一遭，伍某愿保他以后不再发生此事。"邦平只是摇头。青岩又道："东翁不纳伍某所请，定要逼勉斋辞职，伍某是勉翁引进的人，勉翁辞职，伍某也无颜在门下混饭吃，只得一同告别。"说时，便做出匆匆欲走的样儿。邦平一把拖住道："伍老夫子，这事不与你相干，他走他的路，你教你的书，没的为了恶人，倒累了好人。我自悔眼光不亮，误把恶人当作好人。自古道，混浊不分鲢与鲤，水清方见两般鱼。现在我的眼光可亮了。伍老夫子毕竟是个真君子，以德报怨，代人受过，真叫人又是器重，又是佩服，我正有许多仰仗你的地方，万万不许你走。由他滚蛋，你只好好儿在板凳上坐。"一壁说着，一壁在青岩肩上轻轻地拍了几下，拍得青岩骨节轻松，不知手之舞之、足之蹈之。那愁眉泪眼的勉斋又上前央告道："东翁，求你老人家宽我既往，成全则个。"邦平瞪了他几个白眼，理都不理，挥挥袖竟走了。邦平走后，青岩低语道："勉翁，不是我伍某不替你着力，东翁盛怒之下，什么话都说不进，徒然碰了大大的钉子。勉翁今天请暂回，东翁面前，凭着伍某三寸不烂之舌，总要说得他心回意转。"勉斋没奈何，光着两只手，没赚得银洋，转向青岩说了许多仰仗拜托的话，快快地归去。

其实这桩事都是青岩弄的玄虚，他与王干娘、阿巧娘商议多时，才商议出这条计谋。当那发给束脩时，王嬷嬷却去报告小柳太太道："太太，你想姓徐的心肠狠不狠，手段辣不辣？他因荐了伍师爷进门，硬要把伍师爷的束脩按月分给一半与他，你想伍师爷的束脩拢总不过十二只大洋，分去了一半，只剩六块钱，给师爷做零用都不够。我们公馆里请师爷，也不是容易的事，总算少爷福分好，请到了这位好师爷，倘被姓徐的逼走了，偌大苏州城，凭你踏破铁鞋，再也寻不出像伍师爷这般好的好师爷。"柳氏娘子忙问此话何来，王嬷嬷回说："姓徐的硬逼伍师爷的钱，方才我走过书房门口，是被我亲耳听得。姓徐的还说，这六块大洋，限定今天五点钟，在伍师爷的卧室里交纳，少了一个，他便要撵逐伍师爷出门。"柳氏娘子道："啊呀反了，我们请的先生，姓徐的竟敢撵逐，这事怎还了得，没的人吃了饭，倒让狗去做主。少停告诉了老爷，少不得把狗头撵逐出门，看他再敢嘴硬。"王嬷嬷献计道："老爷当真要撵他，这狗头诡计多端，口说无凭，难保他不满口抵赖。好在伍师爷的卧室隔壁有一间空屋子，堆置什物，没人居住，到了五点钟，老爷悄悄地坐在空屋子里，听那姓徐的怎样向伍师爷强逼硬索。那时老爷板起面孔，捉住证据，把他撵逐出门，他便没得话说。"柳氏娘子忙说好计，赞不绝口，果把这个方法传授了丈夫。可怜徐勉斋十余年的饭碗，竟打破在烧火凳上铜镜先生的手里。

然而勉斋背述这饭碗去世的痛史，只把东翁窥破秘密的情形一一向娘子报告，还不疑及是青岩弄的玄虚。倒是娘子乖巧，便说："不对不对，你莫非入了姓伍的圈套，他舍不得把束脩分给你，才想出这条恶计，把你陷害。"勉斋犹豫不决，娘子早已千刀剐万刀割，替青岩上了一夜的寿。待到来朝，勉斋心犹不死，到刘公馆探听动静，听说自己的书记职役早由西席伍青岩一人兼充，暗暗喊一声"苦也"。从此刘公馆里，再没有勉斋的足迹。正是：

　　悬饵捕鱼，设食擒鸟；哀哉贪奴，胡为自扰。

第二十六回

出风头谈论未婚婿
觅戒指冤诬苦学生

　　这天正是暮春三月江南草长的天气，隔夜又刮着几阵风，洒过几场雨，许多艳李秾桃零落得不成模样，飘飘扬扬的花瓣都与故枝脱离关系，飘茵堕溷，各随自己的命运，丝毫做不得主。九十春光，本是一篇花团锦簇的文章，经此风风雨雨，这文章才有了收束。向来的辞章家，遇着落花时节，都替那满院芳菲无限惆怅，那"妒花风雨"的论调，摇笔即来，脱口而出，竟把风伯雨师判决了一个妒字的罪名。吾却替风伯雨师叫起撞天冤屈，从来不经破坏，便不能建造，烂漫可爱的桃李，不经风雨摧残，怎有结果的希望？待到花事阑珊，果实成熟，大家咀嚼这鲜桃甘李，竟把风伯雨师的功劳置诸度外，只记他破坏的罪，不记他建造的功，风伯雨师受这老大冤屈，真是没说处的苦。在下这一番话，并非有意翻案，撰那风伯雨师的辩护书，不过借着风雨说到落花，借着落花说到一家园子。

　　这园子经落花点缀，益发可赏可玩。碧油油的浅草上面，戴着密密疏疏的花片，多谢那风风雨雨，织就斑斑点点的地衣。园内女郎约莫有十八九人，却是三三五五，自由游戏，垂柳荫里的秋千一上一下，那人影儿只在粉墙上打转。墙东夕照光中，扑扑地飞来一只彩蝶，被那拍球女郎瞧见了，口中嚷着："蝶……蝶……标本……标本……"却把拍球的板代那扑蝶的扇，皮鞋咯噔噔，赶来扑那彩蝶。蝶没扑得，给那草地一滑，却把自己扑翻在地，亲亲热热地和那地上花瓣接一个吻，赢得旁边女伴拍手大笑。那女郎赶忙爬将起来，看这彩蝶时，早已翩然遐举，离地一丈多高，把双翅一拍一拍的，只在空中打转，仿佛也在那里拍手大笑。那一带麂眼篱边，有一双姊妹，齐着脚步，手搀着手，一路踏歌而来，歌的是"朱门蓬户，春色平分，彼苍毕竟多情；飞花作片，堕地成茵，愿将阶级铺平"。唱完这几句，早已转到绿荫深处，那柳条儿一颠一拍、一俯一仰，也在那里击节叹赏。草地上有两个鬓龄女郎，收拾了许多花片，满满地把衣襟兜了，然后横一片竖一瓣地铺列在地，准备铺成"花花世界"四个大字。铺到第四个字，蓦然间一阵风到，四散花飞，竟把花花世界搅作落花流水。

那靠墙一带长椅上，并坐着两个女郎，喁喁细语，耳鬓厮磨，不是我把点朱般的嘴唇凑上去，定是你把搓粉般的耳朵送过来，这又轻又细的语调，再也没有第三个人可以听得。虽没有第三个人听得，然而编书的这支笔，却把两人的说话听得又清又澈。原来古今中外的小说家并没有什么惊人之处，单有腕下这支笔却是异常古怪，无论人家听不到的、瞧不见的，他都会听得瞧得，便是脑海里的烟云、肚肠角落里的渣滓，都瞒不过小说家的笔，也会滔滔汩汩，说将出来。编书的虽算不得什么小说家，然而编书的这支笔写到这里，却也不由自己做主，竟有些古怪起来，偏把那哝哝唧唧的语言写个明明白白。

一个女郎道："慧姑妹，这新来的学生柳翠娥，听说是你的表嫂，这话确不确？"慧姑道："谁说不确，莲芬姊，你从哪里探听出来？"莲芬笑道："不须探听，她自己当着众人，背书般地背将出来。"慧姑也笑道："亏她生成这副厚脸，怎样讲给你们听？"莲芬道："她新来的一天，功课完了，便拉我到自修室里，向我问道：'方才和你一起走的学生，你唤她作慧姑妹的，可是陆子才的女儿慧姑？'我说：'她便是陆慧姑，你怎样晓得她？'她说：'慧姑的表兄便是我的未婚夫，我怎么不晓得她？'这时自修室里恰有六七个同学在这里自修，听得未婚夫三字，觉得有些刺耳。翠娥旁若无人，一点儿不羞腆，说什么她的未婚夫姓刘名琪，表字玉如，乳名玉儿，现在北京大学校里读书，转眼便要毕业。又说北京大学校是全国最高等的学校，什么大官僚大富豪的子弟都在这里读书，听说北京大学校的校舍，有一百个平江女学校般大，里面的学生比前清的状元榜眼探花还阔。说时，还把眼睛一瞟一瞟，头颈一扭一扭，当着众人卖弄她的未婚夫，你想奇怪不奇怪？"慧姑听着，忍不住好笑。

那时一阵革履响，又来了一个女郎，挨着慧姑坐了，忙问慧姑笑什么。慧姑只是咯咯地笑，也不说什么，那个女郎莫名其妙，肚里好生诧异。莲芬道："飞霞姊，你道慧姑笑什么，她笑你想扑蝴蝶，倒被蝴蝶扑了一跤。"飞霞认道是真，呵着指头儿要来搔慧姑的痒筋，慌得慧姑分辩道："你休听莲芬的浑话，我们正谈论着一桩事，怎有工夫来笑你。"飞霞道："你们谈论些什么?"慧姑凑到飞霞耳朵边,却把方才谈论的话约略报告了。飞霞道:"这姓柳的卖弄未婚夫,我那时也曾听得,倒累我笑了半天。现在同学们都替她上了一个徽号,因她说话时扭头扭颈,同柳条儿一般,便唤她作柳树精。我有话要问你,往日常听你说,这位令表兄刘玉如先生是新世界的模范人物,在那北京学校里很有声誉,因甚和柳树精订了婚姻,白白地辱没了令表兄的名望?"慧姑微微吁了一口气,答道:"处于家庭积威之下,自由神自当退避三舍。"飞霞笑道:"你和玉如先生,又是中表姊妹,又是道同志合,怎么不……"说到这里,只把这个不字延长下去。慧姑明知这不字以下说的话,不待言而自喻,不由得晕红了双颊,不由得呵了指尖,也来搔飞霞的痒筋。飞霞道:"我不曾说什么。"慧姑嗔道:"我便搔你这不曾说什么。"说时,这十指葱尖只向飞霞胳肢窝里乱抓,慌得飞霞讨饶不迭,道:"好妹妹,我不……不敢了。"

在这当儿,忽见女校役张妈急匆匆地向校园里跑来,嘴里一迭声地唤:"林善珍、善宝两位小姐!"姊妹俩方才携着手在柳荫里唱歌,听得叫唤,忙从柳荫里转将出来。张妈道:"快去快去,校长安小姐立待你讲话。"姊妹俩不知什么事,匆匆便去。慧姑肚里寻思,校长平日专和阔同学周旋,那些寒素学生,她正眼都不瞧一瞧,因甚今朝特招林姓姊妹去谈话?正待向张妈动问,可巧张妈打从身旁走过,见着慧姑,便立停了脚,低声悄语道:"陆小姐,这里又要闹出什么笑话来了。"慧姑忙问怎的,张妈道:"春假后新进来的柳翠娥小姐,恰才下了课,在楼上卧室里洗手,偶然不注意,遗失了一只嵌珍珠的金戒,四处寻觅,都觅不到。据说卧室里面,只有庞贵珍小姐和那林姓姊妹俩曾经走动,她便把这事禀明了安小姐。安小姐道:'庞贵珍是有声价的小姐,万不会取你东西。林姓姊妹境况很拮据,人穷志短,论不定做这下贱勾当,待我唤她们前来,严加盘问,盘问不出,便要实行搜检。'安小姐说话时,我恰在校长室里擦拭玻璃,安小姐便遣我来唤林姓姊妹,前去质问。"慧姑道:"啐,这姊妹俩都是有志气的女郎,怎肯干这不端事。看人要看个透彻,善珍、善宝的品行,吾是深信得过的,校长枉戴着眼镜,看起人来只是模模糊糊,宛是雾里看花一般。这件事,我们为同学分上,须得主持公论,休委屈了这一双姊妹。"说着,便约同了飞霞、莲芬去见校长,代两林剖白。

当下三个人离了校园,向着校长室行进,早见室门外聚着许多同学,都在那里探听动静。也有把耳朵贴着门缝的,也有把眼睛凑着窗隙的,也有窃窃私议，说这只戒指倘果是两林偷的，这便是害群之马，容留不得。也有帮着两林的道，她们不过境况困难一些，在校多年，也不曾干过什么不端事，校长欺贫重富，不疑他人做贼，偏疑她姊妹俩行窃，难道手头拮据一些，面部上便挂着偷鸡摸狗的招牌不成？慧姑听着，暗暗点头，足见众人自有公论，便和飞霞、莲芬从人丛里插身进去，挨到门口，未入门时，倾着耳先探动静。只听得里面有嘤嘤啜泣的声音，分明是两林受了委屈，在里面哭泣。又听得翠娥在室内插嘴道："安先生，她不肯解开衣襟，足见得是情虚，这一只赤金嵌珠的戒指，不是在这个身边，定是在那个身边。"又听得校长唉声叹气地说道："善珍、善宝，我怜念你们无力纳费，才许你们做个半费生，不料你们干这勾当，辜负我一番盛意。"又听得善珍带哭说道："安先生，这话从哪里说起，难道有什么真凭实据……"又听得翠娥插嘴道："不肯解开衣襟，这便是做贼的真凭实据。"慧姑听到这里，觉得愤愤不平，便伸手在门上弹了几下。校长忙问是谁，慧姑报了名字。校长又问是一个人还是许多人，慧姑答道："只有学生陆慧姑、蒋飞霞、沈莲芬三人，要见校长。"隔了片晌，才听得校长道出一句"克敏"。原来校长听得门外闹哄哄，端怕学生都哄了进来，塞满了屋子，别事不打紧，她的肥胖身躯先要吃那挤轧，现在听得只有慧姑等三人，便应许她们入室。

三人进门时，随手旋上了门。只见两林向隅啜泣，衣襟上都是泪点；翠娥在旁，向姊妹俩怒目而视；校长挺着胸，反靠在书案旁，胸前一起一伏，兀自不住地吁气。慧姑上前说道："学生等来见校长，专替林姓两同学担保，她们俩的学行，学生等相处有年，深知其细，断然不做这卑劣的行为。校长休得误听了人言，使她们俩含冤抱屈。"校长尚没有回答，旁边的柳翠娥把眼睛瞟了几瞟，头颈扭了几扭，掀动轻唇薄嘴，连连络络地说道："我与姓林的往日无冤，今日无仇，没凭没据，怎好冤人做贼？方才我在房里洗手，把戒指脱下，放在桌上，偶一转身，便遍觅不得，只有贵珍姊和姓林的两个在这房里走动。贵珍姊是金枝玉叶般的小姐，她手指上常套着两三只钻戒，谁稀罕我一只珠戒？只有姓林的两个，平日里穷形极相，寒酸得不成模样，听说要搜检，下死劲地不肯解开衣襟，她们不做贼，因甚要这般慌张？黄鼠狼躲在鸡棚上，不是偷鸡，也是偷鸡。"翠娥说话，是叽叽呱呱，又是快又是响，宛比咬着炒豆一般。飞霞听了，愤愤地说道："翠娥姊，从来捉贼捉赃，你便认定她们俩是贼，然待搜出赃证，再行发话，也不为迟。现在不曾水落石出，休先要出口伤人。"翠娥冷笑道："她们不偷我东西，因甚要遮遮掩掩，不把衣襟解开？你们旧学生只帮着旧学生……"翠娥没说完，却被慧姑剪住道："翠娥姊，我们说话，都凭着良心上的主张，说新旧成见一律破除，便是贫富阶级，也都看作一样，并非强词饰理，专替她姊妹俩辩护。不过就我们的眼光里看来，她姊妹俩一定不干这事，多半是你的一时误会。你要搜检她们俩的赃证，不如先在你自己脑海里搜检一下子，究竟你洗手的当儿可曾脱下戒指，可曾放在桌子上，可曾瞧出她们俩攫物的破绽，不妨搜肠索肚，详细考察一下子。常言道，事不三思，必有后悔。这个贼名儿，怎可轻易出口？"翠娥听着，恶狠狠地瞅了慧姑一眼，便说："好，好，做贼的不错，倒是做失主的担受不是，做贼的不该搜检，倒叫做失主的搜检一下子，反了反了，这世界真反了！听你们的口风，好像我自己藏起了戒指，冤人家做贼，敲人家的竹杠。这姓林的两个是著名的穷鬼，穷得狗肝都出，我贪图着什么，要向她们去敲诈？自从生了耳朵，不曾听得千金小姐去敲乞食婆的竹杠，况且真赃现在，只要搜检一下子，包管立时破案。"

翠娥说到这里，把手拍着胸脯，仿佛这事已有十分把握，谁知放下手来，无意间在自己衣袋上一碰，暗暗吃了一惊，赶把手在衣袋里摸时，原来这只戒指好好地在衣袋里藏着。猛然想着天天洗手时，常把戒指脱放在桌子上，今天匆忙，随手在衣袋里一塞，比及洗毕了手，一时恍惚，却向桌子上觅戒指，觅不得时，也不细细思索，才闹出这场笑话。翠娥自己知道错误，这只手只在衣袋里停顿，入时容易出时难，在这当儿，嘴也说不响，手也伸不出。校长见这情形，心里已有八九分明白，便道："翠娥，你便一时错误了，也不打紧，心急匆忙时，着了袜寻袜，戴了眼镜寻眼镜，我也常常闹这笑话。你的戒指倘不曾失掉，只要说个明白，也好叫善珍、善宝脱离干系。"翠娥没奈何，只得认了鲁莽，戒指不曾失掉，是我错怪了她们。经这一声明，小小风潮，方才平复。

翠娥首先退出，心里好生没趣。门外窃听的学生纷纷散去，只有少数人替两林不平，其他富贵人家的小姐和两林感情冷淡，两林受屈不受屈，丝毫都不放在心上。慧姑却去劝慰两林，情意殷勤，和自家姊妹一般。两林感激涕零，不消说得。飞霞、莲芬在校长前请求，说翠娥不该诬人做贼，须得予以相当的惩戒。校长道："她已自认了鲁莽，这事便不该深究。我们办学校的，多一事不如少一事，只要大事化作小事，小事化作没事，便好了。"众人没奈何，都退出了校长室。比及晚间，两林同到慧姑等三人卧室里道谢，说今天若没有三位仗义执言，我姊妹便冤遭不白，永无面目见人。三人都把好话劝了一番。莲芬忽问两林，因甚不肯把衣襟解开，惹人家疑惑？两林惨然道："我们穿的衣服，怎好与人家相比，外面青松松，里面一包葱，解开来时，这千补百衲的衬衣给人家见了，又不知要骂几声乞食婆。"正是：

　　以衣取人，势利眼孔；绣花枕头，众人所捧。

第二十七回

戛玉敲金唐人诗意
继膏焚晷午夜机声

平江女学校里怎么来了一个新生柳翠娥？上文并没交代，合该补叙。原来翠娥读书，另有一番作用，这种作用唤作挂牌作用。那天邦平设席款待柳小宾，当面订了姻娅，原定伍青岩做男媒，徐勉斋做女妁。后来勉斋被青岩倾轧去了，书记的饭碗打破，大媒的资格当然一并剥夺，邦平便另委了一个东席先生充当女妁，不到三天，果然行了聘礼。柳氏婆媳欢天喜地，不消说得。翠娥心窝里，甜津津开了糖食蜜饯店，两只笑眼挤成一丝半丝的缝，一张笑口成日价同木鱼嘴般地扯开，巴不得今日订婚，明日成亲，限时限刻，早早和那粉搓玉琢的粉郎玉郎饮交杯酒，唱结婚歌，如是这般，成一对儿。叵耐玉儿得了订婚消息，写信前来，竭力反对，词句里面无非说翠娥不曾受过学校教育，完全是个旧社会里的女子，倘然强加做合，只怕夫妇俩志趣各异，佳偶变作了怨偶。邦平看了信，大骂一场，把信札扯个粉碎。

这话传到翠娥耳朵里，暗思：他说我是旧社会里的女子，旧社会变作新社会，算不得什么难事，我幼时也曾读过几年书，什么女孝经、女四书、闺门女训，也曾读了好几本，学问虽不好说广博，但是什么倭袍传、描金凤、文武香球等唱本，拿到了手，我都唱得出。我的祖父常说，柳氏三代的女儿，唯有翠娥的文学最好，可见我的才情很不弱。他说我没受过教育，我便到女学校里混一混，挂一扇教育招牌，便是一位新女界里的人物，尽可做得大学毕业生的德配。当下想定了主意，便向柳氏娘子说了，娘子怜爱侄女，满口应允，见了邦平，便把翠娥的意思一一告诉了丈夫。邦平只是摇头，忙说："不行不行，好好一个女孩儿，又要把她送入酒铺子里饮什么狂药。虽说只挂着一扇招牌，然而换了牌号，里面的货物，难保他不变换。你从前嫌着陆家女儿沾染了洋学堂习气，只怕娶了过来，金鱼缸里出了黑鱼精，你有这般见识，怎么又要翠娥去读书？"娘子道："翠娥这女儿不是寻常女儿，她受了我爹爹哥哥的多年教训，根基坚固，丝毫动摇不得。休说在学堂里略混几个月并没打紧，便是住过十年八年，她总摆定主见，不随着没长进的女子去胡闹。不比陆家的女儿，从小没受过好教训，进了洋学堂，便同杨柳条一般，东也倒，西也倒，一点不能自主。所以洋学堂里，别人去不得，只有翠娥去得。"邦平听了，沉吟不决。娘子又道："你若不叫翠娥挂一挂学堂招牌，端怕这畜生不肯回来成亲，不如拼着几个月学费，买一个女学生做做。畜生羡慕女学生，我们便为他娶一个女学生做媳妇，也可堵住他的嘴，没甚推托。"邦平本是棉花般的耳朵，经这一说，不由他不首肯。这便是翠娥入校读书的原委。

但是学校招考的通例，都是秋季始业，唯有平江女学校是个私立性质，不受官样文章的束缚，翠娥便前去报名投考。这位龙虾教员方厚卿出了一个"汉高祖论"的题目，翠娥头脑里省识什么汉高祖汉低祖，执笔在手，不成一字。厚卿怕她交白卷，放些口风，说汉高祖是古代的皇帝，亏了这一句话，翠娥才敷衍了二十八个字，草草完卷，写的是："且说古代一皇帝，不知居住在何方。高祖其名汉其姓，五更三点坐朝堂。"厚卿看到这四句，非歌非谣，不衫不履，忍不住哈哈大笑，笑了一会子，牵动了咳嗽，合罕合罕地干呛起来。依着厚卿的意思，要照看从前考试违例，把这卷登诸蓝榜，校长不答应，说这卷虽不合格，但是声调琅琅，怪好听的，仿佛唐诗唱句一般。厚卿点了一点头，重把这卷吟哦了几遍，便说："校长的法眼真高妙，我起初读了这四句，觉得无甚深意，现在细辨其味，玩索而有得焉。这四句词意虽浅，却是唐诗正执。"又把头儿打了几个圈，舔嘴咂舌般说道，"唐诗唐诗，委实是唐诗，唐诗的滋味来了，不是盛唐，也不是晚唐，戛玉敲金，大有中唐诗人的笔意。"校长扑哧笑道："方先生老大误会了，我说的唐诗唱句，就是弹词唱本里面的开篇，我又省不得什么是盛唐、中唐、晚唐，你只管唐唐唐地唐个不休，约莫满口子都填塞了糖。"厚卿听了，暗自好笑，便把柳翠娥一卷插入高等小学班里。

过了几天，翠娥便进校肄业。校长招她入室，询问家世，翠娥一股脑儿和盘托出："刘邦平是我的亲姑丈，又是我的表伯伯，又是我的公公。刘玉如是我两重表亲的表哥哥，又是我的未婚夫。我的祖姑母，便是我的太婆，我的姑母，便是我的婆婆。我们柳姓三代的女儿都和刘姓三代联姻，将来伟大的财产权都要入我掌握。"这许多牵亲带眷的话，把安女士的脑筋都要搅乱，但是听到末两句，知道这位学生不是等闲之辈，自然另眼看待，肃然起敬。

所以翠娥诬陷人做贼，照例应当惩戒，校长不敢得罪了女财神菩萨，只是含容过去。可怜林姓姊妹，白白地受了冤枉，暗贴了许多涕泪，校长也没有一句半句慰藉语。转是慧姑等三人，破除贫富阶级，代为辩诬，方才有个水落石出。从此善珍、善宝结感在心，常想得当图报。然而翠娥心里，却深怪着三人多事，不该当着校长丢我的脸。飞霞、莲芬犹可恕，唯有慧姑这丫头，是我丈夫的表妹，和我关着亲谊，不该胳膊向外弯，帮着两个哭丧鬼数说我的不是。她分明挟着嫌恨，见我和玉郎订着亲，夺了她的心头恋爱，因此公报私仇，前来羞刮我一场。她嘴里说着公话，她满肚皮都是私意，又不是她和姓林的有甚关系，却要她前来干涉。翠娥既这般着想，从此和慧姑犯着心病，见了面，便别转了头，再也不交一言半语。慧姑见了，只有付诸一笑。学校里面物以类聚，常和翠娥做伴的，便是张女权、庞贵珍一辈人物，她们都是挂牌学生，一星期内，至多不过上两三天的课。上课时候，也不当什么真，只要晶镜革履，长袜短裙，挟着金字皮脊书，说几句也斯恶来，使那庸耳俗目都知道是时髦女学生，便比挂着特别改良文明卫生的招牌簇簇生新，大可一换面目，所以翠娥和她们宗旨相同，异常莫逆。

　　一天又是星期六，午后散课，校门外的轿儿车儿、佣妇丫鬟，以及中将公馆里的蓝呢大轿、黄衣卫队，都和从前一般热闹，不待细表。单有这位铜镜先生伍青岩，却几个月不曾来打转。编书的仍唤他作铜镜先生，是偶不检点，一时笔误。其实这时的青岩已非从前的青岩，那副折脚铜边镜早已送给阿巧作玩要品，青岩的鼻梁上早换了一副簇簇生新的十四开金丝眼镜。世界的进化，是从石刀时代，变为铜刀时代；青岩的进化，是从铜镜先生，变为金镜先生。冷板凳上，果然翻出花头，做出好戏，从六元束脩，一跃而为三十六元束脩。自从勉斋砸破了饭碗，二十四元的书记薪水都归青岩享用，荷包里多了油水，自然改头换面，气象不同。若问青岩因甚不到校门前来打转，其中却有几种原因。一来翠娥进了学校，青岩有些顾忌，每逢星期六，倘仍在这里打转，给翠娥见了，告诉东翁，岂不惹东翁疑怪？二来陆子才遇见邦平时，曾把青岩的轻佻行为约略报告，邦平只是不信，转把子才说的话告诉了青岩。青岩把子才恨得牙痒痒的，然而形迹上面不得不格外谨慎，因此便不来校门前打转了。三来青岩手头宽绰，饱暖便思淫欲，他在这时另有一番野心，便要到校门前打转，也觉分身不得。有这三层原因，慧姑回家时便少了这恶魔纠缠，觉得清净了许多。

　　林氏姊妹俩匆匆回家，恨不得一步两步便跨到家里，帮着老娘，拼个深更半夜，骨碌骨碌，多掉一缕半缕的丝经。又怕在路上撞着什么徐伯母，不管人家的时间宝贵，强要拖住了说长道短，只管絮絮聒聒，快刀都剪不断她的谈锋。说话中间，无非笑人家寒酸，摆自己阔绰，说得怎般嘴响。姊妹俩低垂了头，路上风景都无暇观览，好容易到了家门，正待跨将进去，蓦然间里面撞出一个男子，烂银一般的铁丸直向眼帘里映入，慌得姊妹俩站立一旁，低低地唤一声"三叔叔"。那男子向两林瞪了一眼，手里仍不住地盘转那两个铁丸，嘴里却唱着没板眼的腔调道："我道是哪里的一双学生，却原来同居家两位千金。"两林见他不痴不癫的模样，也不来理会，待他跨下了阶石，方好进门。那人偏站着不走，忽向两林动问道："你们学校里可有一位才貌双全的学生，唤作陆慧姑?"善珍、善宝见问，都怔了一怔。善珍答说："三叔问她做甚?"那人笑了一笑，跤着皮鞋，踢踏踢踏地上街去了。

善珍、善宝赶向里边，见过了老娘，放下书包，便去理那丝轴。老娘道："我儿大远地跑了一趟，也须接接力儿，要是口渴，我恰才泡得一壶浓茶，专备你们解渴。昨天房东张太太送我两个枣泥麻饼，是从木渎镇上买来的，我放在抽屉内，舍不得吃，留给你们姊妹俩，各人吃一个。"善珍道："茶便喝一杯，这麻饼我却不要吃，请娘自己垫饥。"善宝道："娘有东西，娘白吃便了，我们在学校里，每日三餐又不曾缺少，哪里会饥饿。娘在家里，又要做活计，又要烧茶煮饭，深更半夜尚不得卧，这两个麻饼，娘便吃了，有什么舍不得。娘也是一张嘴，我们俩也各是一张嘴，难道我们俩该吃好的，娘该吃坏的?"说话时，却引起了老娘的一番感触，暗想：张太太常向我劝告，叫我休把女儿放在洋学堂里读书，女儿进入洋学堂，不消一个月，回到家里便不认得娘。我听了她的话，虽不全信，也有些委决不下，后来看我两个女儿在学堂里读了多年书，放学归家，总和我亲亲热热，也不见得进了学堂便卖去了娘。

老娘肚里打算时，善珍、善宝都已开始做工，一壁掉丝，一壁把翠娥诬人做贼的事告诉老娘知晓。老娘听到安校长偏听谗言，强要搜检，愤愤地说道："亏她做了校长，怎般不解事，学生虽分穷富，道理总是一条。怎么学生穷了些，有理也是无理；学生富了些，无理也是有理。学生穷了些，满肚皮都是道理，她只不信；学生富了些，放一个臭屁，她也觉扑鼻子的香。"又听到慧姑等仗义出头，分清皂白，便道，"谢天谢地，偌大的学堂，不见得人人都和校长一般见识，毕竟还有好人相逢。我儿，你受了人家的好处，休要忘怀了。"

善珍猛想到方才门前的事，便问娘道："房东家的张老三，今天到来做甚?"这老娘叹了一口气道："房东张太太，桩桩件件福分好，唯有生出这个老三，却是她没福，一向不务正业，近来益加不成模样，日里吃太阳，夜里吃月亮，专在外面拆梢吃白食，胡乱度日子。手里有钱时，经年经月不向家里走，手里没钱时，跑到家里，伸着手向娘索钱。他娘又生成一副怪脾气，老大老二会赚钱会养家，他娘心里倒不欢喜；老三东飘西荡，两只肩儿扛张嘴，他娘见了，倒是心肝般看待。今天老三到来时，我恰泡茶进门，张太太就我手里讨了一杯茶，又把新手巾在杯口抹个干净，巴巴地送给好儿子吃。可那张老三高喝一声：'放着!'又接说道，'老太婆，谁要你这般鬼讨好……'我在旁边倒吃了一吓，因掉丝事忙，无暇管这闲事，便自去做我的活计。像张老三这般儿子，还不如没儿子的好。你问他因甚上门，除着向他娘索钱，还有什么事？他只认得钱，不认得娘，这番上门，不是来望娘，是来望钱。"姊妹俩听了，暗暗叹息。这夜吃过晚饭，娘女三个拥着一盏灯火，大家手不停摇地掉丝，当天一轮皓月从破纸窗里透进光来，和那轴上的丝光两两映耀。善珍手里掉丝，嘴里还喃喃地背诵日间功课。善宝肚里寻思，张老三无端问及慧姑姊，大是怪事，端怕老三怀着歹意，倒要时时提防他。

这时一室里面，除却机轴转动，更无别种声响。蓦听得张太太那边豁喇豁喇，一阵阵牌声响亮，慌得善宝急忙地把门掩上，又落了闩。老娘忙问做甚，善宝道："不记得两个月前，徐伯母在这里打牌，小狗子闯将进来，把丝砣都弄乱了。这番打牌，难保无徐伯母在内，不如早些防备，免得小狗子又来淘气。"老娘笑道："你还提起勉斋娘子咧，听得张太太说，这娘子从那天打牌回去，她丈夫便歇了生意，夫妇俩哭哭闹闹，没有一天安静。他家本是外强中干，寅年吃了卯年的粮，一旦没了职业，度日艰难，哪有闲工夫前来打牌。昨天我上街买东西，碰见娘子挈着小孩，从当铺子里走出。她见我时，满面不好意思，嘴里却支吾着道：'想到金铺里兑首饰去，却不料误进了当铺子。妇人家不识字，真有诸多不便。'我明知她是掩饰，却只唯唯诺诺，不去点破她。"姊妹俩听了，各各好笑。

娘女三人掉到两个更次，善珍、善宝催着老娘安卧，说老年人挨不得深夜，况且劳碌了多天，今夜理该早歇。老娘也催着女儿安卧，说你们辛苦了一礼拜，明天又要早起，还是你们先睡的好。娘女互相推让，尚没解决，忽听得有人在街上唤门，却是张老三的声音，又听得那边房东太太没口子地答应，仿佛出去开门。门儿开的一响，仿佛有三四个男子一拥而入，跑到房东那边，高唤着捉赌、捉赌。慌得善珍、善宝赶快熄灭了灯火，匿在门背后潜听。正是：

　　喁喁一室，女孝母慈；挝门深夜，彼何人斯。

第二十八回

母护劣儿偏心有药
娘怜弱女补脑无丸

　　一片捉赌声浪，惹得全家都起了惊慌，房东那边的忙乱更不消说得。林氏室中，亏得早已关门落闩，善珍、善宝都静悄悄地在门缝里窥视。这夜月色皎洁，外面跑进三四个男子，都打从林氏室外的天井里经过，当头的一个分明是张老三，手里两个铁丸，映着月光，闪闪生色。后面三个男子认不清面部，都操着不纯粹的官话，说什么深夜窝赌，该当何罪，捉到警区里，重重地惩办。随后走进的便是张太太，一壁走，一壁颤声儿说道："阿弥陀佛，这便怎么是好？"姊妹俩听在耳里，看在眼里，肚里老大诧异，悄悄儿告老娘道："真是奇闻罕见的事，儿子唤了巡警，捉娘的赌。"老娘摇摇手，叫她们休响，歪歪嘴，叫她们再去潜听。这时室中虽没灯火，但这皓月穿窗，分外皎洁，要不是老娘做的手势，姊妹俩怎会瞧见，编书的便不免大大地落了破绽。

　　话休枝节。姊妹俩再往门后听时，只听得房东那边的声浪乱糟糟搅作一团，也有怒骂的，也有哭泣的，也有拍桌的，也有踏脚的，人多口杂，没有清清楚楚的一句入耳。胡闹了一会子，才听得脚步声向外面来，姊妹俩赶向门缝里张望，月光底下，三个人影子一闪而过，随后张老三也跟了出来。隔了半晌，又见张太太送两个妇人出门，说道："两位吃了虚惊，种种对你们不起，亏得他们不顶真，这事才私和了。真是天大官司，只要地大银子。"两个妇人出了门，张太太掩上了门，落了闩，走入里面，婆媳三个又复勃豁起来，哭哭啼啼，闹得落花流水。老娘道："毕竟房东那边闹些什么事，我们住在一屋子，不能装聋作哑，须得去劝解劝解。今夜的活计，大家都歇着手，明天再做吧。"说时，点起灯火，正待开门去闩，却听得那边婆媳三个纷纷扰扰地出来，都说究竟谁是谁非，请同居林太太判个曲直。两林慌忙开直了门，迎将出去。张太太气喘吁吁，两个媳妇眼泪汪汪，都一一闯将进来，也不待人家招呼请坐，却在娘女三个掉丝的座位里，大马金刀地坐下。老娘拖条板凳，打横陪了，善珍、善宝没了座位，只得站在娘旁边，听她们讲话。

张太太伛着腰，把手揉着胸脯，上气不接下气地说道："林太太，告诉你，我活了这一把年纪，从没受过这场大气。林太太，我好气啊！气、气、气！"一壁说，一壁把胸脯乱揉。林老娘只道她受了老三的气，便说："张太太，从来母子天性，一时顶撞了几句，停会子便好了。你是有年纪的人，凡事看破些，休得过分认了真。"张太太睁圆了眼问道："你道我受了谁的气?"老娘诧异道："你说老三是吗?"张太太道："啊咦，冬瓜缠到茄门里了，我若没了老三，早已生生地给她们气死了。老三的外貌虽是犟头犟脑，其实他的肚里却是真心真意，从小到大，百般地体贴娘亲，算得是个再好没有的儿子。我见了他，说不出的欢喜，因甚要怄气? 今夜的气，都是这两位贤惠媳妇给我受的，她们当着人前，婆婆长、婆婆短，仿佛是依头顺脑的媳妇，谁晓都是绵里针、蜜饯砒霜、嘴里说出糖来，腰里掏出刀来。哟哟，我好气。"说时，又把胸脯乱揉不休。大媳妇拭着泪诉说道："林太太，这是她老人家容易生气，我们并没伤犯她。今天老三回来，向婆婆要钱，婆婆给他一块钱，他嫌不够，便向婆婆变嘴脸，婆婆倒茶给他吃，他都没有好声，开出喉咙吓煞人，宛比吃了凶神的脑子一般，这是林太太亲眼看见，须不是我们说谎。老三毕竟是婆婆肚里装过的，凭他怎样响喉咙，婆婆只是和颜悦色，不动一丝半毫的气。我们毕竟是外头人，好好地说话，倒恼得婆婆这般模样。婆婆和媳妇，怎有什么是非讲得，千不是，万不是，总是做媳妇的不是。"说着，便凄恫凄恫地哽塞了喉咙。张太太指着大媳妇道："你倒说得好听，无风不能起浪，没的无缘无故我向你们怄气。"老娘听了半天，恰似丈二长的和尚一时摸不着头脑，便请张太太暂时息怒，又问两个媳妇究竟闹些什么事。

次媳妇诉说道："好叫林太太得知，这泼皮的老三索钱不遂，怀恨在心，他晓得今夜约了女客在家里打牌，他便纠合了几个流氓，赚开大门，拥到里面，冒说巡警捉赌。我们是猜透他的心思，倒也不惧，却把两位女客吓得没路奔跑。老三帮着几个流氓，大声恫喝，说要捉到区里去重办，我们挺身愿去，那两位女客哭得泪人儿一般，只是哀求。老三和流氓通同一气，一边扮白面，一边扮红面。一边说，免得出丑，不如私休；一边说，定要送到官厅，照赌棍治罪。婆婆落了儿子的圈套，也是苦苦哀求，除赌柜上的钱钞，都被他们掳去，还在婆婆和两位女客身边敲诈了十多块大洋，方才一哄而出。这两位女客都是我们的干姊妹，难得在这里打牌，累她们吃了惊、赔了钱，姊妹分上须不好看。当着两位姊妹，又不好把老三的圈套说破。姊妹去后，我们便告婆婆道：'这都是老三做的圈套，捉赌是虚，敲诈是实。他敲诈婆婆的钱，整百整十，只要婆婆愿给他，做媳妇的不好说什么。现在他的胆子越大，手段越狠，竟敲诈到我们的干姊妹身上来。这两位干姊妹，素来的情分很好，今夜的赌局，原是我们千请万请，好容易她们给我大大的面子，才来这里打牌。不料平白无端闹出这乱子，宛比我们通同一气，有意做了圈套叫人上当。自古道，恶人带累好人，老三放了这把野火，连累我们见了干姊妹分辩不清，这不是恶人带累了好人？'这几句话，并没有伤犯婆婆，谁料老年人的肝火比年轻的还旺，听见我们议论了老三，便即大声辱骂，惊动乡邻，带累林太太不得安眠，要替我们断曲直。"

张太太捶胸拍肚地喊道："好好，你们俩串通好了，竟编派婆婆的不是。千张嘴翻不过你们两个牛屎孔，你们说老三不好，我偏说老三好，老三比了你们，要加一百倍的好。方才巡警来捉赌，倘没有老三在旁劝解，只怕一条铁索套了头颈，在场的几个都要捉将区里去。我是年纪大了，便到官厅里也不见得有什么大罪，你们年纪又轻，口里又没高没低，不肯让人。区里的老爷不比你们的婆婆，婆婆受你们顶撞，奈何你们不得，你们顶撞了区里的老爷，五百下藤条，二百下巴掌，打得背皮都裂了缝，两片面颊同拍熟的猪肺一般，到了那时，你们受用不受用？亏得老三一片好心，替你们解下这个劫，没良心的贱妇，只记仇，不记恩，正是狗咬吕洞宾，不识好人心……"婆媳们不住斗口，倒弄得林老娘没了主意。论那辈分，是婆婆长；论那道理，是媳妇正。只好两下敷衍，也不便判断什么是非。善珍、善宝姊妹俩也帮同劝解，费了九牛二虎之力，才把婆媳三人劝了开来。

这时恰交半夜，城外的丝纱厂已呜呜地放着汽声。老娘道："时候不早了，今夜这几缕经多半不能掉完，不如大家赶紧安睡，明天我拼个清早，到丝帐房里送轴头、领丝经。你们起身后，且把今夜不曾掉完的丝，尽着明日上半天赶完。"娘女们彼此说定了，各自安睡。那边婆媳三人又吵闹了一会子，也各负气归寝，直待同入梦境，嗔爱胥忘，万籁都寂，单留一轮皓月，不言不语，只依着轨道儿走。

红光一抹，起自东方，值日班的太阳出现，值夜班的太阴暂时告别。林老娘瞧见纸窗发亮，便一骨碌从床上起身，但愿两个女儿多睡一时半刻，因此放轻脚步，不敢惊动她们的清梦。走过女儿房门外，却见房门洞洞地开着，心头正自诧异，那时善珍、善宝早从厨下捧了面水，走将进来。原来姊妹俩比着老娘先起身，蹑手蹑脚地到厨下烧水，预备老娘洗脸。水烧热了，姊妹俩不敢惊醒老娘，只在厨下伺候着。后来隐隐听得老娘床上有了声息，姊妹俩方才你取了水，我捧了盆，进来侍候老娘。老娘洗了脸，把轴头裹在包袱里，准备出门，善珍一把拖住了娘，善宝从抽屉里取出两个枣泥麻饼，硬要老娘吃了上路。老娘不肯吃，善珍道："老人家大清早出门，空心空肚，怎么使得？娘不吃，便不放娘走。"老娘道："空着肚子出门有什么紧要，路上饥饿时，我自会买东西吃。你们在学校里读书，一天里绞多少脑汁，不比有家私的学生，费了些脑汁，自有补脑汁补脑丸取来滋补。可怜你们两个苦学生，在校时用心用脑、受冤受枉，回家来又要挨深夜起清早，帮着我做活计。可怜我又没钱买东西，滋补你们的心血，这么个麻饼，你们便吃……"说到吃字，便觉有些口吃，原来老娘的心已酸了。善珍、善宝听了，也各凄然过了良久，老娘才吃了一个饼，善珍、善宝分吃了一个饼，娘女三人才没有话说。老娘出门后，姊妹俩自理丝轴，从清早直掉到十点钟，简直没有停过手。

那时房东家里依旧静悄悄不闻声息。张太太动着隔夜气，醒了良久，偏挨着不肯起身。两个媳妇也醒了，向例媳妇比婆婆先起身，揩柜抹凳，扫地洗衣，自有一番早晨功课。这天大家没好气，都想婆婆吃了偏心药，做媳妇的十分巴结她，却口口声声只道是老三好，我又不痴不癫，也不犯俏眉眼做给瞎子看，横竖她有老三服侍，我且安安稳稳睡这一睡。当下你也不肯起，我也不肯起，直到十点钟，尚没动静。原来家庭勃谿，也有一定的顺序，斗口不胜，便是赌哭，赌哭不胜，便是熬饥，熬饥不胜，便是挨卧。她们婆媳三人，彼此不肯起身，就是履行"勃谿学"里的第四条件。

回转笔来，再说善珍、善宝，早把昨夜不曾掉完的丝都已一一赶完，专待老娘取丝回来，重理丝轴。听得外边敲门声响，认道老娘回来了，姊妹俩都急匆匆地去应门。善珍伸手去拔闩，善宝心急，已叨叨地问道："娘，取来的丝是深色还是浅色，莫非又是佛青色？"话没说完，门儿呀地一响，早有一种轻圆流利的声音传到姊妹俩的耳朵里，说道："珍姊姊、宝姊姊都在府上，妹子不曾白跑一趟，巧极巧极。"姊妹俩停眼看时，原来叩门的不是别人，却是同学陆慧姑，见她淡妆常服，和蔼可亲，后面紧跟着一个肥躯小脚的佣妇，手里还携着一包东西。慧姑虽和林姓姊妹同学，却不是同班读书，平日除在学校里会面，并不曾通过往来，这番忽然登门，姊妹俩自然出于意外。慧姑跨入门时，从佣妇手里接了东西，指着门口一条长凳道："王妈，你只在这里坐候着，我和林小姐到里面谈话，隔一会子便要出来。"王妈答应着，便在门口坐下。善珍、善宝的心里又是欢喜，又是羞惭。欢喜的，仙心侠骨的陆慧姑，今日里从天而降；羞惭的，自己家里同破窑一般，怎好款待嘉宾。慧姑含笑道："妹子突如其来，实做那不速之客，两位姊姊幸勿见怪。"善珍道："慧姊光临，喜出望外，但是贵人踏贱地……"慧姑道："咦，又来了，这般阶级制度的套语，我们须得捐除。人有什么贵不贵？地有什么贱不贱？"说时，姊妹俩早引导了慧姑，走到自己屋子里。善珍把那丝砣丝轴移过一旁，拭一拭座椅，请慧姑上座。善宝取了茶壶，便要上街去泡茶，被慧姑一把拖住道："不用忙，我略坐一会子，便要告别，现在且请伯母相见。"姊妹俩回说："家慈出门送轴头，少顷便回。"慧姑道："那么大家都坐了谈话，彼此时间宝贵，不用拘守虚文，挨延晷刻。两位姊姊只管掉你们的丝，一壁掉，一壁听妹子讲话。"姊妹俩都说丝已掉毕，本来没事做，慧姊不嫌简慢，何妨多坐一刻，从容赐教。

慧姑道："妹子宣言之前，预告一个冒昧的罪名，这冒昧两个字委实不可掩饰，但其间却有个分别。妹子的冒昧，是为着敬爱两位而起，不是为着藐视两位而起，且先说明了，省得两位见怪。"善珍、善宝都摸不着头脑，但说："慧姊见谕，我们理当洗耳恭听，说什么见怪不见怪。"慧姑道："两位不见怪，妹子才敢披露衷曲。须知我们的学校，虽把平等两字当作校训，其实种种情形，都和那平等两字背道而驰，两位前天所受的冤诬，便是大大的一个证据。妹子和两位虽经同学多年，却不曾谈过肺腑，自从那夜两位光降寝舍，灯下谈心，才知两位处着艰苦卓绝的家境，操着劳工神圣的职业，半工半学，不厌不倦，妹子心中，真是万分敬爱。昨天回家，向父母说知，父母说这般有志的同学，须得竭力扶助，鲍叔通财，须贾赠袍，勿让古人专美。妹子本有此心，加以父母赞成，自然益发坚决。此来报告两位，所有两位的学费，家父允许一力担任，代为缴纳。这包内有几件家常单薄衣服，是家慈吩咐奉赠两位，以后如有所需，自当竭尽绵力，源源补助。明知两位高尚纯洁，义不苟取，但此举专为敬爱两位起见，既不是市恩卖惠，也不是钓名干誉。两位看妹子的父母分上，万万推却不得，倘一推却，妹子这番冒昧登门，益发无以自解。"说着，便打开衣包，捧出几件新制的春衫，赠给善珍、善宝。

那时姊妹俩受也不好，不受也不好，竟实实做那受之无名却之有愧两句话，欲待伸手去接，却又缩住了手。亏得善宝有转变，笑答道："慧姊此举，真是仁至义尽，我们的方寸里，满贮着感戴二字，倒弄得没话可说。且容我姊妹商议数分钟，然后拜领大惠，不知是否使得?".慧姑点头允诺，善宝和她姊姊同到老娘房里密语了一会子，然后归座。善珍向慧姑申谢道："慧姊，得你这般竭力扶助，人非草木，怎不衔感。那天替我们昭雪冤诬，今天又特地送衣服到这里，令尊令堂又这般体贴周至，慧姊又这般情真语切，我们倘坚执己见，拒却盛惠，也未免不合了人情。但有几句老实话，须得奉告。我姊妹俩虽不敢过分执拗，做出那不受人怜的样子，然而桩桩件件都要倚仗着人家，我们也自觉惭愧。掉丝钱补充学费，身体虽劳，心却安然，有人替我们缴了学费，身体不劳了，天君却无一日安宁。所以尊大人代缴学费一层，万万不敢领受，慧姊赠我们的衣服，敬谨拜纳，永感赠绨之恩。但是可一而不可再，倘慧姊续有惠赠，我们敢预先声明，不复拜受。"慧姑听了，频频嗟叹，士各有志，怎好相强，也只得暂时承诺，再做计较。当下略谈几句话，起身告辞，姊妹俩受了衣服，又说了许多感谢的话。正待相送出门，忽听得一种不规则的戏调唱将进来，姊妹俩蓦记着一桩事，善珍赶把慧姑拖住道："慧姊，暂缓片刻出去。"善宝道："慧姊，且在门缝里瞧一瞧来人，你可认识?"慧姑猜不出什么意思，倒觉怔了一怔。正是：

谁谓道坦，寸棘咫荆；欲前又却，迟迟我行。

第二十九回

便园居士提倡风雅
高邻公所召集诗人

　　说时迟，那时快，泼皮张老三早一路唱将进来，只因王妈坐在门口，大门没有闭，所以他一闯便入，打从天井经过时。慧姑已在门缝里偷瞧，这副衣衫歪扯皮鞋蹋蹋的形状，实在不堪入目，更兼手里盘着两个光油油亮晶晶的铁丸，仿佛挂了流氓的招牌，贴了光棍的证书。慧姑瞧了一眼，赶忙回头向善宝道："这人我不认识，你叫我瞧他做甚？"善宝不即回答，待那泼皮的脚步声走得远了，然后轻轻说道："他是房东的儿子，唤作张老三，昨天遇见我们时，曾问我们的学校里可有一位才貌兼全的陆慧姑。我们好生诧异，像慧姊仙佛一般的名字，怎配在这无赖嘴里乱嚼，转念一想，也许这无赖曾和慧姊识面，所以知晓慧姊的名字。现在慧姑既不认识他，这件事便益发诧异，多半他不怀着好意。"善珍也说道："这无赖是家庭的恶魔、社会的蟊贼，他既晓得慧姊的名字，什么才啊貌啊地浑嚼，究竟存些什么念头，总要提防一二为是。"慧姑素来不肯示弱，便说："两位但请放心，做了一个女子家，到处怕人欺侮，怕人暗算，便觉得局天踏地，寸步难行。妹子只知我行我素，由这无赖嘴里浑嚼，当作鸡鸣犬吠，不去理会他便是了。俗语道，见怪不怪，其怪自绝。难道魑魅魍魉敢在白日里攫人不成？"说罢，重又与辞。姊妹俩送出大门，道谢而别。

　　不谈善珍、善宝回到里面，坐候老娘返家，单说王妈陪着慧姑一路行走，王妈道："怎么林宅两位小姐和那张老三做同居？"慧姑诧异道："你也认识张老三吗？"王妈道："左近人家谁不认识他？他是饿不杀打不死的泼皮，从前的官府，因他在外滋事，也曾把他访拿到案，一顿板子，几月监禁，照光棍例治罪。但他吃一次官司，名字更响亮一次，现在阊门城外三十小弟兄都推他做老大哥，拆梢打架，他总有份，并且和那太湖里面的盐贩都有往来，所

151

以他的声势竟一天大似一天。"慧姑益发诧异，道："王妈，你怎么打听得这般详细？"王妈道："不瞒小姐说，我的儿子阿金在城外水果店做生意时，也曾受过这泼皮敲诈，后来便不敢和他相近，见着他的影子都怕。这些话都是儿子讲给我听的，所以我知道一个详细。"慧姑暗自沉吟，原来这东西果是一个恶魔，林姓姊妹叫我随时提防，不为无见。但是我的名字怎么被他知晓，竟有些揣摩不出，实在令人气闷。慧姑沉吟时，王妈又赶上几步说道："说着张老三，我又想起了一桩事。刘姑老爷那边的混账先生，却和老三异常要好，常见他们在酒铺子里喝酒，有说有笑怪亲热的。正是歹人只交歹人，烂木头都淌在一浜。"慧姑恍然大悟，暗想：我正奇怪这东西怎会知道我的名字，原来他和伍青岩结交，这些话定是青岩讲给他听的。为了这个青岩，早把人闹得厌烦，现又添了一个恶魔，都在暗地里讲我，莫非有什么阴谋诡计？想到这里，一阵昏闷，脚步儿都跨得慢了。回到家庭，见过父母，单把两林拒却学费的事报告一遍，却把张老三说话一字不提。一来怕说了带累父母担忧；二来慧姑素性活泼，只怕提起这事，父母多所疑虑，不肯轻放她出门，倒落得诸多不便。

时光迅速，忽又一个多月，慧姑在学校里照常上课，并没发生什么意外。单有柳翠娥请了一个月的长假，许久不来上课，学校里少了她一人，倒省了许多闲事闲非。慧姑只道她不受学校拘束，就此退学，柳树精去了，再也不会兴妖作怪，心头暗暗欢喜。其实翠娥这番告假另有缘故，在下乘这当儿，表叙一遍。

翠娥本来家住上海，自从正月里随着老子到苏州来探亲，探亲探亲，倒成就了一桩亲事。柳氏婆媳便把翠娥留住了，意思要叫小宾搬家苏州，以便将来迎娶时候少一往返。小宾本要倚仗刘家，听了这话，自然乐从，回到上海，向他老子用宾说了。用宾久住上海，安土重迁，未免有些恋恋不舍。然而自己犯了瘫痪症，妹子女儿又都嫁在苏州，到了下半年，孙女也做了刘姓的人，七十衰翁，老妻又亡过了，单有一子一媳，怪寂寞的，不如搬到苏州，多少总得些帮助。所以翠娥正月里定亲，柳家全眷二月里便搬住苏州，住的房屋离着刘家不远，又是邦平的产业。论理邦平便不该征收房租，然而不然，邦平抱着"至亲好友现钱交易"的宗旨，依旧按月收租，毫无情让。谁知柳氏婆媳帮着娘家，暗地里把租钱送还了，又把柴米油盐源源接济，用宾父子白住了刘姓的房屋，开门七件事又都有人供给，比着住在上海，自然便利了许多。然而邦平见他丈人和舅子，按月租金不曾丝毫差欠，心头暗暗欢喜，

152

想他们毕竟识趣，并不靠着亲戚，叫我感受损失。翠娥入校读书时，应缴的学费，依着邦平意思，要他丈人和舅子担任，他娘柳老婆子道："你也太精刻了。我哥哥和侄儿，虽同你关着几重亲谊，却是明清皎洁，钱财上不曾沾你一分半分的光。翠娥这妮子既做了你的媳妇，几个月学费你也要这般计较，叫我哥哥和侄儿担任，他们没有沾你的光，你倒要沾他们的光，道理上也讲不过去。从来只有藤绕着树，哪有树绕着藤？"邦平没奈何，只得破了悭囊，承认三个月学费，心头兀自疼痛。谁知翠娥进了学校，交结了几个阔小姐，手头的费用也是阔绰起来，更兼校长知道她是刘富翁的媳妇，常常请她到校长室里谈话，甜言蜜语，称赞她的成绩优秀、性情温柔，是此间数一数二的好学生。翠娥戴了高帽儿，得意扬扬，不消说得。过了几天，校长又请她去闲谈，谈论中间，校长道："翠娥，有一件东西送给你。"一壁说，一壁在插袋内乱摸。翠娥私自欢喜，多半是校长给我的奖品，奖品到手，便好向着同学摆架子，向着家庭出风头。校长一只手尚没伸出插袋，翠娥两只手已赶忙去接受，比及校长把这东西掏出，翠娥要想缩手，已苦不及。原来这东西不是奖品，是一个乞助经费的募捐启。翠娥接受回来，向柳氏娘子说知，便瞒了邦平，在学校里多少助了些经费。自从翠娥在学校里输过捐款，益发增长了几分气焰，所以那天诬人做贼，校长明知翠娥的不是，看了捐款分上，却不敢去伤犯她。

若问翠娥因甚请假，翠娥读书，本是一种挂牌主义，请假不请假，打什么紧。不过此番请了一个月长假，却也有所借口。一来四月十六日，是邦平的祖母尤氏九十岁阴寿，也是尤氏五十年前的死忌；二来四月二十四日，是翠娥的祖父用宾七十生辰。这两桩事，并没有什么重要关系，然而翠娥借此请假，从四月一日起，至三十日止，足足请了一个月的长假。究竟翠娥在家做些什么事，咳，说也稀奇，这时的翠娥，已做了"吴中诗社"里的女诗人。这吴中诗社究竟何人发起？翠娥有何本领，怎么挂着女诗人的头衔？其中也有一番交代。

原来这位女学教员方厚卿先生，自从担任了平江女校的国文功课，便觉胸有千秋，目无一世。他是素来崇拜袁随园的，暗想随园老人的诗名盖世，虽出于天分高超，诗笔优美，然而也是借着许多女弟子的著作标榜鼓吹，才享受那千秋盛名。我方厚卿暮景桑榆，偏碰着这般好机会，有许多扫眉弟子、傅粉门生，伴着我白发衰翁，咿哦诵读。有了随园老人的一般遭遇，不可不有随园老人的一般诗名。我方厚卿今年六十一岁，夕阳虽好，红不多时，便是活到七十岁，也不过八九年在世，这般难得的机会稍纵即逝，怎便可以蹉跎过去。我方厚卿千秋诗名，须在这八九年内挣扎到手。有了这许多女弟子烘托，大约随园第二便要轮到我姓方的身上。自古道，牡丹花好，全仗绿叶扶持。我只放着胆，老着脸的做法，古有袁随园，今有方便园，吾何畏彼哉！

列位，这方便园是谁，原来便是厚卿的别署。厚卿近来自署便园居士，这个别号也是模仿袁随园的意思。他既姓袁，我恰姓方，他既自署随园居士，我便自署便园居士。好在一圆一方，恰是天造地设，随园的随字，是随随便便的随，便园的便字，也是随随便便的便，他既叫得随园居士，我也该叫得便园居士。厚卿既这般设想，把"便园居士"四个字雕刻一方图章，胡乱作了几首诗，写在斗方上面，盖着鲜明的朱砂图章，先与那同人唱和起来。起先唱和的诗友，也不过是小茶寮几个酸朋醋友，什么廉老头儿呢、雌鸡嗓子的吕文甫呢、栏杆充数的曹墨亭呢，都摩擦着鼻尖，嘤咛着声调，随着方老先生作诗。有了诗翁，便该起个诗社，那提倡风雅的吴中诗社就在这时成立。有了诗社，便该举个社长，那一群酸朋醋友都推举着便园居士方厚卿做那吴中诗社的社长，从此"方便园"三个字，叫得怪响。作诗朋友来入社的，也一天一天地加多，这个小小茶寮，大有实不能容之势。方便园诗胆愈大，诗兴愈浓，便在高邻公所里面，借着三间房屋，充作骚人的坛坫、雅士的会场。

列位，这高邻公所又是什么地方？这名目起得不尴不尬，委实有些奇怪。倘然望文生训，单就高邻两个字猜测起来，仿佛高邻公所便是邻舍组织的公所。哈哈，照此猜测，那便愈猜愈远了。要是有了邻舍公所，便也该有妻妾会馆。邻舍和那公所不相黏合，可见高邻公所并非邻舍的公所。后来种种营业都有公所，缎业、钱业、典业、金业，都有规模阔大的公所，下至剃头有剃头的公所，捏脚有捏脚的公所，种种公所里面，却不闻有什么高邻公所。这高邻两个字，究竟说的是什么营业，只怕把这题目当作灯谜儿张挂，也不是一时一刻容易猜破。原来近时有一种卖醋的生涯异常发达，什么陈醋、新醋、中国醋、外国醋，一经出售，往往利市三倍。以前卖醋的营业附属在酱业范围里，并不独树一帜，后来营业渐渐发达，便有许多人专靠着卖醋过活，人数既多，合当设立公所，做个同行集议的所在。但是质而言之，唤作卖醋公所，觉得有些不雅，那时醋业中人便去恳求方老先生，代题一个适当的名字。方老先生说："卖醋两个字不大好听，不如用个代名词，唤作高邻公所。醋字的故实，只有《论语》上乞醯两字最古，当时微生高的邻人藏着醯醋，可以应人需要，他实在算得卖醋的祖师，高邻两个字，便是微生高邻人的意思，把他题作公所招牌，比着直呼卖醋公所，大有雅俗之别。"这一席话，说得醋业中人人人拍手、个个点头，都道方先生究是秀才出身，秀才肚里故典多，题个名目，委实风雅得很，明明是卖醋的招牌，却不犯着醋的字面。

这座高邻公所和那小茶寮相距不远，所以方便园和醋业中人商议，让出三间房屋，充作吟坛，按月照例缴纳租金。醋业中人也便认可。从此高邻公所的门前，钉着一块吴中诗社的招牌，每日夕阳光里，便有许多作诗朋友出出进进。若论方便园的名望，本不能号召这许多诗友，只为他的诗社章程，无论男女，都可入社，大家又晓得他是女学教员，门下的女弟子一定都在那里作诗，所以报名入社的格外踊跃，格外热闹。自从诗社成立以后，里面的诗翁挨挨挤挤，里面的诗婆却是寥寥可数。照着便园居士的意思，本要把学校里几个高才生都罗致在诗社里面，热闹一番。他曾经挨着几个黄昏，刻意经营，作了一篇征求男女诗友的小启，什么"且夫尝思"，什么"盖闻伏以"，夹七夹八，胡诌了几百个字，借着学校里的铜笔版，刷印了一百多份，见一个学生，分派一份。他以为学生见了，一定绝对欢迎，诗社里面便可平添着许多女诗人，隔了几个月，便可印出一册《便园女弟子诗选》，从此便园女弟子便可名传四海，誉播九州。那么女弟子不朽，我方便园也可不朽。袁随园收了女弟子，曾画一幅湖楼请业图，我方便园收了女弟子，也可画一幅高邻请业图，千秋万世以后，便园居士的诗名或者可以压倒随园居士，真所谓青出于蓝而胜于蓝，方出于圆而胜于圆。我方便园倘能如此，明日便死，也就瞑目。

方便园虽作此想，无奈盼望了多天，女校里的生徒对于这事十分冷淡。慧姑得了这小启，略看一遍，随手扯个粉碎。飞霞、莲芬又是喜作新体诗的，见了当然不赞成。林氏姊妹要帮着老娘做活计，谁有这闲情逸致。其他程度幼稚的生徒，见了这小启，不知里面道些什么事，益发不生效力。只有柳翠娥一人十分起劲，竟在那吴中诗社里，充当着一位诗婆。翠娥本来喜看弹词唱本，每逢作文日期，任便什么题目，她总胡诌着几行七言唱句。便园知道她是校长的心爱门生，落得做个春风人情，批改课艺时，再也不敢轻易一字，链条般的圈儿圈个无休无歇。批给分数时，真是特别放盘，不批一百分，定批九十九分。好在圈点和分数都是笔尖儿上的人情，不要破费方先生的悭囊，落得慨当以慷，惠而不费。然而翠娥经这奖励，便自信本领高强，算得数一数二的才女，有了这绝妙诗才，不在大庭广众里卖弄，未免辜负了锦心绣口。她既这般设想，所以听得开了诗社，赶快入社报名，既挂着一块女学生的招牌，又挂着一块女诗人的招牌，待到暑假时，玉郎回来做亲，怕他不五体投地，拜倒石榴裙下？

吴中诗社第一期会课，择定阴历四月初一日举行，社长方便园先生检点社员名册，男社员果然不少，女社员只有翠娥一人，似乎不成模样。他便穷思极想，四处搜罗，方才凑足了四个诗婆，除却翠娥以外，一位是吕郭夫人，一位是方咏絮，一位是吴吟梅。待到开社日期，又是星期日，方社长没有学校功课，清早起身，便首先光降诗社。待到九点钟，诗翁、诗婆络绎而至，高邻公所里顿时热闹起来。正是：

乞醯之地，号曰高邻；醯鸡舞瓮，自命诗人。

第三十回

摘艳熏香丑人作怪态
行吟觅句狭路遇诗婆

　　吴中诗社开幕的那天，惹得门外闲人纷纷奇怪。苏州人本来喜管闲事，路上听得人家高咳一声嗽，响放一个屁，都要停了脚步，呆巴巴地瞧望，何况这卖醋公所，平时难得开门，今日里两扇大门洞洞地开着，又有许多长袍短裉的人，三三五五，摇摇摆摆，踏着八字步，都向公所里行进。路旁人见了，怎不诧异，不由得钉住了脚。一个人停了脚，那停脚的人愈积愈多，恰似电车轨道上发生障碍，只消一辆停止，那后面驶行的电车也便接二连三地停止。公所对面本有一片空场，那些闲汉们挨肩擦背，都在这里瞧热闹，你一言，我一句，夹七夹八，没头没脑，只是胡猜乱测。"咦，卖醋公所里今天开什么会，难道是同行公议，这酸醋儿也要加价不成？""不对不对，卖酸醋的，没有这般文绉绉的态度。""知道了，这些斯文朋友定是卖酸醋的代表。""啊咦，怎么公所里面，也有女人在场？""女人家本来喜吃醋，合该到场。""这个二十左右年纪，打扮得花花绿绿，满面雀斑，浓涂着雪花粉，行路时扭头扭颈的，好像刘剥皮家里的亲戚。""有什么不是，这只寡老住在苏州没多时，大街小巷，出出入入，谁不认识她？不但认识她，并且她的丑历史，大家也都晓得。""臭嘴三官，狗嘴里吐不出象牙，别胡说吧。"

　　门外汉窃窃私议，编书的不再铺叙。社长方便园打起精神，和那许多社员谈话。一个道："方大吟坛，有你老人家主持风雅，顿使吴门生色，茂苑增光。"一个道："方老前辈是词场里的广大教主，有此一番提倡，足使吴下俗尘一齐洗却。"一个道："方先生门墙桃李，都是艳若神仙。我们三生有幸，今日里和贵门生接席吟诗，真是获益不浅。"一个道："从来名师出高徒，经方先生培植的女门生，一定是才高咏絮，格擅簪花，只怕拈题斗韵的当儿，我辈须眉都要搁笔叹服。"方便园虽然满口谦逊，但是心窝里乐不可言，高伸着背，扯开着嘴，手拈着几茎虾须，专待社员到齐，一堂吟咏，挣扎好千秋盛业。雌鸡嗓子的吕文甫兼充社里的会计员，社员的入社费都由他收管。滥竽充数的曹墨亭兼充书记员，正在那里登录入社的姓名。还有大多数的年轻社员，入社宗旨，醉翁之意不在酒，都慕着便园女弟子的艳名，才肯花这五角钱的入社费。谁知待了良久，却不见半个女诗人入场，便疑及方先生欺诈取财，故意掉这枪花，准备要向他理论，索回方才的入社费。

　　在这当儿，外面恰来了一个四十多岁的妇人，生就一副剐肉脸儿，两块颧骨高高地耸起，穿着七分旧的淡荷色纺绸衫，又长又大，掩过了膝盖，这是三十年前出色当行的时新女衫。下面没穿裙子，两只裤管都用腿带束住，一双小脚裹得又尖又瘦，倘被那三十年前的诗人瞧见，便要步香郎罗袜之吟，续飞卿绣鞋之赋。可惜到了今朝，社会的心理转移，诗人的眼光变换，凭你三寸金莲、一握春钩，再也不把她收入香奁诗料。这妇人行路时，仰着脑袋，反接着两手，肩膀儿左一扯右一扯，下面一双小脚，居然也踏着八字步，做出那沿路寻诗、随地觅句的模样。里面许多诗翁，见这婆娘进门，好生诧异，看她的装束，又不是道婆佛婆，又不是媒婆稳婆，倒有些像嫖院戏剧里的虔婆。方老先生见了，陡地离座而起，嘴里连嚷着："女诗家来了，吕郭夫人来了。"一壁说，一壁蹒跚着双脚，降阶迎接。那些年轻社员呆等了长久，等着这一个诗婆，只落得你看着我，我看着你，套着神童诗的句调，轻轻吟哦道："诗人何太苦，遭此丑婆娘。"

　　编书的讲话时，女诗家吕郭夫人早已跨入里面，扑起着两只大袖，向左万福，向右万福，两面招呼道："列位大吟坛、大方家，有劳久待了。玉侬今日倦卧碧纱窗下，被枝上黄莺儿唤醒睡梦，水晶帘前梳洗都毕，便闲步回廊，教架上绿鹦哥读唐人小诗，顺便转入潇湘吟馆里，画几笔没骨花草，题几首七言绝句，算作兰闺清课。亏得侍婢春兰提起今天诗社开课的事，玉侬一点灵犀被她引动，因此收拾笔墨，前来应课。从后园里分花拂柳，径出园门，金莲蹴损牡丹芽，玉簪儿抓住荼蘼架，一路行吟，寻章觅句，虽没有随着小奚奴，挈着古锦囊，效法那唐代苏东坡的故事，然而零章断句却也收拾了不少，且待少刻写将出来，在列位面前求教。但愁下里巴人句，难入阳春白雪篇，这便如何是好也。"说时，把头儿连打几个圈，脑后拖着的发髻随这姿势，也便风车般转动起来。

　　旁边的年轻社员见这情形，满身都起了鸡皮疙瘩，喉咙里一阵奇痒，几乎把隔夜饭都呕将出来。只有方老先生没口子地称赞道："吕郭夫人的谈吐，真叫作熏香摘艳，没有一字不香，没有一句不艳。我们诗社里有了这位巾帼诗人，实在增光不少。"会计员吕文甫也向众人介绍道："这位玉侬女士便是区区的弟媳，她的诗才真是尽善矣，又尽美也。她和舍弟彬甫二人，夫其唱而妇其和，半其斤而八其两。惜乎啊惜乎，三年以前，舍弟竟做地下之修文，舍弟媳便成闺中之寡妇，花晨月夕，美景良辰，如之何其伤心也耶！"吕郭夫人微微地叹了一口气道："自古红颜多薄命，从来造物忌佳人。"说到这里，刚肉脸上淡淡地罩了一层红云，两只水溜溜的眼珠只在四下里打转。

婆娘打转时，早把一位西厢待月生吓得倒躲倒躲。这位西厢待月生是谁？却是一位翩翩少年宋吟香，他的别署，便唤作西厢待月生。原来少年人取的别署，都与自己的性质有关。这"西厢待月生"五字，又风流，又香艳，见得吟香崇拜君瑞，梦想双文，是一个自号钟情的人物。他这番来入社，也是慕着便园女弟子的艳名，想物色几位才貌兼全的诗友，做那知心伴侣。清早起身，下功夫把头颅洗净，薄薄地罩着一层雪花香粉，乌黑的鬓发分清头路，浓涂着凡士林，全身簇新行头齐齐整整，舌底还压着口香片，预备接席吟时，口颊生香，不惹那闺阁中人憎厌。谁料吕郭夫人眼锋打转的当儿，转到吟香身上，水溜溜的眼波化作火绰绰的眼毒，两道眼光直向吟香浑身注射。吟香暗想不妙，这婆娘看中了我也。赶紧向后退时，吕郭夫人挪动金莲，却偏偏迎将前去，扑着两只大袖，向吟香福了几福，笑问道："这位社兄贵姓大名，玉侬还不曾请教。"说时，扯开了嘴，立待吟香答复，口边唇角透出一股又腥又臭的味儿。原来这婆娘才吃了腌鱼大蒜便来赴会，因此开出口来，透出这般气味，慌得吟香别转头去，答了一声："区区便是宋吟香。"早已脚下明白，向人丛里钻去。众人见这情形，拍手大笑。那婆娘满面羞惭，便自去回廊里打转，依旧仰着脑袋，反接着手，踏着八字步，做出那寻诗觅句的模样。

在这当儿，又来了两位女诗家，一是便园的侄女方咏絮，一是便园的甥女吴吟梅。咏絮二十多岁年纪，吟梅尚在髫龄，见了这一辈诗翁，却有些伸伸缩缩，不好意思跨步进去。便园招呼道："来来来，你们都做了大诗家，休摆这小家子态度。从来诗胆大于天，几曾见入社吟诗的还怕着脸嫩。"两位女诗家听了，都把手帕掩了嘴，扭扭捏捏地进去签名缴费。在那众人眼光里瞧来，这两位女诗家，各有三四分姿色，可惜装束不大入时，举止不大倜傥，然而比着回廊里打转的痴婆娘，真有上下床之别。曹墨亭检点社员名册，只有柳翠娥一员不曾签到，其余的都已到齐，便问社长可要开课。社长道："翠娥这女弟子，才既超群，貌又出众，诗社里缺少了她一个，便减少了许多光彩。横竖时候尚早，不到九点钟，列位男女大吟坛都是倚马才高，千言立就，略待一下子，也不会误了吟哦时刻。"众人初时等得厌烦，巴不得早早开课，早早完卷，现在听得超群出众两句话，宛如服了两帖兴奋剂，立时精神抖擞起来，都道："社长说得极是，我们理当静待。"那西厢待月生宋吟香益发感受了魔力，闭目凝神，细细咀嚼这柳翠娥三个字。别的姓不姓，偏姓着柳，姓得风流了；别的名不取，偏取着翠娥，取得旖旎了。柳翠娥，柳翠娥，我不曾认得你面庞，我早已识得你姓名，你这三字姓名，香也香到极处，艳也艳到绝处。想到得意的当儿，便也反接着手，信步闲行，谁料狭路相逢，却与回廊里一个人撞个满怀，停睛看时，又是这个痴婆子吕郭夫人。只见她扯开阔板嘴唇，露出垢腻牙齿，笑向吟香道："宋吟兄的锦囊佳句可曾被玉侬撞翻了？彼此行吟觅句，都忘了形骸，才有这一下冲撞。宋吟兄，你究竟吟哦些什么，玉侬愿洗耳以听。"说时，这腌鱼和大蒜的气味又向吟香的鼻孔里猛扑过来。吟香暗暗地喊声"啊呀！"更不答话，掉转身躯便走。那婆娘又讨了一个没趣，仰空吁了一口气，微微地吟道："我本有心托明月，谁知明月照沟渠。"

在这当儿，蓦然间一种似兰似麝的香气从外面传将进来，引得众人的眼光一齐向外注射。但见一个艳妆女郎花枝招展地进门，上身穿着一闪一烁的什么外国缎衫，下面系着玻璃也似的纱裙，映着里面一闪一烁的缎裤。一双又光又滑又娇又艳的长丝袜裹在腿上，算得骨肉停匀，修短合度。蹑着的一双鞋子，又像是黑皮制的，又像是黑玻璃制的。这满身的光彩，早把里面的揩大先生耀得眼花缭乱。那位西厢待月生的眼光毕竟比众不同，专就面貌、身段、态度三大要件，下一个精确的评语。身段的评说是苗条，态度的评语是风骚，面貌却也不恶，只可惜雪花粉里，隐隐地透露几处雀斑，未免有些美中不足。社长方便园拍掌道："欢迎女诗家，欢迎柳翠娥女士。"他一拍掌，这拍掌声便如雷而起，年轻的拍得起劲，年高的拍得益发起劲，六十多岁的廉老头儿，忘了自己有腕痛的疾，拍得三两下，便紧皱着眉头，一迭声地唤那哟哟哟。单有吕郭夫人，反接着手，只是冷眼旁观，还不住地连连瘪嘴。翠娥受着多数人的欢迎，怎不得意，她的俏眼儿随着拍掌声浪，四下里打转。见着老年人拍掌，她睬都不睬；见着少年人拍掌，便有个相当的报酬。报酬些什么？报以眼角一瞟，酬以腮窝一笑。许多少年里面，只有吟香所得的报酬最丰，受了美人的特别青眼，觉得翠娥的身段益发苗条，态度益发风骚，说也稀奇，宛比受了一种隐眼的魔术，只见樱桃口中微微地露着犀齿，再也

160

不见雪花粉里隐隐地藏着雀斑。

编书的写到这里，要替社长便园居士表白几句。便园组织诗社的意思，不过怡性陶情，辟一吟风弄月的俱乐部，并非逾闲荡检，开一窃玉偷香的会合场。无奈中国人办事，往往出了一个极好的题目，偏不肯按照题目作文字。题目志在和平，作出的文字却是性喜捣乱；题目是服从民意，作出的文字却是摧残舆论。可怜便园居士一番提倡风雅的美意，生生地给这辈诗翁诗婆弄糟了。然而便园这时还没有觉察，依旧一团起劲，全副精神，高耸着驼峰，笑拈着虾须，向那大众宣言道："今日诗社同志都已到齐，便要开始吟哦。鄙人忝掌坛坫，须得有几句刍言奉告。男女诗家，各归座次，男有男座，女有女席，彼此不得紊乱。吟诗时刻，九时起，十二时止，违格者概不录取。社中但备茶点，不备午餐，诸君交卷，以早为贵，休得延迟晷刻，受饿挨饥。"众人听说，都携着纸笔墨盒，纷纷去拣选座位。公所里三间会议厅，椅儿桌儿早布置得齐齐整整，一张方桌合坐四人，每张桌上安放着一把茶壶、四只茶杯、两盆干点。男女诗人，不多不少，恰恰三十六人，占了九张桌子。吕郭夫人、方咏絮、吴吟梅、柳翠娥四位诗婆合坐一张桌子，其余八张桌子都给诗翁们占了。宋吟香想在靠近翠娥的座次坐下，不料偶一徘徊，却被吕文甫占得了好缺。正在团团打转的当儿，吕郭夫人连连招手道："宋吟兄，来来来，玉侬左近有个空座次，快快请坐，休给他人占去了。"吟香更不答话，只是远远地另寻了座位坐下。玉侬靠近的座位却没人坐。隔了一会子，这位步履蹒跚的廉老头儿走得独迟，见没有第二个空座，便在这座位上坐了，吕郭夫人别转了头，一递一声地吁气。

社长方便园掏出一纸题目，高高地张贴了，题目是："高邻雅集即事诗，七言绝句，不限韵。"题纸发表，便园高坐在堂中一张炕上，左顾右盼，怡然自得，侧耳听时，老大奇怪，不闻吟哦声，但闻咀嚼响。咀嚼些什么？每桌上面的两盆干点怎禁得你咀我嚼，立地化成净光王菩萨。干点吃毕，又是拼命地喝茶，你一杯，我一杯，实作那"诗清只为饮茶多"的一句诗，累却公所里两个茶房，脚不点地地前去冲水。又隔了一会子，这位女诗家吕郭夫人，忽然捧着肚子，连唤哟哟起来。正是：

大雅扶轮，沾沾有喜；今日诗坛，他年笑史。

第三十一回

千百个蜂蝇作怪响
五十年鹣鲽证前盟

吕郭夫人捧着肚子连唤哟哟哟，赢得在座的诗翁、诗婆都一齐向她注目，暗暗奇怪，从来作诗的态度，不是拈着吟髭，定是耸着吟肩，却不曾听得作诗的要捧着肚吟。吟哦的当儿，不是嘴里嘤嘤嘤，定是嘴里嗡嗡嗡，又不曾听得作诗的要喊出哟哟哟。莫非这特别的诗婆生就特别的诗肠，所以吟起诗来也有特别的态度、特别的声调？不表在座众人暗想猜度，单说高坐炕上的方便园先生，见这情形，也很奇怪，便蹒跚着脚步，前来动问道："女诗家这般模样，莫非是搜肠索肚，要作出什么惊人奇句？"吕郭夫人涨红了脸，只是摇头，肚子益发捧得紧，哟哟哟益发唤得急。方咏絮猜出吕郭夫人的意思，便在方先生耳朵边咕哝了几句，方先生恍然大悟道："啊，原来如此，我只道夫人要吟这首诗，却不料夫人要题那首诗。有有有，里面自有方便的所在。咏絮，你陪着夫人去一去便了。"咏絮答应着，和吕郭夫人进去了好一会儿工夫，方才归座。

这时诗社里面吟声大作，宛比千百个苍蝇蜜蜂，在这几间屋子里嘤嘤嗡嗡地作祟。那些诗才敏捷的，都纷纷前去交卷。方先生横在炕上，接着诗卷，一本一本地细细吟咏，唱到得意时，不住地把头颅乱打着圈。也有平仄失调、词意荒谬的，方先生唱了一句，舌头上便生障碍，再也唱不下去，紧皱着眉头，随手放掉了，再取别本来唱。那些已经交卷的诗人，纷纷拥在方先生炕前，不肯散去。要是方先生读着他的大作，偶把头儿打个圈，立时朵朵心花随着这打转的头儿开放；要是方先生摇一摇头，皱一皱眉，没有把他的大作读完，便立时恨得牙痒痒的，暗骂社长没眼睛，我不该把俏眼儿做给瞎子看，便愤愤地归去。比及诗榜披露，那些名落孙山的都写着匿名信，把方先生一顿痛骂。这是后话，表过不提。

单说方先生看到吕郭玉侬一卷中，有二句叫作"是玉似侬侬似玉，侬须怜玉玉怜侬"。方先生吟了又哦，哦了又吟，把这头颅足足打了十几个圈儿，捋着虾须，连连称赞道："香绝，艳绝！有此香艳名字，才有此香艳笔墨。玉似侬，侬似玉，问得妙绪环生；侬怜玉，玉怜侬，答得耐人寻味。即此一十四字，已可压卷，真是少许胜人多许。"吕郭夫人听着，乐得扯开了嘴，半晌合不拢来。宋吟香生怕沾受她齿颊余芬，早已远远地走开。旁人听了这两句诗，觉得十二分肉麻，十二分恶劣。其间有一个少年诗人悄向吟香道："这两句诗，只需改几个音同义异的字，读了益发可笑。"吟香忙问怎样改法，那人道："玉字改作肉字，侬字改作脓字，似字改作是字，怜字改作连字，你照此读一遍，便觉可笑。"吟香真个曼声吟道："是肉是脓脓是肉，脓须连肉肉连脓。"吟了一遍，喉咙里觉得腻腻的，连打了几个恶心。吕郭夫人听得吟香朗吟她的诗句，喜得什么似的，摆动金莲，一扭一扭地前来敷衍。吟香眼快，早向人丛里溜去。吕郭夫人又扑了个空，肚里打量，他若无情于我，因甚吟我诗句？他若有情于我，因甚见我远避？莫非是表面上装作无情，肚皮里藏着真情，越是无情，越见得真情，越是真情，越装作无情。想到这里，便不知不觉地念着几句《西厢记》上的小赞道："是多情，是无情，无情之情，乃是真情，此之谓痴情。"

这壁厢吕郭夫人情意缠绵，情文周挚，正自揣摩情的趣味，吟哦情的文章，那壁厢宋吟香和柳翠娥立在一起，吟香堆着满面春风，翠娥凝着双瞳秋水，都在那里索阅诗稿，研究诗理。吟香道："女士的大作，颗颗都是精圆珍珠。"翠娥道："先生的佳章，片片都是琼瑶美玉。"两个儿互相恭维，说得正是热闹，却不料旁边坐着的吕文甫两眼火绰绰，几乎把睫毛都要焚去。文甫占着接近翠娥的座位，作诗的当儿，闪电也似的眼光瞄准着翠娥，连连掷去，翠娥掉转头儿，不来接受。文甫不肯心死，兀自涎着脸儿，寻出什么没要紧的话来向翠娥兜搭，翠娥绷紧了面皮，瞅都没有一瞅，睬都没有半睬。现在文甫瞧着翠娥和小宋有说有笑，异常莫逆，眼睛里怎不放出炎炎的火来，当下离了座次，便在社长耳朵边，咕哝了几句话。方先生点了几点头儿，便站在中间，向着众诗人宣告道："今日第一次高邻雅集，承蒙男女诗家不吝珠玉，宠惠琳琅，五光十色，美不胜收，容俟一一拜读，再行诠次披露。现在时间已到，宣告散会，男女诗家出门时须分先后，请女诗家先行，男诗家慢行。"这几句宣告，却把翠娥和吟香的谈话就此打断。

不提诗人纷纷散去，单说翠娥出了高邻公所的大门，柳家早打着轿儿，守在门前迎接。翠娥骂那轿夫道："我又不是没脚蟹，谁要你们抬着走！"轿夫道："老爷吩咐来接取小姐，说府里老太爷病势紧急，叫小姐休得耽搁，立时上轿。"翠娥没好气地坐在轿里，轿夫着了肩，一路吆喝而去。依着翠娥的心思，本要在公所门前挨延一会子，待那姓宋的诗友出来，细问他通信地点，以便互递诗筒，结个良好的吟伴，却根借重了轿夫的肩背，失却了个人的自由。轿夫两条飞毛腿越是流电般地快，自己一点灵犀心越是春水般地皱。今天的诗会，虽亏着方先生主持风雅，聚了许多吟朋诗友，在一块儿挥毫，然而方先生太不晓事，作诗的当儿，不该男女异席，出门的当儿，不该男女分途，现在男女尚且同校，何况暂时同坐同行，有什么妨碍？我柳翠娥说新也不新，说旧也不旧，算得是个新旧并行的中心人物。新也有新的好处，旧也有旧的好处，只要放出眼光，自己去拣择。新社会说的公德私德，听了很厌烦，只有男女同校的主张，我却十分赞成。旧社会说的三从四德，听了很昏闷，只有才子佳人的典故，我却异常中听。可惜我们学校里不收男生，要是宋吟香也来读书，才子佳人，朝夕相对，我便死了亲爷亲娘，也不肯请一天半天的假……

翠娥正在思潮起伏的当儿，轿儿已到了门前。前后轿夫都落了肩，翠娥款款盈盈地出了轿门，走进自己家里。见过老子柳小宾，小宾道："翠儿，你回来了，方才你出门没多时，床上的老祖父蓦地里痰迷了心窍，倒眨着两只眼，嘴里夹七夹八，都说些五十年前的故事。"翠娥听说，恍然梦醒，方才轿夫口里原说什么老太爷病势紧急，我那时恰有满肚皮的心事，轿夫的话似乎入耳，似乎不曾入耳，现在听着老子这般说，床上的祖父真个病势紧急了，便道："这是怎么说起，没多几天，祖父便要做寿，正要热热哄哄地闹一闹，这病怎不凑巧？千不害病，万不害病，偏在这紧要当儿害起一场大病。"小宾皱着眉说道："真个不凑巧，靠着老头儿七十生辰，你祖姑母和姑母那边暗地孝敬的寿仪，多虽不敢说，大约四五百金，一定可以稳取荆州。偏偏老头儿病得这般模样，距着寿辰虽没多天，只怕他一丝残喘，挨延不到这个好日子。不是说一句口硬的话，他要呜呼，便挨过了寿辰呜呼，既有寿仪到手，又有丧费津贴，老头儿前后总是一死，这般死法，死也值得。"

父女俩正在书室里谈话，小宾娘子急匆匆地走来，见着翠娥忙说："好了好了，你却回来了，快快和我到里面去。床上的病人嘴里唠唠叨叨，专说些怕人的话，我一个人陪着，浑身的汗毛根根都要竖起，要是不陪，你那姑爹姑母少停便要到来，瞧见病人房里没一个亲人相陪，见得我们不孝顺。你老子又是鼠子般的胆，不肯在病人房里多坐一时半刻。好女儿，来来来，你和我同到病人那边，好叫我壮一壮胆。"说着，拖了翠娥便走。没多时，进了病人的房，翠娥揭起蚊帐，把祖父瞧了一瞧。她祖父柳用宾倒插着双睛，只向帐顶里望，手脚直僵僵，动都不动。翠娥唤他，他不理会，忽然白须飘动，口角翕张，唤出一声："我那亲亲热热的好姻伯母。"翠娥打了一个寒噤，松手把蚊帐下了，拖着她娘出房去，不肯在这里相陪。小宾娘子道："不行不行，现在两次差着人请你公公婆婆到来，他们来了，见房里没人，便要发话。"翠娥笑道："娘这么大年纪，却一些儿没主意，就算公公婆婆要到来，也不是一步便跨进了房。我和你到隔壁房间里坐坐，离开了病人，胆儿也壮些，落得躺在榻上，吸一支纸烟，休息一会儿。倘然听得公公婆婆的声音，我们便三脚两步赶到那边陪伴病人，也不为迟。"小宾娘子道："好女儿，你的主见真好，做娘的不及你。正是有福不会享，坐着等天亮。"

原来翠娥的房和她祖父的房只隔得一层板壁，娘女俩便抛却病人，踅进隔壁的房里。翠娥知道邦平喜欢朴素，便把自己的艳服都卸去了，换了家常便服。小宾娘子躺在藤椅上，衔着一根大喜牌香烟，细细地吸。翠娥更衣完毕，又因时已晌午，尚没进餐，揭开玻璃缸，掏摸些杏仁饼、枣泥馍馍，乱嚼了一会子，然后笑问娘道："病人说的姻伯母是谁？"她娘连抽了几口烟，指头反夹着烟卷，悄声儿答道："提起这事，又出了你公公婆婆家的丑。好在这里只有你我二人，便说了也不妨。你道这姻伯母是谁？便是你婆婆的太婆，你太婆的婆婆。"翠娥道："哦，知道了，莫非是本月十六日五十年死忌九十岁冥寿的尤氏老太太？"她娘点头道："是。"翠娥道："因甚说了出来，便出了我公公婆婆家的丑？"她娘正待回答，却听得隔壁房里的病翁一阵子怪笑，便即摇着手道："莫响，莫响，你听他又要和五十年前的死鬼讲话了。"翠娥侧耳听时，听得病翁在床上说道："姻伯母，承你这般看待，叫小侄怎样图报……姻伯母，放尊重些，休叫为了小侄一人，牵倒了你的节妇牌坊……"欲待再听，外面履声橐橐，逼近内室，知道有人来视疾，便霍地起身，向病人房里去坐着。她娘也放掉了半卷残烟，跟脚走进了房。

娘女俩同坐在病榻旁边，做出那愁眉泪眼的模样。没多时，只见门帘揭处，先露肚皮，慢儿全身，那大富翁刘邦平先生早已踱将进来，小宾随后陪着，一迭声地说请坐。娘女俩都站了起来，一个唤声姑夫，一个唤声姑爹。原来翠娥背着邦平，公公两字叫得怪响，见着邦平，却叫得一声姑爹，不是翠娥面嫩，只为邦平很有脾气，翠娥虽是他的媳妇，毕竟尚没过门，倘把公公相称，定要惹他大大的一顿教训。话既表明，邦平进了房，远远地靠窗坐了，问道："究竟老丈的病从何而起？"小宾娘子道："好叫姑夫得知，今天早晨，公公还好好的，约莫十点多钟，忽然痰声咯咯，人事不知。我同翠儿两个，慌得什么似的，叫唤的叫唤，揉胸的揉胸，老人家方才回转起来，只是依旧不认识人，嘴里絮絮叨叨，又像是痴话，又像是梦话。翠儿禁不起恐吓，只道老人家便要动身，凄恫凄恫地哭了一会子。"翠娥听娘这般说，赶把衣袖揉着眼，揉得眼圈儿红红的。邦平瞅了翠娥一眼道："这女孩子很有良心，也不枉舅兄舅嫂一番教导。"又道，"老丈将近大庆，怎么又打起岔儿。家母杭州进香，尚未回来，已写着快信去通知。内人这几天内，又患着伤风，方才尊处佣妇来报信，内人还睡在被窝里，听说老丈有病，便要立刻起床前来探望，我劝她别忙，且先差王嬷嬷前去看视，再定行止。"小宾娘子道："府上的王嬷嬷恰才已来过，她说这病多半是中了邪祟，这里有一位赵仙人善看香头，不如请她来瞧瞧，究竟是中的什么邪什么祟。"说到这里，床上的病翁又是一阵子怪笑，接着说道："姻伯母，我有一句话，正要问你。听说你家筱山姻伯在世的时候，杭州人都唤他作木樨财主，可是有的？……哈哈，姻伯母别瞒我了，你说什么话都不瞒我，怎么把这件事瞒起？瓶口扎得住，人口扎不住，早有杭州人讲给我听，筱山姻伯怎样地不认发妻，怎样地干没珍珠，怎样地惹人家不平，请他享受那木樨滋味……"这絮絮叨叨的话钻入邦平耳里，又是诧异，又是羞惭，又是害怕，便不敢在房里久坐，奔逃也似的出去。小宾留他吃饭，他也不吃，只说："尊大人的病症很是蹊跷，莫非真个遇见了邪祟。方才说起的赵仙人很有些法术，舍间也曾请过她看香头，委实活灵活现，未卜先知，舅兄要去请她，还是快快去请。看来尊大人的病症，吃药是没效的，死马当他活马医，除却这一着棋，再也没有别的法儿。"说罢，匆匆辞别，上轿而去。

邦平去后，柳宅的佣妇从刘公馆回来，说姑太太即刻便来，现在差遣王妈妈前去邀请赵仙人来到这里看鬼，大约姑太太一到这里，赵仙人跟踪便到。小宾听着，怎敢怠慢，赶同娘子女儿胡乱吃了午饭，安排香烛，专待仙人降临。约莫午后二三点钟，他妹子柳氏娘子果然邀同了仙人，乘轿跟来。王嬷嬷在后跟着，轿儿落了肩，王嬷嬷忙打轿帘，先扶仙人出轿，再扶小柳太太出轿，小宾和着浑家女儿都到门前迎接。仙人大模大样，略点了一点头，眼观着鼻，鼻观着心，首先走入门来。只可惜仙人的裙下，却是一双斗鸡脚，走起路来，脚尖相对，跑一步，斗一步，越想跑得快，越是斗得厉害。列位，列位，这斗鸡脚的仙人端的是谁？正是：

　　裙下双鸡，斗而不已；仙人是谁，我知之矣。

第三十二回

伍学究巧肚巧肠
赵仙人鬼头鬼脑

列位看到这里，不待思索，便晓得这个看香头的赵仙人定是那个洗衣服的阿巧娘。话虽如此，阿巧娘因甚改行换业，不去洗衣服，却来看香头？因甚改头换面，不唤作阿巧娘，却唤作赵仙人？其中有一段小小的因缘，编书的忙里抽闲，合该补叙几句。

阿巧娘替青岩寻觅门路，串通内线，气吁吁，热腾腾，忙些什么，无非都为着自己打算。自从青岩火并了勉斋的书记一缺，按月薪水三十六元，稳稳到手。俗语道，团多汤腻。阿巧娘当然沾受了许多好处，便是干娘王妈妈，也时时身受干女婿的孝敬，又方又正又肥又壮又浓厚又鲜明的四喜肉，约莫叨扰了十多次，吃得油嘴滑舌，益发见得干女婿情意殷勤，便是亲生儿子也没有这般孝顺，恨不得把青岩搂在怀里，亲亲热热地唤几声心儿肝儿肉儿宝贝儿的好儿子。阿巧娘几次三番央托青岩和干娘，想在刘公馆里钻谋一个事简钱多的职役，婆子虽然诺诺答应，只是几个月来，寻不出什么相当位置可替她干女儿设法。阿巧娘盼望了多时，眼睛都要望穿，头颈都要拔长，依旧是瞎子敲锣，丝毫不得影响。没奈何，又在青岩跟前絮聒不已。

青岩道："你别慌，我自有绝好的方法传授与你，包管你吃着不尽。你想在刘公馆里谋个职役，不是我和干娘不肯出力，委实是十分为难，千锤不合了秤。公馆里的佣女，又赚钱又省力的，只有梳头和针线两项。要是荐你去做梳头娘姨，你梳的宝髻，远看是个乱柴把，近看是个老鸦巢；要是荐你去做针线娘姨，你的针线，只会纳几条尿布上的瞎缝，补几个臭袜上的破洞。看来这两项职役你都不在行，你最擅长的，只有揪搓揪搓地洗几件衣服。你便到公馆里，至多也不过充当个洗衣职役。苏秦仍是旧苏秦，又不曾占得一丝半毫的胜。我与你虽是露水夫妻，算不得明媒正娶，然而我的地位增高了，你的地位也该增高。假如你做了刘公馆里的洗衣服娘姨，你见了我，须得唤我一声师老爷，也不好老青老青地混叫；我有什么裹脚布给你洗时，你也只得诺诺连声，双手接受着，立刻便洗。逢着令节，我随意打发你几个节赏，你便要撅起了屁股，向我扑通扑通地碰几个响头。你贪图着什么，白白地降低了身份？所以我替你划策，你要在刘剥皮手里沾受些油水，不一定要进他的大门，充当什么职役。他家的老柳太太，平日里很信鬼神，香烛元宝、钱粮锭帛，从来没有断绝的时候，便是一钱如命的刘剥皮，件件色色异常精明，无论什么人的算盘都打不过他，唯有借着泥塑木雕，可把他收捉得服服帖帖，强都不敢一强。你要赚他的金钱，唯有装神做鬼是个绝妙的方法。你不妨破费几个资本，什么看香头、掉水碗、替身关亡、抽牌算命，拣容易的学习一二桩，逢着他家有什么疑神疑鬼的事，我和干娘自然竭力把你推荐。好在他家历年的事实，干娘肚里都有一篇细账，到了那时，你走通了内线，断出什么祸福，自然容易动听，既可大大地赚他一笔钱，又不降低你的身份。这般生涯，胜过了洗衣服的百倍，我做我的师爷，你做你的师娘，我不辱没了你，你也不辱没我。"

阿巧娘听着，乐得什么似的，亲亲热热地叫了几声老青，说道："真个是福至心灵，自从你交了好运，你这一颗心真是玲珑乖巧，比我阿巧娘要加千倍万倍的巧，约莫是嚼了巧糖，吃了巧果，才有这副巧心思、巧肚肠。可惜你这颗心不能够掏出来给我瞧瞧，要是掏出来时，一定是七巧板搭就，巧连环穿成。"当下商议定妥，阿巧娘便依着青岩的主张行事。好在阿巧娘的拜把子姊妹很多，就中也有专做看香头的，阿巧娘向青岩挪借了二十块钱，充作从师求学的费用。

天下无难事，只怕有心人。况且看香头的职业又没有什么无穷奥妙，只要装腔作势，打哈欠，讨口气，几个过门懂得，便可出去骗钱。阿巧娘学习了一个月，便得了速成科毕业的证书。回到家里，便不做那洗衣服的生涯，整日价开直了门，大马金刀地向外坐着，倒插了眼睛，提高了嗓子，敲柜拍桌，大呼小喊，不是唱着夹七夹八的歌调，定是操着不尴不尬的官话，惹得左近乡邻纷纷私议。有的说："莫非大仙殿里的仙人上了她的身？"有的说："定是上方山的老爷附了她的体。"经这几番装神做鬼，阿巧娘惯会看鬼的名声愈传愈远，渐渐传到老柳太太的耳朵里，自然容易动听。王嬷嬷又有意无意地打着边鼓，说什么张姓家宅不安，请她去看了鬼，烧过几串锭，家宅便安宁了；李姓犯着怪病，她一去看过香头，拜了几天忏，送了几次羹饭，病也就好了。老柳太太点头拨脑，深信不疑。

一天，老柳太太午梦初回，倦眼惺忪的当儿，蓦见玻璃窗上映着一只又大又黑的手掌，赶紧叫喊，一眨眼便不见了，当下唤佣妇丫鬟到窗外去找寻，哪里有什么影响。老年人不禁恐吓，当夜便发了一个寒热，蓦然间想着了这个看香头的阿巧娘，一到天明，便打发人去招请到门。比及请来，阿巧娘看过香头，便诌出几句歌调道："吾是大慈大悲的观世音，佛堂里面坐端正，眼观着鼻儿鼻观着心，善才龙女左右分。啊呀呀，你们真正不该应，不替我菩萨装金身，累我面上没光彩，累我手上沾灰尘。玻璃窗外显威灵，便是区区菩萨观世音。"众人听着，疑信参半，小柳太太私向堂中供的佛龛查察一遍，只落得伸出半个舌头，良久缩不进去。原来佛龛里面供奉的观音，年岁过久，金身都失了光彩，观音的双手果然沾受了灰尘，乌糟糟不成模样。可见玻璃窗外的黑手确是菩萨显灵，怪我们供奉不虔，顶礼不诚。当即告禀了婆婆，赶紧备了香烛，在菩萨前通诚许愿，说择了吉日，要替菩萨重装金身，再塑法像。说也稀奇，小柳太太日间许了愿，老柳太太夜间便退了热，从此刘公馆里，上上下下都把阿巧娘当作活仙人一般。又因阿巧娘的夫家姓赵，大家都唤她作赵仙人。列位，阿巧娘虽开着多夫公司，人尽可夫，股东何止一姓，然而第一次投资的股东却是姓赵，合该享受那公司里的优先权，所以阿巧娘每逢人家问她的姓氏，她只说姓赵，刘公馆里上下人等，因此把赵仙人三个字叫得怪响。话虽如此，刘公馆却有三个人，在暗地里咯咯地好笑。这三个人，一是王妈妈，二是丫鬟春桃，三是西席伍青岩。自从那天王妈妈在阿巧娘家吃四喜肉，被春桃赶来撞见，婆子生怕她在主人面前说出什么话来，便把春桃百般笼络，认作干女儿，一媪一婢，串通作一气，这番玻璃窗外的黑手、观音手上的尘垢，都是两个人在那里弄鬼。春桃晓得老柳太太目力不济，待她午梦初醒，暗把黑纸糊就的大手在玻璃窗外乱晃，待她大呼小喊，早已一溜烟跑去。婆子又拾些灰尘，预把佛龛里的观音大士像涂抹了双手。这都是青岩定下的锦囊妙计，三个人串通一气，朋比为奸，专替阿巧娘着力，刘公馆里上下人等都被这三个人瞒过。所以大家称赞赵仙人的当儿，三个人却在暗地里笑。

这天，赵仙人替柳用宾看鬼，王嬷嬷肚里的五十年细账早向赵仙人摘要报告。仙人胸有成竹，益发兴高采烈，大模大样地进门，眼观着鼻，鼻观着心，扮出那仙风道骨，可惜裙下一双斗鸡脚，依旧是一步一斗，丝毫没有仙气。到了病人房里，讨取三炷香，点得氤氤氲氲，揭开病人的蚊帐，把香儿一阵子乱晃，又吩咐病人对准了香头，张开了嘴，大大地呵一口热气。用宾宛似没有听得一般，依旧是看着帐顶，姻伯母长姻伯母短地乱嘈。仙人捧着三炷香，喃喃地祝告道："前世的对头，今世的冤魂，柳氏门中三代的祖宗亡人，要讨什么经忏，要讨什么金银，来来来，来到这三炷香头上说个分明。"一壁祷告，一壁斗动裙下的双鸡，慢慢儿出房。那时堂中早已铺设香案，明晃晃燃着两支蜡烛，仙人把三炷香都插在炉内，大马金刀般地朝外坐了，嘴里又延长着声调唱道："你们柳氏门中的男女至亲，要指望病人早早康健，冤鬼早早脱身，怎么见了我仙人，还不跪倒在地，默默通诚？"慌得小宾夫妇和邦平娘子插烛也似的跪下，捣蒜也似的磕头，喃喃讷讷，祷告不迭。翠娥毕竟受过学校教育，见这装神做鬼的举动，很有几分不信，只立在侧厢门口呆看。不料仙人拍着香案喝道："立在左侧厢的，二十上下年纪的，头颈一扭一扭的，眼睛一瞟一瞟的，脸上有一点一点雀斑儿，她是刘氏门中没过门的媳妇，柳氏门中未出阁的姑娘，为什么见了我仙人，只把两眼替换地瞧着，跪都不跪，拜都不拜，也不唤几声活佛，也不念几句弥陀？"翠娥听着，背脊上一阵冷冷的，不由她不走到面前，伏地叩首。王妈妈立在旁边，肚里暗暗好笑，干女儿装龙像龙，装虎像虎，难为她有这口才，有这机智。那时炉里的香烟缭绕上升，空中发现了许多不规则的篆文，仙人瞪着两眼，瞬都不瞬，只在香烟上端详，一会子点头，一会子摇头，一会子伸着舌头，一会子皱着眉头，只落得面前跪着的四个人揣摩不出其中的花头，只是胡乱磕头。

　　仙人端详了半晌，擎起双手，大大地伸了一个懒腰，扯开阔嘴，深深地打了一个哈欠，蓦然间眉梢一竖，眼睛一努，使出破锣般的嗓子，拍案喊道："来了来了，五十年前的亡人来了。"忽又改变着声调道，"啊呀呀，在我面前跪的，都是我的亲人，一个是我的孙媳妇，一个是柳用宾的媳妇，一个是柳用宾的孙女，下半年便要嫁给我的曾孙。"案前跪着的四个人，慌得连连叩头，老祖宗、老太太地混叫。王妈妈也在旁边插嘴道："哟哟哟，好奇怪，这声音宛似五十年前的尤氏老太太。"仙人又拍案说道："这旁边说话的婆子，她的面目，我还记得分明。她头发里面有洋钱般一块光疤，人人唤她作癞痢头阿金，她是五十年前的小丫头，为什么不跪倒在地，认认那五十年前的主人……"王妈妈没奈何，只得趴在地上，连碰几个响头，连唤几声老太太，暗思干女儿倒会和我使促狭、开玩笑，叫我六十多岁的干娘向她三十多岁的干女儿下跪，明知道我不敢说破真假，落得把我作弄作弄，真是哑巴吃黄连，没说处的苦。仙人见众人都跪了，又接着喝道："亡人亡人，不是新死的亡

171

人，却是五十年前故世的亡人。我也不要什么经忏，我也不要什么金银，只要寻觅一个五十年前的相好，便是躺在床上的柳用宾。"邦平娘子又连连碰头，替他老子乞命。仙人又唱道："若要我饶赦床上的病人，须要拜三天经忏，超度我的亡灵，又要焚化三千卷心经，心经上面写着刘门尤氏冥中收用，须要写得端端整整，不用别人书写，须要请教一位文曲星君。"邦平娘子叩求道："拜经忏，焚化心经，件件都可依得，只有这位文曲星君，待向何处寻觅？"仙人又拍案唱道："咦咦咦，你们生了两只乌溜溜的眼睛，原来只算得两个出气洞，完完全全不认识人。这位文昌宫里的文曲星君，早在刘姓家里亲身降临，他便是书房里坐板凳的老法先生，他姓伍，名字唤作老青。"仙人唱到老青两字，暗想不好不好，我把老青叫得烂熟，不知不觉竟露出马脚来了，连忙变换着唱句道："他便是赫赫有名的伍青岩先生，你们请他坐馆教书，也是刘姓家里的祖宗有灵，在他手里教出的学生，不是考取个状元头名，定是做到那总统督军。他写的字又方又正、又光又明，倘然写在经卷上面，一卷心经，便抵得万卷心经。我说的话都已交代分明，今天要紧回到酆都城里，过了几天再和你们谈心……"仙人话到这里，又是大大地伸了一个懒腰，深深地打了一个哈欠，做出那事初醒的模样。

那时跪在香案前的众人都已站起，你一言，我一句，都赞着仙人灵验。仙人道："不灵还洋，灵便加倍，向例出门看香头，大洋六元，不灵时一钱都不要，灵验时却要大洋十二元，一钱少不得。"小宾夫妇怎肯出这般重价，邦平娘子道："别人身上，都可算计，仙人身上，算计不得。这十二块钱，算得什么。"说着，便掏出怀中皮夹，拣了两纸钞票，一纸十元，一纸五元，要仙人找出洋三元。仙人道："好太太，你慷慨一些也好，这三块钱便结个仙缘，算得什么。"说着，赶把两纸钞票向袋里一塞，道声叨扰，便掉转身躯，驱动裙下双鸡，一斗一斗地上轿去了。邦平娘子听着仙缘两个字，暗思多花了三块钱，倒也值得。小宾心里，觉得异常肉痛，自己挂了医生牌子，挨着一年半载，也赚不到十五块钱，不料这婆娘没多几句话，倒得了大大的酬金。

再说仙人回家以后，编书的只得改换名称，依旧唤她阿巧娘。她自从变换了行业，比着从前的光景早已天差地远。苏州人本来一窝蜂，听得刘公馆里把她作仙人看待，顿时你也说仙人，我也说仙人，那赵仙人三个字便轰动一时，靠着连篇鬼话，却被她掏摸了许多钱钞。这天从柳宅回来，便唤阿巧上街买些酒菜，专待王妈妈和青岩到来，请他们吃个杯盘狼藉。约莫傍晚时候，青岩才一摇一摆地进门，见了阿巧娘，便说："你好你好，干娘要和你算

172

账咧。"阿巧娘笑问算什么账，青岩道："干娘好好地促了你生意，你不该把她作弄，强逼她做磕头虫。这几天内，干娘正逢着夏至节令，腰酸骨痛，方才又趴倒在地，良久不得伸腰，叫老人家如何打熬得起。干娘吃了你的亏，本要亲自赶来和你讲话，只为柳家老头儿病重，唤她去陪夜，她不得分身，却叫我先给你一个信，你这张说神道鬼的嘴，早晚要吃她撕破了，她才甘心。"阿巧娘笑道："干娘一大把年纪，值得为这些事计较？她说腰骨酸痛，我便买两张伤膏药给她贴贴，再请她吃一顿四喜肉，她便腰不酸，骨不痛了。"青岩道："你把膏药给她贴，寻常膏药是没效的，须要特别膏药。方膏药是没效的，须要圆膏药。软膏药是没效的，须要硬膏药。黑膏药是没效的，须要白膏药。"阿巧娘啐道："什么膏药长膏药短，又不是打翻了膏药铺，怎有这许多膏药？老青，你打量老娘不知，老娘也是个漂亮人物，干娘那边的孝敬早已预备着大洋二元，也不待干娘开口。"青岩拍手道："这两个膏药便是万应万验膏，你若给了她，包管她骨节轻松，一点儿不酸，一点儿不痛，休说不来撕你的嘴，只怕还要捧你的臀，掇你的屁。"当下青岩便在阿巧娘家里扰了酒饭，醉醺醺地回馆住宿。

若问青岩因甚舍近就远，不在阿巧娘家里双宿双栖，却要回馆去孤眠独宿，原来这几个月里，青岩和那春桃丫头打得火炭一般热，怎肯再在阿巧娘那边度夜。当夜乘着酒意，一步高一步低地向前行走，不到一条巷，却见电灯光里黑影一闪，蓦地里跳出一个人来，把青岩当胸揪住，喝道："你好，你好！"吓得青岩十分酒意醒了九分。正是：

不期而遇，无意相逢；冤家狭路，休矣冬烘。

第三十三回

事多拂意悍妇反唇
语出有心匪徒切口

　　刘公馆书记徐勉斋，自从打破了衣食饭碗，穷得不可开交，几个月来，把头颅削得尖尖的，只向有缝处钻。谁料四处钻谋，却不曾觅得一个位置，心里暗自诧异，难道除了刘公馆，便没有第二只饭碗？偏要发个狠，寻得一个较高的位置，也叫刘剥皮不敢藐视。此地不用人，自有用人处，足见俺这里自有颠扑不破的饭碗。然而这只颠扑不破的饭碗，须是勤奋工厂的出产品，用着真实本事的坯料，施着诚正不欺的彩釉，自然工料道地，坚固耐用，凭你千般颠万般扑，再也不会破碎。可惜勉斋有志未逮，说得到，做不到，休说颠扑不破的饭碗不易到手，便是一个月半个月的短期饭碗，也没人来荐引。

　　为了饭碗问题，家庭里面自然闹起大大的饥荒，从来说柴米夫妻，柴米两个字，便是夫妇结合的元素，没柴没米，便变了不夫不妻。他娘子又不是好惹的，成日成夜地噪聒，闹得落花流水。小狗子帮着他娘，见了老子也是百般吵闹。勉斋异常纳闷，在家里坐，宛似在牢狱里坐，迟一天恢复饭碗，便多一天拘禁牢狱。想到这里，便深恨少年时多事，为什么不抱定独身主义，偏要娶妻生子，钻进这个烦恼圈。有时听娘子噪聒不休，稍稍地对付了几句话，娘子一腔烈焰浇灌了许多火油，大骂："天杀的，到此地步，怎会说得嘴响！"没好气的头拳撞去，一把抓的胸脯扭来，有盆摔盆，有碟摔碟。小狗子助娘为虐，把老子书案上的水盂也摔一个粉碎。他若任凭娘子噪聒，不则一声，娘子又喃喃讷讷地骂道："不要脸的东西，你平日花言巧语，说得天花乱坠，现在这张嘴到哪里去了？原来也有开口不得的时候。老娘和你讲话，你只装聋作哑，三拳头都打不出你一个闷屁。你不开口，难道老娘便罢了不成？你不讲，老娘偏要你讲。有话快讲，有屁快放！"说时，指着鼻，搊着腮，揪着耳朵，硬要他回答一言半语。勉斋到此地步，开口也不好，闭口也不好，才晓得家庭里面的法律，男子打破了饭碗，便犯了极大极恶的罪名，真是法所不恕，律所难容。每天床上起身，揉开眼睛，开门七件事，一件都少不得，没奈何，只得走到娘舅家里暂去挪借。

编书的不曾说起勉斋有什么娘舅，怎么蓦地里跳出一个娘舅来？须知这个娘舅，却是公众的娘舅，不是勉斋个人的娘舅。原来苏州人的习惯，喜欢搭空架，装虚幌，明明捧着大包小裹向当铺子里去走动，偏要拉个面子，不说到当铺子里去，只说到娘舅家里去，积习相沿，便把娘舅家三个字做了当铺子的代名词。虽然同是一句话，然而说了当铺子，觉得异常寒酸，说了娘舅家，觉得稍为体面。勉斋的娘舅家，不消说得，便是上文说的当铺子了。然而这几个月内，只见他捧了东西向娘舅家里去质当，不见他备了银钱向娘舅家里去取赎。俗语道，坐吃山空，渐渐地质无可质，当无可当，娘舅家里的踪迹，便也一天一天地疏远起来。

这天，勉斋大清早出门，东也去寻朋，西也去觅友，也有勉强出见的，也有托故不见的，白白地奔跑了许多路，依然丝毫没有影响。彼一时，此一时，这辈朋友，平日价勉翁勉翁叫得怪响，到了这时，都是冷冷地另换一副面目。勉斋没奈何，左作一个揖，右作一个揖，说了许多仰仗拜托的话，人家只是疏疏落落，回答几句没要紧的话，面部上面蒙罩着几层严霜，遇着促狭的，还要话里藏机，语中带刺，把他奚落一番。只为他平日仗了刘剥皮的声势，大模大样惯了，无论什么人，都瞧不上他的法眼，一旦失了势，只有人笑他，哪有人怜他。挨延到晌午时分，肚里咕噜噜作响，蛔虫儿大闹饥荒，又不敢回家去吃饭，饼摊上买了两块大饼，权且充饥。又怕撞见熟人，路上吃东西讨人家笑话，便把大饼纳在衣袖子里，走到街头巷口，假作读告示看广告的模样，仰着脸儿，面墙而立，把袖口紧紧地套着嘴巴，暗地里啃嚼这两块大饼。一块啃完，接啃第二块，却听得弄里一阵脚步声，走出几位斯文朋友，满口之乎者也，在路上论文谈艺。勉斋觉得声音很熟，多半是小茶寮里的酸朋醋友，在路上咬嚼文字，我且别和他们照面，他们从前上门试验时，饱受我一番奚落，今天别遭他们的报复，因此呆看着墙上招贴，不敢回转头来。

蓦地里有人拍着他的肩头，使出雌鸡般的嗓子，向他招呼道："咦，徐老先生，久不见面，却不料在这里相会，真叫作萍水相逢，尽是家乡之客也耶。"勉斋听这声调，早晓得来人是谁，比及回头看时，果然是私塾先生吕文甫，还有方厚卿、曹墨亭一辈人，都和他点头招呼。勉斋没奈何，也和他们点头答礼，头却可以点得，口却不便开得，喉咙里筑起了一条墙，两腮鼓得高高的，大有吹喇叭的模样。吕文甫心知其故，偏偏有的没的用话兜搭，说什么："适从何处来？今向何处去？近来雅兴如何？贵相好伍青岩先生可曾见面？听说阁下在刘公馆里业已分手，想一定另有了高就，近在何处得意，倒要请教请教。"这一迭声的问话连珠般地放出，急得勉斋没话可说，只是竖一点头，横一摇头，宛似双簧戏里扮脸的人，只见他做势，不见他出声。勉斋越是不回答，文甫越是盘问得急，勉斋待要回答，再也腾不出这个空闲舌头，只是急圆了双目，涨红了两颊，额上汗点子绿豆般地淌下。方厚卿见这情形，又是可笑，又是可怜，毕竟他尚存心忠厚，便拉着文甫道："他既不屑教诲，你也不须多问，时候不早，快快到舍间小酌几杯，细读那诗社里的同人佳作。"曹墨亭道："不错不错，我们何苦在这里受人冷淡，不如随着便园居士小酌三杯，区区不才，也好在其间栏杆充数耳。"当下几位诗人踏着八字步，吟风弄月般地过去。

他们去远了，勉斋赶紧疏通了喉咙，回转一口气来，连唤几声："晦气晦气，倒霉倒霉。"原来文甫拍肩的当儿，勉斋嘴里正含着一段大饼，吐又不能吐出，咽又不能咽下，方才哑口无言，都是大饼在那里作祟。勉斋又想到暗地里吞吃东西，迟早终有哽住喉咙的一天，我为了暗地里吞吃东西，生生地把这只饭碗断送了，不料今天又吃了第二回的痛苦。但是今天的东西，不过暂时在喉咙里作哽，毕竟被我吞在肚里，那天的东西，休说不曾进肚，嘴都没有进，我这二十四元的书记薪水，却从此让给别人，偷鸡弗着蚀把米，明明入了姓伍的圈套。想到这里，便把青岩恨得咬牙切齿。待要闯进刘公馆，一把拖住这狗头，拼个你死我活，转念一想，公馆里人众手多，我若登门问罪，这些豪奴悍仆狗仗人势，哪里肯放我进去？好在青岩放了晚学，常常在一条僻巷里出入，我且挨延到傍晚，只在僻巷左近守候，被我撞见狗头时，总要发泄我这口恶气。主意想定，便向别处找寻几个朋友，打干打干自己的职业，依然徒劳往返，没甚眉目。

几番耽搁，时候不早，这一轮红日渐渐躲到西面树林里去，天半晚霞，渲染得深红浅紫，宛似垂着鲜艳颜色的薄幕，枝叶缝里漏出的阳光闪闪烁烁，令人目迷五色。料想太阳舞台，闭幕在即，演到最后一出戏，全神贯注，格外讨好，所以有这种种特别的色彩。勉斋肚里打算，时候到了，书馆里的猢狲王一定离却板凳了，赶紧奔向僻巷里去，早望见青岩的背影一摇一摆，走进一家屋子里去。勉斋得了他的踪迹，便死守在左近，不怕他插翅飞去。谁料青岩在里面和阿巧娘对酌，左一杯右一杯，说说谈谈，全忘暑刻，却把巷口的勉斋等得焦躁欲死。比及酒罢出门，青岩的目力本来不济事，又挟着醺醺醉意，益发迷离恍惚，仿佛在云雾里行走。勉斋早匿身电杆木后，这两道恶狠狠的眼光只在青岩身上打转，比及走近，使出一个苍鹰扑鸡的手段，乘其不备，早把青岩劈胸扭住，接连几声："你好，你好！"青岩到了这时，才晓得勉斋和他寻仇，暗唤几声："不好，不好！"待要挣扎，又挣扎不脱，待要叫喊，深夜里又没人经过，叫喊也是徒然。没奈何，用个缓兵之计，央告不迭道："徐老先生休得这般模样，坏了斯文人体统，有话但请吩咐，晚生可以遵命，无有不遵命之理，但请放了尊手，晚生和你从长计较。"勉斋听到晚生两个字，益发火上添油，喃喃地骂道："没廉耻的畜生，还敢晚生长晚生短。你从前自称晚生时，老子只道你真是个谦谦君子，循规蹈矩，不敢和老子抗礼，谁知都是些假意儿，过桥拔桥，暗地里把老子来算计。老子这只饭碗，全被你晚生两个字所误。"说到这里，便腾出一只空手，辣辣地打他嘴巴。啪的一声，左颊上着了一下；啪的一响，右腮上也着了一下。青岩这番未雨绸缪，先把眼镜抢在左手里，却把右手握着锥钻拳头，向勉斋头上凿去，毕竟吃亏在目力不济，连击了两次，都击了个空。勉斋眼明手快，左一挥，右一拍，又辣辣地打了好几下。青岩一来情虚胆怯，慌了手脚，二来左手握着新制的金丝眼镜，生怕碰折了脚，撞碎了玻璃，破坏了这副探艳法宝却是非同小可，所以勉斋着力打他，他竟没有丝毫抵抗力。好在青岩这副面皮本不是吹弹得破，那天张女权的黄衣卫队重重地赏他一掌，也不见得皮开肉烂，曾经沧海难为水，勉斋毕竟是个文人，狠狠地打了十多掌，怎有那天一掌结实，青岩这副老面皮并没十分痛苦，转是勉斋的掌心拍得异常辣痛。青岩叫喊道："你、你、你，怎么没头没脑，把人乱打？便要打人，也须有个理由，我又不曾亏待了你。"勉斋气吁吁地说道："还说不曾亏待人？那天的事情，都是你这只老狗布就的圈套，我把你老狗牵引进门，只为你摇尾乞怜，动了我的侧隐之心，便赏你吃一碗狗饭，谁料狗有了饭吃，竟反咬起人来，狗咬吕洞宾，不识好人心。不打死你这只老狗，怎泄我胸头愤恨！"青岩声辩道："阿弥陀佛，冤哉枉也。我伍青岩倘有此心，将来不得好死。"勉斋道："你便满口赌咒，我只算你放狗屁，谁来信你。你说将来不得好死，我却叫你现在不得好死，横竖一命抵一命，你这条命有按月三十六元的身价，我这条命穷得不名一钱，我便和你拼这一拼。来来来！"说到来字，便下死劲地把青岩向岸边拖去。这处又是僻巷，下岸便是河滩，青岩被他一拖，醉步欹斜，早拖过了六七尺，再过一二尺，便要应了"拖人下水"的一句俗语。街上没人来往，站岗的巡警又不知在哪里打盹，青岩没奈何，只得徐祖宗、徐老爷、徐菩萨地混叫。勉斋更不答话，横一拖，竖一扭，渐渐扭近河滩，拼与他载沉载浮，同归于尽。也是青岩命不该绝，蓦听得有人唱着没板眼的戏曲远远而来，青岩急喊几声："张老三，快来救我!"勉斋吃了一吓，把手一松，拼命地逃去。

比及张老三闻声来救，勉斋早已不知去向，单见青岩立在河滩边，喘作一堆。老三诧异道："老青，你大呼小叫做甚？难道城市里面有什么剪径强人抄你的腰包？"青岩摇摇头儿。老三道："那么河水里测老出现，向你讨替？"青岩又摇摇头。老三道："这不是，那不是，因甚乱喊着救命？"青岩透了几口气，定了一回神，才操着切口答道："方才黑暗里窜出几个蚊虫，把人乱咬，一时没法，只得乱喊着救命。"老三道："蚊虫呢？"青岩道："听得有人来救，蚊虫都逃去了。"老三笑道："你枉做了一个人，见着蚊虫都怕，好不惭愧。我且陪你走一程路，倘有蚊虫咬我，一脚也踏死了几个。"原来江湖上的切口，把狗唤作蚊虫，青岩不说勉斋来寻仇，只说狗来咬人，他肚里也有一番用意。倘说是勉斋来寻仇，老三便要盘问启衅的根由，倒叫我难于对答。我是何等身价的人，也不犯和穷汉计较。从来说不怕他凶，只怕他穷，我和他结仇到底，无论谁胜谁败，终究贬了我的身价。他虽恨着我，方才打了我几下，这口穷气也该发泄了，以后见了我，不见得再和我拼命……他把我扭打时，我虽失败，他也不曾占了胜利，手掌也是皮肉，面颊也是皮肉，用他的皮肉打我的皮肉，我的皮肉吃亏，他的皮肉难道不吃亏？我的皮肉疼痛，他的皮肉难道不疼痛？况且我的面颊曾受磨炼，他的手掌尚没经验，只怕皮肉冲突的结果，依然是我占了胜利……

青岩戴上眼镜，整理衣襟，一壁跟着老三走，一壁肚里不住地盘算。老三道："老青，你说陆姓家里的寡老有才有貌，这句话委实不错。那天我在巷里走，曾经碰见她一面，她肚里有才无才，我不晓得，但论这副照会，要算一等。我再要细看时，怎耐背后紧跟着一个小脚娘姨，恶狠狠地瞅了我几眼，我怕她起疑，便搭讪着走开。老青，你有什么方法把她弄得到手？据区区的眼光估价，这副照会，至少也要掏摸一二千粒瓜子……"原来江湖上切口，把面庞唤作照会，银洋唤作瓜子，铜钱唤作芝麻。青岩道："老三好没分晓，这是三尺六里的勾当，怎好在街上乱讲，将来要开文差使时再和你商议……"青岩说的切口，三尺六便是秘密会场，开文差使便是掠卖妇女。老三听了，便不开口。不多一会子，早到了刘公馆门前，老三道："到了到了，再没有蚊虫咬你了，你自去敲门，明天和你相会。今夜送了你一程，天合该大大地降一阵红花雨，把我浇灌浇灌。"青岩满口应承，老三又唱着戏曲，自回家去。原来"红花雨"三个字，是酒字的隐语，虽出江湖切口，字面却异常风雅，倘被提倡风雅的便园居士知晓，第二期高邻雅集时，不愁没有绝好的诗题了。正是：

　　盗贼行径，学究头巾；岸然道貌，比之匪人。

第三十四回

绿闺寂寞烧桦烛
翠袖殷勤捧茗杯

柳宅自经赵仙人装神做鬼，说得活灵活现，小宾夫妇又都是鼠胆，禁不起恐吓，翠娥又是害怕，又是昏闷。害怕些什么？只隔一层薄板，便是老祖的病榻，听他喃喃讷讷，和五十年前的死鬼讲话，怎不害怕？昏闷些什么？好好地在诗社里吟诗，结纳几个诗朋韵友，却不料出了这个岔子，床上的病人不死不活，又不知挨延到几时去，心里怎不昏闷？邦平娘子送过仙人，赶紧遣人到寺院里定经忏，又派人到广化庵静修师太处定下三千卷心经。布置完毕，吩咐王嬷嬷传唤轿夫伺候上轿，临起身时，叮嘱小宾夫妇道："爹爹病得这般模样，做女儿的论理合该在家侍奉汤药，但是有这心，无这力。一来贱体不大舒服，须得回去服药；二来婆婆进香未回，家事乏人照料，不便抛了家务，在这里住宿。好在贤夫妇侍奉病人，素来体贴周到，翠娥这妮子又是很有孝心的，爹爹左右不愁没有人照管。我便住在这里，既不能替你们手脚，转要累你们送茶送汤、添酒添菜，真叫作帮忙帮忙，越帮越忙，益发使我过意不去，我竟老老实实地回去了。你们嫌寂寞时，我留王妈妈在这里陪夜，老人家年纪大，阅历多，又很有忠肝义胆，你们有什么疑难事情和她商议，多少得些帮助。客堂里须得打扫洁净，明天请来的和尚都是大丛林里的有名高僧，这三千卷心经尽着明天，总可赶完。我便请家里的文曲星题写签条，送来焚化，也叫冥间的尤氏太婆得些实惠……"

这拉拉杂杂的嘱托，慌得柳姓全家答应不迭。小宾道："妹子尽管回府，一切事情，我们都理会得。"小宾娘子道："妹妹万金之体，千万保重，明天公公不增病，妹妹可不必到来。"翠娥道："姑母今天很劳乏了，方才仙人来时，又俯伏了良久，约莫腰儿有些酸，腿儿有些软。好姑母，请你略坐片刻，待侄女替你捶一回背，好吗？"邦平娘子咯咯地笑道："好媳妇，你真知心贴意，算得是我脏腑里的蛔虫。你既有这一点孝心，不好辜负你，便替我敲捶几下也好。"说时，重又坐下，把头颅磕在案上，掀起了背脊，待她敲捶。翠娥怎敢怠慢，揎起衣袖，捏着半空半实的拳，使出半硬半软的劲，在姑母背脊上轻敲慢捶，忽而上，忽而下。约莫敲捶了五六分钟，娘子道："好了，好了，救了田鸡饿了蛇，我的腰背松快了，你的手臂怕不要酸痛。"翠娥笑道："好姑母，别闹什么客套，你且伸一伸腿，待我在腿上捶几下，包管你腿脚轻松。"娘子便扭转身躯，腿子伸得直直的，翠娥屈了一膝，拳头上下，只在娘子腿脚上敲捶。王妈妈笑道："真正是孝顺媳妇，跪在婆婆身边捶腿，休说现在世界上没有这般好媳妇，便是什么二十四孝四十八孝里面，也寻不出这般孝顺媳妇。"说着，引得大家都笑了。这时，刘公馆里恰又打发小丫鬟前来迎接太太回去，娘子不便耽搁，重又起身作别，说道："爹爹那边，我也不去话别，待他清醒时，你们代我致意便了。"说罢，扶着丫鬟出外上轿。翠娥随着父母，相送出门，丫鬟打起轿帘，侍候太太进了轿门。轿儿上肩，两名轿夫轻移缓步，抬回公馆。

若说轿夫怎会轻移缓步，其中也有一个讲究。原来苏州和上海，相距虽然很近，风气却截然不同。上海妇女坐汽车，越是开得快，越是出风头；苏州妇女坐轿儿，越是抬得慢，越是出风头。轿夫都是飞毛腿，怎肯慢慢儿走？然而轿儿前面，有了摆轿的娘姨大姐，凭你飞毛腿，也只得轻移细步，要快也不得快。那时邦平娘子吩咐王妈妈和小丫鬟在前面摆轿，婆子本来步履蹒跚，丫鬟又恰才跑伤了鸡眼，一老一小，一跷一拐，别人跨一步路，她们要分作三步。轿夫闷气吞声，跟在她们后面，她们跨一步，轿夫也跨一步，她们跨半步，轿夫也跨半步。柳宅相距刘公馆不到两条巷，似这般轻移细步地抬轿，走两条巷宛似走了六七条巷，压得两名轿夫几乎把痨病都要压出。

再说小宾夫妇等送过客后，转身入内，把病人房里当作魔窟看待，再也不敢跨步进去，病人依旧直着嗓子，姻伯母长、姻伯母短地乱哼。比及上灯时候，王妈妈奉着主母的命，前来陪夜，却在房门外团团打转，也不敢跨入房内。翠娥想出主意道："家里四个人，连同王妈妈，都在隔壁房里坐着，阳气甚旺，自然大家胆都壮了。"小宾夫妇点头赞成。小宾本备着酒肴，想留妹子便饭，妹子既已回去，落得做个人情，把这现成酒肴结交了王嬷嬷。她在刘公馆里很有些势力，斋僧不着，斋了香火，浇花不着，浇了叶子，也是一样的。当下便在翠娥房里排设杯箸，端上菜肴，邀请婆子上坐饮酒。婆子假意推托道："舅老爷，舅太太，这个断断使不得，我是何等样人，怎好和爷们太太们一桌子吃饭。"小宾娘子道："嬷嬷说甚话咧，我们的光景也瞒不过你老人家，你靠着主子吃饭，我们也靠着亲戚吃饭，一样都是靠人吃饭的，还要分什么上下。我们家里全仗你老人家暗暗照顾，你家老太太和太太瞒着你家老爷，按月津贴我们的家用，都是你老人家亲手送来。为了我们的事，费了你多少脚步，又不曾得着我们一丝半毫的谢意，这些现成酒饭不过借花献佛，算得什么。和你熟不拘礼，你便老老实实地上坐了，畅饮几杯，也算领了我们的情，要不是，便觉得生疏过分了。"婆子嗅着酒味，酒虫儿都要飞出，忙道："酒便叨扰几杯，上坐却不敢当。我来替你们定席，舅老爷坐第一位，舅太太坐第二位，好小姐坐第三位，我王妈妈坐第四位。一张方桌，各占了一面，算得公平交易，大家都不吃亏。我是爽快性子，快刀热手巾，再也不会扭扭捏捏，滚烫的酒趁热吃，若再推让，酒肴都要冷了，吃了也不舒服。"说着，便拣了下面的座位，一屁股坐下，大家也就座了。

婆子喝了几杯酒，问道："舅太爷絮絮叨叨，说些什么话？"小宾娘子道："他的病犯得真古怪，专和你家的尤氏老太太讲话。尤氏老太太故世了五十年，老头儿平日常常谈起她的好处，我们听了，只道老太太在世的日子待人接物，会做人情，所以老头儿感激不了。现在听他病里说的话，专讲些暧昧不明的事，我们听了还不打紧，方才你家老爷到这里探病，他又是姻伯母长、姻伯母短，说了许多肉麻话儿，我们暗暗着急，又不好掩住他的嘴。你家老爷又是爱体面的，当着他的面，揭他五十年前的家丑，叫他怎不恼恨？他面上红了又白，白了又红，便不肯在房里耽搁，转身便走。嬷嬷，害病的人，我也见了许多，却不曾见这千奇百怪的病。老头儿整整活了七十岁，这几年来，又是半身不遂，瘫痪在床。从来长病无孝子，我们夫妇俩尽心服侍，并没有半句怨言，不是当着嬷嬷自己称赞自己，大约小辈服侍长辈，像我们夫妇俩，算得是数一数二的了。小辈既然孝敬长辈，长辈也该照顾小辈，不料他害出这般不争气的病，有嚼没嚼，得罪了你家老爷。他活了一大把年纪，今天便死，也不算短寿，全不想小辈的日子正长，单靠着刘姓的亲戚养活，断绝了这家亲戚，便是致了我们的死命。好嬷嬷，你回公馆时，老爷倘有什么话说，须得替我们周全一二。"婆子一壁吃东西，一壁含糊回答道："舅太太，这事包在我王嬷嬷身上，管叫老爷不生什么意儿。"小宾道："仰仗仰仗。"便满满地替婆子斟了一杯酒。婆子喝了酒，又道："不瞒舅老爷说，我做黄毛丫头时，便投靠在刘公馆里，前后五十多年，他家的事情，我肚里都有一篇细账。舅太爷病里说的话，都是五十年前的实情，他同我家的尤氏老太太……"话没说完，翠娥赶着问道："他同你家老太太便怎样？请你细细讲给我听，我也来满满地敬你一杯酒。"说着，提起酒壶，真个筛了一杯酒。婆子喝干了酒，正待讲话，忽听得病人房里又唤道："来来来，姻伯母，和你一块儿坐，谈谈知心话儿，咳，你死得好苦，你执着烛台，跑到楼头做甚……原来是照我上楼，我这夜有事牵缠，不曾来赴约，倒负了你的恩情……你怎么一时失脚跌下楼去，你竟跌死了，你竟为着我死了，我竟害了你了……"大家听着这许多话，满身都浇了冷水，翠娥倒在娘怀里，连说："怕人，怕人！"小宾叮嘱婆子道："我们寻些闲话谈谈，别谈五十年前的旧事，防你老主母在冥间发怒。"婆子果然谈些闲话，不敢提起尤氏的旧事。

比及酒饭吃罢，婆子隔不多时，便拜佛般地打起盹来，娘子怕她受寒，吩咐佣妇领她到厢房里去歇宿。翠娥生怕大家都睡了，留她一人在房，听那隔壁床上的老祖父说鬼话，惊心动魄，不得安睡，便向老子娘要约，叫他们轮流陪伴她，不得走开。又道："房里这盏灯不大明亮，替我点起两支明晃晃的蜡烛来，好叫一切邪魅都不敢闯到里面。那天婆婆家里预送的四支通宵桦烛，本备着二十四日祝寿用的，看来这老头儿没有多天活命，断断挨不到做寿日子，落得废物利用，在我房里光辉光辉。"小宾夫妇听着，真个点起两支大烛，翠娥才弛衣宽带，安安稳稳地上床睡卧。小宾夫妇本来疼爱女儿，况且转眼之间，女儿便是刘姓家里的媳妇，执掌他们的财政权，做父母的须要靠女儿过活，怎好违逆她的意思。当下便叫佣妇自去睡歇，夫妇俩轮流在女儿房里值夜，你坐上半夜，我坐下半夜，眼都不敢闭，嗽都不敢咳，屁都不敢放，小心在意，陪伴这位又娇又贵的千金。只有隔壁房里的老头儿，没个亲人相伴，依旧喃喃讷讷，和那五十年前的死鬼讲话。

一宿无话。到了来朝，客堂里布设钟磬经卷，开始拜忏。五众高僧，一齐光降，先擂几通鼓，接着发喊似的诵起佛号。翠娥在睡梦里，正和西厢待月生接席吟诗，并肩谈学，被那不作美的鼓声佛号惊醒好梦，微微地吁了一口气，就此推枕起身，盥洗都毕。她娘自己蓬着头，却先替女儿整理云髻，王嬷嬷坐在镜台旁边，一迭声地赞美这几缕青丝。隔壁房里的病人嘴里不再絮聒，只是喉咙里咯咯作响，约莫是痰声。

比及翠娥打扮完毕，进了晨餐，忽见佣妇捏着一张卡片笑嘻嘻地进来，说道："外面来了一位年轻的客人，白净的脸儿，乌黑的发儿，身上衣服很时髦，走近人前，一阵阵的香水气扑鼻。他说是小姐的朋友，特来拜会小姐。"小宾娘子道："哦，我理会得了，想是同学姊妹，特地来探望，不是张公馆里

183

的小姐，定是庞公馆里的千金，你请她到小姐房里来谈话便了。"佣妇道："不对不对，这位年轻的客人，是男客不是女客，怎好请他到小姐房里来。"说时，翠娥早把佣妇手里的卡片抢取在手，仔细看时，小小片片，周围都用金镶，中间印着宋吟香三字端楷，下面注着两行小字，叫作"亚东第一钟情男子，别号西厢待月生"。忙把卡片在怀里一纳，笑向佣妇道："快请这位少爷到书房里坐，说我立刻出见。赶把上好茶叶泡一碗酽酽的茶，请少爷喝。"佣妇答应出房，翠娥又把她唤回道："来来，你先把鸡毛帚儿在座椅上细细扫几下，别把灰尘脏了少爷的新衣服。你泡茶时，先把茶碗拭抹干净，端茶时，须端着茶托，别把指头儿抠在茶碗边，叫少爷见了生厌。"佣妇忍着笑，答应自去。小宾娘子摸不着头脑，两只眼睛睁得乌眼鸡似的，只向翠娥呆看。翠娥急匆匆地换了一件咖啡色的华丝葛夹衫，套了裙儿，用丝巾在漆皮鞋子上揩拭几下，照一回镜，拭一拭青丝，准备出去会客，却被娘子一把拖住道："且慢，且慢，这是谁家的男子，却来会你？你老子尚没起身，便要相会，且待我唤你老子出去见他。年轻男女，坐在一室里讲话，只怕不大稳便。"翠娥嗔怒道："娘，你这么大年纪，还不曾见过世面。现在文明世界，男女公开社交，这是极体面的事，值得这般絮聒。"说着，头也不回，皮鞋咯噔噔，竟向书房里会客去了。

娘子毕竟不放心，笑向王嬷嬷道："一种时代自有一种人，女儿进了洋学堂，自有洋学堂里的洋派，我和你都是老派，见了自然诧异。现在横竖没事，我和你到书房门外窃听窃听，究竟新派的男女相见，用着怎样的文明客套，我们听得时，也好增长些见识。"王嬷嬷本来喜管闲事，便随了娘子，蹑着脚步，向书房门外站定。这时，佣妇恰送茶进来，娘子摇摇手，叫她别声张，便一眼合一眼开地向门缝里瞧看，恰见一个二十左右的少年和女儿坐在一起。这少年模样儿倒也漂亮，只是滑头滑脑，漂亮得过了分儿，敢是什么拆白党来吊女儿的膀子，心窝里不禁扑扑地跳动。又见佣妇送进茶去，她女儿伸手来接，却叫佣妇退出，便一手摸出丝巾，把茶碗口上抹了几抹，又把手在碗盖上试一试冷热，然后双手捧着茶碗，恭恭敬敬地授给少年，轻轻地说了一声："吟兄请用茶。"娘子又暗暗生气："吾把翠娥养育到二十多岁，也不曾享受她这样恭敬的一杯茶儿，这滑头是何等样人，值得把他这般奉承，值得把他银兄金兄地混叫？"再要窃听时，外面客堂里又拜起第二时经忏，鼓声佛号，聒得絮烦，书房里男女密谈，再也听不清切。又见那少年从怀里掏出一张字条儿，授给女儿，女儿笑盈盈地接取在手，读了又看，看了又读，把头儿乱打着圈，耳上挂的赤金环子激得一摇一荡，鼗鼓般地打那粉腮。又见那少年伸过头去，和女儿同看这字条，娘子暗暗着急道："啊呀，这滑头不怀好意，头儿越凑越近了。啊呀，耳朵碰着耳朵，腮窝碰着腮窝了。啊呀，该死的滑头，青天白日，敢来调戏黄花闺女，辣辣的耳刮子打他出门去。"娘子肚里盘转，心头火发，回头看那婆子时，也在门缝里瞧望，恰正瞧出了神，扯开这张瘪嘴，几乎把唾沫都要淌下。娘子把她拖过几步，想和她商议一个驱逐滑头的方法。正在交头接耳的当儿，猛听得小宾从里面喊将出来，说道："不好不好，老头儿咽了气了。"正是：

　　情话缠绵，互倾肺腑；霹雳一声，死矣老祖。

第三十五回

惨凄凄借泪哭尸灵
话叨叨背人训娇女

　　小宾在好睡的当儿，也被鼓声打醒了睡梦，一骨碌爬了起来，念念不忘这好女儿，跋着皮鞋，先到女儿房里，伺候翠娥的起居。谁料跑进房里，静悄悄不见一人，唤翠娥时，翠娥也不应，唤娘子时，娘子也不答，唤佣妇和王嬷嬷时，也都没人理会，心里老大诧异，她们都到哪里去了？敢是在客堂里看那光头拜忏？一路自言自语，竟向外边来寻觅。打从他老子的房门外走过，却听得痰声咯咯，带着呼吸短促的声响，不觉心坎里动了一动。列位，毕竟父子天性，无论什么天性凉薄的人，到那生命呼吸一息千秋的当儿，便是铁石肝肠，也要减少几分硬度，人类所以优胜于别种动物，全在这一些儿上面判别高下。编书的发论的当儿，小宾的两只脚不知不觉地不向客堂里走，竟向病房里行，可见最后的天性，自有一种吸引的魔力。当下揭开帐门，把头颅探将进去，瞧瞧那垂危的老父。原来用宾说了一天的鬼话，临断气时，心地却转清楚了，眼见儿子探头进来，立即眼儿一眨，脚儿一伸，两颗老泪算作最后的话别，不多一会子，气便绝了。小宾见这情形，心坎里微微地一酸，两颗眼泪待向眶子里滚出，转念一想，娘儿们究竟向哪里去了，须得唤她们进来，帮同料理。方寸里起了杂念，那两颗业已出发的眼泪，临到眼眶，却又打了倒车，退还原驻地点。可见父母垂危的当儿，要享受儿女几滴心坎里发出的真泪，也是万难的事。

　　话休絮烦。再说小宾抛了死父，来唤娘女时，却见娘子和王妈妈在书房门外讲话，便说："不好不好，老子咽了气了。"娘子也不及理会这书房里的滑头，赶和小宾跑进房里，见公公真个死了，便干喊了几声："公公死不得呀，怎么丢掉了儿子媳妇孙女，竟向西方路上去呀！"王嬷嬷随后进来，也是舅太爷长、舅太爷短地浑哭。小宾不见翠娥进来，拉着娘子问时，娘子正哭得热闹，捏着一把鼻涕，带哭带答道："她是去会见一个同学的呀，隔一会子便要进来的呀，不用着急呀，啊呀，公公死得好苦呀！"嘴里哭时，手里却拖住了小宾，生怕他撞见了滑头，带累女儿害羞。

书房里一对男女，恰才谈得投契，被小宾几声叫喊，接着又是号啕哭声，倒弄得西厢待月生坐不安席，赶忙起身告别道："小弟冒昧登门，不知府上恰有事故发生，委实惶恐。"翠娥道："不妨不妨，家祖父恰才寿终，里面自有人料理，你且宽坐一会子，因甚匆匆要走。"吟香听说翠娥的祖父死了，怎肯坐定，忙说后会有期，容再相见，便与翠娥握手告别。翠娥款款盈盈地送到大门口，临别时，又说："吟兄宠赐的佳章，容小妹依韵奉和。"又约了续会的日期，见吟香去得远了，方才回到里面。这一番相送不打紧，却惹得客堂里几位高僧，眼见那小妹送郎的活剧，一阵心慌意乱，搋鼓棒误打了柜脚，木鱼槌撞痛了头颅。

翠娥先到自己房里换去了衣服，然后赶到老祖床前，掩面大哭起来，倒哭出了许多真泪。这副眼泪，不是哭祖父死得可惨，却是哭祖父死得不巧，早不死，迟不死，偏偏在这紧要当儿出了岔子，算得煮鹤焚琴，大煞风景。想到这里，便把满肚皮的不高兴借这一哭发泄发泄。并且翠娥心里还有一桩说不出的苦痛，近月以来，曾经连写了几封情书，寄往未婚夫刘玉如那边。谁料似井落银瓶石沉大海一般，只有去雁，没有来鸿；但见投桃，不见报李。翠娥等得不耐烦，重又套了唐诗唱句的腔调，作了几首情诗，结束一首说什么"联姻中表乐如何，宛比当年陈翠娥。君似河南方秀士，姜无珠塔送哥哥"。这几首诗，用着双挂号寄往北京，过了多天，只盼到邮局一纸回单，仍不见玉如只字答复。翠娥恨得牙痒痒的，似这般情意缠绵的好诗，再不能打动他的心坎，可见刘玉如这个人，外表虽然漂亮，内容却是漆黑，识不得风雅，懂不得情韵，多半是妍皮包着蠢骨。好容易在吴中诗社里面，认识了一位温文尔雅、秀外慧中的西厢待月生，相见之下，如逢旧雨，可见风流才子，世间未尝无人，似这般知音识曲，送抱推襟，才不愧唤作亚东第一钟情男子，比着木石心肠的刘玉如，真有天壤之隔。偏偏相会不多时，碰着这没趣的事做我二人的情敌，这满肚皮的牢骚，乘着号哭祖父的当儿，潮水般地推将出来，泪儿涕儿淋淋漓漓地沾湿了两袖。惹得王妈妈称赞不迭道："毕竟舅太爷福分好，修得有这般的好孙女，倘然小辈没良心，便是生姜也辣不出半点眼泪。好小姐，你别伤心了，你哭了一会子，也得休息休息，年轻时多出了泪，老来便要眼目昏花的。好小姐，你的眼泪也出得够了，舅太爷今年正交七十岁，死也是全福了，他在黄泉路上，享受你这副眼泪，死也死得快活了。好小姐，你这副眼泪，便出了万两黄金，也是不容易买到的。"翠娥越扶越醉，经这婆子解劝，转哭得前仰后倒，肝肠断绝。那时王嬷嬷自赴刘公馆里去报信，小宾跑出跑进，准备后事，忙得不可开交。客堂里几众高僧，收拾玉皇忏，来念领路经，不在话下。

小宾娘子趁女儿哭罢的当儿，拖着翠娥到自己房里，用话责备道："翠儿，你也闹得不成模样了，青天白日，怎好和年轻男子在一室里讲话？我也晓得你学着洋学堂里的洋派规矩，并没有什么暧昧不明的事，然而这里人口多，耳目众，终觉不大稳便。倘有什么嚼舌根的，装头装尾，加油加酱，传到你公公婆婆耳朵里，他们又是不信洋派规矩的，岂不要闹出什么乱子？好女儿，你须听纳你娘的教训，以后总要稍稍敛迹，才是道理。"翠娥噘起了嘴，别转了头，只不作声。娘子又道："好女儿，你若不曾受过刘姓的茶，要怎样便怎样，我也不来管你。要是到了下半年，你已做了刘姓的人，嫁出女儿泼出的水，你任凭干什么事，与我没相干，我也不便来管你。现在正是紧要的当儿，受了人家的茶，不曾进人家的门，做父母的这时脱不了干系。好女儿，你娘的教训，你且细细儿想。"

翠娥听了，满肚皮不服气，正要对付什么话说，只见佣妇慌慌张张地来报道："姑太太的轿儿来了。"娘女俩得了报告，赶忙跑到尸床旁边，举起哀来。不多一会子，邦平娘子哭哭啼啼地走进房来，也加入在娘女里面，放声大哭。三个人的哭声混在一起，也不辨谁是真哭，谁是假哭。哭了一会子，小宾娘子挂着鼻涕，劝住姑太太，叫她别哭，说："你贵恙未痊，休得过分悲痛，弄坏了身子。"邦平娘子也觉得这场痛哭总算对得起老子，人死不能复活，自己的身体却是要紧，乐得借她一劝，见风转篷地收住了涕泪。翠娥赶忙拧手巾，给婆婆擦脸，又掇了椅子，请婆婆坐定，然后一上一下地替她揉摩胸脯。邦平娘子细看翠娥时，见她双眼哭得核桃般地肿起，听她说话时，嗓子都哭得哑了，不觉肚里寻思：翠娥这妮子，委实是个有良心的女孩儿，她待祖父这般孝顺，将来嫁到我家，一定是个又孝顺又贤惠的媳妇，真不枉我看中了她，撺掇丈夫，替玉儿定了亲事。隔了一会儿，邦平也到了。再隔了一会儿，邦平的母亲柳氏老太太也从杭州赶回，妹子哭哥哥，自有一副照例的涕泪，丧家的娘女俩照例也须陪着号哭。邦平娘子便劝住婆婆，说："你老人家大远地从杭州赶回，歇都没有歇，怎禁得起这般痛哭，快到榻上躺一会子，接接力儿。"老太太见媳妇来劝，便也见风转篷地收住了涕泪。

原来丧家的排场，都是妇女的哭声组织而成，孝幔里哭声喧闹，人家听了，都要频频称赞，说那死者福分好，一声儿简直不曾断绝，真不枉这一死，死得很有排场。要是孝幔里静悄悄没有哭声，人家又要批评道，死者的生前不知作了什么孽，似这般鸦雀无声，真不成了丧家的排场，临死没人哭，来世投生定要投一个哑巴，罪过罪过，作孽作孽。社会上有了这种心理，所以一般丧家都重视这妇女哭声。好在哭尸灵的本领，是中国妇女的一种特长，教育不曾普及，哭尸灵的本领不待传授，早已普及。二千余年前的孟老夫子便说："华周杞梁之妻，善哭其夫而变国俗。"这两个妇女，要算是哭界的大王，自从那时变起国俗，直到如今还相沿这个习惯。所以不识字的妇女，到处都有；不会哭的妇女，亘古罕逢。哭有哭的音节，哭有哭的腔调，哭有哭的作用，神而明之，存乎其人，可见哭字里面，也分着程度高下。所以孝幔里一有了妇女哭声，那些没相干的婆婆妈妈、姊姊妹妹，都挤在孝幔左右，拉长了耳朵，听一个饱，还要窃窃私议，说谁哭得好，谁哭得不好。况且无论什么人，胸襟里面总不免有些牢骚抑郁，会作诗的借着诗歌里面发泄发泄，会作文的借着文章里面发泄发泄，那一班不识字的妇女，她们也有牢骚，也有抑郁，要是没处发泄，免不得肚皮都要胀破。她们既不会发泄在文字里面，只得借着人家的孝幔，左一把鼻涕，右一把眼泪，嘴里絮絮叨叨，发泄这一肚皮闷气。俗语道得好，借孝堂，哭自身。这便是借他人酒杯浇自己块垒的意思。所以妇女走进了孝幔，无论和那死者有感情没感情，总会拉开了喉咙，抽长了声调，夹七夹八地混哭一会子。

　　这时老柳氏停了哭声，接着又是佣妇哭，王嬷嬷哭，刘公馆里的小丫头哭，孝幔里面很不寂寞。用宾的听觉已失，偏有人环绕着他的尸体，女儿哭爹爹，媳妇哭公公，孙女儿哭爷爷，谁晓他临危的当儿，瞧都没人一瞧，理都没人一理。所以就这孝幔里的情形而论，人人都是孝子，个个都是顺孙，再不信世间尚有忤逆的事。无怪那些冬烘学究都说道："先王制礼，天之经也，地之义也。"原来有这些特别的妙用。

　　闲话剪断。再说老柳氏横在榻床上，翠娥又去献殷勤，握着空心拳儿，替她敲膀捶腿，老柳氏瞧见翠娥的眼圈儿又红又肿，心下十分疼爱，便道："好孩子，苦了你了，瞧你的眼睛，晓得你陪着病人，好多天没有睡了。"翠娥尚没回答，小宾娘子抢着说道："姑婆，你老人家明见万里，料得一些也不错。公公病里，她足足地陪了三个全夜，几番叫她睡，她不肯睡。她说，这么大的年纪，犯了这么重的病，休说是自己的祖父，便是邻居人家的老头儿，也不该袖手旁观，拢总不过陪了两三夜，算得什么，便是十天八天地通宵不睡，也是该的。姑婆，你想这妮子痴也不痴？"老柳氏点头拨脑，肚里寻思，翠娥小小年纪，难得她有这般孝顺心，将来待我一定不错的，修得这般孝顺孙媳妇，也不枉我天竺进香，在观音大士座前焚化这许多香烛元宝。

停了一会子，刘公馆里的金儿也坐着轿来前探丧。这小子才出了轿，倒累了柳氏全家都抛撇了灵床上的干瘪死人，前来欢迎这位财主少爷。小宾娘子把金儿搂在怀里，亲外甥、好外甥地混叫。翠娥赶向自己房里，装出几样茶食点心，把金儿揽入书房，请他上坐了，用茶用点。金儿也不推辞，大马金刀般地向外坐了，仰着脸儿，不大理人，左顾右盼，目空一切。惹得柳宅的佣妇啧啧称羡，说道："财主人家的少爷，毕竟比众不同，坐相也好，看相也好。不比我们家里的阿土生，年纪和少爷一般大，只是贼头狗脑，爬不上台盘，见个面生的人，野鸡藏头般地不肯出来。真叫作龙生龙，凤生凤，贼养的儿子掘壁洞。"小宾娘子笑道："你的儿子怎好同刘少爷相比，刘少爷是天上的星宿降凡，又请了一位文曲星做他的师傅，他的福分真不小。你看他立如松，坐如钟，将来一定要做大总统。"老柳氏听得文曲星三个字，茫然不解，便问这话怎讲，小宾娘子便把赵仙人说的话，一是一二是二地讲给老柳氏听。老柳氏暗暗惊讶，便道："哟哟哟，了不得，这位先生原来是文曲星降凡。刘氏门中的福分真不小，有了文曲星做师傅，这孩子的前程一定是强爷胜祖，大振门庭，不枉我巴巴地到天竺去进香，在观音菩萨座前许下许多誓愿。可见天不亏人，行了好事，一定有好报，观音菩萨真是威灵显赫，南无观世音菩萨，南无大慈大悲救苦救难观世音菩萨！"

邦平娘子猛想到静修师太念的三千卷心经，须请文曲星题写经签，我几乎把这事忘却了，便吩咐王嬷嬷道："你快到广化庵里取了经卷，送与书房里的伍师爷题写经签。伍师父是文曲星下凡，你见了他，须得恭恭敬敬，规规矩矩，尊他一声师爷。"王嬷嬷诺诺答应，自去取经。娘子又把她唤回，叫她洗净了手出门，别把脏手污了经卷，焚化时便不生效验。婆子真个洗净了手，蹒跚着脚步出门，一路自言自语道："什么洗手不洗手，我的手怎会脏？我是六十多岁的人，又不养什么汉子，再洁净也没有。不比书房里这位文曲星君，背地里偷鸡摸狗，什么事不干到。他的手，比我脏得多咧。"原来青岩和春桃丫头偷偷摸摸，都是婆子做的牵头，所以青岩近来的行为，婆子肚里和油火虫一般明亮。况且今天刘氏全家都在柳宅帮忙，青岩乘这当儿，不知在书房里干什么好戏，眼见得三千卷心经经他题了签条，竟似撂在粪窖子里一般，要灵也不灵了。

　　不表婆子自去取经，再说柳宅当夜赶制棺衾，延请僧侣，木鱼钟磬，喧闹了一宵。到了来日，举行大殓，孝幔里面自有许多哭声，不须赘叙。柳宅的殡事完毕，过了十余天，便是四月十六日。这天尤氏九十岁冥诞，五十年死忌，依着邦平的初意，本想做几天水陆道场，替祖母追庆冥福，谁料岳父病危时候，道出许多暧昧的事，便晓得祖母生前做下的事很不名誉，到了现在，带累子孙面上没有光彩，谁耐烦去超度她。所以到了这天，不过拜了一天清忏，毫无举动。时光忽忽，又是五月初旬，眼巴巴盼玉儿暑假回来，早和翠娥完婚，成就好事。正是：

　　　　以鸱配凤，以薰附莸；证诸古训，怨偶曰仇。

191

第三十六回

贴报单邻舍惊心
买文凭先生染指

自从柳翠娥与刘玉如缔结婚约，忽忽数月，这跳丸般的两轮日月忽而去，忽而来，不知不觉，已到了五月初旬。北京各学校为着学潮问题，一律提前放假。玉如肄业的北京大学校早已举行了毕业典礼，刘琪两字，竟冠全军。喜信传来，邦平也暗暗快乐，犹恐传闻未确，买了一份上海报纸，细细检查北京大学的毕业名单，看到工科毕业项下，果然第一名是刘琪，第二名是华国，以下的姓名也有相熟的，也有不甚相熟的。邦平又暗暗奇怪，玉儿同那华姓孩子，从小便在一起读书，却不料这番毕业也会考个联名，无怪他们异常莫逆，十分知己。邦平在少年时代，白白地应过几回小试，不曾博取一名半名的秀才，然而他的科举毒却是根深蒂固，牢不可拔，深恨那科举已废，贡院已毁，什么进士、翰林、秀才、举人的名目，都已消灭。现在玉儿虽是个大学毕业生，然而学校毕业的光荣，终没有金榜题名的阔绰。况且他毕业的专科，又是什么工科，这个工字，委实不体面。金石木工叫做工，苦工小工也叫做工，就算他在工科里占取了头名，至多不过做一个工头罢了。好好的财主人家公子，便要巴图上进，也该挣扎个体面的出身，没的费了许多资本，挨了多年辛苦，捐一个工头做做。想到这里，觉得儿子这番毕业，又似快活，又似不快活。正在难分难解的当儿，早有许多门客听得玉儿毕了业，都纷纷到刘公馆里贺喜，倒弄得邦平忙作一团，应接不暇。他有什么疑难事件，都和西席伍老夫子商议，当下便步入书斋，就正有道。

宾主坐定以后，邦平拈着短髭，笑吟吟地说道："小儿考取了什么工头，我心里正是异常烦恼，那辈不识趣的朋友都纷纷到我这里，高拱手，低作揖，向我道贺。我想儿子做了工头，做老子的左不过是个老工头，这般头衔有什么荣耀？况且我在前清时代，也曾捐过二品职衔，戴过红顶，拖过花翎，谁稀罕这老工头的头衔。他们不是来贺我，竟是来羞我。凤仰老夫子才高学广，替我决断决断，似这般的贺客到门，还是理他的好，不理他的好？"青岩笑道："怎说不理也！东翁此喜非同小可，理当受贺。"说时，便在案头拣出一本亡清《缙绅录》，揭开几页，指示邦平道："东翁，休得小觑了工头两个字，这个工头不比那个工头，是很有荣耀的，很有体面的。东翁，你看前清的官阶，尚书、侍郎里面便有工部尚书、工部侍郎，给事中里面便有工科给事中，这个工字也不见得不体面、不荣耀。况且做了学台，人家便唤他作大宗匠，做了诗翁，人家便唤他作老斫轮，宗匠和斫轮，都是工人的意思。即如晚生在尊府教读，表面上唤作西席先生，实际上唤作教书匠，人家听了教书匠三个字，觉得不大好听，似乎其间含着几分轻薄的意思，晚生却不以为然，越是唤晚生作教书匠，越是尊重晚生。孟老夫子有两句话：'大匠诲人，必以规矩。'这个匠字，何等贵重，须得以晚生一般的诲人规矩，孜孜不倦，才配唤作教书匠，倘像那些误人青年的馆师，毁瓦画墁，荒乎其唐，怎配唤作教书匠？"邦平听了，频频点头。青岩又道："匠字既不能轻视，工字也不容小觑。东翁说儿子做了工头，做老子的左不过做个老工头，谁晓老工两个字，到了现在，比什么样人都体面。晚生常听得一辈新学界的谈论，都说老工神圣、老工神圣，初时莫名其妙，现在可明白了，大约老工两个字，是指这辈工科学生的老子而言。儿子在工科学校里毕了业，转眼便做工程师，这工程师的官阶，便和前清的工科给事中一般，再一转眼便做总工程师，这总工程师的官阶，便和前清的工部尚书、工部侍郎一般。东翁，你想令郎做了大工师，做老子的天然是个老工师，老工者，神圣也，大而化之之谓圣，圣而不可知之之谓神，东翁的福分真不浅。这是天大般的喜事，有人前来贺喜，东翁合该受贺。"

这一番议论，真把邦平说动了，他平日不喜阅报，世界的新潮流无论怎样汹涌，他都效法老僧，以不见不闻为上乘，唯有劳工神圣四个字，他仿佛曾在哪里听过，当时只算耳边风，也不曾研究这句话的意义。所以青岩把劳工唤作老工，他也深信不疑，当下便和青岩商议开筵受贺的方法。青岩道："开筵受贺，这是题中应有之义。好在令郎不日回南，授室的吉期便在目前，大登科后小登科，两桩喜事并在一起做，洞房花烛夜，金榜挂名时，自然益发热闹。但有一层，须得早日预算，鸣金锣，贴报单，这些虽是俗套，却也少它不得。自从光复以后，人家墙上的报单也都一扫而光，这般煞风景的举动，晚生很不赞成。近几年来，一切风俗习惯渐渐复旧，城中绅宦人家，渐渐也贴起黄纸报单，什么考取县知事，当选省议员，居然大书特书，在门前张挂起来。东翁有了这般大喜，也该从着习惯，吩咐报房，分投亲友家里，鸣锣报喜。"邦平起立拱手道："老夫子见多识广，一切都要仰仗大力，应该怎么办便怎么办，老夫子尽可便宜行事。"青岩假意道："晚生怎敢一人做主，令郎的母舅陆先生，是府上的长亲，又是喜发议论、很有意气的人，一切事情，还是请他主政的好。"邦平皱眉道："这个怪东西，理会他做甚。自从那天和我抢白了几句，几个月不上我的门，近来听说他到湖北去了，也不曾到我这里来辞行，也不晓得他何日才能回来。他这般的亲戚，宛比没有一般，所以一切事情都要重托老夫子，不用客气，也不用过虑。"说毕，便转身去了。

原来陆子才到湖北去公干，青岩早已探听确切，并且想利用这个机会，和张老三商量什么诡计，摆布慧姑。这番见着邦平，假作不知，便把便宜全权招揽在身，心里暗暗快活，借这开贺结婚两桩事，多少总要捞摸些油水，使我手头滑溜滑溜。当下便向报房里通个消息，叫他们前来报喜讨赏。那些吃报房饭的本来没事可干，穷得狗肝都出，得了这个消息，怎不满怀欢喜。那时刘公馆的门前，朝也一棒锣声，暮也一棒锣声，惊得左近的邻居大呼小叫，都说刘剥皮家里约莫失了火，在那里打着乱锣求救。也有神经过敏的，不问情由，先自慌乱起来，丈夫捧了破棉胎，浑家抱了小婴孩，急煎煎，乱糟糟，预备要躲避火灾。比及探问确实，说是刘公馆里报喜，不是刘公馆里失火，白白地吃了虚惊，惹得邻人背地里唾骂道："该死的刘剥皮，打什么乱锣，报什么鬼喜！"那时刘公馆的门墙里面，密密地贴着五六张报单，什么京报、官报、省报，叠床架屋，不厌其多，下面还署着报喜人的名字，无非是高升金印、卜魁联元。

谁晓门前报锣打得热闹的当儿，早打动了里面柳氏娘子的醋兴，暗想：这孩子不过在洋学堂里毕了业，有什么稀罕，值得这般小题大做，乱出风头？要是进了洋学堂便该鸣锣报喜，那么翠娥佅女也是洋学堂里的学生，难道不该鸣锣报喜？当下便唤王嬷嬷传语青岩，叫他多备一份翠娥的报单，也要鸣着金锣，登门报喜。青岩道："柳小姐虽在学校里读书，只是没有毕业，报单上写不出什么衔条，张贴时颇不好看。"王嬷嬷道："你有什么法儿，替她弄一个毕业玩玩？"青岩道："这也不难，只要有了这个东西，什么事都干得。"说时，把大指和食指搭成一个圆圈儿，向婆子表示手势。婆子会意，里面去回主母，说报单可以办得，只是毕业的衔条须出了钱才可捐得，柳氏娘子道："斗财不斗气，斗气不斗财，我要替翠娥挣面子，钱财上面，自然不好计较。

你快去央托伍师爷，请他想个方法，替翠娥报捐一个毕业生，应有的费用，请他开个单儿，向里面支领便了。"婆子诺诺答应，暗想干女婿财运亨通，这番便接到好生意了，便把主母说的话回复青岩。青岩满怀欢喜，不消说得。

青岩和方便园本来熟识，又把这事央托了便园，不到一两天，果然运动成熟，便园信来，说前途倘能捐助学校经费二百元，所委之事，校长自当遵办云云。青岩接到这信，提起笔尖儿，把二百元的"二"字，轻轻加上一笔，变作了三百元。放下了笔，把这三百元的"三"字，细细端详了一遍，却没有什么破绽看出，不觉心花怒放，一个儿自言自语道："古云一字值千金，我现在轻轻加上一笔，却有百元到手，算得一字值百金了。我见时下的著作家，绞了许多脑汁，作了二三千字的文章，也不过博得十元八元的润资，却便头重脚轻，志高气傲，不是自命大文豪，便是自称大著作家。我伍青岩动一动笔尖，便得百元的代价，似这般的文字价值，才算得真价值。他们要称大文豪，我便是太上文豪；他们要称大著作家，我便是太上著作家。"当下便把原信交给王嬷嬷，叫她去回主母。去不多时，婆子便领出三百元钞票，一纸一纸地点交青岩，问他数目可有错误。青岩忙说："不错，不错。"婆子道："老娘气吁吁、热腾腾，替你做成了生意，也该掏摸一纸玩玩，使我手头沾受些香味。"说时，便随手取了一纸，向怀里乱塞。青岩忙道："干娘且慢，你这纸钞票破烂了，不好玩，待我换一纸新鲜的给你玩。"说时，便拣了五元的一纸，向婆子调换。婆子扑哧笑道："干女婿，你真当我是瞎子咧，老娘虽不识字，这十元五元几个字，却还认得清楚，老娘替你出了许多力，也不该在五元十元上计较。"说罢，答转身躯，蹒跚着脚步，径向里面去了。

青岩明知钞票进了婆子的袋里，宛似猫嘴里挖鳅，再也挖不出来，完完全全的百元进账，经这婆子一扰，便打了一个九折，暗想这婆子委实厉害，我要赚取百块钱，也须动一动笔尖，这婆子一伸手便要十块钱，笔尖都不曾一动，她的本领比我伍青岩还大。我算是太上文豪、太上著作家，她却是太之又太的文豪、上而复上的著作家，棋高一着，缚手缚脚，我伍青岩哪得不拜在下风。当下把钞票分作两卷，一卷二百元，用纸包封裹，粘了红签，预备送往学校，给那校长安女士亲手接受；一卷九十元，该入自己的囊橐，已经纳在袋里，却又重行掏出，自言自语道："不妙不妙，这不是安稳的所在，倘然喝醉了酒，被那阿巧娘掏掏摸摸，这九十元钞票便逃不出她的掌握。哦，有了，与其藏于袋中也，宁藏于书箱之中，韫椟而藏之，吾何畏彼哉！"

主意打定了，先把纸包封裹的一卷暂放在抽屉里，然后握着九十元的一卷，一步一踱地径向卧室里走。取了钥匙，开了书箱，正要把那九十元钞票安放妥帖，冷不备眼前一暗，从脑后钻出两条手腕，把他两只色眼连同探艳法宝一齐掩住。青岩轻唤道："春桃姐休得胡闹，被人撞见了，须不好看。"春桃咯咯一笑，把手松了，便低声道："老青，你倒乖巧，你不曾见我的面，怎便晓得是我，亏得躲在你背后的是我，要是老爷躲在你背后，瞧出你的作弊情形，只怕你的饭碗啪地打破，便同姓徐的一般，捏着两把眼泪，骨碌碌地滚出大门。"青岩道："春桃姐倒会取笑，这两条软绵绵滑溜溜的手臂圈在我脑袋上，不待见面，便晓得是你春桃姐。况且指上的戒指、腕上的腕钏，触着我的皮肤，不待开口，便认定你春桃姐。没的老爷套了戒指，戴了腕钏，变换了皮肤，平白无端和我老夫子开玩笑。况且我又不曾做什么歹事，便算老爷躲在我背后，姓伍的心头无事亮晶晶，却怕谁来？"嘴里说时，赶把手头的一卷钞票向书箱里乱塞。春桃手快，一把抢住道："老青，你真是热锅里的鸭子，身子烂化了，嘴儿还硬。你不怕谁，这一卷东西却是哪里来的？你打量我不知，我早在书房门外偷窥了多时，你这副穷形极相、贼头狗脑，都逃不过我的眼里。你在干娘那边倒晓得使些费用，却在我面前弄乖巧，见了大佛答答拜，见了小佛踢一脚，枉和你相好一场，谁料你的心肠比你的嘴巴还硬。"青岩见春桃生了气，免不得拣出一纸钞票塞她的嘴。春桃见是五元的，赌气不要，换了一纸十元的，才笑吟吟地纳在怀里，和青岩亲热了一会子，说了许多肉麻话儿，方才蹑手蹑脚地出了书房。

青岩叹了一口气，喃喃自语道："一饮一啄，莫非前定。好好的百元进账，经她们两番缠绕，这二十只大洋竟扑哧扑哧地飞去。钞票钞票，我把你锁在书箱里，再不怕你插翅飞去。"说时，锁上了书箱，拽上了房门，借重铁将军把守门户，看那墙上挂钟尚不曾到六点钟。五月天气，日暮正长，青岩已放了晚课多时，乘这余闲，不如到平江女学校里去一走，会会这位新人物安子虚女士，顺便参观参观女学生。陆慧姑也该在校内，我许多时不曾见她的面，不知她长成得怎样俊俏，出落得怎样风流，我借着参观的名义，不妨把她看一个饱，她待逃向哪里去？当下便把衣服整理整理，穿了杭纱马褂，取出抽屉里的一卷钞票纳入怀里，又把金丝眼镜擦了又擦，揩了又揩，暗想：这副法宝，那夜亏我抢得快，要不是，吃那姓徐的打坏了，便断绝我的探艳利器。面皮拍破了，自会重生肌皮，眼镜打碎了，却不会重圆破镜，故面皮可破也，眼镜不可碎也。又取了一柄折扇，摇摇摆摆地踱出书房，顺便在着衣镜里端详了几遍。这面着衣镜，青岩向来当它恶魔相待，往来出入，都别转了头，不去瞧它。近几月来，却与这面着衣镜抛弃前嫌，言归于好。究竟忽恩忽怨，是何缘故，这也不消细说。衣衫褴褛的时候，自然与镜为仇；衣服华美的时候，自然与镜为友。俗语道，人要衣装，佛要金装。青岩自经衣服更新以后，不但众人见了他大都另眼看待，便是巷口的几只黄犬也和他摇尾为礼，不似从前汪汪地乱叫。

闲文剪住。青岩对镜端详了一会子，觉得衣履翩翩，大有三五少年时的气概，这番带着二百元钞票去助学校的捐款，到了学校门首，尽可大模大样闯将进去，不比从前在门首打转时舒头探脑，露出那寒乞态度。当下摆动纸扇，慢慢地走出大门，径向学校而来。正是：

一纸文凭，可以买得；毕业生徒，真有价值。

第三十七回

勃勃野心参观成绩
泠泠琴韵欢迓嘉宾

学校规例，每逢下午四点钟后，一律散课。全校的学生，陆陆续续，挨挨挤挤，散步的散步，归家的归家，课堂里面，便静悄悄不闻声响。只有负墙而立的一块黑板，面向着许多椅儿桌儿，屹然不动，相对无言。然而这时的平江女学校却又不然，壁上的挂钟已当当地敲了五下，却依旧是生徒济济，一个都不曾散归，校长教员指挥一切，忙碌得不可开交。若问何事忙碌，编书的也有几句话交代。

原来时下办学校的，往往有三种秘诀，叫作三忙三不忙。第一是平日不忙，忙在临时。他们天天上课，无非虚应故事，唯有在那紧要当儿，或是视学员前来视察，或是外宾前来参观，那些职员教员们便吃了一帖兴奋剂，提足了五分钟的教育精神，以便掩饰掩饰人家的耳目。只要人家跨出了校门，他们的心窝里掇去了一块大石似的，难关已过，便不免故态复萌起来。第二是授课不忙，忙在开会。授课和开会本不是两桩事，授课即开会的预备，开会即授课的实验，无奈他们都看作两橛。授课时，随随便便，做一天和尚撞一天的钟，全不做他日开会实验的地步。直到开会期迫，一桩桩、一般般，生吞活剥，硬叫生徒们从头记起，怎不闹得手忙脚乱。第三是实事不忙，忙在虚文。五光十色的西贝成绩，细针密缕的欺人表册，也有装潢在镜框里面的，也有陈设在玻璃橱里的，职员教员们疲精劳神专在这些劳什子上，忙个不了，虚文上多用一分心思，自然实事上便少尽一分精力。何况这所平江女学校全赖捐款补助，又值办理毕业的当儿，开会实验，当众出彩，倘没有几出拿手好戏博人叫座，学校的经济上便要大大地受一打击。为了这个缘故，校长安子虚女士提起了十二分的精神，督同男女教员，布置一切开会的事务。校中生徒，都要延长两点钟上课时间，直到钟鸣六下，才许散归。

刘公馆距离学校本不甚远，一带夕阳光里，早见这位三好先生伍青岩，晃着脑袋，摇着纸扇，鹅行鸭步地向那学校而来。比及到了学校门首，高咳一声嗽，壮一壮胆，便撒着两只衣袖，一摇一摆，大踏步地闯将进去。谁料走不到三两步，门房里跑出一个校仆从后赶上，把他拦住，忙问："先生到哪里去，这是女学校，闲人不得乱闯。"青岩经他拦阻，只得停了脚步，圆睁着两只怪眼，气吁吁地说道："无事不登三宝殿，你怎知我是闲人，难道有'闲人'两个字写在我的脸上不成？你说这是女学校，门前的招牌早已写得明白，我费了十年窗下功夫，难道连这'女学校'三个字都不认识不成？"校仆见青岩废话，又猜不出他是什么样人，看他的外貌，虽有些呆头呆脑，但是衣服很体面，说出话来又像是有来历的，常听得有什么县视学、省视学、部视学跑到学校里，都是仗了官势乱闯直撞，不须门役通报，他敢莫是个视学员？却不要伤犯了他，闹出什么乱子。当下便赔着笑脸说道："你老休得生气，我也晓得你老到这里来，定有什么公干，但是充当门役的规矩，遇见了客人，须得问一声来意，讨一张名片，好向里面去通报。"青岩高声道："你且听着，我姓伍，是来会见你们校长的。"吓得门役直垂了双手，一迭声地道那是字。原来他听得省视学里面也有一个和他同姓的，多半就是他，所以不敢怠慢。在这当儿，青岩从怀里掏出一纸卡片，授给校役，慌得校役双手来接，仔细看时，却不是那个省视学的名字，也没有省视学员的衔条，便晓得是老大的缠误，当下取了名片，叫青岩暂待片刻，回过校长后，再来相请。说罢，走着甬道，径向里面去了。

　　青岩没奈何，只得钉住了脚，在那门房左侧守候。但听得悠扬婉转的琴声向耳朵里直扑进去，踮起脚尖儿看时，甬道尽处，一带露台上面，影影绰绰，花花绿绿，有多少女郎在那里走动，只是面庞儿都认不清楚。一来被这闪闪烁烁的夕阳所摇，二来被这疏疏密密的树影所乱，虽有探艳法宝，也觉鞭长莫及，效力全失，又不知许多女郎里面，可有一个陆慧姑在内。少顷她见我时，倘然亲亲热热地唤我一声伍伯伯，和我行一个文明握手礼，我便不记她老子的前嫌，要是……想到这里，方才的门役又急匆匆地从里面走出，青岩只道是校长遣他相迎，提起脚步想往里面跑时，又吃那门役迎面拦住，说道："且慢，且慢，校长见了名片，说这位伍先生素不相识，到此有甚贵干，叫我问明了再去回话。"青岩皱着眉道："急惊风遇着了慢郎中，你们的校长太不晓事，要是我没有要事，巴巴地来此做甚。待我实告了你吧，我伍先生是从刘公馆里来的，带着一注大大的捐款，补助你们的学校经费，顺便参观参观学校里的规模。校长肯见我时，快快相见，要是不肯见我，也不用推三阻四，我自会带着捐款，转身便走。"门役忙道："你老别性急，待我再进去回话，管叫校长立刻便来欢迎。"青岩又等了一会子，才见门役出来招手，便整一整衣襟，踏着水门汀的甬道，一摇一摆地进去。门役高举了卡片，在前引导，跨上阶石，转向右边，便是应接室。门役道了一声："客到。"早见这位安子虚女士满面堆欢地在门外迎候。门役把卡片交给女士，自去守门不提。

青岩正待上前招呼，校长早迎上数步，笑唤了一声："伍先生！"伸出一只又白又肥的手来，待和青岩握手。青岩的右手正执着一把纸扇，一时没做理会处，情急智生，赶把纸扇在脑后领圈里一插，然后腾出空手，和校长行一个握手礼。青岩和文明女界行握手礼，这是破题儿第一遭，肌肤接触，感想纷纭。究竟他起的什么感想，编书的也不去细表。握手礼毕，重执纸扇，校长让青岩入室，当下跨步入内。室中布置颇觉不俗，中间挂着擘窠大书的"平等"两字，两旁镜架，足有二三十架，里面五光十色，也不知装潢些什么东西。校长含笑让座，青岩也不客气，便在一只摇椅上坐下，觉得一摇一动，没有冷板凳上安稳舒服，便又陡地立了起来，另在一只藤椅里坐定。校长看这情状，暗暗好笑。青岩细把校长打量一遍，见她三十上下年纪，生长得十分肥胖，虽只穿得一领薄薄纱衫，然而痴肥臃肿，恰似着了几件翻厚棉袄一般，暗思做了校长，多少总可掏摸些油水，心广体胖，真所谓居移气养移体了，我伍青岩若能够充当个校长，少不得也是肥头胖耳，同富家翁一般模样。青岩心头盘转的当儿，校长含笑说道："闻得伍先生光临敝校，专为赍送捐款而来，敝校经济上异常竭蹶，全赖几位热心官绅源源捐助。伍先生既做刘先生的代表，足见也是一位大热心家，对于教育定有许多心得，鄙人得亲雅教，要算莫大之幸。"青岩被她几句恭维，乐得骨节轻松，便道："安师母谬赞了，想伍青岩何德何能，不过在刘公馆里教授小公子，兼理文牍职务。虽承敝东人竭力抬举，说我是个有品有学的好先生，然而青岩自思，从小不曾进过学校，对于教育，终觉是个门外汉。今日三生有幸，得与大教育家安师母相见，宛比小巫见了大巫，安师母倘肯指教，青岩不胜欣幸之至。"

青岩见了校长，遽以师母相称，似乎有些冒昧，然而他道出这两个字，也曾费过一翻思索。他想唤作太太不好，唤作奶奶不好，唤作姊姊、妹妹更不好，常听得教会里面都唤女先生作师母，还是这个称呼最为稳当。论她的年龄以及所处的地位，都合师母资格，唤她一声师母，料想没有妨碍。谁知这位安女士却是一位终身不嫁的老小姐，小姐师母，界限分明，恰似密斯和密雪斯一般。该唤师母的，唤她一声小姐，做师母的不但直受不辞，并且肚里自思，我这么大年纪，又曾养过几胎孩子，论理也该老了，怎么人家见了我还把小姐相称，可见我生得娇嫩，年纪老了，面相却不曾老。自然听了这小姐称呼，心窝里乐不可支。该唤小姐的，唤她一声师母，做小姐的听了，觉得声明也不好，不声明也不好，答应也不好，不答应也不好，真是又恼又恨，又羞又窘。所以青岩唤得几声安师母，早把校长的两颊红云一齐唤起，只得含含糊糊，又似答应，又似不曾答应。青岩说得起劲，没有觉察，又道："安师母真是磐磐大才，偌大苏州城里，再也觅不出第二个安师母，盈门桃李树，都是贵门生。孟老夫子说：'得天下英才而教育之，三乐也。'安师母在这里开办女学，虽不能说'得天下英才而教育之'，却也好说'得吴中英才而教育之'了，青岩辱在下风，真个佩服安师母，敬仰安师母。"校长听他咬文嚼字，又咬嚼这许多安师母出来，一时羞到极点，恼到极点，倘无捐款关系，早已吩咐门役驱逐恶客出门，现在看这钱财上面，也只得捺住了气，一言不发，听他嘴里的安师母咬嚼到何时才休。

在这当儿，女校役进门报告，那边有电话来，请安小姐去接话。校长故意问道："你请谁去接电话？"校役又道："请安小姐去接电话。"校长道："原来叫我去接电话，你倒懂得唤我安小姐。"校役摸不着头路，眨着两只眼睛，暗思安小姐因甚和我闹脾气。校长挪动肥躯，离了座位，笑向青岩道："伍先生原谅，略待一会子，我便来。"说时，同了校役跨出应接室，自向那边去接电话。青岩豁然醒悟，原来这位校长还是个未出阁的闺女，我要算是拍马屁的专家，怎么聪明一世，懵懂一时，马屁没拍着，却拍了马脚，少停待她出来，须得改换称呼才好。又想校长这么大年纪，为什么还没嫁人，她年在三旬左右，我年在四十上下，她没有嫁，我也没有娶，想到这里，唇角两滴馋涎，便蛛丝般地吊将下来。那时一阵革履声响，校长重又入室，青岩赶把涎沫拭去，起立招呼，校长道了一句"对不起"，彼此归座。青岩果然改换称呼，敷衍了一会子，十句话儿，倒唤了九声安小姐，说时，怀中掏出钞票，请校长点数。校长点视无误，把钞票藏好了，填了收条，授给青岩道："相烦伍先生上复贵东翁刘邦平先生，捐款如数收到，实在感佩热忱。所有嘱办的事，鄙人自当照办。好在这位柳小姐品学兼优，算得敝校里的特别人才，素闻外国学校的通例，遇着特别人才，往往赠给学位，以示荣宠。鄙人办学的宗旨，至公无私，一律待遇平等。伍先生但看挂着的平等两个字，便见鄙人生平的志愿。论柳小姐的在校年限，当然不能毕业，论柳小姐的在校成绩，实在可以毕业。鄙人举办毕业，一些儿不肯苟且，学行平常的生徒，便是满了年限，也不许轻邀毕业；学行优秀的生徒，便是未满年限，也可以提前毕业。似柳小姐这般学行优秀，当然适用赠给学位的文明惯例，这是鄙人爱惜人才的苦心，其间并没有别种用意。相烦伍先生见了贵东翁，把鄙人的意思代为转达，拜托拜托。"青岩口头诺诺答应，眼睛只注视这收条上填写的数目，但见收到捐款洋二百元的"二"字，没有写作大体的"贰"字，暗暗唤声侥幸，少停加上一笔，便可毫无破绽。

当下把收条折叠好了，藏纳怀里，笑向校长请求道："敝东翁夙仰贵校名誉发达，生徒广多，特嘱区区专诚到校，一来赍送捐款，二来参观成绩，拜烦安小姐饬人引导，以便区区扩充扩充眼界。少停回复敝东翁时，也可把安小姐办学的成绩详细报告。"校长暗暗沉吟，这般呆头呆脑的人跑到课堂里去，岂不惹生徒们耻笑，欲待拒绝他的请求，他又是刘富翁的代表，拒绝了，富翁面上须不好看。当下含笑答道："伍先生代表贵东翁莅校，敝校全体，自当竭诚欢迎，且待生徒下了课堂，吩咐她们在礼堂上齐集，恭请伍先生指教一切。"说时瞧了一瞧手表，便道，"快了快了，再隔十分钟，她们便要下课了，伍先生暂待片刻，容鄙人吩咐她们早早预备。伍先生嫌寂寞时，壁上挂的都是她们的成绩品，不妨细细展览。"语罢，起身出室，顺便把门旋上了，早把野心勃勃的伍青岩软禁在应接室里。

足足有二十分钟的长久，才听得革履声响，校长推门入室，请伍先生登堂指教，赢得青岩心里又是欢喜，又是惶恐。从前在校门外舒头探脑，挨打嘴巴，今天也会跑上礼堂，受那全体欢迎，怎不心头欢喜。但是一切文明礼式，俺这里未之学也，倘然有什么举动失措，岂非求荣而反辱乎？心头又不免惶恐起来。青岩一路盘算，不知不觉，早已跨入礼堂，举眼看时，许多女学生，一律穿着白色操衣，整整齐齐，都在礼堂里面站定。校长问了一声到堂人数，早有一个班长站起答道："除却陆慧姑因患头痛，临时请假，其余的同学一律在座，实数一百零一人。"校长点了一点头儿，便向学生宣言道："今天承蒙大教育家伍青岩先生莅校参观，伍先生学问优长，对于教育又是异常热心，鄙人因此介绍这位先生和诸生相见。"当下便请青岩跨上讲坛。校长喝道："一。"学生一齐起立，倒把青岩吓个一跳。又喝道："二。"学生一齐鞠躬。又喝道："三。"学生一齐坐下。青岩方才醒悟，原来学生向我行礼，赶紧回礼时，学生都已坐下，见他呆头呆脑，手捧着纸扇，行这不规则的鞠躬礼，宛比道士执笏朝真的模样，笑得一百零一张樱口都露了齿，二百有二颗星眸都合了缝。校长怕青岩羞窘，忙喝道："按琴唱欢迎歌。"早有两个学生忍着笑，呜呜地踏着风琴，众学生齐声唱着爱甫调的欢迎歌道："欢迎欢迎欢迎，天上客星临。吾侪曷胜荣幸，有道堪就正。金尔音，玉尔音，金玉无须吝。欢迎欢迎欢迎，快快锡南针。"琴止歌歇，校长又喝道："请伍先生当众演讲教育原理。"

　　若问校长因甚把青岩作弄，寻出这个难题和他开玩笑，编书的要替校长表白几句。这不是校长的本意，方才校长从应接室出来，招呼众学生齐集礼堂，开一个临时欢迎会。学生大半不起劲，都说学校里的欢迎会开得厌烦了，今儿旅长太太来要开欢迎会，明儿营长太太来又要开欢迎会，我们的学校简直要变换名称，唤作欢迎学校了。校长说："现在这位伍青岩先生比众不同，是一位盛名鼎鼎的大教育家，你们好歹看我分上，敷衍这一下子。"学生又要求一个交换条件，一方面开会欢迎，一方面须要当众演讲。校长没奈何，含糊答应了，再做计较。慧姑听得伍青岩三字早已脑疼，便推说有病，自向卧室里去静坐。学生唱的欢迎歌并不是临时编就的，原来校里预备欢迎歌不下五六阕，音调虽同，词句稍异，这一阕是欢迎演说家的乐歌，词句里面，大有要求演说的意思。青岩是个知声而不知音的，只懂得琴声歌声异常悦耳，校长却懂得歌曲的意思，暗想这番演说是不可免的事实。便喝了一句："请伍先生演讲教育原理。"经这一喝，又把青岩吓呆了。正是：

　　　诗云子曰，装满头颅；教育原理，唯我独无。

第三十八回

登讲坛侈谈教育
访吟朋伪托文明

俗语道得好，上场容易下场难。伍青岩扬扬得意，跳上讲坛，谁料校长道出这句话，竟是当头一棒、顶门一针，待要滑脚，一时怎好下坛，待要托词规避，又失了大教育家的体统，心头七上八下，不知如何是好。转念一想，不觉胆儿顿壮，丑媳妇难免见公婆，伸头也是一刀，缩头也是一刀，躲避它怎的？校长明欺我冬烘头脑，懂不得教育原理，我却偏要和她谈谈教育原理，正理只一条，歪理十八条，管它中听不中听，我只在十八条歪理里面寻出一条教育原理，和她们敷衍一会子，便可借此下场了。当下凝凝神，镇镇心，干咳几声嗽，打扫打扫喉咙，涎着脸儿演讲道："今天承蒙校长安小姐命青岩登坛演讲，又用了一个教育原理的题目，青岩才疏学浅，怎懂得教育原理，况且这个题目又是包罗万象，断不是几句话可以说尽，片刻工夫可以讲毕……"校长在旁，频频点头，难为他道出这几句，虽是空套，却也得体。又见青岩把头打了一个圈，转变着论调道："虽然，青岩者，圣人之徒也啊，非先王之法言不敢言，非先王之法行不敢行者也啊。教育之道，其详不可得闻也啊，其义则青岩窃取之矣啊……"每逢煞脚的虚字，便把音调拖长，又添上一个啊字，做个尾声。这般肩背高低口角咿呀的态度，引得满堂的学生笑得前仰后倒，嘻嘻哈哈的声浪充满了一屋子。慌得校长连连摇手，好容易把笑声遏止了。在这喧笑当儿，青岩自思，你们只管笑，我只管说，我是不怕笑的，你们越笑，我的面皮越老，假如你们爱笑，我便叫你们笑一个畅。当下打定了主意，待那笑声停止时，便继续演讲道："何谓教育，教且育之谓也啊。何谓原理，原其理之谓也啊。且夫夏商周之教育也啊，设为庠序学校以教之者也啊。庠者养也啊，校者教也啊，序者射也啊，学则三代共之者也啊，皆所以明人伦也啊……"青岩讲得起劲时，便一句一啊起来，啊的当儿，把头颅不住地打圈，打圈的当儿，手里这柄折扇也是一摇一摆，在那里帮助姿势。满堂的学生几曾见这般的怪态，哄堂大笑，比第一次还要响亮。校长自己也忍俊不禁，怎能够维持秩序。那些程度较高的生徒便不耐烦看这怪剧，都把手帕掩着嘴，纷纷自由离座，有些就此返家，有些自向校园里去散步。礼堂里只剩一部分幼稚学生，都扯开了笑嘴，向着青岩呆看。青岩拱拱手儿，乘势下坛。大家都不拍掌，校长敷衍来宾的面子，疏疏落落地拍了几下掌，又向学生说道："这位伍先生专讲些趣味教育，所以大家听了都发笑。"

青岩见天色垂暮，便向校长告别，校长亲送出门。青岩这时有了预备，赶把右手的纸扇调在左手，腾出一只空空的右手，待向校长亲亲热热握一回手，行个告别礼。谁知校长只把头儿略点一点，倏地掉转肥躯，履声橐橐地踏着水门汀甬道径自进去。青岩没奈何，只得嗒然而归，一路自思自想，我伍青岩要算是个顶呱呱的势利人物，却不料这位校长竟是势之又势、利而又利，二百元钞票入了她的腰囊，便不来和我握手，是何前恭而后倨也啊。我自悔缴纳捐款太觉爽快，要是在临别时给她，怕她不和我再握一回手。又想：这陆姓丫头倒也放刁，临时托病请假，不来欢迎我，这明明是扫我的脸，是可忍也孰不可忍也。慧姑慧姑，多则一月，少则十天，管叫你逃不出我伍先生的掌握。

不表青岩自回公馆，再说平江女校的生徒，自从听了这位大教育家的趣味教育，不但听讲的当儿嘻天哈地，笑个不休，便是过了几天，大家谈起这个怪人，兀自笑个无休无歇。程度较高的学生，都说真个蹙眉头、倒胃口，哪里跑来的茫司探，人不像人，鬼不像鬼，怎配我们去欢迎；年龄幼稚的学生，都说这个怪东西倒也好玩，要是天天来演讲，我们倒也天天有好戏看。这时，中将女公子张女权觉得这个怪物似乎在哪里见过一面，搔头摸耳，想了一会子，便拍手笑道："我可想着了，几个月前，我打从学校里坐轿回去，曾见这个怪物立在学校门口，舒头探脑般张望，吃我家里的卫队重重地给他一下嘴巴，把眼镜都打去了。"众人听着，又都好笑起来。单有慧姑心里纳闷，这魔物倒也神通广大，怎会跑到学校里来胡闹，亏得一星期内我便要毕业离校，凭他怎样胡闹，都不与我相干。

再说校长安女士得了捐款，便替翠娥预备一份毕业证书，分数单上胡乱造些分数，专待给凭的一天，再行知照翠娥，随着众人一体受凭。若说翠娥做些什么事，可曾在学校里预备功课，那天一百零一人的欢迎大会可有翠娥在内，编书的却说不曾不曾。自从四月里请了长假，直到今朝，翠娥的足迹从不曾踏到平江女学校，她拢总在学校里肆业不过半个月光景，居然取得毕业资格。况且夫婿刘琪又在大学校里毕业，不日便要南归，宴尔新婚，即在目前，重重叠叠的喜事，并在一块儿，论理也该快活。然而翠娥的心头，却皱得似春水一般，揉得和乱发无二，重重叠叠的喜事，仿佛都和自己没甚关系。一来贿买文凭，翠娥毕业，都是邦平娘子在那里串戏，翠娥自己尚没知晓；二来刘琪那边，并无只字复音，翠娥心里怎不恼恨？她想刘琪和我有夫妇的关系，不该寄了二十多封书札，一字不复，便算没有订婚，看那表妹分上，也不该只有去雁，没有来鸿，可见他早存什么野心，不知在外面干些什么事。倘然我不贪恋刘氏的财产，便早已提起诉讼，和刘琪脱离关系。怎及我的知心诗友西厢待月生，端的不愧亚东第一钟情男子，他赠我的十愿诗，语语都从心坎里挖出，我最爱的是结末两首，益发见他的真情真义。一首道的是："痴心愿做花间蝶，常绕裙边款款飞。"一首道的是："痴心愿做阶前草，印得蛮靴浅浅痕。"他和我并无中表关系，又不是从小便见面的，不过在诗社里面邂逅相逢，便把我钦佩到这般模样，服服帖帖地做我的奴隶。他不但肯做我的奴隶，并且肯做我裙边的蝶、脚下的草，似这般的真情真意，无论亚东亚西亚南亚北，再也觅不出第二个照样的人。他说是亚东第一钟情男子，据我看来，竟是世界第一钟情男子。

翠娥既这般着想，所以几个月来，她的心理上竟起了大大的变化，对于时间问题，便存了两种观念。不曾入社吟诗时，是一刻抵三天，到了现在，恰是三天抵一刻。怎么唤作一刻抵三天？翠娥和刘琪订婚，是在二月初旬，这时离着暑假日期尚远，依着翠娥心里，最好这日子快快儿过去，刘琪快快儿回来，眨一眨眼便是暑假，早早儿洞房花烛，成就了五百年风流眷属。然而越是等得焦急，这日轮越是黏着鳔胶似的，不肯轻易过去，等过一刻，足足有那三天的长久。怎么唤作三天抵一刻？翠娥入社吟诗，和那西厢待月生宋吟香诗同往返，是在四月初旬，这时离着暑假日期很近，依着翠娥心里，最好这日子慢慢儿过去，刘琪慢慢儿回来，日光菩萨多打几个盹，柳梢儿挂住斜阳，再也不放它下去。然而越是恁般设想，这日轮越是揩油似的转得飞快，过了三天仿佛只有一刻的光景。

从来知女莫若母，小宾娘子见翠娥这般失魂落魄，早已瞧科了八九分，暗想女儿枉算聪明人，怎么一时糊涂起来，现在的情形，须不能和从前住上海时一般胡闹。住在上海时，一来没许过人家，二来离着刘家是很远的，便闹出什么孩子气（溺爱不明之父母对于女子不规则举动悉以孩子气三字目之），他家也不会晓得。现在又是许了亲，又是住在苏州，又是离着刘家很近，往来的耳报神很多，女儿不过闹些孩子气，落在人家嘴里，添枝添叶，装头装尾，便要闹出不好听的说话。况且吉期近在目前，至多不过一个月，送佛送到西天，便要圆满功德，脱卸干系，却不要临时上阵马撒尿，在这紧要当儿出了什么岔子。又恨自己肚皮不争气，偏偏生女不生男，要是生了个男子，长大起来，做娘的倒可少操许多心思，现在像翠娥这么大年纪，什么事都晓得了，又似叫春猫儿般的，不知她存着什么念头。做娘的须得耳聪目明，时时刻刻地看守她，却不要眼睛一眨，老婆鸡变化了鸭，却不像她老子，成日价在外闲荡，糊糊涂涂地度那日子。

列位，小宾娘子怎么道出这几句话？原来柳用宾死后，小宾却实行那寝苦枕块的一句古训，用宾死了一个多月，殡也出过了，一切掩人耳目的居丧礼制都是假设的，唯有寝苦枕块四个字，小宾竟认真去做，直到如今，依旧是寝苦枕块。这不是编书的撒什么谎，说来却是信而有证。小宾从前在上海时，本来沾染烟癖，只因生计困难，吃他娘子喃喃地数说，便告个奋勇，立志戒绝了。现在住居苏州，常得他亲戚的补助，借着替老子举办丧事，姑母和妹子那边，大卷的银洋钞票暗地里源源接济。丧事完毕，手头便多了几百块钱，一时故态复萌，便和那阿芙蓉重修旧好，又不敢在家里吸烟，惹他娘子啰唣，便借着出外访友，常到燕子窠里去过瘾。烟榻上面铺着破毡单，和那些鸦片鬼睡在一起，对枕吸烟，好在枕块的块（块）字，分拆开来，便是土鬼两个字，所以说他实行那寝苦枕块的一句古训。

翠娥见老子不在家里，益发肆无忌惮，借着谈诗为名，常常约吟香到家里来叙话。小宾娘子几番劝阻，禁不起女儿一味撒娇，只说他娘没见过世面，现在男女社交公开，彼此讨论些学问，算得是文明举动，谁要你来干涉。娘子没奈何，只得定下几条约法，从中取缔。一、只许姓宋的上柳姓的门，不许翠娥去上宋姓的门；二、姓宋的来时，只许趁没人来往的时候，从后门僻巷里出入；三、翠娥和姓宋的谈诗，须得自己在旁监督，只许在书房里面谈些斯文话儿，多则一点钟，少则半点钟，谈毕便去，不得逗留。那时翠娥只要和吟香常常见面，便依了她娘的三章约法。有时翠娥因事出门，他娘便差遣佣妇跟随后面，不得半步轻离，须要同出同归。娘子心里，以为似这般保险办法，算得万稳万妥。谁料翠娥跨出了门，怀里掏出些东西，暗向佣妇袖子里一塞，又把一手搭在佣妇肩窝上，和她喃喃讷讷咬了一会子耳朵。佣妇笑嘻嘻地答道："好小姐，千万放心，任凭小姐这么长那么短，我的嘴巴是贴着封皮似的，再也不敢多说。得人钱财，与人消灾，倘然背着小姐搬是非，三寸舌儿嚼得雪花一般飞……"从此以后，娘子的保险办法完全失了效力。

然而娘子竟丝毫没有觉察，但见佣妇伴着女儿，一起出一起进，不是说到同学家里去闲谈，定是说到元妙观前去购物，娘子深信不疑，暗暗唤声侥幸。有时吟香上门来谈话，娘子板起了面孔，赶到书室里去监视。坐定的当儿，娘子叫吟香坐在这壁，女儿坐在那壁，自己横插在中间坐下，却又摆足了坐马势，左一顾右一盼，乌溜溜的眼珠儿不住地打转，一个头颅旋到东旋到西，简直没有片刻停止。翠娥和吟香谈一回时，娘子的头颈足足有三天的酸痛，时时自言自语道："亏得日子短，吉期一到，我把明清皎洁白玉无瑕的小姐捧上了花轿，这副千斤重担立时可以脱卸，以后好好歹歹、邪邪正正，全是刘姓家里的门风，便和我姓柳的没相干了。要是结婚的日子还长，女儿一举一动也要我这般操心挂肚，时时刻刻地提防，只怕女儿没有上轿，娘的心思折尽，痨病都犯了。"在那娘子监视的当儿，吟香和翠娥都是文绉绉地谈些诗句，娘子懂不得文墨，但觉他们出言吐说是很文明很规矩的，不似街头巷口的男女调情，专说些粗俗不堪的话儿。更兼吟香见了娘子，不住地伯母长伯母短，甜言蜜语，尽多尽少地竭力奉承。娘子见吟香上门来谈话，不曾安放着歹心恶意，监视一层比从前松懈了许多，却又自言自语道："怪不得现在年轻的都喜欢新派，原来新派的行径毕竟比众不同。像我女儿和小宋，一对年轻男女在那一屋子里谈话，料想没有什么好话说出，却偏是规规矩矩、文文雅雅，一句粗俗话都不曾出口。要是我在年轻时，和这般的男子坐在一起，其间便说不得了。"想到这里，便自笑这番监视，实在是无端多事，多半是想起自己比他人，只道他们有什么苟且行为，谁料新派男女的规矩要胜旧派百倍，我也不用白操这番心思，要知心腹事，但听口中言，他们只不过咬文嚼字，怎会道出粗俗不堪的话。

然而编书的却要穿插几句道：娘子差矣，越是咬文嚼字的人，越是会说粗俗不堪的话，并且说得淋漓尽致，比着粗俗的人还要十倍厉害。只为粗俗的人，说那粗俗不堪的话，开口出来，人人可以懂得，他们倒有些顾忌，不好讲个酣畅；唯有这辈咬文嚼字的人，他们肚里有许多龌龊典故，许多龌龊代名词，尽把那极猥亵的话借着之乎者也发表出来，在那不懂文理不识文字的人，听在耳朵里，毕竟莫名其妙，只道是研究些诗云子曰，讨论些圣贤学问。咬文嚼字的流弊，直到这般地步，从来物极必反，无怪现在新文学的潮流汹涌澎湃，一日千里，借那白话的势力，专把旧文学里面的许多龌龊典故、齷齪代名词，洗涤一个净尽。果能有此一日，这才算得是文学界里的救世军咧。

闲话剪断。单说翠娥和吟香谈的话，可是借着咬文嚼字，说些粗俗不堪的话，编书的也不用武断。小宾娘子以为他们说的话又文明，又规矩，编书的姑信为真，也算他们说的话又文明又规矩。一天，他们俩并坐在书室里面，套着文明的论调，道那规矩的话儿，蓦听得一棒锣声，在大门外镗镗地乱打。两人正自诧异，待要出去问讯，却见小宾娘子喜洋洋地进来报告道："翠儿，真是天大的喜事，你也和你的夫婿一般，在那洋学堂里考中了头名毕业生，门前高贴着黄纸报单，你快去瞧一瞧咧。"正是：

　　一棒锣声，登门报喜；当局快心，旁观冷齿。

第三十九回

拍胸脯闺阃审新郎
打脚背街坊骑醉汉

　　翠娥听说，十分奇怪，笑向吟香道："究竟闹些什么一回事，我和你出去瞧瞧，便知分晓。"说时，携着吟香的手，向外便跑。却被娘子从中拦阻道："咦，翠儿，你这么大年纪，也该有大人气派，不要闹这孩子气。大门前有人报喜，人在那里讨赏，又有许多乡邻挤在一块儿瞧热闹。你们年轻男女，手携着手，不成模样，给人家见了，便要当作笑话乱讲。"翠娥笑了一笑，把手放了，三脚两步跑到门前看时，果见黑压压地挤着许多人，都是昂着头儿向那门墙瞧望。翠娥随着众人的视线，也向门墙瞧望时，只见黄澄澄的两纸报单高贴墙上，都是淋漓浓墨，大书特书。一纸写的是："捷报官报：柳大人添喜，令郎少大人刘官印琪，蒙北京大学校校长取中第一名工科大学毕业生，送部注册，得应高等文官考试，报喜人高升金印。"一纸写的是："捷报学报：柳大人添喜，令爱小姐柳名翠娥，蒙平江女学校校长取中第一名高等小学毕业生，升入女子中学校，一体肄业，报喜人卜大中贺抢元。"翠娥虽曾受过教育，然而新教育敌不住旧观念，她是素喜看弹词小说的，千金小姐游花园，落难公子中状元，脑筋里科举思想洗濯不尽，所以看了这科举时代的怪东西，正似哑巴拾黄金，说不出的欢喜。转念一想，却又倒抽了一口气，要是这纸报单写着我知心吟友宋吟香的名字，那么才子佳人，天然配合，我便一辈子欢喜不尽。可惜泥金报捷的偏写着刘琪的名字，他是妍皮包着媸骨的人，懂不得吟风弄月，识不得蜜意柔情，把我嫁给了他，宛似一块羊脂白玉落在污泥里一般，白白地埋没了我许多才学。

　　不说翠娥胡思乱想，肉麻当作有趣，再说几个报喜人头戴着红缨大帽，口称着恭喜小姐、贺喜小姐，屈着一膝，向翠娥讨赏赐。翠娥猛然想到自己在平江女校里肄业，首尾不满一个月，安安稳稳地坐在家里，怎么毕业报单上面却有了我的名字？难道有人暗地里使什么促狭，弄这劳什子和我开玩笑不成？再不然，或者校长赏识我的真才实学，把我拔升到中学级里去，也未可知。正在沉吟不决的当儿，王妈妈蹒跚着脚步，打从外面进来，见门前挤满了人，便道原来报喜的人早到了，怪不得这般热闹。小宾娘子忙向吟香歪歪嘴儿，吟香会意，便从人丛里钻出，却不曾被婆子瞧见。娘女俩和那婆子相见了，婆子便问报喜人的喜钱可曾开发了，母女俩回说不曾，婆子拖过娘子数步，附耳说道："太太叫我关照舅太太，这回小姐毕业，是天大的喜事，须得重重地赏赐报喜人。"说时，从怀里掏出一包东西，授给娘子道，"这是太太瞒着老爷送给小姐的贺仪，且说借这喜事，府上也该热闹热闹，预备几席酒，请请亲戚朋友。倘嫌费用太大，自有我们太太包场，不用忧虑。"娘子摸一摸纸包里的东西，满怀欢喜，依着婆子的叮嘱，把报喜人赏赐了几块钱，遣发出门，然后娘女俩推让婆子到里面坐定，吩咐佣妇泡香茗、买点心，忙个不了。佣妇嘴里答应，肚里老大不起劲，又不曾到了什么贵客，值得这般忙碌，她也是个妈子，我也是个妈子，芦席上翻到地下，分什么高低，却叫我送茶送点，蒲鞋去服侍草鞋。

娘子笑向婆子道："我们家里事，多谢你家老太太和太太这般操心，真叫人过意不去。"婆子不答应，转向翠娥道："好小姐，恭喜你，做了个烘火炉的和尚了。"翠娥莫名其妙，却把一双眼睛向婆子瞟个不停。婆子道："好小姐，你是伶俐乖巧的人，请你猜一猜，我说的是什么话？"翠娥做贼人心虚，只道自己和小宋的暧昧行为都被婆子知晓，用这巧话儿来取笑我，烘火炉的和尚，莫非说我欲火炎炎，和极僧一般？想到这里，越想越像，凭她千锤百炼的面皮，也不禁火绰绰地飞起两朵红云，从雀斑里面透现出来，真个和烘火炉的和尚一般。小宾娘子侧着头颅，也在那里猜这哑谜儿，多半婆子没有什么好话说出，忙道："好妈妈，你是忠厚人，没的编着巧话儿来笑人。"婆子不慌不忙地说道："这句巧话儿，我也是新近学来。我们公馆里的伍师爷，才学很好，肚里有一部万宝全书，他说和尚烘火炉，便是逼热僧，小姐现在考中了毕业生，所以说你是个烘火炉的和尚。"翠娥听着，方才宽心，咯勒笑了一声道："不料这位呆头呆脑的伍先生，偏有巧话儿编出，真个是千年的死桃树也会开出鲜花。"

婆子道："你不要小觑这位伍师爷，小姐的亲事，既是他在暗里撮合，现在考中了毕业生，又是他在暗里出力。"翠娥诧异道："毕业不毕业，和他没相干，他怎好替我出力？"婆子喝了一口茶道："说来话长咧，我们家里的老爷太太，近来却似查潘斗富一般。老爷向来不爱大儿子，现在得了毕业的喜信，却似儿子做了什么官员一般，铠铠的锣声，整天价地在门外敲动，听说择了吉日，还要大排宴席，邀请阖城的官员乡绅，大大地庆贺一场。却不料老爷满肚皮的起劲，倒惹得太太满肚皮的没趣。"小宾娘子道："这也奇怪，人逢喜气精神爽，你们太太怎么倒没趣起来？"婆子道："舅太太真是一家不知一家的事。俗话说，隔层肚皮隔层山，太太和那大少爷，犯着心病似的，她把小姐配给大少爷，并不是怜爱大少爷，正要借重这位伶俐乖巧的好小姐，把大少爷收捉得服服帖帖，使他倔强不得。现在大少爷不过考中了一个毕业生，老爷便把他抬举到云端里去，太太心里怎不气恼？后来太太发了一个狠，向我说道：'他会抬举他的儿子，难道我不会抬举我的侄女？他的儿子会毕业，难道我的侄女不会毕业？王妈妈，你替我告诉伍师爷，叫他快到洋学堂里和那校长商议，好歹弄一个毕业生，给我侄女玩玩，也叫我发泄这口闷气。'我便依着太太的嘱咐，通知了伍师爷。谁料校长狮子大开口，说要我们老爷捐助一千块钱，方才肯奉送小姐一个毕业生。"娘子听着，伸了一会子的舌头，便道："哟哟，真正不得了，买一个毕业生，怎要这许多钱。"婆子又喝了一口茶道："可不是呢，我们太太也是这般讲，虽然争气不争财，要和老爷闹脾气，便免不得有些费用，然而把这雪白的一千块钱换一个小小毕业生，太太心里毕竟有些肉麻。亏得书房里这位好伍师爷，人缘又好，办事又能干，三番五次和那校长相商，方才讲到一个最克己的数目，三百块钱，丝毫没有折扣，这都是伍师爷在暗地里出力，替东家节省了七百块钱，又把这事办妥了。气吁吁，热腾腾，完全办些清公事，似这般忠心人，真是天下罕有。休说伍师爷十分尽力，便是我和春桃两个，为着这件事跑出跑进，替太太和伍师爷两下里传话，也不知跑了多少脚步，气吁吁，热腾腾，又是贪图些什么？也不过替东家办事，须要掏出良心来干，辞不得劳苦，惜不得脚步。"

娘子点头拨脑了一会子，便向翠娥说道："翠儿，你的福分真大，遇着这般疼爱媳妇的婆婆，不是前世敲破了木鱼，怎得有这般好机会、好姻缘？"翠娥肚里寻思，婆婆果然不恶，财产也是很大，可惜嫁了这个不知风趣的丈夫，未免美中不足，不好算是全福。将来进了刘姓的门，我便要发放一个下马威，问他接到了二十多封书札，一个字都没有回复，究竟知罪不知罪。他若低头服罪，从此洗心革面，不再干这无情无义的事，我便和他做夫妇；要不是，我自有我的自由，名义上是刘琪的娘子，实际上是吟香的夫人。翠娥沉吟的当儿，婆子又道："太太替小姐打干毕业时，叮嘱我和春桃，休得向舅太太那边走漏风声，好待镗镗的锣声敲上大门，她们出其不意，自然格外地快活。"娘子笑道："你们太太真是想得周到，方才报喜人到来，我们娘女俩又是快活，又是奇怪，这个喜信宛似从云端里掉下一般。却不料你们太太替翠儿这般操心、这般破费，不仗你老人家和春桃往来传话，亏得这位伍先生办事能干，从中出力，翠儿不知轻重，倒说他呆头呆脑，老妈妈，你千万莫告诉你们伍师爷知晓，防他要生气。他是翠儿的媒人，翠儿背地里常说他好，方才不过说一句玩耍话，当不得真。"婆子笑道："我也晓得是玩耍话，从来九子不忘媒，没的成就了这般亲事，倒把媒人咒骂起来。"

娘子道："你们大少爷想该有回来的消息？"婆子道："论理也该回来了，前几天北京有信来，说即日便要动身，大约在这三四天内，大少爷一定可到苏州。况且听说吉期定的是下月十八日，专等大少爷到了家里，便要送吉期、送大盘，干办这桩喜事。但有一层，太太心里不快活，大少爷寄来的家信，从没一句说及回来结婚的话，端的存着什么心肠，委实不明白。好小姐，太太叫我嘱咐你，将来成亲后，大少爷倘有什么野心，你只管放出手段，打也由你，骂也由你，须一些儿纵容不得。大少爷不是太太的亲儿子，你却是太太的亲侄女。信任儿子，不如信任媳妇，凭他野马一般强，你只把三尺裙带缚得他服服帖帖，他若不服，太太便助着你抽鞭，看他强到哪里去！"翠娥没口子地答应道："老妈妈，你上复太太，叫她千万放心。你家少爷素来目无尊长，我是深知其详的，休说太太气恼，我也替你太太不服气，然而他是表兄，我是表妹，有许多话不便向他劝导。待到下月，进了刘姓的门，我跨进新房，便要在明晃晃的花烛底下，审问他忤逆不孝的罪名，倘有半语差池，整备精神一顿打。从前莺莺小姐乔坐衙，也是这般的，他只算是我妆台下一只狗，要打要骂，由得我处分，也好替你太太发泄一口闷气。我生了眼睛，只见不孝爹娘的儿子，没见不怕妻房的丈夫，放着我翠娥在家里，怕他怎的。"说时，便着力地在胸前拍了几下。婆子笑道："好小姐，你说的话，委实是斩钉截铁，算得两截穿衣的好男子、三绺梳头的大丈夫，停会子禀复太太，她一定满怀欢喜。俗话道：嫁妆好，吓公婆；容貌好，吓丈夫。柳府和刘府亲上加亲，嫁妆不嫁妆，这句话不须提起，便是我们老爷太太，也不在这些上计较。单讲小姐这副容貌，真是一等拿摩温，瓜子般的脸儿，樱桃般的口儿，琼瑶般的鼻儿，两只俏眼睛，又活泼又流动，眼睛里都说得出话来。婆子活了六十多岁，经你眼梢儿几瞟，便觉浑身酥麻，这一颗心浑似掉在酒缸子里一般。何况我们大少爷，怎禁得起你眼梢几瞟，一定化作了没骨虫，搓也搓得他圆，捏也捏得他扁。"翠娥见婆子取笑她，便捏着蟹钳拳头，要来拧婆子嘴。婆子连忙摇手道："好小姐，说说笑笑，别认了真。我还有正经说话，讲给你们知晓。"小宾娘子从中拦阻道："翠儿，别闹孩子气，且听老妈妈讲话。"翠娥本是装腔作势，假作害臊，当下便笑了一笑，重归原座。

婆子道："我们太太替小姐打干毕业，既是和老爷斗气，老爷怎样干，太太也要怎样干，大少爷的报单既然铛铛地报到柳姓府上，好小姐的报单也可铛铛地报到刘姓府上，好在有现成的报房，不必另去找寻。少爷的报单上面，写着令郎少大人的称呼，小姐的报单上面，也可写着令媳少太太的称呼，他那边的报锣敲得响，你这里的报锣敲得更响。还有一桩事，设席请客的当儿，须得备着梅红全柬，请我们的伍师爷赴席，他替小姐出了一番力，须得请他南面高坐，小姐亲敬他几杯酒，谢谢这位好伍师爷。横竖一切开销，都有我们太太包场，舅太太不费一草一木，落得替小姐阔这一阔。"小宾娘子一一答应，彼此又说了些闲话，婆子告辞起身，蹒跚着脚步，回去复命。

这时天色将晚，市面上的电灯都放了光，婆子脚乱步忙，越要快走，越走不快。好容易穿过一条热闹的街道，正待踅入小巷，冷不备转角小酒店里冲出一个醉汉，酒气熏天，跌跌撞撞地出来，婆子赶忙闪避，才不曾被他撞倒。说时迟，婆子皱着眉，瘪着口，哭丧着脸，一迭声地唤哎哟哎哟；那时快，一件亮晶晶、光油油、圆溜溜、冷冰冰的东西，猛向那婆子的脚背上着着实实地打了一下。列位，这是什么东西？原来是一个精光滑溜的铁弹丸。那人从酒店里撞将出来的当儿，手里正盘弄着两个铁丸，婆子闪得快，那两个铁丸吃这一碰，早有一个从那人手里掉下，不偏不倚，正打在步履蹒跚的脚背上。婆子本来跑不快，经这一打，痛彻心髓，嘴里不住哟哟哟，早痛出了一身冷汗，赶忙撅着臀，伛着腰，伸手抚摩这只痛脚。一颗落地的铁丸，早已骨碌碌地滚在婆子背后。那个醉汉东倒西歪地转到婆子背后，拾取铁丸。毕竟多饮了酒，醉眼迷离，手里又没有把握，铁丸拾到了，重又落地，骨碌碌地直向婆子胯下滚去。赶忙向前去抢，却不料脚底一滑，拜佛般地伏在街心，和那地皮接吻。婆子本来脚软，又吃了这一惊，觉得站脚不牢，待要挺腰撑住，怎由她自己做主，腿儿一软，便插烛也似的向后面坐下。这番婆子却不曾吃亏，安安稳稳舒舒服服地坐在那人背上，婆子做了骑驴的张果老，醉汉做了出胯的淮阴侯，惹得往来行人哈哈大笑，大家钉住了脚，争看那老太婆骑醉汉的趣剧。

在这喧闹当儿，酒店里面跑出一位戴眼镜的先生，抢步上前，双手把婆子捧将起来，连唤："干娘看仔细，好好儿走，且到这里坐一坐。"一壁说，一壁把婆子捧到酒店门口，讨张椅机坐定了。跌在街心的醉汉觉得背上一轻，才拾起这一颗铁丸，慢慢地爬将起来，嘴里还含糊着说道："老青，我没有醉，和你再喝一壶。"青岩道："老三，你把干娘都撞倒了，还说没有醉，快快来赔罪。"老三揉了一揉眼，才认得是王干娘，便唱了一个无礼喏道："王干娘，冒犯冒犯，明天吩咐贱内阿巧娘烧几块四喜肉，替你老人家压惊。"说时，又笑向青岩道，"我的贱内，也是你的尊夫人啊。哈哈哈!"嘴里一阵哈哈哈，手里骨碌骨碌地弄那铁丸，两条腿儿画符般地行动，东倒西歪，自回家里去了。婆子在阿巧娘家里，和老三本系熟识，也曾叨扰过他的酒肉，这番受了苦痛，不便向他发话，依旧按摩着这只脚，连连哼痛。青岩道："不碍不碍，替你揉一下子便好了。"当下揎起衣袖，俯倒着身躯，把婆子的脚搁起在门槛上，运动按摩的功夫，替婆子揉这痛脚。旁人觉得诧异，都挤在酒店门前，看这第二幕的怪剧。却不料许多看客里面，却有一个人在那里频频冷笑。正是：

肺肝如见，丑态毕呈；穷形尽相，旁观者清。

215

第四十回

做壮游临别赠言
演怪剧旁观侧目

  自从高邻公所缔结诗社以后，编书的专替柳翠娥写照，却把这位陆慧姑女士抛撇一边，长久没有提起。不是编书的贪懒，实在百忙之中，再也没有插笔的机会。但是写到这里，却被编书的寻出一个绝好的机会。列位，须知婆子打痛了脚，坐在酒店门口，不是一坐便走；青岩揎起衣袖，替那婆子揉脚，不是一揉便好；那个冷眼旁观频频冷笑的，不是一看便休。三方面都有一会子耽搁，趁他们耽搁的当儿，恰是编书的腾出笔墨，叙述慧姑的好机会。但要叙述慧姑，先要把他老子动身到湖北的缘由补写几句。

  陆子才这番赴鄂，本是他妹婿张达夫写信到苏，招他前往。达夫在湖北武昌办理平民工厂，几个月来很有成效，他和子才素相投契，便切切实实地寄了一封快信，殷勤劝驾。信中说的话，约分两层意思：一层说工厂事业正待发展，一切进行办法必须就正高明，执事对于民生主义，素抱热忱，当必惠然肯来，匡予不逮；一层说桑弧蓬矢，志在四方，郁郁久居乡土，必非丈夫夙愿，武汉三镇，胜迹较多，大可来做壮游，一吐胸中磊落不平之气。子才得了这信，投其所好，便决计到武昌一走。娘子朱氏素晓丈夫的性质，好动不好静，好远游不好家居，这番去志已决，便也不加劝阻。动身的当儿，子才向他娘子自有一番叮嘱，说："我出门以后，你们娘儿三个住在苏州，觉得没甚趣味。刘邦平和我宗旨不同，这家亲戚须得少和他往来，越是疏远越好慧儿不久便要毕业，又曾和锦心甥女订过预约，毕业后便到新村学校担任教科，姊妹俩一起办事。趁这当儿，便把全家搬到新村，和张宅一起居住，你和我妹子做伴，慧儿和锦心做伴，彼此志同道合，不嫌寂寞，又吸受新村里的文明空气，强如住在苏州，受那刘姓的闷气。聪儿已届学龄，便好随着他姊姊到学校里读书。素闻华女士创办的学校，规模完备，校风优美，比着安女士那边，相去霄壤，小孩子先入为主，这层却关重要。我也曾致书华女士，把这事重重地央托她，得她回信，一口允许。到了下半年，姊弟俩都进了学校，你在家也清净，我出门也放心。还有一层，我那玉儿外甥，不日暑假毕业便要回来，我和他许久不曾会面，这番他要回苏，我又赴鄂，东劳西燕，实在耿耿于心。可怜他遭逢不偶，碰着这顽父嚣母，强订那柳氏的恶姻缘，他写给我的信，字里行间多抱着一种悲观，我也曾盈篇累牍，用着许多话百般地劝慰他，不知他肯听不肯听。他是个有志气有思想的孩子，对于专制家庭，难怪他满腔悲愤，这番归家，一定要生出许多变幻。然而父子天性，宜接近不宜离散，宜调和不宜挑拨，从前的一般愚孝果然不合中道，时下的青年非孝也是矫枉过正。你们遇见玉儿时，须得把我的意思曲折传达，叫他放开怀抱，休得过分懊恼，消磨了凌云壮志。他若在家气闷，便叫他常到新村来走走，也好荡涤烦虑。他和华女士本有交谊，华女士的侄儿又和他同学，他到新村，华女士一定异常欢迎。总而言之，他是个很有用的好青年，须把自己身体看得郑重，无论家庭怎样腐败，他又不靠着家庭生活，大丈夫海阔天空，都可建功立业，何苦做那家庭的牺牲。我只望他以自身战胜磨难，不望他把磨难战胜自身。言尽于此，你们反复讲给他听便是了。"朱氏和慧姑听此吩咐，一一允诺。比及相送出门，自有一种黯然销魂的态度。江文通一篇《别赋》早已描写尽致，编书的不必人云亦云，浪费笔墨。

子才动身以后，慧姑因毕业在即，常住在学校里面，预备开会的功课。校长安子虚女士深悉慧姑是全校的翘楚，人品也好，口才也好，中学的根底也好，学科的程度也好，所以毕业会的节目单里面，凡属重要演讲，都署了陆慧姑的名字。慧姑又素有好胜的性质，便也承诺不辞，所以开会前的一切预备，她比着别人要添加几倍的忙碌。并且别人预备演讲，无非做那教员的应声虫，教员怎么讲，她们也怎么讲，只要把那演稿读个烂熟，届时跳上讲坛，便好滔滔汩汩，口若悬河，欺骗来宾的耳朵。唯有慧姑预备演讲，都是自出心裁，不烦教师传授。她说毕业生登坛演讲，本是生徒最后的试验。试验得好，博那多数来宾的拍掌，便是自己不曾辜负那毕业两个字；试验得不好，博那多数来宾的批驳，便晓得自己的学力尚浅，毕业两个字，有名无实，以后须要痛下功夫，把各种学问补习一番，才是道理。倘然平日不肯用功，临毕业时，又把教员作的底稿掠为己有，向着大众演讲，纵使满座掌声拍得春雷一般响，自己心里怎不惭愧？这是教员毕业，不是学生毕业，是教员试验成绩，不是学生试验成绩，似这般诈伪行为，万万不敢效颦。安女士听到这一番议论，连连点首道："慧姑的议论，可谓实获我心。本来办学校的，都要从诚实入手，一些儿诈伪不得，我心里要说的话，都被慧姑道个透彻。你们众学生须得牢牢记着，把慧姑的话当作读书的模范、办学的标准。"安女士当着慧姑是这般说，背着慧姑，又把几个毕业生唤进校长室里，轻轻叮嘱道："慧姑的议论，你们切莫信以为然，这是不适于用的空论。像她这般程度，不烦教员指导，是会自己预备的，你们倘也这般办法，那便糟了。快把教员给你们的底稿读个烂熟，万不可自作聪明，在那讲坛上闹出笑话，使我校长丢脸。好学生，你们无论如何须要顾全我校长的面子。"

毕业生听了校长叮嘱，当时都无话说，比及退出校长室，大家便窃窃私议起来。有的说："慧姑的议论，果然颠扑不破，校长的叮嘱，却也体贴入微。照慧姑这般办法，诚实是有余了，端怕在讲坛上闹出笑话，临时不免丢脸。照校长这般办法，成绩是不错了，然而诉诸天良，逃不出诈伪两个字。毕竟是怎么好，真叫人左右为难。"有的说："我们巴巴地三年毕业，无非挣扎一个面子，无论如何，面子最是紧要。诚实两个字，原是修身教科书的一句门面话，当不得真。"又有神经过敏的说道："你们莫信慧姑说的是真话，她在表面上是向我们进忠告，实际上却和我们弄乖巧。她说毕业演讲都要学生自动，这般欺人话，谁信她呢？论不定她的演稿也是教员暗地里给她的，她私自念熟了，却在我们面前称强，她自己有了靠傍，却撺掇我们自出心裁，完全自动。比及开会演讲时，人家演讲得不好，只有她一人演讲得好，岂不落了她的圈套？"众人听了，疑信参半。唯有林姓姊妹和那沈莲芬、蒋飞霞，都赞成慧姑的主张，各把平日受业时的心得编成底稿，预备演讲。其余的毕业生便都依了校长的叮嘱，专把教员发给的演稿读个稀烂，不在话下。

单说慧姑预备了多天，一切演稿都已纯熟，便抽个空儿，回家省视母亲。她娘见女儿足足有十天不曾回家，见面的时候，自然更觉亲热，幼弟聪生偎傍着姊姊，要她讲童话。慧姑一壁捏着聪生的小手，一壁动问她娘，说爹爹那边可有来信，锦心姊姊何日可到苏州？朱氏便拣出一束信札，一一给慧姑过目。也有是子才从湖北寄来的，也有是玉如从北京寄来的，也有是锦心从无锡寄来的，还有几封没关紧要的，也无非是离校同学阔别通问的信札。慧姑逐件展读，目不暇给。聪生又在旁催促得紧，叫把最好听的童话讲给他听。朱氏道："好孩子，别和姊姊胡闹，姊姊多天不回家，要看信，要写信，怎有闲工夫和你讲童话。横竖明天是星期日，姊姊成日在家里，我叫她多讲几桩故事给你听便是了。"聪生听得明天有故事讲，便欢欢喜喜地自去游玩。编书的写到这里，便想起普通家庭里面，小孩口头有一句通套话，不是说爹爹骗我，定是说妈妈骗我。原来旧式的家庭教育，对付小孩逃不脱一个骗字诀，做父母的见小孩天真烂漫，容易受骗，便不向他说真实话，后来父母的欺骗伎俩渐渐给小孩窥破，便存了不信任的意思，明明向他说真实话，小孩的眼光里看来，只把父母当作两个大骗子看待，动不动便是爹爹骗我、妈妈骗我，成了一种小孩口头通套话。若说陆氏家庭，对于小孩却不曾失过信用，所以朱氏这般说，聪生听了，满怀欢喜，丝毫没有疑虑。

慧姑看完了信，向她娘说道："爹爹到了湖北，兴致却是不浅，黄鹤楼纪游一篇，写得淋漓尽致，令人神往。"朱氏道："毕竟是做男子的好，天空海阔，到处为家，何等逍遥自在。做妇女的，有了家事束缚，凭你什么黄鹤楼白虎观，要游也不得游。"慧姑笑道："娘这般说，又唱着重男轻女的老调了。下半年迁往新村，姊弟俩都进了学校，娘在家里没事干，游山玩水，都可使得，谁好来拦阻？"朱氏笑了一笑道："你说的话倒也不错，到了下半年，我也要作一篇惠山纪游，寄往武昌，骄骄你的老子。"当下娘女俩讲了些闲话，慧姑自归书座，伏案写信。她娘已复的信，不再作复；她娘没复的信，便按照来信说的话，一一答复。约莫傍晚时候，信件都已写好，吩咐王妈投入巷口的邮筒，快去快来，王妈答应自去。

母女俩倚灯谈话，聪儿搬出许多画片，在灯光下逐张玩弄。慧姑谈到搬家的事，朱氏道："新村里面的房屋，锦心早替我们看定了，和她家恰是贴邻居住，彼此往来，很不寂寞。据称新村里面的住户规则，一不吸烟，二不赌博，三不买奴婢，四不迷信鬼神，五不穿着华服。似这般的五不主义，却见新村里的公共信条，我们要在那里居住，须得遵守他们的信条。好在前列四项，我们一项也不犯，唯有第五项不穿华服，其间却有些斟酌。似我的年纪，本不是考究衣饰的时代，便不穿着华服也没妨碍；你是花朵一般的年纪，倘也是钗荆裙布，和那村姑娘一般装束，只怕不大美观。"慧姑笑道："做女子的，自有女子的天然美，既不在容貌上面，也不在衣饰上面。这个美字，本是抽象的名词，倘在物质上面计较美恶，便是根本上的谬误。我已打定主意，从今天起，便要力求俭素，虽不必钗荆裙布，矫枉过正，却也该摒绝舶来品，穿几套本国原料的衣裙。况且锦心姊的来信也和我一般主张，我们既要搬往新村，当然要服从新村里的信条。若说衣服俭素，便减美观，且不把别人来做证，单看柳家的翠娥，素喜舶来品，一味考究衣饰，竭力模仿时下装束，然而我见了她，只见她的丑，没见她的美。"朱氏道："提起翠娥，我便替你

219

的玉哥担忧，听得她近来行动很不规矩，外面浮薄少年编着五更调把她乱唱，里面很有许多不好听的话，那都是王妈在外面听来，讲给我知晓。咦，王妈出去送信有了一会子工夫，怎不回来？"慧姑也觉王妈出门过久，早该回来，多半是小脚伶仃，街坊上跑痛了脚，所以走不快。

当下母女俩又谈些闲话，渐渐谈到学校里的事情，慧姑便把伍青岩演讲趣味教育的事，一五一十讲给娘听。朱氏听了，笑得合不拢口。聪生丢掉画片，睁着两只小圆眼睛，忙问妈妈你笑谁。朱氏道："这个人你也该认得，他在春间曾到这里来，你说要把门闩打他出去，现在我们笑着的正是他。"小孩子记不起春间的事，呆瞧着娘，连问把门闩要打谁。聪生越问得急，朱氏越笑得厉害。正在嘻嘻哈哈的当儿，却听得外面敲门声响，慧姑道："多半是王妈回来了。"随赶忙去开门，果然是王妈送信回来。

王妈到了里边，却又捧着肚子，哈哈大笑。朱氏道："啊呀，大家都吃了笑药了，我们正是不停嘴地笑，怎么你也笑个不停嘴？"王妈正待对答，聪生迎上前来，拉着王妈衣襟，也问你笑谁，你笑谁。王妈攒住聪生的小手道："好官官，你问我笑谁，我笑的一个人，你该认识。今年大正月里，你说要给他吃门闩的，就是他。"聪生老大奇怪，怎么都是这般说？仰着头儿，只向王妈呆瞧。不但聪生奇怪，连那娘女俩也是满腹狐疑，莫名其妙。朱氏道："啊咦？这也奇怪，你又不是顺风耳朵千里眼，怎么我们恰才讲的话，你都会晓得？我们这般说，你也这般说，我们笑着他，你也笑着他。"这几句话，又把王妈弄得莫名其妙，忙问太太你笑着谁。朱氏道："还有谁呢，自然是这古怪东西伍青岩。"聪生抢着问道："王妈，你可是笑这古怪东西？"王妈道："谁说不是他？"嘴里说时，心里暗自盘算，我们太太也不是顺风耳朵千里眼，怎么我在外面瞧见的笑话，她先会晓得？慧姑不耐烦，便道："王妈，你笑的是什么一回事？"王妈道："我也不晓得你们笑的是什么一回事。"慧姑便把青岩在学校里闹出笑话，略说一遍。王妈道："原来另有一桩笑话，却不是我恰才所见的。"说时在旁坐定了，便把巷口瞧见的怪剧一出一出地披露。怎么酒鬼打混，张老三烂醉出门，怎么铁丸落地，老婆子打伤脚背，怎么管家婆骑着醉汉，怎么老夫子替人揉脚，连连络络，讲个不绝口，讲得娘女俩又是好气，又是好笑。王妈又道："方才瞧热闹的都立在酒店门前，把街坊都挤断了，我躲在人背后偷瞧。好在姓伍的醉眼蒙眬，瞧不见我，便是这婆子哭丧着脸，也没暇去看街坊闲人，这出新鲜活巴戏，被我看一个饱，他们俩都不曾觉察。当那婆子骑醉汉时，街坊上人都说老太婆骑醉汉，后来姓伍的替婆子揉脚，街坊上人又拍手说好一出来富唱山歌，什么唤作来富唱山歌，这句话我却不懂。"朱氏和慧姑听了，也都不懂，便道："旁人的闲话别管它，究竟他们俩后来怎么样？"王妈道："后来姓伍的唤了一乘藤轿，送婆子回去，自己仍在酒店里喝酒。他们俩闹出这桩笑话，倒累我站了多时，脚都站得酸痛了。"聪生听了良久，忽然插嘴道："王妈，你的脚酸痛，怎不也唤姓伍的替你揉一下子？"这句问话不打紧，却把娘女俩和那王妈一齐哈哈大笑。聪生自思这句话没甚好笑，睁圆了小眼睛，只向三个人呆瞧。王妈笑了一会子，抚着聪生的头颅道："好官官，你说姓伍的给我揉脚，我的脚谁要他揉，没的辱没了我一双脚。"慧姑也笑道："姓伍的给你烧洗脚汤都不要，自然不配替你揉脚。"

晚景休提。到了来朝，便是星期日。慧姑清晨起身，先把几段童话讲给幼弟知晓，以践昨日的诺约。少顷又来了两位同学，便是沈莲芬和蒋飞霞，都为着毕业的事来和慧姑商议。莲芬道："星期二便要举行毕业礼，校长素重虚荣，这番中学小学同时毕业，一切铺张都极华丽。我们毕业生都要担任费用，什么结彩费、军乐费、茶点费，都是我们几个毕业生按份均摊。可怜林姓姊妹，一贫如洗，怎有这些闲钱供给毕业的费用？校长又叮嘱她们，不缴毕业费，要把她们姊妹俩的文凭扣除。我听得这个消息，很替她们担心。照我的意思，想替她们从中周旋周旋，联络几位同学，大家凑集些款项，代她们缴纳了这笔费用，也算成人之美，不枉做了几年的同学。"慧姑笑道："这桩事倒不须忧虑，毕业时的费用，我早在三日以前，全数替她们缴纳，并且央告校长，不要告诉她们有人代缴这笔费用，只算校长有意成全，免了她们的毕业费就是了。"莲芬听说，连连赞美。飞霞道："慧姑妹，你因甚买了炮仗让给别人去放？这位校长又是素喜掠人之美的，你替她做面子，她自然直受不辞。据我看来，不如老实告诉了姊妹俩，也见得你的一段美意。"慧姑只是摇头。莲芬道："我可猜着你的心思了，大约你抱定'阴德犹耳鸣'的宗旨，只许自己听得，不许别人知晓？"慧姑笑道："越猜越远了。我只知道公德私德，不知道阴德阳德，况且区区费用，也说不到什么德字。我所以不给姊妹俩知晓，只为她们都是取予不苟的人，从前有一回，我要补助她们的学费，她们完全拒绝，生怕这番也不肯受，误了她们的毕业，才想出这个方法。二位须得替我守这秘密，别向姊妹俩走漏风声。"两人听了，各各敬佩。飞霞道："毕业生里面，有了一个柳翠娥，真叫作羞与为伍。"慧姑道："横竖她是小学毕业，我们是中学毕业，风马牛各不相关，别去管她。"飞霞道："听说她是暑假期内，便要和你的表兄结婚，这话可确？"慧姑正待对答，忽见她娘朱氏手执着一纸字条，急匆匆地跑入书房道："慧儿不好了，你的表兄跳海死了！"说时，两行急泪滴溜溜地滚下。这两句话，不但惊呆了慧姑，便是莲芬、飞霞也都十分奇讶起来。正是：

　　鸳盟未订，鱼腹遽沉；悲哉子敬，痛矣人琴。

第四十一回

闻警报将信将疑
夸贞操有声有色

慧姑得了玉如的警报，事出意外，背脊上宛似浇了一桶冷水，举起一条粉腕，接受她娘手里的字条，一阵瑟瑟索索，把粉腕颤个不住。细看这字条儿，却是一纸电报，旁边译出两行中文道："苏州某巷刘邦平先生，令郎今晨跳海，捞觅无踪，华国白天津发鱼。"慧姑看了又看，鼻儿一酸，断线珍珠般的泪颗滴沥笃落，齐向纸片上打来，直把电报打个湿透。那时莲芬、飞霞也都凑过头去，同看这纸电报。莲芬抽了一口气道："好好的一个青年，却被恶家庭折磨死了。"飞霞连连摇头道："不该自杀，不该自杀。便算家庭专制，婚姻不得自由，将来总可设法离婚，也不犯遽萌短见，牺牲这宝贵生命。从来轻生自杀的都是意志薄弱的人，刘玉如既是二十世纪的新人物，便不该和这些人一般见解。"这几句话却提醒了慧姑，忙把泪痕拭抹干净，问着朱氏道："母亲，这电报从何而来？我想事有可疑，玉哥哥是聪明绝顶的人，又经爹爹写着盈篇累牍的信札，三番五次竭力劝导他，难道他体会不得，骤然行这下策？"朱氏道："这事本出于意外，我也不敢十分深信，但是这纸电报，明明是刘公馆里的刘福送来。刘福还候在外面，说奉主人之命，送这电报给我们过目，看过了，仍要把原电带回，以备查考。况且这一纸电报，明明有电局人员的签押，断然不会假的。署名的华国，又是你玉哥哥的好友，也不会拍发这莫须有的电报前来吓人。你玉哥哥纵然聪明绝顶，不肯行这下策，但凡聪明人的希望一定是很高的，他遭着绝大的失望，刺激过甚，神经错乱，便是自己也不能做主。你玉哥哥屡次来信，总抱着一种悲观，十封信里倒有八九封说着'国难家祸，前路茫茫'，可见他的心绪却是异常恶劣。这番跳海自尽，倒有六七分确实不虚。"朱氏又望了一望墙上挂的日历牌道，"今天是初七日，电报末尾署着一个鱼字，是初六日拍发的。天哪，但愿津门续有电来，说你玉哥哥跳海以后，业已遇救出险，这便是天大的喜事，要不是，只怕这孩子便没有希望了！"说时，又禁不住两行清泪抛向衣襟。慧姑听了，觉得玉如的凶信，又似子虚乌有。

正在糊涂不定的当儿，王妈跑来说道："外面守候的刘福叫我禀报太太，公馆里即刻备轿前来，迎接太太去商议方法。这纸电报，他要带回销差。"朱氏气愤愤地说道："这一对糊涂虫，接我去做甚。平日价向他们进忠告，耳朵里塞着黄豆似的，怎肯听人一言半语，现在闹出事来，却叫我去商议。"慧姑见手里的电报，淋淋漓漓湿了一大块，忙在案头吸水纸版上把泪渍都吸干了，然后授给王妈，叫她交付来人带去。朱氏便吩咐道："你传话刘福，少顷我自会到公馆，和他主人讲话，也不用备轿前来接取。"王妈答应自去。莲芬、飞霞乘这当儿，也都告别。慧姑相送出门，飞霞又轻轻嘱咐道："你不用为这事焦急，真假未可知，你且静待几天，自会披露真相。"慧姑强笑点头，直待她们走远了。

正要转身入内，眼梢一掠，远远见巷口站着四五个人，向着她指指点点。慧姑眼快，早认识就中一个无赖，手盘着光油油亮晶晶的铁丸，便是那天在两林家里窥见的张老三，其余几个人，也都是衣衫歪扯、鞋皮蹋蹋的下流人物。慧姑老大诧异，停着脚步，只向他们注视。这几个人却又躲避慧姑的眼锋，交头接耳了一会子，鬼鬼祟祟，各自转身跑去了。慧姑心里明白，多半不怀着好意，却不敢去禀告母亲。她正得了玉如的凶耗，心乱如麻，要是禀告了，难免她愁上叠愁，急上加急，况且住在城市里面，又不是穷乡僻壤，怕他们怎的。只要自己留意，别向冷僻地方走动，过了几天，搬家到新村里，吸那新空气，度那新生活，一切恶魔自然灭迹，那时再把这事禀告母亲知晓，也不为迟。主意想定，然后懒快快地入内，却见朱氏打扮整齐，迎面出来，叮嘱慧姑道："慧儿，我到刘家走一趟，探听一个确实消息。我没回来时，你休得出门，且伴着聪儿在家里坐。"慧姑道："母亲尽管放心前去，我自会照料门户。"那时王妈早唤了一乘藤轿，伺候朱氏上轿。朱氏道："我心急如箭，不用小脚娘姨在前面摆轿。王妈留在家里，帮同小姐照料门户。"吩咐已毕，便匆匆地上轿而去。慧姑回到里面，心中百般不快，按下不提。

且说朱氏到了刘公馆，下轿进门，这些丫鬟仆妇瞧见舅太太到来，宛似蚂蚁报信一般，接二连三地向主母禀报。那时邦平娘子正和小宾娘子在里面讲话，听得朱氏来了，两人都把眼圈揉得红红的，然后起身迎接，彼此相见坐定。邦平娘子先启齿道："玉儿这孩子，不知为什么事，蓦然间寻这短见。

我得了孩子的凶信，几乎把这颗心剪得一片一片的碎。自从清早见了这个电报，一阵阵地淌泪，把眼泪都淌得干了。"说时，又掏出手巾，擦那一双又干又燥的眼睛。朱氏道："妹妹，玉儿跳海，这事真来得突兀，我也揣摩不出什么缘故。大凡自尽的人，总有什么大失望的事，生趣索然，方才行这下策。玉儿的家庭又素来美满，妹妹又素来疼爱玉儿，难道他活得不耐烦，好端端地去跳海？"邦平娘子也晓得朱氏用话讥刺他，但只装作不知，转向朱氏说道："嫂嫂，你毕竟是明白人，说的都是知心的话。要是不明白事理的，便要疑我做晚娘的虐待了儿子，逼得他走投无路，行这下策。"小宾娘子忽插嘴道："妹妹，你忒多虑了，似你这般晚娘，比着亲娘还好。你若不疼爱玉儿，怎么自己的儿子不曾定亲，却先替玉儿定了亲事，又把心爱的侄女嫁给他？这番他在北京考中了头名毕业，你乐得什么似的，整日扯开了嘴，同着木鱼嘴一般，替他鸣金锣、贴报单。又听得他不日便要归家，你朝也伸着头望，暮也伸着头望，几乎把脖子都拔长了几寸，眼巴巴盼他回来，早早和我家的翠儿成亲。似你这般好晚娘，走尽天边只有一，踏遍海内不逢双。这不是我做嫂子的奉承你这位姑娘，从来好好歹歹都瞒不过众人耳目，你存着好心肠，人家硬要编派你不好，料想天下没有这般没心肝的人。妹妹你虑他做甚。"朱氏见了这副谄媚状态，直欲作呕，又见小宾娘子说话的当儿，头颈一扭一扭，眼睛一瞟一瞟，轻唇薄嘴，伶牙俐齿，真不愧是翠娥的亲娘，便冷冷地说道："柳家嫂嫂，你说好好歹歹都瞒不过众人耳目，既然这么说，公道自在人心。好的硬派他是歹，果然没人心，歹的硬派他是好，也是没人心。一切都听公论，我们也不犯讲什么闲话。况且今天也不是讲闲话的当儿，可怜我那已死的小姑，留下这个心肝般的孩子，好容易读书成就，到了扬名显亲的时代，谁知又出了这个岔儿……"话没说完，簌落落的眼泪早已滚将出来。邦平娘子见着，赶把手巾去擦眼，装着哭声儿道："孩子呀，你怎不顾做娘的心碎，无事无端，去跳什么海呀！"哭声儿一扮便像，泪点儿却不能一挤便出，纵把手里的丝巾摩擦眼皮，无奈越摩越干，越擦越燥，便把丝巾摩穿，眼皮擦破，也不会流出一点两点的汁水。

那边朱氏呜咽了一会子，接续说道："虽然出了这个岔儿，我的心里总望这消息不真，便算是真，也望他绝处逢生，有人搭救。我此来正待和姑夫商酌一个办法，怎么姑夫不见面，姻伯母也不得相会？"邦平娘子道："他得了凶信，急得什么似的，搓手顿足，淌了一会子的泪，现在去找我哥哥小宾商议一个办法。若问我家婆婆，她从那天杭州进香回来，身子便不大健旺，直到如今，已病倒了多时，半个月没有起床了。"朱氏道："依着贤夫妇的主张，这件事应该怎样办法？"邦平娘子道："我们夫妇俩都疼爱这个孩子，孩子忍心把我们抛撒，我们却舍不得抛撒这个孩子，无论如何，总要对得起这个孩子。自从接到了这个电报，我们夫妇俩早定了一个办法，他去找我哥哥，便是为着这桩事，我请两位嫂嫂来家，也是商议这桩事。"朱氏不知她葫芦里卖什么药，息心静气，听她说出什么办法。邦平娘子又掩着眼睛说道："玉儿虽不是我亲生孩子，我却和自己孩子一般看待，俗语道，隔层肚皮隔层山，他对我可存这般异心，我不晓得，我待他却没有这条心思，可以对得天地，立得誓愿。从道理上讲来，这孩子便不该觅死。然而海水测得够深浅，人心测不够深浅，论不定有什么促狭鬼在暗地里挑拨捉弄，存着歹心恶意，离间我娘儿俩的情分。再不然，他在天津不知撞着了什么精灵鬼怪，一时昏了头脑，乱了心思，人挽不走，鬼挽直溜，无事无端，竟向大海里断送生命。现在且别议论他觅死的缘故，单说我们得了这个凶信，好好一个孩子，抚养得这么长这么大，也不知费了多少心思、多少血汗，倘不商量一个稳妥的办法，不但对不起这个孩子，并且对不起我们自己。"朱氏听她说了多少话，牵泥带水，指桑骂槐，心中怎不气恼，听到说什么稳妥办法，便按住了胸头气恼，静候她宣布办法，剖开这个闷葫芦。

邦平娘子停顿了一会子，装作哽咽的模样，续又说道："玉儿的结婚吉期，定的是下月十八日，只为他尚没回家，所以不曾发出请柬。却不道吉期没到，凶信先来，他是我们的长子，不好使他没后代，招魂立座的当儿，没个亲人替他披麻戴孝，道理上也讲不过去。将来金儿成亲后生出的儿子，先要尽着长房，替玉儿立后，也好使他享受那永久的羹饭。只是金儿年纪尚小，授室生子，至少要隔六七年，远水救不得近火。我们夫妇俩的意思，想仿照抱牌位做亲的俗例，拣个吉日，用着全副仪仗、花花轿儿，把我侄女翠娥娶将过来，抱着玉儿的牌位，捉对儿参拜天地和那刘氏门中的列代祖先，成亲完毕，换去吉服，改着素衣，替玉儿穿戴三年重孝。那么孩子死在黄泉，也挣扎得许多体面。但是翠娥心里愿不愿，我们却不能勉强，所以请了我家的嫂嫂，想把这桩事和她商议。"说时，又指着小宾娘子道，"谁料我不曾向她启齿，她却先向我说，翠娥得了这个凶信，哭得死去活来，一会子觅剪刀要刺喉咙，一会子讨条麻绳准备悬梁自尽，她忙乱了手脚，向翠娥百般劝解。翠娥说：'要我不死，除非许我到刘姓家里，戴孝三年，替玉郎守一辈子的寡。'"说时，又向朱氏道，"嫂嫂，这女孩子花朵一般的年纪，倒不料三贞九

226

烈，有怹般的好志气。可惜我们的玉儿没福，不能够和她百年偕老。"小宾娘子又瞟着眼，扭着头，从旁插嘴道："我家翠儿得了这个凶信，宛似青天劈下一个暴雷，喊声啊呀，向后便倒，倒插着眼睛，紧咬着牙关，晕去了半点钟，动都不动。慌得我们叫唤的叫唤，揉胸的揉胸，掏唇的掏唇，忙乱了一会子，才见她三魂返舍，六魄附身，哭喊着：'生是刘家的人，死是刘家的鬼，他会觅死，我也会觅死，黄泉路上一起走，生不同帐死同坟。'我急得没了主意，千方百计地劝导，她只口口声声，咬定一个死字。后来应许她穿麻戴孝，到刘府上去守寡，她方才停了哭声，当的一响，把那金珠首饰尽行摔去，哗的一声，把那绸罗衣裙尽行撕破。现在蓬松着发髻，穿了一套粗布衣裙，兀自在家里淌泪。"说到这里，恰巧王嬷嬷一跷一拐地走来，便也和着调道："柳家的好小姐，毕竟从小受过舅老爷舅太太的好教训，什么女孝经、女四书、闺门女训，都曾读得烂熟，所以今番轰轰烈烈，有这般的好志气。听得人家出了贞烈女子，家宅六神都敬重她的苦节。她走到厨下，灶神菩萨要向她唱喏；她走过庙门，土地公公要向她打躬……"

朱氏听得不耐烦，便向邦平娘子道："我道妹妹有什么好办法，原来只是这般讲。妹妹，电报上虽说玉儿跳海，却不曾说明玉儿的下落，怎见得他一定没救？便算他命运该绝，一定没救，也该设法寻觅他的尸身，买棺盛殓，盘柩还乡，和他亲娘葬在一处。诸事都毕，再提议这桩事，也不为迟。妹妹，凡事都有个先后次序，究竟访问他的生死下落要紧，还是抱牌做亲要紧？"这几句话，却问得邦平娘子哑口无言。小宾娘子向朱氏瞟了一眼道："陆家嫂嫂，你说的话却也不错，但是他们夫妇俩早已虑到这层，方才邦平姑夫早已拍电到天津，询问玉儿的下落，倘能逢凶化吉，果然最妙，要不是，这抱牌做亲的事，便该早早布置。若说定要觅得了尸身，盘柩还乡，安葬完毕，才提议这桩事，陆家嫂嫂，不是当面和你抢白，你也休得见气，大海茫茫，天连着水，水接着天，你怎见得玉儿的尸身一定可以觅到？要是十年八年觅不到他的尸身，究竟算他已死，还是算他没有死？况且翠娥得了恶消息，痛不欲生，日子延长了，闹出什么三长两短，谁担这个干系？玉儿这苦孩子死于非命，既没有人替他招魂立座，也没有人替他穿麻戴孝，孤魂飘飘荡荡，永远没有着落，死者心里，又要抱怨着谁？陆家嫂嫂，要知道我家妹妹想出这个办法，委实是一团好意，因你是玉儿的嫡亲舅母，所以请你过来，通知一声，你休误会了意思，错怪了我家妹妹……"小宾娘子一席话，叽叽呱呱，恰似咬着炒豆般松脆。朱氏满肚皮的道理，转变作讷讷不能出口，当下长叹了一声，便即离座告别道："你们既然定了办法，便唤我来商议，也是徒然。你们要怎么办，任凭你们怎么办，我又不便来做主。但是玉儿这孩子，性情纯正，心地光明，看来不像是个身遭横死的，我总望他逢凶化吉，得遇救星，好好地生还苏州，这便是天大的喜事。"邦平娘子见朱氏要走，也不挽留，只说了几句府上何日兴迁，容再到府谢步，顺便送行的套语。当下相送出外，打从书房门口经过，斜刺里跳出一个顽皮孩子，嘴里乱嚷道："今天死哥哥，明天娶嫂嫂。"娘子连忙喝住道："金儿别胡闹，快快过来，叫一声舅母。"金儿只向朱氏扮了一个鬼脸，掉转身躯，猴子跳圈般地跳入书房里去了。娘子送朱氏上了轿，自回里面，和她嫂嫂商议这抱牌做亲的事，不在话下。

时光匆匆，早已是星期二。这天平江女学校举行毕业典礼，里面雇用的军乐队吹打得震天价响，水门汀的甬道上面张挂着万国小旗，绵绵连连，直达礼堂门口，衬着两旁柳树，更见得花花绿绿，十分灿烂，远远望去，恰似许多彩蝶儿在柳荫里排队。门前交叉着国旗校旗，迎风招展，又有四名巡警，和那张中将公馆里借来的四名卫队，看守校门。这番举办毕业，轰动了许多苏州人，藤轿公司里的轿儿雇赁一空，男男女女都向平江女学校里去瞻礼。正是：

女曰观乎，士曰唯唯；裙屐纷纭，其门如市。

第四十二回

撰妙文逢迎社友
诵哀史演讲贞姬

安子虚女士素广交游，专重场面，这番举行毕业，铺张扬厉，刊布入场券一千纸，分赠各界，所以到了临时，男女来宾格外拥挤。除却学生的亲戚朋友占了大部分，其余都是些没相干的人，辗转相托，索得了一纸入场券，来瞧热闹。就中却有两个野心勃勃的人物，混在来宾席次，彼此不怀着好意。一个把眼镜揩拭得表里洞彻，不染纤尘，暗暗寻思道："工欲善其事，必先利其器。今天这法宝恰用得着也。"一个高昂着鹅头，伸长着鸭颈，只向讲坛上面目不转瞬地呆望。一个当然是伍青岩，还有一个是谁？原来不是别人，便是雌鸡嗓子的吕文甫。青岩赴会的心思，当然不利于慧姑，他和张老三布设的恶计，不日便将实行，这番赴会不但是探艳性质，还有一种阴谋的作用，两只色眼里面，吐露着许多毒焰。

那个吕文甫怎会跑到这里来？他又包藏着什么野心？原来他的野心发生在订结诗社的一天。他在诗社里吟诗，未中诗魔，却先中了色魔。那天和翠娥接席吟诗，满拟送抱推襟，订个吟坛腻友，谁料翠娥疏疏落落，正眼都不瞧他一瞧，却专和宋吟香絮谈密语，他瞧在眼里，不免又妒又羡。后来举行第二期诗课，宋柳两人益发莫逆，文甫大动酸兴，几乎把高邻公所里的多年陈醋一口气喝个净尽。他也曾打听得吟香借着谈诗为名，常到翠娥家里去走动，便暗地里告个奋勇道："一般都是吟坛诗友，他能上门谈诗，难道我不能上门谈诗？"当下写了一个短束，无非是约期谈诗的话头，却又拉拉杂杂，填砌几个风花雪月的字面，又夹着许多"也耶也耶"的语助字，自信是会亲的符箓，寄将前去，一定可得好音。谁料盼望多日，消息杳然，他又不肯罢休，备着"同社弟吕文甫顿首拜"的束帖，涎着脸儿，自去登门访友。谁料翠娥没有会面，却吃那小宾娘子一顿臭骂，什么"冒失鬼、糊涂虫，瞎了眼睛，落了灵魂"，连连络络，放着鞭炮也似的骂个不停嘴。又把这副同社弟的束帖撕个稀烂，摆在门外，飘飘扬扬，恰似红蝴蝶从空飞舞。文甫谈诗而来，挨骂而返，羊肉没吃得，惹了一身臊，似乎可以心死。然而他得了翠娥毕业的消息，勃勃野心却又死灰复燃起来。他千方百计要向翠娥通个殷勤，却恨没有相当的机会，这番翠娥毕业受凭，他便认作绝好的机会，挨着几个黄昏，抠心肝、挖肚肠、擦鼻尖、打头圈，撰就一篇来宾颂词。这篇文章，是专向翠娥致颂的，无非说她才貌双全，心思灵敏，在学校里是个文章魁首，在诗社里是个仕女班头，居然也凑成了四言韵文，觉得音调铿锵，十分惬意，便打着雌鸡声调，摇头摆耳，先自读个烂熟。这天，他向方便园索得了一纸入场券，便把这篇颂词叠个同心方胜儿，揣在怀里，大摇大摆，在那来宾席里坐定，呆视着坛上挂的开会顺序牌。第十一节毕业给凭，第十二节便可来宾颂词，他便磨炼精神，打扫喉咙，准备到了临时踱出席次，怎样地向着翠娥深深地行一个鞠躬礼，怎样地揭开颂词从头朗诵，怎样地抑扬顿挫，读得津津有味。一来好使翠娥心里晓得，诗社里面除却小宋，尚有一个识曲知音的吕文甫；二来挨着几黄昏的辛苦，今天当众出风头，也不埋没了我这篇佳作。

文甫和青岩的座次相距不远，只因为着投标问题，青岩占夺了他的馆地，所以两人存了心病，彼此别转了头，都不招呼。不过大家心里奇怪，青岩暗道："姓吕的伸长鸭颈，想吃什么天鹅肉？"文甫暗道："老青圆睁着两只鼠目，一定不怀着好意。"那时男宾席里尚有三个不伦不类的人物，打扮作斯文样子，混迹在内。一个是无赖张老三，其余两个便是拉黄包车的小江北、卖大饼的王麻子。这三个人都身穿着夏布长衫，戴着草帽，摇着纸扇，乔充作上流人物。老三盘弄的一对铁丸，暂时藏在怀里，不敢取将出来，惹人侧目。小江北和王麻子都是有腿没裤子的穷朋极友，从不曾到过文明会场，觉得正坐也不好，侧坐也不好，伸腿也不是，缩腿也不是，恰似偷鸡贼上了摆渡船，遮不住穷形极相。毕竟这三个人来此做甚，当然不利于慧姑，多半是青岩设下的阴谋毒计，瞒得过在座众人，瞒不过阅者诸君的眼光。

编书的说话当儿，这位校长安子虚女士早已挪动肥躯，慢慢地步上讲坛，报告开会宗旨。她满面堆着笑容，演讲那几年来经过的事实。怎样地撤除钩珥，毁家兴学，怎样地注重平等，不分阶级，原原本本，汩汩滔滔，倒也异常动听。来宾座里，掌声顿起，三个无赖懂不得道些什么，却也随着众人，绰拍绰拍地鼓掌，应了一句"瞎绰拍"的苏州俗语。这时正值阴历五月上旬，天气渐热，礼堂里面陡增了五六百人，比着外面的天气，寒暑表约莫相差了十度。男宾座里，蒸出了许多臭汗，女宾座里，更有种种复杂的气味，汗气、粉气、香水气，氤氤氲氲，混合在一起，宛比那不伦不类的政党，嗅不出是哪一种的气味。校长报告了良久，点点汗珠都从雪花粉里透出，当下擎起黄澄澄的手表，瞧了一瞧，便说："今天时间很短，不及详细报告，且待众学生挨次登坛献艺，请诸位不吝赐教。"说罢，拽裙下坛，转到礼堂背后，吩咐几个小学生，执着芭蕉扇，一上一下，向她用力打扇。

　　第二节便是全体唱歌，这一百多名学生分着两种装束，没有毕业的，都一律穿着白色校服，已届毕业的，不须穿着校服，都换了自己新制的华美衣服。从前科举时代，一经释褐，唤作脱去蓝衫换锦袍，现在学校毕业，却也有这种习惯，合该唤作脱去校服换锦衣。这时小学毕业生曾结个妆饰同盟，今天上场，一律都穿着妃色的藕丝纱衫裙、菜绿色的长丝袜、白帆布鞋。中学班毕业生，也曾订个妆饰协约，一律都穿着菜绿色的玻璃纱衫裙、妃色的长丝袜、黑漆皮鞋，以便压倒小学班里的妆饰同盟。集议的时候，虽然多数赞成，却不能全体一致，今天上场，恰有三个毕业生不肯俯受那协约的拘束。第一便是陆慧姑，她既有言在先，指日便要搬往新村，须得服从新村里的信条，今天只穿着浅青色的葛布衫，下系一条黑色的杭纱裙。其他两个便是善珍、善宝两姊妹，她们受那经济上面的束缚，所以全身装束都不考究。除却三个人，其余的一一履行她们的协约。这时礼堂上面的风琴和那礼堂外面的军乐同时并奏，一百多名学生踏步上场，惹得满堂来宾眼花缭乱。张老三嗓子作痒，忽又高唱那没板眼的戏曲，才哼得半句，吃那众人的眼光一齐都向他注射，当时有一个佩挂纠仪员徽章的老教员，耸起驼背，高翘虾须，立在高处摇手道："会场规则，不得高声喧呼。"张老三讨了没趣，只得把那将要出口的戏曲随着唾涎，咕噜咽入肚里。军乐既停，琴声未绝，全体学生随着琴韵，唱那悠扬宛转的校歌。大家屏息静听，正自得神，冷不备男宾座里哼出"啊咦"二字，众人的视线又随这哼声注射。原来不是别人，却是那个高昂鹅头伸长鸭颈的吕文甫。他的赴会目的，全为着柳翠娥一人，偏偏毕业生里面觅不出一个柳翠娥，这篇惨淡经营的四言颂词不能当众出风头，白白地呕了几黄昏的心血，一时自忘形骸，不由得哼出"啊咦"两个字。比及众人都向他呆看，他方才觉察，涨红了脸，低着头不敢作声。青岩瞧了文甫一眼，暗暗冷笑道："他毕竟是个冬烘学究，没见过世面，到了文明会场，便不免失魂落魄，惹人耻笑。不似区区伍青岩，也曾当着众人演讲教育，也曾领略她们的欢迎歌。观于海者难为水，游于圣人之门者难为言，和这辈冬烘学究，真有上下床之别咧。"这时坛上的游艺节目，照着预定的秩序单，一节一节地奏技。跳舞时五花八门，手足敏捷，演讲时指东话西，语音清晰，春雷也似的掌声，一阵紧似一阵。唯有三个无赖不省得什么，趁着鼓掌声里，便退出了会场。他们的来意，不过趁此机会，认明慧姑的面庞，以便施行毒计，既和慧姑打过照面，他们的来愿已偿，便都出了校门，暗地里去商量他们的勾当。

再说学生奏技，演到第十一节，便是毕业生受凭。那时礼堂外面的军乐吹打得益发响亮，男女来宾都是全神贯注，瞻仰这给凭盛礼。吕文甫希望未绝，想这一会子总有翠娥在内。比及毕业生排队上场，穿菜绿色衫裙的，九人为一组，另有三个家常便服的，也在一起站定；穿妃色衫裙的，二十三人为一组。文甫把眼光打了几个回合，仍没有柳翠娥在内，便倒抽了一口气，这心血真白呕了。军乐停止，校长重上讲坛，向着来宾报告道："今天敝校中学毕业生，陆慧姑等一十二人；小学毕业生，柳翠娥等二十四人。除却柳翠娥因事请假，其余都在这里受凭。翠娥为着何事请假，另有一桩可泣可歌的事实，少停再向诸君报告。现在开始给予文凭，倘有礼节错误，要请观礼诸君格外原谅。"报告完毕，便向那个驼背虾须的老教员说道："请方先生登坛唱名。"方便园诺诺连声，步履蹒跚地跨上讲坛，在校长左侧站着，另有两个垂髫学生，各捧着金漆盘儿，盘中堆叠着一卷一卷的文凭。中学文凭，系着菜绿色的彩绸，小学文凭，系着妃色的彩绸，彼此捧上讲坛，在校长的右侧站着。方便园报告了一声："给予中学毕业生文凭。"那一十二名中学毕业生，都掉转身躯，面向着校长站定，方便园按照名次，从陆慧姑起，逐一唱名，每唱一名，即有一个学生上前接凭，向校长鞠躬行礼。中学文凭给发完毕，奏了一套军乐，又给小学文凭。第一名柳翠娥不到，这纸文凭少顷自有小宾娘子领去，其余二十三名，都一一给发完毕。校长自有一番照例的训话，不待细表。退席的当儿，大众都鼓了一会儿掌。

第十二节来宾颂词，却有几个政界代表，和那张中将公馆里的书记官，都一一登坛致颂。吕文甫老大没趣，一迭声地吁气，本待转身便走，只因要听校长报告翠娥请假的缘由，所以不曾退席。来宾致颂已毕，便有几个演说家登坛演说，无非说些女子为国民之母，关系重要的套语。演说完毕，便该散会，校长却又拽裙登坛道："诸君暂坐片刻，鄙人尚有一桩要事当众报告。鄙人办学多年，素抱一种稳健主义，科学务取其新，道德务重其旧，本末兼顾，新旧合参。科学上的成绩，业已当着诸君一一就正了，道德上的成绩，

232

却有柳生翠娥一人，可以当之无愧。"来宾听到这里，要走也不肯走，肃静无声，要听那以下的报告。文甫益发注意，侧着脑袋，掀起着耳朵，听那校长道出些什么。校长道："柳生平日的品行，本来温柔敦厚，有大家闺秀的风范。自从进了敝校，受那师长的训练，同学的切磋，温柔之中，参以刚健，敦厚之中，加以果决，道德上有了进步，所以一朝遇了事变，才有这番可泣可歌的举动。柳生的未婚夫，唤作刘琪，号叫玉如，是个很有志气的青年。他在大学校毕业以后，痛恨外交失败，国权堕落，一时愤不欲生，竟在海洋里牺牲性命，实做那鲁连蹈海、唤醒同胞的迷梦。柳生得了这个消息，荡气回肠，惊心动魄，一天晕厥了八九次，立志坚决，希图要设法自裁，追随她的未婚夫婿于地下。经她父母百般救护，几番劝导，她说不做地下鸳鸯，定做人间寡鹄，不效赵女摩笄之风，定守共姜柏舟之誓，生是刘姓人，死是刘姓鬼，一与之齐，终身不改，皇天后土，实鉴此心……"哈哈，编书的错了。安校长虽不是个崭新人物，然而也曾出身学校，受过文明教育，她的嘴里，怎会道出这几句学究派的论调、冬烘式的辞源？编书的道，不瞒列位说，校长报告的稿底并非自出心裁，却出于这位方便园先生的大笔，登坛以前，很费着许多预备工夫，把底稿读个烂熟，才能够滔滔汩汩，熟极而流，不啻若自其口出。这时满座来宾大部分都是旧社会人物，听这拘文牵义的报告，自然句句入耳，直赴心坎，一刹那间，但见许多冬烘头脑在人丛里乱摇乱晃，恰似风前摆动的稻穗一般。校长道："她父母的心里，以为柳生和那刘琪，虽曾系足以赤绳，尚未盟心于白首，倘然抱其位而做其亲，过其门而守其孝，岂不耽误了如花美眷，断送了似水流年？无奈柳生抚膺大恸，顿足哀呼，泪尽则继之以涕，涕尽则继之以血。我心匪石，不可转也，我心匪席，不可卷也。她父母没奈何，只得容纳了她的请求，择定下月十八日，把柳生送入刘家，终身守寡。诸君，试想这琐琐裙钗、纤纤弱质，虽然桃李其貌，却是冰雪其心，大之足以树人伦之模范，小之足以补女教之衰微。翠楼徙倚，见柳色而黯然销魂；娥月凄凉，照玉容而潸焉出涕。这不是一桩可泣可歌可敬可仰的事实吗？鄙人办学多年，培植了这位贞姬淑媛，不敢自信有功，庶几可告无罪。现在当着诸君，不过叙述大略，要知详细情形，须请柳小宾夫人登坛报告。"

校长说毕，转身下坛，接着便是小宾娘子登坛报告。谁料娘子平日伶牙俐舌，一上了讲坛，见了这许多来宾，倒变作闭口葫芦一般。这时男女来宾的眼光都一齐向她注射，娘子满肚皮的话竟被这多数的眼光吓退，又不好一语不发，就此下坛，当下把眼睛瞟了几瞟，头颈扭了几扭，合罕合罕干咳了几声嗽，方才搭讪着说道："诸位伯伯叔叔，合罕，姊姊妹妹，合罕合罕，因为，合罕，这个，合罕合罕……"她拢总不曾说满一句话，倒合罕了七八声，合罕两字，做了小宾娘子的语助字。众人听了，忍不住好笑。娘子趁此下场道："羞人答答的，我不会演说，横竖许多话，校长都说过了。"说罢，眼睛又瞟了几瞟，扭扭捏捏地转身便跑，引得满座来宾一齐鼓掌，分明是喝个倒彩。

会场分散，不待细表。单说慧姑领凭回家，时已傍晚，只为日间忙碌辛苦，明天又要清晨起身，亲到城外车站欢迎她的表姊张锦心女士，所以晚饭以后，和母弟略谈片刻，即便归寝。睡到下半夜，却听得外面一片敲门声响，把睡梦都惊醒了。正是：

人心叵测，何事图侬；门敲半夜，忧心如春。

第四十三回

隔板壁潜听毒计
坐包车误中奸谋

　　这一片敲门声响十分紧急，早敲破了慧姑的睡梦，推枕起坐，揉着倦眼，正待要动问情由，尚没启齿，只听得王妈房里呀地开出门来，一阵小脚声，搽得地板上咯噔咯噔地响，一壁走，一壁自言自语道："三更半夜，谁在这里敲门，好不奇怪。"又听得她娘在床上吩咐道："王妈，你须问明了来人是谁，到里面回了话，再出去开门。外面歹人多，你须仔细着。"王妈诺诺答应，去了一会子，不见进来。那时朱氏和慧姑都已披衣起床，慧姑把桌上洋灯旋得亮亮的，一手掌着灯，正待出去瞧王妈，却见王妈挪动小脚，急匆匆地来说道："小姐，这敲门的人真来得古怪。听她的口音，是个女郎，仿佛是一个人，又似两个人，问她何事敲门，她不直说，只说要面见小姐，有紧要事相告。问她端的是谁，她又不直说，只说和小姐见了面，自会认得。我因事有蹊跷，怎敢把大门开放。但是门外人的口音觉得很熟，想了一会子，再也记不起是谁。"慧姑听说，也不答话，掌着灯向外直跑，慌得朱氏跟脚赶上，连说："慧儿别鲁莽，盘问清楚了，再做计较。"慧姑道："娘请放心，我自理会得。"慧姑说话时，早被门外的人听出口音，一个道："慧姑姊，快快开门。"一个道："慧姑姊，我们立了一会子，腿都酸了。"慧姑高呼道："啊咦，这不是林家的善珍、善宝两位姊妹？"两林都道："慧姑姊别高声，开了门再讲话。"那时王妈早已拔闩开门，门儿响处，姊妹俩早已跨将进来，随手掩上了门，都是气喘吁吁。善珍握住了慧姑的手，善宝一壁拭汗，一壁说道："慧姑姊，明日早晨千万莫到火车站，有人设着阴谋毒计，乘你出城的当儿，要把你劫去。我们窃听得实，冒着黑夜，特地来报信。慧姑姊，明日千万莫出门。"善宝说话时，形色仓皇，声音颤动，说完便要转身，却被朱氏拖住道："林小姐，谢你特地来报信，究竟谁在暗地里图谋我的女儿？"善宝尚没回答，善珍代答道："伯母，我们急得慌，见了伯母，也不曾招呼伯母，这事说来话长，明天到府，再行奉禀。总而言之，莫放令爱到车站，切记切记，我们就此告别。一来家母在彼候门，二来天色黑暗，防要降雨。"说毕，拉着善宝便走。慧姑道："两位姊姊，大黑夜怎好行走，待我唤王妈打着灯笼，送你们回府。"姊妹俩拉开大门，向着外面直跑，连说："不用伴送，你只切记我言，休要忘怀。"说时，头也不回，径自匆促归去。

　　慧姑立在门口，探首呆望。这时巷里早断了行人，天上云如泼墨，星月无光，东南角上，金线也似的电光闪动，电光里照见林姓姊妹互携着手，向巷口转弯而走。霎时隆隆雷声，又刮起一阵大风，却把慧姑手里的洋灯吹灭。慧姑道："不好，快要降雨了，待我取了雨伞，追上去送给她们。"说时，王妈手里的灯火也被大风刮灭了，便从黑暗里掩上了门，比及摸摸索索地走到里面，觅洋火、点灯台、寻雨伞，已耽搁了一会子工夫。慧姑取了雨伞向外便跑，却被朱氏一把拖住道："慧儿，你痴了，她们去了多时，现在约莫要到家里，你追赶也是徒然。我得了她们的报告，仿佛大祸临头，心胆也吓得碎了，你是女孩儿家，怎好在黑暗里独自行走。你老子又不在家，你若不听我劝，定要出门，岂不把我吓个半死？"王妈也说道："本该我去送伞，恨我小脚伶仃，哪里赶得上她们。小姐，你看黑云渐渐推开，微微地露出星光，阿弥陀佛，亏得起了个空阵，她们一定不会遇雨。"慧姑推窗看时，果见黑云缝中，隐隐地推出半轮皓月，风声停止，雨意打消，便暗暗唤了一声侥幸，不再出门送伞。王妈自去闩上大门，娘女俩商议方才的警告，自有一番揣测。朱氏道："这桩事虽然离奇突兀，令人不可捉摸，但她姊妹俩冒夜前来报信，一定是十分危险，不可小觑。明天你千万莫到车站。"慧姑道："青天白日，怕什么鬼魅攫人，我偏去走一遭，看他们怎么样。况且锦心姊姊常向我说，女子家须要有胆有识，万不可畏首畏尾，做那从前的闺阁千金、伴房小姐。"毕竟到了来朝，慧姑去与不去，看书的心里当然急要分晓，编书的却道，且慢且慢，横竖没到来朝，到了来朝，自有一个分晓。

　　现在且把娘女俩暂行按下，回转笔尖儿，再提那黑夜行走的一双姊妹。善珍、善宝本来胆量很小，为着援救慧姑，胆量竟放大了，五月天气，衣衫单薄，一阵阵的狂风迎面刮来，刮得透骨生寒，毛发都竖。苏城街巷虽然设立电灯，然而一灯如豆，依旧是满街黑暗，亏得闪闪电炮，替她们在前面照路，姊妹俩恐怕遇雨，奔也似的回家。街上断了行人，许多看家狗顿长了几分气焰，听着脚声，不管是好人歹人，一味地狂吠乱叫。姊妹俩躲躲闪闪，好容易逃过几处磨难，又碰着站岗巡警当街拦住了，盘问来踪去迹。亏得姊妹俩平日送轴头时，常从这条巷里出入，巡警见是认识的，才放她们行走，然而已饱受了许多轻薄的话，姊妹俩只当没有听得一般，脚乱步忙，好容易赶到家门。这时倚阁而望的林老娘，正自焦急欲死，盼见一双女儿从黑暗里回来，轻轻地说道："方才起阵的当儿，几把我吓个半死，阿弥陀佛，皇天不负好心人，你们不曾遇雨，竟好好儿回来了。"姊妹俩都指着里面，悄声问道："娘，这无赖可曾睡醒？我们出门，可曾被他觉察没有？"老娘悄声答道："没有没有。"当下娘女三个轻轻地把大门闩上了，不敢点灯火，蹑手蹑足地从黑暗里摸进房间，大家哝哝唧唧，偷讲了一会子的话，方才解衣就枕。毕竟姊妹俩怎样地探得秘密消息，编书的趁她们上床安睡的当儿，须得补叙几句。

原来姊妹俩自从那天碰见无赖张老三，问及学校里可有一个才貌兼全的陆慧姑，便晓得这无赖不怀好意，遇见张老三回家时，姊妹俩格外留神，探听他的动静，却也不露什么破绽。一夜，张老三酒醉回来，没好相地打门，一阵砰砰砰，擂着大鼓似的，几乎把大门打个窟窿。吓得他娘张老太太跌跌撞撞地出来应门，一壁走，一壁自言自语道："啊呀，门儿打得凶，莫非老三多喝了黄酒。"比及把门开了，张老三撞将进来，揎袖捋臂，把他娘当胸扭住，大声喝道："老太婆，你没生眼睛，怎么把我张老爷当作驴儿骑，明天着你点大蜡烛，放高升鞭炮，向我张老爷叩头服礼。"他娘摸不着头脑，忙道："好儿子，你夹七夹八，说什么驴儿马儿、烛儿炮儿。"老三摩挲醉眼，才晓得误认了人，便道："不是你，不是你，我只和王干娘算账。"当下手拍着娘肩，一壁走，一壁唱那没板眼的戏曲。娘道："好儿子，我正交着节令，肩骨疼痛，你莫把肩头乱拍。"老三不理会，含含糊糊地唱道："陆慧姑，张慧姑，你休要嘴硬……逃不脱，张老爷，两只手掌……"这几句话不打紧，却把冷眼旁观的林姓姊妹吓得心惊肉跳，暗想不好不好，醉人口里，漏出真话来了。老三的卧房，和林姓的厨房只隔着一层薄板，房里有什么说语，厨下总可听得，姊妹俩告禀了老娘，轮替在厨下窃听动静。谁晓老三到了床上，只有呼陀呼陀的鼾声，再也听不得他一句半句的醉话。姊妹俩蹑着脚步，此来彼往，白白地守了半夜，耽误了许多掉经工夫。后来老三每晚回家，姊妹俩总是这般窃听，不听得消息，不肯心死。

直到校里开会的一天，善珍瞧见男宾席里有张老三和两个尴尬人物同在一起坐，便告诉她妹妹善宝："这无赖来得诧异，须得暗地里察看他的举动。"

果见慧姑登坛演讲的当儿，老三和着两个同伴交头接耳，不知说些什么话，嘴里哝哝唧唧，两道凶恶眼光只向坛上的慧姑注射。姊妹俩瞧在眼里，早已猜出他们的用意，会场散后，姊妹俩飞也似的回家，见着老娘，不谈别话，先问张老三可曾到来。老娘道："他恰才和两个同伴到家，停一会儿又相率出门而去。"姊妹俩又问："这两个同伴怎样打扮？"老娘道："面貌都是下流人模样，却身穿长衫，头戴草帽，乔扮作上流人物。比及出门时，这两个却又脱去草帽，卸去长衫，光着腿赤着脚，看来不是个马夫，定是个车夫。"姊妹俩听了，又晓得这两个便是方才和老三交头接耳的尴尬人物，当夜打定了一个决心，无论如何，总要探得一个实在消息，倘然事情紧急，便冒着黑夜，向慧姑那边通知消息，好叫她自知防护。姊妹俩商议停妥，便告禀了老娘，提早吃了晚饭，预备闭户熄灯，早早安寝。房东张太太诧异道："啊咦，你们娘女三个往日都是挨着三更半夜，怎么今夜却预备早睡？千日难得虎瞌睡，倒也稀奇古怪。"林老娘隔着房门答道："张太太，不瞒你说，我今天害头疼，挨不得深夜。善珍、善宝又因日间开会辛苦了，巴不得早早安睡。张太太，和你明天开门会。"老娘这般说法，明明要叫老三回来时，没有什么顾忌，或者可以听得几句秘密的话。其实娘女三个怎肯安睡，大家屏着气定着神，拉长着耳朵，一言不发，只在黑暗里坐，专等老三归家，以便窃听虚实。

约莫黄昏时分，才听得外面打门声响，张太太出去开门，老三和着两个同伴一哄入内，打从林姓的天井经过。老三道："咦，时候还早，怎么林太太那边灯火都熄了？"他娘道："今夜真难得，老的害头疼，小的……"以下说话，听不清楚，大约他们已走到里面了。黑暗里，娘女三个怎敢怠慢，都准备到厨下探听动静。善珍凑着她娘的耳朵，轻轻说道："娘只在这里坐，别走动，我和妹妹耳朵比娘灵便些，脚步也比娘轻松些，待我们到厨下去，得了消息，再告娘知晓。"当下姊妹俩蹑着脚步，走到厨下板壁旁边，各把耳朵贴上壁缝，悄悄不露声息。隔了一会子，才听得三个无赖先后进房，那两个说话很低，听不清切。张老三道："怕什么，提高了嗓子讲话，放大了胆子干事，值得这般鬼鬼祟祟，哝哝唧唧……"又笑道，"不瞒你们说，这里讲话，再秘密也没有，要是同居林姓家里不曾安睡，我们还要提防一二。现在她们都睡了，人不知，鬼不觉，不用多疑，我们干我们的正经。"听得锵的银钱声响，仿佛是老三给发他们的使用。两个叽里咕噜，嫌钱太少，老三道："只要事成了，怕没有整封的洋钱给你们受用？"一个江北口音的道："要是这只寡老不到车站，我们便白操心了。"老三道："我已探得确实信息，明天无锡早

238

班车来，她一定到车站去招接一个亲戚。这瓶麻醉药，你们须得好好儿使用，临用时，先把自己的鼻孔塞住，休得手忙脚乱，不曾麻醉了她，倒先麻醉了自己……"隔壁姊妹俩暗暗地伸出半个舌头，黏黏地急出一身冷汗。比及老三送那两个同伴出房，姊妹俩蹑着脚步，走到老娘身边，各把听得的消息悄声儿告禀。老娘道："啊呀，这便怎么样，待我连夜到陆家去报信。"善珍道："娘去不济事，你又不曾到过慧姑姊那边，深更半夜，何处去打听住址？不如待那无赖睡熟了，我们静悄悄开了大门，娘只在这里守门，我和妹妹到陆家去报信。好在这里离着陆家至多不过三条巷，我们冒着黑夜，放胆去走一趟，也好叫慧姑姊早知防备，免得着了奸人的道儿。"娘女俩密议停妥，彼此无话。

那边老三送了两个出去，闩上大门，自向房里安歇。姊妹俩又躲在厨下窃听，只要听得老三的打鼾声息，便好出门报信。往日老三归家，横到床上，鼾声便起，偏偏这夜睡不着，上了什么心事似的，左翻一个身，右翻一个身，嘴里喃喃讷讷，不知乱嚼些什么。姊妹俩侧耳听时，才听得两三句，便即倒退几步，赶紧把耳朵掩住。约莫静待了两小时，才听得隔壁房里，黄牛叹气似的发出鼾声鼻息。姊妹俩怎敢延缓，便叫老娘守了门，趁着夜深人静，飞也似的到慧姑那边去告密。以下说话，上文都已表明，这便是姊妹俩星夜告密的缘由。

编书的补叙明白，接着便讲明天车站上的情形。早班的锡沪快车经过苏州车站，定在上午八点钟，所有搭客约在七点钟左右，早已陆陆续续到车站上去候车。这时恰值学校暑假的当儿，一班候车的大多数是学校青年，头二等休憩室里，挨挨挤挤，坐满了许多人。酒排间里，调咖啡，进吐司，忙个不了。车站小贩提高了嗓子，唤那南京豆腐干、五香茶叶蛋。比及到了卖票时间，卖票处小洞开放，外面挤满了男男女女，伸长了手腕，紧握着银钱钞票，争先恐后，但求早早地缴纳车资。俗语道，用钱容易赚钱难，看那车站上购票情形，便是用钱也不是容易的事。外面拥挤的男女要想赶快付钱，里面的卖票员偏是从容不迫，慢慢儿地伸手来接受。接过一块银钱，叮叮当当，敲个不停；接过一纸钞票，翻来覆去，看个不绝。累得许多购票人，又是拥挤，又是焦急，上气不接下气，小汗变作大汗。有些手腕迟钝，身躯呆滞，紧捏着一块钱，拥挤了多时，银钱捏得温热，却依旧没人来接受，可见使用银钱也不是容易的事。一个乡下老人，含着三尺长的旱烟袋，也在人丛里挤轧，黄铜烟袋头烧得滚烫，不料擦肩来了一个长袜短裙的女郎，滚烫的烟袋头隔着丝袜只一烫，烫得这女郎直跳起来，唇枪舌剑，险些儿大起冲突。比及当当钟响，大家都到月台上去候车，远远见黑烟缭绕，不到片刻，火车呜呜，里面这辆锡沪快车早已风驰电掣般地向东而来。车轮停，铁栅开，趁这几分钟停车时间，上的上，下的下，自有一番忙碌。

再说拉包车的小江北，受着张老三的贿嘱，拉着空车在车站左右打转，两只贼眼专在人丛里注射，却不见有慧姑的踪迹。车站上没有慧姑，月台上也没有慧姑，暗唤了一声："掀霉头，造化了这只寡老。"霎时汽笛一声，车辆开动，一班下车的和那送客迎客的，都纷纷坐了马车包车而去，唯有小江北仍拉着空车，没精打彩。正待回去，却见一个女郎从那出口处冉冉而来，上穿浅青色夏衫，下系杭纱裙，手提着小皮包，一路东张西望，仿佛是觅人一般。咦，这不是陆慧姑还有那个？小江北拖着空车，飞也似的迎上去道："小姐到阊门去？这里有空车，只要四个铜板。"女郎点了一点头，跨上车儿，小江北拉了便跑。正是：

才脱鱼钩，又罹鸿网；有美一人，邂逅彼犷。

240

第四十四回

走羊肠有心谋弱女
脱虎口无意遇书生

　　林姓姊妹星夜赴陆氏告密，慧姑得了警报，便不该冒着万险，亲赴车站，更不该踽踽独行，没人陪伴。列位看到小江北拉着车儿，拔脚奔跑，当然要替书中的慧姑担惊受吓，不是说慧姑轻入虎口，太觉胆大，定是说编书的搦弄兔毫，未免腕辣。究竟是慧姑胆大，还是编书的腕辣，论理应向列位表白一番。但是编书的写到这里，百忙中插不下闲笔，只好请列位暂时原谅。

　　却说车夫小江北拉动车轮，拼命奔跑，脚打屁脚似的，没多时刻，早已离开了车站。这处恰是荒野所在，马路两旁都是空地，没有人家店铺，更兼时在清晨，马路上尚没行人来往，只有几辆车儿载着下车站的客人，远远地在前面行动，离着小江北的车辆，约莫有三四丈的远近。小江北要行歹事，不怕前面的车辆，只怕后面的行人，一壁拉车，一壁扭转头颅，向后面望了几望，却见后面静悄悄，更没来人，良心一横，贼胆一壮，拉着这辆车，不向马路上跑，却向斜刺里走。这处都是泥途草径，地势不平，车轮一高一低，一上一下，筛糠般似的簸动，几乎把车上女郎簸得发昏。女郎见不是道路，忙在车上问道："向阊门去，怎么在这里跑？"小江北答道："前面修造马路，禁止通车，须得在这里抄将过去。"嘴里说时，脚底揩油似的又拉了一丈多远。迎面绿树荫浓，高照着一轮旭日，条条光线从枝缝叶罅里射将出来，惹得人眼色迷离，不可仰视。

　　女郎见这道路越走越岔了，情知车夫不怀着好意，正待提着皮包纵身下车，说时迟，那时快，猛听得树林后面血列列的一声吹动，转出两个长大汉子。一个手托着两颗铁丸，骨碌碌地盘转；一个满面麻斑，把破巾扎着口鼻，一手执着玻璃小瓶，一手捏着棉花，恶狠狠抢步上前，却把右手的瓶翻倒在左手的棉花上面。在这当儿，小江北早把车杠停下，捏着鼻儿，闪在树林下躲避。女郎叫得一声苦，提着皮包，正待觅路奔逃，吃那麻面汉子迎面拦住，擎着湿淋淋的棉花来掩女郎的口鼻。霎时间砰的一声，女郎丢去皮包，向前便倒，直僵僵伏在草地上，动都不动。小江北捏着鼻儿说道："王麻子，你看这只寡老不济事，一麻便麻倒了，你快把麻药远远地丢掉了，药性厉害，休得麻倒了自己人。"王麻子尚不放心，向女郎踢了一脚，依旧动都不动，料得她已中了麻药，不省人事，便把药水瓶和湿棉花远远地一齐丢掉。然后拉去扎嘴的破巾，邀同张老三，把女郎捧头捧脚，捧上车儿，地上的皮包拾将起来，塞在车里，然后下了布篷，挂了门帘，装作拉着病人似的，车轮辗动，拉向河埠，以便趁早下船。小江北这番拉车，不似方才的狂奔乱窜，晓得车中人已失了知觉，不经一周时不会清醒，况有车篷和门帘遮住，便是路过行人也没妨碍，断然不会闹出什么乱子，所以拉着车儿，只向河埠缓缓而行。张老三和王麻子紧随车后，一壁走，一壁讲话。张老三道："慧姑慧姑，这番也着了我们的道儿。船里坐的这位军师，看他呆头呆脑，想出的计谋要算神出鬼没，和诸葛亮一般。少停我们把慧姑扛进船舱，看这只馋嘴猫儿急到怎么田地。"王麻子忙止住道："你看对面有人走将过来，别多说吧。落在人家耳朵里，须不好听。"老三向前看时，果见一个西装少年远远地迎面而来。原来车儿已拉到沿河塘岸，离着河埠不远，所以常有行人来往。老三见那少年越走越近，毕竟贼人心虚，闭了嘴，便不多说。

比及少年走近车辆，猛听得车中人高声呼唤道："捉贼，捉贼，捉这白日掳人的恶贼！"小江北大惊，晓得机关破露，拉着车，正待夺路奔跑，吃那西装少年抢动手里司的克，没头没脸地打来。原来马路上的车夫、马夫，生成一种奴隶性，见着西装打扮的，往往惧怕三分，何况干了这歹事，便不由自己做主，把车杠停落下来。这时车中的女郎提着皮包，揭开车帘，从车中跳将出来。少年见了女郎，不觉呆一呆。女郎道："先生助我一臂，捉那白昼掳人的恶贼。"小江北见不是道路，情急智生，便也嚷着道："捉贼，捉贼，替你捕捉这个恶贼。"嘴里说时，辘辘地拉着空车，向斜刺里奔跑，当下脚里明白，不管路高路低，只拣荒僻处逃走。一口气跑了半里路，却不见背后有人追来，惊魂略定，才把空车放下，倚在树上，喘得不可开交。满头满脸的汗潮水般地淌下，便拉着一块破毛巾，不住手地擦脸，一壁擦拭，一壁心里盘算:这陆慧姑委实刁钻促狭，幸亏跑得快，不曾吃他们捉住，似这般的厉害寡老，我们要想摆弄她，真呀做乖乖乖，蜒蚰妄想吃百脚……

在这盘算的当儿，冷不备树背后伸出一只手腕，把小江北胳膊拉住。小江北惊弓之鸟，怎禁恐吓，正待挣扎脱逃，却听得背后那人咯勒一笑道："都是自家人，怎么吓偏了心，只想滑脚?"小江北听出是张老三的口音，才敢回转头去。原来车中女郎喊捉贼时，老三和王麻子生怕拖累，也都逃之天夭，却不料逃到这里，和小江北不期而遇。老三从后面走来，小江北正自呆想出神，不曾注意，所以受了这一番虚惊。当下三个无赖见了面，都是长吁短叹，互相埋怨。老三抱怨小江北："怎不夺路奔跑，却把车儿停落下来?"小江北又骂着王麻子："你这冒失鬼，没生眼睛，人家不曾麻醉，你便算她是麻醉，只有死马当作活马医，哪有活马当作死马医?"王麻子天生急性，一言不合，便涨得面红颈赤，粒粒麻斑里面都要迸出火来，当下破口骂道："都是你这贼王八，撑搨人把药水瓶丢掉，被你坏了事，却在这里胡乱骂人。"说着，提起碗口粗的拳头，来打小江北。小江北也不肯相下，舞动乌鱼的胳膊，准备和王麻子扭打。张老三插身其间，把两边拦开，忙说："都是自家弟兄，为着些些小事，休得伤了和气。且到船埠边，和那军师商议商议，再做计较。"

这位军师何人?当然是三好先生伍青岩。他把小小船舱当作发号施令的中军帐，冬烘头脑里面想出这条恶计，以为千稳万妥，毫无破绽，谅这小小慧姑，逃不出天罗地网。况且他早和著名蚁媒暗地里几次接洽，只待慧姑上了船，便把船儿开到冷僻所在，实行他的掠卖计划。行船的船家又是老三的帮里弟兄，通同一气，狼狈为奸，再也不会泄露秘密。料得慧姑上船时，一定麻醉未醒，他又打定了许多暧昧不堪的主见，当下把那探艳法宝擦了又擦，揩了又揩，从船窗里探出脑袋，呆呆地只向岸上盼望，盼望那一只天鹅，扑翅扑翅地飞进癞蛤蟆嘴里。心头七上八下的当儿，一副穷形极态都显出在面部上面，便是聘请了二十四位著名画师，也描摹不出这副尊容，何况在下的半锭枯墨、一支秃笔，当然不能替他绘个小影。他又一个儿嘻嘻哈哈，十分得意，稳坐中军帐，静听好消息，只落得全身骨骼都减轻了分量，约莫四两不满，三两有余。谁料锦囊妙计，第一次便遭失败，岸上的三个无赖，气急败坏地赶来，败兵报进中军帐，吓倒军师诸葛亮，初出茅庐便失风，依旧一个教书匠。然而青岩怎肯心死，免不得再定什么计较，再起什么风浪，按下慢提。

回转笔尖，重提那车中脱险的女郎，正要请少年帮助一臂，协同捉贼，谁料这三个贼徒都已乘隙脱逃。少年又不知道哪个是贼，比及女郎说明缘由，贼徒早已不知去向。少年跌足叹道："造化了这三个贼人，早知他们这般行为，三个里面捉住了一个，也好问他因甚使这阴谋毒计，白日掳人。"女郎道："横竖我不曾吃亏，便造化了他们，也没紧要。"当下谢了少年救援美意，便问少年贵姓大名。少年自称姓何，名韬，表字葆真，新从日本东京回国，舟泊金间门外，偶然上岸眺览风景，却不料与女士邂逅会面，便也请问女郎姓名。女郎自称姓张名锦心，无锡人氏，这番乘车到苏，探问亲戚，却不料中了奸人的恶计……编书的你写错了，车中的女郎，小江北认得她是陆慧姑，张老三和王麻子也认得她是陆慧姑，怎么叙到这里，却变换了一个张锦心？哈哈，列位且慢责备，车中的女郎委实是张锦心。本书第十二回，曾说锦心和慧姑虽是姑表姊妹，但是两个人立在一起，人家见了，都认作是同胞姊妹，面貌身段、语音态度，彼此都是酷肖。这三个无赖和慧姑只见得数面，自然见了锦心，认定她是慧姑。况且慧姑立志要遵守新村里的公共信条，锦心怎样打扮，她也怎样打扮，表姊妹时通函札，也曾缔结个装束同盟，锦心和慧姑一般装束，所以三个无赖见了，始终认定是陆慧姑，再也想不到无端跑出一个张锦心，暗地里移花接木，李戴张冠。若论这位陆慧姑女士，得了隔夜的警告，当然不到车站上走动，便算慧姑要出门，他娘朱氏一定不许她走，所以马路上闹这风波，慧姑那边竟丝毫不曾感受影响。编书的叙述的当儿，顺便要向着阅者诸君，在那纸片上道一个歉，慧姑并没遇险，转累诸君替她担惊受吓，委实过意不去。

闲话少叙。且说何葆真和张锦心一壁走一壁谈话，没多耽搁，早到了阊门马路。这处人烟热闹，车马喧阗，还有许多抬藤轿的劳工沿路呼唤，招揽生意，葆真替锦心代唤了一乘，请她上轿进城。锦心素重人道主义，生性不喜乘坐肩舆，但是方才倒地的当儿，浅青色的夏衫大大地沾了一块泥污，女儿家爱好天然，怎肯穿了泥污的衣衫在街坊上行走。临上轿时，锦心又询问葆真的通信地点，以便日后常通尺素。葆真叹道："不瞒女士说，葆真在东京学校时，抱着宏大的志愿，以为这番毕业回国，定可大大地挣扎一番事业。谁料身入国门，周围的空气都和我的思潮抵触，所以回国多时，尚没有一定地点可以发展我的抱负。然而无论如何，总想在社会上干些事业，不图名，不图利，只图有益于社会，便把全副精神都牺牲了，也觉甘心。将来定了行踪，再向女士报告住址，以便函札在还，随时可以领教。"说时，便也询问锦心的通信地点。锦心从皮包里取出一纸卡片，授给葆真，上面刊明"住无锡新村"五个字样。葆真瞧着卡片，沉吟片晌道："新村，新村，仿佛华帼雄女士也住在这个新村。"锦心道："她便是敝校的校长，请问先生怎么认识她？"葆真正待回答，旁边两名抬轿的劳工先生等得焦躁，一迭声地催促锦心动身，葆真也道："女士便请上轿，容再相见。"说罢，脱冠为礼，握手道别。锦心身坐轿内，暗暗钦佩这位何先生，态度光明，语言恳挚，真不愧新学界的模范人物。抬轿的纳罕几声，放开脚步，如飞地进城而去。

方才两人谈话的当儿，道旁往来的闲人都钉住了脚，恰似看戏一般，目不转睛地向他们注视。原来葆真生得气宇轩昂，锦心长得眉目清秀，两人立在一起，恰是珠玉交辉，冰雪比洁，善才和龙女谈心，玉女共金童握手，行人见了，自然容易注目。有的说是少年兄妹，有的说是新婚夫妻，还有许多人见这情形，起了老大误会，以小人之心度君子之腹，便不把两人当作正经男女。比及两人走了，大家便胡猜乱测，自然道不出好话。就中有个臭嘴阿三，听得众人谈论，一时嘴上痒痒的，便引开了牙钳，信口开河，编造了许多谎话，说什么男的是男校里的学生，女的是女校里的学生，男校和女校同在一条巷里，这一对男女每日放学归家，总在一起走，其间有许多说不得的事情，吾不敢直说，免得伤了我的阴骘。今天这一对男女同在旅馆里住，不知哪个耳报神报与男学生的娘子知晓，他娘子醋兴大发，寻到旅馆，和女学生扭打，女学生被她扭倒，险些儿饱受老拳，亏得男学生竭力救护，才把娘子劝住，然后亲送女学生到这里，代唤藤轿，送她进城。你们看这女学生，云髻蓬松，衣襟上还沾染着一大块泥污，这便是方才厮打的凭据。众人听着，都道是千真万确，谁疑他编造着天大的谎。那时有一个小报馆的马路访员，远远见许多人聚在一块儿讲话，便即两脚开着快车，气吁吁地赶将过来，钻头觅缝，挤入人丛里，拉长耳朵，听得臭嘴阿三满口胡柴，他便道听途说，混充作新闻资料，来朝小报趣闻栏中便刊布了一条新闻，唤作醋海鸳鸯，装头装尾，添叶添枝，字里行间又点缀着许多香艳词藻。看报的见了，都道是事出有因，谁知驴唇不对马嘴，都是臭嘴阿三的一篇鬼话。

闲话剪断。再说慧姑听着她娘劝阻，只在家里等候锦心，不敢到车站迎接。等了一会子，锦心没有来，却来了林姓姊妹。相见坐定，娘女俩都称谢不绝，且问昨夜的警报从何得来。林善珍不慌不忙，便原原本本从张老三醉后漏言讲起，直到密室阴谋，机关破露。朱氏听得面色转变，连说："不得了，不得了，我家和张老三往日无仇，昔日无怨，怎么行使这般毒计？"善宝道："我也疑惑他的秘密行动，定有人在暗地里指使。"王妈在旁插嘴道："张老三是个粗人，想不出计谋，据我看来，多分是这替婆子揉脚的怪东西在暗地里做军师。我常见他和张老三在酒铺子里喝酒，交头接耳，十分亲热。"林姓姊妹听了很诧异，都问道："替婆子揉脚的是谁？"聪生抢着说道："大正月

245

里，我要请他吃门闩的，便是他。"姊妹俩听了，益发不懂，拉着慧姑，叫她讲个明白，慧姑便把青岩一桩桩的笑话讲给她们知晓。善宝笑道："怪不得那夜老三酒醉归来，把他娘当胸扭住，说什么老太婆把我当作驴儿骑，不服礼不肯甘休，原来事有来历，醉人嘴里，句句都是真话。"慧姑道："这个计谋定是姓伍的指使，毫无疑义。昨天学校里开会，我也见姓伍的和那张老三一班人都混在来宾席里，便晓得他不存好意。"说时，又将怎样在林姓家中窥见张老三进门，怎样和王妈中途谈话，晓得老三和青岩结交，怎样送莲芬、飞霞出门，见老三和几个无赖在巷口舒头探脑，一一讲个透彻。朱氏道："好女儿，亏你嘴儿扎得紧，把我瞒得铁桶似的，直到今天才说明。"慧姑道："我怎敢早说，一来怕娘替我担惊受吓，二来怕娘把我拘束得紧，轻易不放我出门。"善宝诧异道："那个姓伍的曾在学校里演讲教育，呆头呆脑，笑得人肚皮怪疼，他是个又朽又腐的学究，怎会想出这般毒计？"慧姑叹道："善宝姊有所不知，现在的国事正败坏在一班学究手里，多少学究式的官僚、学究式的政客，都在那里舞文弄法，作奸犯科。纸片上说的话，无非引经数典，为国为公；方寸里的心思，都是肥己瘠人，自私自利。面目是学究，心肠是强盗。像伍青岩一般的人，所在多有。"朱氏道："好了好了，你又要滔滔汩汩，借题发挥了。话虽如此，你今天要到车站上去，他那边怎会晓得，难道他未卜先知，熟悉奇门遁甲？"慧姑呆想片晌，也揣摩不出什么意思。王妈拍手道："我可猜得了，那天刘公馆里打发春桃到这里来，说奉主母之命，向太太谢步，顺便送行，谈话中间，太太曾把这事告诉她。据我看来，定是春桃走漏的消息。"朱氏道："便是我告诉了春桃，这怪东西怎会知晓？"王妈笑道："太太有所不知，这怪东西和春桃两个，早有许多不好听的说话。"

朱氏正待盘问，恰听得外面叩门声响，王妈忙去应门，没多时，早见这位虎口脱险的张锦心女士，提着皮包，径向里面来。彼此都厮见了，锦心见着慧姑，便说："慧姑你好，险些儿桃僵李代，把我葬送了。"这句突兀话，把众人吓个一跳。林善珍一时心灵，便道："不好不好，我可害了这位姊姊也。"正是：

　　虎贲中郎，其貌相仿；远而望之，是一非两。

第四十五回

运急智履险如夷
起异心转忧为喜

　　善珍见了锦心，怎么唤声啊呀，道出这惶急话来？只为林姓姊妹和锦心从未谋面，不料锦心的面貌和慧姑这般相肖，恰才锦心从外面进来，姊妹俩骤见之下，老大奇怪，怎么里面坐着一个慧姑，外面又跑进一个慧姑？里面的慧姑这般打扮，外面的慧姑也是这般打扮；里面的慧姑是天仙化身，外面的慧姑也是安琪儿降世。比及两人立在一起，彼此相较，才知道锦心是锦心，慧姑是慧姑。锦心比慧姑清瘦几分，慧姑比锦心减短一寸；锦心比慧姑眉峰略起，慧姑比锦心樱颗稍红。一个儿婀娜之中，参以刚健；一个儿沉静之中，寓以活泼。真是玉琢粉搓双姊妹，脂烘铅染两裙钗。又听得锦心说出桃僵李代四个字，善珍心里突然一跳，暗想:我和慧姑同学多年，见了锦心，险些儿认作慧姑，何况这几个无赖，一定把锦心当作慧姑看待，施展他们的恶计。心里一慌，不知不觉地道出"害了这位姊姊"的一句话。朱氏娘女俩正待盘问锦心怎样地桃僵李代，锦心不答，注视着善珍道："姊姊，你怎说是害了我？"善珍道："你曾碰见张老三没有？"锦心诧异道："谁是张老三，我不认识。"善宝埋怨她姊姊道："你怎的没头没脑，道出什么张老三？难怪锦心姊姊不明白。"便问锦心道："姊姊从车站来，可曾碰见三个人，一个江北口音，一个满面麻斑，一个骨碌骨碌地盘弄着两颗铁丸？"锦心益发诧异道："不错不错，三个恶奴果是这般模样，你们怎会知晓？"这时慧姑拉着锦心的手道："都是我不好，没有虑到这层，不曾先给你个信息。好姊姊，你碰见这三个无赖，可曾吃了他们的亏没有？"朱氏也把锦心上下端详，便说："不好不好，你怎么鬓松发乱，衣襟和裙幅都沾染着泥滓，多半吃了无赖的亏。好妮子，你怎么能脱身到这里来？"锦心听着，不肯辩说，却先盘问慧姑道："你们讲的张老三张老四，究竟闹些怎么一回事？"慧姑便把这事的原委曲折一一说了，锦心方才明白，便道："怪不得这辈恶奴口口声声只当我是慧姑，又说什么军师在船里坐，这个军师，定是你们说的伍青岩了。"慧姑道："好姊姊，我的话都说了，你碰见了恶魔，究竟怎么样？"

锦心不慌不忙，便把怎样误坐包车，怎样走入岔路，怎样恶魔拦路，怎样跌翻在地，讲到这里，早把朱氏娘女、林姓姊妹吓得一齐失色。朱氏捧着锦心道："好甥女，这……这便……"一阵发抖，把下半句话都抖掉了。锦心道："舅母别替我担惊，你道我真个被他们麻倒吗？要是真个麻倒，我便休矣，再不会和你们相见。原来这拉车的贼头狗脑，专向荒僻处走，树后打着呼哨，又闪出这两个恶奴，我心中早有了戒备。又见这麻脸的恶奴，布扎着口鼻，手里弄这玻璃瓶，我便料定是个麻醉药，乘他拦路的当儿，假作受了麻醉，一跤扑翻在地，却把脸儿贴在草地上，躲避这毒药气息。这是我一时急智，除却这法，再也没有脱险的良策。一来地方荒僻，没人援救；二来彼众我寡，抵拒不得，一经抵拒，他们转用强暴的手段，硬把毒药来灌我，那便没有命活了。不如将计就计，扑倒在地，待有行人走过，再行声张。他们见我扑翻了，都道我真个麻醉，便丢弃了药水瓶，说什么慧姑慧姑，你枉自逞强，原来不中用，一麻便醉了。其实我哪里是醉，再清醒也没有。他们强把醒人当作醉人，强把张锦心当作陆慧姑，我不曾中蒙药，他们倒先中了蒙药，醉的不是张锦心，却是这三个恶奴。"说时，微微一笑，粉颊上起了两个酒窝。

朱氏和慧姑都宽了心，胸头掇去一块石头。林姓姊妹见锦心叙述遇险情形，从容不迫，谈笑处之，暗暗佩服她的胆识非常，有巾帼丈夫的气概。聪生在旁，虽然不懂得什么，却也听得出神，忙道："锦姊姊，怎么你不曾醉，倒醉了三个恶奴？他们醉了，几时才能醒来？"锦心道："好弟弟，你问他们何日醒来，除是挨到了末日裁判，这三个恶奴再也没有清醒的日子。"聪生不明白，只圆睁了两只小眼睛，向锦心呆瞧。锦心又把以下脱险的情形，讲了一遍。慧姑听罢，连道："可惜可惜，怎么这三个恶奴，半个都不曾捉住？原来西装少年也是个不济事的。"锦心道："这也难怪他，事起仓促，我又不曾指定谁是贼人，所以让他们都逃了。"慧姑紧锁了眉峰，越想越气，便轰地起立道："锦心姊姊，你虽不曾吃他们暗算，然而这辈狗肉不食的恶奴，留在世间，终究是社会之蠹。我便要亲到刘宅，和邦平姑丈开个谈判，问他因甚宴请这般十恶不赦的西席，和那无赖张老三鬼鬼祟祟，行使这般毒计，不怕他不把伍青岩送到法庭，连同那三个恶奴，一起判决罪名！"说罢，向外直走。

朱氏忙唤道："慧儿别鲁莽，须得从长计较。"善珍、善宝也都抢步上前，把慧姑拦住了，慧姑道："拦住我做甚？"善宝道："慧姑姊，难怪你气愤，但是你和令姑丈素来隔膜，你去报告，令姑丈怎便相信？"慧姑道："信不信由他，报告由我。"善珍接着说道："他若信了，果然没话说，要是不信，几个恶奴得知，益发怀恨在心。你早晚要迁往新村，他们纵然怀恨，也奈何你不得。可怜我们姊妹俩，住在蝎子窠毒蛇洞里，张老三晓得是我们走漏消息，怎肯放我们过去？姊姊一声张，岂非害了我们姊妹俩？"

慧姑肚里自思，这层虑得甚是，她们好意来救我，我若冒昧从事，坑害了她们，以怨报德，怎便过意得去？当下深深地吁了一口气，仍回原座，问着锦心道："姊姊，你是阅历深，经验富，对付这几个恶魔，该用什么手段？"锦心笑道："妹妹，别把这事放在心上，我们是什么样人，值得和几个恶魔计较。你又不曾吃亏，我又不曾吃亏，恶魔摆弄他人，转摆弄了自己，这是自然的报应，精神上的苦痛。他们都已失败，何消用什么对付手段？便要对付他们，也该有个充分的证据，我们又不曾捉住贼子，林家姊姊又不便出面做证，倘若声张起来，撩蜂挑蝎，也不是个道理。并非我示弱于人，犯而不较，其实经一番阅历，得一番教训，今天的事恰是社会教科书的一种教材，对于我们很是有益的。妹妹，你不犯着为这桩事生嗔。"慧姑经她解释，咐地一笑，心也平气也和了。朱氏道："慧儿，你瞧锦姊姊比你长得三岁，她的见识和阅历却比你高出几百倍。"锦心道："舅母，别说客气话，似慧妹这般烂漫天真，胸襟爽朗，我是望尘莫及的。但是要在那机械社会里走动，'莫信直中术，须防人不仁'，毕竟要戒备几分。好在府上不日迁往新村，从此光天化日，再没有魑魅现形，所以对付恶奴这一层，现在却不成问题。我的心里，另有一桩对付不得的事。"说到这里，却又沉吟不语。慧姑性急，忙问这话怎讲，锦心道："一个人要脑筋清净，最好是不记人怨，不受人恩。恩怨两个字，容易把清净脑筋搅得纷乱。便似方才几个恶奴，干这昧良行为，我脱险以后，早把这事看得似太空一尘、烘炉片雪，境过情迁，便当作没事一般。唯有这位何葆真先生，路见不平，竭力相助，我经他援救出险，没有相当的酬报，难道也当作太空一尘、洪炉片雪不成？要是寻常人援我出险，我便重重地出资酬谢，倒了却一桩心事，偏偏他又是高尚青年，不求人报，临别时，又不曾说什么通信地点，便要设法酬报，也叫人无从措手。一桩心事，没时了却，这便搅乱了我的脑筋。"

这几句话，却又引动了慧姑的心事，忽地回头，向林姓姊妹俩说道："两位姊姊援我出险，我也没有什么报答，我的脑筋一发比锦姊姊搅乱得紧。"姊妹俩听了，局促不安，一个道："这是同学应尽的天职，值得什么？"一个道："慧姑姊是我们的恩人，一辈子报答不了，昨夜的事……"朱氏道："好了好了，恩也不须挂齿，怨也不须记怀，讲了多时，大家都嘴干了，喝一杯茶，再议别事。"旁边站立的王妈，笑将起来道："啊呀，我可昏了，张小姐来了多时，茶都没有送，我只光着手在旁边呆听。你们发抖，我也陪你们发抖，你们发笑，我也陪你们发笑。要不是太太这么说，我不晓得立到何时才休。"说时，挪动小脚，自去料理茶汤。林姓姊妹起身告别，朱氏和慧姑相送出门，又说了许多感谢的话，不须细表。

回到里面，重和锦心谈话，慧姑取了一套衣裙，叫锦心把泥污的换去，授给王妈去洗濯。锦心道："换便换了，洗却不要洗，一套泥污衣裙，恰是今天遇险的纪念品，理当保存。"慧姑笑道："锦姊姊，这便自相矛盾了。你说把方才的事看作太空一尘、烘炉片雪，怎么又闹出什么纪念品来？我问你太空一点尘，保存到几时不变？烘炉一片雪，保存到几时不融？快快下一转语来！"锦心一壁换衣裙，一壁笑道："你怎么和我参起禅来，我方才有言在先，表明宗旨，何须下什么转语。怨可忘，德不可忘，保存这套泥污衣裙，是记德不是记怨。"朱氏点头道："锦心的话，委实不错，记德不记怨，论理也该如此。要叹目今时世，皂白不分，人心险到极点，有什么公是公非。倘有是非，玉如这孩子也不能横遭惨死了。"锦心道："我在新村，也听得玉如有跳海消息，究竟是真是假，你们总该知晓。"朱氏道："我说是真的，慧儿说是假的，好甥女，你是有阅历的，究竟是真是假，替我们下一断语。"锦心道："这却不敢妄断，只为家严和刘姓起了恶感，一向断绝往来，我和玉如虽是姨表兄妹，却不曾会过一面，他的胸襟如何，我都不晓得，怎好断定他的生死？"

正说话间，王妈从外面走入，执着两份梅红请帖，说是刘公馆里派人送来的。慧姑接取在手，抽出看时，忍不住樱颗半开，微微地笑了一声，旋又柳眉双蹙，长长地叹了一口气道："咳，这算什么话，简直是混账请帖。"朱氏和锦心凑过头去同瞧，瞧了一眼，彼此都道出一个"呸"字。原来那两份请帖，一份是邦平具名的，上写着："谨詹于六月十八日，为亡儿琪授室，洁治礼筵，恭候潭第光临。"一份是柳小宾具名的，上写着："六月十八日，小女翠娥于归彭城，出阁守寡，是晚亡婿小女双归，洁治礼筵，恭候光临，并请见礼。"三人看罢请帖，都叹息了一会子。慧姑道："似这般半阴半阳的结

250

婚式，亏他们刊上请帖，真是荒谬绝伦，违反世界的潮流。"锦心道："你说他们违反世界潮流，我说他们迎合社会心理。目今社会上通行的日历，也是半阴半阳，唤作阴阳合历，既有半阴半阳的日历，应有半阴半阳的婚仪，既有阴阳合历，应有阴阳合婚。"

不谈他们对于请帖纷纷议论，回转笔锋，再提那出阁守寡的柳翠娥女士，因甚的订成生死鸳鸯，谱就阴阳鸾凤？原来抱牌做亲一桩事，小宾夫妇十二分满意，翠娥心里一百个不愿。那天小宾娘子在刘公馆里，夸张女儿贞操，说得活灵活现，有色有声，其实信口开河，都是做的反逼文章，没有一句真话。不但看书的看时肉麻，编书的写时笔软，便是那天在座的朱氏和那邦平娘子，也何尝信以为真。朱氏素知翠娥的行为，当然不肯相信；邦平娘子虽然宠爱翠娥，只是揄扬过了分寸，也觉小宾娘子说的话，十成里面约莫有两三成鬼话。然而世上说鬼话吹牛皮的，人家信不信，都不理会，只图在三寸舌头上占些风光，两片唇皮上讨些便宜，笑骂由他，夸张由我，有了千锤百炼的面皮做个保障，自然海阔天空，任意乱嚼，再也不曾嘴软。若说小宾夫妇因甚的强迫翠娥去替未婚夫守寡，都只为刘邦平曾有宣言，将来儿子成亲以后，便当划出一部分财产权，由媳妇亲手执管。小宾夫妇眼巴巴地盼望玉如回来，眼睛都要望破，却不料一纸惊耗天外飞来，死掉刘玉如打什么紧，眼看这许多财产，女孩儿没福享受。夫妇俩得此消息，两副囫囵心肺，恰似寸寸缕缕地切个粉碎，你瞧着我，我瞧着你，哭丧着脸儿，实做那楚囚相对的模样。再说翠娥和小宋打搅得火炭一般热，情丝束缚，正自摆布不脱，玉如回来的日期越近，翠娥的心思越是千皱百绉，加着小宋信来，常有提心吊胆的诗句，说什么"刘门一入深如海，从此香郎陌路人"。翠娥把这一十四个字，看了又看，读了又读，一个字里有一个勾魂使者，把翠娥的魂灵儿捉住，只落得唉声叹气，没精打采，整日价情思昏昏，一百个不自在。她娘见女儿的容颜比从前消瘦了几分，心里怎不着急，逐日买了鲜鱼肥鸡，做了羹汤，劝女儿多吃一口饭。谁料翠娥饭也懒得尝，汤也懒得饮，任凭什么佳肴到口，总是味同嚼蜡，吃饭是宛比数着珍珠，十粒五粒地纳入嘴里，吃得半碗，便搁着筷不要再吃。

那天，玉如跳海的消息传来，恰值翠娥吃饭的当儿，抢着电报看一个饱，恰似吃了几颗定心丸，服了几帖兴奋剂，立时意气飞扬，精神饱满，朵朵心花一齐怒放，三万六千个毛孔个个都开着笑口。暗暗地谢天谢地，谢那祖宗菩萨，说道："冤家，你一去不返，这才遂了我柳翠娥的心愿也。"肚里这般想，嘴里霍落霍落，放开喉咙吃饭，恰似风卷残雾般的。没多时，早吃了三大碗饭，鸡羹鱼汁嚼得津津有味，碗儿碟儿都向了天。吃饭完毕，诗兴勃发，扭了几首歪诗，题目唤作"闻玉如跳海，喜赋七绝四首以慰香郎"，把诗笺折叠个同心方胜儿，珍重加封，吩咐佣妇到吟香那边报喜。却不料小宾夫妇希图刘姓财产，强逼她过门守寡，翠娥怎肯答应？叵耐她老子娘催逼得紧，三番五次只在她耳边絮聒，劝了多时，翠娥方才应许。表面上总算十分委屈，强从亲命，其实暗幕里面，有那宋吟香竭力撺掇，叫她将计就计，落得应许。吟香道："我那甜蜜心肝儿的翠娥妹妹，他们叫你过门守寡，这是千载一时的机会，不妨满口应承，还有什么疑虑？一来替未婚夫守寡，彤管清芬，可以传之千古；二来刘姓的万贯家私入你掌握，你便一辈子享用不尽；三来名义上做刘玉如的浑家，实际上做宋吟香的夫人，无拘无束，便遂了你的心愿。一举而三善备，你切莫错过了这般的好机会。"翠娥被他说动了心，这抱牌做亲的一句话果然成了事实。

直到六月十八日这一天，刘柳两家都是挂灯结彩，十分热闹。偌大的一个苏州城，轰动得人人都知，个个尽晓。还有吴中吟社里面的一辈诗友，对于这事，聚议纷纷。社长方便园先生召集会员，在高邻公所里，开个临时会议，发表他一番意见。正是：

　　将假作真，看朱成碧；鱼目混珠，燕石误璧。

第四十六回

曹诗翁痴想文苑传
贾太史谬附逸民篇

　　"咦咦咦，哈哈哈，老夫名山著作，流播千秋，却不料发生在这小妮子身上。文章千古事，得失寸心知，小妮子不朽，老夫也可不朽了。咦咦，哈哈，咦哈咦哈，合罕合罕……"这一片得意声、喧笑声、咳嗽声，都从一位虾须老人的嘴里透出。起初的咦咦哈哈，是纯粹的笑声，后来的咦哈咦哈，笑声里面夹杂着几分痰嗽，比及咦哈转为合罕，竟是纯粹的咳呛声。原来方先生的嗽病新痊，经这一番狂笑，却又牵动了他的宿疾，狂笑得没多几声，倒累他咳呛了一会子，咳得驼背愈耸，虾须愈翘，赶快揉着胸脯，把咳呛平复了。咳出一块浓痰，却又不即唾去，放在嘴里咀嚼，一壁嚼，一壁说道："生今之世，行今之道，贞节两个字，早已没人讲求。却不料琐琐裙钗，竟有这般轰轰烈烈的举动，障百川而东之，挽狂澜于既倒，平江学校里出了一个贞节的学生，吴中诗社里添了一个贞节的诗友，我方某躬逢其盛，真是千载一时的机会。合罕合罕……"又是一阵咳呛，前痰未唾，接着新痰，赶把两块痰儿一起唾去，方才腾空了嘴，又好说话。

　　那时雌鸡嗓子的吕文甫插嘴说道："社长先生言之有理，这位柳翠娥女士，三贞九烈，誉满东南，虽是社长教育之功，也是吾辈切磋之效。"说时，伸长鸭颈，在人丛里望了一望，见宋吟香不在诗社里面，才敢放胆说道，"好叫社长得知，柳女士的家里，我曾到过好几回，接席谈心，甚为莫逆。她的肺腑，我都知晓，她不是贞洁女子，还有谁是贞洁女子也耶？"便园瞪了文甫一眼道："吕先生，你太多事了，柳生和你虽是诗坛文字之交，然而瓜田李下，也须分别嫌疑，无事无端，你去找她做甚？"文甫笑道："我何尝去找她，却是她来约我。承她的青眼，屡次折柬相邀，文甫是何等样人，怎敢却其情而拂其意？自然登门访戴，接席谈诗。我文甫又是个坐怀不乱的鲁男子，和她谈论时，

253

规而矩之，正大而光明之，有什么瓜田李下也耶？"方先生点了一点头儿，问道："谈诗以外，讲些什么话？"文甫道："我是第一正经人，谈些都是正经话，非其礼者勿言，非其礼者勿语，谈论中间，专把古往今来的贞孝节烈，和她细细而研究之。从来近朱者赤，近墨者黑，不知不觉，便把她的气质一齐变而化之。这番翠娥立志守贞，轰轰烈烈地做将出来，不是我文甫的功，却是谁的功也耶？她和我做挚友，宛似入了芝兰之室，久而不闻其香，岂非习与俱化也耶……"

也耶的尾声未绝，蓦听得人丛里面飞出一种尖脆的声音道："大伯，你道些什么来？你算是正经人时，只怕遍天下更没有一个不正经的人。你瞒得过别人，却瞒不过我玉侬。你去访那翠娥，多半是安着歹心恶意，孤男寡女坐在一块儿，哪有什么好事干出？大伯大伯，你怎还说得嘴响？"说时，恨恨地瞧了文甫几眼。原来说话的不是别人，却是文甫的弟妇吕郭夫人，牙缝口角的腌鱼气味，也随着尖脆声音一齐飞出，慌得许多吟朋诗友各各倒退了几步。唯有文甫动都不动，一来他对于弟妇存着三分惧怕，二来这种腌鱼气味，平日间时时领略，也不觉得什么难闻。只是当着众人，饱受一番奚落，不免老大地丢脸，又见众人的眼光都向他面部注射，益发不好意思，愧从心里发，红向耳边生，没多片刻，竟把完全的面部揩抹上一层红油。大凡羞耻的招牌，先从耳根挂起，耻（恥）字半个是耳，半个是心，可见古人造字，一一从经验上得来。

闲话剪断。方先生见这情形，端怕闹出笑话，忙道："快把闲谈收拾起，大家准备做诗翁。列位社友，须知传世之文，最难得逢好题目。题目好了，便是寻常题咏，也会传诸久远；题目不好，凭你江海一般的诗才，毕竟是没世不彰，归于磨灭。老夫费了数十年心血，惨淡经营，才有这一部便园诗集留传后世，将来刊行以后。方不如趁这当儿把诗集编定，预备刊布于世，传诸久远。其间名作虽多，尚少一篇压卷杰作，不无毫发之憾，天幸碰着这个好题目，怎肯轻易放过？老夫不敏，早作就一篇长歌，题目唤作《女贞木》，作得又凄又艳，可泣可歌，必需柳生这般的贞洁，才不负老夫这般的笔墨，必需老夫这般的笔墨，才写得出柳生这般的贞洁，真叫作离之则两伤，合罕……合罕……"便园的意思，是要说一句"合之则两美"，谁料说到合字，嗓子里痒痒的，又一阵干呛起来。这一会子呛得厉害，良久说不出话，把面部涨得通红，鼻涕眼泪都一齐呛了出来。

在这咳呛声中，诗社里许多吟友，个个扬着脑袋，高视阔步，做出那自命千秋的模样，你也掏出诗稿，我也摸出诗笺，彼此交换诵读，嘤嘤嗡嗡，千百个黄蜂苍蝇又在诗社里作祟。唯有吕郭夫人，别转了头，只在那里嘘气。吕文甫道："拙作第二联'孤心苦诣归空帐，软玉温香抱木牌'，这十四个字，自信倒也工致。"曹墨亭道："下句更妙，妙在引用成语，却一些看不出是成语，《西厢记》上只说'软玉温香抱满怀'，你把满怀二字，换作木牌，比原句胜过十倍，这叫作青出于蓝而胜于蓝，冰生于水而寒于水者耳。"廉老头儿道："曹墨翁的大作，引用成语何尝不妙，但看起笔两句，'自从盘古分天地，夫配阳兮妇配阴'，首句虽用成语，却用得堂皇冠冕，包罗万象，次句看似平常，然而细细研究起来，却是妙想天开，算得宇宙间有数的文字。"这时方先生呛已止，听得这般讲，便把"夫配阳兮妇配阴"七个字，放在嘴里咀嚼，咀嚼了一会子，觉得没甚滋味，便道："廉兄怎么赏识这一句诗，其间有什么深意，左不过是夫配阳刚，妇配阴柔的老话罢了。你说是宇宙间有数的文字，倒要请道其详。"廉老头儿道："社长先生，你原来但知其一，不知其二。墨翁这一句诗，却是妙语双关，匪夷所思。就那字面上看来，夫配阳刚，妇配阴柔，似乎是些陈腐话，然而这个配字，又可移作别解。夫配阳者，阴间的夫和阳间的妇成配之谓也；妇配阴者，阳间的妇和阴间的夫成配之谓也。阴夫配阳妇，阳妇配阴夫，这便唤作'夫配阳兮妇配阴'。"方先生使劲地拍了一下掌道："墨亭，士别三日，刮目相看，不料你的诗才长进得这般迅速，千秋以后，老夫不能独享盛名，文苑传里却被你分占一席。"说时，又把这一句诗放在嘴里咀嚼，却越嚼越有滋味。墨亭经他们一番夸奖，十二分快活，都向骨髓里直钻，眼睛合成线一般的缝，唇皮扯得木鱼般的大，心花开并蒂，骨节解连环，仿佛见千百年后的文苑列传大书特书，标题着曹墨亭三字姓名。心头虽然得意，嘴里却还谦恭，酸溜溜地咬着文字答道："曹某袜线之才，而栏杆充数者也。大方家如此奖励，则万万而不敢当者耳。千岁后不朽盛名，非曹某所敢望之者耳，大凡五百年间，区区曹墨亭三字姓名，庶几不致埋而没之乎哉。将来一部文苑之传，曹某得备员其间，三生而有幸矣。若要首屈其一指，坐第一把银交之椅，方先生乎，舍足下其谁者乎……"快刀截不断的之乎者也，泉水般地从墨亭嘴里喷出，倘有几位新文学家在旁听得，怕不要避之若浼，赶快把两只耳朵在西太湖里浸个七昼夜。然而诗社里的酸朋醋友，物以类聚，专靠着咬文嚼字度日子，好似一天不说焉哉乎，西山不肯落金乌，又似一天不说也欤耶，太阳不肯向西斜。所以墨亭的掉文谈话，落在众诗人的耳朵里，司空见惯，觉得平淡无奇。

在那众诗人传诵佳作的当儿，便园居士不慌不忙，从怀里掏出皮夹，从皮夹里拈出《女贞木》长歌的底稿，送给众诗人传观，也不道声呈请教正的客套话，大模大样地说道："看老夫手段何如。"众诗人曲着背，觑着眼，栲栳圈似的围住。看那社长的分上，任凭下里巴人曲，也算阳春白雪篇，何况方便园的大才，在众诗人里面，算得是乌鸦林中的孔雀、小鸡队里的凤凰，那时一班诗友，除却吕郭夫人不在座，谁不五体投地，奉承这位诗坛祭酒？若问吕郭夫人究向哪里去了，原来她的来意，贪图和吟香接席吟诗，定一个知心韵友，谁料扑了个空，人人都到诗社里，唯有吟香不到，一团起劲化作十分失望，便捧着满肚皮的牢骚，踏着小脚式的八字步，不别而行，怏怏地自回家里，按下慢题。

再说众诗人读罢这篇长歌，欢喜赞叹，手舞足蹈。有的说比着白香山的《长恨歌》要加几倍光彩；有的说读了方先生的大作，觉得元微之《连昌宫词》，真卑卑而不足道焉者矣。当下你一句，我一言，给方先生戴了十七八只炭篓般的高帽。便园满怀快乐，收回了这篇底稿，横一折，竖一叠，折叠成个方胜式，依旧纳在皮夹里面，向着众诗友说道："这小小皮夹里面，却不料包藏着千秋盛业。"众诗人随声附和，一迭声地千秋盛业、百世不祧，把那位方老先生一直捧到三十三天以上，又把诗王诗伯诗仙诗圣的马屁颂语，替方先生加上许多荣号。便园拈着虾须，居之不疑。冷不备人丛里面钻进一个十三四岁的顽皮孩子，把方先生一把拖住道："给我钱来。"方先生瞅了孩子一眼道："咦，阿虎，早晨给你三角钱，怎么一会子便用掉了？"阿虎道："赌摊上掷得一把羊，起手便是四老鸦，区区三角钱，扑翅扑翅飞去了，快快给我钱，待我翻本去。"他老子尚没回答，阿虎眼快，见桌子上放着一个羊皮夹子，抢取在手，一转身便向人丛里钻出。方先生舍不得千秋盛业断送在小孩子手里，蹒跚着脚步，待去追赶，阿虎已离着一丈多远，哪里赶得上？只得高声喊道："好孩子，还了我诗稿，里面的钱都由你拿去。"阿虎听得老子这般呼唤，才把皮夹打开，取出诗稿，向着地上一摆道："谁稀罕这劳什子，送给换糖的都不贪。"说罢，一溜烟地跑出高邻公所，自去赌钱，不在话下。方先生驼背曲腰，从地上拾起诗稿，自言自语道："好了好了，千秋盛业，又被我挣扎到手了。"当下又和众诗人谈了些闲话，看看时候不早，便道："刘公馆肆筵设席，此其时矣，我们快快登门献诗，叨扰他一杯喜酒。请请请。"一声请字，众诗人相率出门，都离了高邻公所。路上摇摇摆摆，排着鸭阵一般，脚里行步，嘴里兀自咿哦着诗句，障碍交通，遮断来往，惹得一班行人怨声载道。

　　编书的抽出空闲，且把刘公馆里热闹情形叙述一遍。大门开得直洞洞的，大吹大擂，欢迎贺客，从大门、仪门、轿厅、正厅一直望将进去，张挂得灯天彩地，气象一新。两旁矗立着许多前清的衔牌，都是雪白的银两贸易而来，什么"候选悬左堂""候补县正堂""候选同知""候补府""候选道"，一股脑儿都是"候选""候补"的特别商标。可怜清朝覆亡已经了十周纪念，这位刘邦平先生还在那里候选、候补，正是棺材出了还在那里讨挽歌郎钱，多半是一场痴梦。公馆里管家仆役雁行般地站立，簇新的民国头颅却戴上一顶清朝的红缨大帽。主人刘邦平也不管人家当面奚落、背后唾骂，竟硬着头皮，老着脸蛋，尽把什么红顶花翎朝珠补挂，没人顾问的关店底货，一股脑儿都穿戴起来。墙壁上的喜幛密密层层，张挂得不留罅缝，四字标题无奇不有。有的是"人天佳偶"，有的是"生死姻缘"，有的是"异路同心"，有的是"相攸隔世"，这些话头，都在可解不可解之间。更有荒谬的，竟把"阴凤阳凰""死鸳生鸯"的不通名词，也都凑合起来。中间一副泥金堂对，是前清太史公的手笔，上联"箫管齐鸣阴阳合律"，下联"人天异路和合同参"。这位太史公又是议会的议员，两项出身，都不忍抛撇，竟把死的资格、活的资格一齐写在上面道："赐进士出身翰林院编修浙江省议会议员出阴逸民贾夷齐拜"。这天的结婚礼节，男家主张用旧法，女家主张用新法，经那冰上人伍老夫子往来磋议，才定了新旧合参的礼节。好在今天的婚式本来是半阴半阳半生半死，当然适用那半古半今半新半旧的礼节，大媒伍青岩迎合主人翁的心理，也向冷摊上觅得一个黄铜顶儿，高高矗起在帏帽上面，大摇大摆，在花厅上往来打转。

　　地方绅士陆续前来贺喜，他们强半都是科举出身，脑袋里面满满装着许多天经地义对经贤传。刘贡生一壁嗅鼻烟，一壁大发议论道："已嫁守寡易，未嫁守贞难。一部《列女传》，冰霜节操的寡妇，吾见其人矣，冰霜节操的贞妇，未见其人也。若柳女刘贞妇者，有妇者之名，无妇者之实，刘郎死后别订丝萝，此人情之常，吾辈亦未得议其非。而不想立志坚决，一至于斯也，难矣难矣。"马孝廉鼓着掌道："诚哉是言也，未嫁守贞确是不易。一来不会参天拜地，无名分之可守；二来不会合卺同牢，无爱情之可说。像刘贞妇这般苦节确实不易。谁料民国时代，有此祥麟威凤？"贾夷齐正捏着象牙小梳，在唇边一上一下，整理几茎焦黄色的短须，听得这般谈论，放下牙梳，瞅了马孝廉一眼道："马年兄不是这般讲，现在的时代，三纲沦九法斁，乾坤清淑之气发泄净尽，再也没有什么贞节女子出现，你把刘贞妇的节操牵拢到民国上面真是绝大谬误。马年兄，你也是发过榜的人物，怎么只是这般见识？"马孝廉听着一迭声道是，怎敢和翰苑老辈辩论曲直。贾太史又取牙梳把短须梳了几下，整衣肃容，发出那庄重的声调道："刘贞妇的节操，和民国两个字毫不相干，养成她的苦心孤诣，都是大清治化之效。大清二百六十余年，深仁厚泽，浃髓沦肌，所以琐琐裙钗具有这般毅力，可以敬鬼神而泣风雨。贞妇生长诗礼之家，习闻弄于之化，轰轰烈烈，立志不凡……"说到这里，忽听得门外炮声隆隆，夹着大吹大擂，一阵热闹。大家都说县长到了，贾夷老，你是乡绅领袖，理该做县长的陪客。贾太史笑道："老夫清室遗民，入山唯恐不深，入林唯恐不密，怎好和地方有司相见？但是主人翁既委托我做官厅的陪客，自然不使固却。论那遗民资格，不配见官，论那议员资格，又不妨见。官程子目中有妓，心中无妓，老夫目中有官，心中无官，胡乱去相会便了。"正是：

首阳山下，薇蕨精光；夷齐踪迹，出入官场。

第四十七回

照红鸾丈母怜女婿
放白鸽顽父骂亲儿

　　贾夷齐本是个宜古宜今的人物，装龙像龙，装虎像虎，一见了县长，高拱手，低作揖，收拾起遗老面孔，揣摩那俗吏心理，汩汩滔滔，快刀剪不断的谈话。他有一个儿子叫作小齐，新在县公署里充当庶务员，所以他和县长叙过寒暄，便说："小犬辱荷栽培，感同身受，没齿不忘大德。"又把县长的政绩有的没有的胡乱恭维了几句。古有扣马的夷齐，今有拍马的夷齐，扣马拍马，同是一马，不过扣是扣的马首，拍是拍的马屁罢了。

　　隔了一会子，大门外炮声又起，张中将、庞旅长都骑着高头马儿前来贺喜，随从的丘八太爷雄赳赳气昂昂，装出上阵般的威严，使出行锋般的气焰，惹得左右邻居个个侧目，都说刘剥皮神通广大，有财有势，替那死儿子结婚调兵遣将，把这条街巷塞断了。其实邦平和张中将、庞旅长并没交情，这番登门贺喜，都是翠娥的联络手段。中将的女儿张女权、旅长的女儿庞贵珍，都和翠娥同校肄业，声应气求，翠娥出阁的当儿，会向张、庞两同学当面要求，吉期的一天，定要拜恳两位老人家虎驾光临，替寒家装个礼面。女权、贵珍都答应了，所以到了今天，那赫赫炎炎的中将、旅长都前呵后拥地到刘公馆里去贺喜。邦平恭迎虎驾，自有一番忙碌。隔了一会子，大门外炮声起，原来张中将太太、庞旅长太太也是统领着许多健儿，坐着绿呢大轿，前来贺喜，慌得邦平娘子带着丫鬟仆妇，毕恭毕敬地欢迎虎驾。早见两乘大轿四平八稳地抬进轿厅，两旁迎客乐工吹擂得震天价响，护卫军士擎着簇新的枪支，插着雪白的马刺，一声口令，呼啦啦两旁站开，恶狠狠严阵以待。邦平娘子的眼里，几会见这般的威武气象，没奈何放大了鼠胆，从那马林枪树中欢迎这两位贵客。比及轿儿落地，两位太太都出了轿门，张太太豹头环眼，庞太太狼背熊腰，不愧将门之妇，虎虎都有生气。后面随来的婢女，却都是袅袅娜娜、娉娉婷婷，侍奉这两位太太出轿，真叫作丑丑夫人相，娇娇是贱人，打不破这两句俗语。邦平娘子把两位太太的虎驾迎入内厅坐定，嘴里寒暄，心头快乐，暗想：翠娥这媳妇委实能干，亏她认识这般的阔绰太太，她身子尚没进门，早替我争得许多光彩，门前马儿轿儿刀儿枪儿，都是翠娥裙带来的，要是像这刻薄鬼，一个鹅眼钱看得磨盘般大，平日不舍得交结官场，哪里来这体面……"

不谈邦平娘子和这两位太太在内厅谈话，再说高邻公所里的一辈诗友怀抱着千秋盛业，也来刘公馆里贺喜。龙虾教员方便园做前导，雌鸡嗓子吕文甫做押队，晃动头脑，摇动身躯，肩背高低，脚步下下，齐向这条巷里行进，才走进了巷口，早望见许多刀光枪影，和那挺胸凸肚的丘八太爷。众诗人都打了个寒噤，便吓得两条腿被地皮吸住，休想抽拔得起来。文甫伸出鸭颈，向前面望了一望，唤声："不得了也耶！"颈子缩短了三寸，舌头却伸长了五分。众人里面还是曹墨亭有些胆量，便道："诸位吟兄，莫须害怕，李太白尚草吓蛮诗，区区小卒何足哉。"说时便冒到前面，做个鹅群鸭队里的领袖。众人干咳一声嗽，揉一揉胸，把胆儿放大了跟着墨亭行进。约莫走到刘公馆门首，早听得一片吆喝道："呔，哪里来的混账人，鬼鬼祟祟做什么？咱们大人在里面，谁敢乱跑？这里下了特别戒严令，你们要进去报个口号来，倘然半句支吾，捉对儿送营里去，每个结实打五百皮鞭。"原来众诗人欲前且却的模样被兵士们瞧在眼里，只道是什么歹人在这里舒头探脑，心怀叵测。吕文甫经这一吓，别转屁股，便想把脚底给他们看。廉老头儿气得瑟瑟缩缩，浑身肌肉都在那里零碎活动。方便园正想拔脚奔跑，恰似纸上躲着的苍蝇，休想拔动分毫。就中还是墨亭有主意，深深地一躬到地道："列位仁兄，且容兄弟说明，兄弟等无事不登三宝殿，都只为邦平翁备着梅红之帖，兄弟等特地而来应召者也。"众军人自然不懂得之乎者也，只道他们情虚胆怯，信口胡柴，当下摩掌，便想打人。亏得公馆里走出一个老管家，认识这鹅群鸭队都是左近的斯文朋友，便向军士们打了一个招呼，方才解释误会，放他们进门贺喜。

诗人进去不多时，又见两面校旗，打着"平江女学校"的名号，飘飘扬扬，从巷口舞将过来。后面一对对的女学生身穿雪也似的校服，齐着脚步儿，都向刘公馆里面行，每人手里都执着一面小旗，五光十色照耀眼帘，旗帜上面都写着四字颂词。在那军人眼光里，怎省得写的什么话，但是编书的略知一二。众学生排队前来，不但是登门贺喜，并且向那九烈三贞的柳翠娥女士行一个赠旗典礼。旗帜上面都是搬运些贞烈词典里的套话，什么"城崩杞妇"，什么"泪淋湘妃"，什么"共姜再世"，什么"曹女重生"，这些话不问可知，是出于方便园先生的大笔。赠旗的学生并不是全体，出发拢总三十二名，约占全校人数三分之一，人虽不算多，却费了校长九牛二虎之力，东也牵拢，西也拖扯，唇焦舌敝，百般央求，学生却不过校长的情面，只得胡乱去走一遭，才组织了这三十二名的赠旗队。这赠旗队的押队便是校长安子虚女士，难为她肥胖躯，也跟着学生跑走了两三条巷，胸前挂着黄澄澄的金章，额上悬着圆溜溜的珠颗，金章是真，珠颗是假，不过是汗点罢了。校长穿的藕丝纱衫吸着半背的汗液，牢牢贴在皮肉上面，恰似冷雨浇背一般。她们师生多人直入刘公馆大门，却一些儿没有拦阻，那些持枪的军人眼瞧得花撩千百万，早忘却了方才的特别戒严令。

赠旗队入门不多时，又听得巷口呜嘟嘟咚隆隆，一队军乐款款地吹打过来。军乐后面，四名黄衣军士抬着一方"节操冰霜"的匾额，匾额上面，颤巍巍插着金花，鲜艳艳披着红绸，高头马上驮着一个军官，在后面押队，这是张中将表扬贞操，给予刘贞妇的荣典。一行人直送刘公馆门口，军官滚鞍下马抢步到里面报喜，霎时间三声炮音，刘邦平翎顶辉煌，出门迎接这方匾额，直达大厅，高高悬挂在正梁上面。满堂贵客一齐瞻仰，许多赞欢声搅作一片。张中将道："本人于教育事业，虽不曾细细研究起来，却也见解放这些话，落在女孩子耳朵里，比那炸弹爆乐要加一百倍厉害。好容易出了刘贞妇这般的节烈人物，倘不表扬一下子，这便算不得社会的先导了。"说时，手拈着乌菱髭须，隐隐以会先导自命。安校长汗液未干，气喘吁吁地插嘴道："张大人，你老见得很透辟，解放两个字，委实误人不浅。鄙人办学多年，严禁生徒们沾染这般习气，倘然她们主张解放，鄙人便立地把她们姓名开除，有此一番整顿，校风自然清淑，才培植了这般的贞妇。"贾夷齐在旁连连地摇头道："学校培植之功，怎及先朝作育之效，自从我世祖皇帝入关伊始，便以注重女教风天下，传至今日，尚有刘贞妇其人替先朝生色圣清涵濡之泽，经二百六十余年之久，其所感人者深矣。"方便园打着头圈道："有了表扬贞妇的旗匾，便该有表扬贞节的诗歌。我方便园做了四十余年的诗人，到了今天才觅得一个传世的题目，贞妇的芳名、便园的诗名真是'不废江湖万古流'了。"吕文甫的雌鸡嗓子一时作痒，吟哦自己的警句道："孤心苦诣归空帐，软玉温香抱木牌。"曹墨亭也接着念道："自从盘古分天地，夫配阳兮妇配阴。"尚有两位女诗人方永絮和吴吟梅也在那里轻声吟咏，一个儿咏她的絮，一个儿吟她的梅，只可惜吕郭夫人不在场，没了几首香绝艳艳的佳章。

不表众人谈谈说说，单说来宾里面，却有两个少年，不和众人一般见解，一个儿暗暗地笑得嘴歪，一个儿愤愤地气得肚痛。笑的是谁？便是亚东第一钟情男子宋吟香。这几天内，他形影不离，专和翠娥做伴，吴中诗社里面久已断了他的踪迹，无怪吕郭夫人今天扑了一个空。小宾夫妇曾和女儿有约，只要翠娥肯到刘公馆抱牌做亲，什么事都尽她自由，所以吟香在家里停眠整宿，夫妇俩都装聋作哑，不去干涉。吟香又是个甜嘴蜜舌的人物，跟着翠娥向他老子娘讲话，总是爹呀妈呀地浑叫，夫妇俩初听时有些刺耳，日子长了，不觉得刺耳，倒觉得窝心。原来"窝心"二字是一句苏白，仿佛称心如愿的意思。娘子背地里拉着小宾说道："阿翠干的事，虽然是说嘴不响，偷来的锣鼓，一些儿声张不得，然而她的眼力倒也算得一等。她看上这个小白脸，实在是百中难得一，千中难得双。休说她快活，我见了也欢喜。况且这些私订终身的事，算不得什么不规矩，也是古来常有的事。没见识的人看在眼里，便当作笑话讲，知书识字的人把这事看得入情入理，一些儿没有诧异。你看古来的唱本书上，有才有德的千金小姐，谁不红鸾照命，在后花园里和小白脸私订终身，后来一样也做了状元妻子、宰相夫人，富贵荣华，一辈子享用不尽。况且我们的女婿已死了，阿翠嫁到刘家，不过担个虚名儿。阿翠嫁后，我们俩又没有子媳，屁股后面光达达，成日价在家里坐，你瞧着我，我瞧着你，怕不凄凉出病来。有这不出名的女婿，常常到家里走动，亲亲热热地叫几声爹、唤几声妈，遇寂寞时不寂寞，遇冷静时不冷静，这般快活，出了黄金也买不得，真应了苏州人的俗语，丈母看女婿，越看越有趣。"小宾听这一席话，嘴里诺诺答应，肚里倒起了疑惑，翠娥出嫁后，他便担了几分心事，身在燕子窠里吸烟，心里却勃勃地跳动，不晓得小白脸可曾在家里打转。这些都是后话，暂时按下。

单说翠娥出阁的一天，吟香还挨着翠娥，哝哝唧唧地讲话。小宾娘子见这光景，毕竟怀着鬼胎，似这般相亲相近，分拆不开，终不成花轿临门时，一乘轿儿抬着两个人去，抱牌做亲时，左手抱着死牌位，右手又抱着活牌位。当下便叮嘱吟香，暂时回避，遮掩众人耳目，将来的日子正长，也不争着一时半刻的相偎相傍。吟香听说，恍然梦醒，他想起今天方便园召集社友，准备收集诗稿，表扬翠娥的贞节。吟香的诗稿，数日前早已作就，并且曾和翠娥坐在一起，商量诗中的词藻，什么冰清玉洁、九烈三贞的字样，都是听着翠娥的主张，一一填砌在内。这几首表扬贞节的诗儿，是出于贞妇的指授，自然比众不同，格外贴切。现在小宾娘子嘱他回避，他便想起诗社开会的事，时间业已错过，来不及赶到诗社，不如径赴刘公馆里去献诗，所以赠旗赠匾的当儿，吟香也随着众人在那里瞻仰盛典。众人对于贞妇种种欢喜赞叹的情形，吟香见了，怎不发笑，暗想贞妇的起居行动，区区肚里有一篇小传，他们不是个中人，怎晓得其中的真相，随声附和，说些都是混账话，因此别转了头，用手帕掩住了嘴，只是咪咪地笑。

笑得嘴歪的业已表明，气得肚破的又是谁呢？原来这位少年姓华名国，表字人杰，华校长的侄儿，刘玉如的好友。这番从工科大学毕业回南，行装卸后，便到苏州谒见刘邦平，报告玉如蹈海的情形，怎样地意气颓丧，忽萌厌世，怎样地奋身跃海，捞觅无踪。报告时声情激昂，可歌可泣，但是邦平听了，歌却不歌，泣也不泣。华人杰又道："小侄本该早日南下，只为觅不到玉兄遗骸，因此在津门逗留了两星期。小侄和玉兄交好多年，又是同乡，又是同校，又是同时毕业，这番本约他同伴还乡，却不料途中出了这个岔子，丧我良伴，踽踽独行，真叫人千般地不快。"邦平听了，依旧漠然不动。人杰又道："小侄查点玉兄行李，检得一纸诀别书，才晓得他牺牲此身，另有一番说不出的苦楚。玉兄遗下的行李连同诀别书，特别赍送到府，留作纪念。"说时便把行李和诀别书一一交纳。邦平对于行李物件倒很注意，一桩桩、一件件，按照人杰开出的行李单细细点查，肚里暗自盘算，这副行李连同物件还值百十块钱，亏得人跳了海，行李物件却不会跳海，要是一股脑儿都淹没了，这便叫作人财两失咧。查点行李时查到一双纲篮，邦平便让刘福打开细看，恰有一件东西直刺邦平的眼帘，不看犹可，看时丹田怒气倏地升提到脑门，脑门怒气嗖地行破了青天。便从仆人手里套取这件东西，一口气跑到庭心，下死劲地向空中只一撩，东西脱手，恰似两只白鸽扑扑地破空飞去，没多片刻，又从空中直掼下来，掼得庭心石板都作怪音。那时仆人刘福猜不透主人心理，只是在旁呆看。人杰也觉莫名其妙，只道他神经病发，失了常度。邦平指挥刘福道："赶快把这东西向街坊丢掉了，我不要看，看了便生气。"人杰忍俊不禁，忙问老伯何事气恼，邦平吁吁地说道："华世兄，你想玉如该死不该死，他的心肠铁一般硬，明明要咒我死，才预备着这般的不祥的东西。我不会死，他却先死了，皇天的眼，咒人却咒了自己。"人杰听了，心里才明白，当下扑味一笑，便把学校惯例的话竭力向邦平分剖。邦平听了，只是摇头不信。列位，你道纲篮里有什么奇怪东西？原来平淡无奇，只是一双白帆布鞋儿。邦平素多忌讳，又和玉如犯了心病，欲加之罪，何患无辞，所以见了白帆布鞋，只道是玉如诅咒父母，不怀着好意。隔了一会子，怒气渐平，才把这纸诀别书望了一眼，紧皱着双眉道："不长进的孩子，这信封也不套红笺，工楷也不写，就把一张白纸歪歪斜斜胡乱写这么几行字算什么……"话没说完，早把诀别书说的话一一看在眼里，怒火里面又添了几块炭。说时迟，那时快，哧的几声，诀别书扯作粉碎，紫涨着面皮，一迭声的"该死、该死"。其实书信里面并没什么触怒的话，不过说："儿今长往矣，牺牲一生，促吾父改悔，多困金钱，徒为怨府，宜稍散之，以平环怒。柳氏表妹，儿未承认为妇，听彼嫁人，以断瓜葛。儿琪最后忠告。"寥寥数语，明明是一服清凉散，无奈邦平见了竟化作干柴烈火，不可向迩。人杰见这光景，只得起身告别。邦平就把他勉强留住，说道："华世兄，屈留一天，明日是小媳抱牌做亲的吉期，满城的官绅都要到这里表扬贞节，儿子不争气，亏得媳妇争气，似这般的盛举，千载难逢。你何妨宽住一宵，在这里增长些见识。"人杰本不愿留宿，但听得抱牌做亲四字，恰是见所未见、闻所未闻，起了一种好奇心，所以今天的赠旗赠匾，人杰也在旁参观。万不料二十世纪的新中国，尚有这般不可思议的怪现象，当那众人赞叹声中，人杰只是垂倒了头，暗自闷气。

话休絮聒。比及交子午刻，大门前一阵喧闹，新娘的彩头早到，炮声大作，鼓乐齐鸣。在这当儿做新郎的理该出堂行礼，但是新郎在哪里？早见一个妖妖娆娆的丫鬟抱着霁红色的花瓶，轻移慢步，走上氍毹。正是：

　　　欢联秦晋，界判幽明；稳瓶在抱，以代橐砧。

第四十八回

振木铎苦口警痴人
抱花瓶疑心生暗鬼

　　似这般单独结婚，有了新娘，没有新郎，分明唱一出独角戏。虽说牌位便是新郎，然而牌位又不生脚，怎便可以并立行礼？怎便可以相对鞠躬？为了这个缘故，世俗相沿的抱牌礼节就有一个救济方法，抱的不是牌位，而是一个花瓶，不须新娘亲抱，就用丫鬟代抱。那丫鬟抱着花瓶，便有了新郎的资格，一样可以步上氍毹，和新娘捉对儿立，行礼也无妨，鞠躬也不疑。邦平为着结婚礼节，也费过一番斟酌。邦平的意思，是要翠娥亲抱牌位，娘子的意思，是要丫鬟代抱花瓶，彼此商议不决，邦平便去就正于翰苑前辈贾老先生。贾夷齐道："抱牌做亲，非礼也。武王载木主以出征，古之夷齐，既然议其不仁，令媳抱着牌位以做亲，今之夷齐，当然让为非礼。为得已而思其次，抱牌不如抱瓶。瓶者平安之象也，令媳抱瓶，尊府从此平安矣。"邦平听说大喜，便定了这个计划。

　　然而到了临时，却又发生一层困难情形。原来习俗相传，凡是抱着花瓶乔扮新郎的人物，一上氍毹，便有鬼魂来附体，生人的业气被那鬼魂吸收，轻则连发三天的寒热，重则害一场大病，一年半载不得起床。刘公馆里的婢女，拢总也有五六人，都是抱着这个迷信，谁肯以身尝试，好端端去触什么霉头。经那柳氏娘子唇焦舌敝，百般拉拢，又许了一双金钏做犒赏，重赏之下，必有勇夫，才见这春桃丫头肯向主妇告个奋勇。娘子请了赵仙人到来，行个镇压的方法，使那瓶里鬼魂永远不得出现。赵仙人打扮一新，干黄脸上遍搽花粉，额上一搭青皮肤隐隐从花粉里泛出。此番正遂了心愿，一来可索重酬，二来讨杯喜酒吃，三来借着镇压鬼魂，预备一种玩意儿，发泄她的胸头怨气。外面三声炮声，里面的赵仙人把自己的嘴凑着瓶嘴，喃喃讷讷，念了几句秘密神咒，再把大红绫子紧扎着瓶口，插上金花，粘上玉如的生辰八字，预备完后，授给春桃，叫她牢捧着这个稳瓶，不须害怕，这鬼魂儿经老娘压住，再也不会缠绕人身。但有一说，你抱瓶时，须得心地清净，打扫邪念，要不然这鬼魂儿便要在瓶里作怪。春桃嘴里答应，肚里好笑，这婆娘的弄鬼手段瞒得过别人，瞒不过我春桃。从前装神鬼活灵活现，都是我和她合伙儿干，哪里有什么鬼？都是假的。区区春桃也是装神装鬼的老作家，窗儿外摇动黑手，吓得老太太魂飞魄散，倒眨着眼睛，几乎死去活来。这些玩意儿都是我春桃干的，没有专会弄鬼的张天师真着了鬼迷。春桃一路盘算时，早已步到堂前，在红氍毹上，亭亭站立。堂上热烘烘地拥挤着许多女客，一条条的视线电掣般地向她面上射来。许多视线里面，唯有伍青岩的两道眼光格外厉害，他心里又妒又羡，恨不得自己所处的地位和春桃交换了，春桃坐我的板凳，我替春桃做新郎，真所谓青岩春桃，易地则皆善也啊。

　　闲话剪断。大吹大擂声中，一乘镂金错彩的大轿，前后八名轿夫，四平八稳地抬将进来在那书堂前面，轻轻停下。安校长带着两名学生把翠娥从轿中捧出。那时的翠娥，你要唤她一声翠妃，她的浑身上下，仿佛在妃色染缸里浸一个透，衫是妃色纱衫，裙是妃色纱裙，绣鞋是妃色缎鞋，头上幕着的珠罗纱巾也是一律妃色。虽在盛暑之中，新娘的十指春葱、一双玉腕，还笼着又长又薄的妃色手套，便是面上烘晕的脂粉，也成了个妃色脸蛋。翠娥件件桩桩都爱妃色，只可惜不作美的几点雀斑，不肯也化作了妃色。新娘出轿后，和春桃捉对儿做亲，一切不新不旧半阴半阳的礼节不待细表。行礼完毕，平江女学校里的赠旗队一对对地上场，向翠娥谨致颂词，翠娥鞠躬答礼。抱瓶的春桃也陪着答礼。说也稀奇，她不知着了什么鬼迷，手捧着瓶儿，只是瑟瑟缩缩地抖。赠旗完毕，接着便是同社诗友手捧着诗稿，向翠娥高声朗诵，一个下，一个上，就挨延了许多时刻。翠娥一一行鞠躬礼。吕文甫上场谈诗时，声调既然不佳，词句又是恶劣，翠娥听着，几乎嗓子里作呕，没奈何，也只得还个鞠躬礼，把文甫喜得什么似的。"永永念，没齿不忘。"宋吟香诵的几首词，一句句、一字字，直溜地溜入翠娥耳朵里，甜津津的一颗心，恰似浸在蜜饯罐子里一般。诵诗完毕，接着又是中将、旅长、县长、校长先后上场，各致颂词。就中单苦了这位安子虚女士，一经挤轧，又挤出了满背的汗汁，把这纱衫儿似用着糨糊裱在背皮上面，当着众人，又不好让小学生在旁打扇，真是说不出的熬糟。

　　胖校长下了场，大家都道来客颂词可以告个结束，谁料男客座里跑出了一位英俊爽朗的西装少年，向着新人浓浓地一鞠躬，抱着很诚挚的态度，提着很清澈的声调，当众演说道："华国新从北京回来，道经吴门，承邦平先生的厚意，留在这里参观盛典。但是华国个人的意见，对于这般盛典抱着绝大的疑惑，却不敢随声附和，唱那冰清玉砌的高调。今天的婚堂里面，赠旗也有，赠匾也有，赠诗也有，列位提介贞节的盛心煞是可敬。然而列位都是诵习孔孟学说的人，孔孟学说开口便说仁字，这个仁字，便是现在所讲的人道主义。试问妇人守节，和这人道主义毕竟行突不行突？便如方才这位白髯先生诗中说的，'一兴之齐兮终身不移'，这句话也是相传的经训，然而却解释错了。经上所说的齐字，含着男女平等的意思，终身不移一句话，是男女双方共守的信条，不是妇人一面独受的苛约。要是专许男子重娶，不许妇人再醮，便违反了这个齐字的真义，表面上提介妇人的节操，实际上降低妇人的人格。何况今天的结婚，却是未兴之齐也。要终身不移起来，为着一个虚名儿，竟把终身幸福全部牺牲，便算出于女子的自愿，做家长的也要明明白白，向她竭力地开导。何况未嫁守贞，多半出于矫揉造作，不是受着环境的压迫，定是存着特别的觊觎，今天举行的婚礼料想也逃不脱这个惯例。华国虽是贺客一分子，然而这般婚礼怎说是可贺？简直是可悲可叹！婚堂里面塞满了许多愁惨的空气，好好一个活泼女青年，给那破烂不全的经训、残酷不仁的习惯牢牢束缚，一些儿动弹不得，可悲又可叹！"说罢，长长地叹了一口气，转身便走。

这一席话，分明在兴高采烈里面浇一勺冷水，轻歌曼舞中间筛几下乱锣。众人听了，论理也该恼怒，然而恼怒的虽然很多，欢迎的却不少，但听得噼啪噼啪，从三十二名赠旗队里飞出六十四只手掌声音。原来这辈学生虽然拥着表彰贞妇的旗帜，然而纯是却不过校长的情面，论她们的心理，个个爱活泼、爱自由，对于翠娥的抱牌做亲本不赞成，所以听了华国的演说，便努力鼓了一会儿掌。不但众学生听得起劲，便是站在红氍毹上的刘贞妇，听这演说，也觉句句入耳、语语惬心，一时忍俊不禁，便在珠罗纱的幕面巾里偷抬俏目，向华国瞟了几眼。一见之下，腔子里的一颗心，勃勃地跳个不止。翠娥自思，似这般的漂亮少年，合该有这般的漂亮演说，他的态度、他的面貌，休说寻常人比不上，只怕和她的吟香，也只好拜倒下风。心里这般想着，便觉手腕痒痒的，待要随着众人噼啪噼啪地鼓一会儿掌，又恨身在红氍毹上，受着无形的束缚，两条手腕却不便自由活动。在这当儿，翠娥活动不得，旁边捧瓶的春桃却又全部肌肉都在那里零碎活动。

话休枝节。单说众人听了这一席话，直把邦平的面皮涨得猪血一样红，便园的胡须吹得絮花一般飞，吕文甫提起雌鸡嗓子连唤："岂有此理！"贾太史浩然长叹道："是何言钦，是何言钦！"张中将拍着县长的肩道："演说的少年委实荒唐，敢怕是个过激党，老哥倒要防范一下子。"县长答道："不错不错，我也是这般想。"邦平娘子不省得华国道出些什么，她见女学生都在那里鼓掌，料想说的定是很吉祥的颂词，便也提起手腕，准备拍几下人情掌。才拍得一下，早吃胖校长安子虚女士扯住了，说道："他在那里骂人，嫂嫂颠倒拍起掌来。"邦平娘子才红涨着面皮，放下手腕，不再鼓掌。

那时结婚礼节都已告毕，沿着俗例，便把全部细乐伴送新郎新妇同入洞房，里面的女客都一窝蜂地去瞧热闹，外面的男客早排座席。大众都想拉那演说的少年，和他大开谈判，但是华国早已不别而行，自回新村去了，众人东找西觅，哪里寻得出他的影形。再说新郎新妇，款步进房，那个乔扮新郎的春桃害着疟疾似的，一路走，一路发抖，二尺长的雾红花瓶一颠一簸，也随着她的身体活动，颤巍巍的两朵金花枝叶摩擦，瑟瑟械械地作音，恰似秋风里的树叶一般。那些迷信未破的女客，见这情形，怎不老大奇怪，又见春桃的面色如土，多半中了邪魔，便暗暗地替她捏把汗，好容易挨到新房门口，更抖得不成模样。在这当儿，只要把这稳瓶儿好好地抱上牙床，那便不会闹出什么乱子。偏偏事有凑巧，春桃才跨入洞房，蓦地里唤声啊呀，向后便倒，连人带瓶一齐扑翻在地，崩的一声，瓶随声破，早把稳瓶儿跌作两块。说时迟，那时快，早见一件黑乎乎的东西托地跳将起来，才一眨眼，便向女客的裙幅下乱窜。不见时，万事全休，一见时，异口同声，都嚷着"有鬼、有鬼"，立时躲的躲、逃的逃，乱七八糟，只是夺路奔跑。这时的新娘柳翠娥可也不受新娘物束缚，嗖地扯去幕面巾，自由活动，拼命奔逃。一辈细吹细打的乐工却也不禁恐吓，抛去喇叭，撇去笛子，手捧着脑袋，混在女客队里狂奔乱闯。别人恐慌不打紧，谁料这位豹头环眼的中将夫人，那位虎背狼腰的旅长太太，外表看来，却是威风凛凛，相貌堂堂，其实她们的胆比着鼠子还小，女客队里，唯有她们俩跑得最快。张夫人被这妃色罗巾绊跌一跤，庞太太吃那丢下的喇叭滑倒在地，她们俩跌得快，跑得更快，眨眼时，早已跑在众女客的前面。想见中将和旅长都已研究过"跑跌扒"三字秘诀，所以夫唱妇随，亦趋亦步，不会辱没了武人的门风。若说瓶里出现的究竟是个什么东西，唯有赵仙人肚里明白。家人慌作一团，她却不慌不忙，慢慢地摆动一双斗鸡脚，躲在没人处捂着嘴巴，一个儿暗暗好笑。家人惊魂略定，你问着我，我问着你，究竟瞧见了什么鬼怪，却都各说各话，没有一个瞧得真切。有的说，敢怕是一条壁虎。有的说，仿佛是一只黄狼。有的说，只觉得一圈黑气，向我裙幅下滚。有的说，只觉得毛茸茸的东西擦着我的脚跟。揣测的口吻种种不同，然而认定是刘玉如的鬼魂在瓶里出现，却是众口一词、众人一致。

在那众人揣测的当儿，编书的却先把这个哑谜儿揭破。原来阿巧娘和春桃两个，平日联络一气狼狈为奸，再要亲热也没有。自从青岩和春桃勾搭上了，熟一边，荒一边，阿巧娘家里，青岩不肯轻易去走动，便去走动，也不过打个转儿，说不到三言两语，便扑着袖子，一挥一洒地出门。阿巧娘是个精灵鬼怪的人物，见这情形，怎不疑惑。她想我这里的椅子和从前没两样，从前的椅子不曾抹上黏胶，今天的椅子也不曾生着刺撬。怎么从前的老青，坐上椅子，屁股粘得牢牢的，拖他走也不走；今天的老青，才坐上椅子，转身便跑，生怕刺痛他的皮肉一般？阿巧娘遇见王嬷嬷，也曾把老青的近状细细盘问，王嬷嬷瘪着嘴干笑，只不肯直说。后来几杯黄汤、一块四喜肉把那婆子的牙钳挑动，什么话都留不住，一五一十，背书般地背了出来，从此以后，阿巧娘把春桃恨得咬牙切齿，握拳透爪。阿巧娘开的多夫公司，原不争老青一个股东，便被春桃剪了边，也没妨碍，然而老青和春桃勾搭上了，红纸包里的东西便不曾落到阿巧娘手中，阿巧娘心里怎不恼恨？春桃剪我的人去，我不恨，剪我的钱去，便似剪我的心肝一般，不由我不恼。阿巧娘既这般存心，便想把春桃摆弄一番，只恨没有相当的机会。恰逢翠娥抱牌做亲，春桃充当捧瓶的职役，阿巧娘得了这个消息，便触动她的报复念头，想在瓶里弄些玩意儿，把春桃吓个半死，只是想不出这东西。不料事有凑巧，听得床脚下一阵吱吱地叫，她便俯倒身躯，细细地向床下一瞧，不禁一朵心花瓣瓣开放。正是踏破铁鞋无觅处，得来全不费工夫，原来床下踏笼里面，踏着一只又壮又胖的老鼠，这时房里无人，便是阿巧也不在左右，人不知，鬼不觉，把那老鼠捉住，用着细密功夫，抽根纱线儿，四足攒蹄地缚一个紧，又用手帕裹了，藏在怀里，专备临时应用。恰好彩兴临门的当儿，邦平娘子唤她去镇压鬼魂，乘众人不注意，便把这劳什子纳入瓶里，却又胡诌着秘密咒儿，用红绸紧扎着瓶口，瞒过众人的耳目。春桃初抱瓶儿时，还不觉得里面有东西，比及踏上氍毹，却听得瓶里吱吱地鬼叫，吓得毛发直竖，又不好撇着瓶儿便跑。偏偏结婚的时间又很长久，老鼠在瓶里，早把攒蹄的纱线一一咬断，东奔西窜，自由活动，任凭春桃胆大，再也担当不起。全部细乐，送入洞房，乐工们细吹细打，老鼠在瓶里却是大纵大跳，吓得春桃魂飞魄散，才闹出这般的怪剧。

话既表明，再说这许多女宾惊魂略定，伸伸缩缩地回到新房，探听一个确实消息。这时的春桃，早经人扛抬上床，延医疗治。翠娥捧抱着婆婆，嘤嘤啜泣，破瓶滚在地上，尚没收拾。邦平瞧着瓶儿，跺脚叹气，连唤"可惜、可惜"。谁料一波未平，一波又起，王嬷嬷赶来报告道，床上卧的老太太，叫她不应，唤她不理，推她不动，多半是没了气了。正是：

　　瓶之破兮，唯家之索；牛鬼蛇神，一时俱作。

第四十九回

薛家园壶瓶开大会
妙严墓香火结仙缘

　　自古道，福无双至，祸不单行。花园锦簇的刘公馆，只为打破了稳瓶，闹得天翻地覆，落花流水。邦平夫妇听着王嬷嬷的禀报，觉得事有诧异，赶向老母房里探听病人的动静，揭开帐幔看时，早已直僵僵躺着不动，向那来的路上去了。邦平埋怨着王嬷嬷道："老太太的病势怎会变得这么快？你也不早来说一声。"王嬷嬷道："老太太的病势本不凶险，自从薛家园里闹起什么仙水，老太太巴不得水到病除，吩咐我备着香烛元宝，到妙严娘娘坟上去求仙水。求了满满的一壶、拍拍的一瓶，恭恭敬敬捧到家里。老太太也不问冷的热的、清的浑的，咕嘟嘟喝了一瓶又是一壶。谁料睡到下半夜，必列列地泻个不止，慌得我和小丫头两个把老太太捧上捧下，半夜工夫，约莫泻了三五十次，泻到今天清晨，早已有气无声，动弹不得。我也曾向太太那边报信，太太说今天大好日，满堂都是宾客，你别把这没趣事禀告老爷，待过了吉时再讲。太太这么说，我怎敢到老爷那边来禀报？"邦平为着花瓶里闹出鬼怪，胸中正没好气，偏偏又是瓶儿壶儿里的仙水送了他娘的生命，眼见床头桌子上还搁着一把茶壶、一个玻璃空瓶，瓶里边留着余沥，又浑浊，又醍醐，和阴沟洞里的泥水一般，邦平恨恨道："这算什么仙水，简直是毒药，生生地把娘毒死了。"嘴里说时，准备拉着玻璃瓶向地上掼个粉碎，谁料胳膊尚没举起，斜刺里伸出一只手腕，忽地把玻璃瓶抢去，接着喃喃讷讷地骂道："你这人好没道理，顶着瓷盘不知重，放着鹅毛不知轻。从来药医不死病，佛度有缘人，婆婆大限难逃，和菩萨没有相干，要是婆婆昨天死了，只怕今天的吉礼便干不成。眼见得婆婆死在今天，都是妙严娘娘在暗地里保佑，饮了她的仙水，才多延了一天的命，挨到翠娥进了大门，老人家才咽气，孝幔里面添了一个守尸灵的孙媳妇，也挣得许多风光。这都是老人家平日吃素念佛，才

271

有这好报，论理也该备着香烛元宝，我们夫妇俩到薛家园去走一遭，在娘娘坟上烧香还愿。没的狗咬吕洞宾，不识好人心，咒天骂地，得罪这位妙严娘娘。"列位，从来妇人家的溺爱却有两种，不但是溺爱子女，并且是溺爱菩萨，任凭菩萨把人药死了，总说是病人大限难逃，和菩萨没相干，邦平娘子便是这般儿解。然而邦平听了，不由得点头拨脑，仿佛大梦初醒一般。那时许多吃喜酒的男女来宾，得了这个消息，老大扫兴，草草终了席，弄得不欢而散。喜筵散后，里面方才举起哀来，一切丧事排场，自有许多热闹，草草表过，不在话下。

且说苏州城里怎么闹出一位妙严娘娘？这妙严娘娘又是什么人？原来提起这事，却有一番小小因果。苏州城有一条巷，唤作因果巷，单论这条巷名，也经了几番沿革，在那苏州府志上参考，是叫作鹦哥巷，在那明人编的吴郡志上参考，又叫作乘鲤坊。乘鲤两个字，本含着神话的气味，列仙传上说的仙人乘着一尾大赤鲤，和诸弟子在水边相会，这便是乘鲤两个字的出处。但是乘鲤坊怎么变作了鹦哥巷，鹦哥怎么变作了音同字异的因果巷，无非以讹传讹，没有考证的价值。且说因果巷后面一片荒地，唤作薛家园，园里有个大土丘，苏州人唤它作妙严公主坟。这位妙严公主，名字不见史传，据吴郡志上说，梁武帝的公主下嫁苏州人孙驸马，公主出家后，便把故宅改建妙严尼寺，这个大土丘便是妙严寺的废址。然而孙驸马确有这个人，一部《梁书》里面，实在找不出什么妙严公主，唯有梁简文帝的长山公主名唤妙碧，和那妙严公主仿佛是个姊妹行，然而也是猜测之词，算不得实录信史，便算是实录信史，也是简文帝的公主，不是武帝的公主，可见吴郡志上说的话，全然不能当真。况且这个土丘上面，既没有华表，又没有碑碣，往来的行人熟视无睹，不曾惹起什么注意。数年以前，官厅为保存古迹起见，在那土丘前面建起一块三尺长的短碣，镌着妙严墓三个大字，然而往来行人也不晓得坟里的妙严是男是女，是古代人是近代人，依旧是熟视无睹，不曾惹起什么注意。土丘旁边有一个水池，水极混浊，年深月久，分明是微生虫的出产地，水池里也没有什么风景，每日早晨，只听得萧萧马鸣，更唱迭和。列位，这是编书的穿插的诨语。水池里面怎会跑出马来，不过每日早晨，左近的小家妇女团团围住这个水池，左手提着马桶，右手捏着竹筅，在池潭里洗一个畅，你也豁绰豁绰，我也豁绰豁绰，一阵马鸣声闹得怪响。苏州土白，把洗马桶的洗字读作萧字，所以说是萧萧马鸣，更唱迭和。似这般藏垢纳污的池潭，蓦地里交了好运，人家竟当作体泉甘露看待，恰应了"臭腐化为神奇"的一句古话。土丘上面，乱丛丛生些青草，牛羊践踏，肮脏得不成模样。万不料到了今朝，瓦片也有翻身日，一团茅草，人家竟当作灵芝仙草看待。若问人家怎会这般迷信，其中自有主动的人物暗地里散播谣言，行那诬世惑民的诡计。有的说，每夜月光之下，常见妙严公主从坟墓里出现。有的说，昨夜星梦里，公主特地来托梦，说已修成正果，上帝许她享受一方香火，她愿把坟上的仙草仙水救济四方病人。这般无稽之言，一传十，十传百，百传千，恰似蚂蚁报信般的，城乡内外把妙严娘娘四个字叫得怪响。一班奶奶社会里，听得这个消息，也不问是真是假，立时仰着嗓子，佛菩萨、活仙人一迭声地乱叫起来。若问主动的人物究竟是谁，编书的也没有调查清楚，大约都是三姑六婆在暗地里捣鬼。

鬼头鬼脑的阿巧娘，也算主动的一分子。她曾头插天赦牌，颈套黄布袋，手提菩提子念珠，随带女儿阿巧，手捧香烛元宝，亲到娘娘坟上磕头礼拜。阿巧娘拜罢，便唤女儿多磕几个头，保佑无灾无晦，一辈子不生病。阿巧撅着腰儿，不肯下跪，嘴里喃喃道：“活见什么鬼，又不是我亲爷亲娘，拜什么魂。”她娘道：“好孩子，你别浑话，娘娘听得要恼怒，快快下拜吧。”阿巧劈口答道：“不拜不拜，一百个不拜，怕她唤夜叉小鬼，勾了我的……”蓦听得砰的一声，阿巧向后便倒，手脚伸得直僵僵，倒插着眼珠，嘴里只吐着白沫。那时旁边烧香的也有一二十人，见这光景，一齐吓得战兢兢，热背上逼出冷汗。阿巧娘趴在地上，捣蒜也似的磕头，连唤：“娘娘息怒，小孩子不知轻重，胡言乱语。娘娘宽恩大量，宰相肚里好撑船，饶了这孩子一遭。”旁边的婆婆妈妈也跪倒了三五个，替阿巧娘说情。那时的阿巧，嘴里嘤的一声，手脚方才活动，揉揉眼，打个哈欠，一骨碌爬了起来。她娘又连碰了几个头，谢过娘娘的恩，才敢站起，然而头额上面早磕出了一个青肿块。直到刘姓结婚的一天，肿块虽平，额上一搭青皮肤兀自未消。自从娘娘坟上演了这一出鬼戏，落在婆婆妈妈的嘴里，添枝添叶，益发说得活灵活现。后来鬼戏越闹越多，谣言越传越广，不但奶奶社会里噪起活佛，便是丈夫社会里也闹着仙人，不但没受教育的崇拜公主，便是稍有常识的也敬礼娘娘。

列位，小童初入学校，国民教科书里便有破除迷信一句话，算得平淡无奇，人人都该知晓，无奈三岁孩童都晓得，八十公公行不得。那些不识字的愚民，迷信未破倒也罢了，最可怪的，明明知书识字，和普通社会的程度不同，唯有这个迷信观念却是根深蒂固，始终不曾打破。似这般的人物，却也分着三派，一是开通派，二是半开通派，三是顽固派。三派的迷信论调各各不同。开通派的论调道：崇拜鬼神算不得迷信，现世界的灵魂学和心灵学一日千里，非常发达，大有研究的价值。可见主张有鬼的不是迷信，主张无鬼的才是迷信咧。半开通派的论调道：破除迷信不过一句话罢了，其实鬼神之道，说它是有，又像没有，说它没有，又像是有，无论科学怎样发达，鬼神两个字，大概总参不透，宁可信其有，不可信其无。顽固派的论调道：破除迷信，委实是一句浑话，鬼神两个字，一定是有的，自古道，不信阴阳，但听雷响。社会上的论调既是这般，所以妙严公主显圣一句浑话，竟把一部分的苏州人说得疑信参半，不问贫的富的、男的女的、老的少的、丑的俏的，潮水般地涌到妙严墓上来，从大天明直到深更半夜，拔来报往，脚踪儿没有断绝，一片娘娘灵验的声浪，沸沸扬扬地宣讲起来。街头巷口，东也围着一个栲栳圈，西也围着一个栲栳圈，个个伸着脖子，扯着耳朵，听谈妙严娘娘的灵验史。"喂，朋友，娘娘坟上的草根树皮，比着白娘娘盗得的仙草还灵，张果老巷里的老张瘫痪三年，寸步不能行动，昨天把娘娘坟上的草根树皮浓浓地煎了一桶水，空通空通地洗了一个澡，立时手脚活动，和年轻时没两样……""这还不算奇，像那周哑子巷里的小周才算稀奇呢。小周从小便是个哑巴，生了二十多年，简直不曾说过一句话，昨天饮了娘娘坟上的仙水，嗓子里一阵痒痒的，吐出一块顽痰，立时讲起话来，伶牙俐舌，任凭什么人都说不过他……""你可晓得妙严娘娘和观音菩萨是同胞姊妹，一个是三公主，一个是四公主，三公主唤作妙庄，四公主唤作妙严……""我晓得的娘娘出身不是这么讲，薛家园的娘娘坟又唤作雪娘坟，这位雪娘，便是《一捧雪》剧本里的雪娘，生前贞烈，死后成了正果。听说这只一捧雪的温凉杯也沉没在这个池潭，倘有人掏取到手，委实是一件无价之宝。夏季里，热酒筛入杯里，转眼便变作冷酒，冬季里，冷酒筛入杯里，转眼便变作热酒，所以唤作温凉杯。"似这般的街谈巷议，说的不是一人，谈的不是一处，句句都是实在，编书的却不曾撒半句谎。笔尖上开着留声机，不过把当日的舆论披露一二。

再说妙严墓上一天一天地热闹起来，大家小户，有了病人，不用延医，不用服药，便向薛家园里去走动，顿使一班医生可以同盟罢工，一班药铺可以停止营业。但是相距没多时，医生家里，药铺门前，却又异常拥挤，比向日利市三倍。原来大家饮了这肮脏仙水，没病的变作有病，轻病的变作重病，到了这时，才晓得仙草仙水毫无仙气，没奈何，赶紧延医赎药，忙作一团。这些都是后话，表过不提。

一条因果巷，本来很是清净，却在这时，竟开了个壶瓶大会，鱼贯不绝的善男信女，不是拎着茶壶，定是提着洋瓶，气吁吁，急煎煎，不知忙些什么。比及取得仙草，汲得仙水，便把仙草塞在怀里，牢抱着茶壶，高捧着洋瓶，兴冲冲，喜洋洋，不知快活些什么。苏州城里面的失业朋友、瘪三码子，利用这个时机，一齐来赶香市。因果巷里的香烛摊约莫有二三十处，五步一个摊，十步一个摊，一班卖香烛的，望见过往行人，便托地跳将出来，高张着两手道："请了香烛去。"不但因果巷里这般热闹，其余通着薛家园的大街小巷，都被这香烛摊团团围住。妙严墓一块短碑，早已剔去苔藓，焕然一新，妙严墓三个大字，朱光灿然，重加渲染，碑碣上面披着大红绸缎，插着金花，好不庄严富丽。一个土丘，立时化作了人山，许多男男女女，一伙儿上，一伙儿下，乱哄哄地在那里钻动，恰似一个放大的馒头，攒聚着无数两脚苍蝇。大家爬上土丘，赶快搜寻草根树皮，挖的挖，掘的掘，手忙脚乱，闹作一团。这时的土丘上面，挖掘都尽，应了一句"寸草全无"的俗语。还有许多苦力帮着人家挖掘，搜得一二枯梗，卖给这辈善男信女，掏摸些钱钞，也算一种投机营业。这个土丘拢总没有一丈高，你也践，我也踏，你也掘，我也挖，不到四五天，早已矮了斗截，再闹几天，怕不蹓作了平地。旁边的池潭里，团团围住了许多人，空通空通的，你也舀一瓶，我也舀一壶，多年的洗马桶水巴巴地取回家中，充作饮料，鼻尖嗅了又嗅，说道："这水比众不同，带些檀香气味，真不愧是仙水。"似这般的轰动，竟一天一天地热闹起来。公馆里的太太、奶奶、小姐、姨太太，都到薛家园来走动。阿巧娘甜嘴蜜舌，专向绅宦人家的妇女百般笼络，劝她们出钱布施，替妙严娘娘建造庙宇。大家被她说动了，你也写缘簿，我也写缘簿，专待开工有日，便要付款，不但劝动了城乡居民，便是上海开来的火车，也有一部分搭客，花着川资，专为乞取仙水而来。还有四乡八镇的阿木林、阿土生，率领着家中的黄脸婆子、黄毛丫头，赶着二三十里的路程，前来乞取仙水。他们随带的壶儿瓶儿和城里人不同，城里人用的是瓷茶壶、玻璃瓶，乡下人用的无非是砂锅、瓦罐和那醋瓶、油瓶。更有贪心不足的，两个人合扛着大缸，到潭子里来取水，准备扛回乡间，零碎出买，倒也算得一本万利的好交易。后来越闹越厉害，妙严墓上的人声竟是通宵不绝，官厅见这情形，生怕影响治安，撰着白话的文告四处张贴，劝大众莫信谣言。然而往来烧香的，见这文告，便一齐别转了头，正眼都不瞧一瞧。商学两界的明白朋友，也曾当着大众指导他们的痴迷，谁料话没说完，一迭声的打打打，喊声震天价响，凭你一等辩才，也只好忍气吞声，赶快躲避。原来张老三领着一队小流氓，专在那里巡风，遇着反对烧香的，他便不问情由，首先喝打，大家怕他凶横，再也不敢多嘴。有几处地方团体开了紧急会议，都说池里的水不干，烧香的便不曾断绝，当下趁着大清早，架着多条水龙，吸取池里的水，向空场上乱射。谁料事有凑巧，池里的水尚没吸干，崩的一声，把皮带爆了一条裂缝，那时议论纷纷，都道是娘娘在暗地里发怒，才有这个警报，吓得水龙队里的人伸出了半个舌头，只落得有兴而来，没兴而去。

一天，阿巧娘坐在家里，正和张老三商议建造庙宇的计划，面前摊着缘簿，叫老三读给她听，什么张太太助洋三百元，庞太太助洋二百元，庞贵珍女士助洋一百元。正自读得起劲，冷不备门外闯进几名警察，取出一条黑索，把老三锁住咽喉，猴子般地牵向外面而去，直把阿巧娘吓个半死。正是：

　　　　欢笑声中，风波忽起；铁索锒铛，捉向官里。

第五十回

求福得祸误信观音
除旧布新改造空气

　　张老三被捉出门，阿巧娘呆了半晌，赶忙追出问时，哪里追得上，斗鸡脚斗到门前，向巷口东西张望，哪里有老三的影像。呆立了一会子，却听得巷口一阵脚步响，夹着七张八嘴的婆娘声音，举目看时，都是道中的姐妹，也有看香头的也有掉水碗的，也有捉牙虫的，也有替身关亡的。这伙婆娘都是慌慌张张，赶到阿巧娘面前报信道："不好不好，我们的天鹅肉吃不成了。"阿巧娘忙道："这怎么讲？"那替身关亡的王大嫂把白眼儿左一瞟、右一瞟，掀起嘴唇，咬牙切齿地说道："赵家嫂哇，说起这件正经，实在气哇气煞了人。不知哪个烂良心的、嚼舌根的，瞎三话四，造言生事，和那妙严娘娘做尽对头人，谎报官府，调齐兵马，雪白的刀枪，长大的汉子，把那薛家园围得密密层层。"阿巧娘忙道："人马围困薛家园做甚？"王大嫂打了一个哈欠，又使出关亡的声调道："赵家嫂嫂哇，提起这件事故经，实在怕哇怕煞了人。我不说，你不明，说了出来哇，只怕冷汗吓出两三身。薛家园里跑来许多天杀星，雪白刀枪耀眼睛，横行直撞赶闲人，将那烧香念佛婆婆妈妈拢总赶得干干净。跌的跌，奔的奔，搋霉头的王大嫂，被人踏破了一条纺绸百褶裙。赵家嫂嫂哇，烧香念佛不是犯法事，婆婆妈妈不是犯法人，当今官府痰迷了心，欺侮我辈善良人，欺侮我辈还可说，欺侮菩萨不应该。南无佛，南无僧，南无妙严观世音，莲台上面高高坐，一定不肯饶赦这辈黑心人……"

　　不表阿巧娘门口有这鬼鬼祟祟的婆娘讲话，单说苏州城里闹了七八天的妙严公主，闹得不成了模样，地方绅士为维持治安起见，要求官厅严行禁止，一面又拍电到南京军署，请饬下所司，实行保存古墓，解散愚民。官厅得了这个消息，即便雷厉风行，派出许多保安队骑巡队，全副武装，追风逐电般地径向妙严墓上驱散一班愚民。那些烧香的不禁恐吓，撒着壶，丢着瓶，怎敢逗留片刻，都向四下里躲避。薛家园里依旧清净寂寞，和从前没两样。轰动一时的观音菩萨从此威灵扫地，再没有人去坟前祈祷。万人空巷的壶瓶大会，变作了一场春梦。后来筑起一带围墙，把土丘和池潭一齐圈在里面，从此妙严墓上的池潭，人家不把马桶洗，也不当作仙水吃，无荣无辱，倒也不失水的本性。张果老巷里的瘫子老张、周哑子巷里的哑巴小周，依旧是瘫的瘫、哑的哑，仙草仙水，怎有丝毫仙气，倒是枉死城中，顿添了许多新鬼。刘公馆里的老太太便是新鬼队里的一分子。不但有直接受害的，也有间接受害的，薛家园左近，有一家不戒于火，里面六七个妇女惨遭烧毙。事后有人说起，遭难的里面倒有多数不是本地人，都因妙严墓上的仙迹四处传布，远地的妇女误信谣言，气吁吁地赶到苏州，向亲戚人家借住宿，准备明日起个大清早，掬着一片至诚心，到娘娘坟上烧香点烛，乞取仙水，谁料仙水尚没到口，火却早已临身，这便是间接受那仙水的毒害。然而无论直接受害，间接受害，都是散播谣言的罪恶，与其说是仙水杀人，不如说是谣言杀人。天下杀人的利器，端推谣言居第一。论理该把造谣的人重重地惩办几个，无奈没有凭据，官厅不便追究，唯有张老三领着流氓，在坟前耀武扬威，不是打架，定是角口，因此被人告发，捉将官里去，判定两个月拘役罪名。他是吃官司的惯家，短期的拘役打什么紧，一些儿不放在心上，唯有两个月没得铁弹丸弄，觉得手掌怪痒，没做消遣处。

刘邦平听着娘子的话，拣个大吉日，安排香烛元宝，夫妇俩想到娘娘坟上去还愿，后来听得坟墓已被圈禁，也只得罢了。娘子却喃喃地骂那官场道："怎么一做了官，良心都被狗子吃了去？休说虐待百姓，连那威灵显赫的观音菩萨都不放在眼里。"邦平笑道："怎见妙严娘娘便是观音菩萨？"娘子道："啊呀，你做了一世的看财童子，原来只认得财神菩萨，却不认得观音菩萨。你伸长了耳朵，待我把佛门故典传授你，也叫你长些见识。观音菩萨有四尊，配着东南西北四大海。住在南海的是南海观音，大家唤她做妙庄三公主；住在东海的是东海观音，大家唤她作妙严四公主。这些都是佛门故典，曾经赵仙人讲给我知晓，可笑当今的官员和你一般见识，睁开眼睛，竟不认得东海观音是什么样人。"

再说张老三被拘以后，他母亲张老娘吓得心胆都碎，似这般的好儿子，挨着苦去吃官司，叫她心里怎生抛撇得下，预备着一纸呈词，到衙门里去乞情，她愿拼着老命，代儿子去坐牢。休说两个月，便是四个月也不妨，但求把儿子早早释放。隔了几天，官厅严词驳斥，说的是："母代子罪，法律上不

278

曾规定,所请荒谬已极,着不准理。此批。"张老娘没奈何,只得左一把鼻涕,右一把眼泪,到罪犯习艺所里去送饭。老三见了娘,也没甚话说,今天索鱼羹明天索鸡汁,要是菜肴不周,便把老娘一顿臭骂。老娘撮着笑脸,连连赔话道:"好儿子,别动怒,今天将就一下子,明天办着好菜给你吃。"到了来朝,老娘买了生鱼肥鸡,吩咐两个媳妇做羹汤,预备前去送饭。两个媳妇满肚皮不高兴,免不得语中带刺,讥笑她袒护劣子。老娘对付媳妇,却是擷斤拨两,丝毫不肯迁就,半句话不中听,怒火冒得三千丈高,敲柜拍桌,闹得鸡犬不宁。以前还有同居林老娘从中劝解,现在林姓母女三个早已搬往他处,任凭天翻地覆,也没人来相劝。

若问林姓母女因甚搬出,编书的便要从慧姑搬家的那一天说起。话说慧姑依了张锦心的劝告,和母亲收拾家具,隔日搬往新村,她们的行期极守秘密,除却两林姊妹和沈莲芬、蒋飞霞几个同学外,其余的亲友人家,一概瞒起。依着慧姑的主见,本要把几个知己同学一齐拉到新村里居住,无奈飞霞已有了出阁的日期,当然不便移家,莲芬虽有迁居新村的志愿,叵耐她老子娘不表同情,都说住在苏州,又热闹,又繁华,谁愿意到乡村里去过活。住在乡村里,要一样,没一样,要吃点心,新村里怎有皱沙汤包、蟹粉烧卖?要吃茶果,新村里又不开着"稻香村"和"叶受和",住惯了苏州,无端搬向乡村去,恰似从三十三天跌下十八层地狱。况且新村里又有什么苛刻规约,不准吸烟,不准喝酒,不准赌博,似这般缚手缚脚,竟是活活地受罪。他们口口声声只说文明自由,定出的规约却是野蛮压制,还不如住在苏州,实行吾们的烟酒自由、赌博解放。莲芬没奈何,也只索做罢。善珍、善宝本不愿和张老三同居,早有迁地为良之意,只是为着经济迫压,活动不得。慧姑虽许她移家以后,一切日用由自己代为开销,不须她们丝毫顾虑,然而越是这么说,两林越不肯迁移,一家三口,怎好扯开了嘴靠人家养活,不如住在苏州,做那掉经生活,倒不失自立的气象。慧姑也素知姊妹俩的志气,自然不便勉强,临时握别,自有一种依依不舍的情态。两林回到家里,相距没多天,接到南京来的快信,是毓秀女校的格校长敦聘她姊妹俩充当小学助教。原来毓秀女校的校长,从前在苏州小学校里,也曾当过教员,和两林有师生关系,感情很好,所以此番聘请她们到南京。小学的俸给虽薄,然而至少各有二三十元的入款,也可养活老母。当下写了复信,承诺了这桩事。又不能把老母抛在苏州,决计奉了老母,同住南京。临动身时,房东老娘又妒又羡道:"啊咦,你们小姊妹俩也曾交着好运,真个冷钻里爆出了热栗。从前咕啰咕啰拼着深夜读书时，我听得很觉麻烦，却不料读了几年，一双姊妹都坐赚二三十块的雪白洋钱。我家两个儿子，也没有赚这许多，看不出你们的赚钱本领比男子还大，真个改变了世界，男子失风，女子当道，江北的河豚雌的大，应了这一句俗语。"姊妹俩听了，付之一笑，也不和她计较，奉着老母，搬出这个毒蛇窟穴，自向南京去担任教育事业，按下慢提。

张老三见林姓搬去，少了几个碍眼人物，愈加肆无忌惮，常常约着伍青岩到家里谈话，说那天吃了陆姓丫头的亏，偷鸡不着蚀把米，被弟兄们晓得了，怎不传作笑话讲，老青须得筹划一个报复的妙策。青岩道："那天干的事，都是你们疏忽了，才吃了这丫头的亏，要是我在旁边，便不问她真醉假醉，须把药瓶儿凑对她的口鼻，着实地浇灌几下，才肯歇手。现在事已弄糟了，说也徒然。唯有那天的使用，小江北、王麻子和那船户名下，拢总花了二三十块钱，便是你老三，也曾向我支过十多块钱。这四十多块钱，块块都有血腥气，全是我青岩的心血变化，好容易揩磨了两个月的板凳，抠心肝，挖肚肠，替人家认真教书，才有这四十多块钱到手。偷鸡不着蚀把米，休说你们不甘心，便是我也怎肯瘪气？陆姓这丫头，好歹终要给她一个辣手，不过她已搬家到无锡，如要施展手段，比从前更觉困难，只好居以俟命，待有了机会，再做计较。便是这丫头弄不到手，我另有一个生财之道，做出来时，多少总可掏摸几千块钱，少不得又要你们几位从中效力，一不做，二不休。不是我青岩昧了天理，干这没良心的勾当，须知良心两个字是孔方兄的七世冤家，为了孔方兄面上，便该把良心圈起，这是有诗为证的。《诗经》上说：'人之无良，我以为兄。'这个兄字，便是孔方兄之谓也啊……"老三懂不得青岩掉文，但是听说另有生财之道，便凑到青岩耳朵边，盘问根由。青岩不肯宣布，只说过了刘公馆的结婚日期，再做商议。比及婚期过了，正待和老三计议这桩事，偏偏老三又遭了官司，在习艺所里充当劳工，不得自由行动。青岩没奈何，只得把妙计暂存锦囊，专待老三罪满释放，再图实行这个勾当。

刘公馆里的春桃丫头，自从那天抱瓶受吓，一病不起，两三个月不得起床。春桃病倒不打紧，却累了青岩没精打采，懒向书馆里住宿，不时到阿巧娘家里去叙旧。阿巧娘暗暗欢喜，不是瓶里的鼠子作祟，老青怎会跑到这里来，可惜鼠子跑掉了，要不是，我便要烧几样菜，谢谢这位老鼠媒人。

编书的把上文许多头绪略略整理一下子，腾出笔墨，又要提起这位迁居新村的陆慧姑女士。慧姑道："母亲，我们住在苏州时，只有自己的屋子里面，满满的都是新空气，一出了屋子，任凭走到哪里，这空气没一处是洁净的。却不料搬到这里，处处的空气，都和我自己的屋子里一样，新村的新字，算得名副其实。可惜清洁的空气，只限于新村一隅，要是全国的空气都和新村一般清洁，我们的中国便有绝大的希望了。昔人说的澄清天下，无非把恶浊空气换作清洁的意思。我恨不得左挟一个抽气筒，右挟一个打气筒，跳上昆仑最高峰。先把左手的抽气筒，簌簌地抽一下子，那么恶浊的空气都吸去了；再把右手的打气筒，咕咕地打一下子，那么清洁的空气都放出了。我们改造社会，先从改造空气做起，倘把空气都改造了，这才算得是大改造家。"慧姑说时，伸着柳眉，鼓着粉腮，举起着手腕，一副热血奋涌的神气流露于不知不觉之中。说到大改造家，便捏着一个粉团般的拳儿，单把大拇指高高跷起。她娘朱氏笑说道："慧儿做什么？又要猜那一星高照拳儿了。你有多大本领，又不曾翻着筋斗云，怎能跳上昆仑最高峰？抽气筒有多大，打气筒有多长，你有多大神通，怎能把全国的空气，一边吸入，一边放出，通通都改换了？好孩子，你小小年纪，开出口来，总是一口吸尽五大洋，全不想想自己的能力干得干不得。你不记得那天华校长说，凡是志气太高的人，和没志气的程度相等。又说，开万朵理想的花儿，不如下一粒真实的种子。你想华校长这般才具、这般阅历，绞了许多脑汁，耗了许多金钱，也不过革新了一个村落。她还说是得了几个同志的帮助，通力合作，才有这般的成绩，要是单靠她一人，这新村便不能成立。你想办事这般万难，怎好轻易出言，唱那改良社会、改造空气的高调？"讲到这里，王妈走来说道："师母，面粉和鸡蛋都调匀了，请到厨下做糕去。"

原来新村里破除阶级，仆役对于主人，不过唤一声先生和师母，朱氏搬家后，便把原来名称实行革除，叫王妈改唤师母。王妈不肯，推说叫惯了太太，一时不便改口，况且我又不在这里读书，怎好师母师母地混叫，叫出来也羞人答答。似这般推三阻四，惹恼了旁边的慧姑，连连向王妈数说道："你这人真有了奴隶根性，人家尊重你人格，把你抬举起来，你颠倒向泥潭子里直钻地下去。叫人师母，你害羞，叫人太太，你倒不羞。你不叫，我偏要你叫。"王妈没奈何，只得含含糊糊地唤了一声师母。慧姑拍手道："好好，索性把从前的称呼一齐改造了。"便指着自己的鼻尖道，"你唤我时，唤我一声妹妹。"又指着聪生道，"你唤他时，唤他一声弟弟。"王妈道："这般称呼，怎不折了我的草料，那是万万不能依从。"朱氏也觉慧姑的主张未免矫枉过正，便道："称人小姐，并没分着贵贱阶级，你只依旧称呼，不须改变。唯有你唤聪儿作官官，这两个字觉得刺耳，似乎轻视了这个孩子，你以后别把官官相称，只唤一声宝宝。我们不是害着官迷的人家，听得官字，便惹动了我们的气。"王妈从此便一一改称了。慧姑笑说："这是解放兴改造的入手办法，解放了太太、官官，改造了师母、宝宝。"朱氏指着王妈的小脚，笑向慧姑道："你有本领，也把它解放改造起来。"慧姑毕竟有些孩子气，便强逼王妈抽去裹脚布，实行解放。王妈吓得倒退了几步，两只手摇个不休，忙说："使不得，使不得。"慧姑道："又脏又臭的裹脚布，恋它做甚，快快解放了。新字典里面，怎有使不得三个字？"王妈皱着眉头道："好小姐，好解放时，我不待小姐吩咐，早已解放了。这两条臭脚带，我吃了它一辈子的亏，巴不得立时撕去，抛在东洋大海，永远不和它会面。无奈我的一双脚是受惯了束缚，靠着两条臭脚带，还好胡乱跑几里路，扯去臭脚带，便一步也行不得。"慧姑叹了一口气道："这也难怪你，本来恶政府胜于无政府。"这些都是前话，补叙完毕。

且说朱氏听得王妈叫她去做糕，把壁钟望了一望："呀，三点一刻了，我们的茶点会是五点钟开始，相距没多时刻，我和王妈到厨下去做蛋糕，你在这里料理茗盏。聪儿这孩子在他姑母家里游玩，少顷和他姑母姊姊一起来，你见了他，叫他对了宾客一一鞠躬，休失了礼数。"慧姑含笑点头，朱氏和王妈自到厨房里去。慧姑取出十多套的白瓷杯碟，都是景德镇的出产品，坚固耐用，比那东方来的啊呀货强过十倍，当下一字儿排列案上，把湿毛巾一一揩过了，又把干毛巾细细地抹，真个是表里清澈，不留点尘。又把茉莉窨的雨前茶叶一份份安放杯里，指尖上有正确的天平，分派停匀，一些儿没有多少。再把福建出品的金漆茶盘揩抹干净，放在旁边应用。正在料理的当儿，却听得一阵步履声中夹着笑语。慧姑自语道："原来聪弟弟真个和锦姊姊一起来了。"正是：

空气既换，清光大来；纤尘不染，方寸灵台。

第五十一回

兴土木另辟桃源
试旗枪特开茶会

前几回书中，专把牛鬼蛇神的现象从笔尖儿描写出来，编书的这支笔几乎也沾染了妖气。列位，须知表露社会上的弱点，并不是编书的本意，编书的一支笔，也想拣择个模范社会供我挥洒，供我陶写。无奈削尖了笔头儿，钻头觅缝地在种种社会里泥出混进，再也觉不出一个模范社会，遂我这支笔的心愿。在这当儿，惹恼我的笔性，几乎怒发冲冠，实做那蔺相如第二。后来仔细一想，倒也心平气和，这不是社会不好，而在编书的笔运不好。社会好不好，编书的没有转移社会的能力；笔运好不好，编书的自有斡旋笔运的手段。趁着陆慧姑搬往新村，度那新空气里的生活，编书的一支笔也向新村里打个转儿，在那新空气里洗一个澡，解除解除那妖魔气息。闲话剪断。

这个新村究竟在哪里？原来无锡城外，有一半村半郭的所在，唤作缥缈乡虚无境。这处背山面水，风景很好，旷地也很多。城里有一位华帼雄女士，爱那地方清净，俗尘都飞不到，曾在这里建造一所消夏的别墅，每逢炎日当空、熏风扇暑的时候，常在这里度夏。后来受了种种的刺激，便彻底地觉悟道："许多同胞都在火坑里度日子，我独在别墅里享受清凉的滋味，秦肥越瘠，漠不关心，道理上怎讲得过去？"当下便发了一个决心，情愿牺牲全部财产，建筑一个模范的村落。这便是新村成立的起因。讲那帼英女士，籍隶无锡，现年四十有一岁。她父亲华宗海，信实经商，称有数十万资财，临殁时候，打破遗产传子不传女的习惯，却把所有财产分作两份，儿子少海、女儿帼雄，彼此各执一份，兄妹仰承遗训，彼此都无异言。少海娘子又是个明白道理的妇女，眼见一半财产落在小姑掌握，她却落落大方，一些儿不放在心上，转向丈夫说道："男儿不吃分家饭，靠遗产度日子，本是一桩可耻的事。你须轰轰烈烈挣些事业，莫失了男儿的身份。"少海虽然生长富家，却很有独立性质，不曾被那金银气息汩没了性灵。宗海死后，少海在商战场中，守着信实两字的先训，到处都占着胜利，除那遗产不计外，又积得数十万的财产。他单生一个儿子，取名一个国字，表德唤作人杰，从幼便英英露爽，矫矫不群。少海夫妇有了这个玉雪可爱的孩子，立志要教他得受完全教育，造就高尚人格，所以从小学校读书，直到大学毕业，竭力栽培，从不曾吝惜学费。人杰也努力向学，没有纨绔子弟习气。他在同学里面，和刘玉如最为莫逆，常说："做了富家子弟，居移气，养移体，受了环境的诱引，往往沉没在金银堆里，不能彻底觉悟。我和玉如两个，虽然生长在豪富人家，亏得性灵未泯，觉悟尚早，竟被世界潮流行破了沉沉睡梦。但是玉如的自觉力比我还高出十倍，我所处的是开通的家庭，玉如所处的是顽固的家庭，亏他不为环境诱引，从污里开出青莲花，皭然泥而不滓，这般自觉力，怎不叫人心折？"因此人杰和玉如订了个金兰之好，不愧异姓的骨肉，彼此志同道合，从小学校直到大学校，一向同班读书，直到毕业，彼此还考个联名。

若说帼雄女士，也曾在美国人办的教会学校受过十年教育，她见办学的美国女士往往守着独身主义，摆脱一切，绝无牵累，单把学校当作家庭，生徒当作儿女，云天万里，替异国人开通风气，不分轸域，不辞劳苦，实在令人起敬。虽说他们来华办学是为传教起见，然而信教与否，悉听生徒自由，信教的不必说，便是不曾信教，多少总得着些良好模范，所以帼雄女士暗自觉悟："这十年里的学校生活，简直把我的全部脑筋一齐都改造了。要是我躲在家里，懒去求学，单讲究些调脂弄粉、戴金插珠，胡乱做几年闺阁千金，将来出嫁了，也只昏昏沉沉，从少奶奶做起，直做到老太太，一辈子的光阴从此了结，几十年的行状只有穿衣吃饭四个字，可以包括无余。换一句话讲，竟是做了一辈子的活动衣架、有机饭桶，兀的不把天赋的本能一股脑儿都埋没了。"帼雄女士既这般着想，便向她哥嫂面前斩钉截铁般地宣言，愿守独身主义。少海夫妇都道："这是妹妹的自由权，妹妹既有了决心，我们做哥嫂的只有赞成，断无反对。况且堂上又都亡过了，我家人口也不多，妹妹出嫁，家里益加寂寞，你肯终身不嫁，这是再好也没有的事。"帼雄听了哥嫂的话，暗暗欢喜，从此以后，便好一心一意地替社会效力，免做那活动衣架、有机饭桶，和庸脂俗粉的女子一般埋没了。她在教会学校毕业时，年龄尚在三十左右，毕业以后，曾向各处学校充当过十年教员，热心教授，颇有卓卓的称誉。后来得了许多教育上的经验，便立志开办一所完善的学校，把自己避暑的别墅捐作校舍，又见四围空地很多，便吩咐侄儿人杰测绘村落的全图，克日兴工，建起周围三百余家的新村落。人杰本来肄业土木专科，对于建筑一门素有心得，那年又值暑假回家，一切建筑方法，绘图帖说，大大地用过一番脑力，所以这缥缈乡的新村告成，和寻常村落迥然不同。一带河堤重新修筑，堤上原有的垂杨垂地，浓荫映得河水都作碧色枝条，受风时一飘一扬，宛似许多舞女排列河干，翩翩然挥动翠袖，和水底的倩影对舞。新村离着河堤约在半里左右，河水中往来船只络绎不绝。船中人凭舫眺远，从那柳条罅里望将前去，白白的灰粉墙、整整的鱼鳞瓦、疏疏的麂眼篱、密密的虾须帘，新村全景，一一可以收入眼底。每逢傍晚的当儿，全村房屋都沐浴于斜阳光里，一带玻璃窗烘染得黄金一般，光线反射，自有特殊的色彩，衬以篱中的绿树、屋后的朱霞。船中人指点相告道："似这般的去处，休说住在里面的定是神仙中人，便是我们坐船的，沿这河岸经过，也似武陵渔人路入桃源，几不做民间想。"

列位，这三百余家的新村，面积虽不甚大，然而麻雀虽小，五脏俱全。有学校，有医院，有图书馆，有公园，有公共操场，有公共厨房，最近又就山麓平原，建筑一个面积十余亩的公墓，这些都是旧村所无而新村所有的。还有旧村所有而新村所无的，如茶坊、酒肆、赌场、烟窟、土地堂、猛将庙等类，新村里早订规约，永远不许发生。华女士建筑这个村落，曾经许多顽固人物种种阻挠、种种破坏，女士振起全副的精神，和那旧社会奋斗，好容易战胜磨难，才奠定了模范村落的基础，一切设施，力求扩充，便聘请了张锦心女士，相助为理。锦心和华女士既是同乡，又是累世的交好，锦心的祖父张啸歌在日，和女士的父亲华宗海在日，彼此莫逆，锦心的父亲张达夫和女士的哥哥华少海又是十分莫逆。有此种种渊源，所以女士把锦心聘请到来，做个得力的帮手。

这番陆慧姑奉母移家，又肯在学校里担任教务，华女士素慕慧姑的才德超众，怎不竭诚欢迎。他们移家来时，女士联合同志，曾在村中开一个欢迎大会。古语道得好，礼无不答。慧姑和母亲商量多次，才拣定了这天的下午开一个茶话会，柬邀女士一辈到家，答谢他们的盛意。客单上开列的人名原定八位，校长华女士、村长华师母、葛孝思医士、葛师母、张师母、张锦心女士、李人文先生、李师母。后来在名单上面又添列了两位宾客，一位是华人杰先生，一位是美国白爱丽女士。人杰从北京大学毕业回南径到苏州，在刘邦平家里住了一宵，昨天才从苏州返家卸装。白爱丽是苏州教会学校里的教师，和华女士很为投契，今天才从苏州到来，参观新村里的规模制度。慧姑得此消息，所以把两人的名字临时加入客单。

　　编书的把以上说话交代明白，接讲慧姑听得锦心和聪生的声音，慌忙出去招呼道："锦姊姊真个和聪弟弟同来了，姑母呢？"锦心笑道："今天公共厨房里的饭食轮到家母值监察，停一会子才能到这里来。妹妹你一切茶点可曾预备停妥？要是不曾，我便帮你料理。"说着，已携着聪生，走入里面。瞧见碗儿碟儿排列得齐齐整整，便道："妹妹都已布置了，也用不着我来帮忙。"慧姑笑答道："区区茶点，不费什么手续，又不办什么筵席。"锦心道："这便是住在新村的好处，盛筵请客，新村里没这个风气。"慧姑让着锦心上坐，锦心道："且慢，我尚不曾见过舅母，舅母在哪里？咦，这不是一阵玫瑰蛋糕的香味，舅母想在厨下做糕。聪弟弟，我和你到厨房中去。"慧姑笑道："锦姊姊，你不妨在这里略坐一会子，没的请来的客人只向厨房里跑。"锦心笑答道："你休和我拘这礼数，我是杜园客人，熟不拘礼的。"嘴里说着，脚踪儿已到了厨下。慧姑依旧在会客室里，细细地拭抹桌子，抹得桌面和镜面一般光洁，瓷盆里的素心兰、古铜瓶里的并蒂莲，一一都挹注了清水。却听得里面一阵笑声，夹着王妈的说话道："锦小姐，你是来做客人的，怎么也陪着我们做糕？真个是风水不溜，客人背牵了。"又听得锦心答道："只怕帮忙帮忙，越帮越忙咧。"慧姑肚里自思，似锦心这般表姊妹，便是同胞姊妹，也没有这般情分，她待我的好处不必说，她待我母亲，待我弟弟，都和自家骨肉一般。想到这里，又联想到刘玉如的身上，他从前待我的情分也和同胞兄妹一般，却不料变生意外，出了这个岔子，似他这般的学问、这般的胸襟，我虽料定他不会寻这短见，但是生死下落，至今尚没有确信。昨天人杰回来，母亲要向他打探消息，他又事忙不得会面，少顷人杰到来，我须问一个水落石出。

　　隔了一会子，壁钟当当地敲了五下，新村里的规矩，凡有订约，都能尊重时间，不误晷刻。钟声才停，早见这位和蔼可亲的华校长，和着一位三十多岁的西国女士，齐着脚步儿，一路谈笑，从门前走将进来。这个大门本是张陆两姓共同出入，门内一片草地，平铺着翡翠地衣，中间的甬道都用石子铺成，恰似一个丫字形。前斗条是总道，后斗条左右分叉，向左的直通张姓住宅，向右的直通陆姓住宅。那时斜阳光里，华校长和白爱丽女士都向右面的岔道进行，走不到三两步，早见慧姑抢步下阶，飞风也似的迎到前面，和华校长、白女士先后都握了手。白女士把两只碧眼儿向慧姑上下打量，暗思：我只道安琪儿专产西方，原来"欠倪司"里面也有这般美丽人物。慧姑见白女士浑身上下都是雪也似的装束，金黄发上压着一顶白帽儿，白帽顶上蠢着几片白鹅翎，衫裙一色白洋纱，蹑着白帆布鞋，皮肤又是雪白，在那斜阳光里，益发白得耀眼，真不愧唤作白女士。慧姑操着西语，连呼"密司歪哀脱"，请她里面坐。白女士操着生硬的中国话道："陆小姐，请你原谅，你不要叫我密司歪哀脱，你只叫我白小姐，恐怕白小姐的称呼比密司歪哀脱还好，恐怕西国人和中国人讲话，还是说中国土白的好。陆小姐，原谅原谅……"原来西人说中国语，恰似华人说西国语，语气之间，总不能十分酷肖。白女士在华多年，颇能和中国人直接讲话，只是发音的当儿异常迟缓，语尾拖带的余音，略似唱那赞美诗的声调，而且十句话里总有两三句用着"恐怕"两字，做那领句的名词，遇着谦逊时，便一味地说那原谅原谅。

　　闲文剪断。接说慧姑陪着华校长、白女士同进会客室时，朱氏和张锦心都在那里迎接，彼此让座。白女士脱下白帽儿，和华校长挨肩坐下。校长一一介绍道："这是陆师母，这是张小姐。"白女士含笑道："陆师母，张小姐，今天机会好，和两位会面，原谅原谅。"嘴里说着，碧眼儿只向锦心注射，心里一阵奇怪，便忍不住问道："啊！奇怪，奇怪，我的心里，恐怕有些不明白。张小姐和陆小姐，恐怕是一对好姊妹，怎么姊姊姓张，妹妹姓陆，倒要嘴跷嘴跷。"列位，这嘴跷两个字做什么解？原来白女士心里要说指教指教，嘴里只道得"嘴跷嘴跷"。华校长代为说明道："白小姐有所不知，她们俩虽不是同胞姊妹，却是中表姊妹，张小姐的母亲和陆小姐的父亲是同胞的哥哥妹妹，因为血统的关系，所以姊妹俩面貌很像。"这时慧姑托着金漆盘儿，酽酽地泡着几杯茗茶，一一送遍。白女士左右浏览，把室中看一个遍，肚里暗思：原来"欠倪司"的家庭，也有这般的干净整齐。在这当儿，早见葛医生夫妇、李先生夫妇一对对地前来。朱氏赶忙离座出室，欢迎他们到里面坐定，照例送茶，不待细表。葛医生和葛师母都是五旬左右年纪，李先生和李师母年纪都在二十四五上下，彼此正待攀谈，只听一阵革履声响，大家向外看时，早见一位二十左右西装少年，急匆匆地从外面走入。华校长道："人杰侄儿来了。"朱氏正待招呼，人杰已在室门外挂了草帽，放下司狄克，向朱氏鞠躬行礼，当下逊让入室。华校长便把侄儿的名字向几位不曾和人杰识面的介绍，又向人杰介绍道："这是陆师母、陆小姐、张小姐、白小姐。"人杰便一一上前握手。且住，这位陆慧姑女士和人杰初次识面，怎肯轻易与他握手？然而女孩儿避嫌，专为不正当的男子而设，现在人杰含笑上前，眉目之间含有一副正大光明的态度，慧姑何嫌何疑，有甚避忌，便也提起粉腕，和他行一个握手礼，仿佛行所无事一般。不比那天碰见色眉色眼的伍青岩，故意地迎面

287

撞来，手腕上吃这一碰，倒累她一双白绒手套从此搁着不用。人杰坐定后，才说了两三句话，锦心的母亲张师母也来赴会。

在座宾主十一人都已齐集，慧姑一一送茶完毕。王妈从厨下托出一只大方盘，盘中放着十余盆出笼蛋糕，切得又方又正，蒸得又匀又净，表面密蜡也似的黄，中间薄薄补着一层清水玫瑰，色比胭脂，渲染得格外娇艳，热气蓬蓬，化作篆烟四散。托进室中时，聪生随后也到，遍向在座宾客行了一个鞠躬礼，小手里执着一叠皮纸，依次敬授来宾，以便进点时遮衣之用。慧姑就王妈的盘里，把一盆一盆的蛋糕分授来宾，姊弟俩彬彬有礼，大众连连赞美。那时的王妈把面颊儿涨得猪血一般红，觉得进又不可，退又不可，这是什么讲究？原来白女士的一双眼儿盯住了王妈的裙下双翘，瞬都不肯一瞬，王妈幼年缠脚时，满拟缠就纤纤金莲，博大众喝一声彩，谁料天然脚风行以后，人造脚就此倒运，三百余家的新村落，再也觅不出一个缠脚妇女。这番白女士的眼光，专向王妈的小脚注射，王妈自觉不雅，又没个遮丑的法儿，只落得进退两难，涨红了脸儿不作声。比及盘内的蛋糕都已取去，方才倒提了空盘，遮蔽着两只小脚，一步一步地退将出去。

众人用点都毕，慧姑便向人杰询问道："华先生，那天玉如跳海的电报是先生在津门拍发，请问这跳海消息，究竟是确有其事，还是别有用意？"人杰向慧姑望了一眼，微微地吁了一口气，便有一番对答。正是：

泥马入江，银瓶落井；消息无凭，终朝引颈。

第五十二回

柴米生涯虚抛岁月
羹饭主义贻误儿孙

　　人杰见慧姑动问，便叹了一口气道："玉如跳海，事出意外，休说女士怀疑，便是我们同学诸人，对于这事，都算作一件很有研究的问题，谁肯贸然相信。此番玉如南归，本约定和我同行，到了津门，略做勾留。这天恰是旧历五月初五日，有几位同学约我们酒楼小饮，庆赏端阳。谁料玉如喝了几杯酒，满腹牢骚一齐勾起，席上谈论，态度消极，专说些悲观话儿。我们从旁劝解，玉如若有所悟，便也强自驱遣，谈笑如常。席散以后，玉如当夜不曾返寓，我虽十分诧异，还算他在友人家里歇宿，到了来朝，一定返寓。谁料来朝空等了半天，不见回来，约在傍午时分，邮差送来一信，拆开看时，却是两纸诀别书。一纸给我，寥寥数语，只说'与子别矣，借大海脱离羁绊，不得已也，夫何言'。一纸给他父亲，说话也不多，无非劝他改行为善，体恤贫民，并说柳氏亲事始终不曾承认，听彼改嫁，以绝瓜葛。我看了这信，乱了主意，一面拍电到苏州，报告凶信，一面雇着舢板，找寻他的遗骸。找寻了几天，不得下落。后来和几个同学研究玉如的生死问题，都说玉如跳海，未必是真。一来他从天津赶到大沽海口，多少也有百里之遥，怎能跬步便到？二来他这诀别书中的一个'借'字很可研究。借大海以觅死，是叫作借；借大海以隐遁，也是叫作借。我听了同学的话，如梦初醒，这两层意思本是容易想到，无奈我当时乱了方寸，轻易拍电到苏州，敢怕玉如的老父得了凶信，霎时间祸从天降，吓个半死。"朱氏接嘴道："华先生说什么咧，须知这位老仇，铁打肚肠钢打肺，得了凶信，笑都来不及，怎说是吓。"人杰点头道："这位刘先生果然异乎常情，我和他会面以后，才晓得他的顽固脑筋简直不可救药。"当下便把在苏州和邦平问答的话一一报告，讲到白帆布鞋抛向半空，算儿子不怀好意，生生地把老子咒死，大众听了，除却白女士，都是哈哈大笑。

白女士莫名其妙，便扭转了头，向华校长询问道："这位刘先生怎么不喜欢白帆布鞋儿？恐怕有些不明白。华小姐，谢谢你，嘴跷嘴跷。"华校长忍着笑，便把旧社会喜红忌白的话讲给她听。白女士把自己身上瞧了一瞧，便道："啊呀，危险危险，亏得我在苏州不曾和刘先生会面，要是会了面，恐怕他一定不喜欢我，因为我的姓是白，我的衣服帽鞋，没有一件不是白，恐怕他也要把我撂在空中，重重地掼一下子，掼出了满身的红血，恐怕他倒要喜欢我。"这几句话，又使得众人哈哈大笑。

笑声敛后，白女士又问及新村的风俗习惯。华校长道："不瞒白小姐，敝国的病根，全误在习惯两个字，只为几千余年的旧习惯根深蒂固，凭你如何奋斗，总打不破这个习惯观念。政体虽然改革，习惯却不曾改革，历年纷纷扰扰，把时局越闹越糟，全是习惯两个字在那里兴风鼓浪。鄙人告着奋勇，想和那几千余年的旧习惯决斗一场，然而自己究有多大能力，拈着绣花针去掘井，掘了一世也没用。敝国二千余年前有一位哲学家唤作老聃，他的救世方法，要从'小国寡民'入手，鄙人创办的三百余家新村落算得是小国寡民了，绣花针掘井，虽当没用，绣花针去挑那皮肤里的芒刺，不好说是没用。"白女士听到这里，连连拍着掌道："也斯恶来。"忽又想到和"欠倪司"讲话，怎么这般说，赶忙改变论调，操着生硬的苏白道："蛮对蛮对，一些也不错。"华校长又道："创办的当儿，鄙人曾有宣言，新村落和旧习惯势不两立。拘守旧习惯的，休来居住新村落，居住新村落的，须得破除旧习惯。起初这里的村民也不过十家五家，算不得什么村落，后来渐渐发达，直到现在，居然聚到三百多家。大小学校有三处，除却鄙人担任一校以外，这位李先生和李师母，便是其他两校的主任。还有医院一处，这位葛医生和葛师母，都是医院里的主任。鄙人才力薄弱，好在这几位帮手办事热心，不避劳苦，才奠定了新村的基础。"又指着华师母道，"这是我家的嫂嫂，村里一切的公共事业，全仗我嫂嫂主政。嫂嫂才大心细，办理得井井有条，三百余家的村民心悦诚服，全体一致，公举我嫂嫂做村长。"

白女士听说，便向华师母瞧了一眼道："华师母，你的本领好，我很欢喜你。你们三百余家的新村，怎么办得这般好，华师母，多谢你，嘴跷嘴跷。"华师母谦逊了一番，便把新村里举办的公园、工场、公墓、宣教堂、俱乐部、公共厨房，一件件、一桩桩，向着女士报告。女士道："请问华师母，这公共厨房共有几处，里面的办法怎么样？多谢你，细细嘴跷。"华师母道："这公共厨房共分四处，大约七十五家里面，便有一所公共厨房。我们要办这公共厨房，却有两层原因：只为旧家庭里的习惯，专把柴米油盐酱醋茶当作开门七件事，寻常人家的妇女，为了这七件事，成日价闹得手忙脚乱，丢下这样，便是那样，再没有空闲工夫研究自己应有的常识和那儿童应受的教育。现在我们要把纷乱的家庭一一都遵着秩序，不得不把柴米琐碎的时间节省出来，使妇女们都有余暇工夫干那别项重要事业，这是第一层原因。还有景况从容的人家，开门七件事一齐委托仆妇厨役们去料理，只懂得饭来开口、筷来伸手，然而这辈仆妇厨役大都没有卫生上的知识，烹调的东西偶失检点，往往容易致病。自古道病从口入，这是颠扑不破的格言。我们所办的公共厨房，一切都从清洁入手，厨房里执役的人都有卫生上的常识，尚恐偶有疏忽，又公举了几位督察员，轮流在厨房里面监督。自从有了公共厨房，新村里的医院往往十天也不见人来院里治病，可见却病良方全在改良庖厨，这是第二层原因。"白女士道："办法是很好，但有两个问题，恐怕我有些不明白。"华师母忙问何事，白女士道："吃饭的当儿，却有两个问题，不是七十五家的人都到厨房里会食，定是厨房里饭食分送给七十五家的人。照第一个办法，恐怕家里有了老人小儿，扶的扶，抱的抱，同去会食，是很困难的。照第二个办法，天暖时不打紧，恐怕大冷天气，把饭食送到家里，早已减了温度。华师母，你们总有救济的法儿，嘴跷嘴跷。"华师母道："白小姐虑得甚是，我们也料到有这两层困难，所以厨房里的制度，会食也可，送出也可。要是家中没有老弱，尽可前来会食，那边有宽敞的会食堂，不怕拥挤。要是不便会食，厨房里有多辆饭食车，车里安着小炉笼，便在大冷天气，也不会减了温度，按时出发，车上击着响铃，人家听得铃声，便自来盛饭取菜，也没有什么不便利。"白女士把头乱点，一迭声的"很好很好"，便向华校长道："华小姐，你们的新村，办得很好，我听了很欢喜，恐怕我们美国的乡村，也不过这般好。……华小姐，华师母，你们姑嫂俩为这新村，绞了许多脑汁，据我看来，恐怕这个新村，合该唤作姑嫂村。"校长笑道："这是通力合作的事业，我们怎敢掠为己有。"女士又向校长索取新村的章程，校长道："这却是一件难事，我们创办新村的当儿，也不过联络同志开过几次会议，议决便即实行，遇着障碍时重行会议，酌量修改，只有临时的议事录，却没有具体的章程。只为近来办事人的通病都在章程上用功夫，发表的章程都是条理井然，毫发无憾，按诸实事却又大谬不然。鄙人要矫正这个通病，便不顾在文字上面铺张扬厉，遇有前来索取章程的，鄙人便请他实地调查，不用在纸片上研究成绩。"说到这里，又指着锦心道，"这位张小姐的父亲，也会在湖北写信前来，向我们索取章程，据说他在那边也想办个模范村落，定要把我们的办法做个标准。鄙人接到这信，很费踌躇，待要请他来实地调查，相距又是很远，待要把办法告他，又没有具体的办法，没奈何，只得写了一封长篇信札，把我们所经过的摘要报告。然而纸片上说的话，挂一漏万，怎及实地调查的好。这番白小姐光临敝村，便请多住一天，逐处去细细调查，遇有什么不到之处，随时指导，也好使我们得些补益。"白女士谦逊了几句，便和华校长两个离座告辞。慧姑相送到大门外，握手而别。那时日晷正长，钟敲六下，夕阳尚不曾落山，两人走了一丈多路，慧姑兀自立在大门外，目送他们的背影，但见白女士雪也似的帽羽在夕阳光里颤动，熏风吹来，"嘴跷嘴跷"的声浪，隐隐送入耳朵。

刚及转身入内，却见他娘送着人杰从里面出来。朱氏道："慧儿，你去陪着里面的客，茶炉正沸，吩咐王妈换过一巡茶，我送华先生后，即便进来。"慧姑诺诺答应，便和人杰鞠躬作别。重入会客室里，那时王妈不待吩咐，早已换过了一巡茶。不到片刻，朱氏送过人杰，也归旧座。华村长道："陆师母，你太客气，人杰这孩子，和你自己子侄一般，由他自去，何消送到门外？"朱氏道："他第一次光临敝舍，怎好怠慢他。俗语道得好，一朝生，两朝熟，以后相见，便不必拘这客套了。"当下又讲了些闲话，渐渐讲到新旧家庭比较。葛师母道："旧家庭似乎复杂，却是简单，新家庭似乎简单，却是复杂。旧家庭里的事务，千头万绪，犹如乱丝，她们做主妇的，偏会腾出闲工夫，不是和人家打牌消遣，便是向邻舍搬是弄非。新家庭里的编制，家无废人，人无废事，一切无谓的习俗删除净尽，比着旧家庭简便了许多，然而我们也觉得目不暇给，自朝至晚，没有一刻暇晷。"葛医生握着一把长髯，笑说道："旧家庭的忙是消极的，新家庭的忙是积极的。消极的忙，忙在打牌消遣，搬是弄非。积极的忙，忙在家无废人，人无废事。"李人文点了几点头儿，便道："旧家庭忙，忙在分利，新家庭的忙，忙在生利。旧家庭的妇女，呼姨唤姊，打扮出门，不是到金铺里办首饰，定是到绸肆里剪衣料，要是住在繁华地方，成日成夜地听戏、逛游戏场，这些却是分利的忙。新家庭的妇女，抱着新知识和新希望，摒除浮会，习耐劳苦，推广女子的职业，维持女子的生计，这些都是生利的忙。"李师母笑说道："你这一席话，仍不出葛医生所说积极消极的范围。据我看来，旧家庭的妇女，忙的是一个舌，新家庭的妇女，忙的是一个脑。旧家庭里的谈话，无非张家怎么长，李家怎么短，二奶奶和三奶奶怎样面和心不和，三姊姊和四姊姊怎样背后戳壁脚，你的婆婆活佛般一尊，我的婆婆是阎罗王转世，你的媳妇千依百顺，搓也搓得长，捏也捏得扁，我的媳妇贪吃懒做，恰似算盘珠儿，拨一拨动一动。这般没关紧要的话当作日常功课干，白白地占胜利，不在舌尖上博便宜。"华师母赞道："李师母的见解，比李先生更透关一层。据我看来，旧家庭的忙，是对于鬼的，新家庭的忙，是对于人的。旧家庭里的习惯，抱着一个羹饭主义，看得羹饭两个字比什么事都重大，生下孩子，便欢天喜地地说这是我家的'图死'。因甚叫作图死？便是贪图死后风光，有人抱头送终，有人穿麻戴孝，有人春秋祭扫，有人逢时逢节做羹饭。脑筋里充满了羹饭观念，他们眼光里的子息也不叫作国民一分子，也不叫作中国主人翁，单单只见得'羹饭招牌'四个字。孩子在襁褓当儿，忙忙地替他对亲，十五六岁时，便忙忙地替他娶媳妇，生下孙儿，欢喜得什么似的，羹饭传了种，一碗羹饭化作两碗羹饭了。他们又牢抱着一种成见，以为做人的时少，做鬼的时多，做人的期限至多不过七八十年，做鬼的期限千秋万世，没有穷尽，所以在世的三顿茶饭不妨将就，死后的一碗羹饭却一些儿将就不得，宁做饿人，莫做饿鬼。人饿了不过几十年受苦，鬼饿了却有千万年受累。"说到这里，大家忍不住好笑。华师母又续说道："他们的羹饭观念既这般地根深蒂固，牢不可破，一年三百六十五日，什么国庆纪念、统一纪念，拢总不敌在心肝上，唯有逢着七八代祖先的生辰死忌，牢牢地记挂着。到了那天，香儿、烛儿、锭帛儿，一桩桩地预备，办着丰盛的酒肴排列齐整，领着子子孙孙多磕几个头，这便是做个榜样给儿孙看，以为我向祖宗进羹饭这般恭敬，将来你们向我进羹饭，也不可不这般恭敬。家庭越大，陈死人的生辰死忌越多。他们家里的妇女，尽着工夫念心经，折锭箔，办酒肴，已够了一辈子的忙，可惜都忙在鬼的身上，忙煞也没用。新家庭的妇女，对于这般无谓忙碌力求简省，逢着先人纪念，鲜花几簇、佳果几色，也可表示一种敬意，省下繁文缛节，腾出工夫，努力地教育子女，扶助社会，这便是忙在人的身上。"华师母这一席话，博得大家拍掌。朱氏道："上半截的说话，恰似舍亲刘邦平的家庭。他们家里终年忙忙碌碌，都是干这鬼戏，人道不走，鬼路直溜，总有人鬼结婚的怪剧出现。"张师母也想发些议论，他女儿锦心指着外面道："母亲，不见这轮红日转眼要落在地平线下？时候不早了，我们也该告辞，别贪着谈论，应了李师母一句话，独忙了一个舌头。"众人听着，彼此一笑，都向朱氏母女道谢作别，分道散归，不在话下。

过了一天，慧姑、锦心陪着白女士到各处参观，白女士挨家逐户，实地调查，果然三百余家都在文明空气里生活，男勤女俭，秩序井然，所有旧社会里种种弱点涤荡无余，赢得白女士赞不绝口，说道："我见了这般良好社会，几乎忘了这个村落是中国的村落。"当下又在宣教堂里开了一个演说会，白女士引了许多宗教家的格言，竭力向村民演讲，大众满意，点头称善。白女士在村里连住了三天，才还苏州，按下慢提。

　　一天，几净窗明，花香满室，慧姑独坐书房里，随手抽了一册《昭明文选》，揭开看时，恰是江文通的一篇《别赋》，起首两句，便说"黯然销魂者，唯别而已矣"。一转念间，想到父亲离家，瞬已数月，尚没有回来的消息，方寸里便黯然起来。又想到玉如表兄的存亡问题迄今尚难解决，生离死别，两不分明，方寸里益发黯然起来。便把书册转了，兀自呆想出神。冷不备有人在背后叫道："慧姑妹，我和你相聚没多时了。"慧姑听着，不觉愕然。正是：

　　　春水绿波，送君南浦；读之魂销，何况目睹。

第五十三回

路迢迢休谈别怨
欲逐逐未战邪心

　　好好的一双姊妹，同在新村里住，如胶似漆的感情，一辈子不愿分离，谁料锦心跑来，偏偏报告这别离消息。慧姑听了，一寸芳心不免叠起了许多皱浪，呆呆地注视了锦心一会子，才问道："锦姊这话怎么讲？"锦心不慌不忙，从怀里掏出一封快邮的家信，授给慧姑观看道："你看信中既这么说，我不免亲到湖北去走一趟。"慧姑不及答话，先把这封信从头至尾看一个明白。

　　乘她看信的当儿，编书的先把这件事报告一个明白。原来锦心的父亲张达夫在湖北办理平民工厂，开办至今，成绩卓著。这工厂的资本，都是城里一位富翁独力担任。富翁姓周号大赉，半世经商，积资巨万，年在五旬以外，尚没个子息。周夫人循着俗例，力劝丈夫纳个偏房，说道："纳了偏房，天可怜见生下一个孩子，也好绵延周氏的宗祧，否则万贯家财交给谁去掌管？你我都是半百以上的年纪，去日苦多，来日苦少，族里几个过房侄子，心是糊涂，眼光短小，觊觎我们的财产，都打干做我们的儿子，只怕将来骨肉未寒，为着财产问题，便要闹出一场恶斗。倘然有了一点亲嫡血，一来宗祧不绝，二来可以断绝人家的妄想。"大赉的宗旨和他夫人截然不同，他说："遗产制度，本是制造废物的大工厂，休说我们没有儿子，便是有了儿子，也要教他脱除依赖，打破这'父产子得'的恶习惯。至于纳妾一层，最是我生平深恶痛绝的事，我常劝人家不要纳妾，没的口不应心，自己先纳起妾来。"大赉立定了主见，便欲牺牲财产，替社会图谋幸福。他和达夫本是好友，先把达夫请来，办理平民工厂，比及有了成效，又从一厂化作两厂，仅达夫一人，其势不能兼顾，又把子才请来，办理这个分设的新厂。然而大赉的志愿尚不止此，他听得华女士办理的新村井井有条，不愧是村落的模范，不觉见猎心喜，也想在湖北开办一个模范村，曾托张达夫写信到华女士那边，乞取建筑新村的图样和那组织新村的章程。后来接到复信，单把图样寄来，却没有具体的章程。大赉想到组织新村，非有熟手不可，和张达夫商议定妥，要把他妻女请来，做那组织新村的主任。张达夫离家已久，本来思念家中妻女，况又是公益事业，论理也该赞成，公谊私情，两不可却，才写了这封快信，接取娘女俩到湖北，组织这第二新村。信中说话，异常恳切，无非说"服务社会，是国民应尽的天职，在理不当惮此一行，倘虑华女士左右陡然失了臂助，横竖慧姑偕女徙家新村，华女士不愁没有得力的帮手。此间新村业已开工建筑，预计两三个月内，定有一部分可以落成。见信以后，从速动身，不得有误"。

锦心得信，先去谒见校长，报告情由。校长那边，同时也得了张达夫的快信，不待锦心启齿，早已猜出了来意。校长道："锦心，令尊接你到湖北，组织第二新村，你便要推辞，也是义不容辞，我便要挽留，也是义不容留。新村愈多愈妙，我自恨魄力不大，拼着全副精神，只变换了三百余家的周围空气。幸有这位周大赉先生闻风兴起，仿照我们的办法，又有第二新村发现，将来风气大开，从第三、第四，直至无量数的新村，陆续举办，这便是大大的一桩快心之事。锦心，锦心，要是你为着别事离开我们的新村，无论如何，我总不放你走，唯有这番湖北之行，你既辞不得，我也留不得，不但不留你，还要赶着你走。"锦心听了，行志更加坚决，辞了校长，便带着原信，来向慧姑那边报告。

再说慧姑看过原信，微微地叹了一口气道："相逢没多日，又要别去，天下的事，真是缺陷多，圆满少。"锦心笑道："我说的缺陷和圆满，却和你的论调不同。天下的事，该从缺陷里求圆满，不该从圆满里求圆满。既已圆满，尚有何求？圆了再想圆，满了再想满，其势一定要闹出大大的缺陷。唯有从缺陷里找出的圆满，才是个真圆满。明了这层道理，暂时圆满何足喜，暂时缺陷又何足悲？"慧姑点头道："话虽如此，但是悲离怨别，人有同情。凭你旷达，终觉抛撇不下。送君南浦，伤如之何，怎说不是一桩缺陷事？"锦心大笑道："你说的南浦不南浦，这两句好似在哪一本书上见过，却记不起是何人所说，大约是旧文学里的一种通套话。吾常说中国的旧文学容易使人颓丧志气、贪图安逸，古来的文人学士都把别离两个字当作人世最惨的境遇，千篇一律，千口一吻，只说别离苦，不说别离乐，只说行道难，不说行道易。从前家父不曾出门时，常把什么《古唐诗合解》《唐诗三百首》，做我灯下的功课。我读到一首诗，说什么'天下伤心处，劳劳送客亭。春风知别苦，不遣柳条青'，几乎笑得合不拢嘴来。有合必有离，谁能一辈子住在家里，临歧握别，怎说是天下伤心的事。况且一个人离家远行，定有一番新发展，不替他快心，却替他伤心，怕不挫折了出门人的志气。自己伤心还不够，又把不相干的春风柳条编派作伤心的伴侣，为了有人远别，春风吹都不敢吹，柳条青都不敢青，凭空捣鬼，你想可笑不可笑？"慧姑道："照你这般讲，直把古业的诗人攻击得体无完肤。然而古人送别，也有不作颓丧语的，有如'海内存知己，天涯若比邻。无为在歧路，儿女共沾巾'，这四句却是十分洒脱，你读了也该首肯。"锦心道："前两句还说得过去，后两句我又老大不服气。怎见得做了儿女子，就非得要临歧淌泪，难道这副眼泪是儿女子的专利品？难道做了儿女子，便做了一副淌泪机器？我也是儿女子，从不曾轻易淌过泪，可见儿女沾巾一句话，没有充分的理由。"慧姑也笑道："锦姊姊，你不大作诗，你的评诗眼光却比什么人都厉害。你动身时，我本该作几首小诗赠行，被你这么一说，直把我的诗胆吓破，只得搁笔不作了。"锦心道："你有诗赠行，我正求之不得。但是我喜新体诗，不喜旧体诗，一切惊心动魄伤离别的论调都该扫除净尽。你只说风儿柳儿都喜欢我离家远行，却不许说风儿为了我，吹都不敢吹，柳儿为了我，青都不敢青。"慧姑拍掌道："新体诗不须作得，我只把你几句话点窜几个字，便是一首新体诗。我试念给你听：'风儿柳儿，都喜欢你离家远行。风儿为了你，吹都吹得紧，吹送你一程半程；柳儿为了你，青都青得深，青偏了长亭短亭。'你道这几句如何？"锦心也拍掌道："只这几句，便足壮我的行色，我真感谢你不尽。"

朱氏听得拍掌声，携着聪生从外面走进，见过了锦心，笑着说道："原来你们姊妹俩在这里讲话，我方才听得拍掌声，心里诧异，慧儿又不痴又不癫，没的一个人坐在书室里，噼啪噼啪地鼓起掌来。"锦心也笑道："一个人拍掌，本来不成问题，这叫作孤掌难鸣。"这句话又引逗了慧姑的笑声，瞧着锦心，眼睛都笑得花了。朱氏点头道："难怪你们这般快活，我替你们也快活。姊妹俩在一个学校里办事，一个乡村里居住，同出同入，同坐同起，怎说不快活。"锦心笑答道："我们的快活，却和舅母所说的成个反比例。我们因甚快活，快活的不在一个学校里办事，不在一个乡村里居住，异出异入，异坐异起。"朱氏听着，仰着脑袋，思索这话里机锋，却一句都不懂。慧姑道："母亲不用白费着心思，我来披露这个哑谜儿。"说时，便把锦心赴鄂的缘由一一说了，又把这封信也给她娘过了目。朱氏呆了半晌，大有依依惜别的模样。聪生听得锦心要动身，也想跟着同去。锦心道："好弟弟，你只在这里认真读书，把书读得好了，将来南天北地，什么地方去不得。"当下又说了些闲话，锦心为着拼挡行李，不便久留，辞了娘女俩，自回家里。

　　匆匆过了三天，恰是张锦心束装就道的日期。在这三天内，新村里的人家都纷纷向锦心母女设饯。村长设饯、校长设饯、同校教员设饯、学生家族设饯，把娘女俩忙个不了。直到临动身时，车站送别的人异常热闹，都缘锦心和新村人民感情很厚，况且一年来的办学成绩，大众信仰，有口皆碑，人家听得她要远行，都忽忽如有所失。这时恰是金风拂暑、玉露零秋的当儿，距着学校开课为日无多，锦心的职务都重托慧姑一人担任，所有家中的日用家具央托华校长代为存顿，行李简单，飘然上道。一声汽笛，众人都扬着白巾，珍重作别。车中娘女俩都探身窗外，向他们扬巾答礼。火车开行，车轮转动得缓，比及出了栅门，才风驰电掣般地过去。倘经旧文学家的点缀，不是说车儿里面满载着千斛万斛的离愁别怨，叫那大小车儿如何载得起；定是说这几个转动的轮儿都知着离人的意味，人也惜别，轮也惜别，人儿轮儿一样心境，所以发轫的当儿，转动得百般不快……

　　娘女俩一壁扬巾，一壁点头，渐渐不见了月台上的人影，彼此扭转身躯，准备坐下。张师母不觉得什么，锦心眼光一瞥，早有两个触目的东西和她打个照面，不由她不芳心生惊，赶快凑到娘的耳朵边说："我们别在这里坐，另找个妥当的所在，以便脱离障碍。"她娘猜不出锦心是什么用意，便提了革囊，和女儿移向后一节的三等车里，找觅座位。这节车并不拥挤，然而座位里却不见有空隙。锦心目光所注，见有两个中年妇女占着四五人的位置，一妇左放着一个青布包，右放着一只网篮，一妇横卧在座位上，伸头舒腿，扩充她的地盘。她娘赔着笑脸，和那横卧的妇人说道："嫂子，请你暂时起坐，让给我们两个座位。"这妇人本来张着眼，听得这般说，理都不理，索性把眼睛都闭了。锦心指着上面的承尘，向那妇人说道："你的东西该搁在上面，你不搬，我替你搬。"说时，便伸手去提那衣包。那妇人转觉不好意思，忙说："不消你费力，我自会搬。"当下便搬去东西，腾出了两个座位，娘女俩厮并着坐了。她娘才问着女儿道："你急张急智的，瞧见了什么东西，怎么那边不坐，却坐到这边来？"锦心正待回答，猛见前一节的车门口，有两个怪东西在那边窥望，便附耳告诉她娘道："这两个舒头探脑的都不是好东西，谁耐烦和他们一起坐，因此搬到这边来。"她娘举目看时，一个男子生得呆头呆脑，扯开了一张大嘴，两只色眼儿只在眼镜里面打转；一个男子盘弄着两枚铁弹丸，眼睛里透露凶光，也不是个善良人物，但都是素昧平生，不知道姓甚名谁。锦心道："这弄铁弹的，便是那天碰见的张老三。戴眼镜的，我不知道是谁，瞧他的模样，恰和慧妹讲及的伍青岩差不多，多半就是他。"

　　娘女俩讲话当儿，这个戴眼镜的怪东西正自满肚皮打算道："远远望去，俨然是个慧姑，与其望之俨然，不如即之也温，吾伍青岩何妨温她一温也啊。"肚里打算，脚步儿早已行动。沪宁路上的三等车，座位都用纵列式，中间留着尺许宽的空地，以通出入，便是鲫溜人物，尚且要侧着身体，螃行蟹步，才能往来无碍。何况这怪东西的身体本来累赘臃肿，不合程度，自在刘公馆里坐馆半年，享用了鲜鱼肥肉，把身体发酵了许多，现在也要插身在狭路里行走，摩腿擦膝，惹得一般搭客老大地厌恶。他打从女客身旁经过，脚步儿故意移得缓缓的，两只眼睛盯住在女客面部上，眨都不肯一眨，生怕一眨了眼，眼睛上的便宜便打了一个折扣。那些持重的女客别转了头不理他，也有泼辣的，便劈口骂道："你瞧我做甚？老娘不用你来相面。"他便涎脸答道："我正善观气色，惯会替人家相面咧。"一路打扯，渐渐地走近锦心的座位所在，色眼里面的邪光从探艳法宝里直射出来，行路更自不规则，一歪一扯，只向锦心那边挨将过来。锦心本来垂腿坐下，见他来意不妙，赶把身体侧坐，双腿提上座位，抱着膝，别转了头，只向窗外看风景。他走到身边，却又不走了，干咳几声嗽，想把锦心的面庞转将转来。在这当儿，火车上的小贩恰在他的背后，见他站定不走，便发话道："快走快走，人家提起了脚让你走，你怎么不走，这是往来出入的所在，谁容你钉住了脚跟？"说时，便把他一步一推，不由他不走。青岩走后，锦心才转身坐正了，放下双腿，理一理裙子。她娘道："方才这个人好不惹厌，走近人前，臭气直喷，亏得我掩住了嘴，要不然，隔夜饭都要呕将出来。我本意要买二等车票，座位也宽绰，搭客也整齐，偏是你要坐三等车……"话没说完，抬眼瞧见这个怪东西又从那边折将回来，探艳法宝里的邪光，射得益加厉害。锦心含着嗔怒，又将身躯转向这边侧坐了，依旧抱着膝，向窗外眺望风景。她娘也别转了头，预把手帕掩着嘴鼻。相隔没多时，青岩又螃行蟹步，一歪一扯地挨将过来，肚里盘算，这丫头很可恶，见了我只是别转了头，正眼都不瞧一瞧，我须想个法儿，赚转她的头颅，把她瞧一个清切，究竟是慧姑不是慧姑。比及走到锦心身边，青岩又钉住了脚，她的正面瞧不见，便从侧面瞧一个饱。但见漆也似的黑发，粉也似的耳朵，羊脂白玉也似的头颈，不是慧姑还有哪个。《诗经》上说"肤如凝脂，领如蝤蛴"，古之人岂欺我哉。青岩想到这两句诗，便吸引了许多唾液，一阵干咳嗽，合罕声中，早掉下了两条唾液。

　　说时迟，那时快，托地飞起一双手腕，载着两个指头儿，直向青岩的面上射来，接着一片叫骂声道："你这混账东西，走路不带眼睛，怎么稀臭的馋唾，掉到老娘嘴里呀，你休走，老娘给你一顿嘴巴子受用！"这一片叫骂声，当然不是锦心，却也不是她的母亲。原来方才横卧在座位上的妇人，仰着脸，扯着嘴，似睡非睡，正在得趣的当儿，冷不防一个水点子打在脸上。她只道窗外飘进的雨点，睁眼看时，早见第二个水点子又从青岩的口角掉将下来，待要躲过，早已不及，不偏不歪，恰恰打在嘴里。这妇人怎不恼怒，一手拭着脸，一手指着青岩的面皮，准备和他理论。青岩见势不妙，嘴里连称"对不起"，早已心里明白，准备退还自己坐的一节车里。这妇人怎肯干休，嗖地撑起身躯，待要三脚两步赶将过去，谁料喊声啊呀，一步都行不得。同车的见这情形，不觉哈哈大笑起来。正是：

　　　滥争座位，扩充地盘；顾此失彼，作如是观。

第五十四回

结鬼缘未雨绸缪
闻仙乐漫天谎话

这妇人啊呀一声，倒惹起了同车人的注意，但见她的脚上光穿着一双六寸模样的蓝色丝袜，卸下的莲瓣已化了一双凫鸟，不知飞往何处。大家忍不住哈哈大笑。这妇人生怕弄脏了这双丝袜，怎敢起立，紧皱着眉头，东也窥，西也望，再也瞧不见鞋儿的影形，便说："鞋儿不见了，怎么好？"有人笑问道："鞋儿穿在你脚上，怎会飞去？"妇人哭丧着答道："我方才卸去鞋儿，略睡一下子，这鞋儿明明卸在这里，怎么一转眼便不见了？可怜我寸步难行，列位替我搜寻一下子。"大家好笑道："你这人好没分晓，自己脚上的鞋儿，却叫人家来找寻。"妇人没奈何，顾不得人家耻笑，伶伶仃仃，在车厢里往来寻觅，跑了三五趟，好容易一双凫鸟被她寻觅到手。她只道有人使促狭，故意和她开玩笑，其实不然，她的鞋儿脱卸在出入要道，出入的人不知不觉地你一踢我一蹴，鞋儿便失了原有的位置，一只踢向东面十余步，一只蹴向西面八九步，都是她横卧的当儿贪占地，反而失却了立脚的位置。旁人都向她好笑，唯有张姓母女却暗暗地替她嗟叹。

不多一会子，汽笛呜呜，早到了苏州车站，伍青岩、张老三两个逢站下车，以为车中的女郎一定也在苏州下车，他们俩守候在栅门口，专俟女郎下车，以便尾追她的踪迹所在。约莫五分钟，轮儿转动，车儿又向东开行。青岩叹道："好好的一只天鹅，眼见又扑翅飞去了。"老三道："老青，你莫心急，且把这件事办妥了，再想方法摆布这个促狭女子，也不为迟。"便拉着青岩在那附近小茶楼里，商议他们秘密的勾当。车中的张氏母女自向上海下车，搭了长江轮船，径向上游而去，按下慢提。回转笔来，再把青岩、老三的近状约略补叙。

青岩在数月以前图谋慧姑，竟遭失败，冬烘脑袋里面存着一不做二不休的念头，但是觅不着一个好机会。一来慧姑已搬了家；二来刘公馆里喜事已毕，又接着丧事，青岩夹在内帮忙，绝少闲暇；三来张老三吃了官司，不满了一个月，不得恢复自由，须待他罪满释放，才能狼狈为奸，行使那阴谋毒计。他盼望了一个月，好容易盼到老三罪满的一天，便在阿巧娘家里办着酒肴，替老三压惊。老三受了一个月拘役罪名，身体转养得肥胖了，吃酒中间，便问青岩道："你从前说什么另有一个生财之道，做出来时，多少总可掏摸几千粒瓜子，要做快做，休得错过了机会。"青岩笑道："这件事，人多做不得，人少也做不得。我们今天的一席酒，一来你干燥了多时，须得大大地降一阵红花雨，浇灌浇灌你的喉咙；二来权把赵仙人的家里，当作我们三尺六的会场，前番的计划虽然落了空，今番的计划却是十拿九稳，无论如何，总逃不出我伍老夫子的掌握。将来开文差使时，你们须得服从我的命令，掏摸几千粒瓜子，宛比探囊取物，再也不会失败。事成以后，按照大小份摊派，管叫你们都有瓜子到嘴。"老三和阿巧娘听了，都是馋涎欲滴，恨不得立时立刻便把这事干将出来。过了几天，青岩和老三搭着火车，到常州一带地方联络几个帮里弟兄，以便约定日期，干这昧心行为。

　　两人勾当完毕，搭车还苏，道经无锡车站，恰和张锦心不期而遇。老三眼快，认得是那天赚上包车的陆慧姑，便咬着青岩的耳朵，轻轻地说了。青岩道："啊咦，有缘千里能相会，无缘对面不相逢。今日里有女同车，颜如舜华，真个是莫大之幸福也啊。"当下趁着锦心和众人扬巾作别的当儿，青岩拉着老三道："迁地为良，我和你乔迁到那边去。"说时，便从这边挨到那边，拣着锦心对面的座位挨着坐了。青岩肚里打算，以为少顷慧姑回转头来，恰和我面面相觑，我从前吃了她的大亏，枉花了四十多块钱，设下天罗地网，依然被她兔脱，今日里和她在一处坐，待我揩拭眼镜，把她看一个畅，自上而下，自下而上，多少总要看个三五十遍，从前所受的损失一股脑儿都要在眼皮上挽回权利。那时张老三眼光一瞥，瞧见月台上面，隐隐约约有一个慧姑在人丛里站立，心里老大地奇怪，怎么车站上一个慧姑，火车里又是慧姑？不曾听得慧姑有姊妹，便是姊妹，也没有这般相像。两个里面，定有一个是真慧姑，一个是假慧姑。那天被我们赚上包车的，究竟是真慧姑，还是假慧姑？是月台上的慧姑，还是火车里的慧姑？老三待把两个慧姑细细比较，回耐火车里的慧姑探首窗外，只见她的背影；月台上的慧姑，距离较远，难认她的面庞。在这当儿，火车早已开行，月台上的慧姑越离越远，瞧都瞧不见了，火车里的慧姑倏地掉转娇躯，回转面庞，却又不肯坐，径向后一节的车儿里走。这一走打什么紧，然而馋涎欲滴的老青望梅不能止渴，睁圆了两只怪眼，直恨得牙痒痒的，暗想:这丫头煞是刁恶，见了我的面，如何望望然去之，若将浼焉一般。我老青年纪虽大，也省得怜香惜玉，送抱推襟，作几首香艳诗，算得一等作家。我和你一起儿坐，也不辱没了你，怎么把我当作吃人的妖魔似的，当着千八百眼，难道好把你生吞活剥，一口气咽在肚里? 咳，千刁万恶的丫头，我为你花了许多钱，连这区区眼皮上的艳福，你都不许我占些便宜，慧姑慧姑，你这一颗心未免又狠又辣也啊。老三把方才瞧见两个慧姑的情形告诉青岩知晓。青岩哪里肯信，便向老三告个奋勇，挨到后一节的车儿，侦探慧姑的真相。谁料挨出挨进的当儿，不曾探得真相，颠倒受了一顿臭骂。亏得脚下明白，急匆匆地溜之乎也。倘不是溜之乎也，只怕绰而拍之，拍而绰之，眼皮上没占着便宜，面皮上先受着痛苦。老三瞧在眼里，暗暗好笑，比及见了青岩，说了许多挖苦话，嘲笑他的穷形贼相，失魂落魄，不在话下。

翠娥抱牌做亲，忽忽已满两月。抱牌抱位，原是一句空话，翠娥肯嫁到刘家，单独做亲，抱着的不是牌位，也不是花瓶，却是一种金钱主义。花瓶虽然破碎，一部分的财产权从此归她掌握，十分稳固，却不随花瓶一齐破碎。小宾夫妇向来纵容女儿，不敢拂逆她的意思，现在做了财主人家的媳妇，女儿的声势比从前更增十倍，夫妇俩提起女儿，无论人前人后，怎敢阿翠长阿翠短地混叫，只是顺着仆妇的口吻，姑奶奶长姑奶奶短，叫得连天价响。他们又履行翠娥临嫁时的邀约，每隔四五天，备着轿儿，接取女儿回家，和宋吟香在一块儿坐，谈论些斯文说话，讲究些文明礼数。翠娥每一次回家，在老子娘跟前，常有大掷的钞票、大捧的银钱随时津贴，然而小宾夫妇怎敢说是津贴，只说是姑奶奶的赏赐。小宾娘子偶向女儿说道:"姑奶奶，难得你一片好心，来家一次，叨扰你一次赏赐。姑奶奶，你是我们俩的财神菩萨，我们俩接你来家，分明接到一位财神。"翠娥向娘瞟了一眼，绷紧着面皮，连连地道那呸字，慌得小宾娘子呆瞧着女儿，恰似丈二和尚，一时摸不着头脑。翠娥发怒道:"娘，你真是戚子卿家里的小二，开口道不出好话。江湖上面的绑票行为，叫作接财神，你把我当作财神看待，不是颂扬我，竟是咒骂我。我是你的女儿，我给匪徒绑票，你有什么好处? 哼哼，你是我的娘，我不好说什么，你不是我的娘，这般的浑话，我便要骂一声狗屁。"小宾娘子撮着笑脸道:"姑奶奶，别和我客气，要骂尽骂，我枉活了一把年纪，说出话来七颠八倒，顶着磨盘不知重，放着鹅毛不知轻。姑奶奶，你别把我作亲娘看待，你便骂我几声狗屁，也好消来我的罪过。"这几句话，引得翠娥好笑，便放松了面皮。女儿的面皮一松，小宾娘子的心窝里，宛比掇去了一块石头似的，也是陡然一松。

若说刘公馆里，自从老太太死了，翠娥专在公婆面前卖弄本领，办理丧事的当儿，一切内场事务都由翠娥主持，果然井井有条，一丝不乱。公馆里的丫鬟仆妇，都受了她的金钱笼络，谁敢说她的不好，一片歌功颂德声，落在邦平夫妇耳朵里，心花怒放，十分满意。单有一个人，却把翠娥恨得咬牙切齿，专待有了机会，便要揭她的痛疮，剥她的面皮。这人是谁？便是卧病在床的春桃。她贪着一双金钏做犒赏，花瓶里鬼魂出现，几乎断送一条性命。邦平娘子见她病得可怜，想多给些犒赏，一双金钏以外，再加给十块钱的压惊费，却被翠娥一力阻挡说："那天很体面的结婚，都被这丫头弄坏了，她自不小心，一个筋斗跌碎了花瓶，哪里有什么鬼魂出现？何况抱牌做亲，替死者面上增光不少，玉如鬼魂有知，合该满怀欢喜，因甚要来吓人？"邦平娘子的耳根素软，听了翠娥的话，便也抱怨着春桃，休说压惊费不肯赏赐，连这一双金钏的酬劳也是无形消灭。春桃病卧在床，不知这事的原委，自有快嘴丫头，开口见喉咙，一一讲给她听，因此她把翠娥恨得牙痒痒的，专待病起以后，觅个机会，发泄这一口毒气。

时光忽忽，早已是七月将尽的天气。旧历七月，唤作鬼月，俗称丰都城里的饿鬼，一年一度，应时上市，混在人间鬼闹，向生人乞求布施。一般迷信未破的人家，营齐设奠，超度孤魂，点玉色莲灯，做水陆道场，放瑜伽焰口，纷纷扰扰，忙个不了。邦平娘子本来佞鬼成癖，凡是迷信举动，她都踊跃争先，从不曾步人后尘，做了几天道场，放了几夜焰口，她的兴致兀自不衰。比及七月三十的一天，九幽教主地藏王菩萨生日，苏州城盘门内的开元古刹，香天烛地，例有一番热闹。邦平娘子许下大愿，到了这天，亲赴寺院里脱纸裙，点肉身灯，三日以前，便已齐沐浴，不许邦平进房。翠娥曾受过几个月教育，对于这事尚抱些怀疑态度。邦平娘子道："好媳妇，你别疑疑惑惑，听我道来。为人在世，本是一场空梦，这一场空梦，梦得长，梦得短，迟早终有醒悟的时候。比及醒悟，人已化作鬼了。在那黄泉路上，多少总得经过四五百年，才能达转人身，可见做人的日子少，做鬼的日子多。趁着做人的当儿，预替做鬼的时候打算，这才是长线放着远鹞，将来黄泉路上，一辈子不会吃亏。你婆婆四十多岁，已做了大半世的人，再没有四十多年在世，苦海茫茫，回头是岸，所以打定主意，宁可结鬼缘，不肯结人缘，宁可救穷鬼，不愿救穷人。结了人缘，不过博得人爱几句奉承，值得什么？像我们这般富贵人家，还怕没人奉承，便不结人缘，也没妨碍。唯有这个鬼缘非同小可，将来黄泉路上，人地生疏，不靠着众鬼帮忙，靠着什么？救了穷人，穷人怎懂得好歹，一定贪心不足，惹他们搅扰不休。从来善门难开，一切施衣施米的善举，都不是我们富贵人家做的。我只打定'救鬼不救人'的主见，要我施衣施米，我便一毛不拔；要我施锭帛，施经尾，要多少，便多少，我是很慷慨的。"翠娥听说，便顺着婆婆的意旨道："毕竟老人家见多识广，深谋远虑，句句说话都是千真万确，永远颠扑不破。"

　　到了七月三十日，邦平娘子领着媳妇和金儿，三乘蓝呢轿，两名小丫头，径向开元寺里烧香。住持和尚得了消息，慌得三脚两步赶出山门，迎接这几位财主人家的眷属。邦平娘子一干人都下了轿，住持合着掌，眼观着鼻，鼻观着心，口称："敝寺有幸，贵人来踏贱地，不但小僧面上增光，连那佛菩萨面上，都装着几重金彩。"邦平娘子笑道："师父说甚客气话，我们赴寺拈香，也不消师父远接。"又回头向翠娥道："这位便是本寺的大愿和尚，是个有道行的长老，一等好根基，在蒲团上打坐，挨着两三个更次，动都不得动，摇都不一摇。"翠娥含笑点头。邦平娘子又指翠娥笑向大愿道："这便是我们家里新娶的大媳妇。"大愿抬着眼皮，向翠娥瞧了一眼，虽然瞧得一眼，眼锋所射，算得天字第一号的快镜，完完全全的一个翠娥，都被他摄在眼睛里面，永远不曾模糊。编书的穿插当儿，大愿的眼皮早已放下，依旧眼观着鼻，鼻观着心，喃喃说道："这位少奶奶非同小可，小僧也曾听得人家说起，少奶奶三贞九烈，抱着牌位做亲，轰轰烈烈，惊动了许多人。少奶奶做亲的一天，不是六月十八日吗？这天小僧在佛殿上拈香，陡见佛盒里的地藏王菩萨高抬着佛眼，向东北角瞧了一瞧，不一刻便放下眼皮，依旧低眉垂眼，和从前没两样。据着佛门里的典故，地藏王睁开慧眼，是百年难遇的事，他一睁眼，一定红尘世界出现了孝子顺孙、义夫烈妇，菩萨心里喜得不了，才肯高抬着一双慧眼。"

　　大愿一壁陪着走，一壁讲那佛门故典，不知不觉，已走进了大雄宝殿。邦平娘子一干人挨着次序，都参拜过菩萨。那时香烟缭绕，人气氤氲，四乡八镇城厢内外的善男信女，闹嚷嚷，忙碌碌，几乎塞满了这座开元古刹。俗语道得好，见了大佛答答拜，见了小佛踢一脚。和尚眼光里的佛，果然这般看待，和尚眼光里的施主，也是这般看待。大愿便把厢房里的小施主设法赶开，然后腾出座位，请刘太太、刘少奶奶、刘小少爷同到里面坐茶。大愿盼咐小沙弥，泡几碗上乘的碧螺春，安排精细果盘，款待施主。邦平娘子道："师父不须忙碌，我们赶快要听师父讲佛门典故，怎么讲了一半便不讲了？地藏王菩萨睁开了慧眼，以后便怎样？"大愿便在下首一张藤面方椅上坐定，又把眼皮一抬，向翠娥瞧了一眼，见她面有喜色，暗想这部"佛说拍马经"今番正用得着也，当下合着手，接续讲道："地藏王睁眼，定有一番讲究。他既睁着眼，看那东北角方面，一定东北角方面出现了非常人物。小僧拈香已毕，径出山门，踮着脚尖儿，向那东北角上一望，谁料不望犹可，一望时，两只眼睛，半晌不能睁开。"邦平娘子奇怪道："这是什么讲究？"翠娥笑道："多半是师父眼里扑进了什么沙泥点子，所以不能睁开。"大愿道："阿弥陀佛，哪里有什么沙泥点子，但见东北角上笼罩着一片祥云，光芒四射，逼得人睁眼不开，一条条的云脚直向下垂，五光十色，恰似挂着璎珞一般，还隐隐听得云端里面仙乐悠扬，良久不散。小僧心头明白，料想东北城的人家定有什么惊天动地的功德感动上苍，所以降下这般的瑞象。事后向人探听，才晓得施主府上有少奶奶抱牌做亲的喜事。真是无量功德，怪不得佛菩萨都要睁眼。"邦平娘子正听得出神，忽然厢房里跨进一双斗鸡脚，来了一个婆娘，开口便唤起刘太太来。正是：

僧侣拍马，婆娘斗鸡；习马不察，祸起招提。

第五十五回

探锦被背人求子息
点明灯当众报娘恩

　　原来阿巧娘在门外舒头探脑，把厢房里几个人都已瞧得清楚，心头暗暗欢喜，今天依着老青的计谋做将出来，包管十拿九稳，跳不出我的掌心。里面几个人听着大愿和尚讲佛门典故，正听得出神，却不觉得有人在门外窥探，比及斗鸡脚跨进厢房，婆媳俩赶快离座，把赵仙人叫得怪响。阿巧娘笑道："好太太，好奶奶，你们都是活佛般的人物，今天来踏着佛地，真叫作佛国有缘，佛法相因。"翠娥道："我们正听着大和尚讲佛门典故，你又是佛天佛地，满口子都说些佛。"阿巧娘笑道："我们都是靠着佛菩萨过日子的，不说佛说什么？这叫作随口一句波罗蜜，顺手一个萨摩诃。"邦平娘子道："赵仙人你莫非也来寺里烧香？"阿巧娘道："一来晓得太太奶奶在寺里做功德，理当侍候；二来今天佛菩萨生日，怀着一片至诚心，在佛菩萨面前多烧几炷香，多磕几个头，也好修修来生的福禄。"邦平娘子笑道："你已做了仙人，要修什么？"阿巧娘道："太太倒会取笑，休说我不是真仙，便是真仙，离着佛菩萨还有五百劫，怎说不要修？我愿敲破五百个木鱼，坐破五百个蒲团，到了来生，也修得似太太奶奶这般福分，我便一辈子欢喜不尽。"金儿坐得不耐烦，拉着他嫂嫂，要向四下里游玩。翠娥也是喜动不喜静的，便向婆婆道："我和金弟弟散步一会子便来。"邦平娘子打发一个小丫头陪去，阿巧娘忙献殷勤道："今天寺院里人多，挨来挤去，容易走散，横竖我闲着没事，便陪着少奶奶、小少爷同去，也好照顾一二。"邦平娘子道："有你赵仙人陪着同走，我更放心托胆，多少总有些照顾。小丫头也不用去，单是你们三个人往各处随喜随喜，我只在这里和当家和尚讲话，你们去去便来。"三个人都答应了，专拣热闹的所在随意游玩。

　　但见东向五间佛院一字儿地排列着，二十扇原红窗子尽行关闭，仿佛是个秘密所在，禁止闲杂人出入。翠娥肚里疑惑，偏偏要侦探里面的真相，却见第三扇原红窗子，窗纱上面有铜圆般大的一个破孔。翠娥取出丝巾，把窗子上的灰尘抹去，然后凑过头去，把一双眼睛贴在破孔上面，向着里面偷瞧。谁知不瞧犹可，一瞧时，这双眼睛粘着鳔胶似的，再也不肯离开这个破孔。但见居中安设着一张云床，挂着鱼肚白色的绉纱蚊帐，两旁烂银也似的帐钩把帐门高高吊起。床前踏板上，搁着一双深黄色的僧鞋，一床锦被重重地遮掩着，枕面上面有一个黄脸头陀，仰面而卧。在这当儿，云床侧首转出一位浓妆艳抹的少妇，扭扭捏捏地走到床前，向着卧床的头陀喃喃讷讷，不知说些什么话，蓦地里回转头来，东一瞧，西一望，慌慌张张，怀着什么鬼胎似的。她见四下无人，便把上半身探入帐门，一条粉也似的臂膊从被窝里横插进去。翠娥暗暗道着呸字，我柳翠娥的面皮算得铜包铁裹，也做不出这般的勾当。

翠娥瞧出了神，正待瞧一个饱，却被阿巧娘一把拖去，拖过几步，轻轻地附着耳朵说道："少奶奶，你瞧什么，这是瞧不得的。人家掩上窗帘子，避生人耳目，巴巴地来讨一个子息，被你瞧破了机关，断送了人家的子息，却是老大罪过。快别要在这里张张望望，我和你到别处去玩耍，"这几句话惹恼了翠娥，向着婆娘连道了几个呸字，恨恨地说道："你捣什么鬼，嚼什么蛆！人家的妇女，在这佛地上遮遮掩掩、鬼鬼祟祟，探手在贼秃睡的被窝里乱掏乱摸，你不说她一声罪过，没的我在窗眼里瞧了一瞧，倒是老大罪过。"婆娘听了，咯咯一笑道："少奶奶，你枉住在苏州，怎么苏州的故事你都不晓得？"忽又把头一点道，"这也难怪你，本来你生长在上海的，搬到苏州才半年，苏州故事，难怪你不晓得。"翠娥不耐烦，忙道："你有话快说，有屁快放，我不信贼秃的被窝里掏得出什么故事。"阿巧娘道："罪过罪过，你口口声声只说是贼秃，谁知锦被盖着的恰是一尊佛菩萨，非同小可，大家都叫他作困佛。从前有一位陈抟老祖，在仙山里打坐，一时困倦，偶在蒲团上打了瞌睡，比及一忽醒来，揉揉眼，伸伸腰，问红尘世界是什么年代，不多不少，恰恰经过了一千年。"翠娥点道："不错不错。陈抟一忽困千年，我曾在书本上见过。但不知和这尊菩萨有什么关系？"阿巧娘道："这尊菩萨便是陈抟老祖，须要懂得佛门典故，才明白他的来源，不懂得佛门典故的，只叫他作困佛。这尊困佛异常灵验，人家的太太奶奶们有了身孕，便怀着一片至诚心，避着生人耳目，悄悄地到开元寺里，在困佛的被窝里乱掏乱摸，摸男得男，摸女得女，再也没有错误。要是被人在暗地里窥破，那便不灵了。"翠娥道："我只不信，既然是一位陈抟老祖，凭你怎样掏摸，再也掏摸不出一个女来。"阿巧娘笑道："这叫作佛法无边，仙戏无穷。命里该生男的，摸着的是陈抟老祖；命里该生女的，摸着的便是陈抟老婆。少奶奶，你若不信，何妨……"说到这里，便又笑着道，"罪过罪过，我要伸手打自己的嘴巴，我说得起劲，几忘却了少奶奶是抱牌做亲的贞洁女子。幸而转变得快，把这将要出口的话一咕噜咽入肚里，要不是，只怕五支美女牌雪茄烟，一定要给我受用……"又俯着身体，笑向金儿道："小少爷，你将来娶亲以后，少奶奶有身孕，别忘却了开元寺的困佛。"

金儿听得惹厌，拖着婆娘专向热闹处走。翠娥听了这佛门典故，竟然勾起了一桩心事，暗想我也有一个重要问题，须得问问这尊困佛。便向阿巧娘道："你陪着金弟弟在佛殿上候我，别要走开，我落去了一件东西，须得自去寻觅。"说时，拽开脚步，皮鞋咯噔噔，径投这五间佛院而来。先在窗眼里张了一张，见方才的少妇已不在这里，又头向四下望了几望，也没有闲杂人往来走动，暗想这是绝好的机会，点破疑团，须得求求这尊困佛。肚里想时，早把窗子推开，一闪而入，随手掩上了，三脚两步跑到云床前面，跪在踏板上，磕头几下，嗫嗫讷讷，也不知祷告些什么。忽地立起身来，向云床上瞭了几眼，伸出玉腕，插入锦衾，心窝里扑扑几跳，不觉又惊又喜起来。这又惊又喜四个字尚属含混，实则三分是惊，七分是喜。当下离却困佛的所在，扯开纱窗，一闪而出，回头四望，却不曾被人瞧破，恰似哑巴拾着黄金，说不出的欢喜。究竟欢喜些什么，翠娥既不曾明言，编书的也不用赘述。

唯有这尊卧佛的历史，却是千载相传，来源已古。要说卧佛，先从开元古刹说起。原来这座古刹，虽然几阅沧桑，几经兴废，然而推本穷源，尚是三国时代的佛寺旧址。当时吴大帝孙权，受他乳母陈娘娘乳哺之恩，曾在赤乌初年，替陈娘娘盖造一座佛寺，赐名通元，算作报恩酬德。传到唐玄宗时，因为他的年号唤作开元，所以他把通元寺变易一个字，唤作开元寺，这便是命名开元的起点。开元寺供奉的卧佛也是始于唐代。从来佛有无量身，行住坐卧，在在皆见佛相。这尊卧佛，不过是无量身中表现的一身，特地塑作睡眠模样，表明释迦文佛灭度之像。灭度之际，断缘归空，灭而非灭，非灭而灭，在那释典里面，自有无穷妙释。于是承以高座，覆以锦衾，旁塑诸大弟子，各作涕泪悲泣的模样，尚有摩耶圣母像肃立在侧，神气怅惘，似有兴衰之感。唯曼殊、普贤二大士像，神情闲旷，似乎超出死生以外。比及到了元季，张士诚占据苏州，号称姑苏王，他听了五行家说的话，以为佛像偃卧，不是吉兆，当时传下命令，把卧像毁灭，改造立像。但是佛像立了起来，张士诚在苏州却弄得立脚不住，竟被明太祖遣将吞灭。比及洪武年间，寺僧德严恢复旧制，又把立的佛像改作卧的佛像。其时有一位大文学家宋濂先生，曾替德严和尚撰就一篇《重塑释迦文佛卧像》碑铭，篇中说此像用意精致，形模宛然，长六十六尺六寸，高一十二尺，曼殊等像高一十八尺。然而到了今朝，寺里只有卧佛像，没有曼殊、普贤、摩耶圣母种种立像，并且卧佛的法身也和常人无异，没有从前那么长那么高，可见年远代尘，渐渐失却了古意。一班烧香膜拜的人，也不晓得什么叫作释迦文佛，什么叫作灭度，以耳为目，道听途说，才有这般不可思议的佛门典故盛行于世。和尚利用时机，揣摩娘娘社会里的心理，锦衾里面不知安排着什么把戏，引得许多渴望子息的妇人都向锦衾里乱掏乱摸，竟把庄严七宝床当作商场里面的摸彩券。社会心理，重男轻女，摸着男的，宛比摸着了头彩，自然载笑载欣，快活得什么似的。回想我佛灭度时代，诸天哀号，四众悲哽，万不料到了今朝，消受这许多艳福，亏得卧在锦衾里的是个土木形骸，否则凭你金刚不坏身也不能自持。《楞严经》第一卷，曾说阿难菩萨被摩登伽女用大幻术摄入淫席，遍体摩挲，几毁戒体，这便是个前车之鉴。

闲话剪断。再说翠娥摸彩完毕，径到佛殿。阿巧娘问道："少奶奶，你方才慌慌张张，落去了什么东西？"翠娥想了一想，便道："我落去了一块丝巾，找了一会子，才被我找到。"阿巧娘笑道："这也奇怪，你方才找觅东西时，手里还握着一块丝巾，你莫非一时慌忙，骑了马去寻马，戴了眼镜去找眼镜？"翠娥没话说，单把丝巾掩着嘴，暗暗好笑。阿巧娘又凑到翠娥耳边，轻轻地问了一句话，恼得翠娥连啐带骂道："贼婆娘，狗嘴里吐不出象牙，你且仔细着……"说时，捏着蟹钳拳，来捏婆娘的面皮。婆娘捧着面皮讨饶道："好奶奶，说说笑笑，你别当真。"那进佛殿上有许多僧众，铙钹喧天，正在那里大做功德，都只为一阵莺声燕语，惹动了意马心猿，光头乱晃，法华乱念，一道道的眼光都朝翠娥的面部上掷来。在这当儿，寺里的香工又端出几碗上好的香茗，请少奶奶、小少爷用茶。金儿觉得口渴，取茶便喝，喝了一口嫌烫，便放下不喝。阿巧娘随机应变，骂着香工道："这滚烫的茶怎好叫小少爷喝，烫坏了小少爷，刘太太怎肯干休，怕不叫当家和尚取着毛竹板子，把你劈头劈脑，一口气打出山门。"吓得香工诺诺连声，怎敢道一个不字。阿巧娘讨了一只空茶杯，把那滚烫的茶腾出倒进，方才灭少了热度，送给金儿，觉得温和可口，便咕嘟嘟一口喝尽，婆娘却是暗暗欢喜。又向各处随喜了一会子，跑到一个所在，塑着许多地狱的雏形，什么丰都城、血污池、奈何桥、孟婆亭，都塑得活灵活现，十分精致。金儿毕竟是小孩子脾气，见这塑像都不过四五寸长，玲珑可爱，便要搬回几个，到家里去齐泥模。慌得阿巧娘两手并摇道："小少爷，动都动不得。"当下把金儿拖了出来，又回头向翠娥道："这是威灵显赫的所在，怎好出言不逊，触犯神灵？亏得小少爷福分大，根基深，触犯了神灵，神灵也卖个情面，不加责罚。要是没福分没根基的孩子，在神灵前胡言乱语，怕不立时倒地，反插着两只眼，嘴里的白沫吐个不住。"

　　翠娥连连点头，佩服她有识见，阿巧娘却是暗暗欢喜。比及三个人回到厢房里，但见大愿和尚陪着刘太太，兀自在那里谈经论典，正说得天花飞坠，顽石点头。两个小丫头不在旁边侍立，想她们都是钝根人，还不及顽石的聪明，佛门奥旨，她们怎能理会得，所以远远回避了。比及到了午刻，用过素斋，大愿恭请刘太太上佛殿脱纸裙，点肉身灯。邦平娘子因大殿上看客拥挤，端怕金儿受了暑热，便派两个小丫头陪着小少爷，只在清净处游玩，别到殿上去挤轧，自己领着翠娥，偕同赵仙人，径向殿上而去。寺里许多善男信女和那瞧热闹的闲杂人等，听得刘公馆里太太做功德，挨挨挤挤，都在旁边作壁上观。霎时间，金铙法鼓，一片喧闹。香工捧着一只金漆盘，盘里叠成三条红纸裙，送给刘太太穿着，邦平娘子拿来一一系在腰里。原来世俗相传，每逢地藏王诞日，曾经生产的女人系了纸裙，在开元寺大殿上解放，来生可免难产的苦厄。曾经产育若干次，纸裙解放若干条。邦平娘子虽只生得金儿一人，但有两次都是生而不育，所以今朝系着三条纸裙。大愿和尚头戴昆庐帽，身穿袈裟，领着徒子徒孙，口中念念有词，不知念些什么经卷。邦平娘子的裙儿，在那念经声中，一条条地解放。脱裙完毕，接着便是点肉身灯。也有个讲究，地藏王诞日，妇女在菩萨面前点肉身灯，其名叫作报娘恩，点过一次肉身灯，所有三年哺乳的娘恩，从此一一抵消，全数清旋。那时邦平娘子端坐在佛殿里，两名香工搬出一个大铁丝罩，把她罩在中央，铁罩周围编缀着许多铁丝针，针上插着许多蜡烛，烛尖上都粘着樟脑，纸吹触处，一燃便着，立时明晃晃发出四十九支烛光，把这位刘太太包围在烛光中间，远远望去，浑身上下都透出光明，这便唤作肉身灯。七月天气，酷暑尚未退尽，大殿上香烟人气早已蒸得怪热，还加着烛焰灯光火炉般地发出热气。翠娥远远立着，尚不免频频拭汗，何况邦平娘子坐在铁罩中间，直逼得满头满脸也挂着许多小小的灯彩，赢得旁边瞧热闹的婆婆妈妈们一迭声宣起佛号，都说修得这般好女儿，佛前来献肉身灯，可见养了女儿的好处，养了女儿懂得报娘恩。邦平娘子听在耳朵里，内心暗自欢喜。

　　在这当儿，蓦见一个丫头从人丛里钻将进来，急张急智地说道："太太不好了，小少爷好端端在厢房里，蓦地里中了急痧，痛得刮肠刮肚只在地上打滚。"邦平娘子听着，吓得魂飞魄散，浑身顿浇了一桶冷水。正是：

　　　　娘恩未报，子病奈何；求福得祸，枉诵弥陀。

第五十六回

信妖言婆娘舐犊
夸妙计学究吹牛

邦平娘子听得儿子得了急病，这一吓非同小可，三魂六魄几乎要和她脱离关系，顾不得要报娘恩，顾不得要博人家称赞一声孝顺女儿，立唤香工到来，扑地扑地把四十九支烛光一齐吹灭，移去铁丝架子，脚乱步忙，只向外面奔跑。慌得翠娥赶步上前，一把拖住道："厢房在这边，不在那边，婆婆这边来。"邦平娘子摸了一摸头脑，果然走岔了道路，一来被这四十九支烛光逼得昏了，二来恐慌过分，行路也乱了方针。翠娥忙唤小丫头扶着太太，径向厢房而去。邦平娘子两腿软绵绵，心里越急，步子越跨得慢，明明青天白日，眼里昏沉沉，宛似漫天都张着黑幕，嘴里一迭声的"心肝呀、宝贝呀，怎么好端端害着急病呀，不把我的胆吓个粉碎呀"……

比及到了厢房，果见金儿倒卧在炕床上面，只是乱滚，一件藕丝纱长衫滚得百皱，满头满脸痛出许多绿豆般的汗点子，两只小眼睛直往上翻，脸上都失了血色。邦平娘子跌跌撞撞，直撞到炕前，赶把儿子搂在怀里，放开喉咙，竟号啕大哭起来。翠娥劝道："婆婆且别哭，一哭便慌了手脚，乱了主张。究竟金弟弟害些什么病痛，须得问个明白，赶快延医调理，才是正办。"邦平娘子止了哭，忙道："心肝，你觉得怎样痛？"金儿哭道："肚皮痛，痛得要死。啊哟，妈妈，痛、痛、痛。"邦平娘子发急道："救命王菩萨，心肝的肚皮痛不起，要痛还是痛我的肚皮。"偶尔抬起眼睛，却见阿巧娘挤在人丛里，和那婆婆妈妈咬着耳朵讲话，连忙唤道："赵仙人，快来救我孩儿。"阿巧娘装腔作势，挪动斗鸡脚，一斗一斗地走将过来，鬼鬼祟祟地说道："刘太太，你不要见气，这位小少爷年纪虽小，胆子却比磨盘还要大，方才见了十王殿里的神像，说要搬回家去齐泥模，亏得我一把扯住，引他到别处游玩，要不是，真个毛手毛脚毁坏了神像，怎还了得？"邦平娘子愈加发急，期期艾

313

艾地说道："不不得了，得得罪了神道……"阿巧娘道："太太不用慌，待我看来。"当下便把金儿的浑身上下打量了几遍，又向上下四方打理了几遍，高举着双手，伸个懒腰，打个哈欠，拉出阴森森的声调道："四方值日功曹，上下天地神明，今日里小少爷出言无忌，得罪了十王殿前牛头将军。将军将军，切莫生嗔，你要什么忏，我们便拜什么忏，你要什么经，我们便念什么经，看我仙人分上，放松了小少爷，便一辈子感你的恩。"邦平娘子吓得跪倒在地，连呼："牛头将军开恩，饶赦了我家孩子。"金儿也哭喊着："牛头将军，下回我不敢了。"阿巧娘又捣了许多鬼，才向香工讨了一杯开水，骈着两个指头儿，在开水杯里画了一道符，送给金儿，叫他一口气喝尽。说也稀奇，开水下肚，肚痛果松了许多，邦平娘子拜谢了神明，又谢阿巧娘道："全仗了你赵仙人，才救得孩子的性命。"翠娥也道："赵仙人，你的法术真灵，不愧叫作仙人。"门内门外的许多看客都惊异这婆娘的法术，一片声叫起仙人，叫得怪响。大愿和尚也在旁边问病，见金儿的病势渐渐平复，才掇去了胸头一块石，合着掌乱念弥陀。邦平娘子待要重酬仙人，阿巧娘道："谢我不打紧，最要紧的是拣着吉日，备了香烛，叫小少爷亲到牛头将军坟上，磕头还愿。"邦平娘子道："请问师父，牛头将军的坟墓是在哪里？"这一问却难倒了大愿和尚，他虽博通佛典，却不晓得牛头将军的坟墓在哪里。正在沉吟的当儿，阿巧娘早抢着答道："牛头将军的坟墓便是上方山，谁人不晓？"邦平娘子满口答应道："拣了大吉日，我便领了孩子，到上方山还愿烧香。"又隔了一会子，金儿的肚痛完全平复，便闹着要回家里去。邦平娘子也觉得自己身上有些不舒服，便待佛事完毕，开发了功德钱，准备回去。大愿又托出缘簿，说小少爷转危为安，都是菩萨保佑，请太太随缘乐助，替小少爷造福。邦平娘子便叫翠娥在缘簿上写道："信女刘门柳氏，助洋五百元。"大愿大喜，谢过了施主。邦平娘子一干人上轿时，大愿率领着合寺僧徒一百多名，直送到山门以外。

　　编书的错了，苏州的开元寺没多几间房屋，只有寥寥几个僧徒，都是苦守清规，哪里有什么奉承施主的方丈，哪里有什么一百多名的僧徒？列位且慢责备，在下所说的开元寺，是叫作小说里的开元寺，和现在的开元寺毫不相干。从来小说里面的佛寺，往往有其寺无其事，凭空结撰，随意点缀，宛比《水浒传》里的大相国寺、《儿女英雄传》里的能仁寺，借这赫赫有名的寺院，作那空空无凭的文章，寓言十九，怎便认起真来？

　　闲文剪断。且说阿巧娘家里，有两个人相对饮酒，你一杯，我一盏，恰正谈得入港，喝得起劲。桌上几碟下酒东西却是五光十色，异常鲜明。白的是嫩鸡，黄的是肥鹅，红的是方块南腿，黑的是松花彩蛋，红白对镶的是白肉蘸着虾子酱油，青红对镶的是河虾浸着玫瑰乳腐，黑白错综的是石花菜拌的冬菰，青白错综的是川冬菜炒的鸡片。这几碟东西，都是阿巧娘忙着一清晨工夫，亲手烹调，款待这两位贵客，一位是戴眼镜的军师，一位是盘铁丸的参谋。阿巧娘自己在寺院里装神做鬼，没工夫相陪，却叫女儿阿巧陪着他们饮酒。青岩和老三饮酒中间，眼望旌旗至，耳听佳报来，待阿巧娘办事得手，然后施行第二步的计划。阿巧左一声干爹爹，右一声张伯伯，花嘴巧舌，说得天花乱坠。青岩捏着酒杯，笑向老三道："黄毛丫头十八变，临时上轿变三变，这两句老话确是入情入理。"老三道："你怎么想起这两句老话？"青岩喝干了酒，指着阿巧道："但看这丫头，相隔得没多时，早已变换了五个模样。春天我一喝酒时，她的黄脓鼻涕专在两具鼻孔里做玩意儿，左鼻孔的鼻涕缩进，右鼻孔里的又钻了出来，右鼻孔里的鼻涕缩进，左鼻孔里的又钻了出来。人家叫她把鼻涕擦去，她怎肯听从，擦去了鼻涕，恰似擦去了她的肉一般……"再待往下说时，却被阿巧猴在他身上，伸手拧他的面皮。青岩撑住道："说说笑笑，休得动手动脚，失了大小姐的身份。"阿巧道："干爹爹，你别逞强，你道我会变，你比着我更会变。我是十八变的黄毛丫头，你便加上一倍，竟是三十六变的猪八戒。你那天踏上我们的门，嘴青鼻肿，失魂落魄，面皮打得和猪肺一般壮，眼镜都打断了……"再待往下说时，青岩便去搔阿巧的痒筋，阿巧怕痒，才讨着饶不说了。老三笑道："你们俩倒也诧异，一个是十八变，一个是三十六变，那么轮到区区，竟是七十二变的孙大圣，又比老青加上一倍了。"说时，干了一杯酒，又道，"英雄不论出身低，越是会变，越有出头的日子。只就面前的几个人，做个榜样。缩鼻涕的阿巧，现在穿罗着绢，涂着生发油，搽着雪花粉了；穷出狗肝的老青，现在大模大样，打扮得和乡绅老爷一般了；我老三虽然没有什么变化，但愿这回开的文差使得了甜头，将来一路变上去，变个不休，这便和七十二变的孙大圣一般。"

青岩把指头蘸着残酒，在桌上连画几个圈儿道："诚哉是言也，人生在世，焉可不变乎哉！《论语》上说君子有三变，我说既然懂得变，怎么只变得三变，至少也要三十变、三百变，才有个出息。要是只懂得三变，那么黄毛丫头的十八变比君子强过六倍，猪八戒的三十六变比君子强过十二倍，孙大圣的七十二变比君子强过二十四倍。"说时，又哼出读文章的声调道，"孙大圣者，变之上者也啊。猪八戒者，变之中者也啊。君子之变，变之下者也啊。"嘴里啊啊连声，头儿频频打圈，老三和阿巧都在旁边好笑。青岩又道："做人莫做君子，君子乃饭桶之别名、呆鸟之雅号。为人在世，须要懂得变字的秘诀。第一，先从良心变起，良心变得快，那么荣华富贵一辈子享用不尽，权也有了，利也有了，名望也大了。"说时，提起筷儿，在松花彩蛋上点了一点道，"要是人的良心，变得比这个还黑，"又指着玫瑰腐乳道，"那么人的名望，便比着那个还红了。"老三听说，把头乱点起来，便道："着啊着啊，老青，瞧你不出，会说这几句话，真叫作老道士撒屁句句真言。老青，你说的话可是从什么书本上看来的？"青岩听说，鼻孔里哼了一声，连连摇着头道："书本里面，只有些陈旧腐败的议论，哪里寻得出这般簇新的见解。老三，你切莫去信那书本，亏得你不识字，不读书，没有沾染着旧毒。区区虽然读破万卷书，但是自己有把握，有识见，从那毒气圈子跳身出来，才不被诗书所愚。只为书本里说的话，远的是千载以上的旧账，近的是百年以前的故事，什么福善祸淫，什么赏善罚恶，多半是古人捣鬼，凭空捏造的谎话，又没个见证人，信它做甚。退一步说，便算不是凭空捏造，确乎有这桩事，然而古时的人心和现在的人心不同，那么古时的天道自然也和现在的天道不同。善有善报，恶有恶报，这是古时的天道，若到现在，便到了转来。你不听得有两句最时髦的格言，叫作万恶孝为首，百善淫为先？天道是跟着人心一起走的，人心有翻覆，天道也有翻覆。从前东岳大帝执掌的善恶册、功过格，现在全部推翻，另行编造。天道如此，我们却还要迷信古人说的话，不是呆鸟，便是饭桶。老三，你道这话确不确？"老三把大腿一拍道："老青，你的话千真万确，越说越中听，越听越起劲。每天我在家里，老娘向我絮絮聒聒，说些都是不中听的话，打从我左耳朵进，右耳朵出，从不肯转个大弯，在心窝里停留一时半刻。可见老娘上年纪，糊糊涂涂，还把现在的天道当作古时的天道。"青岩道："可不是呢！老年人只说老话，无非听了故老真传的腐败话，胡乱来训诫儿子。其实书本上的仁义道德，叫作说说罢了，全然不能当真。要谈仁义道德，尽管让古人去谈，和我们没相干。生在什么时代，便该说什么话。"说时，把大拇指一跷道，"你看当今顶呱呱的一等红人，谁不染黑了良心，去博得那荣华富贵？民国时代，自有民国时代的天道，什么乌龟贼强盗，奸淫掳掠，杀人放火，也会得着上天的保佑，做那头儿脑儿尖儿顶儿……"话没说完，早听得一阵笑声笑将进来道："什么头儿脑儿尖儿顶儿，你跷起着大拇指，又在那里摆什么架子？"

　　说话的正是阿巧娘，打从开元寺回来，满脸都堆着笑意。古语道得好，入门休问荣枯事，但看容颜便得知。老三和青岩心里明白，多半是第一步计划业已得手，便都迎着她，盘问寺里的情形。阿巧娘向外面望了一望，又从怀里掏出几角小洋，打发女儿去买东西。阿巧嫌路远，不肯去，她娘另给一角脚步钱，叫她慢慢儿去、慢慢儿来，路上嫌吃力时，便在王大娘家里打个尖、喝杯茶，也都使得。阿巧才没话说，欣然自去。阿巧娘又把大门掩上了，方才扭扭捏捏，在那打横的座位坐了，笑向两人说道："这丫头天生快嘴，什么话都留不住，从前在妙严坟上，叫她装作神灵上身，口吐白沫，当时装得很像，瞒过了众人耳目。谁料瓶口扎得住，人口扎不住，没多几天，竟被这快嘴丫头走漏了消息，前街后巷都当作笑话讲，几乎把我这只仙人饭碗打个粉碎。现在这件事，益加重大，我们都担着血海般的干系，打发了这丫头，才好讲话。"

青岩再也打熬不住，忙问这事究竟怎么样。阿巧娘道："且慢，且慢。"当下扭扭捏捏地走到外面，把大门落了闩，返身归座，笑向青岩道："我这番可把你老青佩服个不得了，你真是诸葛亮再世，刘伯温转身。你的袖里乾坤，比着诸葛亮马前课还灵。我件件般般都依着你的计策行事，骗得他们死心塌地，情愿向这圈套里直钻。只要第二番计策办得妥帖，我们三个人，怕不有整千银子在手里使用。"当下便把寺里做的勾当从头说起。讲到怎样地在茶杯里下药，怎样地刘太太请她医治儿子，怎样地信口开河，只说是牛头将军作祟，怎样地假作画符，把解药下在开水杯里，怎样地药到病除，刘太太取出二十块钱作谢意，怎样地刘太太约定八月初三日，带领儿子到上方山烧香还愿。青岩大笑道："你到了今朝，才晓得我伍老军师的厉害。不瞒你说，俺这里足智多谋，神通广大，休说掏摸几千粒瓜子易如探囊取物，便是大总统三顾茅庐，请我去做护国军师……"老三道："你少要吹牛吧，你的计策虽妙，也仗这药力灵验，才遂了我们的心愿。这两包药，我好容易向朋友那边取来的，一包吞在肚里，经过两三个时辰，便痛得扒肠刮肚，一刻也难熬，一包吞在肚里，立时止痛，便和没病一般。现在一一试验过了，我那朋友的功劳可不小。从前向他讨了麻醉药还不曾报答，这番大功成就，须得大大地送他一份谢意。"青岩道："这是应有的办法，何消说得。阿巧娘到手的二十块钱，须得三二六十二，平均分派。"阿巧娘道："早晚总要分派，我又不搬场，急它做甚？只是今天的事，倒作成了这个大愿和尚，揭开缘簿，一写便是五百元，我见了也眼热。"

不表婆娘家里三个人秘密会议，且说时光忽忽，早到了八月初三。邦平夫妇对于儿子还愿的事，当作一件重大事情，本该娘儿两个同去烧香，无奈邦平娘子从寺里回来，中了暑热，卧病两三天，尚在延医服药。翠娥告个奋勇，愿陪着金弟弟同去走一遭。邦平夫妇还派着刘福和王妈妈随船同去。自从早晨开船，直到傍晚，还没见他们归来。邦平正觉心头诧异，蓦地里外面传进一封旧信，给邦平过目。不看时万事全休，只这一看，气得邦平脸都黄了，手都颤了。青岩恰坐在一边，见这情形，不觉暗暗地唤几声快活。正是：

　　奇祸不测，彼醉未醒；书来一纸，价值万金。

第五十七回

得警报夫妻丧胆
酬香愿叔嫂失踪

　　邦平看罢来信，面容失色，一迭声地唤刘福，发下紧急命令，慌得刘福答应不迭。"刘福，赶快把下书人扣住了。"刘福道："是。""取我名片，把下书人发往县公署去。"刘福道："是""严究谁人主使，重重定一个罪名。"刘福道："是。"这紧急命令连珠也似的发下，刘福只道得几个是字，依旧垂手而立，却不动身。邦平发怒道："蠢材，我吩咐你的话，你怎么不干？"刘福指着信封道："老爷，这信封上明明粘着邮票，下书人便是邮差，老爷尽管严办下书人，小的却没胆量到邮局里去抓人。邮局里有外国人，小的怎敢去乱闯？"邦平瞧那信封果然粘着邮票，暗想：我可气得昏了，这封敲诈信，粘着邮票我不见，还道是下书人送来。当下喝退了刘福，又把这信颠来倒去，重看了几遍，皱皱眉，摇摇头，蓦地里又冷笑了几声。青岩在旁暗暗着急道："怒者常情，笑者不测，他在那里冷笑，敢怕有什么破绽让他瞧破了，这便如之何其可也啊。"邦平忽地拍着画案喝道："画虎画皮难画骨，知人知面不知心！"这十四个字直刺青岩的心坎，不由得扑扑几跳，但是不动声色，竭力镇静，听他下文说什么。邦平又叹道："人有了良心，狗子也不吃粪了，真个人面就是狗面，人心就是兽心。我开了天窗说亮话，从没有亏待人，不该以怨报德，暗地里把我来播弄。似这般鬼鬼祟祟的勾当，打量把我瞒过，谁料我胸中雪亮，什么事都瞒不过我。哼哼，欲人不知，莫若弗为，堂堂刘邦平，怎肯受人家的恫吓？"说时，捏了拳头，重重地在案上敲了一下。

　　这一敲不打紧，直把青岩吓个半死，邦平发的牢骚话，句句都刺入青岩的心坎。他想：不好不好，我的诡计都被东翁知晓了，絮絮叨叨，分明指着和尚骂贼秃，三十六计，走为上计，此时不走，等待何时？乘着邦平敲案的当儿，待要提起脚步溜之乎也，忽听得邦平唤道："老夫子，你想这姓祝的可恶不可恶，此事又要仰仗大才，代我想一个对付的计划。"青岩暗暗唤一声侥幸，原来和我没相干，枉自担受了虚惊。赶忙透了一口气，揉一揉胸窝，堆着笑脸道："东翁有何见谕？"邦平道："这件事你也该晓得，半个月以前，我曾贩运一千五百石米粮出洋，本是一种利市三倍的买卖，和道德两个字并没相干。叵耐那些徒读死书的迂夫子把我热嘲冷骂，说我不顾民食，有伤天理，我听了不服气，米粮本是流通的东西，何处需用，便运到何处去，我干这贩米的勾当，正是为着民食起见，怎说我不顾民食？再者，天理两个字，我自问也没有什么惭愧，要是把这一千五百石米粮抛弃在东洋大海，那么暴殄天物，伤害了天理。现在我把本国的米粮供给外国的民食，就那天理上讲来，是叫作大公无我；就那商业上讲来，是叫作挽回权利。"青岩点头拨脑地说道："东翁的存心，仁之至，义之尽也，但是和这姓祝的有甚关系？"邦平恨恨地说道："提起这个祝子刚，实在令人痛恨。他从前在公司里充当文牍，我待他很不薄，后来他有了别就，却在青阳地外国租界开了一家报馆，专做那捕风捉影颠倒黑白的生涯。我生平最恨的是报纸，谁耐烦看这劳什子，他办的报叫甚名目，说些什么话，我概不知道，大约该唤作《竹报》，他便是《竹报》主笔，不过借这报纸敲敲人家的竹杠罢了。别人的竹杠，由他去敲，和我没相干，叵耐他瞎了眼，迷了心，大大的竹杠竟向我身上敲来。那天他写给我的一封信，老夫子也该记得。"青岩点头道："记得记得，那天的一封信，委实是荒而唐之，放其黄狗之屁。晚生曾向东翁说，见怪不怪，其怪自绝。后来东翁采纳刍荛之言，给他一个不理不睬，他果然黔驴技穷，干不出什么事来。"邦平道："老夫子的见解确是高超，我依了你的话，他果然奈何我不得。然而一波未平，一波又起。前天他又有信来，借这贩米出洋的题目，意图向我敲诈，我把信看了一半，便不耐烦再看下去，扯作纸条儿，丢在字纸篓内，再给他一个不理不睬，看他待怎样。今天这封信，明明又是他的诡计。他故意变换了笔迹，又不曾署着名，一味虚张声势，说得怵怵可怖。我初看时，不免吃一虚吓，转念一想，我理会他做甚，没见得鼠子的粪可药死了人。"说时，便把这信授给青岩道，"老夫子不嫌污目，且把这满纸狗屁的信札瞧一下子。"

其实这个狗屁，就是伍老夫子的得意之笔，从头至尾，可以背诵如流，何待细看。然而邦平叫他看信，他便装腔作势，先把眼镜擦抹几下，徐徐地从信封里面，抽出一幅信笺，瞧了一眼，便连连摇头道："狗屁狗屁……"你道这位伍老夫子怎么自己把自己痛骂，原来对于骂字的研究，其中分着三种

320

性质，一是怕人骂，二是任人骂，三是自己骂。受着人家的骂，悻悻然见于其面，这种人尚能自惜名誉，不忘羞耻，叫作怕人骂。笑骂由他笑骂，好坏我自为之，这种人顽钝无耻，面皮坚厚，叫作任人骂。不待人家骂他，他先自骂起来，自己便是军阀，开口便骂军阀，自己便是强盗，开口便骂强盗，叫作自己骂。三种人物里面，唯有自己骂自己的，最是天良丧尽，不可救药。

闲文剪断。再说青岩看这信札时，看在眼里，骂在嘴里，看那起首一句，叫作"警告守财奴刘邦平知悉"，青岩足足骂了七八声狗屁，以后便按着板眼似的，看一句，骂一声。眼里看的是："尔诸恶必作，众善莫行，人人称尔为刘剥皮。剥皮者，善剥人皮之谓也，剥人之皮，人亦剥其皮，岌岌乎殆哉。今与尔剥皮剀切言之，尔欲乐尔妻孥，宜尔室家，限于明日七点之钟，速备万元通行之钞票，送至城外黄土之桥，桥堍第三根电杆之木，木上系有字纸之篓，篓上粘有红纸之签，以作特别之标记者也。尔将尔之票纳于篓中，我亦将我之票放还尔家，戒之戒之。出乎尔票，反乎尔票者也。尔之票不到，我之票便要撕了，汝其知之耶，其不知之耶？呜呼哀哉，切切特示。"嘴里骂的是"浑话""胡话""狗屁文章""文章狗屁"，其实这封之乎者也的匿名信，若经明眼人看来，望而知为伍老夫子的大作，虽然经人誊写，不是他的真笔，然而咬文嚼字，终不脱那教书匠的本色。可惜邦平未通文墨，只会看笔迹，不曾辨文理，想不到批评狗屁文章的，便是狗屁文章的老斫轮，乱骂文章狗屁的，便是文章狗屁的大名家。他见青岩义形于色，代抱不平，暗暗宽慰道："毕竟这位伍老夫子，忠肠义胆，比众不同。人人都像了他，我还忧虑着什么？"

青岩捧着肚子，气吁吁地说道："这封匿名信，难怪东翁见了要动怒，晚生看了一遍，丹田里的恶气也都向上升提，气气气，气得肚子都疼了。"说时，弯着腰肢，双手乱揉那肚子。邦平见了，老大地过意不去，转向青岩劝慰，叫他不用着恼，且商议一个计策。青岩一壁揉肚一壁答道："依旧给他个不理不睬，东翁，此计如何？"邦平皱着眉道："其间尚有可疑之处。论这敲诈情形，可断定是祝子刚在那里作祟，然而子刚毕竟是个文人，不见得和那帮匪往来，信里说的什么撕票不撕票，又不像是子刚的笔墨。"青岩假意问道："什么叫作撕票，晚生索解不得，倒要请道其详。"邦平叹了一口气道："目今的时世，真越闹越糟了。老夫子是规行矩步的人，怎懂匪徒里面有许多切口。原来匪徒掳人勒赎，叫作绑票，要是不赎，便把掳去的人杀害了，这便叫作撕票。"青岩哈哈大笑道："那么这个匪徒真是笨不可言了。堂堂刘公馆，铜墙铁壁，门禁森严，又坐落在省会地方，军队密密，警察重重。这匪徒既不是插翅的雷公、八臂的哪吒，又不曾吃什么豹子胆、狮子心，怎会闯进公馆，掳人勒赎？东翁但请放心，依旧给他个不睬不理，任凭他说得凶险，他只说说罢了。他有多大本领，敢损伤你东翁的一根汗毛？"邦平听到这里，忽地心头一跳，忙唤刘福问话道："少奶奶和小少爷烧香还愿，可曾回来？"刘福回道："还没有回来，里面太太也等得焦急，派人在船埠守候。"邦平暗暗喊声啊呀，还愿还愿，别要闹出什么乱子。心头虽然着急，却是假作镇静，端怕一涉慌张，失了主人翁的体统。青岩瞧在眼里，暗暗得意道："剥皮剥皮，今朝却苦了你也。"

刘福回话后，恰才退出，却又跑回禀告道："老爷，不好了，王嬷嬷和小丫头哭将进来了。"邦平经这一吓，拔烛也似的立将起来，嘴里连唤："怎么讲？"两腿瑟瑟索索，抖得不成模样。在这当儿，小丫头自到里面，把祸事禀报主母。老婆子步履蹒跚，一步一哭地来见主人，见面时便哭喊道："老爷，快打点主意去救人，少奶奶和小少爷都被强徒劫夺去了。"邦平踢着地板道："怎么讲，你们是活人还是死人？强徒劫夺时，你们怎不拼命夺回来？混账混账，论不定是你们勾通强徒，做这勾当。"婆子哭道："老爷屈陷煞人，强徒有快口，有手枪，我们都是空拳赤手……"那时青岩劝道："东翁，且莫乱了主见，别事都不要紧，且问她怎样被劫，我们赶快去救人。"邦平急问道："怎样被劫？劫到哪里去了？快说快说。"婆子捏着鼻涕道："少奶奶和小少爷上山时，约莫走了百十步，便听得一声呼哨，山背后跳出六七名壮长大汉，扬着雪白的快口，握着烁亮的手枪，把少奶奶和小少爷拖的拖、抱的抱，都抢了去。我待上前抢夺时，吃他们推翻在地。我上了年纪，筋骨不灵便，待要挣扎起来，哪里挣扎得起，一阵筋骨疼痛，几乎断送我这条老命。"邦平踢着地板道："胡说胡说，我不问你别事，只问少奶奶和小少爷劫到哪里去了？"婆子道："比及我从地上爬起时，早望不见了强徒的影子，光见地上丢着一封信，我不识字，小丫头识得封面上三个字却是老爷的大名，因此拾了回来，请老爷过目。他们既和老爷书信往来，他们的踪迹，老爷总该知晓。别事都不要紧，赶快打点去救人。"说时，便从怀里掏出信札授给主人过目。

邦平又是气愤，又是悲痛，待要开那信封，两手瑟瑟索索地抖，把信札抖落在地。青岩替他拾起，取把剪刀，剪去了信口，抽出信纸，授给他看。信中没多说话，却是三字韵文，叫作："刘邦平，尔知悉，一万元，速献纳。朝献银，暮还人，银数足，人安宁。纵有功，违无益，戒之哉，宜勉力。"结尾四句，还套着《三字经》的论调，又是这位伍老夫子得意之笔。邦平哪里知晓，禁不住一阵伤心，掉下许多痛泪，点点斑斑，把信笺打个透湿。那时船户也上前报告说："少奶奶和小少爷上山，只带着老妈子、小丫头同去，不用我们跟随，强徒劫夺情形，我们都不在场，求老爷明察。"邦平尚没答话，里面小丫头喊将出来道："不好不好，太太得了信息，哭得晕过去了。"邦平急匆匆地进去瞧娘子，临走进叮嘱青岩道："老夫子，今天别出门，少顷尚有要事相商。"青岩诺诺连声，暗思：你和我商议，恰似生病人和鬼商议，略施手段，便把你搀入鬼庙，怕不大大地揭去你一张皮。

不表青岩自回书房，等候消息，再说邦平到了里面，却见娘子哭倒在床，旁边丫鬟、仆妇都在那里揉胸脯、掐人中，连唤："太太醒来。"邦平自思枉挣着万贯家财，谁料家庭多故，竟糟到这般地步，不觉号啕大哭。一个丫鬟劝道："老爷别哭，你看太太眼睛转动，不多时便要回转气来。"邦平止了哭，也随着众人，连唤太太醒来。娘子不过一时哭闷了，经这千呼万唤，果然渐渐苏醒。她见丈夫立在床头，便哭着说道："我和你都是四十以外的人，只有这一点亲骨血，现在却到哪里去了？……我这个贤惠媳妇，三贞九烈，人人称赞，怎么被强徒抢去？……"说到这里，又回不转气来，亏得小丫头赶紧揉胸，才不曾晕去，回过气来，又指着邦平哭道："我是个没脚蟹呀，得了信息，除却痛哭，什么事都不曾干呀！你是男子汉大丈夫呀，媳妇儿子被人劫去，你便该报告官府，央托张中将、庞旅长调齐人马，赶快到上方山去救人呀。你在这里陪着我哭，哭天哭地，怎能哭得出媳妇儿子来呀？"在这当儿，房门外一阵哭声，却见一个妇人掩着面闯进房来。仆妇等都唤一声："柳家舅太太来了。"原来柳家那边早有船户去报信，小宾不在家里，他娘子得了信息，慌得屁滚尿流，也不及去通知小宾，便哭哭啼啼，一口气跑到刘公馆，不待通报，直闯进上房来。见过邦平夫妇，也没有别话说，口口声声只说："赶快救我女儿。"邦平尚不曾答话，小宾娘子早趴在地板上，扑通扑通地磕着响头。邦平连忙答礼，小宾娘子死赖在地上，怎肯起身，只说："姑夫答应了我的请求，我才起身。"邦平在那楚歌四面之中，没奈何，只得答应了，两人方才起立。床上的邦平娘子带哭带喊道："快到张公馆、庞公馆，点齐了人马，杀奔上方山，连夜把强徒剿灭了，救出我的媳妇和儿子。"邦平摇手道："你别哭哭吵吵，乱了主见。请兵是没有用的，远水怎能救近火，他们行踪无定，又不占据什么山头，杀奔上方山也是徒然。"邦平娘子哭道："照你这么说，难道眼睁睁瞧那媳妇儿子被掳，问都不问，理都不理？天杀的你好狠心肠呀!"邦平忙道:"太太别骂人,我的话尚没说完,要救儿子和媳妇,方法却有一个,只是强徒的手段比杀人还要厉害,我若依从了,儿子媳妇自保安宁,只是我这一颗心,生生地被强徒挖去。"说时,哭丧着脸儿,不住地擦泪,声调也颤了。邦平娘子道:"啊呀,急惊风遇着你这个慢郎中,你既有方法,还不快说,他们俩都落在大虫嘴里,怎好延缓得。"邦平没奈何,便把两次投信勒赎万元的话一一说了。邦平娘子道:"他们俩都是无价之宝,休说强徒只索万元,便是十万百万你也要依着干,似这般索价,再要便宜也没有,你别错过了机会。"小宾娘子也敲着边鼓,撺掇邦平早早备款去赎人。

青岩自告奋勇,情愿明日起个清早,带着款项,去赎取令媳和公子回来。邦平点头道:"派遣别人,我不放心托胆,老夫子肯走一遭,万稳万妥。"当下向各处庄家银行兑换钞票,果凑齐了万元之数,每票十元,每束五十票,计洋五百元,拢总二十束,方方正正,打作一包。晚饭以后,邦平把钞票交给了青岩,叫他明日五点钟起身,已吩咐轿班伺候,赶着大清早出城。青岩道:"东翁不用担心,这件事都在晚生身上,绝不有误。"比及捧了钞票,自回寝室,蓦地里心机一动,又涌起了万丈思潮。正是:

　　方寸思潮,一时涌起;得陇望蜀,如是而已。

第五十八回

一万金重归故主
三间屋深锁财神

青岩把这方方正正的一包钞票端详了几眼，眼底烘烘热，胸前扑扑跳，眉头一皱，计上心来，暗暗道："咦，我可痴了，合偷一条牛，何如独偷一条狗？这一包钞票，合之则见其多，分之则见其少，与其鸡零狗碎，按份摊派，何如蚕食鲸吞，完全独得？"想到这里，扑地拍着大腿道："吾计决矣，一定照着这般干。"忽又抢着指头道："且慢且慢，要是一定照着这么干，第一便要牺牲这个门馆，牺牲门馆不打紧，有了万金家私，还坐门馆做甚？第二要和阿巧娘脱离关系，这也稀什么罕，她本是个鸡肋，食之无味，弃之可惜，有了万金家私，何必恋恋这个鸡肋？第三要和张老三等绝交，老三一辈人，本是个流氓光棍，有了万金家私，我的身份增高，谁耐烦和流氓光棍做伴？"抢到第四个指头，暗暗喊声："啊呀，这个人我却抛撇不得。她年岁又轻，面庞又俏，情分又好，只为那天代主做亲，中了邪魅，一病淹缠，到今尚没有起床。我眼巴巴盼她病痊，和我重续旧好，我若把她抛撇，天理所不容，人情所不许。照此看来，这桩事一定干不得……"待要收拾这条心，哪里可以收拾得？青岩又把钞票端详了几眼，猛然觉悟道："此中自有颜如玉，我恋恋春桃做甚？春桃我所欲也，万金亦我所欲也，二者不可兼得，舍春桃而取万金者也。"咬文嚼字一下子，果然打定了主意，便筹划那独吞万金的方法，除却滑脚，再没别法。倘要直接爽快，莫如连夜便跑，然而重门叠户都已键闭，仓促间怎便可以滑脚？转念一想，匆忙不在一时，横竖金银落我掌中，到了来朝，落得大模大样，坐轿出城，随机应变，把个脚底给他们看。这一番主见，简直把翠娥、金儿都宣告了死刑，然而别人死活哪里在青岩心上，他只捧着一包钞票，安置在枕函边，喃喃祝道："钞票钞票，今夜和你同床共枕，结个相识，过了今夜，你便要跟着我走，天长地久，和你相守到老。"祝告完毕，欣然上床，两眼才合，便入梦乡。

休说世态炎凉，梦境也是炎凉；休说人情势利，梦神也都势利。从前青岩潦倒穷途时，再也不曾做过一个好梦。醒时愁眉泪眼，梦时也是愁眉泪眼；醒时垂头丧气，梦时也是垂头丧气。现在有了一万元钞票压枕，睡梦里也换了一番气象，居然坐汽车，逛窑子，粉白黛绿，左拥右抱，窑子里一片叹声，把伍大少叫得春雷般响。恍惚间，拥了两个心爱的美人，同坐汽车在马路上兜风，腾云驾雾，也没有这般快活。蓦地里一对绝色女郎迎面走来，仔细看时，那个是陆慧姑的化身，这个也是陆慧姑的小影，一时看出了神，猛不防这辆汽车直撞地撞将过去，不偏不倚，早把这两个女郎撞倒在地，风也似的车轮恰从女郎身上辗过。青岩唤声啊呀，顿把自己的梦魂唤醒，睁眼看时，横倒的便是自己，哪里有什么慧姑不慧姑？一包钞票紧紧地抱在怀里，也没有什么左拥右抱的心爱美人。

正待合着眼睛重寻旧梦，忽听得公馆里面人声嘈杂，来往脚步络绎不绝，种种声浪里面，夹着主人翁刘邦平的声音。侧耳细听，听得邦平吩咐刘福："传唤轿夫来问话。"青岩戴上眼镜，把壁钟望了一望，暗暗好笑道："可笑这个剥皮，七颠八倒，把时候都忘却了。他要我坐轿出城，备款取赎，也须挨到天明，才能行事。现在刚打十一点钟，尚没到半夜，因甚的大呼小唤，一迭传唤轿夫？"隔了一会子，又听得砰砰有声，书房敲得怪响，青岩忙问是谁，答应的正是邦平。青岩道："东翁暂请小立，容晚生披衣起床，开门拔闩。"邦平在门外应道："不要紧，不要紧，老夫子尽可从容起身。"青岩肚里寻思，你要我连夜出城，还说什么好听话儿？却道："不要紧，不要紧……"披衣起床，着裤穿鞋，一一都完毕了，还把这冬烘脑袋伸入帐门，凑到枕头边，轻轻说道："钞票钞票，你转瞬便要跟着我走也。"比及开门拔闩，刘福掌着灯台，把邦平照进书室。宾主相见时，邦平趾高气扬，面有喜色，全不似日间的哭丧模样。青岩心里怎不奇怪，宾主坐定时，邦平笑吟吟地说道："有一桩天大的喜事，特来报告老夫子知晓，老夫子听了，也该替我快活。原来小媳和小儿虽被匪徒绑票，却有人路见不平，把他们嫂叔俩一齐救出，好好地坐轿回家，真个是逢凶化吉，绝处逢生。老夫子，你道可喜不可喜？"青岩肚里喊声："啊呀完了！"面子上强作欢容，却说："东翁洪福齐天，百灵效顺，这真是莫大的喜事。晚生听了，真不知手之舞之、足之蹈之。但是怎样遇救，代抱不平的又是何人？"邦平拈着短髭，含笑答道："这叫作天道公平，可见恶浊世界，毕竟也分个青红皂白。这位代抱不平的，听说是个西装少年，一切详情尚不曾问过媳妇，到了来朝，再和老夫子细谈。现在要紧通知老夫子一声，明天备款取赎的事可以作罢。老夫子尽可从容高卧，不必起什么清早。还有一说，方才的一包东西，也不必在老夫子房里存放。"说时，便唤着一声"来"，慌得刘福放下灯台，答应不迭。邦平道："师爷房里的一具东西，你去取来。"刘福便问青岩道："师爷，这一包东西放在哪里？"青岩道："枕枕枕枕边……"拢总不过枕边两个字，好容易颤了几颤，从喉咙里颤将出来，两字出口，这一万元的钞票，便不跟着姓伍的走。从前轻轻审易一个字，得了百金，现在轻轻道出两个字，失了万金，截长补短，真叫作得不偿失。青岩到此地步，恰似万把钢刀在脏腑里乱刺，却又不能当着东翁，扯开喉咙，放声大哭。在这当儿，早见刘福一手掌着灯，一手拎着方方正正的纸包，从房间里走出。邦平道一声"明天再会"，便和刘福一起儿走。青岩还扮着皮笑肉不笑的脸儿，亲送东翁到书房以外，哈了哈腰儿，瞧见东翁走远了，返身入内，闩上书房，呆呆地立在灯下，一副难描难画的尊容，比着强盗绑上法场、罪犯宣告死刑更要可怕。休说万金钞票不能跟着他走，便是同床共枕，结个相识，也只有半夜之缘。上半夜相偎相伴，梦魂都甜，下半夜只留着这个空枕儿，叫这利欲熏心的伍老夫子怎能睡得安稳，只落得五千遍椎枕敲床，一万声长吁短叹，整整地胡思乱想了半夜，直到玻璃窗上露了天光，方才蒙眬睡去。

趁他睡梦未醒，且把翠娥、金儿遇救回家的情形约略补述。话说张老三依了青岩密计，率领狐群狗党，潜伏在上方山树林里面，舒头探脑，专等财神光降，行使他们的绑票手段。这一辈匪徒，无非小江北、王麻子和两个常州来的帮里弟兄，一切伙食费用，都由青岩一力担任。前次枉费心机，白白地丢掉了几十块钱，这番伍老军师布置细密，计算周详，他以为万稳万妥，百发百中，失之东隅，收之桑榆，再不会蹈从前的覆辙。他有王嬷嬷做内线，早晓得翠娥陪着金儿同去烧香还愿，邦平娘子害病未痊，不得出门。他初意想把母子俩绑票，邦平娘子既不得出门，他便改变方针，把叔嫂俩架去，不怕邦平不来取赎。翠娥临动身时，刘福奉了主命，陪着同去。翠娥笑向婆婆道："携着男仆同坐一船，觉得不大稳便，不如另换小丫头陪去。"邦平娘子啧啧称赞道："你端的不愧是贞妇，瓜田李下，却分得这般清楚。"青岩听得刘福不会同去，心中益加欢喜。

上方山左近，有三间破屋，本是张老三的家产，只为离着村落很远，一向没人居住。这番绑票，便利用这几间破屋，做个临时财神庙，什么雪白的快口、烁亮的手枪，都是戏班子里的东西，他们以为瓮中捉鳖，当然用不着真刀真枪。翠娥一干人登岸时，张老三正猱升在一棵古树上，瞧得清爽，立时一跃而下，通知几个党羽准备动手。老三和王嬷嬷熟识，这番干的勾当把婆子一齐瞒过，当不能和王嬷嬷会面，他便拉着王麻子远远地把风。小江北连同常州来的两个帮匪都藏身在树林背后，各自握着镀镍的铅刀、木质的手枪，使个黄雀捕蝉势，听得翠娥一干人约莫走近，霎时间一声呼哨，三个贼徒都托地跳将出来。翠娥一干人一吓，非同小可，际此武装世界，一经动刀动枪，什么事干不得，休说真家伙的刀枪可以横冲直撞，为所欲为，便是银样镴枪头的西贝武装，也把这几个人吓得死去活来，魂飞魄散。翠娥见不是头路，也不及照顾金儿，返身便跑。任凭她两足天然，在学校里算得赛跑惯家，然而这个小江北向来拉车营生，脚跟打着屁股，二三百码的赛跑，一天要打好几个回合，他见翠娥奔跑，立即向后追来，没多几步路，早被他一把抓住。翠娥待要声张，小江北扬起镀镍的铅刀，指着翠娥心窝道："你敢声张，我便刺你一个透胆窟窿，管叫白刀子进，红刀子出。你若爱惜性命，我们并不把你难为，单请你做个活财神，到那财神庙里权住一宵，明天刘剥皮备钱取赎，立刻送你回家。你别害怕，我们做这绑票生涯，公平交易，童叟无欺，你只放胆跟着我们走。"嘴里说时，便取出一条又脏又臭的猪肚子搭膊，把翠娥连鼻和嘴一齐扎住。

翠娥到此地步，怎敢抵抗，只得由他摆布，胸窝儿七上八落，说不尽的恐怖。恐怖犹可，唯有这猪肚子搭膊，曾经小江北系缚三年，拢总不曾洗过一次，沾受的汗汁垢腻不可计数，线缝破孔里面又被白虱做过几次公馆，虱壳虱子所在多有。可怜翠娥生了嘴鼻，从不曾享过这般的异味，她的俏鼻儿向来只闻些花露水，嗅香水精，她的樱桃口儿向来只含些口香片，嚼些留兰香，万不料到了今朝，阔公馆里的少奶奶偏和黄包车夫的搭膊有缘。物极必反，香尽臭来，一阵肮脏龌龊的气息触鼻刺喉，比着吕郭夫人的腌鱼滋味尤为难受。小江北又把一条缠脚布，反接着翠娥双手。这条带儿，解从车夫毛腿上，系向美人粉腕间，端的交着了幸运。那时的翠娥，口既不得喊，手又不得动，光睁着两只眼睛，被小江北拖着便跑，一颠一蹶，专拣着荦确不平的小径行走，一壁走，一壁肚里寻思，匪徒把我当作财神请去，料想公公婆婆一定备钱取赎，眼前受些磨难，来朝便该释放回家。猛又想到那天母亲嘴里说什么接财神不接财神，我当时便寻得出言不利，谁料说好不见，说坏便见，竟被她一屁弹着，我回去时，定要闹个马仰人翻，大大地把她训斥一顿，好叫她有话不敢乱说，有屁不敢乱放。

没多片刻，早见山背后一抹树林，隐隐露着几间破屋，小江北把她拖拖拽拽，只向破屋子那边行进。翠娥举目四瞧，除却破屋子，再没有第二家的房屋，道上都是些短草杂树，也没有行人踪迹，屋子前面立着两个贼徒，握着手枪，恶狠狠地向她注目。翠娥暗思，这个所在，料想便是财神庙了，未入庙门，先把周围的路径瞭望一下子，倘有天幸，也好设法脱逃。但见离着破屋没多路，仿佛有一条小溪，溪边芦荻丛丛，约莫三四尺高，芦荻缝里隐隐有个白面少年，在那里窥望。翠娥正待凝神注视，却已走近破屋子，两个握枪的贼徒一齐吆喝着："兀那女子，休得东张西望，快到里面去。"小江北押着翠娥，直达里边，猛听得破屋里面一迭声地唤起嫂嫂来，声唤的不是别人，便是小财神刘金儿。他比翠娥先入庙门，正在那里啜泣，又被贼徒用话恐吓，怎敢高声哭喊，现在瞧见翠娥进门，他哪里忍耐得住，便大唤着嫂嫂，直扑地扑将过来，捧住翠娥的双腿，只说："嫂嫂救我，和你回家去。"那时旁边闪出王麻子，喝住金儿，不许乱喊，又扬着刀，指着翠娥道："你若识得风云气色，安安稳稳，只在这屋子里权宿一宵，既不高声讲话，也不向外探望，我们便卖个人情，只在外面监视，不闯入那屋子做什么无礼举动。要是你不照着样办，哼哼，我们便不管你是真节妇假节妇，留得你性命，留不得你贞节。"翠娥开口不得，单把头颅乱点，以表服从之意。王麻子见翠娥软化了，便叫小江北替她松缚，先把缚臂的腿带松去，翠娥腾出空手，忙不迭地把这猪肚子搭膊竭力抓去，向着地上一摔，接二连三地打着恶心，五脏六腑都下了动员令，便翻肠覆肚地呕吐起来。呕吐了一会子，兀自臭定思臭，还在那里连连作呕。王麻子和小江北见了，也都好笑。比及翠娥呕定了，王麻子重申前说，问她不声张、不探望，究竟依得依不得？翠娥没口子地答应道："依得依得，只求你们别把脏东西抹我嘴鼻，我便感恩不尽。"小江北拾起猪肚子搭膊，绕作一团，向着翠娥一扬道："我们不怕你不依，你若不依，便再把你扎绑起来，叫你一夜不得透气。"说时，便在搭膊上捡出几个虱子，指甲儿掐得扑扑有声。翠娥见着，又忍不住一阵心泛，可怜肠胃里的东西都已呕出，没得什么可呕，只呕了许多清水。几个匪徒见大事已定，不怕财神插翅飞去，只待明日赎款到来，便可按份发散，利益均沾。张老三挈同常州来的两个匪徒，自向黄土桥边农人家里投宿，以便明晨接受这份大批钞票。临走时，便把翠娥、金儿两人交托小江北和王麻子看管，千叮万嘱，切莫大意。又说帮里规矩，请来的观音限期取赎，弟兄们都遵守色戒，不得肆行无礼，要是破了这个规矩，将来第二次架肉蛋，便难得人家的信任。小江北和王麻子都说帮里规矩有什么不省得，你自去干你的事，不用多虑。

　　老三等去后，王麻子拉着小江北到破屋外面窃窃私议道："你看太阳将近落山，我们又不曾备着干粮，肚里空洞洞，怎好打熬到明朝？横竖这双寡老服服帖帖，不想滑脚，你留在这里，把他看守，我趁太阳没有落山，拼跑几里路，寻个市镇，买些充饥东西，回来和你同吃。"小江北道："很好很好，你顺便买两匣强盗牌香烟、一匣洋火，倘有钱多，益发借个酒瓶，舀几斤麦烧，快去快来。有了这两样东西，便是坐守到天明也不嫌寂寞。"王麻子一一答应，自去购买东西。小江北在这破屋子门前席地而坐，亮晶晶的镀镍铅刀挟在肘下，一手握着猪肚子搭膊，算作制伏翠娥的法宝。翠娥陪着金儿，怎敢离这屋子一步。屋子蛛丝蝠粪，肮脏得不成模样，一股霉蒸气味直扑鼻观。嫂叔俩立了多时，腿力疲乏，也顾不得地上肮脏，没奈何倚在墙隅，席地而坐。金儿见有嫂嫂在旁，略觉胆壮，枯坐了一会子，不觉睡熟，翠娥也不去惊醒他，思潮万丈，涌上胸来，怎得不忆念家里。忆念别人还可譬解，唯有这个眼皮上供养、心坎里温存的香郎，哪里抛撇得下。这时赤日已落，新月未升，屋子里漆一般黑，伸手不见五指，草里秋虫啾啾唧唧地叫得怪响，风刮树枝儿，瑟瑟械械，都挟着悲切声调。小江北等候王麻子不见回来，心里正自焦躁，蓦然间树林里转出一个黑影，向着屋子而来。小江北道是王麻子，飞也似的迎将过去。比及走近，那人出其不意，当胸一拳，把小江北打倒在地，当的一声，这把镀镍铅刀也都抛落一旁。正是：

　　螳螂捕蝉，沾沾自喜；黄雀相随，不能以咒。

第五十九回

救红装秋水溯伊人
绘黑板课堂留肖像

　　这一下当心拳，拳经上有个名目，唤作黑虎偷心，要是身子怯弱的，便立时要口喷鲜血。小江北虽没喷血，却已痛得挣扎不起，只唤着："好汉饶命。"那人轻轻说道："噤声，你若声张，我便结果你这条狗命。"在这当儿，树林里又闪出一条黑影，飞步上前，向着那人说道："绳索在此，且把这厮扎缚住了，再行打点救人。"小江北暗暗叫一声苦，方才吃了一下当心拳，早打得七荤八素，来人断不是好惹的，要保全这条狗命，只得由着他们摆布。当下两个人把小江北绳穿索绑，两手两脚扎缚得紧腾腾，动都不得一动。后来的一人道："缚便缚了，防他要叫喊，可有什么东西塞住他的嘴?"不料事有凑巧，先来的一人恰踏着一团软绵绵的东西，解开看时，恰是最适用的塞嘴东西，一个臭搭膊，卷住一条绑腿带，便把绑腿带塞了小江北的嘴，再把搭膊紧上几匝，使他作声不得。后来的一人又踏着地上的铅刀，拾将起来，指着小江北骂道："狗徒干的好事，也叫你吃些痛苦。"嗖的一刀，向他大腿上猛力砍去，便老大地受了一处伤，伤的不是小江北，倒是这把快口，铅皮上面顿起了条卷口。若说小江北的飞毛腿，却不曾损动一根汗毛。

　　这些话都是编书的随笔交代，若在那时，黑暗得什么似的，谁能生着夜明眼，瞧得这般清切。然而瞧果瞧不清切，听却听得清切，破屋子里的翠娥听得外面打架，怎不格外关心。初时还认道是几个贼徒自相冲突，哪里敢出头叫喊，后来听出口风，说什么救人不救人，便知道这两个都不是贼徒，却是路见不平拔刀相助的义士。有这好机会，怎敢迁延自误，赶把金儿推醒了，一把拖出门外，连唤："义士义士，搭救我们两个。"但见两条黑影迎面走来，比及走近身边，黑暗里认不清面庞，影影绰绰，是个学校青年的模样。两个里面，有一个向她摇手道："别叫唤，你们要回去，只跟着我们走，相去没多路,有船停泊,你们上了船便没事。快走快走。"说时,两个人便在前面引导,翠娥揽着金儿紧步相随,隐隐见前面的一个仿佛戴着草帽、服着西装,后面的一个便是方才向他摇手的,却也西装打扮,只不曾戴着草帽。约莫走了百十步路,引导的都已停步,多半已到了河边。翠娥猛想到这个所在来时节曾经见过,还记得芦草丛中隐隐有个白面少年在那里窥望,多半就是这两位中间的一位,但不识端的是哪一位,他们因甚来救我,和我有什么关系,可晓得我便是刘公馆里的眷属。翠娥肚里打算,两只眼睛不住地向他们注射,只恨没有夜明眼,瞧个彻底彻骨。但见在前的少年立得较远,草帽沿压得低低的,休说在这大黑夜瞧不清切,便是青天白日,也难见他庐山真面。在后的少年立得较近,正在那里招呼船户,揽扶这脱险的嫂叔下船。翠娥道:"两个义士救了我们的性命,尚不曾请问高姓大名,仙乡何处?"那个立得较近的笑道:"邂逅相逢,没有报告姓名籍贯的必要,况且这地又不是讲话之所,快快下船,莫待贼党知晓,追踪前来,再遭毒手。我们就此告别。"翠娥在黑暗里瞧了他几眼,忙道:"先生不是这么讲。自古道,受恩不报非君子,负义忘情烂小人。先生莫小觑了我柳翠娥,受人搭救,不思报答,我柳翠娥不是小家之女、等闲之辈,却是刘公馆里的眷属。公公刘邦平,丈夫刘玉如,我在六月十八日抱牌做亲,苏州城里赫赫有名,谁不道我是九烈三贞。便是这位弟弟,非同小可,是我公公的爱子,百万家私的继承人。两位救了我们嫂叔俩的性命,这一二千元的酬劳包在我柳翠娥身上,储款以待,绝不食言。两位快把真实姓名相告,并且向船家借个灯火,待我细细地认一认面貌,免得这项酬金被人家冒名领去。"翠娥说到这里,旁立的少年连连催促道:"别多说吧,你要生命,快快下船,我们没工夫和你谈天。"那个戴草帽的少年虽不说什么,却在那里哧哧地好笑。在这当儿,芦苇丛中透出一点灯火,小舟靠拢近岸,跳上一个船娘,忙问哪两位要下船。旁立的少年指着翠娥和金儿道:"便是这两位。"船娘先把金儿抱下舱里,回到岸上,来扶翠娥。翠娥向那少年瞧了一眼道:"先生救命大恩不曾报答,匆匆告别,这便如何是好?"少年连连摇手道:"事不宜迟,别多讲,快快下船。"又指着那个戴草帽的少年道:"救你的是他不是我,你也不须寻根索果,你只陪着你的小叔好好儿回家,安安稳稳地坐在家里。"翠娥尚待再问,吃那船娘催促得紧,一把揽入舱里,船头上立个船家,竹篙几点,船儿已远远离岸。

翠娥从篷窗里探出半个身子,向那岸上望时,暗暗唤声奇怪。原来方才的两个少年,手里都提着明晃晃的玻璃灯,在岸上行走。怎么方才和他们相

332

见时不点灯，直到我走了才点灯？若是方才点了灯，我便好把他们瞧个彻头彻骨，现在他们走远了，隐隐地只见得他们的背影，枉自结了个患难知己，可怜观面不相识，和陌路人一般。这突兀惊人的两个少年，因甚怕和我在灯光里相见？难道面上有什么斑点，生怕被我瞧见了不成？翠娥正想时，这只船儿已从支港里摇入石湖，回头看时，只有芦荻经风，秋意瑟瑟，一星两星的渔火印映入波心，在湖泊里忽明忽灭，方才的两个少年，经那芦荻障眼，再也瞧不见他们的形影。猛然想到童年所读的《诗经》，叫作"兼葭苍苍，白露为霜，所谓伊人，在水一方"，分明替今夜的情景写照。船娘一壁摇橹，一壁询问翠娥，摇到何处泊岸。翠娥猛又想到，要知两个少年的下落，但问船娘，自有分晓，当下絮絮叨叨，什么长什么短，向船娘问个不休。船娘答道："这两个少年，日间在胥门码头唤了船去逛石湖，逛了一会子，便停泊在石湖边行春桥下。他们上岸游玩，直到太阳落山时，方才下船。我把缆绳解了，待要回转船头，他们都道且慢且慢，当下付了两块钱的船资，另加两块钱赏赐。我说不用这许多钱，他们都道不用客气，还有烦劳你们的地方。当下吩咐把船移进小浜，停在芦苇旁边，他们解开皮包，取出折叠的玻璃灯，点了上岸。临走时，又把随带的东西一齐取去，据说上岸以后，不再下船，少顷另有一个女子、一个小儿坐这船回去，你们须好好儿侍候。我听了很觉奇怪，但是贪图这两块赏钱，不由我不诺诺答应。我只道你们和两个少年总该熟识，怎么连姓名都不晓，倒来问我？"翠娥便把入险脱险的情由向船娘一一告诉，唯有臭搭膊扎嘴一层却藏在肚里，不肯宣布，端怕说了出来，损了自己的体面。船娘听得是刘公馆的眷属，立时奶奶长奶奶短，掇臀捧屁般地献媚。

编书的在这中间，又要穿插几句话，摇船的一男一女，坐船的一嫂一叔，全船共有四人，怎么只有两个人在那里讲话？其他两个人嘴巴上又不曾粘着封皮，怎么经了良久，只不作声？列位，这不是编书的疏忽，其间也有一个讲究。原来摇船的男子是个聋子，不凑到他耳朵上大声呼唤，他总不会听得。若论金儿这孩子，自被翠娥推醒以后，拢总不曾开过口，拉他走便走，抱他下船便下船，哭都不哭，笑也不笑，只呆瞪瞪地在那里坐着。翠娥一心要探听少年的底细，金儿发呆情形她都不曾觉察。船娘凑到船家的耳朵边高声唤道："你可晓得舱里坐的两位客人，都是顶呱呱的大来头。一位是刘少奶奶，一位是刘小少爷，都是赫赫有名的刘公馆里的家眷。你赶快摇着船，摇到胥门码头，代唤藤轿两乘，挨着城门，送还公馆，怕不有大大的赏赐。要是摇得慢了，城门已闭，不及进城，公馆里老爷发怒，一顿皮鞭，怕不打断你两条狗腿。"聋子船家听了，两条臂膊顿长了全副气力，咿咿呀呀，把这支柔艇摇得怪响。船娘扭着绷绳，一壁扭，一壁和舱里的少奶奶讲话。翠娥又问道："方才的两个少年，究竟面长面短，面白面黑，皮肤可有斑点，五官可有缺陷？"船娘道："少奶奶，你若问这两位客人，端的一等好相貌，五官又端正，皮肤又白净，宛然似什么大乡绅大公馆里的爷们。"翠娥又问道："他们在船里，谈论些什么？"船娘道："啊呀，这个却不晓得。我们摇船的都是粗人，谁能懂得爷们的谈论。况且他们都是打着官话，这儿、那儿、今儿、明儿地儿个不了，谁能懂得他们的意思……"

　　船上谈谈说说，不觉已到了胥门码头。翠娥就灯下望了望手表，唤声啊呀，表面都失掉了，长短针都落去了，唯有机件尚不曾坏，举腕到耳边听时，依旧窸窸窣窣地走动。原来方才吃小江北扎缚时，手表上加了压力，因此受了这损失。翠娥触物起感，又想到那猪肚子的风味，嗓子里腻腻的，尚带着臭秽余气，便向船娘讨了一杯水，漱了几回口，取出小镜盒，理了理云鬓。日间扑的雪花粉都被猪肚子擦抹净尽，颊上雀斑一齐透现，亏得镜盒里藏着粉纸，左一扑，右一扑，方才掩没了雀斑。上下衣裙沾染着许多泥垢，一时却没法整理。在这当儿，那个聋子船家早把藤轿唤到，翠娥才想到金弟弟还在船里，怎么不作一声。问他可曾受吓，他只点点头，问他可觉饥饿，他也点点头，圆睁着两只小眼睛，恰和吓呆的松鼠一般。当下翠娥搀着金儿，同入藤轿，亏得城门还没有闭，无多耽搁，便返刘公馆。

　　翠娥和金儿双璧归来之日，恰是伍老夫子万金飞去之时。这万金本是意外之财，扑翅飞去，倒也罢了，偏是这几天来结交匪党，供应日用，红纸包里的东西牺牲了不少。本想抛砖引玉，谁料玉没有引得，徒然损了一块砖。本想撒米偷鸡，谁料鸡没有偷得，徒然蚀了一把米。他的得意文章，说什么"剥人之皮，人亦剥其皮"，明明是夫子自道，当堂画下的亲供。从此冬烘脑袋里面装满了许多苦痛，比着绑票的苦痛要加十倍，自作自受，和木匠戴枷一般，谁去怜念他。这一番拨弄，倒便宜了两个船家，来朝到公馆里领赏，邦平只赏了一块钱，他娘子和翠娥暗地里各送船家十块钱，船家千恩万谢，得意扬扬地回去，不在话下。

　　再说王麻子上镇买东西，一口气跑了四五里，跑到横塘镇，约莫上灯时分。乡镇市面，上灯时便要收拾，好容易东钻西觅，才觅到了几个麻饼、一匣纸烟、一匣洋火，又向小酒店里满满地沽了一桶酒。酒家常例，沽酒自带家伙，没奈何取出一角钱做抵押，才借得这个洋铁酒桶，取道回上方山去。

但是回去时百般地走不快，一来天色黑暗，二来手里端着满满的一桶酒，全仗着轻移慢步，才不把酒泼翻。要是步履稍有高低，那洋铁桶里的酒受这震撼，便似浪头船一般打落在地。王麻子本来嗜酒若命，惜酒如金，平日喝酒时，偶有涓滴外溢，他便伸出半个舌头，在桌上乱舔，何况满满的一桶酒，准备带回破屋子，当作宵夜资料，怎肯泼翻一滴半滴，减少自己的饮料。他要保全这桶酒，便不免麻烦了两只脚，人家走一步，他要分作三步，这四五里路程，顿化作了十多里。比及摸摸索索，走到破屋子左近，早熬出了一身臭汗，嘴里打着呼哨，便是招呼同党的暗号，却不见小江北前来接应。他心里着了忙，脚下一绊，扑地便倒，却倒在小江北身上，满满的一桶酒，都给地皮喝了去。他自知不妙，爬将起来，取出洋火划着照时，早伸出半个舌头半晌缩不进去。

后来王麻子把小江北手脚解放，扯去塞嘴的东西，问明情由，顿把这两个少年恨得咬牙切齿。但在黑夜里没有认明面貌，无法报复，恼恨也是徒然。破屋里胡乱度了一夜，到了来朝，却去寻伍老青计议。这时的老青，脑筋错乱，怎能定出什么计较？只落得一场抱怨，哑巴吃着黄连，没说处的苦。小江北挨了这一下当心拳，过了几天，便害着吐血症。他本是靠着苦力度日的，手里拉着包车，嘴里吐着鲜血，似这般挨延日子，总有一天挨不过去，不到两个月，早做了冥都新鬼，在黄泉路上拉包车。张老三、王麻子一辈光棍，两番设计都归失败，他们贼心不死，依旧干那偷天换日的勾当。后来绑票不成，却吃人家绑去，解送法庭，按律定罪。这不在本书范围以内，一言表过，便不再提。

话说韶光容易，忽忽秋尽冬来，平江女学校的校长安子虚女士在校里接到一封请柬，却是陆子才具名，说他女儿陆慧姑，和无锡华人杰君举行结婚礼，择于十月之望，在新村公园成礼。校长欢喜道："慧姑是本校高才生，中学级里第一名毕业，她的吉期，理该前去观礼。"又瞧了一瞧日历牌，这天恰是星期日，便打定主见，到那天率领着一辈学生，同去观礼。一来联络师生的感情，二来参观新村学校，却是一举两得，和寻常酬应不同。又想到观礼的当儿，理该预备一篇典丽堂皇的颂词，这篇文章该请国文先生主撰，便按着电铃，传唤校役，请吕先生前来讲话。不到片刻，校长室里便有一位雌鸡嗓子的先生和校长讲话，满口那也耶，联翩不断地喷出。

且慢，平江女校的国文先生，是方便园，不是吕文甫，怎么写到这里，龙虾教员变作了雌鸡先生？原来其间有个讲究。自从暑期假满，便园到校续课，不上两个月，忽发宿病，喘时节喘作一团，呛时节呛作一片。初时熬着病痛，勉强上课，谁料脚步才跨上讲坛，便已驼背曲腰，喘个不住，揭开教科书，正待开讲，嗓子里不由自己做主，一迭声的合罕合罕，从上课直到下课，合罕声不曾断绝。赢得全堂学生一致反对，说我们不是来上课，竟是来听合罕，方先生上课一小时，书没讲半句，单单合罕了一百零八声。还有狡黠的生徒，竟把课堂大黑板当作滑稽书的稿本，绘一个龙钟教员，虾须翘翘、驼背高高，唇边口角分出两条长长的界线，界线里面，重重叠叠，层层密密，写了一百零八个合罕。无论什么人，踏进课堂，见了这幅书画，都道活现一个方先生。到了明天，便园又来上课，见了这幅行乐图，心头怎不气恼。待要发挥几句话，把生徒训诫一场，叵耐才一开口，又是一阵咳呛，合罕合罕，直到下课时才休。讲坛上的教员，黑板上的画像，真叫作无独有偶，是一非二。照此一天一天地敷衍下去，校长心里也不谓然，当下嘱咐便园，回家调理好了，再来上课。这里的课程，不妨请人庖代。便园一时想不出什么人，只得央托这位雌鸡嗓子的吕文甫暂时做个庖代。文甫诺诺连声，愿尽义务，不取方先生的酬金，俨然前去上课。其实醉翁之意不在酒，文甫心里另抱着一种乐观主义。他踏上讲坛时，伸着鸭颈，昂着鹅头，两道眼光专在全堂学生的面部上打转，赢得学生哧哧地笑，又替他加上一个诨号，唤作相面先生。这天校长托他代撰颂词，他自然十二分起劲，一口承诺。自回家里，拼着几个黄昏，撰就一篇戛金戛玉的文章，也好卖弄自己的才调。谁料尚没到家，半路上撞见方便园的儿子阿虎，把他一把拖住，说老子病势沉重，有话嘱托，请去走一遭。正是：

财奴殉财，名士殉名；名僵利锁，误尽苍生。

第六十回

舞木棒吕诗婆发癫
拥绣衾刘贞妇装病

吕文甫撞见方阿虎，听说他老子病势垂危，有话嘱托，自不免到便园家里去走一遭，便叫阿虎陪着同去。阿虎道："吕叔叔，你自去，我可不能奉陪。我有紧要事情，停停再会。"说着头也不回，扬长而去。文甫素知阿虎有赌癖，这般慌慌张张，事实上去赶赌无疑，当下叹了一口气，径向便园家里去问疾。可怜这位提倡风雅的便园居士，纵然胸有千秋，无奈命如一线，见了文甫，请他在床前一张椅子上坐定，老先生气喘吁吁，一时尚不能讲话。他家里又没多人，除却儿子阿虎，只有一个雇用的老妈子侍奉汤药，桌子上面的东西，药碗茶盏、烛盘医方，都是七纵八横地放着，中间还夹着纸墨笔砚，和那浓圈密点的《随园诗话》，残缺不全的《小仓山房诗稿》，高邻雅集的课卷。另有一幅诗笺压在烛盘底下，字体欹斜，墨痕黯淡，大约是便园居士病中近作。文甫凑头过去看时，却只有七字断句，叫作"玉楼有约去吟诗"，便皱着眉头说道："先生病到这般田地，还在那里呕心血，如之何其使得也耶。"便园叹道："骚人到死诗方尽，蜡炬成灰泪始干。"又喘了一会子，伸出一双枯枝般的手腕拉着文甫的手道："文甫，老夫不久于人世矣，诗名满东南，文章冠吴下，老夫虽死，亦无悔焉。足下春秋鼎盛，前程远大，名山事业，一息千秋，足下其勉之。"文甫见前辈勉励，忙不迭地诺诺答应。便园又带喘说道："老夫瞑目以后，一切都无挂念，单有亲手编定的《便园诗集》尚没付刊，心中不免耿耿。虽说这部著作自有金光宝气，不会淹没，现在不刊，将来终有人把它付刊，然而夜长梦多，人事变幻，小儿年纪还轻，恐不能珍重先人手泽。所以把这事重托足下，老夫瞑目以后，一切丧事排场概从简省，提出余款，刊刻诗集，所有校雠等事，请足下和墨亭担任，将来敝集行世，两位的大名也好附刊在集子里面，传诸千秋万世。"文甫道："先生但请宽心，这事都在区区身上，义不容辞者耳。"便园点点头儿，又颤声儿嘱咐道："这部集子，现在放在床下竹箱里面，用油纸包裹，老夫一朝瞑目，请足下检取出来，代为保存。"说时，又直着嗓子唤阿虎，不知要嘱咐什么话。老妈子答道："虎官怎肯在家里坐，只在外面赶赌。"便园听了不作声，只是痰声咯咯，气喘吁吁。文甫不便久坐，说了几句宽慰的话，起身告别，一路回家。在路上时，暗暗心头快乐，便园一死，这平江女校的国文一席，稳稳地由我继续，一堂红粉女，唤我作先生，如之何其不乐也耶。

正在满怀快乐的当儿，一脚跨入家里，冷不防迎面闯出一个婆娘，一手揪住文甫的耳朵，一手指着他的面皮，喃喃讷讷地说道："大伯，你好狠心肠啊！我玉侬柳絮才高，桃花命薄，易求无价宝，难觅有情郎，茫茫红尘，竟不得一个风流才子、如意郎君，温温存存、怜怜惜惜、唧唧哝哝、甜甜蜜蜜，整日整夜，和我玉侬做一对儿。正是我本有心托明月，谁知明月照沟渠。大伯大伯，我好恨啊！"说得一个恨字，竟把文甫的耳朵狠命地扯了一下。说时迟，那时快，文甫的娘子、女儿都抢步前来救护，扯住了婆娘的手腕，竭力把她指头分擘，才保全了文甫的一双耳朵。原来文甫的弟妇吕郭夫人，自从那天诗社里回来，梦想颠倒，专在宋吟香一个人身上，只为吟香在人丛里朗诵她的佳句，只道吟香注意于她，她发生了误会，诗魔色魔乘隙而入，弄得似痴似颠，不知怎么是好。她曾扭着几首歪诗，寄向吟香那边，请那绿衣邮差做个青鸟使者，只恨枉自投桃，不闻报李，又曾挪动莲步，到吟香家里去访友，只恨徒劳跋涉，未谋一面。她在少年时候，曾经患过神经病，现在所愿不遂，未免牵动宿疾。又值文甫在女校里代课，每天课毕回家，夸说校里的生徒怎样绰约娉婷，文甫娘子听了，觉得水米无交，不甚注意。偏偏这位吕郭夫人，听他大伯夸赞女生，觉得句句刺心，饱受了许多闷气，旧恨新愁，纠结不解，才酝酿了一场痴病，闹出今天的活剧。

后来吕郭夫人的病症日深月沉，初时歌哭无端，还不失女诗人模样，过了几天，竟自披头散发，手舞足蹈起来。一天，文甫在校里上课，猛听得一声响，这个痴婆娘竟乱舞着捣衣杵儿，从课堂门外打将进来，玻璃碎片，触处粉飞。全堂生徒躲的躲，逃的逃，霎时间慌作一团。文甫也想脱逃，可那痴婆娘当胸扭住，噼噼啪啪，饱受了几下无情棒，直打得雌鸡嗓子叫苦不迭。那时校长安子虚领着几名男女校仆，高举着扁担门闩，前来拎捉痴婆娘，费了九牛二虎之力，才把吕郭夫人捉住。事后问悉情由，便把文甫立时辞退，课堂上玻璃，都由文甫认赔。一个月薪水，不多不少，只够赔偿玻璃之用。

好好的一只饭碗，竟打落在他弟媳手里。若问他和弟媳究竟有什么密切关系，见智见仁，自在阅者，编书的也不用画蛇添足。文甫的事，借此告一结束。这位香绝艳绝的吕郭玉侬女士，从此在疯人院里寻章觅句，到死才休。

　　回转笔尖儿，再说社长方便园先生，病缠床席，一息奄奄，不上几天，便离尘世。临终的当儿，嘴里咿咿唔唔，兀自吟哦什么惊人佳句。做了一代的诗翁，毕竟生有自来，死有自往，和寻常人不同。"玉楼有约去吟诗"，或者竟成事实。从此高邻雅聚，在天上不在人间，吴中风雅，主持乏人，高邻公所里面，除却存储几瓮陈年宿醋，再也不闻开什么吟哦盛会，聚什么裙屐名流。便园的儿子阿虎，堕入下流，不可救药，便园病重的当儿，阿虎偷偷摸摸，早把老子的历年积蓄在赌场里牺牲了不少，所以便园身后，家况萧条，休说没钱刊刻诗稿，便是一切丧事开销，还不免西凑东挪，草草了局。后来文甫见了阿虎，向他索取遗稿，以便代为保存。阿虎翻箱倒箧，四处搜寻，再也找不出片纸只字。文甫道："尊翁病笃时，亲口嘱咐，说这一生心血，藏在床铺下竹箱里，用着油纸严密封固。"阿虎笑道："啊，原来是这个劳什子东西。那天卖糖的到来，我把这东西换糖吃，卖糖的打开看时，说里面的东西不值钱，只好把它抹桌面、填床脚，还是外面包里的一张老油纸值得几个小钱，因此他便换给我一块麦糖吃。"文甫听罢，嗟叹而去，从此以后，一块麦糖竟断送了方先生的千秋盛业。

　　刘邦平见儿子媳妇遇救回家，万元钞票不损分毫，况且这两个仗义救人的少年不曾留下姓名，不曾索取谢意，他心里又是感激，又是快活，似这般光明磊落的人物，才不愧是个好男子。他和伍老夫子商议，想在阳货先生神位旁边，添设两个义勇少年的长生禄位。青岩竭力阻挠，说这个不行不行，路遥知马力，日久见人心，料想天下没有这般的好人，东翁何妨徐徐云尔耶。邦平听了，果把此事作罢。但是邦平在欢喜当儿，又添了许多烦闷。金儿遇变回家，虽保全了性命，但是终日里如痴如呆，除却穿衣吃饭，什么事都不懂得，看鬼看邪，问医问卜，什么事都干到，却分毫没有效验。再说翠娥遭变以后，几个月来，只在娘家居住，推说有病在床，不能起身，邦平夫妇几次打轿来接，翠娥哪里肯上轿，只说病体痊愈后，才能回到夫家。其实翠娥哪里有什么病，不过开元寺摸彩消息渐渐证实，撑肠挂腹，肚皮儿发起酵来。这叫作一则以喜，一则以惧。喜的是吟诗论文，下了个读书种子；惧的是当着公婆，恰似怀着鬼胎，没法可以遮丑。因此诈称有病，久在娘家居住，和吟香有说有笑，在一起打混。但听得刘公馆里遣人来问疾，小宾娘子忙忙地送个特别照会，吟香退到后房，暂在马桶脚边躲过一时半刻。翠娥更加忙乱，赶把荷叶水洗一个脸，洗得面上黄沉沉，带着些病容，再把头发揉得乱乱的，倏地跨上绣床，把锦被掩盖了下半截身子，嘴里一呻一吟，把眉心紧紧地皱着。然后小宾娘子带着来人，进房问病。翠娥说话时，没精打采，有气无力，一句话分作几橛说，分明是个病美人模样。小宾娘子也在旁边百计掩饰，西贝的病原捏造得活灵活现，又捡出几纸药帖儿，授给来人，听他带将回去，呈与老爷太太过目。来人见这情形，回去报告，邦平夫妇当然深信不疑。其实这个药帖儿也是赝鼎，柳小宾本做医生，医道虽不高明，但是捏造几纸假药帖，也不费什么吹灰之力，并且这药帖儿也曾在药铺子里赎过药，上面盖着天生堂的药铺图记，只不曾把药煎服，所以明明赝鼎，却不露半些儿破绽。但有一层可虑之处，要是邦平娘子亲来这里，住过一月半月，端怕终有破绽落在她的眼里。幸而邦平娘子的病症尚没痊愈，懒于出门，所以翠娥的种种黑幕一时却不曾破露。她见公馆里人来，只是这般装腔作势，掩人耳目，待馆里来人才跨出门，马桶脚边的吟香便大模大样地踱将出来，依旧是怜香惜玉，倚翠偎红。那时的翠娥，倏地跨下床来，洗去脸上荷叶水，重对圆冰，轻匀雪粉，又把青丝抹得光光的，嫣然一笑，和吟香哝哝唧唧，快刀割不断般的情话。依着翠娥的主意，只要掩饰三五个月，撑肠挂腹的东西和自己脱离关系，那时回到刘公馆，依旧是铁铮铮的一个贞妇，人前人后说得嘴响，三贞不曾少一贞，九烈不曾缺半烈，将来的贞烈牌坊高高矗起，问哪个牵拽得倒。然而有这一问，编书的便给她一具答复道：翠娥翠娥，你的贞烈牌坊，不久便要拽倒了。

俗语说得好，福无双至，祸不单行，这几天的刘公馆里，竟是警报重重，祸事叠叠，直把这位颐指气使脑满肠肥的刘富翁困在垓下，有四面楚歌之苦。千头万绪，说来话长，编书的只好撮要言之。第一个警报，便是邦平创办的织布厂，经理人虐待工人，闹出极大的乱子。经理王子实对待工人，素抱严厉主义，去年冬间，为着厂里一部分女工要求增加工资，子实向邦平那边请示，邦平只叫他放大胆子，拒绝要求。子实的胆子本来不小，又吃了几粒放胆丸，益加暴戾恣睢，不堪言状。女工们要求不遂，忍气吞声，没奈何只索罢了。子实见风潮平伏，便自信使用的手段委实适宜，曾在邦平面前唱一出丑表功，巴巴地来讨赏赐。可怜女工们不曾增加得分文工资，子实的薪水却按月增加了二十元。然而比来的时代，铜圆越贱，米价越贵，洋价越肥，面包越瘦。子实对于工资上的要求，可用着强权把厂里的女工征服；女工对于生活上的要求，却不能用着强权把肚里的蛔虫压平。先是肚里叽叽咕咕，蛔虫大闹了饥荒，女工们处于被动的地位，不得不受蛔虫的驱策，向经理人要求增加工资。要求不遂，正待相约罢工，做那最后的对付，谁料子实得信很早，用着迅雷不及掩耳的手段，乘她们集议未定，设法把为首的一个女工骗入空房，唤仆人把她一顿痛打，恶狠狠驱逐出厂，高贴一纸革条，永远开除了她的名字，又把她应给的工资一齐罚去。这女工痛哭回家，一时气愤，竟把火柴头吞下，断送了一条苦命。为着这事，惹动了全厂工人的公愤，男男女女都来找经理人讲话。子实有两种本领，耳朵长，脚步快，见势不妙，早已溜之乎也。众工人扑了一个空，无可泄愤，却把全厂的紧要机件一齐捣毁，又闯入出品所，把那织就的布匹，撕的撕，剪的剪，没有一匹可以保全。这一场损失，数在巨万。事后虽经借重官方的压力，严拿肇事工人，按律重办，但是损失的资本，单有邦平一人感受苦痛，却叫谁来赔偿？

第二个警报，邦平续贩出洋的白米二千六百石，却被粮食救济团里的团员侦探确实，悉数截留。那时正值米价飞涨的当儿，人家得了这个消息，异常愤激，都说刘剥皮为富不仁，干这黑心营业。救济团召集会议，一致主张，把那二千六百石白米悉数平粜，救济米荒。还有祝子刚办的日报，对于这事，力持公论，把邦平骂得淋漓尽致，替那平民吐气。邦平不喜阅报，任凭骂得怎样刻毒，他都付之不闻不见，唯有白米全数充公，耗折了许多血本，精神上怎不苦痛？

第三个警报，城中机工闹事，把邦平开设的丝经帐房捣作雪片。原来苏州地方是绸缎出产之区，靠着织机生活的人数近万。只因柴荒米贵，生计艰难，机工们为着生计上的要求，向着帐房家要求增加工资，许多帐房家也曾开过会议，对于工人的要求待要酌量容纳。独有邦平一个人力持反对态度，说道："机工要索，刁风万不可长，越是增加工资，越是增加他们的气焰，将来五日一聚众，十日一罢工，我们的资本有限，他们的贪欲无穷。自古道，千朝怪不如一朝怪，任凭他们怎样要索，我们只打定主意，对于工资，永不增加分文。"这一席话，资本家听了，个个赞成，单苦了那些神圣劳工，生计上大大地受了一次打击。后来探悉情形，这番资本家们拒绝要求，都是刘剥皮一人作梗，于是一股毒气尽化在邦平身上，立时纠合了许多神圣，闯入刘姓开设的丝经帐房，发展那穷神极圣的手段，乒乒乓乓，噼噼啪啪，立时捣得一团糟。事后虽曾报告官厅，拘获几名首要，按律定罪，但是邦平所受的损失却向何处索赔？

341

这三个警报，都在十天以内发生。一波未平，一波又起，接二连三的挫折，仿佛把邦平的一颗心掉在油锅子里，百般地煎熬，整日价垂头丧气，长吁短叹，百般的不快活。客也懒得见，门也懒得出，每日早晨，枯坐在一间静室里面，不用仆人侍奉，任凭什么客来，都不许通报。枯坐的当儿，待要打破这座愁城，然而铜墙铁壁，哪里可以破得，却听得一片唱歌的声音隐隐送到耳边。仔细听时，却是园丁小痢痢担粪浇园，在那边唱歌作乐。猛想到自己拥财巨万，一生的福分还不如这个小痢痢，他虽挑着粪担子，却是无忧无虑，无挂无累，一曲俚歌，百般快乐，我枉做了财主，财多愁也多，枉挣着许多苦痛，却为谁来？又想到膝下的金儿变作了痴呆人物，万贯家私，托谁看管？从前玉儿劝我的话，我听了很着恼，现在细细辨别，这孩子的话倒有些橄榄滋味。

话分两处，书却平行。邦平困坐愁城的当儿，他娘子亦遂沦于苦海。娘子从开元寺烧香回来，一病淹缠，直到那时，才能够勉强起床，只是四肢无力，心境又异常昏闷，瞧见了金儿痴呆模样，当然不快活。又因翠娥久返母家，益加冷清清，没人向她说笑。丈夫又因财产上受了损失，同自己一般懊恼，家庭里面塞满了愁云惨雾，从朝至晚，这个眉心儿简直不曾开锁。一天早起，春桃丫头正替娘子绾髻，青丝里面忽发现了几茎白发。春桃道："太太这场病委实不轻，好好的青丝，却白了数茎。"娘子听了，闷闷不答。春桃又道："太太贵人，病中调养得好，除却几茎白发，其余风采精神都和没病人一般。我春桃也害着一场病，几个月不得起床，现在病虽好了，却瘦得不成模样，只落得三分像人，七分像鬼。"娘子叹道："我们家里不知交了什么厄运，几个人只是轮着害病。我能勉强起床了，少奶奶又不知病得如何模样。"春桃咯勒一笑道："少奶奶嘛，端怕不是害着病，便算害着病，端怕不满十个月，不得病退身安。"娘子听得言中有因，便向春桃盘问底细。春桃暗暗欢喜道："我的报复时机到了。"正是：

胸有芥蒂，祸有胚胎；怨毒于人，亦甚矣哉。

第六十一回

流长飞短顿破机关
弄假成真枉钻圈套

　　一间化妆室里应有尽有，色色咸备，在这里装扮一下子，脸也变得黄了，发也揉得乱了，衣服也换得黯淡了，这个所在，简直可唤作病容化妆室。一眨眼浓妆艳抹，猛抬头发乱鬓松，病也病得容易，好也好得迅速，翠娥仗着这改头换面的本领，遮遮掩掩，果然不曾露出什么破绽。如果真个不曾露出破绽，一辈子三贞九烈，谁敢道个不字？无奈那天在困佛床上摸彩，早被阿巧娘瞧破机关。若要人不知，除非己莫为，既已落在他人眼里，阿巧娘又不是个隐恶扬善的君子，她见了干娘王嬷嬷，唇薄嚣嚣，便把这事当作笑话讲。王嬷嬷听在肚里，知道这事关系少奶奶一生名节，不便逢人乱讲，打定主意，替翠娥代守秘密。无奈她贪饮了几杯黄汤，黄汤是说话的钥匙，黄汤到肚，开动了说话机器，什么话都留不住。因此这个消息落在春桃耳朵里，今日里乘机报复，发泄那取消酬劳的宿恨。

　　但是翠娥住在娘家，初不料自己的黑幕轻轻被人家揭破。她每天和吟香在一起坐，肩儿厮并，脸儿厮偎，种种肉麻的模样，也不值替他们描写。小宾虽不大住在家里，但是一纸药方，按日替女儿预备，妆台上面还搁着药瓶药罐和那仙庙里的仙方签诀。小宾娘子对于这事，宛比穿了湿布衫，须待女儿免身以后，这件湿布衫才能脱卸。女儿怀的是人胎，做娘怀的是鬼胎，因此长日不敢出门，生怕刘公馆里人来戳破猪尿脬，一时没法收拾。家里雇用的妈子也受了金钱笼络，嘴巴上贴着封皮，替他们严守秘密，望见刘公馆里人来，便提起着嗓子喊道："太太，刘公馆里打发人来了。"小宾娘子在里面接应道："刘公馆里人来了，快请里面坐。"其实在这当儿，来人尚不曾跨进大门，先经他们大呼小唤，连递着两个照会，房里一对男女，躲藏的躲藏，装病的装病，不多一会儿，诸事多已妥帖。来人进了大门，小宾娘子用着敷衍手段，把闲话来兜搭，老爷可纳福，太太可如意，小少爷可复原，殷勤地问短问长，专待翠娥房里有了呻吟的声响，仿佛递着个照复，说诸事完毕，不露破绽，来人请进，毫无妨碍。那时小宾娘子才引着来人跨进女儿房里，掩耳盗铃，一天一天地敷衍过去。

这天也是合该破露，仆妇上街买东西，尚没回家，小宾娘子觉得防备空虚，生怕闯进什么人来，便在第一道防御线内，履行那瞭望的职务。第一道防御线便在大门以外，她立在阶石上，伸长着脖子，只向东首瞭望。刘公馆里的来人定从东首进巷，她因此专顾着一方面，睁开眼睛，怎敢轻轻地一眨，生怕眼睛一眨，老婆鸡变作了鸭。可惜她没有脑后眼，偏偏西首巷口飞也似的抬进两乘轿儿，在她门口下轿，比及她扭转头颅，竟吓得目定口呆，心房里开了跳舞会。原来这两乘轿儿，第一乘坐的是邦平娘子，第二乘坐的是春桃。她们出门时用的是极秘密的手段，不说到柳家，只说到元妙观进香，比及抬到半途，才传下紧急命令，把轿儿折回，径到柳家去探病。似这般声东击西，竟使防御线里的小宾娘子瞭望了一个空。她虽万分着急，兀自提高着嗓子喊道："刘……"刘字方才出口，却见邦平娘子连连向她摇手，叫她且慢声张，她没奈何，只得闭了嘴，第一个照会便变作没法投递。春桃抿着嘴笑道："舅太太倒也奇怪，谁不晓得我家太太姓刘，没的女儿回娘家，先在门前通姓道名起来。"小宾娘子强笑道："不是这般说，姑太太是贵人，今朝来踏贱地，理当吩咐下人，把客堂打扫清洁，桌椅拭抹干净，免得脏了姑太太的衣服。"说时，又向邦平娘子道："妹妹对不起，请你暂立一下子，里面乌糟糟，不成了模样，待我整理完毕，再请你到里面奉茶。对不起，对不起。"嘴里对不起，脚里却是跑得快，突被邦平娘子一把扯住道："嫂嫂且慢，请你暂立一下子。我无事不登三宝殿，只为外面人多口杂，都把我媳妇的名节破坏，我不信有这事，耳闻是虚，眼见是实，熬着病体，特地来调查，虚虚实实，过一会儿就明白。嫂嫂不用着忙，对不起。"说时向春桃丢个眼色。春桃会意，便拖着小宾娘子径往外跑道："舅太太，来来来，和你在门前玩耍一下子。"小宾娘子涨红着面皮，身不由主，只得跟着春桃走，肚里乱念佛菩萨，但愿方才高喊的刘字飞入女儿耳朵里，早些儿有了戒备。

她在着急的当儿，邦平娘子忙不迭地便向里面跑，跑到翠娥房门左右，却放轻了脚步，暂时驻足，窃听里面的动静。只听得翠娥哧哧地笑道："妈妈倒也好笑，气吁吁地跑将来，却在房门外听壁脚。我们干的事，上不瞒天，下不瞒地，除却刘剥皮夫妇，还怕谁来？香郎，你道这话是不是？"又听得一个男子的声音道："我爱，你别把身子倒在我怀里，免得闪动了胎气，断送了斯文种子。"这几句话直钻入邦平娘子耳朵里，轰轰的一股怒气，推山排海般地涌上胸来，两手两脚撑不住地一阵乱抖。亏得靠在板壁上，有了倚傍，要不是，她病后足软，怎禁得这般刺激，保不定气愤交攻，一跤栽倒在地。那时房里的香郎叫将起来道："妈妈，你怎么笑得回不转气来，吱吱咯咯，连那板壁也都颤动。你要笑，请到里面来，别在这里做隔壁戏。"嘴里一迭声地妈妈长妈妈短，不觉跨步出房，看个明白。不看时万事全休，乍一看时，只吓得三魂剩一，七魄少双，立时抱头捧面，一溜烟向后门逃去。翠娥也叫将起来道："香郎香郎，跑向哪里去？"揭起门帘，也想在房门外看个明白，门帘动处，先露肚皮，慢露面庞，眼梢一瞟，瞟见了婆婆，暗暗喊声不好，一时没做理会处，赶把面庞向帘后一缩，可是面庞越向后缩，肚皮却越向前凸。邦平娘子瞧在眼里，直气个半死，颤巍巍地骂道："你、你干的好事！你这没廉耻的贱人！你把什么来见我？"翠娥眉头一皱，计上心来，料想今天的事躲避是没有效的，伸头是一刀，缩头也是一刀，不如硬着头皮，行使一个苦肉计，但求暂时没事，慢慢再做计较。主意打定，便哭丧着脸儿，从房里跨将出来，一把搀住婆婆的手道："婆婆息怒，媳妇委实辜负了你，要打由你婆婆打，要骂由你婆婆骂，媳妇不敢说什么。只是婆婆病体没全好，久立在这里怕闪了腰，请你到房间里坐定，媳妇顶着竹片，跪在你老人家膝下，求你着力地鞭打。"嘴里说时，不知哪里召来的急泪，点点滴滴打在她婆婆手背上面，直把邦平娘子的怒火打灭了一半，待要把媳妇痛骂，却讷讷不能出口。翠娥把婆婆搀扶入房，请她在靠窗的椅子上坐定，插烛也似的跪在婆婆膝边，却把吟香遗在房里的一根司狄克，一字般地顶在头上，做一出改头换面的三娘教子。

那时小宾娘子知道事已破露，却在门前轻轻地向丫头央告道："春桃姐，穷遮不得，丑遮不得，今天的事瞒不过你春桃姐。没奈何，求你成全两个。"春桃也知这出戏早已开幕，落得做个人情，和她同到里面瞧个热闹，瞧那三贞九烈的少奶奶怎样地冰清玉洁。当下便向小宾娘子说道："舅太太，你莫见怪，这叫作主命难违。今天的事，不知哪个耳报神在太太面前搬唇弄舌，闹出这般的乱子，实则实，虚则虚，料想少奶奶断不干这没廉耻的勾当。舅太太原家教又好，门第又高，雄苍蝇都不放进一个，有什么风吹草动落在人家的眼里，你只放胆进去，敢怕我家太太冒冒失失，错怪了人，颠倒要向你赔罪服礼。"小宾娘子吃了这几个盐块，只好忍气吞声，咽在肚里，急煎煎跑到女儿房门口，探头看时，一个坐着，一个跪着，还有一个不知跑到哪里去了，暗暗唤一声："女孩儿闯下了滔天大祸！"她便效法老薛保，硬着头皮，也在邦平娘子的膝前跪倒，惹得春桃在旁掩着嘴只是哑笑。邦平娘子把司狄克撂在一边，长长地抽了一口气。翠娥却呜呜咽咽，伏在婆婆膝盖上啜泣，滚滚泪珠从裙幅上直淌下来，又把她婆婆的心浸得稀软，一腔怒火化作了两道清泉，从眼眶里涓涓流出。且哭且说道："翠儿，件件般般，都可替你包荒，独有这件事包荒不得。你肚皮这么大，倘被你公公瞧见，叫我把面皮搁在哪里？我在你公公面前，把你说得怎么贞、怎么洁，谁料人要争气，气不争人，这事闹破了，叫我一辈子见不得人。"翠娥哭道："这事除却婆婆，谁肯成全？我婆婆不替我包荒，我只死在婆婆面前，免得婆婆为了我丢脸。"小宾娘子跪求道："妹妹，千朵桃花一树生，头顶着一个字，彼此都是柳姓的人。你不替翠儿包荒，谁替翠儿包荒？这妮子说死便死，性子是很烈的。"邦平娘子冷笑道："好一个烈性的女孩儿！"小宾娘子伸着手，把自己打了一下巴掌，便道："姑太太，我是跑急的黄狼，放不出好屁，免得你贵人动手，我便自己打自己的狗嘴。但是胳膊总向里面弯，姑太太，你不把翠儿成全过去，这妮子便没有命活。"说时，捣蒜似的连磕着几个响头。翠娥也是苦苦哀求，只说饶过她一遭，以后若再如此，听凭婆婆处死，死而无怨。

邦平娘子本是袒护娘家的，巴不得把这事遮掩过去，免出娘家的丑，当下把娘女俩搀了起来，商议遮丑的计较。邦平娘子提出三条办法：一要翠娥和吟香脱离关系，一刀两断别无牵挂；二要速服打胎药，把肚里的孽种连根拔去；三要翠娥常住夫家，永远不得在娘家过宿。前后两条，娘女俩都没口子地答应，唯有第二条答应不得。小宾娘子道："姑太太，你送佛便送到了西天，左不过挨着两个月，这孽种便要下地。到了那时，人不知，鬼不觉，悄悄地把孽种抱入育婴堂里，天大的乌云吹散得干干净净。从此以后，翠儿洗过心肠涤过肺，依旧规规矩矩，清清洁洁，在府上守一辈子的寡。大事化作小事，小事化作没事，这便叫作送佛送到西天。若说七八个月的身孕要仗着药力堕胎，胎儿活不得，产母也不得活，白白地送了两命，依旧遮不得丑。好姑太太，你是佛心佛肚肠，譬如南海烧香，便成全了这两条性命，救人一命，胜造七级浮屠，救人两命，胜造十四级浮屠，好姑太太，这便叫作无量功德啊。"

邦平娘子没奈何，只得应了她们的请求。

忽忽几天，相安无事。果真相安无事，我这一部书便不得结束。无如刘公馆里正逢着多事之秋，邦平既被这三个警报围入楚歌四面之中，谁料没趣的消息雪片般地飞来。一会儿传说许多劳动社会，因受着米贵的苦痛，纷纷扰扰，要闯入刘公馆里，把邦平活活咬死。一会儿传说城里的机户，因首要人捉将官里去，便疑邦平在暗中作祟，借着官势压人，纷纷扰扰，要求向邦平问罪。可怜邦平做了个惊弓之鸟，怎敢轻易出头，只得就近通报警察局，派出几名巡警，昼夜逡巡，替刘公馆看守前门后户。实则这些皆是无根之谈，过了几天，却丝毫没有影响，邦平方才稍定神，料想外患一层当然可以无虑。编书的却道，邦平邦平，你的外患暂平，你的内患转眼却便要发作。

书中单说两番设计的伍青岩，功败垂成，一挫再挫，只落得唉声叹气，好几夜不曾合眼，他在百无聊赖之中，却听得春桃业已病痊，野心勃勃，又复随时发作。他和春桃相会时，情话喁喁，早定下了终身的盟约。他说："吾在这里坐板凳，你在这里做丫鬟，彼此都没个出息，要做长久的计较，莫如乘那剥皮夫妇倒运的当儿，和你觑个机会，掏摸些财源，一溜烟向着上海便跑。谁先得手，谁先逃走，到了上海，自有方法和你相会，一辈子做长久夫妻。好在这几个月里，晦气星跟着刘剥皮走，他正心绪如麻，终日里不和人见面。我们便把这事干将出来，他正乱七八糟，不见得十分严究。"春桃本也怀着这条心，把这话听在耳朵里，便不住地把头乱点。过了几天，邦平恰才起身，刘福从外送进一封信札，邦平怒道："该死的奴才，我怎样吩咐你，我因心里烦闷，这几天内不会客、不看信。遇有客来，只说我不在家；遇有信来，只送给伍师爷那边，代拆代行。你怎么不省得，却来找我？"刘福垂着手禀道："本该送到伍师爷那边，他从昨天出门，直到这时没回来，却从哪里去找他？况且这封信上，写着伍缄两个字，论不定就是伍师爷的信札。"邦平听说，很是奇怪，取信看时，果是伍老夫子的手笔。拆开看时，直气得发昏。原来青岩私取邦平的图章，假借名义，向庄家骗取现洋三千元，携款潜逃，却写了一封留别信，和东翁话别道："令郎抱恙以来，久未入书房而读经文，晚生在府上教书，有其名而无其实，正所谓素餐者耳。彼君子兮，不素餐兮，乃所愿则学君子也。今向东翁暂借三千元，日后当照数奉还。晚生非久假而不归者耳，今生而不能奉还者，来生可以奉还也，来生而不能奉还者，他生可以奉还也。晚生一介不以与人，一介不以取诸人，东翁东翁，求其放心而已矣。"邦平长长地叹了一口气，闷在胸头，再没有什么话说，暗思似青岩这般人，也会昧着良心干这勾当，那么前后左右，再也没有依靠得住的人。他一个儿自在静室里，翻来覆去，胸窝里思潮起伏。说也奇怪，邦平在趾高气傲的当儿，任凭千思万想，总想不到儿子玉如的身上；现在气急败坏，虑乱心烦，不动念头则罢，一动念头，便把玉如吸入心坎里，待要把他驱遣，哪里驱遣得出？

邦平娘子自从撞破了翠娥的秘密，哑巴吃黄连，说不出的苦，生怕春桃嘴快，把丑事传播出去。落在人家耳朵里还不打紧，落在丈夫耳朵里，可不把自己的面皮削尽，因此花了许多塞嘴钱，把春桃的嘴巴塞住，不许在人前乱讲。谁料干荷叶包里尖角菱，越是包裹得紧，越是破绽百出。蓦地里柳姓的左右邻居前来报告，说昨夜小宾家里不知为着什么事，忙忙碌碌，连夜搬家，今朝去探望时，两扇大门却是虚掩着，推将进去，哪里有什么人影，只留着些粗笨家伙和那不值钱的东西。原来小宾住的正是刘姓的房屋，这几家邻居也是刘姓的租户，承他们关切，特地前来报告。邦平独坐在静室里，诸事都不管，倒是他娘子先得了消息，说不出的酸咸苦辣一齐兜上胸来，赶快派人去探动静，却和报告人没两样。并且四处探听，探不出柳家搬向哪里去了。娘子骂一声："没良心的贱人，你这一走，却苦了我也。"那时里面的仆妇丫鬟都是七张八嘴，当作笑话乱讲。主人翁刘邦平尚在静室里打坐，他不出静室，任凭什么事，谁敢向他禀报？小主人刘金儿，和泥塑木雕一般，任凭闹出什么把戏，他只睁着两只小乌珠骨碌碌地呆看，什么喜怒哀乐，他一概都不管。娘子因翠娥回娘家后，这里的卧室几个月不曾开锁，即便舔开锁钥，推将进去，查看她的金珠首饰，凡是贵重的，都掷得空空如也。还有邦平交付媳妇的钱庄存折、银行支票簿，一股脑儿都插着翅膀飞去，可见翠娥脱逃的计划蓄心已久。小宾夫妇都和女儿通同一气，只瞒着刘姓之人。娘子咬牙切齿，又骂了一声："没良心的哥哥嫂嫂！"气愤愤回到房里，才想到引贼进门，都是自己的不是，少顷和丈夫相见，我的面皮放在哪里？头一横，只喊一声"罢了"，便打量要觅个短见。

那时春桃在旁，假意相劝说："少奶奶不见得这般没良心，待过几天，自会回来，太太不用着急。"娘子含着眼泪道："管她回来不回来，我总一辈子不愿见她。"又哭丧着声调道，"春桃，我有话叮嘱你，少刻老爷出了静室，得了翠娥逃走的消息，自然要觅我说话。那时我若等不及和老爷会面，你可传我的话，叫老爷别悲伤，别把我放在心上。"春桃道："咦，太太说什么话咧，难道少奶奶跑了，太太也跟着她跑不成？"娘子流着眼泪道："蠢丫头，你省得什么，家里闹出这般事，我怎有颜面活在世上？"春桃道："太太真个要觅死吗？好死不如恶活，劝你放下这条心吧。"娘子道："说死便死，谁说不真。"春桃道："我只跟着太太走，你便觅死也觅不成。"娘子道："好丫头，别放刁，你且到外面探听探听，老爷可曾出了静室。"春桃道："我懂得太太的意思，明明把我遣开了，你好寻死觅活。"又道，"我走便走，我只不离开这间屋，专在窗儿外打探。"说时，便出了房门，绕到前面庭心中，影影绰绰，在那玻璃窗外窥望。娘子见这情形，立时放心托胆，暗想这便是我寻死的好机会也。原来妇人觅死，也是一种对付丈夫的手段，明知弄坏了事，难免丈夫责备，唯有先演那觅死的活剧，把丈夫吓倒了，自然不敢再加责备。然而觅死的当儿须得随机应变，不落呆相，才不会弄假成真。要不是呢，只怕活剧演不成，倒演了一出死剧。邦平娘子这番觅死，处处参以活法，先在春桃面前吐露口风，又故意把她遣开，明知春桃不肯远离，只在窗儿外张望，她装作没有瞧见一般，长长地吁了一口气，使劲地说道："死了吧……"

若问娘子怎样死法，这其间也参以活法。吞烟吞金，动刀动剪，端怕弄假成真，不是稳妥的办法，最稳妥的莫如悬梁高挂，只要脚底踏上椅子，便钻在圈套里，打着什么紧。抬头看时，中央正挂着一盏白瓷荷花罩的保险灯，娘子搬只椅儿，把身躯垫高了，将保险灯取下，放在一边，又取条浅青色的绉纱汗巾，绾一个活络的圈套，再把一端系在灯钩子里。正待踏上椅子，把头儿钻将进去，只听得春桃在窗外低唤道："太太，这个使不得。"娘子装作没有听得一般，又使劲地说道："死了吧！"立时踏上椅子，把头颅钻进圈套，脚下既没脱空，圈套又没打紧，只不过做一套玩意儿，专待春桃进房，大呼小叫，把她解放下来，好叫丈夫知道，存一个戒心。那时的春桃，蹑手蹑脚闪进房间，一声冷笑，却把娘子垫脚的椅子用力抽去，脚底下脱空，活结竟变作了死结，方才说打什么紧，现在却越打越紧起来。狠心的春桃，她正待觑个机会掏摸些财物，好和老青在上海相会，所以瞧见主妇上吊，便忍心下这毒手。她抽去了椅子，赶快到妆台左右，东一瞧，西一瞧，待要掳掇些贵重东西，以便乘隙脱逃。

说时迟，那时快，蓦听得一阵脚步声从背后掩将过来，急忙转身看时，不看时万事全休，乍一看时，只喊一声："不好，这鬼魂儿又在那里出现也。"待要夺门逃走，却被那人使个鹞鹰捕鸡势，劈胸脯一把扭住。春桃经这一吓，论理便该栽倒在地，却又不然。原来那人扭着胸脯，很有些暖气，明明是人手不是鬼手，赶忙跪倒在地，只说："大少爷开恩饶命！"那人喝道："贱婢，你跪着不许动！"当下移条椅子，把娘子垫住了脚，又把扣喉的汗巾渐渐松放，双手捧抱，把娘子抱到榻上放下，忙不迭地替她揉胸接气。春桃几次想要脱逃，吃那人怒目相视，吓得不敢站起。那时娘子两眼渐渐活动，业已回转气来。房门外挨挨挤挤，有许多仆妇丫鬟在那边舒头探脑，都说："我们放胆进去，明明是人不是鬼，躲避他做甚。"那时一片声地高唤："大少爷，原来你不曾在大海里丧命。"众人又见春桃直橛橛地跪在地板上，忙道："春桃，你不痴不癫，跪在这里做甚?"那人便道："方才入内谒母，尚没进房，恰从玻璃窗外远远瞧见继母悬梁自尽，又见春桃从旁抽去椅子，东瞧西望地偷摸东西，因此心头大怒，掩入房里，捉住了贱婢，搭救了继母。"娘子在小声唤道："玉儿好孩子，你原来不曾死，难得你不记前仇，却来这里救我……"话没说完，仆妇们道一声："老爷进来了。"那时邦平气喘吁吁地跑将进来道："我那玉儿在哪里?"玉儿趋步上前，见了老子，一时不及说话，却抱头一场大哭。原来那人不是别人，便是本书的主要人物，姓刘名琪，表字玉如，小名唤作玉儿。正是：

寒极而燠，郁极而伸；山穷水尽，乃见斯人。

第六十二回

乍合乍离前因后果
不缁不磷众醉独醒

　　跳海无踪的刘玉如霎时间天外飞来，刘公馆里上下人等初时认作活鬼出现，只落得屁滚尿流，拼命躲避，后来晓得游子生还，却又是舒头探脑，争看热闹。在他们的眼光里看来，谁不当作天大的怪事，实则看书的眼光里，早料定玉如不是真死，这番无恙归来，是人人意想中事，何怪之有。至于编书的编撰这部《众醉独醒》，玉如死活问题，仗我三寸柔毫，可以一言解决。要是玉如真个死了，那么沉沉醉梦的刘公馆葬送在糟丘之下，一醉到底，永没有醒的份儿，怎便唤作众醉独醒？但是编书的既把玉如当作主要人物，怎么直到第六十一回的末段，才入玉如正传，可见以前所说的，都不是本书主要文字。喧宾夺主，试问编书的何以自解？列位，这不是编书的违反常例，有意走那喧宾夺主的蹊径，只为本书的定名既然叫作众醉独醒，可见醉的份儿多，醒的份儿少。况且本书的体裁又是部社会小说，社会的现象，也是醉的份儿多，醒的份儿少。若说醒的是主，可见醉的是宾，众醉独醒，便成了众宾独主。编书的本意，很想替那清醒人物竭力写照，无奈为那小说名义所包围，社会现象所束缚，却不免把书中主要人物抛撇一边，冷落了许多时候。话虽这般说，但这玉儿两个字，本书开端第一回早已包含在内，呼之欲出，嗣后还把他时时提起，算作全书的线索。虽不曾用着特笔，替他作一篇小传，然而众人口中的刘玉如，东鳞西爪，凑合起来，也许抵得一篇小传。何况玉如登场，不从这回开始，前数十回中，早有个不说真名的刘玉如曾和列位相见，草蛇灰线，自有踪迹可寻。

　　现在且慢理论，单说玉如生长富家，却深不以坐拥多金为然。他说甘做一辈子的守财奴，果然不可为训；要是挥金如土，把祖宗积累的金钱一一掷诸虚牝，这便叫作败家精。守财奴和败家精，蹊径不同，同一不可为训。总而言之，遗产制度委实万恶的制度，守财奴和败家精都从遗产制度底下产生而出，所以猗顿后裔绝少闻人，陶朱儿郎竟成败类，金银气中断丧了许多杰士。人人都说生长富家为幸运，唯有玉如自称为不幸之儿。他既这般着想，却和他老子的思想起了绝大的冲突，更兼继母从中媒蘖，父子之间貌合神离，所以玉如在家庭里面，一言一动，总不免受他老子的呵斥。亏得在校时多，在家时少，这几年来，尚没起什么意外风波。然而邦平对于儿子的感情虽甚凉薄，玉如对于老子的感情依然深挚，累次进规，忠言逆耳。蓦地里噩耗传来，他老子竟强加压力，替他订定柳姓的婚姻，直把热心满腔的勇少年气得冷了半截。原来玉如对于翠娥，素来鄙薄其人，会面时态度冷静，不肯假以颜色，转是翠娥凑将过来，眼梢儿左一瞟右一瞟，嘴里玉哥哥长玉哥哥短。玉如走到哪里，她便跟到哪里；玉如坐在这边，她便坐在那边；翠娥心里越是烘烘的热，玉如心里越是冰冰的冷。这还是三四年前的事。后来听得翠娥住在上海，声名很是恶劣，益加远而避之，不敢轻易和她会面。生平深恶痛绝的人，一旦误占凤卜，强订鸳盟，试想玉如心里怎不懊丧欲绝，万念俱灰。虽曾写信给他老子，拒绝这段亲事，叵耐邦平来信十分严厉，无论儿子依不依，这段亲事竟是铁案难移，并说你若藐视父母之命、媒妁之言，便要出尔的族，控尔的忤逆，断绝父子关系，一辈子和你不见面。玉如见来信词意决绝，便知道解除婚约，非笔墨所能为力，除却一死，再没别法。然而青年自杀，懦夫所为，玉如抱负很大，怎肯怀这短志，辗转思维，除却托词蹈海，假传死耗，再也不能解脱这个束缚。他的同学知己，唯华国是个性命道义之交，曾把自己的苦衷告诉华国，托他打个急电，报告家中，只说玉如蹈海身亡，以便打消柳氏的婚约。华国也深知玉如的家庭状况，以为不是这么办法，断不能斩绝葛藤，脱离羁绊，当下欣然承诺，引为己任。但有一个疑问，玉如托死以后，对于家庭是否恩尽义绝，华国也曾把这问题向玉如讨个答复。玉如惨然道："这个不成问题，父子天性，怎有恩尽义绝的道理。我的托死计划，一来可以取消柳氏的婚约，二来也想启发老父的醒悟。老父拥有资财，怨声载道，一班贫民尤其恨之切齿，危险万分，不堪言状。我虽屡上谏书，写得笔干墨燥，无如我的谏书越切，老父的怒焰越高，笔墨效力至是都穷。没奈何才想出这个计较，伪托尸谏，进一番最后的忠告。天可怜见打动了老父心坎，对于劳动社会稍稍存在体恤，釜底抽薪，消弭巨祸。到了那时，父亲也悔悟了，亲事也断绝了，那么我便泥首父前，负荆请罪，听凭老父怎样处治，绝无怨言。"

华国听了，频频嗟叹。后来依计行事，前书都已表明，不在话下。

玉如这时早已变换姓名，潜到苏州，他的假名唤作何葆真，生怕被人识破，不敢进城，专在离城左近探听家里的动静，并且不敢向那热闹处行走，专在半村半郭的所在往来踯躅。遇着城里的来人，偶然攀谈，渐渐提及刘公馆三字，大家听了，哪有好好的口碑，骂一声："刘剥皮这个刻薄鬼，绝子绝孙，一定没有好报。难怪他的儿子要跳海身亡，分明天有眼睛，大大地给他一个警告。"又有人说："似刘剥皮这般造孽重重，作恶累累，欺压贫民，私贩米谷，他死一个儿子，还抵不了他的罪恶，论不定要天火焚烧，满门灭绝。"又有人说："似刘剥皮这般的人家，却修得一个贞烈媳妇，听说六月十八日，便要抱牌做亲，过门守寡，粪坑里面却生出了一剪素心兰，委实奇怪。"又有人说："他的媳妇哪有丝毫的贞烈气味，打扮得妖妖娆娆，惯在热闹的街道行走，遇着漂亮模样的小白脸，她把两只水溜溜的眼睛左一瞟右一瞟，引得少年男子失魂落魄，步步回头。苏州城里，谁不晓得她的丑历史。"玉如听在耳里，方寸宛如刀割，却把他最后希望又大大地受了一番打击。他这番匆匆南下潜探暗访，只指望老父改悔，亲事取消，他便要赶回家里，伏地请罪，现在听得这般说法，绝望之中，更无余望。至于翠娥抱牌做亲的事，他做梦也想不到。他在京师时，屡次接到翠娥的肉麻信札，中间还夹着许多丑绝趣绝的歪诗，似这般轻狂女子，断不肯居处无郎，得了自己的死信，巴不得别订良缘，再联佳偶。万不料翠娥过门守寡，竟慕着贞烈的虚荣，演这抱牌做亲的怪剧。他本想借着一死，解除束缚，现在却愈缠愈紧，没法可以解脱，又不便在苏州耽搁，被人瞧破了，便不免横生枝节，因此离了苏州，便在杭州地方觅个冷僻的所在暂时栖隐，借着著书立说，做些文字生涯，也好图个自立。况且玉如在京时，又曾研究过内家拳术，不但科学精通，亦且身手敏捷，他又想着著书之暇，组织一个武术会，以矫正国民柔脆的体质。又因自己是工科专门毕业生，又想联络同志，开办一所平民工厂，一方面输以相当的教育，一方面授以改良的技能。但在栖隐时代，自己的真姓确名不便披露，人家又不知何葆真是什么样人，谁肯加以赞助。有了这层阻碍，没奈何，只得静待时机，徐图发展。

一天，玉如正在六桥三竺间踯躅独行，游山玩水，冷不防背后有人高唤着玉如两字，玉如大惊，回头看时，却是同学萧振亚。原来振亚籍贯杭州，和玉如同班毕业，平日感情也是很厚，这番无意相逢，玉如只得把自己的一番苦衷告诉振亚，又请他代守秘密。振亚大笑道："足见区区所料，真实不虚。当时有多数同学得了你的惊耗，十分悲悼，想在北京开一个追悼大会，追悼你的英魂。我说且慢且慢，哪有吐气如虹的刘玉如无端怀抱短志，竟去跳海的道理？你们要追悼玉如，且待寻得玉如遗骸以后，再行开会，尚不为迟。若在这时，我只不信玉如是个真死。同学们听了，才把这事打消。今日里和你邂逅相逢，足见区区所料，真实不虚。"当下玉如便在振亚家里住了几天，只为苏杭两地距离很近，端怕被家里得了风声，横生枝节，玉如大有舍此他适之意。不道事有凑巧，湖北富翁周大赍在那边开办新村，大兴土木，有电报打给振亚，聘请他去做个主任，又说倘一时不能亲到，便是荐贤以代，亦所欢迎。振亚接电以后，果因他事羁绊，不能离杭，便把玉如荐到湖北，暂时充当此职。荐书里面，把玉如竭力推举，只不会道破他的真姓确名。

　　玉如到了湖北，和大赍会面以后，一见倾心，互相叹服。玉如见大赍这般性情豪爽，胸襟豁达，暗想富翁里面，不料有这彻底醒悟的人物。大赍见玉如这般态度轩朗，见解高超，暗想似这少年，定经历过许多艰危挫折，却非一般膏粱子弟所可望其项背。谈论中间，大赍便介绍一位女士和玉如相见。这位女士是谁？便是玉如的姨表妹张锦心女士。锦心和他母亲张师母，也是应着大赍的征聘，前来办理新村，到了湖北，忽忽月余。所有村中的新事业，划分三大部，一是建筑部，二是家政部，三是教育部。张师母充当家政部主任，锦心充当教育部主任，唯有建筑一部尚不曾聘定主任，所以一切事业尚不能积极进行。后来大赍报告锦心，说建筑部的主任已经聘定杭州萧君振亚，前来承乏，萧君毕业大学工科，于建筑上很有经验，此番前来，定可胜任愉快。但萧君因有他事羁绊，须一二月后才能就职，这里需才甚亟，刻不容缓，另由萧君举荐贤才，暂时庖代。锦心当时唯唯诺诺，却不曾询问大赍，前来庖代的姓甚名谁，此番介绍相见，会面之下，才晓得来人不是别人，却是救己脱险的何葆真先生。数月来念念不忘的大恩人，不料在这里相见，一种喜出望外的态度自是不可遮掩。玉如见了锦心，也觉愕然，暗想我更易姓名，远到湖北，原为避人触目起见，却不料和锦心表妹在一起办事，亏得刘张两姓素来疏远，锦心眼光里还只道我是何葆真，不晓得我是刘玉如的化身。然而这女子玲珑剔透，机警过人，我须得格外注意，免遭她瞧破了真相。当下和锦心谈话，只是疏疏落落，不敢过分亲热。然而大赍见这情形，免不得启齿动问，说两位曾在何处谋面。锦心素性爽快，便把当日在苏州车站，怎样桃僵李代，怎样将计就计，怎样和这位何先生邂逅相遇，怎样路见不平，竭力援助，才能够脱离虎口，都一一说了。大赍听着，不住地称赞"葆真"侠

354

义，锦心机警，一般都是浊世的好青年。嘴里说时，心坎里打动了珠联璧合的念头，似这般的一对玉人儿，要是姻缘簿上载着姓名，却是天然的佳偶。

玉如到了新村，展览风景，辨别土泉，一带平原，背山面水，确是建筑模范村的绝好所在。那模范村的雏形，存放在玉如胸海中间，模范村的稿本，发落在玉如手指底下。这里本有大赉的乡居别墅，玉如便住在别墅里面，窗明几净，心旷神怡，左执密达尺，右执绘图器，绘一幅模范村的俯视图，其中尺寸，一一加以实测，用着最精密的比例，分厘不爽，毫发无讹。绘图余闲，时时和大赉谈话，彼此莫逆，不在话下。

张氏母女也住在别墅左近，和玉如朝夕相见。张师母第一次和玉如相会，心里好生惊讶，怎么这位少年声音笑貌，一一和我亡过的姊姊相似？但他姓何不姓刘，要是姓刘，我便道是跳海无踪的刘玉如尚在人世。后来又一转念，声音笑貌相似的人，天下也很多，不见得他便是刘玉如。况且玉如在十余年前和我见过数面，以后却不曾相会，便算他尚在人世，也不见得长得和何葆真一般无二。后来又一转念，锦心素抱着不嫁主义，这是妮子眼界过高，看得世上男子都没价值，才起了这个念头。实则少年里面，似葆真这般人才，却算得国士无双，难得易失，择婿如此，真可无憾。但不知这少年可曾订过亲事，又不识女儿心里究竟怎么样。

再说玉如在这里住了多天，起居饮食虽很舒服，然而思潮起伏，总撇不了自己的家庭。他和华国时通信札，常把家里的事情托他就近探访，及时报告。又知道母舅陆子才、姨丈张达夫都在湖北办事，一旦相逢，姨丈和我不相识，还好掩饰，唯有见了母舅，我的真相岂不要立时破露？他在踌躇的当儿，恰巧张达夫前来拜会，相见以后，谈些客套，并道谢援救伊女的美意，玉如谦退不遑，无待细表。达夫又把玉如的家世从头盘问，渐渐又问到可曾订过亲事，玉如左支右吾，只是随口敷衍，心里却老大奇怪，以为这般盘问一定有个作用。原来达夫的来意，果然带些择婿的色彩，只为张师母的眼光里，认定这位何葆真先生确是乘龙佳婿，曾在女儿那边微露其词，征求她的同意。平日提及亲事，锦心不假思索，立时否决，唯有这天提起的亲事，却消受锦心低头片晌，沉吟多时。究竟她的心窝里做何感想，编书的不加武断，但她在母亲面前有个前提的要求，先把何葆真的家世踪迹调查清楚，那么再议别事，也不为迟。她说这位何先生委实有些突兀，几番问他的家世，他只含糊敷衍，令人不可捉摸，而且眉峰中间，隐隐堆叠着许多苦痛。据我看来，他在家庭里面，定有什么不可告人的隐痛。张师母点头称是，佩服女儿的眼光观人入微。后来达夫回家，张师母便把自己的意思和那女儿的主张，一一告诉丈夫知晓。达夫这番特访玉如，问他家世时，他只用些闲话来敷衍，达夫不得端绪，回家向娘子说道："葆真的人品和才学，都极一时之选，唯有他的生平履历，秘不告人，瞧他的神气，仿佛是今世的伤心人。我曾设法勾探，他只不露一丝口风，他的心事自有他的秘密自由，苦苦地向他勾探，算作什么？但要和他联成秦晋，这个秘密总得勾探出来，才是道理。"

过了几天，达夫遇见陆子才，曾把这桩事和他商议。子才暗暗惊讶道："这个少年委实突兀，莫非就是他？他的死耗，我料定是一种假托，绝对不确，只不晓得他的下落，今天才有了端倪。"当下便向达夫告个奋勇，说："愿向葆真那边，勾探这个秘密。他是苏州人，我也是苏州人，便有什么秘密，料想瞒不过我。"一天，达夫恰在家里和妻女俩闲话，却见子才得意扬扬地走来，开口第一句便说："果然不出我的预料。"达夫很觉愕然，不晓得他的命意所在。张师母和锦心也都茫然，只向子才注视。子才拊掌道："我早料玉如不曾觅死，玉如果然不曾死。"达夫益加诧异，便道："这话从何说起？"子才不慌不忙，便把玉如即葆真，葆真即玉如，一个闷葫芦从头剖破。又说："若不是我亲去访问，怎会看破真相。老妹丈物色乘龙，似玉如这般少年，和锦心甥女，真算得秦嘉徐淑，配偶天然。"锦心听到这里，便避入自己房里，一寸芳心不知是喜是恨。张师母心里早喜欢得什么的，扯开笑口，只听子才讲话。子才跷着大指道："玉如这孩子，是个很有志气的少年，生长富家，却丝毫没有膏粱习气。这桩亲事，我便毛遂自荐，替你们两下里做个撮合山。"张师母道："若得哥哥作伐，万千之幸。但是玉如虽不曾和柳姓结婚，柳女抱牌做亲，名义上早做了玉如之妇，端怕纠葛未清，将来发生什么问题。"子才笑道："妹妹聪明人，怎么理会不出这个道理？玉如托词跳海，正为断绝纠葛起见。刘玉如三字名义，为着柳氏女，早沉没在大海里面；现在活着的，叫作何葆真，不叫作刘玉如。柳女嫁的是牌位上的刘玉如，吾替甥女作伐的，是现活着的何葆真。分道扬镳，哪有什么问题发生？"张师母含笑点头，尚没回答，子才又道："吾向妹妹说句老实话，似玉如这般少年，我早思待以东床，本来没有你们的份儿。只为邦平和我意见甚深，更兼慧儿年岁尚幼，正在求学时代，因此把这事拖迟下来。现在慧儿已定了亲事，天使这个少年留作你们的快婿，难得易失，别错过了机会。"张师母听到难得易失四个字，直打入心坎里面，当下十二分情愿，恨不得请他哥哥立时前去说合。

谁料恼动了一旁的达夫，连摇着双手，只说："不行不行。"子才也知达夫和邦平臭味不同，平日不能闻问，因其父，恶其子，所以不愿订定亲事。然而自古以来，父子性质往往相反，顽父诞生质子，历史上时有其人，何况玉如易姓更名，早摆脱了富豪家庭的束缚，一个人不为环境所移，才算得出类拔萃的人物。当下便把这层意思，竭力地向达夫解释。谁料达夫依旧连摇着双手，只说："不行不行。"子才发嗔道："你也是个开通人物，怎么恁般地胶柱鼓瑟？别事且莫论，单论那天车站相救的情形，你也不该鄙薄这个少年。"达夫听了，虽然有些动容，但是嘴里依旧说"不行不行"。子才益加发嗔，便叫他宣布不行的理由。达夫又吞吞吐吐，不肯直说。怎禁得子才连连催促，定要他道出理由，达夫没奈何，只得把刘张交恶的历史从头披露。

原来提起这事，来源很远。本书第七回补叙邦平的祖父刘筱山吞没发妻的金珠财物，还把她驱逐出门，那时恼动了卖粽子的张小哥代抱不平，把邦平赚进茶楼，请他饱受木樨香味。筱山因此不敢在杭州居住，挈了家眷，搬往上海，却把小哥恨得咬牙切齿。后来探得小哥在无锡城里做些小本经济的生涯，那时筱山早捐了功名，在那绅衿队里厮混，便和几个恶讼师秘密商议，诬陷小哥私通盗贼，坐地分赃，在那无锡县里告发，小哥因此坐了半年的牢狱。后来换了一位清官，知道小哥受冤，把他释放出狱。小哥受这挫折，明知是筱山拨弄阴谋，以报宿愤，却因筱山有财有势，交结官场，自己的势力万万不敌，也只好唤声晦气，白白地挨受这苦痛。后来小哥经营商业，勤俭起家，却因小哥两个字不甚雅训，便改用音同字异的啸歌两个字当作别署。啸歌临殁时，曾有遗言，将来自己的子孙别与刘筱山的子孙互通往来，互联姻缘。他的儿子承受遗嘱，永矢弗谖。他的儿子是谁？唤作达夫便是。达夫素重先训，怎肯到了今朝违反遗嘱？他生平又是隐恶扬善，便在妻妇面前，也不曾把这事明白宣布，要不是实逼处此，这个闷葫芦也不曾剖破。现在既从头披露，可见玉如和锦心实有不能订婚的理由。

然而子才心里却又不以为然，他说："婚嫁两个字，是儿女子绝对的自由，怎好受那先训的束缚？便算先训当尊，试思你和邦平，彼此虽然生疏，但是究有连襟之谊，先训上所说的不通往来，不联姻缘，已完全失了效力。到了今朝，更无遵守的必要。总而言之，我们都是旁人，解决这问题，都在锦心身上。与其无谓辩论，何如直截爽快，取决令爱，也免得我们饶舌。"张师母拍手道："哥哥这话千真万确，我便依着哥哥干。"当下回到房里，去探女儿的口气。去了一会子，出来报告说："女儿对于这事，或从或违，没有什么表示，单道要看玉如诚意如何，再定方针。要是人家没有这条心，我们忙碌做什么？"子才拍手道："锦心既这么说，那事便好办了。我便担个完全责任，包在几天以内，玉如抱着满腔诚意，自向府上来乞婚。"说罢，欣然告别。

过了几天，子才又到达夫家里，达夫不在家，单由张师母出来相见。问及这事，子才道："毕竟锦心甥女玲珑剔透，玉如果然没有这条心，我枉自忙忙碌碌，想吃一杯谢媒酒，说来真是好笑。"张师母觉得诧异，忙问其故，子才道："我见玉如时，曾把两姓联姻的事微露其词，叫他自定计较，谁料他态度异常冷静，一些儿没有表示。我很觉奇怪，问他可是另有了心上人。他道：没有没有，一来求学时代，不当起婚姻之念；二来家难未已，日在困心衡虑中度生活，更不暇有此念。我道：那么可是对于张姓女不甚满意？他道：说甚话来，似张女士这般学问、这般胆识，算得女界第一流人物，为什么不满意。我道：既是满意，便不该坐误机会。他道：不行不行，刘张订姻，其间却有三不可。我问怎样三不可，他道：柳姓的纠缠尚没摆脱，怎好订姻他姓，这是一不可。我道：这是时间问题，柳姓的纠缠迟早终要摆脱，你不该因噎废食。他道：那天第一次和张女士相遇，攘臂援助，本出无心，今若缔结丝萝，反觉得有意卖恩，不是无心仗义，这是二不可。我道：这更不成为理由，是仗义，是卖恩，自有公论判断，你何须鳃鳃过虑。他又提出第三条理由，证明刘张二姓不得结婚，我听了，一时没做理会处，只为这理由很充分，我没话把他驳倒，这杯谢媒酒，我便馋煞，也吃不得。妹妹，你道第三条理由说些什么？"张师母道："这却奇怪，敢怕他们那边也有什么上代的遗嘱？"子才道："不对不对，你再设身处地，细细地猜猜。"张师母正待思索，却听得女儿在里面唤妈妈，当下请子才暂时宽坐，自己进去了一会子，含笑走出道："哥哥，这个哑谜儿，你甥女早已猜破，谜底在我衣袋里，请你宣布后，再把谜底来对照合符不合符。"子才笑道："甥女灵心四映，哪有猜不出的道理？"当下便把指头儿蘸些茶汁，在桌面上画着"血统"两个字，张师母从衣袋里摸出一纸字条，也写着"血统"两个字，却是女儿锦心的手笔。兄妹二人彼此相视大笑。原来锦心抱的不嫁主义依然没有变动，她早料定何葆真不是真姓名，或者便是刘玉如的变相，要是真个刘玉如，玉如的母亲和她的母亲是一对胞姊妹，有这血统的关系，玉如断不会向她乞婚，她故意装这依违两可的态度，把玉如试验下子。现在果不出所料，她益信玉如是个新中国的模范青年，只有极端佩服，更没有其他的感想。

过了数天，玉如行色匆匆，告别回里。玉如此去，却有两层意思。第一，华国来信报告，说玉如的祖母业已作古，家庭里面依然黑幕重重，不露一丝光线。第二，萧振亚来信报告，说不日可来湖北就职。玉如得了这两封信，归心似箭，不便久留，先到苏州，私向祖母坟前含泪拜奠，默默通告，说自己隐遁在外，不克亲视含殓，真是罪大莫赎。那时萧振亚知道玉如回里，便到苏州和玉如相会，在旅馆里住了几天。玉如陪他到灵岩、天平、石湖等处游览一周，振亚自向湖北去就职，不在话下。玉如不便久留苏州，又探得老父结怨贫民，毒气日深，端怕祸发便在目前，怎忍撇着家庭远离乡土。那时华国恰邀他暂住新村，徐图计较，玉如正没个停踪所在，便在无锡新村一住两个月。

原来华国早向陆姓乞婚，订定了百年良偶，玉如的行踪，慧姑和她母亲早从华国那边得了确信，所以这番和玉如相见，陆姓母女心里并不十分突兀。华国和慧姑的婚期定在十月之望，就本村公园举行婚礼，济济来宾，自有一番忙碌。子才从湖北赶回主婚，锦心也同来观礼，安子虚女士率着一辈学生前去唱结婚歌，进合欢颂。观礼以后，校长华女士陪着安女士同去参观新村学校。只因这一番参观，安子虚猛然觉悟，深悔自己的办学方针竟是南辕北辙，误尽苍生，从此以后，安女士把平江学校竭力整顿，果然气象一新。

再说玉如身在无锡，心在苏州，听说苏州闹着米贵风潮，劳动社会感受苦痛，要把他父亲活活咬死，这个消息传来，却把玉如一颗心寸寸碎裂。事急危迫，顾不得什么，只得赶回家里，保护着老父，倘遇不测，也好和他老子一块儿死。不料才到门前，看门的老王见了，唤声有鬼，抱着头只向门房里跑。他大踏步走入里面，一切上下人等，望着他的影儿，都是拼命奔跑，真叫作如入无人之境。他别事都不理会，只要寻见老父，说明自己的苦衷。不料走了数处，都扑个空，一直寻到上房，无意中救了继母一命，又把刁恶的春桃当胸扭住，也是这丫鬟恶贯满盈，所以脱逃不得。

当下父子重逢，彼此紧抱着一场大哭。哭罢，也不及互诉情由，玉如只问他继母因何觅死。他继母无可隐瞒，便把翠娥的事这么长那么短，一一和盘托出，从实报告。又说："我误信这贱人是个贞烈之女，强把她迎娶进门，闹出这个乱子，委实对不住丈夫，对不住玉儿。"说时，又哭泣起来。邦平叹了一口气道："路遥知马力，日久见人心。你信翠娥是贞女，我信青岩是君子，我和你一双夫妇，彼此都瞎了眼睛。既往不咎，说它什么。今日里玉儿无恙归来，真是万千之幸。玉儿好孩子，你且把这几个月的情形告我知晓。"那时春桃乘他们不备，又想脱逃，玉如吩咐几个仆妇把她看住了，才把别后踪迹一一告禀。他的踪迹，上文都已叙过，不再赘述。只有援救翠娥、金儿出险，上文却不曾披露，现在玉如自述踪迹，却向父母前把这事披露。原来那夜戴草帽的少年正是玉如，还有和他同伴的一位少年，却是玉如的同学萧振亚。

后来邦平把春桃送到官厅，追究她因何包藏祸心，图害主妇。这丫鬟狡赖不得，一一供招，又把伍青岩、阿巧娘、王妈妈种种阴谋，都在法庭供出。春桃按律定罪，不消说得。鬼头鬼脑的赵仙人，从此捉将官里去，一双斗鸡脚不能自由行动。王妈妈逐出公馆，再没有人请她吃四喜肉。唯有伍青岩先期脱逃，不曾传唤到案，他本是罪魁祸首，竟做了漏网之鱼，岂不便宜了这位三好先生？编书的疾恶如仇，却不肯把他便宜，定要在三寸毛锥之下，和他算结这一篇清账。

却说青岩自从潜来上海，一住多天，眼巴巴盼望春桃到来，几乎把眼睛都要望破。他和春桃预约会面的地点，指定南京路一家旅馆。青岩每日到旅馆里探视，哪有春桃的踪迹，一个人没理没睬，便在马路闲逛，暂解寂寞。南京路是个热闹地点，粉白黛绿，此往彼来，他把探艳法宝拭抹得干干净净，不染一尘，两只馋眼睛只在里面打转。一天，合当有事，他见马路中间远远地跑来两个女郎，暗暗唤声纳罕，这两个女郎一般模样，都像他念念不忘的陆慧姑。他本来站立在马路旁连接水门汀上，在这当儿，他竟鹅行鸭步，迎上马路，却待看一个饱。比及走到时，两个女郎早搭上电车，不知去向。他失魂落魄，竟站立在马路中间，呆呆着想。列位，这车来车往的南京路，岂是呆立的所在？况值这时发生火警，一辆风驰电掣的救火汽车从背后撞将过来，把青岩撞翻在地，车轮从腰背上辗过，二十四根筋骨断折了一半。事后经巡捕送往医院，一息尚存，却已不能谈话，临断气时，尚伸着三个指头儿，做个表示。后来检视他的搭膊，三千元钞票依旧原封不动。院中有一位事务员，见这情形，高唤道："天爷有眼。"事务员是谁？便是从前在刘公馆里充书记的徐勉斋。勉斋这时已做了耶稣信徒，受过洗礼，改换了一个模样。他的娘子也在附近工厂里做工，克勤克俭，不似从前嗜赌若命。当下勉斋认识这已死男子便是伍青岩，足见获罪于天，无所祷也，因此高唤着"天爷有眼"。他又得这三千元钞票，一定来路不明，便写信到邦平那边告知情形。邦平听得青岩已死，便平了胸头一口气，三千元钞票捐助医院，充作特别经费。

吟香、翠娥脱逃后，一个儿滑头少年，一个儿水性荡妇，当然没有什么好结果，编书的不须表叙。单叙玉如在家里住过几个月，见父亲和继母都已回心转意，暗暗欢慰不尽，从此一心一意，替那社会效力，再也没有内顾之忧。打破遗产制度，脱离倚赖性质，辞别父母，远离乡土，居然在新中国的新少年里面，开创一个新纪元。此事说来话长，且不在本书范围以内。本书所述，就此告一结束。正是：

　　突如其来，悠然远引；唯兹若人，跳出环境。

图书在版编目（CIP）数据

众醉独醒／程瞻庐著. — 北京：中国文史出版社，2019.3

（民国通俗小说典藏文库·程瞻庐卷）

ISBN 978 - 7 - 5205 - 0902 - 2

Ⅰ. ①众… Ⅱ. ①程… Ⅲ. ①长篇小说 – 中国 – 现代
Ⅳ. ①I246.5

中国版本图书馆 CIP 数据核字（2018）第 272225 号

点　　校：孙　晔

责任编辑：牟国煜

出版发行：**中国文史出版社**

社　　址：北京市海淀区西八里庄 69 号院　　邮编：100142

电　　话：010 - 81136606　81136602　81136603（发行部）

传　　真：010 - 81136655

印　　装：廊坊市海涛印刷有限公司

经　　销：全国新华书店

开　　本：720 × 1020　1/16

印　　张：24　　　　字数：412 千字

版　　次：2019 年 3 月第 1 版

印　　次：2019 年 3 月第 1 次印刷

定　　价：78.00 元